Liebe Hanna

Viel Spass und Spannung mit der Fortsetzung auf Molana!

2017

Die Sphären von Molana
2. Teil der Sphären-Trilogie

Autor
Chris Vandoni
www.vandoni.ch

Erste Auflage © 2012
Zweite Auflage © 2015

Herausgeber
Spiegelberg Verlag

Satz, Layout & Umschlaggestaltung
Marktfotografen GmbH
www.marktfotografen.de

Lektorat
Obst & Ohlerich – Freie Lektoren, Berlin
www.freie-lektoren.de

Alle Rechte vorbehalten.
Kein Teil des Werkes darf in irgendeiner Form
(durch Fotografie, Mikrofilm oder ein anderes Verfahren) ohne
schriftliche Genehmigung vom Spiegelberg Verlag reproduziert
oder unter Verwendung elektronischer Systeme verarbeitet,
vervielfältigt oder verbreitet werden.

Printed in Germany

ISBN 978-3-939043-52-2
www.spiegelberg-verlag.com

Chris Vandoni
DIE SPHÄREN-TRILOGIE

DIE SPHÄREN
VON MOLANA

Spiegelberg Verlag

Chris Vandoni stammt aus dem Tessin, lebt aber seit der Kindheit in der deutschen Schweiz und ist in der IT-Schulung tätig. Der langjährigen Freundschaft mit dem 2005 verstorbenen Perry-Rhodan-Autor Walter Ernsting (Clark Darlton) entsprang die Inspiration zum Schreiben. Erste unveröffentlichte Romane entstanden bereits in den 80er-Jahren.

*In Gedenken an Silke,
dem Leben entrissen,
1965 - 2006.*

2016 n. C.
Erde, 77° südliche Breite, 110° östliche Länge

Ungemütlich, stürmisch und mit Temperaturen von bis zu minus sechzig Grad Celsius, bildete der Ort alles andere als einen Platz, an dem man sich wohlfühlte. Man spürte weder die langsame Wanderung des gewaltigen ostantarktischen Eisschildes in Richtung Ozean, noch gab es Anzeichen dafür, dass in etwa viertausend Metern unter der Oberfläche ein riesiger Süßwassersee lag.

Mit zweihundertvierzig Kilometern Länge, einer Breite von fünfzig Kilometern und einer Tiefe von etwa neunhundert Metern war der Lake Wostok unter weiteren einhundertfünfzig untereisischen Süßwasserseen in der Antarktis der weitaus größte. Seine Entdeckung ging in das Jahr 1996 zurück und war mit Hilfe von Radarmessungen aus dem All und aus der Luft sowie einer detaillierten Auswertung seismischer Wellen ermöglicht worden.

Durch den enormen Druck, den der vier Kilometer dicke Eispanzer auf den Hohlraum des Sees ausübte, sank die Wassertemperatur auf minus drei Grad Celsius. Trotzdem behielt das Wasser seinen flüssigen Zustand.

Entstanden war der Lake Wostok, nachdem Gondwanaland vor rund einhundert Millionen Jahren zerbrochen war. Damals löste sich auch die Antarktis vom ehemaligen Superkontinent. Einige Zeit später legte sich ein eisiger Ring, der Zirkumpolarstrom, um sie. Damit waren die wichtigsten Voraussetzungen für die nachfolgende Vereisung gegeben.

Im Jahre 1998 führte ein internationales Forscherteam auf dem Gelände der russischen Polarstation Wostok eine Eiskernbohrung in einer Tiefe von über dreitausendsechshundert Metern durch. Als der Bohrer zum Stillstand kam, war seine Spitze nur noch knapp einhundertfünfzig Meter von der Oberfläche des Lake Wostok entfernt. Weiter traute man sich damals nicht vor, um eine Verunreinigung des unberührten Wassers mit Chemikalien oder Mikroben zu verhindern.

Im Jahre 2004 verkündete das russische Wissenschaftsministerium, das alte Bohrloch aus dem Jahr 1998 – das bis zu diesem Zeitpunkt mit FCKW und Kerosin gefüllt war, um ein Zufrieren zu verhindern – für den endgültigen Vorstoß zum Lake Wostok zu nutzen. Die Wissenschaftswelt zeigte sich empört und besorgt. Würden bei dem Vorhaben tatsächlich Verunreinigungen oder gar Mikroben in den Lake Wostok gelangen, wäre die einmalige Chance vertan, ein Gewässer von Grund auf zu erforschen, das noch nie von Menschen beeinflusst worden war. Geplant war der Durchbruch für das Jahr 2010.

Doch die weltweite Kritik an diesem Vorhaben wurde immer stärker, sodass der Direktor der russischen Antarktis-Expedition, Walerie Lukin, nachgab und die Anbohrung des Sees bis auf Weiteres aussetzte.

Während die Russen ihrem eigenen Plan folgten, begannen Wissenschaftler und Techniker des Jet Propulsion Laboratory der NASA in Pasadena im Jahre 2001 mit der Entwicklung einer anderen Methode, um den Lake Wostok zu erforschen. Sie wollten Roboter zum See hinabschicken und mit ihrer Hilfe dort nach Spuren von Leben suchen.

Was auf den ersten Blick unmöglich erschien, war wohldurchdacht. Eine Zweistufen-Mission sah vor, einen intelligenten Helfer zu bauen, den sogenannten Cryobot, der sich durch die viertausend Meter dicke Eisschicht bis zum See durchschmelzen sollte. Dabei wäre er über ein Energie- und Kommunikationskabel mit den Forschern an der Oberfläche verbunden, die ihn so kontrollieren und steuern könnten.

Noch in sicherer Entfernung zum freien Wasser würde der Cryobot einen Routinestopp einlegen, um eine Selbstreinigung durchzuführen. Bei dieser Dekontamination würden gefährliche Verunreinigungen wie Mikroben und Schadstoffe entfernt werden, die das bisher unberührte Wasser des Sees verseuchen und die geplanten Proben und Messungen verfälschen könnten.

Anschließend sollte der Cryobot seinen Weg fortsetzen, bis er schließlich den See erreicht haben würde.

Dort angekommen, würde der Cryobot aus seinem Innern einen zweiten, autonom arbeitenden Roboter, den sogenannten Hydrobot entlassen. Er sollte, mit verschiedenen Messinstrumenten und einer Kamera bestückt, für einige Zeit im Wasser tauchen und nach Mikroben und anderen Organismen suchen. Später würde dieses Mini-U-Boot mit wertvollen Proben sowie Messwerten beladen zum Cryobot zurückkehren und zusammen mit ihm von den Wissenschaftlern wieder an die Oberfläche geholt werden.

Soweit dieser Plan. Doch eine weltweite Finanz- und Wirtschaftskrise, zusätzlich auch technische Hindernisse sowie die nicht hinreichend geklärte Gefahr einer möglichen Verseuchung des Seewassers, verzögerten auch dieses gewagte Vorhaben um einige Jahre.

Als der Cryobot am 15. April 2016 den Eispanzer durchbrach und den Hydrobot ausschleuste, brachen die Wissenschaftler an der Oberfläche in Freudentaumel aus. Auf den Übertragungsmonitoren war ein deutliches Bild zu erkennen. Das starke Scheinwerferlicht des Hydrobots zeigte einheitlich blaugrün gefärbtes Wasser, was auf Mikroorganismen und Plankton hindeutete. Andere Lebensformen waren auf den ersten Blick keine zu erkennen.

Der Hydrobot bewegte sich in den ersten Tagen mehrheitlich an der Wasseroberfläche und sammelte Proben. Anschließend übernahmen die Wissenschaftler die Steuerung und lenkten ihn in die Tiefe. Das Wasser verfärbte sich zusehends in einen stärkeren Blauton.

Als der Hydrobot den seitlichen Abhang des Sees erreichte, konnten die Wissenschaftler die verschiedenen Sedimentschichten erkennen. Nach der Entnahme von Bodenproben tauchte das Mini-U-Boot weiter in die Tiefe. Unterwegs sammelte es weitere Wasser- und Bodenproben.

Nachdem sich der Hydrobot einer Tiefe von etwa achthundertfünfzig Metern genähert hatte, erhellte sich das Bild auf den Monitoren der Wissenschaftler. Erstaunt stellten sie fest, dass dieses Licht nicht von den Scheinwerfern des Tauchbootes stammte.

Es kam von unten.

Zunächst vermuteten sie, der Grund des Sees sei von Eis bedeckt und reflektiere das einfallende Scheinwerferlicht. Daraufhin schaltete man die Scheinwerfer ab. Doch das Licht, ein wunderschöner Blauton, leuchtete weiter.

Die verblüfften Wissenschaftler verlangsamten die Sinkgeschwindigkeit des Hydrobots, doch je näher dieser dem Grund des Sees kam, desto mehr verlor das geheimnisvolle Licht an Stärke. Dafür wurde seine blaue Farbe noch intensiver.

Als noch knapp zehn Meter bis zum Seegrund fehlten, begannen die Anzeigeinstrumente verrücktzuspielen. Der Tiefenmesser zeigte unmögliche Werte an, als würde der See noch Tausende von Kilometern in die Tiefe reichen. Das Blau auf den Monitoren hatte sich mittlerweile wieder stark verdunkelt.

Plötzlich tauchten aus dem Nichts unzählige kleine Lichtpunkte auf.

Die Wissenschaftler trauten ihren Augen nicht, als die vielen Lichtpunkte in rasendem Tempo auf sie zuschossen.

Einige Sekunde später brach die Verbindung zum Hydrobot ab.

2083 n. C.
Jupitermond Europa

Das riesige Bohrschiff türmte sich über der unendlichen Eisfläche wie ein gigantischer Wolkenkratzer auf. Im fahlen Licht der weit entfernten Sonne und im Hintergrund des dunklen Himmels wirkte es mit seiner weißen Außenfarbe wie ein aus dem Boden gewachsener Eisblock.

Das Schiff war knapp zweihundert Meter hoch und bedeckte eine Fläche von etwa vierzig Mal achtzig Metern. In einem speziellen vertikalen Schacht hatte man über einhundert Bohrrohre gelagert, die während des Bohrvorgangs nach und nach aneinandergekoppelt werden sollten und auf diese Weise einen über fünftausend Meter langen Bohrer bildeten.

In den letzten Jahren waren mehrere Forschungsschiffe zum Jupitermond Europa geflogen und hatten unzählige Messungen vorgenommen. Auf diese Weise hatte man jene Stelle entdeckt, deren Eisdecke lediglich knapp fünftausend Meter dick war. An anderen Orten betrug sie bis zu vierundzwanzigtausend Meter.

Seit knapp achtzehn Monaten war man dabei, den Eispanzer zu durchbohren, um zum untereisischen Meer vorzudringen. Das Unternehmen war nicht unumstritten, auch unter den Wissenschaftlern selbst nicht. Man wies immer wieder auf das Fiasko bei der Erforschung des irdischen Lake Wostok vor siebenundsechzig Jahren hin. Auch zwei weitere Versuche waren damals auf dieselbe Art gescheitert. Weitere Expeditionen hatten sich auf die Erforschung der Wasseroberfläche des Sees beschränkt. Dabei waren fremdartige Nanopartikel entdeckt worden, die eine eigenartige, unbekannte, jedoch völlig ungefährliche Strahlung aussandten.

Die Wissenschaftler auf Europa rechneten damit, in den nächsten zwei Wochen den Durchstich zu schaffen.

Dreizehn Tage später war es soweit. Die Bohrstäbe wurden zurückgezogen und voneinander getrennt. Anschließend ließ man einen Cryobot in den Bohrschacht, der sich den Weg nach unten bahnte. Er besaß einen größeren Durchmesser als die Bohrstäbe, hatte aber dennoch leichtes Spiel, sich durch das vorgebohrte Loch zu schmelzen.

Als er nach weiteren neunundzwanzig Tagen die Wasseroberfläche erreichte und den Hydrobot ausschleuste, waren die Wissenschaftler auf die ersten Bilder gespannt, welche die Kameras vom Tauchboot nach oben sandten. Doch wer Erwartungen für das Vorhandensein irgendwelcher außerirdischen Organismen hegte, wurde arg enttäuscht. Außer einer blaugrünen Flüssigkeit, deren Farbe den Gehalt von Mikroben vermuten ließ, war nichts Außergewöhnliches zu sehen.

In den folgenden Stunden sammelte der Hydrobot Wasserproben. Anschließend holte man das Tauchboot zusammen mit dem Cryobot wieder nach oben. Vor dem Tauchgang in die Tiefe wollte man die gesammelten Proben sicherstellen, um im Falle eines Fehlschlags wenigstens diese retten zu können.

Der Tauchgang auf den Grund war nicht ganz problemlos, da das Meer unter dem Eispanzer mehrere Tausend Meter tief war. Daher musste der Hydrobot einem enorm großen Wasserdruck standhalten.

Als der Cryobot zwei Wochen später wieder hinuntergelassen wurde, war die Stimmung unter den Wissenschaftlern zwiespältig. Aus den bisher gewonnenen Wasserproben konnten keine neuen Erkenntnisse gewonnen werden. Man befürchtete, dass sich an diesem erneuten Versuch daran nichts ändern würde.

Die Wasserproben des ersten Tauchgangs enthielten dieselben fremdartigen Nanopartikel und die gleiche Strahlung, wie schon jene, die man im Lake Wostok entdeckt hatte. Man war sich einig, dass sie einen gemeinsamen Ursprung haben mussten. Dass es sich dabei um außerirdische Substanzen handelte, wurde nun, im Gegensatz zur Vergangenheit, als Tatsache betrachtet.

Als der Hydrobot erneut ins Wasser tauchte, waren sämtliche Wissenschaftler vor ihren Monitoren und Displays versammelt. Der Tauchgang zog sich über Stunden dahin, doch die Scheinwerfer konnten außer dem blaugrünen Wasser nichts Spektakuläres einfangen. Immer wieder blickten die Männer und Frauen auf den Tiefenmesser. Einige befürchteten, ab einer bestimmten Tiefe könnte die Verbindung zum Tauchboot abbrechen, aber die Kommunikationstechniker versicherten immer wieder, dass dies nicht geschehen würde.

Der Pilot des Hydrobots, der das Tauchgerät mittels Stick fernsteuerte, saß mitten im Raum und starrte ebenfalls gebannt auf seinen Monitor. Doch plötzlich schien ihn etwas zu beunruhigen.

»Was ist los«, fragte einer seiner Kollegen.

»Ich glaube, ich verliere die Kontrolle über den Hydrobot.«

»Das kann nicht sein«, warf einer der Kommunikationstechniker ein. »Die Tiefe beträgt erst knapp achttausend Meter. Bis zwanzigtausend Meter sollte es keine Probleme geben.«

»Aber ich kann das Ding nicht mehr steuern«, erwiderte der Pilot unruhig.

»Schaut mal auf den Monitor mit den Koordinaten«, sagte eine Wissenschaftlerin, die hinter dem Piloten stand.

Alle starrten gebannt auf die Anzeige und trauten ihren Augen nicht. Der Hydrobot änderte selbstständig seinen Kurs, indem er einen regelmäßigen Bogen nach Steuerbord beschrieb und anschließend einen geraden, diagonalen Kurs nach unten einschlug.

»Das ist doch nicht möglich!« Der Kommunikationstechniker starrte ungläubig auf das Display.

»Ich hab das Boot verloren«, beklagte sich der Pilot. »Irgendjemand steuert das Ding.«

»Aber wer?«

»Das weiß ich doch nicht. Wir können nur hoffen, dass die Verbindung zu den Kameras aufrecht bleibt, damit wir sehen können, was da unten passiert.«

Eine halbe Stunde später erhellte sich das Bild auf dem Monitor. Gebannt starrten alle darauf und hielten den Atem an. Das Licht war bläulich und schien von unten zu kommen.

»Genau so war es damals im Lake Wostok«, rief einer der Männer.

»Wir können nichts dagegen tun.«

»Läuft die Aufzeichnung?«

»Ja, seit Beginn des Tauchgangs.«

Das Licht wurde während der nächsten halben Stunde immer heller, bis es sich plötzlich wieder abschwächte und dafür ein umso intensiveres Blau annahm.

»Das sieht mir sehr nach einer außerirdischen Macht aus«, meinte einer der Wissenschaftler. »Das starke Licht soll wohl andere von diesem Ort fernhalten.«

»Dann bin ich gespannt, was jetzt passieren wird.«

Das Licht schwächte sich weiter ab, das Blau wurde immer intensiver.

Dann sahen sie es plötzlich vor sich.

Das Licht hatte sich soweit verdunkelt, dass das blaue Oval auf dem Meeresgrund deutlich hervorstach. Es sah aus wie eine riesige Kuppel, doch je näher der Hydrobot ihr kam, desto mehr schien es sich um eine optische Täuschung zu handeln. Während das Oval beim Annähern immer größer wurde, schien sich der mittlere Bereich in seinem Innern immer weiter zu entfernen.

Keiner der Wissenschaftler sagte ein Wort. Alle starrten gebannt auf die Monitore und mussten mit ansehen, wie das Blau im Innern des Ovals sich stetig verdunkelte und den Eindruck erweckte, es würde sich mit hoher Geschwindigkeit von ihnen entfernen.

Mittlerweile hatte sich das Tauchboot soweit genähert, dass die Umrisse des Ovals nicht mehr zu sehen waren. Die Monitore wurden von einem intensiven Blau ausgefüllt, das die Wissenschaftler alle gleichermaßen in seinen Bann zog.

Nach einer Weile bildeten sich in der Mitte winzig kleine Lichtpunkte. Anfangs waren sie kaum zu sehen. Doch dann wurden sie beständig größer und näherten sich.

Plötzlich beschleunigten sie, wurden zahlreicher und schienen den Betrachtern buchstäblich ins Gesicht zu schießen. Ein regelrechter Schauer von Lichtpunkten prasselte ihnen entgegen, vermehrte sich noch schneller und füllte kurz darauf als weiße Fläche den gesamten Monitor aus.

Dann, von einer Sekunde auf die andere, brach der Kontakt zum Hydrobot ab.

1.

Der dritte Planet des MOLANA-Systems war nicht mit großflächigen Gewässern gesegnet. Es gab ein paar wenige Binnenmeere und einzelne Flussläufe. Der Großteil der Oberfläche bestand jedoch aus Steppen und Wüsten. Immer wieder fegten trockene Hitzestürme über sie hinweg und veränderten ihr Aussehen von einem Moment zum anderen.

Am Rande der wenigen Gebirgszüge und im Schutz vor den Stürmen gediehen schmale Waldgebiete und Wiesen, in denen verschiedene Kleintiergattungen lebten. Alles in allem konnte MOLANA-III nicht als einladende Welt bezeichnet werden, die es sich gelohnt hätte, besiedelt zu werden.

In den Anfangszeiten der Kolonisation von geeigneten Welten außerhalb des Sonnensystems wurde MOLANA-III von einem Konsortium irdischer Staaten als eine Art Verbannungsplanet verwendet, auf den Regimegegner und andere unerwünschte Personen abgeschoben wurden. Man gab ihnen ein Minimum an Gerätschaften, Werkzeugen und Lebensmitteln und überließ sie ihrem Schicksal. Zuvor war außerhalb des geplanten Stadtgebiets ein notdürftiger Raumhafen errichtet worden, um die Landung von Versorgungsschiffen zu gewährleisten.

Die Menschen, die hierher verbannt wurden, taten sich zusammen und bauten mit den ihnen zur Verfügung stehenden Mitteln eine Stadt auf, die sie *Discardtown* nannten, die Stadt der Ausgestoßenen.

Am Rande des nahegelegenen Gebirgszugs wurde Landwirtschaft betrieben, die den Nahrungsmittelbedarf einigermaßen deckte. Aus den anfänglich handwerklich geführten Kleinbetrieben, die lebensnotwendige Güter produzierten, wurden nach und nach größere Fabriken, die sich auf der dem Binnenmeer abgewandten Seite der Stadt zu einem großflächigen

Industriegebiet zusammenschlossen. Hier befanden sich unter anderem Stromerzeugung, Metallverarbeitung, Holzbau und die Produktion von einfachen technischen Geräten.

Wasser wurde aus dem Binnenmeer gewonnen. Dabei kam es immer wieder zu Überfällen und Sabotageakten an den Entsalzungsanlagen, bei denen es Verletzte und manchmal sogar Tote gab. Der Zorn der Bevölkerung richtete sich auf bestimmte Personen, die bei der Wasservergabe bevorteilt wurden. Doch nicht nur die Trinkwasserverteilung wurde mehr und mehr durch Korruption geprägt. Auch beim Lebensmittelverkauf wurden einflussreiche Leute mit besserer Qualität beliefert. Es kam nicht selten vor, dass an die Menschen aus einfacheren Verhältnissen verdorbene Ware abgegeben wurde.

Kriminalität und Gewalt nahmen stetig zu und verwandelten die Stadt bald in ein Ghetto. Bessergestellte Menschen siedelten in die Außenbezirke um, zumeist an die Küste. In diesen Gegenden sorgten die von der Oberschicht ins Leben gerufenen Polizeitruppen für Ordnung, während in der Innenstadt mehr und mehr Anarchie und Chaos herrschten.

Als ein irdisches Handelsschiff eines Tages auf MOLANA-III notlanden musste und dabei von den Städtern vollständig ausgeraubt und die Besatzung umgebracht wurde, begannen die irdischen Behörden auf die Zustände aufmerksam zu werden. Sie entsendeten Truppen, die für Ordnung sorgen sollten. Als diese nicht zurückkehrten, machte sich eine schwer bewaffnete Flotte auf den Weg. Dieser Übermacht hatten die Menschen von MOLANA-III nichts entgegenzusetzen und ergaben sich.

Es folgten mühsame Verhandlungen, die sich über einen längeren Zeitraum erstreckten. Im Anschluss daran einigte man sich, MOLANA-III zu einer irdischen Kolonie zu ernennen und eine offizielle Verwaltung einzusetzen. Versorgungsschiffe sollten den Planeten regelmäßig mit Gütern beliefern und ihn zu einem Handelspartner der Erde und anderer Kolonien machen. Verschiedene irdische Konzerne errichteten Niederlassungen und schufen Arbeitsplätze für die Kolonisten.

In den nachfolgenden Jahrzehnten verbesserte sich die Situation erheblich. Die Kriminalitätsrate sank, in der Innenstadt gedieh das Leben. Die Zufriedenheit der Menschen erreichte einen bis dahin noch nie dagewesenen Stand.

Doch nach und nach wurden die stark verbesserten Verhältnisse zur Selbstverständlichkeit. Das anfängliche Elend dieses ehemaligen Verbannungsortes geriet in Vergessenheit. Kriminalität und Korruption stiegen wieder an. Die Innenstadt verwandelte sich erneut in eine Zone mit Prostitution, Drogenhandel und Raubüberfällen. Weitere Bewohner siedelten in die Außenbezirke um, sodass sich das Stadtzentrum mehr und mehr zu einer Geisterstadt mit leerstehenden Ruinen verwandelte.

Die Kolonialadministration zeigte für diese Entwicklung kein großes Interesse, zumal sie mit den herrschenden Zuständen völlig überfordert war. Wieder wurden Menschen ausgegrenzt und sich selbst überlassen. Diesmal jene, die in den Ruinen des Stadtzentrums hausten.

Eines Tages erschien ein seltsam gekleideter Mann auf MOLANA-III. Er gab den vernachlässigten Menschen Wasser zu trinken, worauf diese in ihm so etwas wie einen Messias sahen, ihm bereitwillig folgten und taten, was er von ihnen verlangte.

2.

Ein Sonnenstrahl suchte sich einen Weg zwischen den Lamellen der Fensterstoren und traf mitten in Christopher Vanellis Gesicht. Er blinzelte kurz und schloss geblendet die Augen. Nach fast drei Wochen wolkenverhangenem, regnerischem Wetter schickte sich die Sonne heute zum ersten Mal wieder an, ihr Antlitz zu zeigen.

Christopher drehte sich um und erblickte Michelles schwarzes, leicht gelocktes Haar und ihren nackten Rücken. Die Klimadecke, bestehend aus einem Kunststoff, der den Wärme- und Feuchtigkeitsausgleich zwischen dem menschlichen Körper und der Raumluft regulierte, war etwas hinuntergerutscht, sodass er das Heben und Senken ihres Oberkörpers erkennen konnte. Ihr regelmäßiger Atem ließ vermuten, dass sie noch tief und fest schlief.

Seit ihrer Ankunft in Cabin Point waren etwas mehr als drei Monate vergangen. Neha Arakis Tod hatte Michelle schwer zugesetzt und ihr ganzes Wesen verändert. Sie wirkte verschlossen und redete kaum.

Auch an Christopher war der Tod der Gefährtin und engen Freundin nicht spurlos vorübergegangen. Regelmäßig erschienen ihm in Gedanken die Bilder, wie sie sich ihm um den Hals geworfen hatte, um ihn vor dem tödlichen Strahlenschuss zu schützen, und wie sie anschließend in seinen Armen gestorben war. Sie hatte ihr Leben für seines hergegeben. Jedes Mal, wenn er daran dachte, spürte er den Kloß im Hals und den Stich im Herzen. Neha war Michelle und ihm derart ans Herz gewachsen, dass sie zu dritt so etwas wie eine emotionale Einheit gebildet hatten.

In den letzten Wochen war Michelle oft alleine an den Strand der Whiting Bay hinuntergegangen, hatte sich auf einen großen Stein gesetzt und stundenlang aufs Meer hinaus geschaut.

Mehrmals hatte sie betont, dabei gern ungestört bleiben zu wollen.

Christopher legte seinen Arm um sie und schmiegte sich an ihren Rücken. Sie atmete einmal tief durch, griff nach seiner Hand und rührte sich nicht mehr. Er küsste ihren Nacken und spürte die Wärme ihrer Haut an seinen Lippen.

Nach einer Weile legte er seinen Kopf zurück ins Kissen, schloss die Augen und dachte über das gestrige Gespräch mit Rick Blattning nach.

Der langjährige Freund und Inhaber eines der größten Elektronik- und Technologiekonzerne hatte ihm von einem Forschungsprojekt berichtet. Seit Jahren wurde an einer neuartigen Methode für die Kommunikation zwischen Mensch und Elektronenrechnern geforscht. Über sogenannte Neuro-Sensoren sollten digitale Daten auf direktem Weg zwischen dem menschlichen Gehirn und den Prozessoren elektronischer Systeme ausgetauscht werden können. Diese Sensoren waren winzig klein und sollten dem Menschen an den Schläfen direkt unter die Haut eingepflanzt werden. Über ein Headset, dessen Muscheln nicht auf die Ohren, sondern an die Schläfen gelegt wurden, sollten die Datenströme durch ein Induktionsverfahren übermittelt werden.

Am gestrigen Tag hatte Rick ihn und Ernest von dieser bisher geheimen Forschung in Kenntnis gesetzt und Christopher gefragt, ob er Interesse hätte, sich an den Versuchen mit der neuartigen Technologie zu beteiligen.

Michelle hatte sich darüber nicht sonderlich begeistert gezeigt. Sie hielt das Risiko, irreparable Hirnschäden davonzutragen, für zu groß. Sie hatte sofort gespürt, dass Christopher nicht abgeneigt war, sich solchen Versuchen zu unterziehen, wusste aber auch, dass sie ihn niemals davon abhalten konnte oder wollte, falls er sich dafür entschloss.

Im Innersten hatte sich Christopher bereits entschieden, wollte es sich selbst jedoch noch nicht eingestehen.

Nach einer Weile öffnete er die Augen wieder und blickte an die gegenüberliegende Wand, an der ein von Neha geschaffenes Bild hing. Es zeigte sie und Michelle im Kuss vereint. Schon oft hatte er dieses Bild angestarrt und seinen Blick nicht mehr davon lösen können. Es versetzte ihn jedes Mal zurück zu dem Zeitpunkt, als die beiden auf dem Tisch saßen, sich in ein emotionales Gespräch verstrickt und sich dann spontan geküsst hatten. In diesem Moment hatte Christopher die starke Bindung zu den beiden deutlich gespürt. Überrascht hatte ihn diese Offenbarung keineswegs, war es doch lediglich eine Bestätigung dafür, was sich damals entwickelt hatte.

Eine halbe Stunde später saßen Michelle und Christopher zusammen mit Ernest und Keyna am Frühstückstisch. Seit Rick zu seiner Frau nach München zurückgeflogen war und Eric Daniels den abgebrochenen Urlaub in Ägypten wieder aufgenommen hatte, wurde es ruhiger im Bungalow beim Cabin Point.

Ernest Walton, der Inhaber des interstellaren Transportunternehmens *Space Hoppers Limited*, hatte beschlossen, sich zur Ruhe zu setzen und sich wieder dem Schreiben von Abenteuerromanen zu widmen.

Keyna Algarin, die ehemalige Kolonialanwältin von Tongalen, beabsichtigte, eine Ausbildung zur Sportjournalistin zu absolvieren. Sie hatte sich von der überwältigenden Stimmung in den Stadien und vom unbändigen Ehrgeiz der Athleten sehr beeindruckt gezeigt.

Ernest hatte Michelle einmal zum Strand begleitet und mit ihr ein langes Gespräch geführt. Christopher hatte Michelle nicht danach gefragt. Er vermutete, dass sie über Nehas Tod gesprochen hatten, der auch Ernest sehr nahe gegangen war.

»Hast du dich schon entschieden?« Ernest blickte mit zwiespältiger Miene zu Christopher.

»Du meinst wegen Rick?«

Ernest nickte.

»Ich bin mir noch nicht ganz sicher. Sehr wahrscheinlich werde ich es tun.«

»Du bist dir im Klaren, auf was du dich da einlässt?«

»Ich glaube, das wird es mir erst, wenn ich dort bin. Aber ich setze großes Vertrauen in die Fähigkeiten von Ricks Wissenschaftlern.«

»Du weißt, dass das Gehirn beschädigt werden könnte«, warf Michelle ein.

»Mickie, dieses Risiko besteht tatsächlich. Aber ich werde nicht der Erste sein, der es ausprobiert. Eine von Ricks Wissenschaftlerinnen hat sich den Versuchen bereits unterzogen. Bisher gab es keinen einzigen Fehlversuch. Von daher bin ich sehr zuversichtlich.«

Ernest sah Christopher eindringlich in die Augen. Dann zerteilte er seinen Speckstreifen, pikste ihn mit der Gabel auf und schob ihn in den Mund.

»Weißt du, wie lange die Reparatur der *Space Hopper* noch dauert?«, fragte Christopher nach einer Weile.

»Noch etwa einen Monat oder auch etwas mehr«, antwortete Ernest kauend. »Sie bekommt ein völlig neues Innenleben mit einem leistungsfähigen Bordsystem, stärkeren Schutzschirmen, besseren Triebwerken und einem völlig neuartigen Steuersystem. Das dauert eben seine Zeit.«

»Ist mir schon klar. Dieses Steuersystem könnte mit Ricks neuartiger Technologie bedient werden.«

»Du hast recht, aber als Alternative verfügt das Schiff auch über die konventionelle Methode. Es gibt noch keine ausgebildeten Piloten, die dieses neuartige Bordsystem bedienen können.«

»Wie lange wirst du für die entsprechende Ausbildung benötigen?«, wollte Michelle wissen.

»Kann ich noch nicht sagen«, antwortete Christopher. »Es gibt noch keine Erfahrungswerte. Aber ich nehme an, es wird schon eine Weile dauern.«

»Dann wirst du für einige Zeit in München weilen.«

»Wird wohl so sein.«

»Weißt du schon, wann das sein wird?«

»Rick meinte, sobald ich mich entschieden habe, könnte es losgehen. Die Ausbildung würde für jeden Anwender individuell und persönlich erfolgen. Deshalb können die auch nicht sagen, wie lange es dauern wird, weil das von Person zu Person unterschiedlich sein kann.«

»Es wird wohl nichts bringen, wenn ich dich dorthin begleite.«

»Glaube ich nicht, da ich den ganzen Tag über beschäftigt sein werde. Es wäre für dich eine ziemlich langweilige Angelegenheit.«

Am Nachmittag kontaktierte Christopher Rick und teilte ihm mit, dass er in den nächsten Tagen in München eintreffen werde.

3.

Layla Iversen saß in Jason Farrows Büro und sah neugierig in dessen angespanntes Gesicht.

»Waren Sie schon einmal auf MOLANA-III?«, fragte er und ließ sie nicht aus den Augen.

»Gott sei Dank nicht. Das ist das letzte Drecksloch.«

Der Chef des Terrestrial Secret Services nickte nur. »Schätzen Sie sich glücklich, dass Sie nicht selbst dorthin müssen.«

»Sie glauben wirklich, dass sich dort etwas zusammenbraut?«

»Die Vermisstenmeldungen haben sich in letzter Zeit gehäuft. Anfänglich dachten wir, es handle sich lediglich um verloren gegangene Touristen. Aber nun sind auch Spezialisten, die sich dienstlich auf MOALANA-III aufhielten, nicht mehr zurückgekehrt. Über ihren Verbleib weiß niemand etwas.«

»Eigenartig.«

»Dazu kommt noch, dass das letzte Transportschiff verschwunden ist. Wir wissen nicht, ob es die Kolonie wieder verlassen hat. Kurz nach der Ankunft brach die Verbindung ab.«

»Gibt es irgendwelche Hinweise oder Vermutungen?«

»Nichts. In Discardtown herrscht das totale Chaos. Die Kolonialverwaltung hatte das Ganze bis vor Kurzem einigermaßen unter Kontrolle.«

»Ich habe gehört, dort herrscht Korruption im großen Stil.«

»Das trifft zu. Aber das betraf uns bisher nicht. Ehrlich gesagt, ist es mir scheißegal, was die untereinander treiben, solange sie uns in Ruhe lassen. Aber nun sind irdische Bürger und Handelsgüter verschwunden.«

»Wie wird meine Aufgabe im Detail aussehen?«

»Machen Sie sich über MOLANA-III schlau. Studieren Sie alles, was Sie in die Finger kriegen, und instruieren Sie dann die beiden Agents Tom Bowman und Tomimoto Toshiro. Sie sollen sich dort etwas umsehen.«

»Verdeckt?«

»Ja natürlich.«

»Ich könnte die beiden begleiten.«

»Ich glaube nicht, dass das nötig sein wird. Ihre Stärken liegen in der strategischen Planung.«

Layla setzte zu einer Erwiderung an, aber Farrow hob abwehrend die Hand.

»Mir ist klar, dass Sie lieber im Außendienst tätig sind. Ich werde das zu gegebener Zeit berücksichtigen.«

»Wo befinden sich die beiden Agents zurzeit?«

»Sie warten auf ihren Einsatzbefehl und können sofort beginnen.«

Acht Stunden später hatte Layla die verfügbaren Daten über MOLANA-III durchgesehen und gelesen. Sie bestanden aus Video- und Bildmaterial und etlichen Textdokumenten. Letztere hatte sie nach bestimmten Kriterien gefiltert und sich auf die für ihren Fall relevanten Fakten konzentriert.

Zwei weitere Stunden später waren auch Bowman und Toshiro über die wichtigsten Punkte ihrer Mission informiert.

»Ihr fliegt mit dem nächsten Transportschiff nach MOLANA-III und mischt euch unter die Bevölkerung. Achtet auf Unregelmäßigkeiten und erstattet täglich Bericht. Interne Angelegenheiten interessieren uns nicht. Die sollen mit ihren Problemen selbst zurechtkommen. Es würde nur Aufsehen erregen, wenn wir uns einmischen.«

Die beiden Agents erhoben sich und wandten sich zur Tür.

»Ich möchte noch einmal betonen, dass ihr ausnahmslos mir Bericht erstattet. Wem immer ihr auf MOLANA-III begegnet, gebt eure Tarnung nicht preis, was er auch immer zu sein vorgibt.«

»Geht klar.«

»Dann ab mit euch.«

Als Layla alleine war, atmete sie tief durch. Ein seltsames Gefühl beschlich sie. Doch sie wischte es in Gedanken beiseite und konzentrierte sich auf ihre nächste Aufgabe.

4.

Christopher wurde von Rick persönlich vom Münchner Raumhafen abgeholt und in einem Firmengleiter direkt zum Versuchsgelände geflogen, auf dem er für die nächsten paar Wochen wohnen würde. Nachdem er sich in seinem Quartier provisorisch eingerichtet hatte, zeigte ihm Rick den Aufenthaltsbereich für Mitarbeiter und Gäste, das interne Restaurant und den Freizeitbereich.

Es gab Spezialisten aus aller Welt, die nur für einen bestimmten Zeitraum an einem Projekt arbeiteten und für diese Dauer in den internen Wohnquartieren lebten.

Rick lud Christopher für die erste Nacht zu sich auf seinen Landsitz ein, um den Abend abseits der Firma in vertrauterer Umgebung zu verbringen. Christopher wurde von Ricks Frau Britt und ihrer Nichte Gabriela, die für ein paar Tage zu Gast war, herzlich begrüßt und gleich zu Tisch gebeten.

Christopher hatte Britt und Gabriela seit längerer Zeit nicht mehr gesehen. Daher gab es einiges zu berichten. Gabriela interessierte sich vor allem für das letzte Abenteuer, das Christopher und das Team der *Space Hopper* beinahe das Leben gekostet hatte.

»Wie ich gehört habe, habt ihr eine sehr gute Freundin verloren.« Britts Gesicht drückte großes Bedauern aus.

»Du hast recht.« Christopher versuchte, sich den inneren Stich nicht anmerken zu lassen. »Wir haben zusammen mit Neha ein paar gefährliche Abenteuer erlebt. Das hat uns eng miteinander verbunden.«

»Das kann ich mir gut vorstellen. Wie geht es Michelle? Wann stellst du sie uns denn vor?«

»Wer ist Michelle?«, fragte Gabriela kokett.

»Michelle und ich sind uns vor dem letzten Auftrag per Zufall in einer Hotelbar begegnet. Sie wurde zu Unrecht wegen angeblichen Datendiebstahls unter Druck gesetzt und gab ihren

Job auf. Mark Henderson erpresste sie und verlangte von ihr, heimlich strategisch wichtige Daten zur Oppositionellen Vereinigung von Tongalen, die sich selbst OVT nannte, zu schmuggeln. Aber sie hat uns unterwegs darüber in Kenntnis gesetzt und uns tatkräftig bei der Aufklärung des Falls unterstützt.«

»Dann seid ihr jetzt zusammen?«

»Ja, sind wir.«

»Dass Mark seine wahre Identität so lange vor euch verbergen konnte, ist mir immer noch ein Rätsel.« Britts Gesichtsausdruck verriet Ratlosigkeit.

»Es ist uns im Nachhinein auch schleierhaft«, antwortete Christopher nachdenklich. »Wir wären nie darauf gekommen, dass sein wirklicher Name Marac Kresnan war und er ursprünglich von TONGA-II stammte.«

»Aber trotzdem war er kein Tongaler.«

Gabriela blickte verwirrt zwischen Britt und Christopher hin und her.

»Es gab auf TONGA-II vor der großen Katastrophe einen zweiten Staat namens Curanien. Nach einem starken Seebeben und dem anschließenden verheerenden Tsunami blieb davon nichts übrig. Marac Kresnan war der einzige Überlebende, weil er zum Zeitpunkt der Katastrophe zufällig auf der Erde weilte. Nachdem er bei der Rückkehr nichts mehr von seinem Heimatland vorgefunden hatte, reiste er wieder zurück zur Erde und begann hier ein neues Leben.«

»Die Curaner waren ein religiöses Volk«, sagte Britt zu Gabriela.

»Sehr sogar«, bestätigte Christopher, »aber Marac Kresnan hat nach dem Schicksalsschlag, bei dem seine ganze Familie umkam, den Glauben verloren.«

»Er wollte in Tongalen seine ehemalige Religion wieder aufleben lassen und sie den Menschen sogar aufzwingen. Rick hat mir erzählt, diese Organisation hätte vielen Kolonisten eine Gehirnwäsche verpasst.«

»Das stimmt. Aber er wollte die Religion nur dazu missbrauchen, um sich an dem Volk zu rächen, das einst für die Trennung der Curaner von den Tongalern verantwortlich gewesen war.«

»Man kann von Glück sagen, dass dies verhindert werden konnte. Nicht auszudenken, wenn sie das erreicht und anschließend ihre Macht auf andere Kolonien ausgeweitet hätten.«

»Das hatten sie tatsächlich vor. Es gab sogar Pläne, die Erde zu erobern. Darin bestand auch der Sinn der Verbindung zwischen der OVT und dem ehemaligen Konzernleiter von *Norris & Roach*, Derek Varnowski. Er wäre der große Profiteur dieser Machtübernahme gewesen. Zum Glück sitzt dieser Verbrecher jetzt im Gefängnis.«

»Ich habe gehört, dass einer der führenden Köpfe dieser Organisation entkommen ist.«

»Leider. Kamal Golenko, der ehemalige Polizeichef von Tongalen, hatte sein Amt missbraucht, um den Administrativen Rat zu infiltrieren. Im Moment weiß niemand, wo er sich aufhält. Man nimmt allgemein an, dass er nach Tongalen zurückgekehrt ist und sich dort versteckt hält. Die Fahndung nach ihm läuft sowohl auf der Erde als auch dort.«

»Bleibt nur zu hoffen, dass der Kerl bald erwischt wird.«

»Im Gegensatz zu Marac Kresnan ist Golenkos Handeln mehr von Vernunft geprägt als von Emotionen. Das macht ihn so gefährlich. Ich bin überzeugt, er heckt in seinem Versteck irgendetwas aus. Wenn er zuschlägt, wird alles wohldurchdacht sein.«

»Deshalb sollte nichts unterlassen werden, ihn zu finden und unschädlich zu machen«, meldete sich Rick mit Nachdruck zu Wort.

5.

Die riesige Felsenhöhle war von wachshaltiger Luft durchtränkt, verursacht durch die unzähligen Kerzenlampen, die dem großen Raum spärliches Licht bescherten. Der undeutliche Singsang der Menschen, die sich hier versammelt hatten, verbreitete eine sakrale Stimmung. Sie knieten auf dem kahlen Lehmboden und blickten gebannt auf die große, kräftig gebaute Gestalt im Vordergrund.

Der Mann trug einen sackartigen braunen Umhang mit einer Kapuze über dem Kopf. Mit stechendem Blick starrten zwei Augen zufrieden und selbstsicher in die Menge, die ihm Respekt und Ehre erwies.

Ein paar jüngere Männer, ebenfalls in braunen Kutten, verteilten Wasser in Tonschalen.

»Trinkt das heilige Wasser und werdet erleuchtet«, predigte das Oberhaupt in beschwörendem Ton. »Es wird euch den richtigen Weg weisen und eure Seele reinigen.«

Unzählige Männer und Frauen erhoben sich von ihren Plätzen, traten ehrfürchtig vor den Prediger, knieten erneut nieder und küssten seine Hand. All diese Huldigungen waren für ihn Genugtuung für die in der Vergangenheit erlittene große Schmach. Auf dem dritten Planet des MOLANA-Systems hatte er ein Volk gefunden, das es verdiente, von ihm erlöst und in die Erleuchtung geführt zu werden. Über die Art dieser Erleuchtung hatte er allerdings ganz klare Vorstellungen.

Es waren größtenteils Bauern und Landarbeiter, die sich ihm anschlossen, nachdem sie von seinen Predigten gehört hatten. Sie verdienten sich ihren Lebensunterhalt mit Säen und Ernten, betrieben untereinander und mit den Außenbezirken der Stadt Handel. Die wenigen Menschen, die noch im größtenteils verlassenen und heruntergekommenen Stadtzentrum von Discardtown wohnten, fristeten eher ein tristes Dasein, lebten vom

Betteln oder Stehlen und von Abfällen. Aber auch unter ihnen fand er gefügige Anhänger.

Eine kleine Schar von privilegierten Schmarotzern, die nur auf Kosten anderer gelebt und sich einen kleinen Reichtum angehäuft hatten, waren von ihm und seinen Anhängern von ihrer wertvollen Last befreit und geläutert worden. Ihr Vermögen diente nun edleren Zwecken. Er erstand von Handelsschiffen, die diesen Planeten regelmäßig besuchten, bestimmte Gerätschaften und Güter.

Als sich die Händler eines Schiffes weigerten, ihre Ware an die Gruppe der Erleuchteten zu verkaufen, wurde das Schiff von seinen Anhängern kurzerhand erobert und die Ware beschlagnahmt. Nachdem die Mannschaft von seinen redlichen Motiven überzeugt und in die Gemeinschaft aufgenommen worden war, zerlegte man das Schiff in seine Einzelteile und verwendete sie für andere Zwecke.

Kurz nachdem er auf dem ehemals blühenden, mittlerweile aber heruntergekommenen Kolonialplaneten eingetroffen war, hatte er in der Wildnis durch Zufall eine Quelle entdeckt, deren Wasser eine eigenartige Wirkung auf ihn ausübte. Kaum hatte er davon getrunken, fühlte er sich frei und willig. Hätte ihm jemand einen Befehl erteilt, er hätte ihn gehorsam ausgeführt, ohne darüber nachzudenken. Nach der schockierenden ersten Erfahrung hatte er fortan nicht mehr davon getrunken.

Aber dieses besondere Wasser ließ ihm keine Ruhe. Nach gründlichen Überlegungen fuhr er mit einem klapprigen Wagen noch einmal zu der Quelle, füllte einige Kunststofffässer und beförderte sie nach Discardtown.

Als er den zerlumpten Gestalten das Wasser anbot, wurde er wie ein Messias gefeiert. In Scharen kamen sie aus allen Ecken gekrochen und tranken gierig. Die Wirkung ließ nicht lange auf sich warten. Sie wurden willig und führten jeden seiner Befehle aus, den er ihnen erteilte.

In der folgenden Zeit scharten sich immer mehr Kolonisten um ihn und warteten begierig darauf, seine Botschaft zu vernehmen und seine Wünsche zu erfüllen. Er organisierte das Leben dieser Leute, ließ zusätzliche Verwaltungen und neue Schulen einrichten und besorgte weitere Güter, um die Menschen auszubilden und zu versorgen. Dank der Wirkung des besonderen Wassers wuchs auch die Zahl der Touristen, die sich seiner Gruppe anschlossen und ihr Fachwissen in seine Dienste stellten.

Mit der Zeit zeigten seine Bemühungen Wirkung. Die Menschen hatten ihre Aufgaben und Pflichten und führten sie willig aus. Auch die Situation in der Stadt begann sich zum Besseren zu verändern. Allerdings konnten das Elend und die chaotischen Zustände nicht von heute auf morgen beseitigt werden. Aber die Leute gingen wieder einer Beschäftigung nach. Handelsschiffe landeten wieder häufiger. Das Leben nahm einen geregelten Verlauf. Niemand fragte sich, welcher Sinn hinter all den Bemühungen steckte.

Das allein wusste nur ihr geheimnisvoller Anführer.

6.

Am nächsten Morgen flogen Rick und Christopher direkt zu den Labors des Konzerns. Rick hatte beschlossen, während des gesamten Experiments anwesend zu sein.

Als sie eine halbe Stunde später eintrafen, wurden sie von den Wissenschaftlern herzlich begrüßt. Diese hatten bereits alles für die Versuche vorbereitet. Doch bevor Christopher der Prozedur unterzogen wurde, mussten noch einige Gespräche geführt und Abklärungen zwischen ihm und den Spezialisten getroffen werden.

»Vor und während des gesamten Vorgangs wirst du von entsprechenden Fachpersonen betreut und überwacht«, erklärte Rick und stellte ihm das Team vor.

»Lynn Bergström wird mit dir zu Beginn einige Gespräche führen und dich während der ganzen Zeit psychologisch betreuen«, fuhr Rick fort. »Wenn dich etwas bedrückt oder wenn du Zweifel an irgendetwas hast, wende dich an sie.«

Christopher blickte Lynn in die Augen und erkannte etwas Prickelndes. Sie lächelte kurz und reichte ihm die Hand.

»Ben Halder ist Neurologe und wird deine Hirnströme messen und analysieren.«

»Mit diesen Messergebnissen werden wir die Neuro-Sensoren kalibrieren«, erklärte Ben, nachdem er Christopher ebenfalls mit einem Händedruck begrüßt hatte. »Nach der Implantation wird noch einmal eine Feinkalibrierung vorgenommen.« Ben war groß und kräftig gebaut, hatte goldbraunes Haar und eine sympathische Ausstrahlung.

Anschließend wandte sich Rick an die Nanotechnikerin Sil Weaver. »Sil ist eine Mitverantwortliche bei der Herstellung der Neuro-Sensoren und wird der Implantation ebenfalls beiwohnen. Sollten funktionelle Störungen eintreten, wird sie sofort mit ihrem Team eingreifen.«

Sil, mittelgroß und hager, lächelte kurz und reichte Christopher ebenfalls die Hand.

»Den Kryptologen Emanuel Navas kennst du schon von unserem Abenteuer in Tongalen«, beendete Rick die Vorstellungsrunde.

Emanuel klopfte Christopher anerkennend auf die Schulter. »Schön, dich wohlbehalten wiederzusehen.«

»Danke, freut mich ebenfalls«, erwiderte Christopher. »Wenn du dabei bist, geht bestimmt nichts schief.«

Emanuel Navas spitzte seine Lippen zu einem stummen Pfeifen und blickte unschuldig zur Decke.

»Zunächst werde ich von dir ein psychologisches Profil erstellen«, erklärte Lynn Bergström nach einem kurzen Moment. In blauen Jeans und einer weißen Bluse, die ihr etwa zwei Nummern zu groß war, hinterließ sie einen saloppen Eindruck. Ihre unauffällige Brille saß beinahe auf der Nasenspitze, sodass sie Christopher ständig über den oberen Rand hinweg ansah. »Dazu werden wir ein paar längere Gespräche führen. Wie lange sie insgesamt dauern, hängt auch von dir und deiner Kooperation ab. Aber so, wie ich dich nach meinem ersten Eindruck einschätze, werden wir bestimmt keine Probleme haben.«

Christopher lächelte verlegen.

»Damit du das nicht falsch verstehst«, ergänzte Rick, »diese Leute hier sind nicht die Einzigen, die an dem Projekt beteiligt sind. Es handelt sich lediglich um einige Projektverantwortliche von verschiedenen Bereichen. Im Hintergrund arbeiten noch einige Dutzend weitere Personen. Vielen von ihnen wirst du in nächster Zeit noch begegnen.«

»Es war mir schon klar, dass es noch ein bisschen mehr Leute sind. Ich freue mich, sie ebenfalls kennenzulernen.«

»Gibt es noch irgendetwas, das du gerne wissen möchtest, bevor wir anfangen?«, fragte Lynn.

Christopher überlegte kurz. »Im Moment nicht.«

»Okay, dann schlage ich vor, wir ziehen uns in mein Besprechungszimmer zurück.«

»Einverstanden.«

7.

Christopher lag auf einer gepolsterten Untersuchungsliege, an Händen, Armen, Schultern, Brust, Ober- und Unterschenkeln und Füßen festgeschnallt. Sein Kopf, ebenfalls arretiert, ruhte in einem vollständig seiner Schädelform angepassten Kunststoffkissen. Es umfasste die hintere Hälfte seines Kopfes, als hätte es sich daran festgesaugt, und verunmöglichte jegliche Bewegung. Kleine Aussparungen über seinen Ohren verhinderten, dass er nichts mehr hören konnte.

Ben Halder stand neben ihm und erklärte seit einigen Minuten noch einmal in groben Zügen die Vorgehensweise. Sie bestand darin, die Neuro-Sensoren mittels computergesteuerten Präzisionsinjektoren an den exakt richtigen Stellen unter die Haut zu injizieren. Diese waren zuvor durch einen Elektroenzephalografen ermittelt worden, was eine vorangehende Rasur seines gesamten Schädels vorausgesetzt hatte. Auch jetzt waren Sensoren auf seiner Schädeldecke angebracht, die laufend Daten an die Kontrollrechner lieferten.

Obwohl ihm der Neurologe im Vorfeld die gesamte Prozedur in allen Einzelheiten geschildert hatte und Christopher wusste, was nun geschehen würde, fühlte er sich alles andere als wohl. Ben hatte erzählt, dass Sil Weaver bereits seit über zwei Wochen Neuro-Sensoren trug und sich bei ihr keine Komplikationen eingestellt hatten. Dies konnte ihn jedoch nicht beruhigen, da es, von ihr abgesehen, keine weiteren Probanden mit Erfahrungswerten gab.

Was ihm die allergrößten Schwierigkeiten bereitete, war die Unbeweglichkeit. Jede Faser seines Körpers verlangte nach einer Positionsveränderung und sei sie auch noch so gering. Die einzigen Körperteile, die er bewegen konnte, waren Finger und Zehen. Alles andere war blockiert.

Er hatte Mühe, sich auf Bens Erläuterungen zu konzentrieren. Bei jedem Atemzug spürte er den Druck des

Kunststoffriemens auf seiner Brust. Ungewöhnlich häufig hatte er das Bedürfnis zu schlucken, was ihm unter der momentanen Anspannung Schmerzen bereitete.

»Beruhige dich«, vernahm Christopher Lynns Stimme von der anderen Seite. Ihr Gesicht erschien kurz in seinem Blickfeld. Er blickte in ihre Augen, die viel Ruhe ausstrahlten. Aber dann waren sie wieder entschwunden.

»Versuche, dich zu entspannen und atme ganz normal. Erinnere dich an das, was wir besprochen haben.«

Um dem grellen Licht der Operationslampe zu entgehen, die über ihm schwebte, schloss er die Augen. Sofort wurde es rundherum dunkel. Aber in der Mitte seines Blickfeldes erschien eine weißgelbe Sonne, die an den Rändern in gleichfarbigen Punkten ausfranste. Für einige Augenblicke fühlte er sich frei, spürte seinen Körper nicht mehr, vor allem nicht die Fesseln, die ihn gefangen hielten.

Ben teilte ihm mit leiser Stimme mit, dass sich die Injektionsnadeln direkt über seinen Schläfen befanden und das Einführen der Sensoren unmittelbar bevorstand.

Für einen kurzen Moment hielt Christopher den Atem an.

»Ganz ruhig weiteratmen«, flüsterte Lynn nahe an seinem linken Ohr. »Wenn es dir gut tut, lass die Augen geschlossen.«

Dann spürte er die sanften Stiche. Ein leises Zischen zeugte davon, dass die winzige Menge Flüssigkeit zusammen mit den Mikrochips aus den dünnen Ampullen gepumpt worden war und den Weg unter seine Haut gefunden hatte.

Erneut war er versucht, vor Anspannung den Atem anzuhalten, da er Komplikationen und Schmerzen erwartete. Die ersten paar Sekunden kamen ihm wie eine Ewigkeit vor. Das Pochen an den Schläfen verstärkte sich. Aber sonst passierte nichts.

»Sie werden für eine kurze Zeit einen leicht verstärkten Druck an den Schläfen spüren«, klärte ihn Ben auf, als hätte er das Pochen selbst bemerkt. »Sobald sich die Trägerflüssigkeit abgebaut hat, verschwindet er wieder.«

»Wie beruhigend«, erwiderte Christopher leise.

»Damit haben Sie den ersten Teil überstanden. Wir müssen Sie jedoch noch etwa eine halbe Stunde angeschnallt lassen, falls eine unerwartete Reaktion auftreten sollte.«

»Was für eine Reaktion?«

»Es ist zwar bisher noch nie vorgekommen, aber rein theoretisch könnte es sein, dass der Körper die Sensoren abstößt, was unter Umständen mit Schmerzen verbunden ist.«

»Aha. Sie denken, ich könnte mir die Dinger mit meinen Fingernägeln unter der Haut hervorkratzen oder mich anderweitig verletzten.«

»So unwahrscheinlich es auch ist, wir möchten trotzdem vorsichtig sein.«

Noch nie vorgekommen, wiederholte er Bens Aussage in Gedanken. Kunststück, es gab ja außer Sil und ihm sonst niemanden.

Dann erschien ein anderes Gesicht über dem seinen. Er erkannte Sils braune Augen, ihre zierliche Nase und ihr kurzes, blondes Haar. Anscheinend hatte sie irgendwann unauffällig den Raum betreten.

»Es wird gut gehen«, munterte sie ihn auf und verschwand wieder.

Plötzlich fühlte er sich alleine. Die Geräusche der anderen Personen waren verschwunden. Weil er den Kopf nicht bewegen konnte, war es ihm unmöglich, sich umzusehen. Er schloss die Augen und dachte an Michelle.

Er hatte am Abend zuvor mit ihr geredet. Sie war nicht sehr gesprächig gewesen. In ihren Augen hatte sich Traurigkeit gespiegelt. In einer beiläufigen Bemerkung hatte sie ihm zu verstehen gegeben, dass sie sich seit seiner Abreise noch einsamer fühlte. Doch dann blitzte ein kurzes Lächeln über ihr Gesicht, als wäre ihr etwas eingefallen.

»David und Jamalla kommen übermorgen und werden ein paar Wochen hier verbringen«, hatte sie ihm berichtet.

Danach hatte sich der traurige Blick wie ein dunkler Schleier wieder über ihr Antlitz gelegt. »Neha hätte das auch sehr gefallen.«

Eine einsame Träne bahnte sich ihren Weg aus der äußeren Ecke seines Auges über die Schläfe. Christopher hatte gedacht, er hätte den Schmerz über Nehas Tod überwunden, doch nun stellte er fest, dass er sich geirrt hatte. Michelles Traurigkeit hatte noch das ihre dazu beigetragen.

Er konnte nicht abschätzen, wie viel Zeit vergangen war, als Lynn zurückkehrte und ihn losschnallte.

»Alles in Ordnung?«, fragte sie lächelnd. »Du siehst blass aus.«

»Alles okay. Wie geht's jetzt weiter?«

»Wir wechseln den Raum. Jetzt ist Sil am Zug. Sie wird die Neuro-Sensoren aktivieren.«

Christopher sah Lynn misstrauisch an.

»Fürchtest du dich?«

»Ich weiß nicht, ob Furcht das richtige Wort ist«, antwortete er. »Ich habe ein ungutes Gefühl.«

»Inwiefern?«

»Kann ich nicht sagen. Als ob etwas schiefgehen wird.«

»Bist du Hellseher?«

»Nicht dass ich wüsste.«

»Mach dir deswegen keinen Kopf. Wir gehen hin und bringen es hinter uns. Nachher wirst du darüber lachen.«

»Schon möglich. Ich hoffe es zumindest.«

Als Christopher und Lynn wenig später das nanotechnische Labor betraten, waren einige Leute emsig dabei, die letzten Vorbereitungen zu treffen. Sogar Rick war anwesend und empfing ihn lächelnd.

»Der große Moment rückt näher«, sagte er.

Dann erblickte Christopher eine ähnliche Untersuchungsliege wie jene, auf der er noch vor Kurzem gelegen hatte.

»Nicht schon wieder anschnallen.«

»Keine Angst. Ist nur zu deiner Sicherheit.«

»Das hat man mir schon im anderen Raum gesagt.«

Zwei Frauen in weißen Kitteln kamen auf ihn zu und baten ihn, sich hinzulegen. Mit einem mulmigen Gefühl im Magen befolgte er ihre Anweisungen. Sofort wurde er wieder angeschnallt, allerdings nur an Beinen, Armen und Oberkörper.

Rick gesellte sich neben ihn und setzte sein typisches Grinsen auf. »Glaub mir. Ist nur halb so schlimm.«

»Ich weiß, ich soll niemanden erschlagen, falls etwas schiefgeht.«

»Vor allem sollst du dich selbst nicht verletzten.«

»Dann lasst es uns hinter uns bringen.«

Die beiden Frauen kamen zurück und befestigten Sensoren auf seiner Kopfhaut und auf der Brust. Einige Glasdisplays erwachten zum Leben. Sofort konzentrierten sich die Frauen darauf, tippten auf bestimmte Stellen, worauf sich die Bilder veränderten.

Plötzlich stand Sil neben ihm. Sie hielt ein Headset in der Hand, das sie ihm behutsam mit den Muscheln auf die Schläfen setzte. Christopher spürte fast nichts davon.

»Es wurde genau an die Form deines Kopfes angepasst, sodass es einwandfrei passt«, sagte sie.

Christopher drehte den Kopf hin und her. Es hielt nicht nur, sondern es bewegte sich kein bisschen.

»Zunächst werden wir die Sensoren lediglich aktivieren, aber noch keine Daten übertragen. Wir wollen nur deine Reaktion beobachten.«

»Okay.«

»Ich werde dir sagen, wenn es soweit ist.«

Christopher versuchte, sich irgendwo festzuhalten. Aber es gab nichts, was ihm dazu dienen konnte.

Sil wandte sich ab und setzte sich an ein Glasterminal. Mit flinken Fingern gab sie einige Befehle ein.

»Alles klar«, vernahm er von einer der beiden Frauen in den weißen Kitteln.

»Gut. Dann wollen wir mal. Christopher? Bist du bereit?«
»Ja.«
»Okay. Ich aktiviere die Sensoren ... jetzt.«
Christopher schloss die Augen.
Dann brach die Hölle über ihn herein.

8.

Die sich wiederholenden Schreie gingen durch Mark und Bein.

»Massiv erhöhte Atemfrequenz!«, schrie eine der Assistentinnen, während eine weitere Person über ihr Terminal ein entsprechendes Beruhigungsmittel in die Infusion leitete. »Rasch ansteigender Puls!«

Zwei Krankenpfleger versuchten, Christophers Körper, der sich plötzlich angespannt und aufgebäumt hatte und anfing, heftig an den Riemen zu zerren, so gut es ging festzuhalten. Sein Kopf schnellte von einer Seite zur anderen, die Augen weit aufgerissen. Am Hals traten die Sehnen bedrohlich hervor.

Einer der Ärzte gab Anweisung, eine weitere Dosis Beruhigungsmittel zu verabreichen. Es dauerte jedoch noch weitere fünf Minuten und bedurfte einer nochmaligen Dosis, bis sich Christopher langsam zu beruhigen schien.

Ben Halder saß besorgt an seinem Terminal und beobachtete Christophers Hirnströme, die seit Beginn des Anfalls verrücktspielten. »Ich kann es nicht verstehen«, raunte er zu sich selbst. »Solche Werte habe ich noch nie gesehen.«

»Was schließen Sie daraus?«, fragte eine der Assistentinnen, die unmittelbar neben ihm saß.

»Ich muss gestehen, ich habe keine Ahnung.«

»Es sind die Sensoren!«, rief Sil aufgeregt von ihrem Terminal aus.

Ben erhob sich, eilte zu ihrem Arbeitsplatz und starrte gespannt auf das Display. »Aber das ist nicht möglich!« Er konnte nicht glauben, was er sah. »Es fließen doch noch gar keine Daten über die Sensoren.«

»Oh doch«, widersprach Sil. »Sogar gigantische Mengen.«

»Woher kommen diese Datenströme?«

»Keine Ahnung. Auf keinen Fall von unseren Systemen.«

Ben drehte sich zu Christopher um und sah dessen halbgeschlossene Augen. Er schien in einen apathischen Zustand verfallen zu sein.

»Wir müssen die Sensoren abschalten!« Ben sah Sil eindringlich an.

»Während einer Datenübertragung ist das äußerst riskant und gefährlich, zumal es für ihn der allererste Transfer ist. Das könnte bleibende Schäden hinterlassen.«

»Und was war das eben? Was passiert, wenn die Beruhigungsmittel aufhören zu wirken? Dann fängt das Ganze wieder von vorne an, sofern der Datenstrom nicht aufhört.«

»Ich kann es nicht sagen. Wir müssen abwarten.«

Von einem Moment zum anderen hatte Christopher den Eindruck, als würden tausend Nadeln und Blitze sein Gehirn durchbohren. Alles in seinem Körper spannte sich an. Im Kopf tobte ein Kampf, der jeden Nerv reizte.

Im Schein von grellweißem Licht tauchten in einem chaotischen Durcheinander unzählige spitze und tiefblaue Klingen auf, die seinen Kopf zu durchdringen schienen. Jede einzelne verursachte höllischen Schmerz. Die Kontrolle über seinen Körper war ihm vollständig entglitten. Er spürte nur noch, wie sich alles zusammenzog und verkrampfte. Der Schmerz überschritt jegliches Maß der Erträglichkeit. Er raubte ihm beinahe den Verstand. Millionen von Lichtpunkten erschienen vor seinem geistigen Auge und deuteten darauf hin, dass er gleich ohnmächtig werden würde.

Nach einer halben Ewigkeit verzog sich der Schmerz langsam in den Hintergrund, ohne von seiner Präsenz zu verlieren. Christopher fühlte sich außerstande, einen rationalen Gedanken zu fassen. Die Bilder um ihn herum verschwammen genauso, wie jene in seinem Kopf. Er begann zu fantasieren, hörte eine Stimme, die immer wieder seinen Namen rief, hatte den Eindruck, in Wasser zu tauchen, immer tiefer in ein dunkles Nichts.

Zwei Stunden später kehrte Rick in den Laborraum zurück und fand Sil neben der Untersuchungsliege sitzend, auf der Christopher reglos und mit geschlossenen Augen lag. Der Datenstrom, der anscheinend aus dem Nichts aufgetaucht und über die Neuro-Sensoren in sein Gehirn eingedrungen war, hatte von einem Moment zum anderen aufgehört.

Christopher stand immer noch unter dem Einfluss der starken Beruhigungsmittel und war nicht ansprechbar. Die Pfleger hatten ihn in die Ausgangslage versetzt, auf den Rücken mit gestreckten Beinen und seitlich angelegten Armen und Händen. Die Kontrollsysteme zeigten wieder Normalwerte an.

Nach Rücksprache mit den Ärzten hatte sich Rick entschieden, die Neuro-Sensoren nicht abzuschalten, solange Christopher noch unter dem Einfluss der Beruhigungsmittel stand. Man hatte sich darauf vorbereitet, sie manuell zu deaktivieren, sobald der Datenstrom wieder einsetzen sollte. Dies barg ein gewisses Risiko, aber die Voruntersuchungen hatten gezeigt, dass Christopher mental stabil war und einiges ertragen konnte.

Die Suche nach der geheimnisvollen Datenquelle war indes erfolglos geblieben. Mit Sicherheit wusste man, dass die Daten nicht aus den internen Systemen stammten. Ebenfalls ausgeschlossen werden konnte eine mutwillige Aktion von Menschenhand. Diese beiden Tatsachen bereiteten den Verantwortlichen großes Kopfzerbrechen. Man stand dem Phänomen ratlos gegenüber.

»Daten können doch nicht einfach aus dem Nichts auftauchen«, haderte Sil, »und dann noch in so großen Mengen.«

»Was mich zusätzlich verwundert«, sagte Rick, von dessen üblicher Gelassenheit nicht mehr viel zu spüren war, »warum hat unser Kontrollmechanismus versagt?«

»Vor lauter Rätseln über die Herkunft der Daten habe ich daran schon fast nicht mehr gedacht.«

»Gelangen irgendwelche Ströme, egal ob bekannt oder nicht, in das Gehirn der Versuchsperson, müsste dies durch unser

Kontrollsystem sofort unterbunden werden. Beim Aktivieren der Sensoren werden minimale Spannungen übermittelt, die jedoch vom Probanden nicht wahrgenommen werden. Aber für das, was wir heute erlebt haben, finde ich keine Erklärung.«

Sil saß da, starrte vor sich hin, als ob sie Rick gar nicht zugehört hatte.

»Woran denkst du?«, fragte er.

Sil zuckte zusammen. »Oh, entschuldige. Was hast du eben gesagt?«

»Ich wollte wissen, woran du denkst.«

»Ich dachte einen kurzen Moment lang an etwas Absurdes.«

»Erzähl.«

Sil zögerte. Dann setzte sie, nach Worte suchend und mehrmals die Blickrichtung wechselnd, zum Sprechen an. »In den letzten zwei Wochen, seit ich die Sensoren trage, hatte ich manchmal den Eindruck, eigenartige Signale zu empfangen. Aber ich dachte bisher, es wäre nur Einbildung.«

»Warum hast du es mir nicht sofort erzählt? Das ist für unsere Forschung eminent wichtig.«

»Tut mir leid. Ich habe es anscheinend selbst nicht richtig wahrgenommen. Aber nach den heutigen Vorkommnissen tauchte die Erinnerung plötzlich wieder auf.«

»In welcher Art und Weise hat es sich geäußert?«

»Eigentlich nur gefühlsmäßig. Nichts, das eindeutig identifizierbar gewesen wäre.«

»Wir sollten deine Sensoren noch mal ausmessen.«

»Ja, einverstanden. Das könnte vielleicht Aufschluss geben.«

»Wie oft hattest du dieses Gefühl schon?«

»Ist schwer zu sagen. Es war nicht so, dass ich jeweils sofort wusste *Ah, das ist wieder so eine Situation*. Es war eher so wie ein Déjà-vu. Ich hatte jedes Mal den Eindruck, dieses besondere Gefühl vor kurzem schon einmal erlebt zu haben.«

»Aber erst, seit du die Sensoren trägst.«

»Ich glaube schon.«

»Keine Angst. Ist nur zu deiner Sicherheit.«

»Das hat man mir schon im anderen Raum gesagt.«

Zwei Frauen in weißen Kitteln kamen auf ihn zu und baten ihn, sich hinzulegen. Mit einem mulmigen Gefühl im Magen befolgte er ihre Anweisungen. Sofort wurde er wieder angeschnallt, allerdings nur an Beinen, Armen und Oberkörper.

Rick gesellte sich neben ihn und setzte sein typisches Grinsen auf. »Glaub mir. Ist nur halb so schlimm.«

»Ich weiß, ich soll niemanden erschlagen, falls etwas schiefgeht.«

»Vor allem sollst du dich selbst nicht verletzten.«

»Dann lasst es uns hinter uns bringen.«

Die beiden Frauen kamen zurück und befestigten Sensoren auf seiner Kopfhaut und auf der Brust. Einige Glasdisplays erwachten zum Leben. Sofort konzentrierten sich die Frauen darauf, tippten auf bestimmte Stellen, worauf sich die Bilder veränderten.

Plötzlich stand Sil neben ihm. Sie hielt ein Headset in der Hand, das sie ihm behutsam mit den Muscheln auf die Schläfen setzte. Christopher spürte fast nichts davon.

»Es wurde genau an die Form deines Kopfes angepasst, sodass es einwandfrei passt«, sagte sie.

Christopher drehte den Kopf hin und her. Es hielt nicht nur, sondern es bewegte sich kein bisschen.

»Zunächst werden wir die Sensoren lediglich aktivieren, aber noch keine Daten übertragen. Wir wollen nur deine Reaktion beobachten.«

»Okay.«

»Ich werde dir sagen, wenn es soweit ist.«

Christopher versuchte, sich irgendwo festzuhalten. Aber es gab nichts, was ihm dazu dienen konnte.

Sil wandte sich ab und setzte sich an ein Glasterminal. Mit flinken Fingern gab sie einige Befehle ein.

»Alles klar«, vernahm er von einer der beiden Frauen in den weißen Kitteln.

»Gut. Dann wollen wir mal. Christopher? Bist du bereit?«
»Ja.«
»Okay. Ich aktiviere die Sensoren … jetzt.«
Christopher schloss die Augen.
Dann brach die Hölle über ihn herein.

8.

Die sich wiederholenden Schreie gingen durch Mark und Bein.

»Massiv erhöhte Atemfrequenz!«, schrie eine der Assistentinnen, während eine weitere Person über ihr Terminal ein entsprechendes Beruhigungsmittel in die Infusion leitete. »Rasch ansteigender Puls!«

Zwei Krankenpfleger versuchten, Christophers Körper, der sich plötzlich angespannt und aufgebäumt hatte und anfing, heftig an den Riemen zu zerren, so gut es ging festzuhalten. Sein Kopf schnellte von einer Seite zur anderen, die Augen weit aufgerissen. Am Hals traten die Sehnen bedrohlich hervor.

Einer der Ärzte gab Anweisung, eine weitere Dosis Beruhigungsmittel zu verabreichen. Es dauerte jedoch noch weitere fünf Minuten und bedurfte einer nochmaligen Dosis, bis sich Christopher langsam zu beruhigen schien.

Ben Halder saß besorgt an seinem Terminal und beobachtete Christophers Hirnströme, die seit Beginn des Anfalls verrücktspielten. »Ich kann es nicht verstehen«, raunte er zu sich selbst. »Solche Werte habe ich noch nie gesehen.«

»Was schließen Sie daraus?«, fragte eine der Assistentinnen, die unmittelbar neben ihm saß.

»Ich muss gestehen, ich habe keine Ahnung.«

»Es sind die Sensoren!«, rief Sil aufgeregt von ihrem Terminal aus.

Ben erhob sich, eilte zu ihrem Arbeitsplatz und starrte gespannt auf das Display. »Aber das ist nicht möglich!« Er konnte nicht glauben, was er sah. »Es fließen doch noch gar keine Daten über die Sensoren.«

»Oh doch«, widersprach Sil. »Sogar gigantische Mengen.«

»Woher kommen diese Datenströme?«

»Keine Ahnung. Auf keinen Fall von unseren Systemen.«

Ben drehte sich zu Christopher um und sah dessen halbgeschlossene Augen. Er schien in einen apathischen Zustand verfallen zu sein.

»Wir müssen die Sensoren abschalten!« Ben sah Sil eindringlich an.

»Während einer Datenübertragung ist das äußerst riskant und gefährlich, zumal es für ihn der allererste Transfer ist. Das könnte bleibende Schäden hinterlassen.«

»Und was war das eben? Was passiert, wenn die Beruhigungsmittel aufhören zu wirken? Dann fängt das Ganze wieder von vorne an, sofern der Datenstrom nicht aufhört.«

»Ich kann es nicht sagen. Wir müssen abwarten.«

Von einem Moment zum anderen hatte Christopher den Eindruck, als würden tausend Nadeln und Blitze sein Gehirn durchbohren. Alles in seinem Körper spannte sich an. Im Kopf tobte ein Kampf, der jeden Nerv reizte.

Im Schein von grellweißem Licht tauchten in einem chaotischen Durcheinander unzählige spitze und tiefblaue Klingen auf, die seinen Kopf zu durchdringen schienen. Jede einzelne verursachte höllischen Schmerz. Die Kontrolle über seinen Körper war ihm vollständig entglitten. Er spürte nur noch, wie sich alles zusammenzog und verkrampfte. Der Schmerz überschritt jegliches Maß der Erträglichkeit. Er raubte ihm beinahe den Verstand. Millionen von Lichtpunkten erschienen vor seinem geistigen Auge und deuteten darauf hin, dass er gleich ohnmächtig werden würde.

Nach einer halben Ewigkeit verzog sich der Schmerz langsam in den Hintergrund, ohne von seiner Präsenz zu verlieren. Christopher fühlte sich außerstande, einen rationellen Gedanken zu fassen. Die Bilder um ihn herum verschwammen genauso, wie jene in seinem Kopf. Er begann zu fantasieren, hörte eine Stimme, die immer wieder seinen Namen rief, hatte den Eindruck, in Wasser zu tauchen, immer tiefer in ein dunkles Nichts.

Zwei Stunden später kehrte Rick in den Laborraum zurück und fand Sil neben der Untersuchungsliege sitzend, auf der Christopher reglos und mit geschlossenen Augen lag. Der Datenstrom, der anscheinend aus dem Nichts aufgetaucht und über die Neuro-Sensoren in sein Gehirn eingedrungen war, hatte von einem Moment zum anderen aufgehört.

Christopher stand immer noch unter dem Einfluss der starken Beruhigungsmittel und war nicht ansprechbar. Die Pfleger hatten ihn in die Ausgangslage versetzt, auf den Rücken mit gestreckten Beinen und seitlich angelegten Armen und Händen. Die Kontrollsysteme zeigten wieder Normalwerte an.

Nach Rücksprache mit den Ärzten hatte sich Rick entschieden, die Neuro-Sensoren nicht abzuschalten, solange Christopher noch unter dem Einfluss der Beruhigungsmittel stand. Man hatte sich darauf vorbereitet, sie manuell zu deaktivieren, sobald der Datenstrom wieder einsetzen sollte. Dies barg ein gewisses Risiko, aber die Voruntersuchungen hatten gezeigt, dass Christopher mental stabil war und einiges ertragen konnte.

Die Suche nach der geheimnisvollen Datenquelle war indes erfolglos geblieben. Mit Sicherheit wusste man, dass die Daten nicht aus den internen Systemen stammten. Ebenfalls ausgeschlossen werden konnte eine mutwillige Aktion von Menschenhand. Diese beiden Tatsachen bereiteten den Verantwortlichen großes Kopfzerbrechen. Man stand dem Phänomen ratlos gegenüber.

»Daten können doch nicht einfach aus dem Nichts auftauchen«, haderte Sil, »und dann noch in so großen Mengen.«

»Was mich zusätzlich verwundert«, sagte Rick, von dessen üblicher Gelassenheit nicht mehr viel zu spüren war, »warum hat unser Kontrollmechanismus versagt?«

»Vor lauter Rätseln über die Herkunft der Daten habe ich daran schon fast nicht mehr gedacht.«

»Gelangen irgendwelche Ströme, egal ob bekannt oder nicht, in das Gehirn der Versuchsperson, müsste dies durch unser

Kontrollsystem sofort unterbunden werden. Beim Aktivieren der Sensoren werden minimale Spannungen übermittelt, die jedoch vom Probanden nicht wahrgenommen werden. Aber für das, was wir heute erlebt haben, finde ich keine Erklärung.«

Sil saß da, starrte vor sich hin, als ob sie Rick gar nicht zugehört hatte.

»Woran denkst du?«, fragte er.

Sil zuckte zusammen. »Oh, entschuldige. Was hast du eben gesagt?«

»Ich wollte wissen, woran du denkst.«

»Ich dachte einen kurzen Moment lang an etwas Absurdes.«

»Erzähl.«

Sil zögerte. Dann setzte sie, nach Worte suchend und mehrmals die Blickrichtung wechselnd, zum Sprechen an. »In den letzten zwei Wochen, seit ich die Sensoren trage, hatte ich manchmal den Eindruck, eigenartige Signale zu empfangen. Aber ich dachte bisher, es wäre nur Einbildung.«

»Warum hast du es mir nicht sofort erzählt? Das ist für unsere Forschung eminent wichtig.«

»Tut mir leid. Ich habe es anscheinend selbst nicht richtig wahrgenommen. Aber nach den heutigen Vorkommnissen tauchte die Erinnerung plötzlich wieder auf.«

»In welcher Art und Weise hat es sich geäußert?«

»Eigentlich nur gefühlsmäßig. Nichts, das eindeutig identifizierbar gewesen wäre.«

»Wir sollten deine Sensoren noch mal ausmessen.«

»Ja, einverstanden. Das könnte vielleicht Aufschluss geben.«

»Wie oft hattest du dieses Gefühl schon?«

»Ist schwer zu sagen. Es war nicht so, dass ich jeweils sofort wusste *Ah, das ist wieder so eine Situation*. Es war eher so wie ein Déjà-vu. Ich hatte jedes Mal den Eindruck, dieses besondere Gefühl vor kurzem schon einmal erlebt zu haben.«

»Aber erst, seit du die Sensoren trägst.«

»Ich glaube schon.«

»Siehst du einen Zusammenhang mit den Orten, an denen du dich dabei aufgehalten hattest?«

»Nein, überhaupt nicht. Es passierte sowohl hier wie auch bei mir zu Hause.«

»Dann können wir in deinem Fall eine interne Quelle des Phänomens ausschließen.«

»Davon bin ich eigentlich von Anfang an ausgegangen. Glaubst du, es steht im Zusammenhang mit dem, was mit Christopher passiert ist?«

»Kann ich derzeit nicht sagen. Aber wir sollten es in Erwägung ziehen und untersuchen. Auf jeden Fall müssen wir die Sicherheitsmechanismen prüfen und unter Umständen verändern.«

»Wie können wir Tests durchführen, ohne dass uns diese mysteriösen Datenströme wieder in die Quere kommen?«

»Unser Sicherheitssystem hat das ganze Desaster inklusive des Datenstroms aufgezeichnet. Emanuel arbeitet mit seinem Team seit zwei Stunden an der Analyse dieser Daten.«

»Hat er schon etwas herausgefunden?«

»Bisher nicht. Er und seine Leute stehen vor einem Rätsel. Quantitativ sind zweifelsfrei Daten vorhanden. Aber sie lassen sich nicht visualisieren. Es ist nichts Greifbares da. Nicht einmal das Format ist ihnen bekannt.«

Sil starrte ihn ratlos an. »Genauso hatte ich es jedes Mal empfunden. Es war nie etwas Greifbares da, das ich mit meinem Verstand oder mit den Gedanken hätte fassen können. Nur dieses eigenartige Gefühl.«

Ricks Kommunikator summte. Sofort vernahm er Emanuels erregte Stimme: »Die Daten sind verschwunden.«

9.

»Die Zeit ist gekommen.«

Ernest sah sich um. Er wusste, wo er sich befand. Trotzdem konnte er den Ort nicht benennen. Die blauen Plattformen, die gleichfarbigen, skurrilen Türme, die fortwährend ihre Form veränderten, das sanft plätschernde Wasser. All das hatte er vor langer Zeit schon einmal gesehen. Trotzdem kam ihm alles fremd vor.

»Die Zeit ist gekommen«, wiederholte die Stimme.

»Du bist der Junge von damals. Ahen, nicht wahr?« Ernest sah ihn erwartungsvoll an.

Ahen lächelte sanft. »Es freut mich, dass du dich an mich erinnerst.«

»Lange ist es her.«

»Für dich, aber nicht für mich.«

Ernest drehte sich um die eigene Achse, blickte auch nach oben und nahm die Umgebung näher in Augenschein. »Bin ich wirklich hier? Oder träume ich es nur?«

Ahen schwieg.

»Letztes Mal sagtest du, von der Erde würde eine große Bedrohung ausgehen. Aber du sagtest mir nicht, wann es sein wird.«

»Deine Freunde werden sich in große Gefahr begeben, um dieser Bedrohung zu begegnen.«

Ernest brauchte nicht zu fragen, wen er damit meinte. »Verrätst du mir, um was es sich bei dieser Bedrohung handelt?«

»Erzähl ihnen, im MOLANA-System werden sie finden, wonach sie suchen.«

»MOLANA-III. Damals, als ich dir das erste Mal begegnete, war ich auf einer Autorenkonferenz in dieser Kolonie.«

»Sag ihnen, sie müssen sich beeilen.«

Ernest sah in Ahens von mittellangem, schwarzem Haar umrahmtes Gesicht, aus dem ihn tiefblaue Augen fixierten. Er erkannte vertraute Züge, konnte sie aber nicht zuordnen.

»Vieles hängt vom Handeln deiner Freunde ab.«

»Ich werde es ihnen ausrichten.« Ernest zögerte einen Moment, bevor er fragte: »Warum hast du ausgerechnet mich gewählt, um diese Botschaft zu überbringen?«

»Wir werden uns wiedersehen.« Ohne weiter auf Ernests Frage einzugehen, drehte sich Ahen um und ging davon.

Als Ernest aufwachte, hatte er die soeben gehörten Worte noch im Gedächtnis: *Im MOLANA-System werden sie finden, wonach sie suchen.*

War nun wirklich die Zeit gekommen, seine Freunde einzuweihen? Welch schreckliche Bedrohung konnte von der Erde ausgehen? Und warum MOLANA? Zwischen dieser Kolonie und der Erde musste es einen Zusammenhang geben.

Ernest rief sich noch einmal Ahens Gesicht in Erinnerung, seinen eindringlichen Blick und die Bestimmtheit seiner Worte.

Warum hat er ausgerechnet mich ausgesucht?, überlegte er erneut. *Etwa weil ich damals zufällig auf MONALA-III war?*

Er glaubte nicht daran. Es musste etwas anderes sein. Über sechzig Jahre hatte es gedauert, bis Ahen ihm heute wieder erschienen war. In dieser langen Zeit hatte sich keine Bedrohung gezeigt.

Was war jetzt anders? Was hatte es mit MOLANA zu tun?

Ernest schlug die Decke zurück und setzte sich auf die Bettkante. Keyna hatte das Zimmer bereits verlassen. Wahrscheinlich bereitete sie das Frühstück zu, wie sie es meistens um diese Zeit tat.

Spontan griff er nach seinem Kommunikator und wählte Ricks Adresse. »Wir müssen reden.«

»Ist etwas vorgefallen?«

»Ja, aber nichts, was du dir vorstellen kannst.«

»Erzähl.«

»Nicht über den Kommunikator. Kannst du in den nächsten Tagen kommen?«

»Du klingst mysteriös. Ich muss sehen, ob ich hier weg kann. Wir haben einige Probleme.«

»Mit Christopher?«

»Es betrifft ihn, aber nicht er ist das Problem.«

»Du kannst es mir später erzählen. Wann kannst du kommen?«

»Ich versuche es morgen oder übermorgen.«

10.

Zwei Tage später gab es immer noch keinen Aufschluss über die Herkunft und den Verbleib der mysteriösen Daten. Ricks Leute überprüften sämtliche involvierten Systeme, fanden jedoch nichts Außergewöhnliches.

Rick fühlte sich nutzlos. Er konnte selbst nichts dazu beitragen, Licht in die Angelegenheit zu bringen und beschloss daher, zu Ernest nach Irland zu fliegen. Es gab in den Labors genug Leute, die sich um alles kümmern konnten.

Am nächsten Tag saßen Ernest und er gemeinsam mit Michelle und Keyna auf dem Gartensitzplatz und informierten sich gegenseitig über die neuesten Ereignisse. Rick erzählte von den Vorkommnissen bezüglich Christophers Neuro-Sensoren und versuchte Michelle zu beruhigen.

Dann brach Ernest sein Schweigen über die Begegnungen mit Ahen. Rick geriet darüber beinahe aus dem Häuschen, weil er der Ansicht war, er hätte darüber schon früher informiert werden sollen.

»Kannst du dich noch an den Videoclip erinnern, den du uns in der BAVARIA in Tongalen gezeigt hast?«, fragte Ernest.

»Du meinst jenen, den Emanuel Navas und seine Leute in den geheimen Daten entdeckt und entschlüsselt hatten?«

»Genau den.«

»Was hat es damit auf sich?«, wollte Michelle wissen.

»Das blaue Zeug in dem Videoclip ist nahezu dasselbe, das ich bei meiner Begegnung mit Ahen gesehen hatte. Nur in miniaturisierter Form. Die Plattformen, die Türme, die ständig ihre Form veränderten, sahen genau gleich aus, wie diese Gebilde im Videoclip. Zudem besaß diese Substanz dasselbe Blau.«

Michelle winkte ab. »Die Farbe könnte Zufall sein.«

»Ich glaube nicht an Zufälle.«

»Du denkst, diese blaue Substanz ist mit den Plattformen und Türmen aus deinen Träumen identisch? Das scheint mir etwas weit hergeholt. Zumal es die nur in deinen Träumen gab.«

»Und wenn es doch so ist?«

Darauf wusste Michelle keine Antwort.

»Gehen wir einmal davon aus, dass es tatsächlich so ist«, meldete sich Rick wieder zu Wort.

»Was könnte das für eine Substanz sein?«, fragte Michelle.

Ernest schaute auf. »Es hatte sich doch herausgestellt, dass der Pharmakonzern *Norris & Roach* ein altes Forschungsprojekt, das seit hundertzwanzig Jahren stillgelegt war, reaktiviert hatte. Darin wurden verbotene Experimente mit irgendwelchen Nanopartikeln heimlich wieder aufgenommen.«

Rick runzelte die Stirn. »Du glaubst, bei dem blauen Zeugs handelte es sich um die Nanopartikel, mit denen *Norris & Roach* experimentierte? Dann müsste die blaue Materie, die wir auf dem Video gesehen haben, dieselben Nanopartikel enthalten.«

»Genau daran habe ich gedacht.«

»Worin besteht dann die große Gefahr?«, wollte Michelle wissen.

»Das habe ich mich auch gefragt. Ahen sagte nur, auf MOLANA würden wir finden, wonach wir suchen.«

»Dann müsste jemand hinfliegen.«

»Ahen meinte, meine Freunde würden dies tun. Damit hat er wohl euch gemeint.«

»Falls Christopher und das Team dorthin fliegen wollen, werde ich dies unterstützen«, sagte Rick sofort. »Es liegt auch im Interesse meiner Firma, Licht in diese Angelegenheit zu bringen.«

»Wenn ich jünger wäre, würde mich nichts davon abbringen mitzukommen. Wann wird Christopher soweit sein?«

»Sobald wir den Grund für die Störung herausgefunden, sie behoben haben und Christopher das Training absolviert hat, sollte dem nichts mehr im Weg stehen.«

»Dann seht zu, dass dies schnell geschieht. Ahen meinte, es eilt.«

»Moment mal«, mischte sich Michelle ein. »Ihr könnt doch nicht aufgrund eines Traums einen Flug nach MOLANA in Betracht ziehen.«

»Für mich war es mehr als nur ein Traum«, konterte Ernest. »Es war eine reale Begegnung auf einer anderen Bewusstseinsebene.«

»Woher willst du das wissen?«

»Ich kann es dir nicht erklären. Aber ich bin überzeugt, dass es so ist. Vor über sechzig Jahren wurde unser Raumschiff aus dem Hyperraum und ich in eine fremde Welt geholt. Das war damals mehr als nur real. In dieselbe Welt wurde ich auch dieses Mal versetzt.«

»Aber du hast doch das Haus nicht verlassen. Du warst die ganze Zeit hier.«

»Wie ich schon sagte, ich kann nicht erklären, wie es funktioniert. Aber die Begegnung mit Ahen fand statt.«

»Ich finde zwar auch keine Erklärung für dieses Phänomen«, meinte Rick nachdenklich. »Aber wir sollten der Sache nachgehen.«

»Dieser Meinung bin ich auch«, bestätigte Ernest.

»Zudem sollten wir darauf achten, möglichst nicht über Kommunikationsgeräte darüber zu reden. Und wenn, dann nur über verschlüsselte Kanäle. Ich befürchte, es gibt Leute, die über diese Angelegenheit mehr wissen, als wir uns vorstellen, und die sehr daran interessiert sind, dieses Wissen nicht an die Öffentlichkeit dringen zu lassen.«

Ernest runzelte die Stirn. »Du denkst dabei bestimmt an *Norris & Roach* und die geheimen Experimente in Tongalen.«

»Mein Gefühl sagt mir, dass es zwischen der Substanz in dem Videoclip und der von Ahen erwähnten Bedrohung tatsächlich einen Zusammenhang gibt. Zudem bin ich nicht restlos davon überzeugt, dass die irdische Regierung diese Experimente wirklich vollständig gestoppt hat.«

»Du meinst, *Norris & Roach* macht weiter?«

Rick antwortete nicht. Schweigend sah er Ernest an.

»Weißt du mehr darüber?«

»Ihr wisst, dass ich durch meine Tätigkeit im Diplomatischen Rat unter anderem an Informationen komme, die nicht an die Öffentlichkeit gelangen. Manchmal erreichen mich auch Informationen, die – sagen wir mal – nicht ganz offiziell sind.«

»Ich hätte mir denken können, dass etwas in dieser Richtung läuft.« Ernests Gesicht verfinsterte sich.

»Das bleibt aber unter allen Umständen unter uns.«

»Das ist Ehrensache.«

»Weiß Christopher davon?«, wollte Michelle wissen.

»Nein, wir hatten noch keine Gelegenheit, mit ihm über etwas anderes als über die Probleme mit den Neuro-Sensoren zu reden. Dazu muss ich euch noch etwas sagen.«

Ernest, Michelle und Keyna sahen ihn erwartungsvoll an.

»Einige Stunden nach dem misslungenen Versuch, die Sensoren zu aktivieren, habe ich mit ihm darüber gesprochen. Ich wollte wissen, wie er die Panne erlebt hat und ob er sich überhaupt daran erinnern kann.«

»Du hast erzählt, er sei fast durchgedreht«, sagte Michelle.

»Das stimmt. Gleich anschließend fiel er in eine Bewusstlosigkeit. Aber keine Sorge. Doktor Halder meinte, das sei eine natürliche Reaktion des Körpers, wenn der Schmerz die Grenze des Erträglichen überschreitet.« Rick machte eine kurze Pause. »Wir haben die ganze Prozedur aufgezeichnet. Unser System hat dabei unbekannte Daten registriert, über deren Herkunft wir nichts wissen. Als Emanuel und sein Team sie entschlüsseln wollten, waren sie plötzlich verschwunden. Als hätten sie nie existiert.«

Ernest runzelte die Stirn.

»Wie es aussieht, kamen sie nicht über unsere Netzwerke.«

»Woher dann?«

»Von den Neuro-Sensoren in Christophers Kopf.«

»Wie bitte?«, fragte Michelle verblüfft. »Willst du damit sagen, Christopher hat diese Daten erzeugt, während er vor Schmerz beinahe verrückt geworden ist?«

»Nein, das wollte ich damit nicht sagen. Tatsache ist aber, dass die Daten von den Neuro-Sensoren ausgingen. Doch das heißt noch lange nicht, dass sie aus Christophers Gehirn stammen.«

»Woher dann?«

»Die Sensoren könnten sie empfangen haben.«

Erneut herrschte große Ratlosigkeit.

»Ich hoffe doch, ihr habt ihm die Sensoren wieder entfernt«, sagte Michelle entrüstet.

»Das haben wir tatsächlich in Erwägung gezogen. Aber Christopher hat sich vehement dagegen ausgesprochen. Er will unbedingt einen zweiten Versuch wagen.«

»Wie hat er selbst diesen ganzen Schlamassel erlebt?«, fragte Ernest.

Bevor Rick antwortete, sah er seine Gesprächspartner der Reihe nach an. »Er erzählte von spitzen Gegenständen, die seinen Kopf durchbohrten und ihre Form veränderten. Diese Gegenstände waren tiefblau. Er sagte, es wäre dasselbe Blau gewesen, das er damals in dem Videoclip gesehen habe.«

Bei diesen Worten lief es Ernest eiskalt über den Rücken.

In der folgenden Nacht lag Ernest noch lange wach und grübelte vor sich hin.

Rick war am späten Abend wieder nach München zurückgeflogen, während Michelle und er noch lange diskutiert und Mutmaßungen anstellt hatten. Doch es hatte sie keinen Schritt weitergebracht.

Ernest starrte zum Fenster, das sein Schlafzimmer in spärliches Dämmerlicht tauchte. Noch einmal ließ er sich die Begegnung mit Ahen durch den Kopf gehen. Deutlich sah er die Bilder der skurrilen, sich ständig verändernden blauen Türme vor sich.

Könnte es sein, dass Ahen versucht hatte, mit Christopher in Verbindung zu treten? Er bezweifelte es. Ahen hätte nicht zugelassen, Christopher solchen Qualen auszusetzen. Es musste etwas anderes sein.

Was hatten die Sensoren empfangen? Was war es, das Christopher beinahe um den Verstand gebracht hatte?

Irgendjemand oder irgendetwas musste über die Macht verfügen, in ein fremdes Bewusstsein einzudringen und es zu manipulieren.

Aber wer? Und aus welchem Grund?

Wenig später fiel Ernest in einen traumlosen Schlaf.

11.

Eine Woche nach der misslungenen Aktivierung der Neuro-Sensoren fühlte sich Christopher bereit für einen zweiten Versuch. Wieder lag er angeschnallt auf der Operationsliege, an Kopf und Oberkörper mit Haftsensoren bestückt, und wartete auf den entscheidenden Moment. Diesmal hatte man sich auf eine erneute Panne vorbereitet. Sollte dasselbe passieren wie beim ersten Mal, würde man Christopher sofort ruhigstellen und in ein künstliches Koma versetzen.

Nebst den Spezialisten hielten sich auch Rick, Ben Halder und Sil Weaver im Laborraum auf und blickten gespannt auf die Instrumentenanzeigen.

Erneut zeichnete man den Vorgang auf, jedoch hatte man das gesamte Laborsystem vom übrigen Netzwerk abgekoppelt. Nichts konnte in den Raum eindringen oder ihn verlassen. Auch keine Strahlungen.

Noch einmal wurden alle Geräte überprüft. Jeder Spezialist saß an seinem Platz, kontrollierte die Anzeigen auf seinem Monitor und bestätigte deren Richtigkeit.

Dann war es an Sil, den entscheidenden Befehl ins System einzugeben. Sie tat dies nüchtern und ohne zu zögern.

»Sensoren aktiviert«, bestätigte sie wenig später.

Gespenstisches Schweigen erfüllte den Raum. Das Summen der Geräte rückte auf eine bedrohliche Art und Weise in den Vordergrund. Alle hielten gespannt den Atem an. Jeder starrte auf Christophers Gesicht, rechnete damit, dass es sich sogleich verzerrte, dass er sich verkrampfte und zu schreien anfing. Selbst Christopher starrte mit angehaltenem Atem zur Decke.

Aber nichts geschah.

»Christopher?«, rief Sil von ihrem Platz aus.

»Ja?«

»Alles okay bei dir?«

»Bis jetzt schon. Sind die Sensoren aktiviert?«
»Seit zwanzig Sekunden. Spürst du nichts?«
»Nicht das Geringste. Bist du sicher, dass sie aktiviert sind?«
»Hundertprozentig.«
»Könnte es sein, dass sie defekt sind?«, fragte Ben Halder.
»Unmöglich. Die gestrigen Tests waren einwandfrei.«
»Dann schlage ich vor, wir warten noch eine Weile und halten uns bereit, falls doch noch etwas passiert.«
»Einverstanden.«

Rick, der das Ganze bisher schweigend beobachtet hatte, erhob sich, trat neben die Operationsliege und blickte Christopher prüfend in die Augen. »Dir geht es wirklich gut? Keine Anzeichen von irgendwelchen Störungen?«

»Es ist wirklich alles in Ordnung.«

Eine Stunde später betrat Emanuel Navas den Laborraum, in dem Christopher nach wie vor, jedoch nicht mehr angeschnallt, auf der Operationsliege lag und sich vom medizinischen Personal auf Herz und Nieren untersuchen ließ.

»Wie sieht es aus?«, wurde er sogleich von Rick gefragt.

»Nichts. Nicht ein einziges Bit fremder Daten.«

»Woran könnte es liegen? Was haben wir anders gemacht als beim ersten Mal?«

»Nichts haben wir anders gemacht«, antwortete Emanuel überzeugt. »Ich hatte vorhin ein intensives Gespräch mit Sil. Sie versicherte mir, dass alles mit genau denselben Einstellungen abgelaufen ist. Sil hat auch die Kalibrierung der Sensoren überprüft. Auch hier haben wir nichts verändert.«

Rick machte ein nachdenkliches Gesicht.

»Wenn Sie mich fragen, glaube ich nicht, dass wir einen Einfluss darauf haben, ob sich eine solche Panne nicht wiederholt.«

Der abwesende Eindruck in Ricks Gesicht ließ nicht nach. Es machte den Anschein, als starrte er Löcher in die Luft.

»Rick?«

»Entschuldigen Sie.« Rick schien aus tiefsten Gedanken gerissen worden zu sein.

»Könnte es sein, dass Sie mehr über diese Vorkommnisse wissen als wir?«

»Kommen Sie mit.« Rick drehte sich um und steuerte zum Ausgang, gefolgt von einem verwirrten Emanuel Navas.

Eine halbe Stunde später war Emanuel über alle Details informiert, was Ernests beide Begegnungen mit Ahen betrafen. Er saß da und starrte Rick ungläubig an.

»Hätte mir das jemand anders erzählt, würde ich jetzt laut lachen«, sagte er nach einer Weile.

»Das kann ich mir gut vorstellen.«

»Vor über sechzig Jahren hatte Ernest Walton bereits Kontakt mit diesem blauen Zeug? Unglaublich, dass er all die Jahre darüber geschwiegen hat.«

»Er wurde darum gebeten.«

»Von diesem Jungen aus seiner Fantasie? Er ist doch nie und nimmer echt. Was Christopher während des Anfalls gesehen hat, muss nicht zwingend dasselbe gewesen sein, nur weil es zufällig die gleiche Farbe hatte.«

»Vergessen Sie den Videoclip nicht. Was da drauf ist, entspricht ziemlich genau dem, was Ernest in der fremden Welt gesehen hat.«

»Er hat den Videoclip doch auch gesehen. Warum hat er nicht darauf reagiert, wenn er das Zeug bereits kannte?«

»Den Grund kennen wir doch. Nun hatte er eine zweite Begegnung und wurde gebeten, sein Schweigen zu brechen. Anscheinend wird diese Bedrohung zur Tatsache.«

»Moment mal.« Emanuel hob seine Hände. »Ganz langsam. Diese blaue Substanz, die wir im Videoclip gesehen haben und von der Walton geträumt hat, soll eine Bedrohung darstellen? Über die Erde hinaus?«

»Wir können nicht sagen, ob die Gefahr von der blauen Substanz selbst ausgeht, oder ob sie lediglich mit ihr zu tun hat. Eigenartig ist doch, dass die Substanz mittlerweile an drei verschiedenen Orten aufgetaucht ist. Der Junge aus Ernests Traum hat ihm berichtet, dieses Material sei von Leben erfüllt.«

»Dieses Material lebt?« Emanuels Gesicht drückte großes Erstaunen aus.

»Nein, es bildet anscheinend lediglich einen Träger für irgendeine lebende Substanz. Ernest berichtete, Ahen hätte seine Handfläche in den blauen Boden gedrückt und anschließend sei sie von einem feinen, blauen Pulver bedeckt gewesen, das sich ständig bewegt hat.«

»Somit müsste die Gefahr von dieser lebenden Substanz ausgehen. Nur verstehe ich dann nicht, warum Ernest und der Junge problemlos darauf stehen und gehen konnten.«

»So gesehen erkenne ich auch keine Gefahr. Aber im Video wurde mit diesem Material experimentiert. In den Dokumenten war die Rede von Nanopartikeln. Anscheinend liegt hier das Gefahrenpotential.«

»Könnte sein, dass sie damals mit diesem blauen Pulver experimentiert hatten.«

»Und es mutierte.«

»Aber was hat dies alles mit dem geheimnisvollen Datenstrom zu tun?«, fragte Emanuel nach einer kurzen Pause.

»Ich weiß es nicht. Der einzige Zusammenhang sind die Bilder, die Christopher während der Tortur gesehen hat.«

»Stimmt, ohne sie gäbe es gar keinen Zusammenhang. Zu schade, dass die Daten verschwunden sind, bevor wir sie analysieren konnten.«

»Mich würden zwei Dinge brennend interessieren«, sagte Rick und atmete tief durch. »Zum einen, wie konnten diese Daten zu Christophers Sensoren gelangen, und zum anderen, wer hat sie geschickt.«

»Darauf habe ich leider keine Antworten.« Emanuel sah Rick ratlos an.

»Welche Macht auch immer so etwas fertig bringt, muss über ungeahnte Fähigkeiten verfügen. Sie konnte unter Umgehung sämtlicher Sicherheitsvorkehrungen in unser System eindringen, ohne irgendwelche Spuren zu hinterlassen.«

»Stimmt. Und Daten zum Verschwinden bringen. Falls es diese fremde Macht überhaupt gewesen ist.«

»Nur schade, dass wir nicht an dieses seltsame blaue Material herankommen. Ich würde es zu gerne analysieren lassen.«

»Die große Frage ist, ob *Norris & Roach* auch heute noch welches besitzt.«

»Davon bin ich überzeugt. Sogar Jason Farrow konnte uns nicht mit Sicherheit sagen, ob die Experimente tatsächlich eingestellt worden sind.«

»Zudem würde mich interessieren, woher sie es haben.«

»Ich glaube, das ist die wichtigste aller Fragen.«

»Wie wollen wir weiter vorgehen?«

»Wir müssen den bisherigen Hinweisen nachgehen und ...«

In diesem Moment summte Ricks Kommunikator.

»Könnten Sie bitte sofort herkommen?«, hörte er Ben Halders Stimme.

Augenblicklich waren Rick und Emanuel auf den Beinen und verließen den Büroraum. Als sie das Labor betraten, hatten sich alle schweigend um die Operationsliege versammelt.

»Was ist los?«, fragte Rick erstaunt.

In der Menschentraube bildete sich eine kleine Lücke. Rick trat hindurch und blickte ebenfalls gespannt auf Christopher.

»Er ist eingeschlafen«, flüsterte Sil.

»Deshalb sollte ich herkommen?«

Dann hörte er es.

Christopher murmelte irgendwelche unverständliche Wörter. Die Augäpfel bewegten sich unter den geschlossenen Lidern hin und her.

»Er träumt.«

»Konnte jemand etwas davon verstehen?«

»Bisher nur zwei einzelne Wörter: *Wohin* und *Hilfe*. Aber sie waren sehr undeutlich.«

»Mehr nicht?«

»Bis jetzt nicht.«

»Was sagen die Instrumente?«

»Alle Werte im normalen Bereich. Atemfrequenz und Puls zwischendurch leicht gestiegen. Aber immer noch im Toleranzbereich. Mittlerweile wieder normal.«

»Dann lassen wir ihn schlafen und warten gespannt darauf, was er uns anschließend darüber erzählen wird.«

»Falls er sich daran erinnert.«

Als sich alle von Christopher abwandten und den Raum verlassen wollten, hörten sie ihn noch ein weiteres Wort sagen.

»Was war das? Hat es jemand verstanden?«

»Ich glaube, es klang ähnlich wie *Naopatik*.« Sil warf Rick einen fragenden Blick zu.

»Ich glaube, das sollte *Nanopartikel* heißen«, erklärte Rick, während er seinen Schrecken im Gesicht nur mühsam verbergen konnte.

»Wie kommt er denn darauf?«

»Das ... ist eine lange Geschichte.«

12.

Christopher erwachte aus einem unruhigen Schlaf. Wie so oft brauchte er ein paar Sekunden, um die surreale Welt der Träume abzustreifen und sich der Realität wieder bewusst zu werden. Ohne Zweifel hatte er geträumt, konnte sich aber nicht an die Einzelheiten erinnern.

Seit die Neuro-Sensoren vor zwei Wochen zum zweiten Mal aktiviert worden waren, geriet er beim Aufwachen jedes Mal in denselben Gemütszustand. Die intensiven Gespräche mit Lynn Bergström hatten ihm bisher keinen Aufschluss über eine mögliche Ursache gegeben. Sowohl sie als auch er waren sich sicher, dass es einen Zusammenhang mit den Neuro-Sensoren geben musste. Aber auch eine zweite Analyse seiner Hirnströme und eine erneute Kalibrierung der Sensoren hatte nichts gebracht.

Christopher war davon überzeugt, ständig denselben Traum zu erleben, in dem ihm eine vertraute Person erschien. Aber er hatte bisher nicht erkennen können, um wen es sich dabei handelte. Zurück blieb jedes Mal eine emotionale Lücke.

Die Gewöhnung an die Sensoren ging voran. Ab dem Tag nach der erneuten Aktivierung waren über Fernsteuerung nacheinander die einzelnen Funktionen freigeschaltet und getestet worden. So hatte Christopher die Gelegenheit, sich ausführlich mit jeder einzelnen auseinanderzusetzen und sich an sie zu gewöhnen. Für jede dieser Funktionen durchlief er ein Ausbildungsprogramm unter psychologischer Beaufsichtigung und Betreuung.

Auch die Sicherheitsmechanismen, die in den Sensoren eingebaut waren, wurden ausgiebig getestet. So war es beispielsweise unmöglich, dass seine neuen mentalen Fähigkeiten durch Hypnose oder Suggestion von fremder Hand missbraucht werden konnten oder sich aus irgendwelchen Gründen selbstständig machten.

Doch all dies änderte nichts an der Tatsache, dass er jedes Mal mit der Gewissheit aufwachte, denselben Traum geträumt zu haben. Nur fehlten auch jedes Mal die Erinnerungen an dessen Inhalt.

Nachdem alle Funktionen aktiviert und erfolgreich getestet worden waren, absolvierte Christopher in den folgenden drei Wochen verschiedene Simulationen an Testgeräten. Darin wurde unter anderem auch das Verhalten der Sensoren unter physischen und psychischen Konfliktsituationen untersucht. In einigen Tests wurde er bewusst mentalem und physischem Druck ausgesetzt, um zu prüfen, wie die Sensorsteuerung in Stresssituationen und bei körperlicher Höchstleistung reagierte.

Nach all diesen Tests folgten zwei Wochen völliger Entspannung. Für diese Zeit wurden die Sensoren deaktiviert. Man wollte nach der Ruhephase sehen, wie sich eine längere Unterbrechung auf die Funktionalität auswirkte.

Aufschlussreich erwies sich die Inaktivität bezüglich seiner mutmaßlichen Träume, die erstaunlicherweise während dieser Zeit nicht ausblieben. Auch als die Sensoren wieder aktiviert wurden, änderte sich nichts daran. Damit konnte man nicht mehr eindeutig davon ausgehen, dass die Träume etwas mit den Sensoren zu tun hatten. Die Meinung, bereits das Vorhandensein der Sensoren, egal ob aktiviert oder nicht, könnte dafür verantwortlich sein, wurde nicht von allen Wissenschaftlern geteilt.

Christopher schlug die Decke zurück und stieg aus dem Bett. Nach einer kurzen Dusche kleidete er sich an und verließ sein Zimmer. Im Personalrestaurant traf er Rick und setzte sich zu ihm an den Tisch.

»Wie fühlst du dich heute? Immer noch Träume?«

»Immer dasselbe«, antwortete Christopher. »Aber es macht mir mittlerweile nichts mehr aus. Ich hoffe nur, mich irgendwann an den Inhalt erinnern zu können. Jedes Mal dieses beschissene Gefühl, als wären Erinnerungen aus dem Gedächtnis gelöscht worden. Was mich verwirrt, sind die starken Gefühle, die ich beim Aufwachen habe. Es ist wie eine innere Melancholie. Etwas, das mich auf eine bestimmte Art traurig stimmt. Aber es scheint auch sehr vertraut zu sein.«

»Was sagt Lynn dazu?«

»Sie meinte, es könnte daran liegen, dass ich Nehas Tod unbewusst noch nicht verarbeitet habe und dass sich diese Gefühle, durch die Sensoren verstärkt, in Träumen widerspiegeln.«

»Wäre gut möglich.«

»Etwas sagt mir, dass es nicht so ist.«

Auf Ricks fragenden Blick konnte Christopher nichts erwidern.

»Ach, übrigens«, fuhr Rick nach einer Weile fort. »Ernest hat mich heute früh angerufen.«

»Ach ja? Alles in Ordnung in Cabin Point?«

»Er wollte uns nur informieren, dass die *Space Hopper* vollständig wiederhergestellt ist. Wie du weißt, waren unsere Techniker maßgeblich daran beteiligt.«

»Hervorragend«, freute sich Christopher. »Dann kann es wieder losgehen mit der Fliegerei, sobald wir einen neuen Auftrag bekommen. Was denkst du, wie lange ich noch bleiben muss?«

»Mal abgesehen von deinem mysteriösen Traum, bist du jetzt schon bereit. Ich hab mich gestern mit Lynn unterhalten und sie gefragt, was sie dazu meint. Sie sagte, der Traum wäre eigentlich kein Problem. Für sie ist es nur wichtig zu wissen, ob er in direktem Zusammenhang mit den Sensoren steht.«

»Für mich ist das klar. Aber ich habe mich mittlerweile daran gewöhnt. Am Anfang habe ich deswegen ziemlich unruhig geschlafen und fühlte mich dementsprechend nach dem Aufwachen wie durch den Wolf gedreht. Aber jetzt macht es mir nichts mehr aus. Ich stelle nur noch fest, dass ich geträumt habe, mehr nicht. Das Gefühl, das dabei jedes Mal auftaucht, habe ich einigermaßen im Griff.«

»Dann sollte alles okay sein. Es liegt an dir, ob du dich weiter mit Lynn darüber unterhalten möchtest.«

»So sympathisch mir die Gespräche mit ihr auch sind, und ich denke, sie hat hervorragende Arbeit geleistet, aber mir geht es soweit gut.«

»Dann werden wir den letzten Teil des Trainings in Angriff nehmen«, sagte Rick, worauf Christopher überrascht reagierte.

»Noch ein Training?«

»Ja, am Simulator.«

13.

Seit einer Stunde saß Layla Iversen ihrem Vorgesetzten gegenüber und erstattete ihm Bericht. Von den beiden Agenten Tom Bowman und Tomimoto Toshiro, die sie vor ein paar Wochen nach MOLANA-III geschickt und von denen sie regelmäßig ihre täglichen Berichte erhalten hatte, war seit fünf Tagen nichts mehr zu hören. Auch ihre eigene Kontaktaufnahme, auf die sie sich nur für Notfälle festgelegt hatten, blieb unbeantwortet. In diesem Fall war es erforderlich, Jason Farrow zu informieren.

Den bisherigen Berichten der beiden Agents zufolge war in der Kolonie vor einiger Zeit ein geheimnisvoller Prediger aufgetaucht, der auf die Menschen großen Einfluss ausübte und immer mehr von ihnen um sich scharte. Seinen Aufenthaltsort hatten die Agents bis zu ihrem letzten Bericht nicht ausfindig machen können. Aus den vorangegangenen Berichten ging hervor, dass in Discardtown zwischenzeitlich Ruhe herrschte. Doch der Schein trog. Viele Menschen waren kaum ansprechbar, gingen irgendeiner Beschäftigung nach oder verkrochen sich in den Katakomben leerstehender Gebäude.

In einer der letzten Übermittlungen berichteten die Agents von einem Touristenschiff, dessen Passagiere auf mysteriöse Art und Weise verschwunden waren.

»Ich bin überzeugt, dass sich dort etwas zusammenbraut«, sagte Layla mit Nachdruck. »Ich würde gerne selbst nach dem Rechten sehen.«

»Das könnte für Sie gefährlich werden. Bowman und Toshiro sind mit großer Sicherheit aufgeflogen.«

»Dessen bin ich mir bewusst. Aber als Frau habe ich größere Chancen. Erst recht alleine.«

»Sie wollen alleine gehen?«

»Ja. Es ist wesentlich unauffälliger. Bowman und Toshiro könnten bei einem ihrer Gespräche zufällig belauscht worden sein.«

»Das glaube ich nicht. Dafür sind sie schon zu lange im Geschäft. Aber wie auch immer. Es muss einen Grund geben, warum sie sich nicht mehr melden.«

»Ich werde sie finden.«

»Ich kann Sie wohl nicht davon abbringen, alleine dorthin zu gehen.«

»Nein Sir. Es wäre nicht das erste Mal, dass ich eine Mission alleine durchführe. Bisher hatte ich immer Erfolg.«

»Ich weiß. Ich würde Sie ungern verlieren. Nicht nur wegen ihrer Fähigkeiten.«

Laylas Blick blieb ausdruckslos.

»Das Wichtigste ist, Sie unauffällig dorthin zubringen. Offizielle Transport- oder Touristenschiffe scheinen nicht mehr geeignet zu sein, da sie gezielt überfallen werden.«

»Haben Sie eine andere Idee?«

Farrow dachte einen Moment lang nach. Dann sah er ihr in die Augen.

»Es gibt tatsächlich eine Möglichkeit. Aber eigentlich dürften wir nicht einmal daran denken.«

Layla sah ihren Vorgesetzten erstaunt an. Das passte nicht zu ihm. Er, der immer darauf bedacht war, alle Regeln und Gesetze genauestens einzuhalten. »Erzählen Sie.«

»Ich kenne jemanden, der Sie eventuell nach MOLANA-III fliegen könnte, ohne großes Aufsehen zu erregen.«

»Was verstehen Sie unter *ohne großes Aufsehen*?«

»Heimlich. Sie kennen bestimmt die Berichte über den vereitelten Aufstand in Tongalen.«

»Doch nicht etwa … Wie hießen sie noch?«

»Genau die.«

»Sie wollen dafür Zivilisten einspannen?«, fragte Layla überrascht.

»Diese Zivilisten haben in Tongalen hervorragende Arbeit geleistet.«

»Es war doch vor allem Commander Hausers Truppe, der dieser Erfolg zugeschrieben werden konnte.«

»Sie vergessen dabei die waghalsige und mutige Rettungsaktion von Ernest Walton, als er die Kolonialanwältin und eine Begleiterin gerettet hat. Und Christopher Vanelli, der zusammen mit ein paar Einheimischen zu Hausers Truppe gehörte.«

»Mag sein. Aber wollen Sie wirklich diese Leute für eine so gefährliche Mission einsetzen?«

»Sie müssten Sie lediglich dort absetzen und dann wieder verschwinden. Das sollte wesentlich einfacher sein, als das, was sie in Tongalen erlebt haben.«

Layla sagte nichts darauf.

»Keine Bange. Die Crew der *Space Hopper* würde unter Ihrem Kommando stehen. Zumindest während des Aufenthalts auf MOLANA-III.«

»Haben Sie sie schon angefragt?«

»Nein. Ich wollte zuerst mit Ihnen darüber reden.«

»Dann fragen Sie sie.«

14.

Der eisige Wind peitschte Devian Tamlin ins verhüllte Gesicht, als er den Führerstand des Transportgleiters verließ und zum Mannschaftscontainer lief. Der trockene Schnee knirschte unter seinen Füßen.

Ein großzügiger Ring rund um die Forschungsstation am Nordpol von TONGA-II war in Absprache mit der irdischen Regierung zum Staatsgebiet von Tongalen erklärt worden. Obwohl man es nicht unbedingt als notwendig erachtete, wollte man sich auf diese Weise gegen eventuelle Machtansprüche auf das Polargebiet seitens anderer Kolonien absichern.

Devian tippte mit seiner behandschuhten Hand auf der großzügigen Nummerntastatur den Öffnungscode für den Haupteingang ein, worauf sich die Tür beiseiteschob und ihm den Zugang zur Kälteschleuse gewährte. Kaum war er drin, schloss sich das Tor wieder. Es dauerte ein paar Sekunden, bis sich die innere Tür öffnete. In dieser Zeit wurde die Luft in der Schleuse um einige Grade erwärmt.

Er schob die Kapuze aus synthetischem Pelz zurück und öffnete die Klettverschlüsse an seiner Montur, während er den Gang entlangging.

Als er den Aufenthaltsraum betrat, wurde er von den anwesenden Wissenschaftlern und Technikern herzlich begrüßt. Er schlüpfte aus der Montur, setzte sich an einen Tisch, der in einer seitlichen Nische stand, und goss sich eine Tasse heißen Tee ein.

Kevin Steffen, der Kommandant der Station, ein schlanker, großer Mann von etwa fünfzig Jahren, sprach etwas in sein Headset und setzte sich anschließend zu Devian.

»Ich habe gerade meinen Leuten aufgetragen, den Transportgleiter zu entladen. Ist eine Menge, was du uns dieses Mal gebracht hast.«

»Das kann man wohl sagen.« Devian schlürfte einen Schluck Tee. »Wie geht es bei euch voran?«

»Unsere Wissenschaftler befinden sich in hellem Aufruhr.«

»Seid ihr schon unten?«

»Nein, es wird noch eine Weile dauern. Aber die Bohrsonde hat eine merkwürdige Strahlung registriert.«

»Gefährlich?«

»So, wie es aussieht nicht. Aber unsere Wissenschaftler können damit nichts anfangen. Ihnen ist bisher noch nichts dergleichen untergekommen.«

»Woher kommt diese Strahlung?«

»Das ist das Eigenartige. Sie kommt von nirgendwo. Sie scheint einfach da zu sein. Anhand von Aufzeichnungen ähnlicher Expeditionen aus früheren Zeiten vermuten wir, dass es im Eis Nanopartikel gibt. Vielleicht verursachen sie diese Strahlung.«

Devian wusste darauf nichts zu sagen. Er war kein Fachmann, sollten sich die Wissenschaftler damit auseinandersetzen. Er war lediglich für die Transporte von Versorgungsgütern zuständig.

»Seit wann registriert ihr diese Strahlung?«, fragte er nach einer Weile.

»Ab einer bestimmten Tiefe hat es angefangen. Je weiter wir nach unten vorstoßen, desto stärker wird sie.«

»Das würde heißen, dass sie ganz unten im See noch stärker ist.«

»Davon gehen wir aus. Wir sind überzeugt, dass die Strahlung, die wir momentan im Eis messen, lediglich durch gefrorenes Seewasser verursacht wird.«

»Werdet ihr trotzdem weiterbohren?«

»Ja, aber den Durchbruch zur Wasseroberfläche werden wir erst machen, wenn wir die Strahlung vollständig analysiert haben und sie sich als eindeutig ungefährlich erweist.«

»Habt ihr entsprechende Messgeräte?«

»Geräte haben wir schon, aber für eine genaue Analyse brauchen wir andere, die noch detailliertere Resultate liefern. Ich habe bereits eine Order nach Tongala geschickt. Entsprechende Geräte werden bereitgestellt. Es wird deine nächste Lieferung sein.«

Devian nickte nur.

»Du machst einen guten Job. Es gibt nicht viele Piloten, die hierher fliegen würden.«

»Für mich spielt es keine Rolle, wohin ich fliege. Hauptsache, ich kann fliegen.«

»Ich weiß, aber es ist nicht ganz einfach, mit den Luftverhältnissen hier oben klarzukommen. Es sind schon einige Piloten abgestürzt. Du scheinst das richtige Gespür für jede Situation zu haben. Das macht dich zu einem außergewöhnlichen Flieger.«

»Vielen Dank.« In seiner Verlegenheit wollte Devian das Thema wechseln. »Wie lange dauert es noch genau, bis ihr unten seid?«

»Wäre diese Strahlung nicht, könnten wir es in zwei bis drei Tagen schaffen.«

»Wann werden die Geräte abholbereit sein?«

»Wenn alles klappt, sollte das in ein paar Tagen der Fall sein. Zum Glück müssen sie nicht von der Erde geliefert werden. Die Niederlassung des Pharmakonzerns *Norris & Roach* stellt sie uns zur Verfügung.«

»Bei diesem Namen sträuben sich mir immer noch die Nackenhaare.«

»Kann ich gut verstehen, nach den Erfahrungen, die du und deine Freunde gemacht haben. Aber die neue Geschäftsleitung scheint in Ordnung zu sein. Die Leute geben sich große Mühe, den angerichteten Schaden ihrer Vorgänger zu beseitigen.«

»Davon habe ich gehört. Einige meiner Freunde arbeiten wieder dort.«

»Man wird dich sofort informieren, wenn die bestellten Geräte abholbereit sind. Es kann übrigens sein, dass dich beim nächsten Transport ein Nanotechniker begleiten wird.«

»Verstehe. Ihr wollt nicht nur die Strahlung erforschen, sondern auch die eventuell im Eis und im Wasser vorhandenen Nanopartikel.«

»Richtig.«

»Gibt es in Tongalen Nanotechniker?«

»Nein, aber wir haben eine Anfrage an die irdische Regierung gestellt. Die sagten, sie würden die Sache prüfen.«

»Das könnte unter Umständen ziemlich schnell gehen«, meinte Devian.

»Warum meinst du?«

»Während des OVT-Aufstandes war ein Mann von Diplomatischen Rat der Erde hier. Er soll der Besitzer einer der größten Technologiekonzerne sein. Ich bin überzeugt, wenn er von dieser Anfrage erfährt, schickt er sofort einen seiner Leute hierher.«

»Das klingt interessant.«

»Vielleicht wird dieser Mann ihn sogar höchstpersönlich begleiten.«

15.

Nach den abgeschlossenen Trainings am Simulator reisten Christopher und Rick nach Irland, wo sie von Ernest und Keyna herzlich empfangen wurden.

Kurz darauf kehrten David Mitchell und Jamalla Sahil, die seit einiger Zeit Gäste in Cabin Point waren, zusammen mit Michelle von einem ausgedehnten Spaziergang zurück. Christopher freute sich, sie nach so langer Zeit wiederzusehen. Gemeinsam setzten sie sich in der Küche um den großen runden Tisch.

Man hatte sich viel zu erzählen. Christopher berichtete von den Tests und den Erfahrungen, die er in den vergangenen Wochen gemacht hatte. Alle hörten ihm gespannt zu.

Michelle zeigte sich erleichtert darüber, dass es nach der großen Panne zu keinen weiteren Schwierigkeiten mehr gekommen war. Einzig als Christopher die Sache mit dem Traum erwähnte, kräuselte sie ihre Stirn und setzte eine nachdenkliche Miene auf.

Anschließend erzählte Michelle, dass Jamalla ihr Unterricht in der tongalischen Kampftechnik erteilt hätte und sie schon einige der einfacheren Schläge und Griffe beherrsche.

»Wo habt ihr trainiert?«, wollte Christopher wissen.

»Am Strand.«

»Unter Ausschluss von Männern«, witzelte David grinsend.

Christopher lachte. »Ich kann mir denken warum.«

»Dafür hat man doch ein Fernglas.« Ernest blickte mit einer Unschuldsmiene in die Runde.

»Ich kann mir gut vorstellen, dass du diesen Anblick genossen hast«, erwiderte Michelle mit gespielter Empörung.

»Zwei halbnackte Amazonen beim Kampftraining, so etwas sieht man nicht alle Tage.«

Ein Grinsen erfüllte den Raum.

»Wie macht sie sich?« Christopher sah neugierig zu Jamalla.

»Ich war erstaunt, wie schnell sie die Bewegungsabläufe beherrscht hat.«

»Das liegt wohl an meinem früheren Ballettunterricht«, erklärte Michelle.

»Das glaube ich auch. Dein Körper ist gut zentriert. Und mit den isolierten Bewegungsabläufen hattest du praktisch keine Probleme.«

Christopher hatte spontan die Idee für eine Fotosession vom Training, vermied es aber, dies anzusprechen. Sofort spürte er wieder den Schmerz über Nehas Verlust. Damit wollte er die anderen nicht unnötig belasten.

»Es wäre gut, wenn wir morgen mit der neuen *Space Hopper* einen Trainingsflug absolvieren würden«, schlug Rick vor. »Dann kann Christopher das Gelernte gleich einsetzen.«

»Klingt gut«, zeigte sich Christopher einverstanden. »Wer möchte mit dabei sein?«

»Das werde ich mir auf keinen Fall entgehen lassen«, rief Ernest begeistert.

»Ich auch nicht«, schloss sich Michelle an, während Keyna sich mit einem kurzen Nicken ebenfalls dafür entschied.

»David und Jamalla werden bestimmt auch mitkommen wollen«, mutmaßte Rick.

»Wir fliegen gleich morgen früh zum Flughafen nach Cork. Ich werde unseren Testflug noch heute bei der Hafenverwaltung anmelden«, schloss Ernest.

Als sie am nächsten Morgen Cabin Point verließen, herrschte eine ausgelassene Stimmung. Der Flug nach Cork dauerte mit dem Bodengleiter eine halbe Stunde. Als sie beim Raumhafen den Hangar betraten und die *Space Hopper* erblickten, rissen sie die Augen weit auf.

»Das ist unser Schiff?« Michelle starrte ungläubig auf den Raumgleiter.

»In der Tat«, strahlte Rick. »Unsere Techniker haben sich große Mühe gegeben, auch das Äußere auf Vordermann zu bringen. Die Hülle war durch den Absturz im Dschungel von TONGA-II arg in Mitleidenschaft gezogen worden. Vieles musste ersetzt und erneuert werden.«

»Das habt ihr aber hervorragend hingekriegt«, lobte Ernest beeindruckt.

»Wartet ab, bis ihr das Innere gesehen habt.«

Rick war die Vorfreude deutlich anzusehen. Er ging zu einem Wandsafe und tippte einen Nummerncode ein. Nachdem sich die Klappe geöffnet hatte, entnahm er dem Fach eine kleine Glasplatte.

»Was ist das denn?« Ernest sah den Gegenstand verwundert an.

»Eine Fernbedienung.«

Rick streckte ihm den Gegenstand entgegen, worauf dieser ihn nahm und ihn von allen Seiten begutachtete. »Leg deinen Finger und den Daumen an die seitlichen Kanten.«

Als Ernest dies tat, begann die Oberfläche zu leuchten und zeigte eine Funktionsauswahl.

»Wow!«

»Nun kannst du mit der entsprechenden Funktion das Außenschott öffnen. Einfach mit dem Finger auf das Glas tippen.«

Kaum hatte Ernest dies getan, glitt das Schott lautlos beiseite. Eine kurze Metalltreppe senkte sich ebenso lautlos auf den Boden.

Die *Space Hopper* hatte eine cremeweiße Außenlackierung erhalten und strahlte in hellem Glanz. Bereits von außen war festzustellen, dass das halbrunde Panoramafenster breiter war, jedoch keinen Einblick ins Innere gewährte. Die Landestützen machten einen soliden Eindruck. Das Heck mit den Unterlichttriebwerken sah völlig anders aus. Die vier Navigationstriebwerke an den Seiten waren ebenfalls ausgetauscht und durch neue ersetzt worden.

Rick trat zur Einstiegstreppe und verkündete feierlich: »Ernest gebührt die Ehre, als Erster die neue *Space Hopper* zu betreten.«

Ernest lächelte und stieg langsam die Treppe hoch. Oben angekommen blieb er stehen, blickte kurz zurück und trat ins Innere. Christopher ließ den anderen den Vortritt und stieg als letzter ein.

Zunächst durchquerten sie eine kleine Schleuse, in der gut zehn Personen Platz fanden. Im Inneren erwarteten sie neu ausgekleidete, helle Wände und Türen zu den Kabinen. Der Aufenthaltsraum schien dadurch geräumiger. Auch der runde Tisch war durch einen neuen ersetzt worden. Die Sessel waren gepolstert und, wie auch der Tisch, am Boden befestigt.

Die Nische, in der sich früher die beiden Terminals befunden hatten, war massiv ausgebaut und vergrößert worden. Jetzt stand in der Mitte eine Art Glastisch, dessen Platte von der Horizontalen stufenlos gekippt und komplett bis in die Vertikale geneigt werden konnte. Sie stellte ein neuartiges Terminal dar, das sowohl die Funktion einer Tastatur als auch eines berührungssensitiven Monitors vereinte. Die Glasplatte maß knapp zwei Meter in der Breite und etwa zwei Drittel in der Höhe. Zu beiden Seiten war je ein gepolsterter und drehbarer Sessel angebracht, ebenfalls auf dem Fußboden befestigt. An der Seitenwand steckten in einer Halterung mehrere Headsets, die der internen und externen Kommunikation dienten. Auch Sprachbefehle an das System konnten damit übermittelt werden.

Das Cockpit war ebenfalls nicht wiederzuerkennen. Moderne gepolsterte Schalensessel und eine völlig neue Bedienungsarmatur zierten die Steuerzentrale. Auch hier waren die alten Monitore durch Glasplattenterminals ersetzt worden. Das Panoramafenster war tatsächlich breiter und gewährte entweder den direkten Ausblick ins Freie oder zeigte als dreidimensionaler Großmonitor die von mehreren Kameras eingefangene, zoomfähige Darstellung der Außenwelt. Der Ausblick ließ sich mit Daten aus dem Bordsystem kombinieren.

Jede Kabine besaß eigene sanitäre Einrichtungen. Neu war auch, dass es kleine Fenster gab, die einen Ausblick nach draußen gewährten.

Nachdem der Rundgang beendet war und Rick ihnen die wichtigsten Funktionen erklärt hatte, setzten sie sich an den runden Tisch im Aufenthaltsbereich.

»Großes Kompliment an die Techniker«, lobte Ernest noch einmal.

»Das kann man wohl sagen«, bestätigte Christopher.

»Wir haben uns Mühe gegeben.« Rick wirkte verlegen. »Unterwegs werdet ihr weitere Unterschiede spüren. Start- und Landemanöver sollten ruhiger verlaufen. Beim Ein- und Austritt in den bzw. aus dem Hyperraum werden die bekannten Vibrationen und Erschütterungen durch neuartige Stabilisatoren praktisch vollständig abgefedert. Zudem lassen sich die Ein- und Austrittspunkte wesentlich genauer berechnen. Somit stellt es kein Risiko mehr dar, mitten in einem Sonnensystem den Wechsel zu vollziehen.«

»Das spart enorm viel Reisezeit«, bemerkte Ernest. »So müssen wir nicht wochenlang fliegen, bis wir endlich das Planetensystem verlassen und den Überlichtflug antreten können.«

»Na ja«, meinte Rick milde lächelnd. »Andere Schiffe können das schon lange.«

»Ist mir schon klar. Die erste *Space Hopper* war eben ziemlich alt.«

»Stimmt, aber dafür ist sie jetzt eines der modernsten Kleinschiffe.«

Nach einer kurzen Pause fuhr er fort: »Wie ich euch bereits erzählt habe, verfügt die neue *Space Hopper* über zwei Methoden der Steuerung. Einerseits die bekannte konventionelle Art und andererseits jene, das Schiff über die neuartige Sensortechnik zu manövrieren. Zudem können viel mehr Steuerungsfunktionen und Programmierungen dem Autopiloten übergeben werden. Theoretisch könnte man einen gesamten Flug inklusive Start und Landung vorprogrammieren und durch den Autopiloten ausführen lassen.«

»Das könnte im Notfall eine wertvolle Alternative sein«, bemerkte Ernest.

»Am besten wäre es, wenn ihr bei jedem Flug einen solchen Notfallplan einprogrammiert, sodass ihr diesen bei Bedarf nur noch zu aktivieren braucht. Damit würde das Schiff automatisch zum Ziel fliegen.«

»Daran habe ich auch gerade gedacht.«

»Dann lasst uns starten und einen kurzen Testflug machen.« Rick erhob sich. »Christopher kann seine Neuro-Sensoren gleich in der Praxis ausprobieren.«

Christopher stand ebenfalls auf und begab sich ins Cockpit, setzte sich in einen der Pilotensessel und schnallte sich an. Als hätte er es schon mehrmals getan, aktivierte er das Steuersystem über den Glasplattenmonitor, indem er verschiedene Funktionen mit den Fingern antippte. Anschließend setzte er das Headset auf, das den Kontakt zu seinen Neuro-Sensoren herstellte.

Ernest hatte sich in den zweiten Pilotensessel gesetzt, während Rick und Michelle die hinteren beiden Sessel belegten. David, Jamalla und Keyna standen im Eingangsbereich des Cockpits und sahen den anderen gespannt über die Schultern.

»Seid ihr bereit?« Christopher drehte sich um und sah seine Freunde fragend an.

»Wir sind bereit«, bestätigte Ernest. »Du kannst losfliegen.«

Christopher saß regungslos in seinem Schalensessel und sah konzentriert geradeaus, als das Schiff plötzlich sanft vom Boden abhob. Nicht die geringste Erschütterung war zu spüren. Danach änderte sich die Bewegung langsam in die Horizontale. Der Gleiter schwebte sanft zum Ausgang des Hangars.

Als sie sich einige Meter im Freien befanden, ließ ihn Christopher langsam ansteigen und beschleunigen. Auch jetzt war nicht die geringste Vibration zu spüren. Schnell wurde der Raumhafen mit seinen Gebäuden und den anderen Schiffen kleiner und der Himmel dunkler. Wenig später verließ die *Space Hopper* die Erdatmosphäre und beschleunigte weiter. Schon bald tauchte der Mond im Sichtbereich des Panoramafensters auf.

Christopher hatte seit dem Start keinen Finger gerührt, saß einfach in seinem Sessel und sah weiterhin konzentriert aus dem Panoramafenster oder auf die Anzeigen auf der Armatur.

»Es muss echt langweilig sein, so zu fliegen«, meinte Ernest enttäuscht. »Mir würde eindeutig die Action fehlen.«

»Dafür ist es sicherer«, erwiderte Christopher ruhig.

Der Mond wurde größer, bis er beinahe das gesamte Panoramafenster einnahm. Christopher bremste die *Space Hopper* ab und näherte sich der Oberfläche, sodass einige Krater aus nächster Nähe bestaunt werden konnten. Nach einem kurzen Gleitflug beschleunigte er wieder.

»Ernest?«, fragte Christopher nach einer Weile. »Möchtest du übernehmen? Natürlich manuell gesteuert.«

»Wenn Rick nichts dagegen hat?«

»Natürlich nicht«, bestätigte dieser.

Ernest ließ sich von Rick die wichtigsten Funktionen erklären und griff dann zum Multifunktionssteuerrad.

Die *Space Hopper* beschleunigte erneut und umrundete den Mond ein zweites Mal. Ernest flog einige Manöver und fand sich mit der Steuerung schnell zurecht. Kurz darauf schwenkte der Gleiter und flog zurück in Richtung Erde.

»Wie steht's mit dem Hyperantrieb?«, fragte Ernest.

»Der wurde bereits ausgiebig getestet«, antwortete Rick. »Die neue *Space Hopper* hat schon ein paar kurze Testflüge durch den Hyperraum absolviert. Der Überlichtflug wird wesentlich einfacher sein. Den größten Teil wird der Autopilot erledigen. Wenn ihr wollt, können wir eine kleine Etappe im Hyperraum zurücklegen.«

Alle waren einverstanden.

Zu Christopher gewandt fuhr Rick fort: »Nun denn. Den Überlichtflug durch den Hyperraum hast du am Simulator auch zur Genüge geübt. Sollte für dich kein Problem sein.«

Christopher antwortete nicht, sondern rief in Gedanken das entsprechende Kommando für eine Kurzstrecke auf.

Gleich darauf verschwand die gewohnte Umgebung um ihn herum. Er wurde in gleißendes Licht getaucht. Verschwunden war das Cockpit der *Space Hopper*. Verschwunden waren auch seine Gefährten. Verschwunden war der Weltraum.

Er verspürte Panik.

Als er die Stimme vernahm, erschrak er zu Tode.

16.

Ernest bemerkte es als erster. Ein kurzer Blick nach links zu Christopher reichte aus, um die Situation richtig einzuschätzen und sofort zu reagieren.

Instinktiv griff er nach dem Multifunktions-Steuerrad und konzentrierte sich auf die Anzeigen. Der Sprung in den Hyperraum hatte anscheinend ordnungsgemäß stattgefunden.

»Christopher ist weggetreten«, sagte er in nüchternem Ton. »Wie kann ich den Autopiloten aktivieren?«

Sofort war Rick zur Stelle und übernahm die Aufgabe.

»Wir sollten den Hyperraum so schnell wie möglich wieder verlassen.« Ernest suchte auf dem Display nach den entsprechenden Funktionen.

Wenig später tauchte die *Space Hopper* außerhalb des Sonnensystems in den Normalraum zurück. Ernest vollführte gleich ein Wendemanöver, sodass das Panoramafenster die Planeten Uranus, Saturn und Jupiter zeigte, die sich in unterschiedlichen Positionen auf ihren Umlaufbahnen befanden. Nachdem Rick den Autopiloten auf Heimkurs programmiert hatte, aktivierte Ernest diesen erneut.

»Was ist mit Christopher?«, fragte Michelle besorgt.

»Wissen wir nicht«, antwortete Rick. »Anscheinend ist er bewusstlos geworden, als wir in den Hyperraum eingetaucht sind.«

Michelle drängte sich nach vorn, ging neben Christopher, der regungslos in den Sitzgurten hing, auf die Knie und legte ihre Hand auf seine Schulter. »Schatz?«

Christopher fühlte sich hilflos. Er drehte sich um die eigene Achse. Zumindest glaubte er, dies zu tun. Aber sicher war er nicht. Außer dem weißen Licht, welches ihn vollständig umgab, konnte er nichts erkennen.

»Wer bist du?«, fragte er.

Die unbekannte Stimme hatte ihn kurz zuvor bei seinem Namen genannt. Mehr hatte sie bisher nicht gesagt. Auch eine Antwort auf seine Frage ließ auf sich warten.

War es wirklich kurz zuvor gewesen? Oder war seither schon einige Zeit vergangen?

Er wusste es nicht.

Plötzlich kam ihm die Wartezeit wie eine Ewigkeit vor.

Oder täuschte er sich auch darin?

Dann vernahm er die Stimme erneut. Etwas Vertrautes schwang in der Art und Weise, wie sie seinen Namen aussprach.

»Wo bin ich hier?«, fragte er verunsichert.

»Hab keine Angst, wenn ich in der Zukunft wieder mit dir Kontakt aufnehme. Ich will dir nichts Böses anhaben.«

»Sag mir, wer du bist.«

»Du wirst es sehen, wenn es soweit ist. Ich werde dich zu gegebener Zeit hierherholen. Wir benötigen deine Hilfe.«

»Wer braucht meine Hilfe?«

»Du wirst es erfahren.«

»Träume ich?«

Keine Antwort.

Christopher wollte zur nächsten Frage ansetzen, als eine andere Stimme sagte: »Schatz?«

Christopher schlug die Augen auf, wandte sich Michelle zu und starrte sie verblüfft an. »Was machst du hier vorn?«

»Du warst bewusstlos.«

»Echt?« Dann richtete er seinen Blick auf das Panoramafenster und erschrak. »Wo sind wir?«

»Unser kleiner Abstecher in den Hyperraum hat uns aus dem Sonnensystem gebracht.«

»Hyperraum?«

»Kannst du dich nicht mehr erinnern?«, fragte Ernest. »Du hast den Hyperantrieb aktiviert.«

Christopher sah ihn verwirrt an und sagte eine Weile nichts. Dann setzte er zum Sprechen an, als wäre ihm soeben etwas eingefallen. »Ja, stimmt. Jetzt kann ich mich wieder daran erinnern. Aber mehr weiß ich nicht mehr.«

»Kunststück. Genau von da an warst du weggetreten.«

Christopher sagte nichts darauf.

»Soll ich für dich übernehmen?«

»Mir geht es gut, aber wenn du gern ein Stück fliegen möchtest, ist das okay.«

»Ist vielleicht keine schlechte Idee«, erwiderte Rick und bat Christopher, ihm in den Aufenthaltsraum zu folgen, während Ernest das Steuer übernahm.

Nachdem sich die beiden zusammen mit Michelle an den runden Tisch gesetzt hatten, fuhr Rick fort: »Erklär mir bitte, was soeben passiert ist.«

»Ich weiß es nicht. Ich war irgendwo anders.«

»Wo?«

»Kann ich nicht sagen. Außer weißem Licht konnte ich nichts erkennen. Aber da war eine Stimme, die meinen Namen nannte.«

»Was für eine Stimme? Konntest du erkennen, wer es war?«

»Nein. Sie schien mir zwar vertraut, aber ich konnte sie trotzdem nicht zuordnen. Vielleicht bilde ich es mir auch nur ein.«

»Männlich oder weiblich?«, fragte Michelle.

»Weiß ich nicht. Ich habe gefragt, wer sie ist, aber die Stimme ist darauf nicht eingegangen. Im Gegenteil, zwischendurch dauerte es sehr lange, bis sie überhaupt wieder etwas sagte.«

»Was meinst du mit lange?«, wollte Rick wissen.

Christopher wusste auch darauf keine genaue Antwort. »Vielleicht einige Minuten oder auch mehr.«

Rick sah ihm eindringlich in die Augen. »Christopher, du warst nicht länger als ein paar Sekunden bewusstlos.«

»Nur so kurz?« Er starrte Rick verblüfft an. »Aber das Gespräch an und für sich, das ich mit der Stimme geführt habe, hat schon viel länger gedauert. Ganz abgesehen von den Wartezeiten dazwischen.«

»Was hat die Stimme sonst noch gesagt?«

»Ich solle keine Angst haben, wenn sie sich irgendwann in der Zukunft wieder mit mir in Verbindung setzen würde. Anscheinend gibt es jemanden, der meine Hilfe benötigt. Aber die Stimme wollte mir darüber nichts Näheres verraten.«

»Ich werde nach der Landung das gesamte Bordsystem noch einmal überprüfen lassen.«

»Würde mich nicht verwundern, wenn dabei nichts herauskommt.«

»Wie soll ich das verstehen?«

»Ich glaube nicht, dass mit dem Bordsystem irgendetwas nicht in Ordnung ist.«

»Du glaubst, es liegt an den Neuro-Sensoren?«

»Nein, auch nicht.«

»Was ist es dann?«

Christopher machte eine kleine Pause. Dann sagte er mit ernstem Ausdruck: »Es will wirklich jemand mit mir Kontakt aufnehmen.«

17.

Drei Tage später saßen Christopher und seine Crew zusammen mit Rick, Ernest und Keyna in einer Bar beim regionalen Raumhafen von Cork. Die Crew bestand aus David Mitchell, Michelle, Jamalla und ihm selbst.

Nachdem Jason Farrow vor zwei Tagen mit Ernest Kontakt aufgenommen und ihn wegen des Transfers der Agentin Layla Iversen nach MOLANA-III angefragt hatte, hatte Ernest zusammen mit Rick und Christopher ein längeres Gespräch geführt.

»Ist es Zufall, dass der irdische Geheimdienst auf MOLANA-III Recherchen durchführt?«, hatte Ernest die beiden gefragt.

»Glaube ich nicht.« Rick hatte nur den Kopf geschüttelt. »Dort geht etwas vor sich. Die wollen uns aber nichts darüber sagen.«

»Um ihre Agentin dorthin zu fliegen, sind wir gut genug.« Christopher hatte leicht frustriert gewirkt.

»Betrachten wir es doch von der guten Seite. So kommen wir nach MOLANA-III, ohne die mühseligen Fluganträge mit all den notwendigen Begründungen.«

»Wirst du uns begleiten?«

»Nein. Ich nütze euch hier mehr. Sollte etwas schief gehen, kann ich als Diplomat von hier aus mehr erreichen. Im schlimmsten Fall kann ich mit der BAVARIA nachkommen.«

Daraufhin hatte man sich geeinigt, Jason Farrows wohl eher inoffiziellen Auftrag anzunehmen.

Am Tag darauf hatte Rick eine Anfrage vom Wissenschaftsministerium erhalten. Eine Gruppe von Wissenschaftlern, die am Nordpol von TONGA-II Eiskernbohrungen durchführte, hatte beim Ministerium einen Nanotechniker angefordert. Daraufhin war man mit Rick in Kontakt getreten und hatte ihn angefragt, ob aus seiner Firma jemand zur Verfügung stünde.

Da die Mitglieder der *Space Hopper* ohnehin beabsichtigten, in diese Richtung zu fliegen, anerboten sie sich, den Wissenschaftler mitzunehmen.

Das Bordsystem war nach dem Zwischenfall beim letzten Testflug noch einmal auf Herz und Nieren überprüft worden. Auch Christophers Neuro-Sensoren hatten weitere ausführliche Tests erfahren. Doch wie er vermutet hatte, waren keine Fehler gefunden worden.

Nachdem ein weiterer Testflug mit einer kurzen Hyperraumetappe ohne Probleme verlaufen war, entschloss man sich, zu starten. Sollten bei Christopher erneut Probleme auftreten, würde David den Gleiter mit der konventionellen Methode steuern. Im schlimmsten Fall könnte auch der Autopilot den gesamten Flug durchführen.

In zwei Stunden würde die *Space Hopper* ins TONGA-System starten. Ernest hatte es sich nicht nehmen lassen, die Crew höchstpersönlich nach Cork zu fliegen. Davids Freundin Jamalla würde auf dem Flug ebenfalls dabei sein und in Tongalen die *Space Hopper* verlassen, um ihre Familie zu besuchen. Nun wartete man noch auf das Eintreffen des Wissenschaftlers aus München.

»Wie ist er denn so?« Michelle blickte neugierig zu Rick.

»Wen meinst du?«

»Na, den Nanotechniker. Wen denn sonst? Ist bestimmt einer im reiferen Alter.«

»Du wirst es bald erfahren.« Rick konnte sich ein Schmunzeln nicht verkneifen.

Als Christopher sein schelmisches Grinsen sah, verstand er und musste seinerseits ein verräterisches Lächeln unterdrücken.

Nach einigen Minuten erklang hinter ihnen eine sanfte Stimme: »Entschuldigen Sie bitte die Verspätung?«

Wie auf ein Kommando drehten alle den Kopf und musterten die zierliche, junge Frau, die vor ihnen stand.

»Darf ich vorstellen.« Rick erhob sich und stellte sich neben die Frau. »Sil Weaver, eine unserer führenden Nanotechnikerinnen.«

Alle außer Christopher sperrten Mund und Augen auf und starrten die junge Wissenschaftlerin überrascht an.

»Ist das die Sil, von der du uns erzählt hast?«, fragte Michelle erstaunt.

»Das ist sie«, antwortete Christopher und drückte die Wissenschaftlerin kurz.

Anschließend hob Sil ihre grazile Hand, zog etwas ihren Hals ein, flüsterte den anderen ein kurzes *Hi* zu und ließ ein verschmitztes Lächeln folgen.

Ernest gewann als erster die Fassung wieder und sagte: »Hallo Sil, freut uns, deine Bekanntschaft zu machen.«

»Warst du schon mal auf einem Raumflug?«, erkundigte sich David.

»Bisher hatte ich noch nicht das Vergnügen. Aber als ich von der Anfrage erfuhr, habe ich mich sofort gemeldet.«

»Ich will nicht unhöflich sein, aber es wird Zeit zum Aufbruch«, meinte Rick.

Sie standen auf und begannen, sich von Ernest, Keyna und Rick zu verabschieden.

»Passt auf euch auf.« Ernest lächelte und umarmte Michelle und Jamalla.

»Werden wir.« Michelle wollte Ernest gar nicht mehr loslassen. »Falls wir Schwierigkeiten haben, rufen wir dich.«

»Sehr gut. Ich werde euch dann retten.«

Kurz darauf waren sie unterwegs zum Gate, das sie zum Einstiegsschott der *Space Hopper* führte.

18.

Der Start verlief problemlos. Geschmeidig wie eine Feder glitt die *Space Hopper* in den Himmel. David beobachtete vom Kopilotensessel aus die Anzeigen auf den Displays der Armaturen. Michelle saß hinter ihm und verfolgte den Funkverkehr, während Jamalla und Sil hinter Christopher Platz genommen hatten und gespannt durch das Panoramafenster nach draußen sahen.

Die erste Flugetappe brachte sie nach Washington, der Hauptstadt der ehemaligen Vereinigten Staaten von Amerika und dem heutigen Sitz des Terrestrial Secret Services. Der Geheimdienst unterhielt einen eigenen kleinen Raumhafen, auf dem die *Space Hopper* über Funk zu einem bestimmten Landeplatz eingewiesen wurde.

Wenig später betrat eine Frau mit rotbraunen, kurzen Haaren den Raumgleiter. Sie trug gewöhnliche Straßenkleider, die nicht viel über ihre Figur verrieten, und einen einfachen Rucksack.

»Mein Name ist Layla Iversen«, waren ihre ersten Worte. »Wir machen es am besten ganz einfach. Nennen Sie mich Layla.«

»Hallo Layla. Ich bin Christopher. Das sind David, Michelle, Jamalla und Sil.«

»Sie sind also Vanelli.« Layla sah ihn prüfend an. »Ich hatte Sie mir etwas kräftiger vorgestellt.«

»Tut mir leid, wenn ich nicht Ihrer Vorstellung entspreche.«

»Das muss Ihnen nicht leidtun. Jeder ist so, wie er ist.«

»Da gebe ich Ihnen recht.«

»Zu Beginn möchte ich gleich eines klarstellen. Dies ist Ihr Raumschiff. Dementsprechend haben Sie während des Flugs das Sagen. Aber sobald wir in den Orbit von MOLANA-III eintreten, werde ich das Kommando übernehmen. Hat jemand ein Problem damit?«

»Nein, überhaupt nicht. Wir müssen Sie nur dort abliefern, mehr nicht.«

»Genau. Das sollte eigentlich ganz einfach sein. Anschließend werden Sie die Kolonie umgehend wieder verlassen. Kann ich darauf zählen, dass Sie mir keine Schwierigkeiten bereiten?«

»Können Sie.«

»Nun denn. Zeigen Sie mir bitte meine Unterkunft.«

»Michelle, sei doch so gut, und führ die Dame in ihre Kabine.«

»Nichts lieber als das«, antwortete diese kokett.

Layla drehte sich um und folgte Michelle.

Wenig später hob die *Space Hopper* ab und verließ kurz darauf die Erdatmosphäre.

»Ich bin überwältigt«, schwärmte Sil nach einer Weile. »Ich habe Weltraumflüge schon in vielen Filmen gesehen, aber real sieht alles viel beeindruckender aus.« Sie starrte mit offenem Mund aus dem Panoramafenster.

Nachdem die *Space Hopper* die Erde zu einem Drittel umrundet hatte, tauchte der Mond in seiner ganzen Pracht vor ihnen auf. Christopher ließ das Raumschiff sanft auf ihn zugleiten und verlangsamte den Flug, als er den Trabanten bis auf etwa eintausend Meter erreicht hatte. Unter ihnen zogen unzählige Krater vorbei.

Wenig später zeigte Christopher mit dem Finger zum Panoramafenster. »Darf ich vorstellen. *Mare Tranquillitatis*, das Meer der Ruhe. Es hat einen Durchmesser von fast neunhundert Kilometern. Im Jahre 1965 stürzte hier die irdische Raumsonde *Ranger 8* ab, nachdem sie über siebentausend Fotos vom Mond aufgenommen hatte. Später, im Juli 1969, setzte die Mondlandefähre von Apollo 11 hier auf.«

»Gigantisch«, schwärmte Sil erneut. »Man stellt es sich in Gedanken ganz anders vor.«

»Wohin jetzt?«, erkundigte sich Christopher nach einer Weile.

»Von mir aus können wir nach TONGA fliegen«, schlug Michelle vor.

»Dann werden wir nun in den Hyperraum eintauchen und das Schiff dem Autopiloten übergeben«, verkündete Christopher.

»Die Koordinaten des gesamten Fluges durch den Hyperraum habe ich vor dem Start einprogrammiert. Wir werden kurz vor dem Orbit von TONGA-II wieder in den Normalraum zurückkehren.«

Die *Space Hopper* tauchte in den Hyperraum ein. Nicht nur Christopher war gespannt darauf, ob sich diesmal wieder ein Zwischenfall ereignen würde. Aber nichts geschah.

»Am besten wechseln wir uns mit dem Schlafen ab, sodass immer jemand wach ist, falls irgendetwas passieren sollte«, schlug Christopher vor.

»Ich bin auch dafür«, erwiderte David. »Ich werde gleich die erste Wache übernehmen, damit du dich ausruhen kannst.«

»Ich werde dir Gesellschaft leisten«, meinte Jamalla zu David.

»Ich bleibe auch«, sagte Sil. »Ich bin nicht müde.«

Kurz darauf zogen sich Christopher und Michelle in ihre Kabine zurück.

»Ist es anstrengend, das Schiff auf diese Weise zu steuern?« Michelle zog sich aus und legte sich aufs Bett.

»Ich spüre schon, dass es Substanz kostet. Wahrscheinlich ist es aber nur eine Gewohnheitssache.«

Christopher legte sich auf den Rücken und schloss die Augen, während Michelle sich an ihn schmiegte und ihren Arm über seine Brust legte.

Dann begann der Albtraum.

19.

Tiefblaue Blitze, die an ihren Spitzen gleißendes Licht verströmten, schienen erneut wie Nadeln seinen Kopf zu durchbohren. Parallel dazu glaubte er, wuchtige Donnerschläge zu hören. Dem Grollen folgte jedes Mal ein kreischendes Quietschen, welches durch Mark und Bein ging. Er verspürte unsagbaren Schmerz, griff sich an den Kopf und war versucht, ihn zusammenzudrücken. Mit verzerrtem Gesicht kniff er die Augen zusammen, in der Hoffnung, nichts mehr von den Blitzen zu sehen. Es nützte nichts. Ihre optische Präsenz wurde dadurch eher noch erhöht. Der Schmerz verstärkte sich und fühlte sich an, als würden sich sämtliche Muskeln und Gedärme in seinem Körper anspannen.

Sein Geist, der ihm diese unsäglichen Höllenqualen vermittelte, setzte zu einer Abwehrreaktion an, in dem er das aktuelle Geschehen mehr und mehr in den Hintergrund verdrängte. Je länger er diesem apokalyptischen Spektakel ausgesetzt war, desto mehr verwandelte sich das Donnern in eine Art artikulierter Laute. Dann vermischten sich die Geräusche und die Blitze zu einem chaotischen Brei. Zurück blieben Schwärme von funkelnden Lichtpunkten. Eine trügerische Stille setzte ein, aus der sich etwas Ähnliches wie eine Stimme herauskristallisierte.

War es wirklich eine Stimme? Was sagte sie?

Als er sich darauf konzentrierte, rückten die Lichtpunkte mehr und mehr in den Hintergrund. Sie verflüchtigten sich zu einem hell leuchtenden Nebel, der sein gesamtes Blickfeld ausfüllte.

Als sich dieser Schleier langsam aufzulösen begann, formte sich aus dem Verschwommenen ein klares Bild. Licht erfüllte nach wie vor sein gesamtes Sichtfeld.

Er legte den Kopf in den Nacken und richtete seinen Blick nach oben. Das blauweiße Flimmern am Himmel verwirrte ihn.

Es zog sich über das gesamte Firmament bis hin zum Horizont, wo es den Ozean berührte.

Ozean?

Die Wasseroberfläche war erstaunlich ruhig, zu ruhig für ein wirkliches Meer. Doch das sanfte Plätschern um ihn herum bestätigte ihm das Vorhandensein von echtem Wasser.

Wo war die Sonne?

Licht war reichlich vorhanden, aber es entsprang nicht einem zentralen Punkt. Vielmehr erstreckte sich die Quelle gleichmäßig verteilt über den gesamten Himmel. Wolken oder Gestirne fehlten gänzlich.

Die dünne Luft war geschmacklos. Außer dem leisen Plätschern des Wassers und dem eigenen regelmäßigen Atem gab es keine Geräusche, keinen Wind und kein Vogelgezwitscher. Eine erhabene Stille umgab ihn, die das Märchenhafte der gegenwärtigen Situation unterstrich.

Er stand auf einer unförmig gerundeten Plattform ohne Ecken und Kanten, die über mehrere gebogen verlaufende, schmale Stege mit unzähligen weiteren Plattformen verbunden war. Plattformen und Stege, augenscheinlich aus demselben unbekannten Material bestehend, ohne Ritzen und Kratzer, bildeten mit ihrem dunkelblauen, glanzlosen Farbton eine Einheit.

Er ließ sich auf die Knie nieder und strich mit den Fingerspitzen über die Oberfläche. Der Eindruck von Metall oder Stein blieb aus. Eine sanfte Welle umspülte seine Hand. Er hielt sich einen Finger an die Zunge, um das Wasser zu kosten. Es schmeckte salzig, was ihn nicht weiter erstaunte.

Langsam erhob er sich wieder und richtete seinen Blick geradeaus. In einer nicht abschätzbaren Distanz ragten schmale, höhere und niedrigere, jedoch völlig unregelmäßig geformte Türme in die Höhe – falls es sich denn um solche handelte. Die Anzahl war enorm. Alle residierten, teilweise miteinander verbunden, auf unterschiedlich großen Plattformen. Soweit das Auge reichte, war kein Ende der großen Ansammlung dieser skurrilen Gebilde zu erkennen.

Nirgendwo gab es Menschen, andere Lebewesen oder Pflanzen. Obwohl es schien, als wäre er das einzige lebende Geschöpf in dieser eigentümlichen Welt, schien sie zu leben. Er spürte das Pulsieren um sich herum.

Langsam drehte er sich um die eigene Achse und ließ gleichzeitig seinen Blick in alle Richtungen schweifen. Das Bild änderte sich kaum. Skurrilitäten, wohin er seinen Blick richtete.

Als er ein paar Schritte tat, spürte er die Leichtigkeit der geringeren Schwerkraft und wurde sich plötzlich seines Körpers gewahr. Doch vermisste er Wärme und Kälte. Auch umgab kein Luftzug seine nackte Haut.

Was war dies für eine Welt? War sie überhaupt real? War er selbst real?

Wie war er hierher gelangt?

Die nächsten Schritte, die er auf der Plattform tat, ließen ihn noch mehr an der Realität zweifeln, denn weder die entfernten Plattformen noch die Türme schienen sich zu nähern. Ein paar weitere Schritte und keine Änderung.

Konnte der perspektivische Eindruck derart täuschen?

Er begann zu rennen. Sofort glaubte er abzuheben. Jede Bewegung, jeder Schritt schien wie in Zeitlupe abzulaufen. Obwohl die Stege zwischen den Plattformen nur zwei Handbreiten maßen, hatte er keinerlei Mühe, sie mit jedem Schritt zu treffen und darauf zu landen.

Ich könnte fliegen, dachte er, durch die Luft gleiten. Aber jeder Schritt endete entweder auf einer der Plattformen oder auf einem Steg.

Sein erneuter Blick auf die nach wie vor gleich weit entfernten Türme verwirrte ihn abermals. Er beschleunigte seine Schritte, beobachtete, überquerte weitere Stege und Plattformen. Aber die Türme näherten sich nur unwesentlich.

Sein Atem intensivierte sich, ging mehr und mehr in ein Keuchen über. Die Frustration darüber, seinen Bemühungen keine Erfolge abzunötigen, begann an ihm zu nagen.

Mit letztem Willen, das Äußerste aus sich herauszuholen, beschleunigte er ein weiteres Mal, spürte seinen Puls bis zum Hals und glaubte erneut abzuheben.

Das plötzliche Auftauchen der klaren Stimme riss ihn beinahe aus dem Gleichgewicht. Zuerst verstand er nichts, aber dann vernahm er deutlich seinen Namen. Dies warf ihn endgültig aus dem Rhythmus. Er geriet in Panik, verfehlte beim nächsten Schritt den Steg und stürzte ins Nichts.

20.

Schweißgebadet schreckte Christopher aus dem Traum auf und starrte keuchend zur Decke empor. Er brauchte einige Zeit, um sich der Wirklichkeit gewahr zu werden.

»Christopher! Was ist mit dir los?« Michelle beugte sich erschrocken über ihn.

Verwirrt starrte er ihr in die Augen. »Wo bin ich?«

»In unserer Kabine an Bord der *Space Hopper*. Ist alles in Ordnung mit dir?«

»Ich glaube, es geht wieder. Ich hatte einen Traum, einen äußerst realen Traum.« Er sah sich um. »Es war so echt, als wenn ich es tatsächlich erlebt hätte.«

»Etwas Schlimmes?«

»Ja. Irgendwie schon. Vor allem der Anfang und das Ende. Die Intensität und der starke reale Eindruck waren unheimlich. Am Ende bin ich gefallen.«

»Wohin gefallen?«

»Einfach gefallen, ins Nichts. Es war so echt. Deswegen bin ich wohl aufgewacht.«

Christopher schilderte ihr das Schlaferlebnis mit seinen Eindrücken in allen Einzelheiten bis zu dem Zeitpunkt, als er den Steg verfehlte und ins Nichts stürzte.

»Waren es dieselben Blitze, die du während der Aktivierung der Sensoren erlebt hattest?«

»Sie waren sehr ähnlich. Könnte sein, dass es dieselben waren. Aber auf irgendeine Art habe ich sie anders empfunden. Ich kann jedoch nicht sagen, worin der Unterschied bestand.«

»Hast du eine Ahnung, was das für eine eigenartige Welt sein könnte?« Während seiner Erzählung hatte sich Michelles Miene mehr und mehr verdüstert. Nun schien sie verwirrt.

»Wenn diese schmerzhaften Blitze nicht gewesen wären, könnte es die Welt sein, von der Ernest uns erzählt hat.«

»Du meinst dort, wo er dem geheimnisvollen Jungen begegnet ist?«

»Ja. Aber ich hatte sie mir nach seiner Erzählung ganz anders vorgestellt. Zudem bezogen sich seine Schilderungen mehr auf die Gespräche mit dem Jungen und weniger auf die Umgebung.«

»Glaubst du, der Junge versucht, auch mit dir in Verbindung zu treten?«

»Weiß ich nicht. Falls ja, warum geht es nicht so einfach und problemlos wie bei Ernest?«

Michelle konnte darauf nichts erwidern.

»Ich glaube eher, es ist etwas anderes. Es gab eine Stimme, aber ich kann sie nicht zuordnen. Wenn es Ahen war, hätte er mir bestimmt nicht solche Schmerzen bereitet.«

Michelles Gesicht wurde blass. »Glaubst du, jemand anders versucht, dich zu attackieren?«

»Ich weiß es nicht.«

Plötzlich sah er auf.

»Ist dir etwas eingefallen?« Michelle wirkte überrascht, als sie seinen veränderten Gesichtsausdruck bemerkte.

»Nicht direkt. Aber ich habe plötzlich den starken Eindruck, nicht zum ersten Mal davon geträumt zu haben.«

»Könnte es der Traum aus München gewesen sein, an den du dich nie erinnern konntest?«

»Ich bin mir nicht sicher, es könnte aber schon sein. Dieses Mal war alles klar und deutlich. Falls es tatsächlich der war, kenne ich nun endlich den Inhalt.«

»Hast du die Stimme erkannt, die dich beim Namen gerufen hat?«

»Es war kein eigentliches Rufen, also keine akustische Stimme in dem Sinn. Ich hörte meinen Namen sozusagen direkt in meinen Gedanken. Als wenn jemand mental mit mir Kontakt aufnehmen wollte. Aber ich konnte nicht erkennen, wer es war.«

»Ist schon eigenartig, dass dieser Traum plötzlich viel intensiver erscheint als damals in München, und dass du dich jetzt so gut an die Einzelheiten erinnern kannst.«

»Finde ich auch.« Christopher setzte sich auf und sah nachdenklich vor sich hin.

»Ich bin gespannt, ob du nächstes Mal, wenn du schläfst, wieder davon träumst.«

»Davon bin ich sogar ziemlich überzeugt. Ich hoffe nur, dass ich nicht wieder solche Schmerzen verspüre und falle, wenn ich meinen Namen höre.«

»Jetzt, wo du es weißt, bist du vielleicht darauf vorbereitet.«

»Fragt sich nur, ob ich auch im Traum darauf vorbereitet sein werde. Den Handlungsablauf kann ich nicht steuern.«

»Lass es darauf ankommen.«

»Bleibt mir wohl nichts anderes übrig. Zunächst werde ich die Wache übernehmen. Ich bin momentan zu aufgewühlt, um weiterzuschlafen.«

»Kann ich gut verstehen. Ich komme mit. Habe nämlich Hunger.«

David saß zusammen mit Jamalla am runden Tisch und hatte das tragbare Glasdisplay des Cockpits vor sich, auf dem er die Flugdaten im Auge behalten konnte. Auf zwei anderen Displays spielten sie *Raumschiffe versenken*.

»Schon ausgeschlafen?«, wunderte sich David, als Christopher und Michelle sich ebenfalls an den Tisch setzten.

»Nicht wirklich, aber ich kann nicht mehr weiterschlafen.« Er unterließ es, die beiden über seinen Traum zu informieren. »War irgendwas?«

»Nein. Alles in Ordnung. Das Schiff fliegt selbstständig und ohne Probleme.«

»Wo sind unsere Gäste?«

»Beide in ihren Kabinen. Layla hat ihre seit dem Start nicht verlassen.«

»Ist ihre Sache, wenn sie alleine sein will. Wenn ihr wollt, könnt ihr auch schlafen gehen. Mickie und ich werden unsere Schicht etwas früher antreten.«

»Okay, aber viel Arbeit werdet ihr nicht haben. Läuft alles zuverlässig und zufriedenstellend.«

»Das überrascht mich nicht. Was Rick anpackt, hat Hand und Fuß.«

Jamalla sah ihn verwirrt an.

»Eine Redewendung«, erklärte David grinsend. »Sollte heißen, dass alles perfekt ist, was Rick macht.«

»Ach so.« Jamalla lachte. »Irgendwann werde ich mich schon noch an eure Sprache gewöhnen.«

Dann verschwanden David und Jamalla in ihrer Kabine.

21.

Eine Stunde lang saß Christopher im Cockpit und dachte über den Inhalt des Traums nach. Aber so sehr er sich auch darauf konzentrierte, er fand keinen logischen Sinn darin. Er erhob sich aus dem Pilotensessel, ging in den Aufenthaltsraum und setzte sich zu Michelle an den Tisch.

»Könntest du versuchen, über Hyperfunk eine Verbindung zu Rick herzustellen?«, bat er sie.

»Okay, werde ich gleich machen.« Sofort setzte sie das Headset auf.

Kurz darauf war der Kontakt hergestellt. Sie schaltete zu Christopher um.

»Gib ihn auf die Lautsprecher, dann kannst du mithören.«

Nachdem sie auf dem Glasdisplay die entsprechende Funktion eingetippt hatte, begrüßte Christopher seinen Freund.

»Du erinnerst dich doch bestimmt noch an meinen Traum, an dessen Inhalt ich mich nie erinnern konnte.«

»Ja, klar. So lange ist es nicht her. Du sagtest, du hättest dich daran gewöhnt. Ich gehe nicht davon aus, dass er verschwunden ist.«

»Ganz recht. Er ist noch da. Nur viel intensiver.«

»Kennst du jetzt den Inhalt?«

»Ja. Das Ganze war sehr intensiv. Ich habe es praktisch als real empfunden.«

»Wart ihr bereits im Hyperraum, als du den Traum hattest?«

»Ja. Glaubst du, es hat etwas damit zu tun?«

»Könnte sein. Du hattest doch auf dem Testflug ebenfalls genau in dem Moment, als wir in den Hyperraum eintauchten, diesen Aussetzer.«

»Beim Übertritt in den Hyperraum ist dieses Mal aber nichts geschehen. Wie schon beim zweiten Testflug.«

»Es könnte trotzdem etwas mit dem Hyperraum zu tun haben. Nur dass das Phänomen erst auftritt, wenn du schläfst.«

»Da könnte was dran sein. Es gab aber noch etwas. Was ich bei der ersten Aktivierung der Neuro-Sensoren erlebt hatte, trat diesmal wieder auf. Zum Glück nicht so schmerzhaft und nicht so lange wie damals. Plötzlich verschwanden die Schmerzen und machten einem klaren Bild Platz.«

»Dies würde heißen, die schmerzhafte Erfahrung, die du damals gemacht hast, ist Bestandteil des Traums.«

»Es mag vielleicht eigenartig klingen, aber glaubst du, dass man einen Traum unter Kontrolle bringen kann?«

»Scheint mir unwahrscheinlich. Warum meinst du?«

»Ich könnte mir vorstellen, dass mein Unterbewusstsein reagierte, weil ich diese schmerzliche Erfahrung bereits einmal gemacht hatte, und den Traum unter Kontrolle brachte.«

»Sollte das der Fall sein, müsste sich nächstes Mal das Ganze noch weiter abschwächen. Ich meine jetzt den schmerzhaften Anfang.«

»Das werde ich sehen, wenn ich das nächste Mal schlafen gehe.«

»Auf jeden Fall wäre es nicht schlecht, wenn du den Inhalt des Traums dokumentierst. Könnte sein, dass es derselbe bleibt und sogar noch weitergeht.«

»Das ist eine gute Idee. Daran hatte ich auch schon gedacht.« Es entstand eine kleine Pause, bevor Christopher fortfuhr: »Da war wieder die Stimme.«

»Konntest du sie diesmal erkennen?«

»Nein. Ich rannte im Traum gerade über einen schmalen Steg, als ich in Gedanken meinen Namen vernahm. Ich erschrak darüber derart, dass ich einen Fehltritt machte und in die Tiefe stürzte. Davon wachte ich auf.«

»Wohin bist du gefallen?«

»Eigentlich war überall Wasser, aber als ich stürzte, fiel ich in ein unendliches Nichts.« Christopher schilderte Rick den gesamten Traum, bis zu dem Punkt, an dem er den Steg verfehlte.

»Klingt wie eine surreale Welt. Eigenartig sind auch die komischen Perspektiven, als du auf die Türme zuranntest.«

»Stimmt, das war irritierend.«

»Schreib alles genau auf. Und lass dich das nächste Mal nicht von der Stimme aus dem Tritt bringen. Ich bin gespannt, wie es weitergeht und wem diese Stimme schlussendlich gehört.«

»Darauf bin ich auch sehr neugierig.«

»Hast du etwas dagegen, wenn ich die Aufzeichnung dieses Gesprächs behalte und sie Lynn Bergström vorspiele?«

»Nein, im Gegenteil. Vielleicht findet sie eine Erklärung.«

Christopher verabschiedete sich und unterbrach die Verbindung.

»Bin ja gespannt, ob diese Lynn Bergström eine Erklärung findet«, sagte Michelle skeptisch. »Weißt du, woran ich schon gedacht habe?«

Christopher schüttelte den Kopf.

»Dass einer der ehemaligen OVT-Leute über mentale Kräfte verfügt und sich rächen will, indem er versucht, dich im Schlaf anzugreifen.«

»Was hätte er davon?«

»Genugtuung. Er könnte versuchen, dich in den Wahnsinn zu treiben.«

»Ich habe auch schon an etwas Ähnliches gedacht, jedoch bin ich zu der Überzeugung gelangt, dass es nicht der Stil der OVT ist, auf diese Weise vorzugehen. Der Einzige, dem ich so etwas zugetraut hätte, war Marac Kresnan. Aber er ist nicht mehr am Leben.«

»Du hast recht, niemand sonst war derart verbissen auf Rache aus wie er.«

»Ich glaube, es bringt momentan nichts, Mutmaßungen anzustellen. Wir sollten den nächsten Traum abwarten. Wahrscheinlich ergibt sich dann mehr.«

»Ich hoffe nur, er schadet dir nicht.«

»Das glaube ich weniger. Es war die Überraschung, meinen Namen zu vernehmen, die mir diesen Schrecken versetzt hat. Fürs nächste Mal sollte ich darauf vorbereitet sein.«

»Hoffen wir das Beste.«

Als Christopher und Michelle ein Geräusch vernahmen und sich umdrehten, sahen sie Sil Weaver hinter sich stehen.

»Entschuldigt bitte«, sagte sie verlegen. »Ich hoffe, ich störe nicht.«

»Nein, überhaupt nicht«, erwiderte Christopher. »Setz dich zu uns.«

»Ich weiß, es geht mich nichts an, aber ich habe den Schluss eures Gesprächs mitbekommen. Jemand von euch hatte anscheinend einen bedeutsamen Traum?«

»Ja, Christopher«, erwiderte Michelle.

»Traumdeutung ist mein Hobby.« Sie wandte sich Christopher zu. »Wenn du mir deinen Traum beschreiben möchtest, könnte ich ihn vielleicht für dich deuten.«

»In meinen Augen handelt es sich nicht um einen gewöhnlichen Traum«, erklärte er zögernd.

»Es gibt keine gewöhnlichen Träume. Jeder ist für sich betrachtet etwas ganz Besonderes.«

»Das kann schon sein, nur werden meine Visionen wahrscheinlich von den Neuro-Sensoren verursacht.«

Erstaunen zeigte sich auf Sils Gesicht. »Meinst du damit die Probleme bei der Aktivierung?«

»Ich komme immer mehr zu der Überzeugung, dass es sich damals auch um einen Kontaktversuch gehandelt hatte. Nur in einem wesentlich stärkeren Ausmaß. So stark, dass es für mich zu einem Albtraum wurde.«

»Du glaubst nicht, dass es nur ein Traum ist?«

Christopher dachte eine Weile nach. »Für mich ist es real, nur dass ich im Wachzustand nichts davon mitbekomme. Deshalb empfinde ich es als Traum.«

»Dann nennen wir es weiterhin Traum, bis wir Klarheit haben.«

»Seit der schmerzhaften Erfahrung bei der ersten Aktivierung der Sensoren hatte ich beim Aufwachen stets dasselbe Gefühl. Ich spürte, dass ich dasselbe erlebt, dasselbe gesehen hatte. Nur konnte ich mich nie daran erinnern. Aber vorhin, als ich in unserer Kabine aufwachte, erinnerte ich mich an jede Einzelheit.«

»Was denkst du, warum du dich gerade jetzt so deutlich daran erinnerst?«

»Das kann ich nicht sagen. Deshalb habe ich vorhin mit Rick gesprochen. Er wird darüber mit Lynn sprechen.«

»Das ist gut.« Sil verfiel erneut ins Grübeln. Nach einer Weile fuhr sie fort: »Ich denke, es könnte etwas damit zu tun haben, dass wir uns gegenwärtig im Hyperraum befinden.«

»Rick hat dasselbe angedeutet. Am besten, ich beschreibe dir den gesamten Inhalt.«

In den nächsten Minuten wiederholte Christopher seinen Traum ein weiteres Mal. Sil hörte aufmerksam zu.

22.

Zwölf Stunden später erwachte Christopher aus seiner zweiten Ruhephase und brauchte wieder einige Sekunden, um sich zurechtzufinden. Er hatte denselben Traum geträumt und erinnerte sich auch jetzt an alle Details.

Die Hände hinter dem Kopf verschränkt, lag er auf dem Rücken, starrte gegen die Decke und dachte intensiv nach.

»Du bist ja wach«, hörte er Michelles verschlafene Stimme neben sich.

»Ja.«

»Seit wann denn?«

»Gerade eben.«

»Und?«

»Wieder genau derselbe.«

»Aber du bist nicht gefallen, stimmt's?«

»Nein, diesmal nicht.«

»Und die Stimme?«

»War wieder da. Aber erstaunlicherweise war ich tatsächlich vorbereitet. Es war eigenartig. Während des Traums wusste ich, dass ich alles schon einmal erlebt hatte.«

»Du hast dich im Traum daran erinnert, dass du diesen Traum schon einmal hattest?«

»So könnte man es sagen.«

»Das ist allerdings merkwürdig. Hast du die Stimme erkannt?«

»Nein, ich kann nicht einmal sagen, ob es eine weibliche oder männliche Stimme war. Aber sie hat wieder meinen Namen genannt, mehrmals sogar. Dann noch etwas. Zumindest hatte ich den Eindruck. Es war wohl eher irgendetwas Abstraktes. Aber möglicherweise fehlt auch nur die Erinnerung daran.«

»Vielleicht erfährst du es beim nächsten Mal.«

»Das hoffe ich sehr. Auf unserem Testflug sagte die Stimme, irgendjemand bräuchte meine Hilfe. Ich bin überzeugt, es ging auch diesmal darum.«

»Vielleicht ist es doch der Junge, dem Ernest schon zweimal begegnet ist.«

»Das glaube ich nicht. Bei Ernest gab es keine bohrenden Blitze, keine Schmerzen und keine Horrorszenen. Das muss etwas ganz anderes sein.«

»Langsam macht es mir Angst.«

»Am liebsten würde ich gleich wieder einschlafen und weiterträumen. Das Ganze hat mich sehr neugierig gemacht.«

»Ich gehe duschen. Kommst du auch?«

Sie schlüpften unter der Decke hervor und begaben sich in die Duschkabine. Nachdem sie sich gegenseitig eingeseift hatten, umarmten sie sich und ließen den Wasserstrahl eine Weile auf ihre Körper niederprasseln.

Plötzlich hob Christopher den Kopf und starrte an die Wand der Kabine.

»Hast du etwas?«, fragte Michelle verwirrt.

»Ein komisches Gefühl, so etwas wie ein mentaler Druck.« Er starrte weiter an die Wand. »Es ist, als wollte etwas zu mir durchdringen.«

»Du wirst doch nicht anfangen zu träumen.«

»Das ist gar nicht mal so abwegig.« Christopher wandte sich ihr zu und sah ihr in die Augen. »Auf jeden Fall ist es dasselbe Gefühl wie beim Aufwachen.«

»Vielleicht sind es noch Nachwirkungen von vorhin.«

»Nein, dieses Gefühl habe ich nur einen kurzen Moment unmittelbar nach dem Aufwachen. Aber jetzt ist es von Neuem da, als wäre ich hier unter der Dusche noch einmal aus demselben Traum aufgewacht.«

»Hat es vielleicht etwas mit Wasser zu tun?« Sie machte eine kleine Pause. »Ich meine nur, weil in deinem Traum eine Art Wasserwelt vorkommt.«

»Dieser Gedanke ist gar nicht so falsch«, entgegnete er überrascht. »Du hast ein schlaues Köpfchen.«

Michelle grinste über das ganze Gesicht und schlang ihre Arme um seinen Hals. »Wenn du mich nicht hättest.«

Wenig später trockneten sie sich gegenseitig ab, kleideten sich an und verließen ihre Kabine.

»Verspürst du diesen Druck immer noch?«, fragte sie, als sie den Gang entlanggingen.

Er schüttelte den Kopf. »Eigenartigerweise nicht mehr.«

Im Aufenthaltsbereich trafen sie auf die anderen. Layla hatte zum ersten Mal seit dem Abflug ihre Kabine verlassen. Alle machten sich etwas zu essen.

»Da sind unsere beiden Schlafmützen«, begrüßte sie David mit einem schelmischen Grinsen.

»Du hast gut reden«, erwiderte Christopher lächelnd. »Du hast wenigstens einen ruhigen Schlaf, während ich mich mit meinem Traum auseinandersetzen muss.«

»Du hattest wieder denselben Traum?«, fragte Sil interessiert.

Christopher erzählte von seinem Erlebnis und dem Gefühl, das ihn unter der Dusche befallen hatte. Außerdem äußerte er Michelles Vermutung, es könnte mit dem Medium Wasser zusammenhängen.

Sil nickte zustimmend. Doch dann sagte sie: »Es könnte aber auch einen ganz anderen Grund haben.« Sie erntete überraschte Blicke. »Es könnte sein, dass jemand mit dir Kontakt aufnehmen will und du durch die Neuro-Sensoren empfindlich darauf reagierst. Wasser könnte dabei wie eine große Antenne wirken, sodass sich der Empfang massiv verstärkt.«

»Aber dann müsste ich ja, sobald ich mit Wasser in Berührung komme, noch stärkere Empfindungen haben, als wenn ich schlafe«, sagte Christopher.

»Nicht unbedingt. Wenn sich die Kommunikation, falls es wirklich eine ist, über das Unterbewusstsein abwickelt, dann bist du im Schlaf wesentlich empfänglicher. Auf jeden Fall sollten wir den Traum jedes Mal zusammen analysieren. Ich rechne fest damit, dass du mit jedem Mal ein Stückchen mehr erfahren wirst.«

Layla bekundete wenig Interesse an diesem Thema. Sie saß schweigend am runden Tisch und verzehrte ihre Mahlzeit.

23.

Der Mann in der braunen Kutte verließ die große Höhle, nachdem all seine ergebenen Untertanen gegangen waren. Sie hatten ihn gehuldigt und ihm Respekt erwiesen.

Diese Dummköpfe fressen mir aus der Hand, dachte er abfällig.

Er zog sich in den hinteren Bereich der Höhle zurück, wo sich sein persönlicher Raum befand, in dem er sich entweder auf seine Predigten vorbereitete oder sich ausruhte und entspannte. Seinen Untergebenen hatte er strikte verboten, diesen Raum zu betreten, wenn er nicht anwesend war.

Er schlüpfte aus seinen Schuhen, legte die Kutte ab und setzte sich auf den Liegesessel. Nachdem er eine Weile die Kerzenlampe angestarrt hatte, lehnte er sich zurück, schloss die Augen und legte den Kopf in die Nackenstütze.

Wie einfach war es doch, all diese Menschen zu beeinflussen und zu kontrollieren. Er konnte ihnen jeden Befehl geben, und sie führten ihn bedingungslos aus. Er hatte die Macht über ein ganzes Volk. Manchmal hatte er sogar den Eindruck, sie würden seine Befehle bereits ausführen, wenn er nur daran dachte. Er nahm sich vor, in nächster Zeit vermehrt darauf zu achten und damit zu experimentieren. Vielleicht erlangte er sogar mentale Kontrolle über sie.

Nach einer längeren Ruhepause kramte er seinen Kommunikator hervor und stellte die Verbindung zu einer seiner Führungspersonen her. »Wie läuft das Training?«

»Ausgezeichnet, Herr«, hörte er den Mann antworten. »Wir konnten die Leute nach ihren Fähigkeiten einteilen. Unter ihnen gibt es ein paar hervorragenden Nahkämpfer.«

»Sehr gut. Wir benötigen jedoch noch viel mehr erfahrene Kämpfer. Das Problem ist, dass sie lernen müssen, mit Waffen umzugehen.«

»Waffen sind völlig neu für sie, weil sie bisher nie welche besaßen oder brauchten.«

»Deshalb sollten wir die Ausbildung dahingehend verstärken. Ich werde demnächst eine Reise in den Norden unternehmen. Aus dieser Gegend haben wir bis jetzt noch keine Gefolgsleute. Dort gibt es einige kleinere Siedlungen von Menschen, die aus der Stadt ausgewandert sind. Nach meinen Predigten sollten sie sich uns auch anschließen.«

Er hatte seinen Transportwagen mit genügend Tanks beladen, um auch diesen Menschen das heilige Wasser überbringen zu können.

»Ausgezeichnet, Herr«, antwortete der Mann hoch erfreut. »Wir brauchen noch viele Kämpfer, um es gegen die Macht des Bösen aufnehmen zu können.«

»Du hast recht. Forciere das Training an den Waffen.«

Er schaltete den Kommunikator ab, lehnte sich wieder in den Liegesessel zurück und schloss die Augen. In Gedanken sah er Ströme von Bauern und Landarbeitern, die aus allen Richtungen zu seiner Höhle kamen, zu Fuß, mit Karren oder auf Reittieren. Gekleidet waren sie meist mit Tüchern oder einfachen Umhängen. Er sah die Menge sich drängen und erwartungsvoll auf seine Predigt warten. Seine Vorstellungen wurden immer intensiver, während er in den Schlaf hinüberglitt.

In seinem Traum sah er kämpfende Truppen, die unerbittlich gegen seine Feinde vorgingen. Nachdem der Widerstand gebrochen war, präsentierte er sich als unangefochtener Anführer.

Als er aufwachte, war er in Schweiß gebadet. Mühsam erhob er sich, zog sein Hemd aus und befeuchtete seinen Oberkörper mit Wasser, das in einer Tonschale auf dem Tischchen bereitstand.

Er war verwirrt über sein intensives Schlaferlebnis, das ihm erschreckend real vorgekommen war. Doch beim Gedanken an die enorme Menschenmenge, die im Traum den Weg zu ihm gefunden hatte, fühlte er eine innere Glückseligkeit.

Er war überzeugt, dass sich eines Tages seine Vision erfüllen würde. Dieses eigenartige Wasser war ein Geschenk des Himmels gewesen. Er musste diesen Weg unerbittlich weiterverfolgen.

Er trocknete sich ab, streifte das Oberhemd und den Umhang über und trottete langsam zur Tür. Als er sie öffnete und in die große Höhle blickte, traf ihn beinahe der Schlag.

Soweit das Auge reichte, war sie mit einer dicht gedrängten Masse von Menschen angefüllt, die alle den Blick nach vorne richteten und geduldig warteten.

Für einen Moment war er verblüfft, dachte wieder an seinen Traum und fragte sich, ob er vielleicht noch gar nicht daraus aufgewacht war.

Doch dann wurde ihm bewusst, dass es real war. Seine Gedanken rasten. Wie es aussah, warteten sie auf jemanden.

Und zwar auf ihn.

24.

Das eigenartige Flimmern am ganzen Himmel entpuppte sich als eine Art Energieschutzschirm, der in Form einer Kuppel die Wasserwelt vor Gefahren bewahrte. Was sich außerhalb dieses Schirms befand, konnte er nicht sehen.

Wieder stand er am Rande einer dunkelblauen, schwimmenden und durch schmale Stege mit anderen verbundenen Plattform. Die Wasseroberfläche bewegte sich kaum. Trotzdem wurden die Ränder und seine Füße regelmäßig überspült.

Die Temperatur des Wassers war angenehm, gerade so, dass man es kaum wahrnahm. Auf seiner Oberfläche spiegelte sich das Flimmern des Schutzschirms. Auch er selbst war in diesem Spiegelbild gut erkennbar. Es war nicht möglich, die Tiefe dieses Meeres abzuschätzen.

Er blickte zu den unzähligen Türmen, die mit ihren ungleichen Formen und Höhen eine skurrile Kulisse bildeten. Einige reichten beinahe bis zum Zenit des Schutzschirms. Andere waren deutlich niedriger. Wenn er sich länger auf die einzelnen konzentrierte, konnte er permanente Veränderungen feststellen.

Lebten diese Gebilde etwa?

Er war sich bewusst, nicht zum ersten Mal hier zu sein. Aber er hatte keine Ahnung, wie viel Zeit seit dem letzten Besuch vergangen war. Zeit schien in dieser Welt keine Rolle zu spielen. Er wusste auch, was passieren würde, wenn er sich den Türmen zu nähern versuchte, und ebenso, dass gleich jemand zu ihm sprechen würde. Kaum hatten sich diese Erkenntnisse in seinen Gedanken manifestiert, vernahm er die unbekannte Stimme, die erneut seinen Namen nannte.

»Ich höre dich.« Es war nicht das erste Mal, dass er antwortete. Aber er staunte über den Klang seiner eigenen Stimme. »Wer bist du?«

»Komm zur großen Höhle.« Er konnte auch diese Worte nicht akustisch wahrnehmen, sondern sie formten sich in seinen Gedanken. »Wir brauchen deine Hilfe.«

»Ich kann nirgendwo eine Höhle sehen. Hier gibt es nur Wasser, Plattformen und Türme.«

»Schau genau hin, dann wirst du etwas Dunkles erkennen.«

Als er sich nicht mehr nur auf die Türme, sondern mehr auf andere Plattformen konzentrierte, entdeckte er in einiger Entfernung einen dunklen Fleck, der nicht ins Gesamtbild zu passen schien. In der Hoffnung, ein deutlicheres Bild davon zu erhalten, kniff er die Augen zusammen. Es schien sich um eine größere Plattform zu handeln, auf der ein dunkles Objekt in die Höhe ragte.

Seine Neugier war geweckt. Sich um die eigene Achse drehend, hielt er nach ähnlichen Gebilden Ausschau. Aber soweit sein Auge reichte, nirgendwo konnte er etwas sehen, das auch nur ansatzweise dem einen Objekt ähnelte.

In der Annahme, dieselben perspektivischen Verzerrungen wie bei den Türmen zu erleben, überquerte er einige Stege und gelangte zu den nächsten Plattformen. Überraschenderweise hatte er sich dem dunklen Objekt ein sichtbares Stück genähert. Auch als er in der Folge weitere Stege und Plattformen überquerte, rückte es zusehends näher.

Seine anfängliche Vermutung, es handle sich dabei nur um die dem Licht abgewandte Seite eines Hügels, erwies sich als Trugschluss. Je näher er der großen Plattform kam, desto mehr entpuppte sich diese Erhebung als Hohlkörper. Sie war riesengroß.

»Ist das die Höhle, von der du gesprochen hast?« Er blieb kurz stehen.

»Du bist auf dem richtigen Weg. Gehe einfach weiter.«

Es gab noch etliche Plattformen und Stege zu überqueren. Als er etwa die Hälfte von ihnen bewältigt hatte, wurde ihm bewusst, dass er sich in seiner Einschätzung maßlos getäuscht hatte. Die Höhle war nicht nur riesig, sie musste gigantisch sein.

Der Blick ins Innere blieb ihm jedoch weiterhin verwehrt. Dafür war sie noch zu weit entfernt.

Wie viele Plattformen und Stege er schlussendlich überquert hatte, bis er sein Ziel erreichte, konnte er im Nachhinein nicht sagen. Er blieb am Rand stehen, legte den Kopf in den Nacken und blickte nach oben. Die hohe Kuppe, die zum künstlichen Himmel einen großen Kontrast bildete, besaß die Farbe der Plattformen und Türme und schien aus demselben Material zu sein.

»Du kannst eintreten«, vernahm er die Stimme. »Es besteht keine Gefahr für dich.«

»Was passiert dann?«

»Wir brauchen deine Hilfe.«

»Das hast du schon gesagt. Aber du hast mir noch nicht verraten, wer du bist.«

Als die Stimme schwieg, machte er einige Schritte auf den Höhleneingang zu. Nach wie vor konnte er darin nur Dunkelheit erkennen. Als er beschleunigte, machte sich erneut eine perspektivische Verzerrung bemerkbar. Die Entfernung zum Eingang war größer, als er angenommen hatte.

Weiter im Innern der Plattform, wo die sanften Wellen nicht mehr hinreichten, war sie trocken. Nach einigen Schritten hinterließen seine Füße keine nassen Spuren mehr. Nun bekam er einen besseren Eindruck von dem Material, das sich weder wie Stein noch wie Metall anfühlte. Es war weder weich noch hart und weder warm noch kalt. Es schien seine Schritte leicht abzufedern.

Dann erreichte er den Höhleneingang.

Als er eintrat, erwartete er instinktiv kühlere Luft. Aber kein Frösteln machte sich bemerkbar. Erstaunlicherweise war die Temperatur haargenau an seinen Körper angepasst.

Entschlossen ging er weiter. Das Licht schwächte sich zusehends ab. Die Höhlenwände beidseits strahlten in einem sanften Blau, als besäßen sie ein Eigenleuchten.

Als sich nach einer Weile in der Ferne ein schwaches blaues Licht abzeichnete, stellte er fest, dass der Weg, den er beschritt und noch weiter beschreiten würde, eine Wölbung beschrieb. Die Quelle dieses Lichts musste sich hinter dem Horizont dieser Wölbung befinden.

»Gehe auf das Licht zu«, vernahm er erneut die unbekannte Stimme.

Unbewusst stellte er sich die Frage, was passieren würde, wenn das Gefälle durch die Wölbung weiter zunahm, er irgendwann keinen Halt mehr fand und dem Licht entgegenstürzte.

»Du brauchst dir deswegen keine Sorgen zu machen«, sagte die Stimme sofort. »Du wirst nicht fallen.«

Konnte der Besitzer der geheimnisvollen Stimme seine Gedanken lesen?

Er schritt weiter und machte eine neue erstaunliche Entdeckung. Obwohl sich der Weg immer weiter wölbte, spürte er kein Gefälle, hatte er beim Gehen keine Rücklage. Es war, als drehte sich der Boden wie ein großes Rad, auf dem er sich stets oben befand. Dieser Eindruck verstärkte sich, als er seinen Gang beschleunigte.

Er begann zu rennen.

War es nur die Neugier über die Herkunft des blauen Lichts, oder wurde er von ihm angezogen, sodass er nicht anders konnte, als ihm entgegenzurennen?

Obwohl sich seine Atemfrequenz erhöhte, beschleunigte er noch mehr.

Mit jedem Schritt erschien ihm das Licht heller. Als er dachte, jetzt müsste er direkt davor stehen, verdunkelte es sich plötzlich. Die Lichtstärke wich einer tiefblauen Farbe. Mitten aus dieser Fläche entsprangen winzige Lichtpunkte, zuerst nur wenige, kurz darauf jedoch zahlreicher. Sie schossen mit hoher Geschwindigkeit auf ihn zu.

Abrupt blieb er stehen, hielt sich die Hände vor das Gesicht und schloss die Augen.

25.

Als er sie wieder öffnete, blickte er verwirrt in die Gesichter von Michelle und Sil.

Nachdem er sie eine Weile angestarrt hatte, sagte er: »Ich sah unzählige Lichtpunkte auf mich zuschießen.«

»Was für Lichtpunkte?«, fragte Michelle neugierig.

»Ich weiß nicht, woher die kamen«, antwortete er schwer atmend. »Ich bin gerannt, in einer riesigen Höhle. Der Boden wölbte sich immer mehr abwärts, aber es ging doch nicht hinunter.«

»Das verstehe ich nicht.«

Er machte mit der Hand eine Geste, die anzeigen sollte, wie sich der Boden nach vorne hin wölbte.

»Obwohl ich immer schneller lief, hatte ich nie den Eindruck, dass es abwärts ging. Es war, als würde ich auf einer riesigen Rolle laufen, die sich fortwährend dreht.«

»In Träumen erlebt man vieles auf eine abstrakte Weise«, erklärte Sil. »Meistens hat es eine symbolische Bedeutung.«

»Tauchte die Stimme wieder auf?«, wollte Michelle wissen.

»Ja. Sie hat mich in diese Höhle geführt und immer wieder betont, dass irgendjemand meine Hilfe benötigt.«

Michelle und Sil sahen sich kurz an.

»Der Eindruck, dass jemand bewusst mit dir Kontakt aufnehmen will, bekräftigt sich immer mehr«, sagte Sil. »Dieser Hilferuf könnte jedoch auch eine List sein, um dich anzulocken.«

»Anlocken? Wohin denn?«, fragte Christopher erstaunt.

»Sag du es uns.«

»Ich weiß es nicht. Ich bin leider zu früh aufgewacht.«

»Was ist dieses Mal genau geschehen?«, erkundigte sich Michelle.

Christopher erzählt der Reihe nach, von dem Augenblick an, als er von der Stimme auf das dunkle Gebilde aufmerksam gemacht worden war und er darauf zueilte, bis zu dem Moment, als die vielen Lichtpunkte auf ihn zuschossen.

»Die Stimme hast du wohl immer noch nicht erkannt?«, fragte Michelle wenig zuversichtlich.

»Nein. Eigentlich ist es gar keine Stimme. Ich vernehme nur die Worte in meinen Gedanken. Wenn diese Stimme es ehrlich meint, dann ist irgendwo da draußen jemand, der meine oder unsere Unterstützung benötigt ...«

»... und über eine äußerst merkwürdige Methode verfügt, sich mit dir in Verbindung zu setzen.«

»Aber warum gerade mit mir? Was kann ich ausrichten?«

»Vielleicht wissen wir nach deinem nächsten Traum mehr.«

Christopher schlüpfte aus dem Bett und verschwand im Duschraum. Michelle und Sil verließen die Kabine.

Die *Space Hopper* verließ den Hyperraum. Vor ihnen tauchte das TONGA-System auf. Der zweite Planet befand sich gerade auf der anderen Seite der Sonne.

Christopher saß im Pilotensessel, das Headset auf dem Kopf, und blickte aus dem Panoramafenster. Der Raumgleiter änderte seinen Kurs und beschrieb einen großzügigen Bogen um TONGA-SOL herum.

»Hat sich schon jemand gemeldet?«, erkundigte er sich bei Michelle, die in der zweiten Reihe saß und den Funkverkehr überwachte.

»Die Planetenpatrouille hat uns die Landekoordinaten übermittelt. Ich habe sie im System gespeichert.«

»Ausgezeichnet«, entgegnete Christopher. »Auf nach Tongalen.«

Die Landung verlief ohne Probleme. Von den Spuren des Aufstandes vor einigen Monaten war nichts mehr zu sehen.

Christopher wandte sich an Sil. »Ich nehme an, du wirst von deinen Leuten abgeholt.«

»Ich denke schon. Ich habe vorhin über meinen Kommunikator dem Expeditionsleiter mitgeteilt, dass wir eingetroffen sind. Es wird sich so schnell wie möglich jemand mit mir in Verbindung setzten, der mich abholt und zum Nordpol fliegt.«

Jamalla und David hatten sich bis zur Landung ausgiebig Zeit gegönnt, sich voneinander zu verabschieden. Nun standen sie in der Schleuse und warteten, bis Christopher den Ausstieg öffnete.

Wenig später stieg Jamalla die kurze Treppe hinunter und bestieg einen Bodengleiter, der sie zum Terminal führte, wo ihre Familienangehörigen sie erwarteten.

»Hat jemand das Bedürfnis, sich die Hauptstadt anzusehen, bevor wir weiterfliegen?«

»Ich passe mich den anderen an«, antwortete Michelle.

»Muss nicht unbedingt sein«, meinte David.

Layla schüttelte nur stumm den Kopf und verschwand wieder in ihrer Kabine.

»Okay. Bis Sil abgeholt wird, könnte es noch eine Weile dauern. Nutzen wir die Zeit, um uns auszuruhen. Ich werde vor dem Weiterflug versuchen, noch ein bisschen zu schlafen. Ihr könnt mich wecken, falls etwas Außergewöhnliches passiert.«

Eine Stunde, nachdem sich Christopher zurückgezogen hatte, summte Sils Kommunikator. Sie nahm den Anruf entgegen, runzelte kurz die Stirn und verabschiedete sich gleich wieder vom Anrufer. »Jemand bittet um Erlaubnis, an Bord kommen zu dürfen.«

»Wer?«, fragte David.

»Er wollte den Namen nicht nennen. Er sagte nur, es wäre eine Überraschung.«

»Wecken wir zuerst unseren schlafenden Piloten.«

Kurz darauf betrat Christopher den Aufenthaltsraum. »Er will keinen Namen nennen?«

»Nein, macht auf große Überraschung.«

Christopher öffnete über sein Headset das Außenschott und wartete gespannt auf den geheimnisvollen Gast, der gleich darauf eintrat.

»Wenn das nicht unser alter Freund Devian Tamlin ist«, sagte Christopher hocherfreut, machte ein paar Schritte und breitete die Arme aus.

Devian Tamlin trat in den Aufenthaltsraum und umarmte freudestrahlend erst Christopher und dann die anderen.

»Schön, dich wiederzusehen«, sagte Christopher zu Devian, nachdem ihn alle begrüßt hatten. »Wie geht's dir?«

»Danke, gut. Es freut mich auch, euch wiederzusehen. Vor allem unter wesentlich erfreulicheren Umständen als letztes Mal.«

»Das kannst du laut sagen.«

»Ich habe von Nehas Tod gehört. Es hat uns hier alle schwer getroffen.«

»Ja, es schmerzt uns immer noch, wenn wir daran denken. Wir haben sie sehr geliebt.«

»Sie war ein wunderbarer Mensch.«

Einige Augenblicke lang herrschte Stille im Raum.

»Komm, setzt dich«, unterbrach Christopher schließlich die Ruhe. »Was können wir dir anbieten?«

»Was habt ihr denn in eurem Raumschiff anzubieten?«

»Michelle wird dir unsere Bordküche und unsere Verpflegung zeigen.«

Gleich darauf legte Michelle ihren Arm um Devian und zog ihn mit sich.

Wenig später saßen sie gemeinsam am runden Tisch, aßen und tranken eine Kleinigkeit und erzählten sich gegenseitig, was sie in letzter Zeit alles erlebt hatten.

»Macht den Anschein, als hättest du einen sehr guten Job gefunden, bei dem du dein fliegerisches Können bestens einsetzen kannst«, meinte Michelle zu Devian.

»Das kann man wohl sagen. Es sind sehr nette Leute, diese Wissenschaftler.«

»Wonach suchen die denn?«, erkundigte sich Christopher.

»Sie haben unter dem Eispanzer einen riesigen See entdeckt und wollen ihn erforschen. Er ist seit Langem vom Rest der

Planetenatmosphäre isoliert. Nun vermuten die Wissenschaftler, sie könnten etwas über die Vergangenheit des Planeten oder sogar des Universums erfahren.«

»Klingt interessant. Ist aber nicht ganz neu, denn auf der Erde wurden in der Vergangenheit am Südpol auch viele Seen unter dem Eispanzer entdeckt. Den größten davon versuchte man zu erforschen. Man bohrte ein Loch durch das Eis und ließ eine Sonde hinunter, die dann auf mysteriöse Art verschwand. Bei weiteren Versuchen geschah dasselbe wieder.«

»Du glaubst, hier könnte es auch passieren?«

»Das weiß ich nicht. Aber die Menschen haben einige Jahrzehnte später auf dem Jupitermond Europa unter dem Eis ebenfalls ein riesiges Meer entdeckt und einen Schacht durch das Eis getrieben. Auch dort verschwand die Sonde.«

»Ich bin gespannt, ob das hier ebenfalls passieren wird.«

»Wie weit ist die Bohrung fortgeschritten?«

»Der Durchstich wird bald geschafft sein.«

»Auf der Erde und auf dem Jupitermond Europa hatte man im Wasser eine fremdartige Substanz und eine eigenartige Strahlung entdeckt.«

Devian sah verunsichert in die Runde. Dann sagte er: »Die haben hier auch eine Strahlung entdeckt.«

»Sag nur, sie haben auch Nanopartikel gefunden.« Kaum hatte Christopher den Satz beendet, starrte er Sil an. »Jetzt wird mir klar, warum sie deine Hilfe benötigen. Du bist Nanotechnikerin und bestimmt über die Forschungsergebnisse der damaligen Expeditionen in der Antarktis und auf Europa bestens informiert. Du sollst wohl die hier entdeckten Nanopartikel untersuchen.«

»Die Auftraggeber haben uns nahegelegt, keine Einzelheiten des Auftrags preiszugeben. Aber du hast recht. Ich bin bestens über die Expeditionen aus der Vergangenheit informiert. Aber ich wusste nicht, dass es hier auch eine Strahlung gibt, und erst recht nicht, dass es sich um dieselbe handeln könnte.«

»Es ist doch noch gar nicht erwiesen, dass es sich um dieselbe handelt«, meinte David. »Vielleicht hat man dich angefordert, um genau das festzustellen.«

»Mich würde es kein bisschen wundern, wenn sie auch Nanopartikel gefunden haben und die Strahlung identisch mit jener ist, die damals auf der Erde und auf Europa gefunden wurde.«

»Ich habe eine Idee«, meldete sich Devian. »Wie wäre es, wenn ihr mit der *Space Hopper* zum Nordpol fliegt? Wäre für euch bestimmt eine interessante Abwechslung.«

Christopher blickte seine Teamgefährten fragend an.

»Ich habe nichts dagegen«, sagte David. »Fragt sich nur, was unser überaus gesprächiger Passagier dazu meint.«

Devian sah ihn fragend an.

»Es fliegt noch jemand mit uns, den wir auf MOLANA-III absetzen müssen«, erklärte Christopher knapp.

»Ihr fliegt nach MOLANA?«

»So ist es.«

»Das ist eine üble Welt.«

»Haben wir auch schon gehört.«

»Müsst ihr euren Passagier zuerst fragen, ob ihr an den Nordpol fliegen dürft?«

Christopher sah kurz zu David und antwortete dann: »Eigentlich nicht.«

»Die kann froh sein, dass sie überhaupt mit uns fliegen darf«, meinte David lakonisch.

»Ach, eine Frau ist es.«

»Ja, und was für eine. Mit uns wollte sie bisher nichts zu tun haben. Hielt sich meist in ihrer Kabine auf.«

»Dann kommt ihr mit zum Nordpol?« Devian hatte bereits ein siegessicheres Lächeln auf dem Gesicht.

»Einverstanden«, sagte Christopher entschlossen. »Fliegen wir zum Nordpol.«

Zwei Stunden später befand sich die *Space Hopper*, begleitet von Devian Tamlins Transportgleiter, auf dem Weg zum Nordpol von TONGA-II.

Während der Flug eine Zeit lang der Westküste entlang nach Norden führte, sagte Christopher irgendwann, ohne den Blick vom Panoramafenster zu nehmen: »Das habe ich euch noch gar nicht erzählt.«

»Was denn?«, fragte Michelle gespannt.

»Als ich nach der Landung geschlafen habe, habe ich nicht geträumt.«

26.

Nachdem Devian Tamlin die Expeditionsgruppe über die Ankunft der *Space Hopper* informiert hatte, machte man sich am Nordpol sofort daran, auf einer größeren Fläche den Schnee wegzuräumen. Man wollte das Risiko vermeiden, dass der Raumgleiter mit seinem Gewicht in der weißen Pracht versank. Anschließend verlegte man rutschfeste Kunststoffplanen vom Eingang des Mannschaftscontainers bis zum provisorisch eingerichteten Landefeld.

Ein paar Stunden später setzten die *Space Hopper* und Devians Transportgleiter nebeneinander auf.

»Habt ihr warme Kleidung dabei?«, fragte Devian über Funk. »Hier oben ist es bitterkalt.«

»Im Notfall steigen wir in die Raumanzüge«, erwiderte Christopher scherzhaft.

»Das ist keine schlechte Idee, denn die Temperaturen bewegen sich momentan zwischen minus vierzig und minus fünfzig Grad. Das hält man ohne geeignete Kleidung keine Minute aus. Aber ich könnte euch Isolationsanzüge besorgen. Das wäre einfacher, als in die Raumanzüge zu steigen.«

»Auch eine gute Idee.«

Kurz darauf tauchte Layla im Aufenthaltsraum auf. Ihr Gesicht verriet den Ärger schon, bevor sie den Tisch erreicht hatte.

»Warum sind wir hier gelandet?«, bellte sie Christopher an. Sie zog es vor, stehen zu bleiben.

»Wir sind von einem Freund zu einer kurzen Besichtigung eingeladen worden.«

»Sie haben den Auftrag, mich unverzüglich nach MOLANA-III zu fliegen.«

»Ich habe den Auftrag, Sie nach MOLANA-III zu fliegen. Von unverzüglich war nie die Rede. Zudem haben Sie mir selbst eingestanden, dass ich während des Flugs das Sagen habe.«

Layla funkelte ihn wütend an.

»Wenn es Ihnen nicht passt, steht es Ihnen frei, sich bei Ihrem Vorgesetzten zu beschweren.«

»Was ich mit Sicherheit tun werde.«

»Vergessen Sie bitte nicht, ihn herzlich von mir zu grüßen.«

Christophers letzte Bemerkung setzte ihrem Zorn die Krone auf. Schnaubend drehte sie sich um und verzog sich wieder in ihrer Kabine.

Eine halbe Stunde später betrat das Team der *Space Hopper* zusammen mit Devian den Hauptraum des Mannschaftscontainers. Die Wissenschaftler musterten die Neuankömmlinge neugierig.

»Von Ihnen haben wir schon viel gehört«, wurden sie von Kevin Steffen, dem Expeditionsleiter, herzlich begrüßt. »Sie haben vor nicht langer Zeit viel dazu beigetragen, dass der Aufstand der OVT bereits nach kurzer Zeit niedergeschlagen werden konnte.«

»Wir sind eher unfreiwillig hineingeraten.« Christopher lächelte verlegen.

Kevin war ein irdischer Glaziologe, der sich den Eigenschaften von Eis und Schnee samt ihren Ausformungen als Gletscher, Permafrost und Schelfeis widmete. Er war schlank, groß gewachsen und trug einen leicht angegrauten Bart.

»Setzen Sie sich doch«, bat er seine Gäste freundlich. »Wir können Ihnen heiße Suppe anbieten.«

Wenig später saßen sie eng zusammengerückt an einem rechteckigen Kunststofftisch.

»Ich habe gehört, Sie haben einen See entdeckt?« Christopher blies auf den dampfenden Löffel und schob ihn anschließend in den Mund.

»Und was für einen. Aber er ist trotz seiner Größe kein Meer. Das Wasser scheint salzlos zu sein.«

»Wie der Lake Wostok.«

Kevin wirkte überrascht. »Woher das Interesse an diesen Projekten?«

»Ich habe mich mein ganzes Leben für den massiven Klimawandel der letzten paar hundert Jahre interessiert. Mein Interesse galt dabei hauptsächlich dem raschen Schmelzen der Gletscher auf der Erde, von denen es heute praktisch keine mehr gibt. Bei meinen Recherchen über die irdische Antarktis stieß ich unter anderem auf den Lake Wostok und dessen Erforschung.«

»Wohl eher den Versuch, ihn zu erforschen.« Kevin kratzte sich an seinem bärtigen Kinn. »Man hat nie herausgefunden, was damals mit den Tauchbooten passiert ist.«

»Hab ich auch gelesen. Dasselbe ist auch auf Europa passiert.«

»Wir haben hier unter Umständen dieselbe Strahlung gefunden, die auch auf der Erde und auf Europa entdeckt wurde.«

»Und Nanopartikel?«

»Wir vermuten, dass wir auch solche finden werden oder in den untersten Eisproben bereits gefunden haben. Wir wollen unsere Forschung stärker diesen Partikeln und der Strahlung widmen, um Aufschluss zu erhalten, was auf dem Grund des Sees eventuell passieren könnte.«

»Ich bin überzeugt, wenn nach den damaligen Expeditionen andere Prioritäten gesetzt worden wären, hätte man das Rätsel um diese Partikel und um die Strahlung schon längst gelöst.«

Kevin winkte abfällig ab. »Der damaligen Politik waren andere Dinge wichtiger. Viele Projekte hatten prestigeträchtigen Charakter. Für wichtige Forschungen wurde kein Geld ausgegeben, andere dagegen großzügig gefördert.«

»Ja, ich weiß. Ich frage mich oft, ob es heute auf der Erde anders ist.«

Kevin sah ihn stirnrunzelnd an. »Dazu möchte ich jetzt lieber nichts sagen.«

»Ich glaube, wir verstehen uns auch so.« Christopher lächelte. »Wie lange brauchen Sie noch bis zum Durchbruch?«

»Sollte in den nächsten Stunden geschehen.« Kevin zeigte sich optimistisch. »Aber wir werden uns davor hüten, sofort ein Tauchboot auf den Grund des Sees zu schicken.«

»Ich nehme an, Sie wollen zuerst Proben von der Wasseroberfläche raufholen.«

»Ganz recht, aber wir haben schon einige Proben.«

»Woher denn?«

»Die unterste Eisschicht, die wir seit ein paar Tagen durchdringen, ist nichts anderes als gefrorenes Seewasser. Dieses Eis unterscheidet sich markant von den anderen Schichten.«

»Ich nehme an, darin werden bestimmt auch Nanopartikel eingeschlossen sein.«

»Das zu ergründen, wird die Aufgabe von Sil Weaver sein. Aber wir sind fest davon überzeugt, dass wir welche finden werden.« Kevin erhob sich. »Möchte jemand Kaffee oder Tee?«

Nachdem alle ihre Wünsche geäußert hatten, machte sich ein Mitarbeiter daran, die Getränke zuzubereiten.

»Ich nehme an, Sie werden nicht gleich wieder losfliegen«, sagte Kevin nach einer Weile.

»Kommt drauf an, ob wir Sie behindern.«

»Nicht im Geringsten. Im Gegenteil, etwas Abwechslung kann nie schaden. Wir sind zwar was den Platz angeht etwas knapp, aber Sie haben in Ihrem Raumgleiter bequeme Kabinen, in denen Sie wohnen können. Essen können wir hier zusammen, wenn Sie wollen.«

»Vielen Dank, es freut uns, dass wir bleiben dürfen«, sagte Christopher. »Lange geht das leider nicht, denn wir haben noch einen Passagier, den wir nach MOLANA befördern müssen. Zuerst werde ich mich etwas ausruhen. Ich habe nach der Landung in Tongalen nur kurz geschlafen.«

Christopher und Michelle schlüpften in die Isolationsanzüge und verließen den Mannschaftscontainer.

27.

»Geht es nun endlich weiter?«, herrschte Layla die beiden an, als sie die *Space Hopper* betraten.

»Wenn Sie mir erlauben, mich vor dem Start noch etwas auszuruhen?«, antwortete Christopher zynisch. »An die Dinger in meinem Kopf muss ich mich erst noch gewöhnen.« Er tippte sich dabei mit dem Finger an die Schläfe.

»Wie lange wird das dauern?«

»Ein paar Stunden vielleicht. Sie können gern in die Station rübergehen und sich mit Kevin Steffen und seinen Wissenschaftlern unterhalten. Es sind sehr nette Leute.«

»Für Small Talk habe ich keine Zeit.« Damit wandte sie sich ab und verschwand wieder in ihrer Kabine.

»Ich wollte dich unterwegs nicht drängen, weil ich dachte, du müsstest dich auf den Flug konzentrieren«, sagte Michelle, nachdem sie ihre Kabine betreten hatten. »Aber mir geht nicht mehr aus dem Kopf, dass du sagtest, du hättest nicht geträumt, als du nach der Landung geschlafen hattest.«

»Ich war darüber auch erstaunt.« Christopher zog seine Kleider aus, legte sie beiseite und schlüpfte ins Bett. »Zumindest kann ich mich nicht erinnern.«

Michelle zog sich das Shirt über den Kopf. »Bist du sicher, dass du nicht geträumt hast, oder kannst du dich lediglich nicht daran erinnern?«

»Wenn du mich so fragst, glaube ich schon, dass ich geträumt habe. Das Gefühl beim Aufwachen, das ich in München ständig hatte, war wieder da. Ich vermisste den Traum sogar ein bisschen. Ich war neugierig, wie es weitergeht.«

»Glaubst du, der Traum wird nicht mehr wiederkehren?«

»Ich denke, auf dem Flug nach MOLANA-III werde ich wieder träumen.«

»Der Hyperraum.« Sie sah ihn nachdenklich an. »Du hast nach der Landung nicht geträumt oder dich nicht mehr daran erinnert, weil wir uns nicht mehr im Hyperraum befanden.«

»Das vermute ich auch. Zumindest verstärkt er ihn so sehr, dass ich mich erinnern kann. Ich nehme an, der Traum ist auch im Normalraum vorhanden, aber eben in stark abgeschwächter Form.«

»Dann müssen wir uns für die Fortsetzung wohl etwas gedulden.«

»Dafür kann ich ungestört und ohne Stress schlafen.«

»Bist du sicher?« Sie schmunzelte über das ganze Gesicht.

Dann legte sie sich zur Hälfte auf ihn und küsste ihn sanft auf den Mund, woraufhin er seine Arme um sie schlang, sie an sich zog und den Kuss leidenschaftlich erwiderte.

Später, als Christopher bereits schlief, setzte Michelle ihr Headset auf und ließ sich von ihrem Kommunikator ein Hörspiel vortragen. Da sie dicht neben ihm lag, konnte sie jede seiner Regungen spüren.

In den ersten zwei Stunden lag Christopher ruhig da und atmete regelmäßig. Dann aber begannen sich seine Augen zu bewegen. Zwischendurch ging sein Atem unregelmäßig, er hielt ihn manchmal sogar für ein paar Sekunden an. Auch seine Glieder zuckten ab und zu ganz leicht.

Michelle war sicher, dass er wieder träumte. Aber nichts deutete auf etwas Schlimmes hin. Anscheinend war der Traum zu wenig intensiv, um stärkere körperliche Regungen hervorzurufen.

Plötzlich hörten die Symptome auf. Christophers Atem ging wieder regelmäßig. Er schien tief und fest zu schlafen.

Als er nach weiteren zwei Stunden aufwachte, zeigte er sich völlig ausgeruht und entspannt. An einen Traum konnte er sich nicht erinnern.

Als Michelle ihm von der kurzen Phase körperlicher Regungen erzählte, wurde er nachdenklich, als schien er sich im Innersten doch an etwas zu erinnern.

»Entweder schlafe ich zu tief, oder der Traum war zu wenig intensiv.«

»Das würde also bedeuten, dass du zwar jedes Mal den Traum erlebst, nur erfordert es besondere Umstände, um dich nach dem Aufwachen noch daran zu erinnern.«

»Ich glaube, was es braucht, ist eine ideale Schnittstelle zwischen dem realen und dem Unterbewusstsein. Der Hyperraum könnte so etwas sein.«

»Vielleicht gibt es noch andere, die wir noch nicht kennen.«

»Hypnose könnte ich mir noch vorstellen. Vielleicht sollte ich nach unserer Rückkehr auf die Erde mit Lynn darüber sprechen.«

»Bestimmt keine schlechte Idee.«

»Komm, lass uns duschen gehen«, schlug Michelle vor. »Anschließend packen wir etwas von unseren Vorräten ein und gehen rüber.«

»Okay, aber du weißt, was passieren könnte, wenn ich mit Wasser in Kontakt gerate. Wasser könnte auch eine Schnittstelle sein.«

»Ja, weiß ich noch vom letzten Mal. Aber es scheint nur zu passieren, wenn ein großer Teil deines Körpers mit Wasser in Berührung gerät.«

»Stimmt. Beim Händewaschen beispielsweise habe ich bisher nichts gespürt.«

»Also, dann hätten wir nebst dem Hyperraum noch ein zweites Element, welches die Verbindung zum Unterbewusstsein verstärken könnte.«

»Du hast recht. Ich müsste mich mal in einen Wassertank legen.«

»Leider haben wir an Bord keine Badewanne«, scherzte Michelle.

Christopher verschwand im Duschraum, während Michelle einige Vorräte in eine Tasche packte. Anschließend folgte sie ihm. Als sie die Kabine betrat, stand Christopher an die Wand gelehnt und ließ das Wasser auf seinen Körper prasseln. Er hatte die Augen geöffnet, wirkt jedoch apathisch. Im ersten Moment erschrak sie, fing sich aber gleich wieder.

Der Traum, dachte sie.

Das Wasser hatte anscheinend erneut den Traum ausgelöst, aber dieses Mal wesentlich intensiver.

Sie fuhr mit der Hand vor seinen Augen auf und ab. Doch Christopher reagierte nicht. Berühren wollte sie ihn nicht.

Sie seifte sich ein, wusch sich die Haare, ließ ihn jedoch nicht aus den Augen. Sie wollte bereit sein, ihn aufzuwecken, falls er irgendeine gefährliche Reaktion zeigen würde.

Plötzlich ging sein Atem schneller. Seine Hände zuckten, seine Finger spannten und lösten sich. Dann kippte sein Kopf nach hinten, drehte sich leicht zur Seite, während er seine Augen schloss.

Nach einer Weile entspannte sich sein Körper wieder. Der Atem ging ruhiger und sein Kopf sank langsam vornüber.

Michelle dachte schon, er würde zusammensacken und wollte ihn auffangen. Aber dann hob er langsam den Kopf und sah sie an.

»Bist du wieder da?« Mit großen Augen erwiderte sie seinen Blick.

»Ja, kein Problem.« Seine leise Antwort war im Rauschen des Wasserstrahls kaum zu hören.

»War es schlimm?«

»Nein, überhaupt nicht.«

»Wieder die Lichtpunkte?«

»Ja, aber die sind völlig ungefährlich.«

Als sie sich angekleidet hatten, erzählte er ihr ausführlich das Erlebte. Danach verließen sie die *Space Hopper* und begaben sich zum Mannschaftscontainer.

28.

Als sie den Aufenthaltsraum betraten, herrschte helle Aufregung. David stand etwas abseits an einer Wand und verfolgte das Geschehen, während Kevin neben ihm über seinen Kommunikator Anweisungen gab und sich gleichzeitig bemühte, seinen Isolationsanzug anzuziehen.

»Was ist denn hier los?« Christopher sah sich verwundert um.

»Sie sind durch«, antwortete David kurz.

»Einen besseren Zeitpunkt hätten wir uns nicht aussuchen können«, sagte Christopher beeindruckt.

»Wo ist unser Fluggast?«

»In ihrer Kabine und schmollt.«

»Wir hatten den Stollen vorher schon maßgerecht ausgebaut«, erklärte Kevin, nachdem er die letzten Anweisungen übermittelt hatte. »Etwa fünfzig Meter oberhalb des Durchstichs haben wir eine Dekontaminationsanlage eingebaut. Jeder Gegenstand, der diesen Ort passiert, wird gesäubert und desinfiziert. Auch wir wollen nicht, dass der See mit irgendwelchen Bakterien oder Substanzen verunreinigt wird.«

»Kann ich verstehen«, erwiderte Christopher.

»Bis zur Dekontaminationsanlage führt ein Aufzug. Darunter befindet sich die Druckausgleichsschleuse. Die Schienen, an denen das Tauchboot nach unten gleiten wird, führen bis in diese Schleuse hinein. Das Tauchboot selbst bietet für vier bis fünf Personen Platz.«

»Sie tauchen bemannt?« Christopher konnte seine Verblüffung kaum verbergen.

»Na klar«, antwortete Kevin selbstsicher. »Wir wollen etwas weitergehen, als die bisherigen Expeditionen auf der Erde und auf Europa.«

»Haben Sie keine Bedenken, das Tauchboot könnte mit den Insassen genauso verschwinden wie damals die Hydrobots?«

»Sollten wir in dieselbe Situation geraten, werden wir das Boot rechtzeitig stoppen und sofort umkehren.«

»Und wenn das nicht mehr möglich ist?«, fragte David.

Darauf hatte der Expeditionsleiter keine Antwort.

»Die Leute von der Europa-Expedition waren überzeugt, dass es sich bei dem Phänomen auf dem Grund des Meeres um etwas Außerirdisches handelte«, sagte Christopher.

»Ich weiß. Deshalb ich werde persönlich an unserem Tauchgang teilnehmen.«

Daraufhin sahen ihn Christopher und David erstaunt an.

»Ist das nicht etwas zu riskant?«, fragte Michelle besorgt.

»Viele mögen es so sehen. Aber ich bin mit der Materie und mit den Ergebnissen der vergangenen Expeditionen am besten vertraut und muss vor Ort die richtige Entscheidung treffen können und sofort entsprechend reagieren.«

»Dürfte ich vielleicht diese Berichte sehen?«, fragte Christopher.

»Aber sicher. Folgen Sie mir bitte.«

Gemeinsam verließen sie den Aufenthaltsraum und begaben sich in einen Nebencontainer, in dem sich Kevin ein kleines Büro eingerichtet hatte. Er setzte sich an ein altmodisches Terminal und tippte auf dem Display ein paar Befehle ein. Anschließend erhob er sich wieder. »Hier, einfach nach unten scrollen. Das sind die Berichte beider Expeditionen.«

Christopher setzte sich und blickte auf den Monitor. »Ganz schön viel Material.«

»Ja, braucht seine Zeit, bis man durch ist.«

Christopher bedankte sich und begann zu lesen.

David und Michelle setzten sich an den zweiten Monitor und sahen sich ebenfalls Dokumente an.

»Kann ich Sie eine Weile alleine lassen?«, fragte Kevin. »Ich sollte mal nach dem Rechten sehen.«

»Kein Problem.«

Zwei Stunden später hatten sich Christopher, Michelle und David durch die Berichte gearbeitet. Unwichtigen Stellen hatten sie weniger Aufmerksamkeit geschenkt und sich auf das Wesentliche konzentriert.

Einer bestimmten Stelle widmete Christopher besondere Beachtung. Es war die Beschreibung dessen, was die Wissenschaftler damals auf den Monitoren beobachtet hatten, kurz bevor der Kontakt zu den Hydrobots abgebrochen war. Dazu gab es einen Link zu einer Videoaufzeichnung, die er sich mehrmals ansah.

»Das müsst ihr euch ansehen.«

Michelle und David kamen zu ihm herüber und sahen sich das Video ebenfalls an.

»Du meinst wohl diese Lichtpunkte«, erwiderte Michelle erstaunt. »Sie passen auf die Beschreibung deines Traums.«

»Sie passen nicht nur, sie sehen sogar genau gleich aus. Auch wie das Ganze angefangen hat. Zuerst das helle Licht, dann wird es dunkler und dafür seine blaue Farbe intensiver. Plötzlich erscheinen aus dem Innern heraus winzige Lichtpunkte, die sich rasend schnell vermehren und auf den Betrachter zuschießen.«

»Du bist dir absolut sicher, dass es in deinem Traum genauso war?«

»Hundertprozentig«, antwortete er wie aus der Pistole geschossen. »Es gibt für mich nicht den geringsten Zweifel. Was ich im Traum erlebt habe, war genau dasselbe wie das, was auf diesem Video zu sehen ist.«

»Wir sollten es unbedingt Kevin mitteilen«, meinte Michelle.

»Du hast recht. Gehen wir ihn suchen.«

29.

Sie trafen Kevin auf halbem Weg zum Aufenthaltsraum.
»Es geht alles Drunter und Drüber«, empfing er sie und eilte voraus. Er holte sich eine Tasse Kaffee und fragte seine Begleiter, ob sie auch eine wollten. Sie verneinten dankend.

»Ist etwas passiert?«, wollte David wissen.

»Nein, das nicht.« Er atmete einmal tief durch. »Aber jetzt, wo der Schacht nach unten offen ist, müssen die Leute das Schachtrohr fixieren. Wir sind dazu einfach zu wenig.«

»Können wir Ihnen irgendwie helfen?«, fragte Christopher.

»Kaum. Aber trotzdem danke. Neue Leute müssten wir zuerst einarbeiten. Jeder Handgriff muss auf Anhieb sitzen.«

»Verstehe.«

»Aber ich glaube, das Schlimmste haben wir überstanden. Das Schachtrohr ist provisorisch fixiert und kann nun endgültig befestigt werden.«

»Wie geht es weiter?«

»Anschließend werden wir das Tauchboot in den Schacht hinunterlassen und es innerhalb der Druckausgleichsschleuse in die Gleitschienen einführen. Es kann später vom Piloten selbstständig nach unten und nach oben bewegt werden. Natürlich wird es vorher in der Dekontaminationsanlage vollständig gereinigt.«

»Wann soll der erste Tauchgang stattfinden?«

»Sobald das Tauchboot desinfiziert ist, könnte es theoretisch losgehen. Das Boot selbst wurde in anderen Gewässern schon mehrfach erprobt und sollte einwandfrei funktionieren.«

»Es geht plötzlich alles sehr schnell. Wie lange haben Sie eigentlich an diesem Schacht gebohrt?«

»Fast drei Jahre. Uns wurde von der Erde ein Hochleistungsbohrer zur Verfügung gestellt, mit dem wir täglich gute fünf Meter schafften.«

»Dann ist das Ereignis von heute bestimmt eine große Umstellung zu der langen Bohrzeit.«

»Das kann man wohl sagen.«

Kevin stellte die leere Kunststofftasse beiseite. »Kommen Sie mit. Ich will Ihnen etwas zeigen.«

Er verließ den Aufenthaltsraum. Christopher, David und Michelle folgten ihm. Er steuerte zum Durchgang zu einem anderen Container, durchquerte diesen und gelangte zu einer verschlossenen Tür, die er mittels Eingabe eines Codes auf einem Zahlenfeld öffnete. Als sie zusammen den Raum betraten, schlug ihnen eisige Kälte entgegen.

»Das ist unser Kühlraum. Eigentlich ein ungeheizter Container. Kalt genug ist es ja. Hier drin bewahren wir unsere Eisproben auf, die wir aus der Tiefe heraufgeholt haben. Später werden sie in ein größeres Forschungslabor gebracht und untersucht. All diese Proben sind in luftdichten Behältern verstaut.«

»Aus welcher Tiefe stammen sie?«

»Wir haben Proben aus allen Schichten. Hier beispielsweise liegen welche aus den oberen.« Er zeigte auf ein Regal an der rechten Wand. »Da drüben sind jene von ganz unten. Dabei handelt es sich um gefrorenes Wasser aus dem untereisischen See. Es wird die Aufgabe von Sil Weaver sein, sie auf das Vorhandensein von Nanopartikeln zu untersuchen.«

»Beeindruckend.« Michelle trat auf das Regal zu. »Wenn man bedenkt, dass dieses Eis vielleicht seit Millionen von Jahren nie mit der Oberflächenatmosphäre in Berührung gekommen ist.«

Als Christopher auf das Regal zu trat, spürte er ein eigenartiges Kribbeln an den Schläfen. Instinktiv legte er seine Finger darauf und blieb einen Moment stehen.

»Hast du Kopfschmerzen?«

»Ist nur ein leichtes Jucken.« Er trat näher an das Regal heran. Das Kribbeln verstärkte sich.

»Wir haben hier eine offene Probe des gefrorenen Seewassers«, erklärte Kevin kurz darauf. »Dieses Gefäß bekam einen Riss, als es jemandem aus den Händen glitt und auf den Boden fiel. Deshalb haben wir es geöffnet. Natürlich ist das Eis dadurch für die Erforschung unbrauchbar geworden, aber wir haben es trotzdem behalten.«

Er streckte das längliche Gefäß, dessen Deckel fehlte, Michelle entgegen, die es ohne Bedenken in die Hände nahm und es von allen Seiten betrachtete.

»Wir haben es auf eventuelle giftige Substanzen getestet«, fuhr er fort. »Es enthält zwar die unbekannte Strahlung, doch geht von ihr keinerlei Gefahr aus. Wir vermuten, darin könnten auch Nanopartikel enthalten sein.«

»Woher wissen Sie das so genau?«, fragte David. »Ich meine, dass diese Strahlung für Menschen ungefährlich ist.«

»Das haben die bisherigen Untersuchungen und Tests in unseren Labors ergeben. Zudem haben Wissenschaftler aus der Vergangenheit diese Strahlung und die Partikel erforscht und sind schon vor uns zum selben Ergebnis gekommen.«

»Aber es waren nicht die Partikel von hier, sondern jene vom Lake Wostok und vom Jupitermond Europa«, gab Christopher zu bedenken.

»Ganz richtig. Aber die Untersuchungen haben ergeben, dass die Strahlung aus dem Lake Wostok und jene aus dem Meer auf Europa identisch ist.«

»Lassen Sie mich raten. Die von hier ist mit den anderen ebenfalls identisch.«

»Genauso ist es. So wird es mit großer Wahrscheinlichkeit auch mit den Partikeln sein. Es muss sich um eine Substanz handeln, die im ganzen Universum verbreitet ist. Also kann es nichts Irdisches sein, und auch nichts, das nur im Sonnensystem vorkommt.« Er machte eine kurze Pause. »Keiner der Wissenschaftler aus der Vergangenheit, der mit Eis oder Wasser in Berührung kam, welches diese Strahlung und diese Partikel enthielt, hat irgendwelche Schäden davongetragen. Wir mussten uns also hauptsächlich davon überzeugen, dass es sich um exakt dieselbe Strahlung handelt.«

»Klingt einleuchtend.«

Michelle reichte Christopher das Gefäß. Als er es berührte, zuckte er zusammen. Sofort griff Michelle danach, da sie befürchtete, er könnte es fallen lassen.

Christopher taumelte rückwärts, griff sich erneut an die Schläfen und schloss die Augen. Kevin und David griffen ihm unter die Arme und stützten ihn, während Michelle das Gefäß beiseitelegte. Anschließend half sie den beiden, Christopher aus dem Kühlraum zu bringen. Sie schleppten ihn zur erstbesten Mannschaftskabine und legten ihn auf eine Koje. Er schien in eine Art Trance verfallen zu sein, hatte die Augen wieder geöffnet, war jedoch nicht ansprechbar.

»Was hat er denn?«, fragte Kevin verwirrt.

»Wahrscheinlich hat es mit dem Eis zu tun«, antwortete Michelle. »Er ist anscheinend damit in Berührung gekommen.«

»Aber die Strahlung ist völlig ungefährlich«, widersprach er ihr. »Er wäre der erste Mensch überhaupt, der darauf reagiert.«

»Ich weiß. Aber bei ihm handelt es sich um einen speziellen Fall.«

Kevin ließ sich auf einen Stuhl nieder, während Michelle sich auf den Rand der Koje setzte und David an die Wand gelehnt stehen blieb.

In der nächsten halben Stunde erzählte sie dem Wissenschaftler von den Neuro-Sensoren sowie von Christophers Traum und unter welchen Umständen dieser bisher wiederholt aufgetreten war. Der Expeditionsleiter hörte ihr aufmerksam zu.

Als sie geendet hatte, dachte er eine Weile nach und sagte dann: »Das hätten Sie mir schon früher erzählen sollen. Es könnte eine bahnbrechende Erkenntnis sein, auch für unsere Forschung hier am Nordpol.«

»Entschuldigen Sie, aber mir geht es in erster Linie um Christophers Wohlergehen.« Michelle klang leicht gereizt.

»Das kann ich gut verstehen. Ich respektiere dies auch. Aber verstehen Sie, das Ende dieses Traums stimmt exakt mit den

Berichten der vergangenen Expeditionen überein. Dieses blaue Licht und die Lichtpunkte, die daraus hervorschossen.«

»Das haben wir auch herausgefunden, als wir vorhin die Berichte studierten. Für uns war diese Feststellung ziemlich unheimlich. Wobei Christopher die Lichtpunkte als völlig ungefährlich einstuft.«

Kevin sah sie verblüfft an. »Wie darf ich das verstehen?«

»Den letzten Traum, man könnte es auch Vision nennen, hatte er nicht während er schlief, sondern vor ein paar Stunden unter der Dusche. Es war wie eine Art Wachtraum, falls es so etwas überhaupt gibt.«

»Sie meinen, so wie jetzt gerade?« Er nickte zu Christopher.

»Genau. Nach diesem Wachtraum erzählte er mir, er sei darauf vorbereitet gewesen, als die Lichtpunkte erneut auf ihn zuschossen. Er hätte sich trotzdem weiter auf das Licht zubewegt. Die Lichtpunkte seien durch ihn hindurchgeflogen und er hätte dabei überhaupt nichts gespürt.«

Kevin machte großen Augen. Auch David zeigte sich verblüfft.

»Dann hat wieder die geheimnisvolle Stimme zu ihm gesprochen«, fuhr Michelle fort. »Sie sagte ihm, er brauche sich vor den Lichtpunkten nicht zu fürchten und solle weiter auf das blaue Licht zugehen. Plötzlich war alles um ihn herum mit Lichtpunkte erfüllt. Sie waren überall. Er erzählte, sie hätten ihn in sich aufgenommen. Ohne dass er davon etwas gesehen hätte, fühlte er sich plötzlich an einen anderen Ort versetzt.«

»Konnte er sehen, was das für ein Ort war?«, fragte David.

»Zuerst nicht, aber plötzlich waren die Lichtpunkte verschwunden. Er glaubte, sich in einer anderen blauen Höhle zu befinden. Dann wachte er auf.«

»Sie haben mir vorhin erzählt, Christopher hätte seine Träume schriftlich dokumentiert.«

»Das stimmt. Aber der letzte Teil fehlt noch. Er wird es bestimmt nachholen. Auch mit dem, was er jetzt gerade träumt.«

»Sie glauben, er ist wieder dort?«

»Ganz bestimmt.«
»Dann bin ich gespannt, was er uns erzählen wird.«

30.

Nachdem er denselben Weg gegangen war wie bisher, betrat er erneut die große Höhle aus dem dunkelblauen Material. Als das Licht schwächer, aber dafür die Farbe intensiver wurde, entdeckte er genau in der Mitte die winzigen Lichtpunkte, die sich sofort vermehrten und auf ihn zugeflogen kamen. Im Unterbewusstsein spürte er, dass er sie schon einmal gesehen hatte und dass sie keine Gefahr darstellten.

Sie schossen auf ihn zu und durchdrangen seinen Körper. Er spürte davon nichts. Sie vermehrten sich weiter und begannen, ihn zu umhüllen. Das dunkelblaue Licht verschwand mehr und mehr hinter einem dichten und grell leuchtenden Vorhang.

Plötzlich fühlte er sich schwerelos. Seine nackten Füße spürten den Boden nicht mehr. Das Oben und Unten verlor seine Bedeutung. Er war vollständig von einem ovalen Lichtkokon umgeben. Er wusste nicht, ob er sich bewegte oder stand. Die Zeit schien stillzustehen.

Als er an sich heruntersehen wollte, stellte er fest, dass sein Körper verschwunden war. Es gab nur noch Licht. Er versuchte, seine Hände zu heben, sie vor sein Gesicht zu führen. Aber es gab keine Hände mehr, nur noch Licht.

Er war Licht.

Von einem Moment auf den anderen wurde es dunkel. Wie viel Zeit war vergangen? Äonen? Oder keine?

Die physische Existenz seines Körpers wurde wieder spürbar. Der Boden unter seinen Füßen fühlte sich gleich an wie vorher. Um ihn herum erstreckte sich eine identische Höhle. Aber es war nicht dieselbe. In seinem Innersten besaß er die Gewissheit, an einem anderen Ort gelandet zu sein, obwohl es optisch keinen Unterschied gab.

Das helle blaue Licht fehlte hier. Lediglich das schwache Eigenleuchten der Höhlenwände spendete genug Helligkeit, um sich zurechtzufinden. Er machte einige Schritte, in der Annahme, das ovale blaue Leuchtgebilde würde wieder erscheinen.

»Geh einfach weiter«, vernahm er die vertraute Stimme, die eigentlich gar keine war. »Ich werde dir entgegenkommen.«

»Wer bist du?« Die akustische Charakteristik seiner Stimme verriet nichts über die Größe der Höhle. »Wie kann ich dir helfen?«

»Du musst den richtigen Weg finden.«

»Wo soll ich danach suchen?«

»Tauche in den See hinunter. Tauche ganz tief, bis auf den Grund.«

»Welchen See?«

»Du befindest dich bereits bei diesem See.«

»Du meinst unter dem Eis am Nordpol von TONGA-II?«

»Tauche in diesen See. Suche nach dem Licht. Gehe auf das Licht zu.«

»Wie soll ich das anstellen?«

»Du wirst einen Weg finden.«

»Werde ich erfahren, wer du bist?«

»Ja, das wirst du. Du musst dich auf den Weg machen.«

Christopher lag nach wie vor auf der Koje und schien im Traum zu reden. Michelle konnte jedoch nur undefinierbare Laute hören. Sein Körper wirkte entspannt, aber zwischendurch zuckten seine Finger. Sein Kopf bewegte sich von Zeit zu Zeit hin und her.

Kevin und David hatten die Kabine verlassen, um sich anderen Dingen zu widmen.

Einige Zeit später öffnete Christopher die Augen und starrte geradeaus. Michelle wusste, dass er stets einen Moment brauchte, um zu sich zu finden. Sie ließ ihm die Zeit.

Als er seinen Kopf drehte und sie ansah, fragte sie ihn: »War es schlimm?«

»Nein. Ich war wieder woanders.«

»Was meinst du mit woanders?«

»An einem anderen Ort. In einer anderen Höhle.«

»Wie letztes Mal?«

»Ja, aber diesmal hat die Stimme auch dort zu mir gesprochen.«

»Weißt du, wo diese andere Höhle ist?«

»Nein. Aber ich muss dahin.«

»Wie willst du das anstellen, wenn du nicht einmal weißt, wo sie ist?«

»Ich muss auf den Grund des Sees tauchen und das blaue Licht finden.«

»Du meinst hier am Nordpol? Das ist doch viel zu gefährlich«, protestierte Michelle energisch.

»Nein, es ist nicht gefährlich. Ich muss dahin.«

»Wie willst du das anstellen?« fragte sie erneut.

»Ich … ich muss es mir noch überlegen.«

»Du kannst doch nicht einfach hinuntertauchen. Dafür brauchst du ein Boot.«

»Es gibt ein Boot.«

»Aber du weißt nicht, wie man es steuert.«

»Das werde ich schon sehen. Es ist ähnlich, wie ein Raumschiff zu fliegen.«

»Du bist verrückt.«

»Wo ist Kevin?«

»Er musste sich um anderes kümmern.«

Christopher stand auf und ging zur Kabinentür.

»Wohin willst du?«, rief sie ihm hinterher.

»Ich brauche ein Terminal. Komm, wir gehen in sein Büro zurück. Ich muss mir etwas ansehen.«

Michelle eilte ihm nach.

Als er den spärlich eingerichteten Raum erreichte, setzte er sich an das Terminal und gab ein paar Befehle ein. Nach einer Weile hatte er gefunden, wonach er suchte.

»Was ist das?«, fragte Michelle neugierig.

»Die Beschreibung des Tauchboots, das sie hier einsetzen. Ich werde sie gründlich studieren.«

»Du willst tatsächlich hinuntertauchen?«

»Ich muss.«

»Wie kommst du darauf?«

»Die Stimme hat es mir gesagt.«

»Die Stimme?«, rief Michelle fassungslos. »Etwa die Stimme in deinem Traum? Du kannst doch nicht wissen, ob sie Wirklichkeit ist.«

»Doch, das ist sie.«

»Wenn es eine Falle ist?«

»Es ist keine Falle.«

»Bist du dir ganz sicher?«

»Absolut.«

Michelle machte ein paar Schritte im Raum, hob die Hände und ließ sie verzweifelt wieder sinken.

»Kann ich wenigstens mitkommen?«

»Nein, ich muss alleine gehen.«

»Hat die Stimme das auch gesagt?«

»Nein, aber sie hat nur von mir gesprochen. Ich habe deutlich gespürt, dass ich alleine gehen muss.«

»Kevin wird dich aber auf keinen Fall so mir nichts dir nichts mit dem Boot tauchen lassen.«

»Das ändert nichts an der Tatsache, dass ich da hinunter muss.«

»Wie kommst du wieder zurück, wenn dich das blaue Licht erwischt?«

»Ich werde den Weg finden.«

»Du wirst dir damit eine Menge Ärger einhandeln. Wie kann ich dich davon abbringen?«

»Gar nicht. Hab einfach Vertrauen.«

Er drehte sich zu ihr. Zum ersten Mal in dieser Diskussion sah er ihr in die Augen. »Hab einfach Vertrauen.«

Sie hielt seinem Blick stand, aber die Verzweiflung stand ihr deutlich ins Gesicht geschrieben.

»Wann wirst du es tun?«

»Sobald ich mich genügend darauf vorbereitet habe.«

31.

Am Nordpol von TONGA-II gab es derzeit keine Nacht. Die Sonne schien während des ganzen Tages, wenn auch nur ganz tief am Horizont. Auch in der Forschungsstation arbeitete man rund um die Uhr im Schichtbetrieb. Trotzdem gab es Zeiten, in denen der größte Teil der Belegschaft schlief.

Christopher hatte sich einen solchen Zeitpunkt für sein Vorhaben ausgesucht. Irgendwann war er aufgewacht, als Michelle aus der Toilette kam und ins Bett zurückkroch. Er wartete eine Weile, bis sie eingeschlafen war. Dann drückte er ihr einen sanften Abschiedskuss auf die Stirn und schlich sich aus der Kabine.

Es tat ihm leid, dass er sie hatte belügen müssen, indem er so tat, als müsste er sich auf sein Unternehmen vorbereiten. In Wirklichkeit wusste er genau, wie er vorgehen wollte. Michelle hätte ihm vielleicht Steine in den Weg gelegt oder womöglich Kevin informiert. Darauf wollte er es nicht ankommen lassen.

Auch den Öffnungscode für die Bootsluke hatte er sich an Kevins Terminal besorgen können, als er die Beschreibung studierte. Der einzige Unsicherheitsfaktor bestand darin, wie er ungehindert an den Schachtarbeitern vorbei kam. Hier würde er mit großer Wahrscheinlichkeit improvisieren müssen.

Den Aufenthaltsraum im Mannschaftscontainer wollte er meiden, um niemandem Rede und Antwort stehen zu müssen, warum er sich um diese Zeit dort aufhielt.

Der Schacht befand sich etwa hundert Meter von den Containern entfernt. Der Vorplatz war durch einen mannshohen Metallstollen mit ihnen verbunden. Damit gelangten die Arbeiter auch bei schwersten Schneestürmen unbehelligt an ihren Arbeitsort.

Im Container, der an den Stollen gekoppelt war, befanden sich die Spinde der Bohrleute, die darin ihre Arbeitskleider und Helme verstauten.

Bevor Christopher diesen Container betrat, vergewisserte er sich, dass sich niemand darin aufhielt. Die Spinde waren nicht verriegelt, jedoch war auf jeder Tür ein Schildchen mit einem Namen angebracht.

Er öffnete eine Tür nach der anderen, bis er entsprechende Arbeitskleider und einen Helm fand. Er zog alles an, verließ den Raum wieder und machte sich auf den Weg durch den Stollen. In dieser Aufmachung war er schwer zu erkennen.

Am anderen Ende stand er vor dem Aufzug, der die Leute in den Schacht hinunterbrachte. Es gab zwei Aufzugskabinen, wobei die eine immer oben, die andere unten war, und die sich gleichzeitig in entgegengesetzte Richtung bewegten.

Im Schacht wurde gearbeitet. Doch davon war hier oben nichts zu hören. Aber Christopher musste hinunter und irgendwie unbemerkt an den Arbeitern vorbei.

Er öffnete die Tür, stieg in den Aufzug und drückte die Starttaste, woraufhin sich die Kabine sofort nach unten in Bewegung setzte. Sie beschleunigte ziemlich schnell, sodass er den Eindruck hatte, sie würde in die Tiefe stürzen. Immerhin mussten fast fünftausend Meter zurückgelegt werden.

Die Fahrt dauert etwas mehr als fünfzehn Minuten. Dann bremste die Kabine und legte die letzten Meter im Kriechtempo zurück.

Endlich stand sie still.

Christopher zögerte. Jetzt kam es darauf an. Was erwartete ihn, wenn er die Aufzugstür öffnete?

Er lauschte. Es war nichts zu hören. Vorsichtig schob er die Tür beiseite und sah hinaus, konnte aber niemanden sehen. Leise verließ er die Kabine, trat auf eine Plattform und spähte über das Geländer nach unten. Unmittelbar darunter sah er zwei Arbeiter, die gerade damit beschäftigt waren, etwas zu befestigen.

Frechheit siegt, dachte Christopher und rief laut »Hallo!«
Die beiden unterbrachen ihre Arbeit und blickten nach oben.
»Was gibt's?«, wollte der eine wissen.
»Ist das Tauchboot bereit für eine Probefahrt?«
»Sollte kein Problem sein. Waren Sie schon mal hier unten?«
»Äh…, nein.«
»Rechts von Ihnen gibt es eine Metallleiter. Damit kommen Sie zur Dekontaminationsschleuse. Allerdings funktioniert sie noch nicht automatisch. Sie müssen das Schott manuell öffnen und hinuntersteigen. Nach der Reinigung können Sie sie durch das untere Schott wieder verlassen, um zum Tauchboot zu gelangen. Dort müssen Sie den Code auf der Luke eingeben, damit sie sich öffnet, und können dann einsteigen. Sobald Sie das Bordsystem eingeschaltet haben, schließt sich der obere Zugang zur Druckausgleichsschleuse automatisch. Dann wird der Druck angepasst. Erst danach öffnet sich das untere Schott, woraufhin Sie das Boot abwärts gleiten lassen können. Am Ende der Schienen wird es automatisch ausgeklinkt. Von da an sind Sie auf sich alleine gestellt.«
»Vielen Dank.« Christopher machte sich daran, die Leiter hinunterzuklettern. Die Arbeiter waren bereits wieder beschäftigt und beachteten ihn nicht weiter, als er an ihnen vorbei hinunterstieg.
Kurz darauf befand er sich in der Dekontaminationsschleuse. Der Aufenthalt darin dauerte einige Minuten. Als das Zischen verstummte, öffnete er die Bodenluke und fand eine weitere Leiter vor.
Dann erblickte er das Tauchboot und stieg weiter abwärts. Das Zahlenfeld auf der Luke sah er sofort, kniete sich nieder und gab den Code ein. Ein weiteres Zischen verriet ihm, dass sich der Mechanismus geöffnet hatte. Die Luke klappte auf.
Im Innern ging das Licht an. Christopher stieg über die Innenleiter hinein und betätigte den Schließmechanismus.
Anschließend entledigte er sich der Arbeitskleider und des Helms und setzte sich in den Pilotensitz. Aus dem Innern

seines Isolationsanzugs kramte er ein Stück Schreibfolie hervor. Darauf hatte er sich zuvor eine Kopie der Bootssteuerung angefertigt.

Er dachte kurz an Michelle. Wie würde sie reagieren, wenn sie feststellte, dass er verschwunden war? Wie würde Kevin reagieren, wenn er erfuhr, dass er sein Vertrauen missbraucht hatte? Für einen kurzen Moment fragte er sich, ob seine Entscheidung richtig war.

War es nicht ein zu großes Risiko, sich auf diese ungewisse Reise zu begeben? Doch nun gab es kein Zurück mehr.

Christopher schnallte sich an und gab auf dem Display der Armatur einige Befehle ein. Das Tauchboot erwachte zum Leben. Ein Summen ertönte und es bewegte sich in den Gleitschienen langsam nach unten.

Die transparente Röhre mit den Schienen ging nicht nur bis zum Durchbruch, sondern durchquerte auch den Hohlraum zwischen der Eisdecke und der Wasseroberfläche und reichte bis etwa zehn Meter tief ins Wasser hinein. Der Hohlraum selbst hatte an dieser Stelle eine Höhe von knapp zwanzig Metern.

Als das Boot einige Minuten später ins Wasser eintauchte, spürte Christopher einen sanften Ruck. Kurz darauf war die Fahrt in den Gleitschienen zu Ende. Das Boot stand still. Jetzt konnte er die Steuerung übernehmen.

Über das Display gab er den entsprechenden Befehl ein, um das Boot endgültig von der Schiene zu lösen. Anschließend schaltete er die Scheinwerfer ein. Durch das gewölbte Frontfenster schimmerte grünblaues Wasser. Mehr gab es nicht zu sehen.

Er hatte keine Ahnung, wohin er tauchen sollte. Der See war riesengroß. Der Grund musste dementsprechend eine enorme Fläche besitzen. Wohin sollte er das Boot steuern?

Er beschleunigte und tauchte senkrecht in die Tiefe.

32.

Michelle erwachte durch das Summen ihres Kommunikators. Als Erstes stellte sie fest, dass sie alleine war.
»Wo ist Christopher?«, vernahm sie Kevins aufgebrachte Stimme aus dem kleinen Lautsprecher.
»Ich weiß es nicht. Ist er nicht bei Ihnen?«
»Nein, ist er nicht. Könnten Sie bitte sofort in mein Büro kommen?«
»Bin schon unterwegs.«
Hastig kroch sie aus dem Bett, zog sich an und verließ die Kabine. Sie schlüpfte in den Isolationsanzug und begab sich zu den Containern.
Kevin saß an seinem Schreibtisch und funkelte sie zornig an.
»Was gibt's denn?«, fragte sie ihn verunsichert.
»Setzen Sie sich«, sagte er in barschem Ton. »Wann haben Sie Christopher das letzte Mal gesehen?«
»Bevor ich eingeschlafen bin. Er lag neben mir.«
»Als Sie aufwachten, war er nicht mehr da?«
»Nein. Ich dachte, er sei hier.«
»Hat er Ihnen von irgendeinem Vorhaben erzählt.«
Michelles Gesicht wurde leichenblass. Sie war sprachlos.
»Was hat er Ihnen erzählt?«
»Was ist passiert?«, hauchte sie fassungslos.
»Er hat sich vor zwei Stunden das Tauchboot geschnappt und ist in den See hinuntergetaucht.«
Michelle glaubte, sich verhört zu haben.
»Wussten Sie davon?«
»Äh ...«
»Was hat er Ihnen darüber erzählt?«
Michelle schloss kurz die Augen, schluckte und begann langsam zu sprechen: »Er sagte mir, die Stimme in seinem Traum hätte ihm befohlen, in den See hinunterzutauchen. Ich wollte es ihm ausreden. Im Grunde genommen glaubte ich nicht daran,

dass er es wirklich tun würde. Als ich fragte, wann er tauchen wollte, meinte er, sobald er sich darauf vorbereitet hätte.«

»Dann hat er Sie diesbezüglich wohl getäuscht, denn er war bereits bestens darauf vorbereitet. Wissen Sie, wohin er genau tauchen will?«

»Nein, keine Ahnung. Er ist davon überzeugt, dass das geheimnisvolle Licht erscheinen und ihm den Weg weisen wird. Oder dass sich die Stimme wieder meldet. Anders kann ich es mir nicht vorstellen.«

»Er glaubt, die Stimme aus seinem Traum ist echt?« Kevin sah Michelle verblüfft an.

»Er ist davon überzeugt.«

»Das kann ich mir einfach nicht vorstellen. Zudem ist der See enorm groß. Wo will er mit seiner Suche beginnen?«

»Haben Sie keine Möglichkeit, das Boot über Fernsteuerung raufzuholen?«

»Nicht, wenn er die Fernsteuerung deaktiviert hat. Genau das hat er getan.«

Michelle war den Tränen nahe.

»Hat er sonst noch jemanden aus seinem Team darüber informiert?«

»Nicht dass ich wüsste.«

»Dann wollen wir es dabei belassen. Kommen Sie bitte mit.« Kevin erhob sich und verließ den Büroraum. Michelle folgte ihm.

»Wohin gehen wir?«, fragte sie unterwegs.

»In Kontrollraum.«

Wenig später betraten sie einen Container, in dem zwei Männer und eine Frau an ihren Terminals saßen.

»Das sind Peter Connelly, Stan Petrelli und Daisy Button«, stellte Kevin die Leute vor. Nachdem sie sich kurz begrüßt hatten, fuhr er fort: »Ich habe sie über den Vorfall informiert. Sie sind in der Lage, den Kurs des Tauchbootes zu verfolgen. Zudem überträgt die Außenkamera des Bootes die Bilder zu uns. Sollte irgendetwas Außergewöhnliches geschehen, werden diese Leute es zuerst feststellen.«

»Wie lange wird er bis zum Grund brauchen?«, fragte Michelle.

»Ich schätze, noch etwa eine halbe Stunde. Aber es ist nicht gesagt, dass er auf Anhieb die Stelle findet, an der er das blaue Licht vermutet. Unter Umständen wird er stundenlang danach suchen.«

»Zu blöd, dass wir hier oben nichts tun können.«

»Glauben Sie mir, ich wäre auch gerne etwas aktiver.«

»Sie wären bestimmt am liebsten mitgefahren.«

»Ich hätte ihn daran gehindert, überhaupt zu starten.«

»Falls es dieses Wesen wirklich gibt, wird es wahrscheinlich erneut mit ihm Kontakt aufnehmen.«

»Das klingt, als ob Sie ebenfalls an die Existenz dieser Stimme glaubten.«

Michelle sah Kevin verunsichert an.

In den nächsten paar Minuten schwiegen sie und beobachteten die Leute bei ihrer Arbeit. Auf den Monitoren erschienen die verschiedensten Daten und das Bild, das die Kamera des Tauchbootes einfing. Es zeigte nur grünblaues Wasser.

»Er hat soeben den Kurs gewechselt«, meldete sich Daisy Button.

Sofort waren Kevin und Michelle bei ihr und blickten ihr über die Schultern.

»Nachdem er beinahe auf dem Grund angekommen war, blieb er eine Weile an Ort und Stelle stehen. Aber dann bewegte er sich plötzlich in nordöstliche Richtung.«

»Empfangen Sie irgendwelche andere Signale?«, fragte Kevin Peter Connelly.

»Nein. Bisher ist das Tauchboot das einzige, was wir orten konnten.«

»Das heißt noch lange nichts. Falls es da unten tatsächlich etwas gibt, könnte es sein, dass es nicht geortet werden kann.«

»Dann glauben Sie auch, dass es etwas gibt?«, fragte Michelle.

»Verstehen Sie mich nicht falsch«, antwortete Kevin, ohne den Blick vom Monitor zu lösen. »Dass wir da unten auf etwas Ähnliches stoßen, wie die anderen Expeditionen im Lake Wostok und auf Europa, vermuten wir schon lange. Aber das muss nichts mit der Stimme zu tun haben, die Christopher in seinem Traum hört.«

Michelle erwiderte nichts darauf.

Eine Weile verfolgten sie schweigend Christophers Kurs, während dieser sich unbeirrt in einer geraden Linie nach Nordosten bewegte.

Plötzlich betrat Layla den Raum. »Was geht hier vor? Wo ist Christopher?«

In kurzen Sätzen erklärte Kevin der aufgebrachten Agentin die Sachlage.

»Hat dieser Idiot nun völlig den Verstand verloren?«, schrie sie die Leute an. »Ich dachte, dies wäre ein seriöses und zuverlässiges Transportunternehmen. Stattdessen habe ich es mit einem Haufen von Amateuren und einem durchgeknallten Piloten zu tun!«

Energisch trat Michelle auf Layla zu und funkelte sie zornig an. »Wagen Sie es nie wieder, so von Christopher zu sprechen!«

»Sonst was?«, giftete Layla zurück. »Wollen Sie mir drohen?«

Kevin legte Michelle die Hand auf die Schulter.

»Es ist der denkbar ungünstigste Moment für Streitereien.« An Layla gewandt fuhr er fort: »Ich bin Kevin Steffen, der Expeditionsleiter. Ich nehme an, Sie sind der Passagier der *Space Hopper*. Bitte setzen Sie sich. Wir haben hier ein großes Problem zu lösen.«

Kommentarlos nahm Layla auf einem freien Stuhl Platz.

»Jetzt bleibt er stehen!«, rief Daisy, die den Streit nur am Rande mitverfolgt hatte.

Gespannt sahen alle auf den Monitor. Nach wie vor war nur dunkles, blaugrünes Wasser zu sehen.

»Warten wir noch eine Weile.« Kevin widmete seine Aufmerksamkeit wieder voll und ganz den Anzeigen.

Doch auch nach weiteren Minuten änderte sich nichts an Christophers Position.

»Er fährt nicht weiter. Auf was wartet er denn?« Daisy sah kurz zu Kevin.

»Könnte es sein, dass er Anweisungen erhalten hat, zu warten?«, fragte Michelle.

»Anweisungen?« Daisy blickte fragend zu Michelle. »Von wem?«

»Von dieser Stimme.«

»Falls er sein Ziel erreicht und wirklich jemand mit ihm Kontakt aufgenommen hat, müsste sich bald etwas tun«, murmelte Kevin. »Ich hoffe nur, dass er die Fernsteuerung wieder aktiviert, sobald er in Schwierigkeiten geraten sollte. Bitte achten Sie darauf, damit wir in einem solchen Fall das Boot schnellstmöglich raufholen können.«

Nach weiteren Minuten der Geduldsprobe tat sich auf dem Monitor etwas.

»Es ist ein Licht«, sagte Stan Petrelli. Alle versammelten sich vor seinem Monitor und starrten erwartungsvoll auf das Bild.

33.

Nachdem Christopher den Seeboden fast erreicht hatte, hielt er das Tauchboot an und suchte die Umgebung nach Signalen ab. Aber die Tiefe wirkte genauso ausgestorben wie zuvor der gesamte Weg nach unten. Das Wasser wurde zwar immer klarer je tiefer er tauchte, nur von Lebewesen fehlte jede Spur, genau wie von dem blauen Licht.

Sollte er einfach herumkurven und in aller Ruhe den Grund des Sees absuchen, bis etwas geschah? Oder war es besser zu warten, bis sich jemand meldete?

Beides konnte lange dauern. Wer garantierte ihm, dass er sich überhaupt im richtigen See befand? Aber wenn die unbekannte Stimme ihn hierhergebeten hatte, musste sie ihn bei der Suche unterstützen.

Die Antwort ließ nicht lange auf sich warten. Plötzlich spürte er den vertrauten Druck an den Schläfen. Sofort war ihm klar, dass es sich um eine Kontaktaufnahme handelte.

Er lehnte sich zurück, schloss die Augen und ließ sich gedanklich treiben. Schon nach kurzer Zeit fiel er in eine Art Halbschlaf.

»Du bist auf dem richtigen Weg«, vernahm er die Worte in seinen Gedanken. »Du hast das Ziel fast erreicht.«

»Ich sehe hier nichts.«

»Beweg dich in nordöstliche Richtung. Du wirst das Ziel bald erkennen.«

Er öffnete die Augen und war sich sofort im Klaren, dass er in diesem kurzen Wachtraum keine Bilder gesehen und nur eine Botschaft erhalten hatte, eine einfache Wegbeschreibung.

Nachdem er den neuen Kurs programmiert hatte, startete er das Triebwerk und fuhr mit dem Tauchboot in die genannte Richtung. Da er nicht wusste, wie lange er diesem Kurs folgen sollte, stellte er sich auf eine längere Wartezeit ein.

Aber allzu lange dauerte es nicht. Denn schon eine knappe halbe Stunde später wurde die Unterwassernacht von einer sanften Morgendämmerung verdrängt. Während er die Geschwindigkeit drosselte und gespannt nach draußen blickte, überkam ihn beim Anblick des tiefblauen Lichts ein Anfall von Demut. Die Schönheit dessen, was sich ihm offenbarte, übertraf seine kühnste Erwartung. Unfähig, sich dem zu entziehen, ließ er das Boot mit langsamer Geschwindigkeit treiben und spürte mehr und mehr die Erhabenheit, die sich über ihn senkte.

Das Licht verstärkte sich zusehends, doch ein weit entfernter Gedanke teilte ihm mit, dass es sich wieder verdunkeln und dafür in seiner Farbe intensivieren wird.

War noch mehr Blau überhaupt möglich?

Die Zeit wurde zur Bedeutungslosigkeit degradiert. Jeder Augenblick, in der diese Harmonie auf ihn wirkte, ließ ihn alles um sich herum vergessen.

Nach einigen Minuten Fahrzeit geschah das, was er schon wusste, als wäre es die selbstverständlichste Sache der Welt. Trotzdem war es ein überwältigendes Gefühl, dieses Szenario, das er aus dem Traum mittlerweile ziemlich gut kannte, nun real zu erleben.

Das Licht schwächte sich langsam ab. Das Blau erstrahlt immer stärker und in seiner vollsten Pracht.

Christopher war unfähig, den Blick abzuwenden. Je mehr sich das Licht verdunkelte, desto tiefer wirkte das Blau. Er spürte die Spannung ansteigen. Aus den tiefsten Windungen seines Unterbewusstseins kroch ein neues Gefühl langsam aber unerbittlich an die Oberfläche und vermischte sich mit der bisher empfundenen Faszination.

Misstrauen.

Würde tatsächlich alles so verlaufen, wie er es von seinem Traum her kannte? Oder wurde er manipuliert und in eine perfid gestrickte Falle gelockt?

Zum Misstrauen gesellte sich Angst.

Die nächsten Momente würden zeigen, ob sie gerechtfertigt war.

Das Licht hatte sich mittlerweile ziemlich verdunkelt, aber noch immer zeigten sich keine Lichtpunkte.

Die Tiefenwirkung in dem intensiven Blau hielt seinen Blick gefangen. Er hatte den Eindruck, als würde er regelrecht in die Unendlichkeit hineingezogen. Es gab keine Strukturen, kein Flimmern, einfach nur unendliche Tiefe.

Dann geschah es. Mitten in seiner Befangenheit erschienen die ersten Lichtpunkte, genau in der Mitte seines Sichtbereichs. Auf einen Schlag wurde er sich wieder seiner Situation bewusst.

War es Zufall, dass die Lichtpunkte genau in der Mitte erschienen?

Dies war für ihn keineswegs selbstverständlich. Er ließ das Tauchboot etwas nach links schwenken. Zu seinem Erstaunen blieben die Lichtpunkte genau in der Mitte des Fensters. Auch als er wieder auf die andere Seite schwenkte, änderte sich nichts daran.

War es möglich, dass die Lichtpunkte in Wirklichkeit gar nicht existierten, sondern nur in seine Gedankenwelt projiziert wurden? Über was für technische Möglichkeiten verfügten diese außerirdischen Wesen sonst noch? Falls es sich überhaupt um solche handelte.

Die Punkte begannen, sich zu vermehren. Er wusste genau, was gleich geschehen würde.

War er wirklich bereit, sich darauf einzulassen? Bestand anschließend tatsächlich noch die Möglichkeit zur Rückkehr?

Erneut machte sich in ihm ein mulmiges Gefühl breit. Er versuchte, sich wieder auf sein Vorhaben zu konzentrieren.

Vertrau mir, hatte die Stimme ihm damals im Traum gesagt. Sie hatte ihm auch versichert, dass eine Rückkehr möglich sei. Trotzdem begann die Angst mehr und mehr an seinen Knochen zu nagen.

Die Lichtpunkte hatten mittlerweile eine enorme Fülle erreicht, dehnten sich flächenmäßig aus und bahnten sich den

Weg in seine Richtung. Christopher erinnerte sich an die Szene in der Höhle, als er von den Lichtpunkten durchdrungen und umhüllt worden war. Würden sie dies auch im Innern des Tauchbootes tun?

Die Ungewissheit machte ihm mehr und mehr zu schaffen. Zudem schien sich der zeitliche Ablauf dieses Szenarios gegenüber dem Traum um einiges in die Länge zu ziehen, was die Verunsicherung zusätzlich erhöhte.

Mittlerweile war von dem tiefen Blau praktisch nichts mehr zu sehen, denn die Lichtpunkte füllten fast das gesamte Panoramafenster aus. Immer mehr von ihnen rasten auf ihn zu, machten jedoch den Anschein, als würden sie von der Außenhülle des Bootes abprallen und im Nichts verpuffen.

Zweifel kamen in ihm auf. Wie sollten die Lichtpunkte den Weg zu ihm finden? Wo war die Stimme, die ihm sagte, was er zu tun hatte?

Doch dann geschah etwas, womit er nicht gerechnet hatte. Die Lichtpunkte durchdrangen die Hülle des Tauchbootes und gelangten ins Innere. Sie vollführten einen bizarren Tanz um ihn herum, kreisten ihn ein und näherten sich ihm. Im Gegensatz zu seinem Traum, in dem sie regelrecht durch ihn hindurchgeschossen waren, verhielten sie sich nun völlig anders.

Ein Blick auf seine Hände ließ ihn erstarren.

Sie funkelten, als würden die Lichtpunkte eine künstliche Haut um sie bilden. Immer mehr von ihnen drangen ins Innere des Bootes und schlossen sich dem skurrilen Tanz an. Sie zogen den Kreis um ihn enger. Schon bald konnte er vom Frontfenster, von den Armaturen und vom Rest des Tauchbootes nichts mehr sehen.

Wieder spürte er Angst. Spontan schloss er die Augen. Doch zu seinem Erstaunen änderte sich dadurch nichts. Er sah die Lichtpunkte auch mit geschlossenen Augen. Jetzt begannen sie, in seinen Körper einzudringen. Aber er spürte nichts davon. Auch als er die Augen wieder öffnete, blieb das Bild dasselbe.

Von seiner Umgebung konnte er nichts mehr erkennen. Die Lichtpunkte waren allgegenwärtig.

Dann traf ihn die Erkenntnis wie eine Offenbarung. Jegliche Ungewissheit, die Ungeduld und die Angst waren verschwunden.

Er wusste alles. Er war mit den Lichtpunkten eins geworden.

Er war zu Licht geworden.

34.

Sil Weaver saß im Laborcontainer und brütete über ihren Untersuchungsergebnissen. Seit ihrer Ankunft in der Forschungsstation widmete sie ihre ganze Aufmerksamkeit den Proben aus der untersten Eisschicht. Wie erwartet waren darin Nanopartikel enthalten. Die gemessenen Daten wiesen jedoch Werte auf, die es nach physikalischen Regeln gar nicht geben durfte.

Es hatte sich herausgestellt, dass die Partikel gewöhnliche magnetisch geladene Teilchen waren, die miteinander über Lichtwellen kommunizierten. Die Lichtwellen wichen jedoch von jeglicher bisher bekannten Form ab.

Sil stand zwar eine sehr gute Ausrüstung zur Verfügung. Zudem hatte sie auch eigene Gerätschaften mitgebracht. Doch um die Wechselwirkung zwischen den Partikeln genauer analysieren zu können, reichte diese Ausrüstung bei Weitem nicht aus. Sie fragte sich sogar, ob es auf der Erde überhaupt Geräte gab, mit denen man das Geheimnis dieser Partikel ergründen konnte.

Anhand ihrer bisherigen Untersuchungsergebnisse war sie bis zu diesem Zeitpunkt lediglich soweit gekommen, Mutmaßungen anzustellen. Eine ihrer Vermutungen ging dahin, dass die Partikel über ihre Lichtwellen untereinander Materie austauschten. Etwas, das bisher niemand für möglich gehalten hatte, da die Menge an Energie, die dafür aufgebracht werden müsste, nirgendwo in so komprimierter Form vorhanden war. Aber die Partikel taten dies anscheinend permanent. Als Begleiterscheinung erzeugten sie die unbekannte Strahlung, die sich bisher für Menschen zum Glück als ungefährlich erwiesen hatte. Daran zweifelte niemand, da es diesbezüglich Langzeitstudien gab.

Eine zweite Vermutung war, dass die Partikel über eine Kollektivintelligenz verfügten, die weit über die bisher bekannte Logik hinausging. Ein Partikel alleine konnte nichts bewirken, aber in der Masse waren sie zu komplexen Prozessabläufen fähig. Je größer die Masse, desto komplexer die Handlungsmöglichkeiten.

Vor einer Stunde, kurz bevor Christopher abgetaucht war, hatte sich Sil mit Kevin zusammengesetzt und versucht, ihm ihre Untersuchungsergebnisse zu erläutern. Über ihre Vermutungen zeigte er sich überrascht. Er war zwar kein Physiker, doch verfügte er über ein begrenztes Wissen auf diesem Gebiet, sodass er die Ungewöhnlichkeit dieser Mutmaßungen erkannte.

»Wie sicher sind Sie sich in dieser Sache?«

»Wie ich schon sagte, es sind lediglich Mutmaßungen«, antwortete sie. »Aber wenn Sie meine persönliche Meinung hören möchten, so glaube ich fest daran.«

»Das würde viele wissenschaftliche Theorien über den Haufen werfen.«

»Stimmt. Wieder einmal bestätigt sich die Tatsache, dass wir vom Universum noch lange nicht alles wissen.«

»Dieser Meinung war ich schon immer. Aber stellen Sie sich einmal vor, wenn es tatsächlich zutrifft, dass die Partikel über Lichtwellen untereinander Materie austauschen, dann hätten wir praktisch die Basis für einen Materietransmitter.«

»Sie haben genau das ausgesprochen, was ich bisher nur zu denken gewagt habe.«

»Aber?«

»Wenn auch meine zweite Vermutung zutrifft und die Partikel tatsächlich über eine Kollektivintelligenz verfügen, haben wir es mit einer überaus intelligenten synthetischen Lebensform zu tun.«

»Eine intelligente, künstliche Lebensform«, murmelte Kevin. »Das ist sensationell.«

»Die Frage ist, ob sie sich als technischen Rohstoff verwenden lässt. Ob sie das zulässt. Diese Lebensform könnte sich für uns auch als gefährlich erweisen.«

»Inwiefern?«

»Wie sind ihre ethischen Grundsätze? Besitzt sie überhaupt eine sogenannte Ethik? Da es keine organische Lebensform ist, müsste sie rein logisch handeln. Wir Menschen sind hingegen das unlogischste Wesen in der Schöpfung. Wie sollten wir mit so einer Lebensform klarkommen. Wie sollte sie mit uns klarkommen?«

»Ich bin kein Philosoph.«

»Ich auch nicht, aber ich habe mir trotzdem darüber Gedanken gemacht. Was wäre, wenn diese Lebensform uns schon vor langer Zeit analysiert hat und über uns bestens Bescheid weiß?«

»Warum hat sie dann nie etwas gegen uns unternommen?«

»Warum hätte sie das tun sollen? Wir waren für sie nie eine Bedrohung. Nur wenn wir ihr zu nahe kamen, hat sie sich gewehrt.«

»Sie sprechen die verschwundenen Tauchboote an.«

»Richtig.«

Kevin dachte kurz nach. »Das würde heißen, wenn wir sie in Ruhe lassen und uns ihr nicht nähern, lässt sie auch uns in Ruhe.«

»So in etwa. Ich habe noch etwas anderes herausgefunden.«

»Das wäre?« Kevin zeigte sich von der ganzen Sache fasziniert.

»So, wie es aussieht, können diese Partikel nur in Wasser oder in einer ähnlichen Materie aktiv werden. Zumindest über längere Zeit.«

Er sah sie eine Weile nachdenklich an. »Das wäre eine Erklärung, warum sie bisher nirgendwo sonst in Erscheinung getreten sind.«

»Noch etwas ist mir aufgefallen. Damit sie sich zu einem größeren Kollektiv zusammenschließen können, muss das Wasser bestimmte Spezifikationen aufweisen.«

»Die wären?«

»Hoher Druck und tiefe Temperaturen. Es kann aber gut sein, dass sie für kurze Zeit auch in Wasser mit anderen

Spezifikationen aktionsfähig sind. Oder in einer Materie mit ähnlichen Eigenschaften.«

»Dann sind die untereisischen Seen wie geschaffen für sie. Genau wie der See hier.«

»So ist es. Wir müssen davon ausgehen, dass die Partikel im ganzen Universum verstreut existieren. Überall dort, wo es Wasser in dieser Konstellation gibt.«

»Mit anderen Worten, wir können von Glück sagen, dass sie uns nicht feindlich gesinnt sind, sonst hätten wir gegen sie nicht die geringste Chance.«

»Ich schätze, Begriffe wie feindlich und freundlich existieren in ihrem Vokabular nicht. Für sie gibt es nur die Logik. Für Emotionen braucht es chemische Prozesse, und so etwas gibt es bei den Partikeln anscheinend nicht.«

»Auch Biochemie ist nicht mein Fach.«

»Etwas anderes bereitet mir jedoch Kopfzerbrechen.«

»Ja?«

»Ihre Ausrüstung hier und meine Geräte in allen Ehren, aber warum komme ausgerechnet ich damit auf diese, sagen wir, bahnbrechenden Erkenntnisse? Warum hat nicht jemand lange vor mir genau dasselbe herausgefunden? Jemand, der wesentlich besser ausgerüstet ist als ich hier und jetzt.«

»Wer sagt denn, dass das nicht bereits geschehen ist?«

Für einen Moment war Sils Gesicht von Verblüffung geprägt. »Warum wissen wir nichts darüber?«

»Könnte eine Geheimsache sein. Wer weiß, was alles hinter unserem Rücken geschieht und niemals an die Öffentlichkeit dringt.«

»Von dieser Seite habe ich es noch gar nicht betrachtet.«

»Wir sollten auf jeden Fall vorsichtig sein, mit wem wir darüber reden. Falls irgendeine Regierungsstelle tatsächlich darüber Bescheid weiß, wird sie alles daran setzen, es weiterhin unter Verschluss zu halten.«

»Ich sehe keine Veranlassung, das Ganze publik zu machen.«

»Was bedeuten all diese Erkenntnisse bezüglich unserer Tauchexpedition?«, fragte Kevin verunsichert.

»Das ist schwer zu sagen. Kommt drauf an, inwieweit diese Partikel Ihr Tauchboot als Bedrohung betrachten. Wobei auch hier das Wort Bedrohung eigentlich nicht korrekt ist. Richtigerweise müsste man sagen, das Tauchboot stellt für diese Lebensform ein unverträgliches Element dar. Deshalb wird es abgestoßen oder absorbiert. Wenn die Partikel Materie absorbieren, werden sie diese mit großer Wahrscheinlichkeit umwandeln.«

»In eine verträgliche Form«, fügte Kevin hinzu.

»Genau.«

»Es würde das Verschwinden der Tauchboote im Lake Wostok und auf Europa erklären. Das könnten sie auch mit unserem Tauchboot anstellen, samt menschlichem Inhalt.«

»Da bin ich mir nicht so sicher.«

»Inwiefern?« Kevin sah sie neugierig an.

»Nun ja, anscheinend gab es eine Kontaktaufnahme zwischen diesen Partikeln und Christopher.«

»Sie glauben, es waren die Partikel, die diesen Traum erzeugten?«

»Es wäre naheliegend.«

»Ich dachte, sie kennen keine Ethik. Eine menschliche Kommunikation basiert doch auf ethischen Grundsätzen.«

»Diese Partikel existieren bestimmt schon seit Millionen von Jahren in derselben Form und sind wahrscheinlich mit Menschen noch nie direkt in Kontakt getreten. Aber sie haben uns studiert und wissen unter Umständen, in welcher Form man mit uns kommuniziert.«

»Sie glauben, sie haben unsere Sprache gelernt?«

»Einfach ausgedrückt mag das zutreffen. Sie mussten dies tun, um unsere Absichten kennenzulernen. Aber solange wir ihnen nicht zu nahe kamen, gab es für sie keine Veranlassung, irgendeine Möglichkeit zu schaffen, sich mit uns in Verbindung zu setzen. Es fehlte das Interesse, weil sie darin keinen logischen Nutzen sahen.«

»Das klingt einleuchtend.«

»Aber dafür, dass sie es nun plötzlich fertiggebracht haben, sich mit einem Menschen in Verbindung zu setzen und sogar Botschaften zu übermitteln, die der Mensch versteht, kann es nur eine Erklärung geben.«

Kevins Neugier erreichte einen Höhepunkt.

»Es muss für sie plötzlich einen Nutzen geben.« Sil machte eine kleine Pause. »Und sie verfügen über ein entsprechendes Medium.«

35.

Als Christopher die Augen öffnete, war es dunkel um ihn herum. Er brauchte einen Moment, um sich der momentanen Situation bewusst zu werden. Er kauerte mit gesenktem Kopf auf dem Boden. Eigenartigerweise fühlte sich dieser weder kühl, warm, metallisch oder steinig an.

Er konzentrierte sich auf seine Hände, mit denen er sich abstützte, und tastete behutsam seine Umgebung ab. Das Material des Bodens weckte Erinnerungen an jenes der Plattformen in seinem Traum.

Träumte er gerade?
Nein!

Diese Erkenntnis traf ihn wie ein Blitz aus heiterem Himmel. Befand er sich tatsächlich in der dunkelblauen Höhle?

Langsam gewöhnten sich seine Augen an die düstere Umgebung. Ihm fiel wieder ein, was er als Letztes kurz zuvor im Tauchboot gesehen hatte: grelles Licht. Es waren die Lichtpunkte, die eine derartige Dichte erreicht hatten, dass er vom Innern des Tauchbootes nichts mehr erkennen konnte.

Das Tauchboot! Wo war es?

Er befand sich nicht mehr darin. Die unzähligen Lichtpunkte hatten ihn eingehüllt, ihn durchdrungen und ihn selbst zu Licht werden lassen.

Dann war plötzlich alles dunkel geworden.

Er hatte keinen Schmerz gespürt, als er von einem Ort zum anderen transferiert worden war. Nur sein Körper hatte diesen Ortswechsel vollzogen. Alles andere war zurückgeblieben.

Alles! Das Tauchboot, seine Kleider, seine Schuhe und seine Geräte. Er hatte nichts mehr als sich selbst.

Langsam erhob er sich. Er spürte nicht den geringsten Luftzug auf seiner Haut.

Gab es hier überhaupt so etwas wie Wind und Wetter? Wo war das Wesen, das ihn gerufen und hergelockt hatte?

Weit entfernt erkannte er ein schwaches bläuliches Licht. Er wusste, dass er darauf zugehen musste. Entschlossen setzte er sich in Bewegung. Wie in seinem Traum vollführte der Boden eine leichte Wölbung. Trotzdem entstand kein Gefälle.

Die Luft war geruchlos und von angenehmer Temperatur. Weder ließ sie ihn frösteln, noch fühlte sie sich zu warm an. Die leichte Wölbung vermittelte ihm den Eindruck, als befände sich das Licht hinter dem weit entfernten Ende des Bodens, als würde eine Lichtkugel gleich eines Sonnenaufgangs den Horizont durchbrechen.

Das Licht verstärkte sich zusehends. Ob der Grund darin lag, dass er sich der Quelle stetig näherte, oder ob es von sich aus heller wurde, war nicht zu erkennen.

Obwohl er eigentlich hätte darauf vorbereitet sein sollen, jagte es ihm einen gehörigen Schrecken ein, als er die folgenden Worte in seinem Gehirn wahrnahm: »Wenn du möchtest, kannst du hier auf mich warten. Ich werde gleich bei dir sein.«

Er blieb stehen und starrte gespannt auf das Licht, das sich weiter verstärkte hatte, nun aber konstant blieb. Lange Zeit tat sich nichts.

Dann geschah etwas, das er in seinem Traum nicht erlebt hatte. Zumindest konnte er sich nicht daran erinnern. Das Licht begann, sich zu bündeln. Es zog sich im Zentrum zu einem immer kleiner werdenden Kreis zusammen, um sich gleich darauf nach unten zu einem länglichen Oval auszudehnen, bis dieses den Boden berührte und die Form eines Kegels mit abgerundeter Spitze annahm. Im Innern dieses Lichtkegels begann es zu flimmern. Es entstand Leben. Christopher hatte den Eindruck, als würden Lichtpunkte nicht in seine, sondern in die entgegengesetzte Richtung abgegeben.

Das Lichtspiel verstärkte sich weiter. Es machte den Anschein, als würde das restliche Licht in den Kegel hineingezogen, sodass es darum herum immer dunkler und das Blau intensiver wurde.

Plötzlich glaubte Christopher, etwas Neues entdeckt zu haben. Er kniff die Augen zusammen, um es deutlicher sehen zu können. Die Mitte des grellen Lichtkegels gebar einen vertikalen, länglichen Fleck. Zuerst konnte Christopher ihn kaum erkennen, weil die Korona ihn fast vollständig absorbierte. Langsam vergrößerte er sich und bildete Konturen.

Ihm stockte beinahe der Atem. Der dunkle Fleck hatte nicht nur Gestalt angenommen, sondern schien sich sogar vorwärts zu bewegen.

War das ein menschenähnliches außerirdisches Wesen?

Er konnte seinen Blick nicht mehr davon abwenden. Die Gestalt löste sich langsam vom Lichtkegel und bewegte sich weiter auf ihn zu, sodass das Licht mehr und mehr in den Hintergrund rückte. Unentwegt starrte er mit großen Augen und offenem Mund in die Richtung. Das Wesen schien sich unbeirrt zu nähern. Langsam verdeutlichten sich die Konturen. Seine Vermutung, es könnte sich um ein humanoides Wesen handeln, bestätigte sich. Es ging auf zwei Beinen, besaß einen Oberkörper mit zwei Armen und einen Kopf.

Seine Anspannung stieg ins Unermessliche. Die Gedanken überschlugen sich. Wie groß mochten die Unterschiede zu den Menschen sein? Wie würden sie sich miteinander verständigen? Akustisch oder über Gedankenaustausch?

Plötzlich wurde ihm bewusst, dass ihm ein historisches Ereignis bevorstand, dessen Bedeutung er gar nicht richtig fassen konnte: Die Begegnung zwischen einem Menschen und einem außerirdischen Wesen.

Das Fehlen jeglicher Angst setzte ihn in großes Erstaunen. Wer oder welcher Umstand gab ihm die Gewissheit, diese Begegnung würde gefahrlos verlaufen? Er fand keine Antwort darauf.

Die Umrisse der Gestalt wurden deutlicher. Anhand der grazilen Bewegungen drängte sich ihm die Vermutung auf, dass dieses Wesen nicht nur humanoid, sondern zudem weiblich war. Das starke Licht im Hintergrund machte es ihm jedoch unmöglich, Gesichtszüge oder irgendwelche anderen Frontpartien zu erkennen. Dafür hoben sich die Umrisse deutlich vom Hintergrund ab. Die Gestalt hatte sich ihm mittlerweile soweit genähert, dass er die endgültige Gewissheit hatte, es mit einem nackten, weiblichen Wesen in humanoider Gestalt zu tun zu haben.

Bei dieser Feststellung wurde er sich plötzlich seiner eigenen Nacktheit gewahr. Doch war dies ein Gedanke von so geringer Bedeutung, dass er sich so schnell wieder verflüchtigte, wie er aufgetaucht war.

Die dunkle Silhouette hatte sich ihm mittlerweile bis auf wenige Meter genähert. Er konnte langes, dunkles Haar erkennen. Es umrahmte ein schmales Gesicht, das er wegen des nach wie vor leuchtenden Hintergrundes immer noch nicht erkennen konnte.

Die Gestalt verlangsamte ihre letzten Schritte und blieb etwa eine Körperlänge von ihm entfernt stehen. Er hielt den Atem an und hatte keine Ahnung, wie er sich verhalten sollte.

»Hallo Christopher.« Dieses Mal vernahm er die Worte nicht in seinen Gedanken, sondern er hörte sie. »Du hast mich gefunden.«

Er war sprachlos. Er starrte gebannt in das Gesicht, das nach wie vor im Schatten lag. Die Gestalt machte noch einen Schritt auf ihn zu.

Dann erlosch das Licht im Hintergrund, und er erschrak zutiefst.

36.

Das blaue Licht, das mittlerweile den gesamten unteren Teil des Monitors einnahm, hellte sich mehr und mehr auf. Es entstammte einer großen Fläche auf dem Grund des Sees.

»Anscheinend hat Christopher die Kamera nach unten geschwenkt«, stellte Kevin fest, ohne den Blick vom Monitor abzuwenden.

»Es ist genauso, wie es in den Berichten steht«, sagte Michelle, worauf Daisy sie mit einem kurzen Blick streifte.

»Demnach müssten bald die Lichtpunkte erscheinen«, mutmaßte der Expeditionsleiter. »Dann wird es gefährlich.«

»Wir können nur hoffen, dass er vorher die Fernsteuerung aktiviert«, sagte Peter Connelly.

Sie mussten noch eine ganze Weile warten, bis sich Kevins Vermutung bestätigte und genau in der Mitte der blauen Fläche die ersten Punkte auftauchten. Aber dann begannen sie, sich zu vervielfältigten. Es schien, als flögen sie den Betrachtern entgegen. Zuerst langsam, doch gleich darauf beschleunigten sie und vermehrten sich weiter. Auch Layla beobachtete gespannt das Geschehen.

»Jetzt bin ich aber gespannt.« Kevin starrte auf den Monitor. »Noch immer keine Fernsteuerung?«

»Negativ.«

»Sind Sie sicher, dass alles genau gleich ablaufen wird?« Daisy sah ihn für einen kurzen Moment fragend an.

»Warum sollte es diesmal anders sein?«, antwortete Kevin.

»Können wir denn überhaupt nichts unternehmen?«, fragte Michelle mit zittriger Stimme.

»Solange er die Fernsteuerung nicht aktiviert, sind uns die Hände gebunden.«

Einem Insektenschwarm gleich schossen die Lichtpunkte immer schneller auf sie zu. Das Ganze besaß eine geradezu hypnotische Wirkung. Bald füllten die Punkte das gesamte Bild aus.

»Es ist zu blöd, dass wir nicht sehen, was im Innern des Bootes mit Christopher geschieht«, bedauerte Kevin. »Wir hätten noch eine Innenkamera installieren sollen.«

»Das ganze Vorhaben war irrsinnig«, äußerte sich Michelle verzweifelt. »Er hätte niemals runtertauchen dürfen.«

»Ich gebe Ihnen völlig recht.«

Die Lichtpunkte hatten mittlerweile eine solche Intensität angenommen, dass von der Umgebung um das Tauchboot herum nichts mehr zu sehen war. Es sah beinahe aus wie eine riesige Wunderkerze an einem Weihnachtsbaum.

»Es macht den Anschein, als würden die Lichtpunkte das Boot einhüllen«, bemerkte Peter Connelly.

»Wenn dasselbe passiert, wie damals im Lake Wostok und auf Europa, hätte jetzt der Kontakt zum Boot abbrechen müssen.«

»Das kann immer noch geschehen«, widersprach Stan Petrelli. »Aber vielleicht wird es diesmal tatsächlich anders ablaufen, da Christopher anscheinend aufgefordert worden ist hinunterzutauchen.«

Die Lichtpunkte funkelten immer noch über den gesamten Monitor und hatten sich nicht weiter verstärkt. Doch als sich alle bereits darauf einstellten, der Ablauf könnte sich diesmal anders entwickeln, passierte es.

Der Monitor wurde plötzlich dunkel.

Schweigend und sichtlich geschockt starrten alle auf das Bild, das nicht mehr vorhanden war.

»Was ist passiert?« Michelle war sich in diesem Moment ihrer Hilflosigkeit bewusst und begriff, dass niemand die Antwort auf ihre Frage kannte. Hatte Christopher dasselbe Schicksal ereilt wie damals die verschiedenen Tauchboote? Diese Frage hing wie eine dunkle Wolke in der Luft.

Hatte sie bis zu diesem Zeitpunkt noch einen kleinen Funken Hoffnung zum Gelingen des Unternehmens verspürt, so war davon in diesem Augenblick nichts mehr vorhanden. Von einem Moment zum anderen fühlte sie sich einsam und leer.

Unwillkürlich schweiften ihre Gedanken in die Vergangenheit, tauchten in Erinnerungen an ihre bisherige gemeinsame Zeit, als sie sich in der Hotellobby in Geneva zufällig über den Weg gelaufen waren und sich daraufhin näher kennengelernt hatten. Kurz danach hatte sie sich dem Team der *Space Hopper* angeschlossen. Gemeinsam standen sie halsbrecherische Abenteuer durch und entdeckten die Liebe zueinander. Sie überlebten einen Absturz über dem Dschungel von TONGA-II, erlebten die Revolte der OVT und halfen dem Administrativen Rat von Tongalen maßgeblich, das Unheil abzuwenden.

All diese Abenteuer hatten sie als Team zusammengeschweißt. Auch zu Neha hatten Christopher und Michelle eine besondere Beziehung aufgebaut. Doch bei der Geiselnahme des Anführers der Verschwörung war Neha ums Leben gekommen, als sie einen Strahlenschuss, der Christopher galt, mit ihrem Körper abfing. Für ihn und auch für Michelle bedeutete dies einen riesigen Verlust. Sie hatte in der Folge große Mühe gehabt, ihn zu verkraften.

Nun war auch Christopher verschollen. Niemand wusste, ob er jemals wieder zurückkehren würde. Bedeutete dies für sie einen weiteren Verlust eines geliebten Menschen? Sie spürte, dass die Trauer sie zu übermannen drohte.

»Bitte entschuldigen Sie mich.« Sie wandte sich ab und verließ hastig den Kontrollraum.

Der Expeditionsleiter sah ihr betroffen hinterher. Er setzte sich auf einen freien Stuhl und starrte zusammen mit den anderen auf den dunklen Monitor. »Wir hätten den Schacht besser absichern sollen«, murmelte er und rieb sich das Gesicht.

»Das hätten Sie in der Tat tun sollen«, unterstrich Layla Kevins Feststellung mit einem zynischen Unterton. Dann stand sie abrupt auf und verließ ebenfalls den Raum.

»Was für eine arrogante Zicke«, bemerkte Daisy. »Wer ist sie überhaupt?«

»Geheimdienst. Die *Space Hopper* hat den Auftrag, sie nach MOLANA-III zu bringen.«

»Wurde Vanelli tatsächlich von einer fremden Stimme kontaktiert?«, wechselte Daisy das Thema.

»Das weiß nur er selbst. Aber ich habe es gestern miterlebt, als er diesen Traum hatte. Es war hier bei uns in einer Mannschaftskabine. Da gab es keinerlei Geräte, die ihn hätten beeinflussen können.«

Daisy musterte Kevin einen Moment überrascht. Dann fragte sie: »Wie wollen wir den Verlust des Tauchbootes gegenüber unserem Auftraggeber rechtfertigen?«

»Gar nicht. Wir warten vorerst ab. Es ist erst ein paar Minuten her, seit das Boot verschwunden ist.«

»Glauben Sie, es taucht wieder auf? Das ist bisher nie geschehen. Warum sollte es ausgerechnet jetzt passieren?«

»Es hat bisher auch noch nie eine Kontaktaufnahme gegeben.«

»Das könnte eine Falle gewesen sein. Derjenige, der sich mit Vanelli in Verbindung gesetzt hat, hat mit unserem Unternehmen überhaupt nichts zu tun.«

»Das sind alles nur Mutmaßungen, die wir momentan nicht überprüfen können«, mischte sich Peter Connelly in die Unterhaltung ein.

»Warum wurde ausgerechnet mit ihm Kontakt aufgenommen? Was ist an ihm so besonders?«

Kevin hatte seine drei Mitarbeiter bisher lediglich über die Entwendung des Tauchbootes informiert. Doch nun sah er sich veranlasst, ihnen vom Projekt der Neuro-Sensoren zu berichten und darüber, dass Christopher einer der ersten Träger dieser Mikrogeräte war.

»Jetzt wird mir einiges klar«, sagte Daisy einige Minuten später beeindruckt.

»Ein Peilsignal!«, rief Peter aufgeregt. »Ich kriege ein Peilsignal!«

Kevin, Daisy und Stan sprangen auf und drängten sich hinter Connellys Arbeitsplatz. Da war tatsächlich ein Signal, genau an der Stelle, an der das Tauchboot vor Kurzem verschwunden war.

»Was zeigt die Außenkamera?«, erkundigte sich Kevin aufgewühlt.

»Nichts. Entweder ist sie defekt, oder das Signal stammt von etwas anderem.«

»Soll ich versuchen, das Boot per Fernsteuerung raufzuholen?«, fragte Stan.

Kevin überlegte nicht lange. »Ja, versuchen Sie es.«

Stan begann, die Fernsteuerung zu aktivieren. »Die Steuerung spricht an. Es ist unser Boot. Vanelli scheint tatsächlich die Fernsteuerung eingeschaltet zu haben.«

»Hoffen wir nur, dass er überhaupt noch an Bord ist.« Kevin blickte nachdenklich vor sich hin und zupfte an seinem Bart. »Ein Ausstieg unter den Druckverhältnissen da unten würde er auf keinen Fall überleben.«

»Von der Kamera erhalte ich nur die Meldung über eine Fehlfunktion«, informierte Daisy. »Scheint tatsächlich defekt zu sein.«

In den nächsten Minuten verfolgten sie gespannt das Auftauchen des Bootes, das sich nach und nach der Oberfläche näherte. Mit dem programmierten Kurs würde es von selbst den Weg in den Schacht finden und an die Gleitschienen andocken.

Nach einer guten halben Stunde erreichte es die Wasseroberfläche, steuerte auf den Schacht zu und klinkte sich in die Gleitschiene ein. Nun mussten sie nur noch warten, bis es nach oben befördert worden war.

Kevin und seine drei Mitarbeiter hatten jedoch nicht vor, diese Zeit im Kontrollraum zu verbringen, sondern rannten durch den Tunnel und fuhren mit dem Aufzug in den Schacht hinunter. Sie wollten dabei sein, wenn das Tauchboot ankam und höchstpersönlich die Luke öffnen, um sich zu vergewissern, ob Christopher noch an Bord war und überlebt hatte.

Als sie nach der Fahrt mit dem Aufzug nach unten die Plattform unterhalb der Dekontaminationsschleuse betraten, hatte das Tauchboot bereits angedockt. Sie vernahmen das typische Dröhnen der Dekompression. Nach einigen Minuten verstummte es. Dann bewegten sich die beiden Flügel des horizontalen Schotts langsam auseinander, bis sie mit einem metallischen Geräusch zum Stillstand kamen. Die plötzliche Stille wirkte gespenstisch. Die Spannung war auf dem Höhepunkt angelangt.

Was würden sie im Inneren des Bootes zu sehen bekommen?

Kevin stieg auf die Oberfläche des Tauchboots und gab den Zahlencode für die Hauptluke ein. Mit einem Zischen löste sich der Deckel aus seiner Fassung und klappte nach oben.

Kevin bückte sich und steckte den Kopf ins Innere. Was er zu sehen bekam, verschlug ihm die Sprache.

37.

»Du?«, fragte Christopher fassungslos. Ungläubig starrte er in das ihm so vertraute Gesicht, welches er jemals wiederzusehen nicht mehr für möglich gehalten hatte.

Neha Araki lächelte sanft, trat näher an ihn heran und legte behutsam ihre Hände auf seine Brust.

»Wir alle dachten, du wärst tot«, sagte er verblüfft.

»Das war ich auch. Aber ich wurde gerettet.«

»Von wem?«

»Von wunderbaren Wesen.«

Er hob seine Arme und umfasste ihre Schultern, als müsste er sich vergewissern, dass sie tatsächlich vor ihm stand.

»Ich habe dich vermisst. Ich habe euch alle sehr vermisst.«

»Was glaubst du, wie wir dich vermisst haben. Michelle war nach unserer Rückkehr ein ganz anderer Mensch. Oft war sie völlig in sich gekehrt und wollte nur noch alleine sein.«

»Wie geht es ihr?«

»Mittlerweile ist sie einigermaßen darüber hinweg, solange sie nicht daran erinnert wird.«

»Wie geht es dir?«

»Ich habe viel an dich gedacht. Ich habe auch oft die Bilder von unserem Fotoshooting betrachtet.«

»Der Kuss«, sagte sie spontan.

»Ja, genau dieses Bild. Es trägt so starke Emotionen in sich. Jedes Mal, wenn ich es ansehe, fühle ich meine enge Verbundenheit zu dir und zu Michelle, aber auch den großen Schmerz des Verlusts.«

Sie sah ihn eine Weile intensiv an. Er glaubte, Tränen in ihren Augen zu erkennen. Dann schmiegte sie sich an ihn. Er legte seine Arme um sie, spürte ihre warme Haut an der seinen und bemerkte seine Erregung.

Neha hob ihren Kopf, stellte sich auf die Zehen und legte das Gesicht an seine Wange. Sofort spürte er ihre weichen

Lippen. Ihre Hände glitten nach oben über seine Schultern und legten sich um seinen Hals. Er drückte sie noch fester an sich und strich langsam über ihr Haar.

»Du hast mir gefehlt«, hauchte er.

Seine Erregung vermischte sich zusehends mit den ihr gegenüber empfundenen starken Gefühlen. Sanft strich er über ihren Rücken und ihren Nacken und versank immer mehr im Strudel der Leidenschaft.

Plötzlich hob sie ihren Kopf und sah ihm mit verlangendem Blick in die Augen. Gleich darauf trafen sich ihre Lippen zu einem alles verzehrenden, intensiven Kuss. Nehas eine Hand lag in seinem Nacken und zog sein Gesicht noch mehr zu sich herunter, während die Finger der anderen sich in die Haut seines Rückens krallten.

Ihre Lippen verschmolzen ineinander, ihre Zungen spielten ein zärtliches aber intensives Spiel. Der Kuss wollte nicht mehr enden. Die Leidenschaft steigerte sich in ein unerbittliches Verlangen.

Neha ließ sich langsam auf die Knie nieder und zog ihn mit sich hinunter. Sie drückte ihn sanft nach hinten, bis er auf dem Boden saß. Sofort setzte sie sich auf seinen Schoß, umfasst sein Gesicht und küsste ihn erneut. Er glaubte, die Kontrolle über seine Hände zu verlieren. Immer intensiver streichelte er ihren Körper, während ihre Finger durch sein schwarzes Haar und über seine Wangen glitten.

Nach einer Weile löste sie sich von seinen Lippen und drückte sein Gesicht an ihren Busen. Sogleich küsste und liebkoste er ihre Brüste. Ihr Atem ging schneller. Er spürte sein immer stärker werdendes Verlangen.

Kurz darauf hob sie ihr Becken leicht an. Er spürte, wie sie ihn in sich aufnahm. Ein Schauer der Begierde durchflutete ihn. Er umschlang ihren Körper und presste ihn an sich. Sie neigte ihr Gesicht wieder zu ihm hinunter. Ihre Lippen fanden sich erneut zu einem intensiven Kuss.

Der Liebesakt dauerte lange und steigerte sich in einen wahren Vulkan der Leidenschaft. Ihre Erregung gipfelte in einem gemeinsamen, gewaltigen Ausbruch.

Einige Zeit später lagen sie sich eng ineinander verschlungen in den Armen. Beide sagten nichts. Sie ließen sich Zeit und genossen das langsame Abklingen der Erregung und das Einkehren der sinnlichen Entspannung. Nur ihre Finger bewegten sich zwischendurch sanft auf der Haut des anderen.

»Was ist gerade mit uns passiert?«, fragte er leise.

»Etwas Wundervolles.«

»Ja, das war es wirklich. Aber für mich trotzdem völlig überraschend.«

Neha sagte nichts dazu. Eine ganze Weile herrschte wieder entspanntes Schweigen.

»Was sind das für Wesen, die dich gerettet haben?«

»Ich weiß es nicht. Ich habe sie nie gesehen.«

»Woher weißt du dann von ihnen?«

»Durch unsere Kommunikation. Wenn sie sich mir mitteilen wollen, spüre ich sie in mir.«

»Also hörst du sie in deinen Gedanken, wie ich dich gehört habe.«

»Nein, ich spüre sie. Ich weiß sofort, was sie mir mitteilen wollen, nicht wortwörtlich, eher gefühlsmäßig.«

»Führst du ihre Befehle aus?«

»So kann man es nicht sagen. Es fühlt sich nicht wie Befehle an. Es ist schwer zu erklären. Man könnte sagen, so etwas Ähnliches wie eine Bitte. Bisher habe ich mich noch nie zu etwas gezwungen gefühlt.«

»Wie haben sie dich gerettet?«

»Das weiß ich auch nicht. Ich bin einfach aufgewacht. Im ersten Moment dachte ich, ich träume.«

»Wo warst du, als du aufgewacht bist?«

»Ich befand mich in einem dunklen Raum, dessen Wände ein sanftes blaues Licht verströmten, wie diese Höhle auch. Sonst wäre es hier stockdunkel.«

Christopher sah sich nach allen Seiten um und stellte erst jetzt fest, dass die Wände tatsächlich ein sanftes blaues Leuchten abstrahlten.

»Der Raum damals war unregelmäßig geformt«, fuhr sie fort, »keine uns bekannte geometrische Anordnung. Ich hatte sogar den Eindruck, dass er sich fortwährend veränderte.«

»Ein Raum, dessen Form sich verändert?«

»Ja, so könnte man es nennen.«

»Eigenartig.«

»Spürst du die Substanz, auf der wir gerade liegen?«

»Ja, klar. Das ist der Boden dieser Höhle. Scheint ein fremdartiges Material zu sein.«

»Hast du den Eindruck, dass es hart ist?«

»Wenn ich es mit der Hand berühre, hat es schon eine gewisse Festigkeit. Aber jetzt, wo du es sagst, fällt mir auf, dass ich es beim Liegen kaum spüre.«

»Es passt sich sanft an.«

»Wie bitte?«

»Es hat sich die ganze Zeit unseren Körperformen angepasst und es für uns so angenehm wie möglich gemacht.«

»Erstaunlich.«

»Der Raum, in dem ich aufwachte, bestand aus demselben Material.«

»Das überrascht mich nicht. Auch die Plattformen und die Höhle in meinem Traum bestanden aus dieser Substanz. Ich nehme an, auch die Türme, die ich gesehen hatte.«

»Diese Türme sind eine Art Gebäude, die sich jedoch ständig in ihrer Form verändern.«

»Brauchen sie die Türme zum Leben?«

»Nein, das Errichten und Verändern der Form ist eine Art Spiel für sie.«

»Scheint ein sehr kreatives Spiel zu sein. Wo leben diese Wesen denn?«

»Sie haben mir mitgeteilt, sie wären Teil dieser blauen Substanz.«

Nun sah er sie verwirrt an. »Du meinst, wir liegen gerade auf ihnen?«

»Nicht direkt. Sie sind nicht die Substanz selbst, sondern sie sind mit ihr eine Verbindung eingegangen. Eigentlich haben sie diese blaue Materie erschaffen und sich damit die Möglichkeit gegeben, eine feste Form anzunehmen.«

»Wo haben sie gelebt, bevor sie diese Materie erschaffen haben?«

»Im Wasser.«

Er stutze. »Die Nanopartikel«, sagte er mehr zu sich selbst, als ihn die plötzliche Erkenntnis eingeholt hatte.

»Wie bitte?«

»Das ist eine lange Geschichte.«

»Wir haben viel Zeit«, sagte sie und streichelte sein Gesicht. Dann hob sie ihren Kopf und küsste ihn zärtlich auf die Lippen.

Sofort spürte er wieder seine Erregung, was ihm für einen kurzen Moment eigenartig vorkam. Doch als er Nehas Kuss in derselben Leidenschaft erwiderte wie vorher, verschwand dieser Gedanke schnell wieder.

Neha legte sich auf den Rücken und zog ihn auf sich. Wieder küssten sie sich lange, intensiv und leidenschaftlich, während er fast wie von selbst in sie eindrang. Wiederum dauerte es lange, bis sie sich in einem gemeinsamen Höhepunkt fanden. Wieder blieben sie lange liegen und schwiegen, spürten das abklingende Pulsieren in ihren Körpern.

»Was meinen die Wesen dazu, was wir hier gerade getan haben?« Er strich mit seinen Fingern durch ihr Haar.

»Ich glaube, sie wollten, dass wir es tun.«

»Sie haben dich doch nicht dazu gedrängt oder gar gezwungen?«

»Nein, ich wollte es. Ich wollte es mehr als alles andere. Aber ich spürte, dass sie es guthießen. Ich hatte sogar den Eindruck, dass es für sie wichtig ist.«

»Was für einen Nutzen sollten sie davon haben?«

»Ich weiß es nicht. Ob der Begriff Nutzen überhaupt einen Sinn für sie hat, kann ich nicht beurteilen. Ich glaube eher, sie wollten unsere Vereinigung, weil für sie Vereinigung der Grundstein ihrer Existenz ist.«

»Glaubst du, dass sie auch mich beeinflussen könnten?«

»Davon bin ich überzeugt. Aber sie zwingen dich nicht zu etwas, was du nicht auch aus eigener Überzeugung tun würdest.«

»Wie kannst du dir so sicher sein?«

»Ich spüre es, oder findest du, ich sei anders als früher?«

»Nein, du bist immer noch genau die Neha, die Michelle und ich geliebt haben und es auch immer noch tun.«

»Ich liebe euch beide ebenso.«

»Glaubst du, diese Wesen kennen den Begriff *Liebe*?«

»Wahrscheinlich nicht in der Form, wie wir ihn kennen. Aber ich glaube, sie kennen so etwas wie Verbundenheit. Bestimmt spüren sie die Verbundenheit zwischen uns.«

Christopher dachte eine Weile nach. »Wie lange bist du schon hier?«

»Ich weiß es nicht. Seit ich aufgewacht bin, habe ich jegliches Gefühl für Zeit verloren.«

»Das ist für mich irgendwie schwer zu begreifen.«

»Weißt du denn, wie lange du schon hier bist?«

Darauf wusste er keine Antwort und war darüber sehr verblüfft.

»Siehst du, du hast keine Vorstellung davon. Du kannst es nicht einmal abschätzen. Vielleicht sind nur Minuten oder wenige Stunden vergangen. Vielleicht auch Tage oder Jahre. Wir können es nicht beurteilen.«

Christopher war verwirrt. Nicht über Nehas Erklärungen, sondern über die Tatsache, dass ihm jegliches Zeitgefühl abhandengekommen war.

»Wir träumen doch nicht etwa denselben Traum?«, fragte er nach einer Weile.

»Nein, es ist Wirklichkeit. Und ich würde es mir um nichts auf der Welt nehmen lassen wollen.«

Aus Angst vor einer unangenehmen Antwort hatte Christopher die für ihn alles entscheidende Frage bisher vor sich hergeschoben. Doch nun sah er den Moment gekommen, sie zu stellen.

»Möchtest du wieder in unsere Welt zurückkehren?« Er sah ihr tief in die Augen und wartete gespannt auf die Antwort.

»Aber sicher möchte ich das.« Sie klang entschlossen.

»Glaubst du, es gibt eine Möglichkeit dazu.«

»Ja, natürlich gibt es die. Ich kann von hier weggehen, wann immer ich es möchte. Du genauso. Aber ich dachte mir, dass wir gemeinsam zurückkehren werden.«

»Die Wesen halten uns ganz bestimmt nicht zurück?«

»Nein, das tun sie nicht. Aber es gibt einen bestimmten Grund, warum ich bis jetzt nicht zurückgekehrt bin.« Neha machte eine kurze Pause. »Irgendwie haben sie mich dazu gebracht, mit jemandem Kontakt aufzunehmen.«

»Deshalb hast du mich hierher geholt. Konntest du das alleine bewerkstelligen? Oder haben sie nachgeholfen? Oder waren es eventuell die Wesen selbst, die meinen Traum gestaltet haben?«

»Ich wollte es auch. Ich weiß aber nicht, ob sie mich beeinflusst haben. Als ich jedoch ausgerechnet dich erreichte, wusste ich, dass ich es mehr wollte, als alles andere.«

»Du hast mir mitgeteilt, dass jemand meine Hilfe benötigt. Sind es diese Wesen?«

»Ich nehme es an.«

»Die Hilfe der Menschheit oder nur die Hilfe von uns beiden?«

»Ich glaube, sie sind sich nicht bewusst, dass wir einzelne Individuen sind. Diese Wesen leben in einem Kollektiv und kennen nichts anderes. Es spielt für sie also keine Rolle, wer ihnen schlussendlich hilft. Das können wir beide sein oder auch die gesamte Menschheit. Auf jeden Fall scheinen sie ein großes Problem zu haben, das sie alleine nicht lösen können.«

»Das heißt also, sie sind sich nicht bewusst, dass in diesem Moment zwei einzelne Individuen hier sind.«

»Ich glaube nicht. Sie betrachten uns als eine fremdartige Einheit.«

»Also glauben sie, dass auch wir eine Art Kollektiv bilden.«

»Ja.«

»Hast du eine Ahnung, warum sie gerade Menschen um Hilfe bitten?«

»Nein, aber ich glaube nicht, dass sie explizit mit uns Menschen Verbindung aufnehmen wollten, sondern einfach den Kontakt zu jemandem suchten, der ihnen helfen könnte. Bei dieser Suche haben sie mich gefunden und bei sich aufgenommen. Da ich mir nicht zutraue, ihnen alleine helfen zu können, dachte ich, ich rufe jemanden zur Unterstützung. Eigenartigerweise konnte ich nur dich erreichen.«

»Wie meinst du das, nur mich erreichen?«

»Die Wesen hatten mir mental beigebracht, wie ich mich mit meinesgleichen in Verbindung setzen kann. Als ich es tat, spürte ich aus der Fülle von Signalen zwei, die sich deutlich von den anderen abhoben. Aber nur eines davon war mir vertraut. Deines.«

»Wir gehen davon aus, dass die Neuro-Sensoren der Grund dafür sind. Ohne sie hättest du niemanden von uns erreicht.«

»Neuro-Sensoren? Was ist das?«

»Das ist ebenfalls eine lange Geschichte.«

In den nächsten Minuten erzählt Christopher ihr von seinen implantierten Sensoren und was er derentwegen alles erlebt hatte. Er berichtete ihr auch von Kevins Forschungsergebnissen.

»Du willst sagen, in deinem Kopf befinden sich Mikrochips?«

»Genau.« Er zeigte mit dem Finger an seine Schläfen. »Hier unter der Haut.«

Er nahm ihren Zeigefinger und strich mit der Spitze darüber.

»Ja, ich spüre etwas Winziges. Die sind viel kleiner, als ich sie mir vorgestellt habe.«

»Klein, aber mit einer höllischen Wirkung«, erwiderte er lächelnd.

»Ich könnte also auch andere Menschen erreichen, die solche Sensoren tragen?«

»Das kann ich nicht sagen. Aber soviel ich weiß, sind Sil und ich momentan die einzigen, die welche haben.«

»Das wird sich irgendwann ändern.«

»Bestimmt. Aber erzähl mir doch jetzt, in welcher Form wir den Wesen helfen können.«

»Ich weiß es nicht.«

»Du weißt es nicht?« Christopher war über diese Antwort mehr als nur verblüfft.

»Ja, die Wesen haben mir lediglich zu verstehen gegeben, dass sie dringend Hilfe benötigen.«

»Auf welche Art haben sie dir das mitgeteilt?«

»Genauso wie sie auch sonst mit mir kommunizieren. Ich hatte plötzlich dieses Wissen in mir.«

»Heißt das, sie haben dir diesen Hilferuf einfach in den Kopf gesetzt?«

»So könnte man es nennen. Sie haben sich mir bisher immer auf diese Weise mitgeteilt.«

»Wie redest du mit ihnen?«

»Gar nicht. Anscheinend wissen sie immer über alles Bescheid, was ich denke und wie ich fühle.«

»Wie erfahren wir, welche Hilfe sie benötigen.«

»Wir müssen zu ihnen gehen.«

»Ich dachte, sie sind überall.«

»Das sind sie, aber es gibt Orte, an denen sie wesentlich zahlreicher und konzentrierter vorhanden sind.«

»Wie kommen wir dahin?«

»Wir müssen den Weg zurückgehen, auf dem ich gekommen bin.«

38.

In seinen Gedanken reifte ein Plan. Die Zahl seiner Anhänger hatte sich derart schnell erhöht, dass er sich vorsehen musste, nicht den Überblick zu verlieren.

Die riesige, längliche Felshöhle bot Platz für einige Tausend Menschen, doch füllte sie sich bei jeder Zusammenkunft immer mehr. Die Menge stand jeweils dicht beieinander und drängte sich jedes Mal nach vorn, um möglichst viel von seinen Worten zu hören.

Aus den Trainingscamps wurden große Erfolge gemeldet. Der Umgang mit Waffen bedeutete kein Problem mehr. Je nach Veranlagung wurde mit verschiedenen Waffengattungen trainiert. Langsam aber sicher wuchs eine schlagkräftige Armee heran.

Trotzdem gab es noch ein großes Problem zu lösen. Was nützte ein starkes Heer, wenn es sich an einem Ort befand, an dem es niemanden zu bekämpfen gab? Er benötigte Raumschiffe, um mit seiner Armee zum Zielplaneten fliegen zu können. Doch bisher hatte er keine Vorstellung davon, wie er zu einer Flotte kommen sollte.

Die Frachtschiffe, die periodisch auf MOLANA-III landeten, erwiesen sich dafür als völlig ungeeignet. Auch die spärlichen und eher kleineren Touristenschiffe waren für seine Zwecke unbrauchbar.

Doch woher bekam er eine ganze Flotte von Kampfschiffen? Der Zielplanet, der gleichzeitig auch sein Heimatplanet war, verfügte nur über orbitale Patrouillenschiffe. Der einzige ihm bekannte Planet, der über großen Flotten verfügte, war die Erde. Doch bis jetzt hatte er noch keinen Weg gefunden, wie er eine irdische Flotte dazu bewegen konnte, ins MOLANA-System zu fliegen.

Er musste ein Ereignis herbeiführen, welches die irdische Regierung veranlassen würde, eine kleinere Flotte zu schicken. Doch das war einfacher gesagt als getan.

Wie würde die Erde reagieren, wenn Fracht- oder Touristenschiffe nicht mehr zurückkehrten? Viele Touristen hatten sich von ihm überzeugen lassen, sich seiner Bewegung anzuschließen. Aber die meisten Schiffe waren bisher immer wieder abgeflogen.

Man müsste es auf einen Versuch ankommen lassen. Er nahm sich vor, einer Gruppe seiner Untergebenen den Auftrag zu erteilen, das nächste Touristenschiff zu kapern und an der Rückreise zu hindern. Dann hieß es abzuwarten. Wegen eines vermissten Touristenschiffs würde die Erde zwar noch keine Flotte herbeiordern, aber bestimmt ein Untersuchungsteam, das der Sache nachzugehen hatte. Dieses Team müsste auch daran gehindert werden, zur Erde zurückzukehren. Er könnte versuchen, diese Leute ebenfalls mithilfe des Wassers an sich zu binden.

Zunächst musste er jedoch endlich den Rest der Kolonialadministration von MOLANA-III unter seine Gewalt bringen. Ein Teil von ihnen hatte sich ihm bereits unterworfen. Die Administration in dieser Kolonie war kein Vergleich zu jener seines Heimatplaneten. Hier auf MOLANA-III herrschte Chaos, Korruption und Anarchie. Es sollte ein Leichtes sein, die gesamte Führung unter seine Kontrolle zu bringen. Falls die irdische Regierung Kontakt aufnahm, konnte er die richtigen Informationen übermitteln lassen.

Bisher lief alles nach Plan. Was er brauchte, waren Zeit und Geduld. Davon hatte er genügend.

39.

Christopher und Neha standen Hand in Hand vor dem blauen Licht. Durch die enorme Tiefe hatte Christopher den Eindruck, in die Unendlichkeit zu sehen. Er konnte nicht erkennen, wo das Licht endete, aber auch nicht, wo es begann. »Was müssen wir jetzt tun?« Er fühlte sich in diesem Moment ziemlich unbeholfen.

»Nichts. Einfach nur stehen bleiben. Du wirst nichts spüren.« Nehas Stimme strahlte Ruhe aus.

Das Szenario mit den Lichtpunkten wiederholte sich. Sie wuchsen zu einem ovalen Gebilde heran, leuchteten in ihrer vollen Pracht und näherten sich ihnen. Obwohl Christopher dies nicht zum ersten Mal erlebte, wurde er von dem Schauspiel erneut in seinen Bann gezogen. Neha und er wurden von den Lichtpunkten wie in eine Art Kokon eingehüllt. Sie legte ihren Arm um seinen Körper, woraufhin er ihre Schultern umfasste und sie an sich zog.

Als sie von den Lichtpunkten vollständig umschlossen waren, konnte Christopher nichts mehr von der Höhle erkennen. Er ahnte, was gleich geschehen würde. Von einem Augenblick zum anderen wurde es dunkel. Die Lichter waren verschwunden. Neha und er waren an einen anderen Ort transferiert worden.

Christopher blickte sich um und erkannte einen kleineren, unförmigen Raum.

»Hier bist du aufgewacht?«, fragte er beeindruckt.

»In einem ähnlichen Raum. Ob es genau dieser war, kann ich nicht beurteilen. Hier sehen sich alle Räume ähnlich.«

Das schwache blaue Licht, das flächendeckend von den Wänden strahlte, verstärkte sich ein bisschen. Plötzlich schien sich der Boden zu verformen.

»Was passiert jetzt?« Christopher blickte erschrocken nach unten.

»Der Raum verändert sich.« Neha schien gelassen. »Das passiert hier öfter. Sie versuchen immer, die Räume meinen Bedürfnissen anzupassen.«

Auf der gegenüberliegenden Seite entstand eine größere unförmige Mulde. Sie verformte sich eine Weile lang, bis sie an den Rändern einen gleitenden Übergang zum übrigen Boden gebildet hatte.

Christopher trat näher heran. Neha folgte ihm. Als er den Rand des Beckens erreichte, stellte er fest, dass es mit Wasser gefüllt war.

»Wie tief es wohl ist?« Kaum hatte er diese Frage gestellt, begannen Boden und Seitenwände des Beckens sanft zu leuchten.

»Überhaupt nicht tief. Ideal für uns, würde ich sagen.«

»Als ob die Wesen meine Frage verstanden hätte.«

»Sie haben deine Neugier gespürt.«

Kaum hatten sie gemeinsam das Wasserbecken betreten, begann sich der Boden langsam zu senken. Kurz darauf standen sie hüfthoch im Wasser. Neha ging in die Knie, bis nur noch ihr Kopf herausragte. Sofort tat es ihr Christopher gleich.

Plötzlich hatte er den Eindruck, als würde sich ein Teil des Beckenbodens neben ihm anheben. Verwirrt tastete er danach und stellte fest, dass sich eine kleine Erhöhung geformt hatte.

»Ich glaube, neben mir hat sich soeben eine Sitzgelegenheit gebildet.« Er musste lachen. »Ich hatte tatsächlich kurz über so etwas nachgedacht.«

Er ließ sich nieder.

»Einfach fantastisch«, schwärmte er. »Sollte ich mal ein eigenes Haus besitzen, möchte ich unbedingt einen solchen Pool.«

Neha lächelte ihm zu. Er sah ihr tief in die Augen. Gleich darauf bewegte sie sich auf ihn zu, schmiegte sich an ihn und küsste ihn. Er legte seine Hände um sie und zog sie an sich.

Plötzlich spürte Christopher ein Kribbeln auf der Haut. »Spürst du es auch?«

»Ja. Ich glaube, sie wollen mit uns kommunizieren.«

Kaum hatte Neha geantwortet, griff sich Christopher an die Schläfen und verzog das Gesicht.

»Was ist mit dir?«, fragte sie erschrocken.

»Ich spüre die Sensoren.«

»Schmerzen sie?«

»Nein, es ist nur ein eigenartiger Druck, wie ich ihn bisher noch nie gespürt habe.«

»Könnte sein, dass sie sich auf diese Weise mitteilen wollen.«

»Bis jetzt habe ich keine Informationen erhalten.«

»Versuche, dich zu entspannen.«

Christopher legte seine Arme um sie, zog sie wieder an sich und schloss die Augen.

Es dauerte nicht lange, nahm der Druck wieder zu. Obwohl er ihm unangenehm vorkam, spürte er keinen Schmerz. Vor seinen Augen begann es zu flimmern. Er fühlte sich leicht wie eine Feder, glaubte, gleich abzuheben und zu entschweben. Doch nach wie vor spürte er das Wasser, das ihn umgab, und die Wärme von Nehas Körper an seiner Haut.

Das Flimmern verstärkte sich. Er verlor die Orientierung für das Räumliche, hatte den Eindruck, das Gleichgewicht zu verlieren. Er spürte Nehas Arme und Hände, die ihn stützten.

»Was siehst du?« Ihre Stimme klang aus weiter Ferne.

Er versuchte zu antworten. Doch seine Stimme versagte ihren Dienst. Stattdessen tauchte in seinem Kopf ein unbändiges Chaos abstrakter Bilder auf. Es war ihm unmöglich, sich auf sie zu konzentrieren, geschweige denn, irgendetwas zu erkennen. Zu schnell rauschte diese Kakophonie durch sein Blickfeld und suggerierte ihm die wildesten Geräusche.

Dann kam der vertraute Schmerz. Sofort änderten sich die Bilder. Blitzende, stahlblaue Schwerter schienen sein Gehirn zu durchbohren. In seiner Fantasie griff er mit beiden Händen und gespreizten Fingern an seinen Kopf, als ob er auf diese Weise die Qual abwehren könnte. Sein Mund öffnete sich. Die Stimmbänder setzten zu einem Schrei an. Doch sie versagten.

Mitten in diesem Durcheinander vernahm er von weit her eine Stimme, die wiederholt seinen Namen rief. Doch der Schleier aus chaotischen Bildern, undefinierbaren Geräuschen und quälenden Schwertern schien sie immer wieder zu verdrängen.

»... meine Stimme. Konzentrier dich auf meine Stimme«, vernahm er undeutlich Nehas Worte.

In seinem Innersten mobilisierte er seine letzten Kräfte. Es bildete sich eine Art Schutzschirm gegenüber all der Pein. Langsam schlängelte sich sein Bewusstsein durch das Chaos und kroch wieder an die Oberfläche der Wirklichkeit.

Von einem Moment zum anderen war alles verschwunden. Er blickte in Nehas große, tiefblaue Augen, die ihn aus unmittelbarer Nähe anstarrten.

Dann spürte er, wie sie ihn in den Armen hielt und an sich drückte. Er hob seine Arme, schlang sie um ihren Körper und klammerte sich an ihn.

»Geht es wieder?«, flüsterte sie neben seinem Ohr.

Er nickte, worauf sie ihn noch fester an sich drückte.

Eine Weile lang sagte sie nichts und ließ ihm Zeit, sich zu erholen.

Nach einer Weile löste er sich von ihr und blickte ihr erneut in die Augen.

»Was ist passiert?«, fragte sie leise.

Er starrte sie einige Sekunden einfach nur an, ohne etwas zu sagen. Schließlich drehte er seinen Kopf nach allen Seiten und sah sich im Raum um. »Es ist ... einfach unglaublich.«

»Was hast du gesehen?«

»Sehr viel. Ich kann es kaum fassen. Es ist, als ob ich tausend Filme gesehen, unzählige Bücher gelesen hätte. Alles im Zeitraffer.«

»Sie haben dir Informationen übermittelt.«

»Haufenweise. Aber es kommt mir vor, als hätte ich dieses Wissen schon immer gehabt.«

»Was haben sie dir mitgeteilt?«

»Ich glaube, ich kenne das Problem dieser Wesen. Ich weiß, was wir für sie tun müssen. Aber es wird alles andere als einfach sein. Auf jeden Fall müssen wir schnell zurück in unsere Welt.«

»Sind die Wesen in Gefahr?«

»Ja. Und noch jemand anders.«

»Wer?«

»Deine Heimat Tongalen.«

40.

Kevin konnte nicht fassen, was er sah, als er durch die Luke in das Tauchboot hineinschaute.

»Sie haben sich bestimmt große Sorgen gemacht.« Christopher blickte hinauf in das betretene Gesicht des Expeditionsleiters.

»Wer ist das? Ich dachte, Sie sind alleine hinuntergetaucht.« Kevin, immer noch sichtlich verblüfft, zeigte auf Neha, die in der Arbeitsmontur steckte, die Christopher vor der Abfahrt getragen hatte. Neha hob die Hand und winkte kurz nach oben.

»Das ist eine lange Geschichte. Könnten Sie ihr etwas zum Anziehen besorgen? Diese Kleidung allein ist wohl nicht ausreichend genug gegen die Kälte. Ich möchte nicht, dass sie erfriert.«

»Hier unten im Schacht haben wir nichts. Aber im Tauchboot gibt es einen isolierten Druckanzug. Öffnen Sie die Klappe gleich links von Ihnen.«

Christopher steckte bereits wieder in seinem eigenen Isolationsanzug. Nachdem Neha in den Druckanzug geschlüpft war, machten sich die beiden daran, aus dem Tauchboot zu steigen.

»Was ist da unten passiert?« Kevin war über das Erscheinen einer zweiten Person immer noch sichtlich verwirrt. »Der Kontakt zum Tauchboot war plötzlich abgebrochen. Als wir nach ein paar Minuten ein Peilsignal empfingen, habe ich entschieden, das Boot raufzuholen.«

»Wie meinen Sie das?«, fragte Christopher verblüfft. »Ich war doch ziemlich lange weg.«

»Wie bitte? Sie waren nicht mehr als ein paar Minuten vom Monitor verschwunden. Als das Peilsignal wieder auftauchte, haben wir das Boot sofort raufgeholt.«

Christopher starrte ihn eine Weile konsterniert an. »Nach meinem Empfinden war ich mehrere Stunden weg.«

Nun war es Kevin, der ihn entgeistert ansah. »Sie müssen mir genau erzählen, was Sie da unten erlebt haben. Aber fahren wir zuerst nach oben.«

Layla Iversen saß in ihrer Kabine in der *Space Hopper* und sprach über Hyperfunk mit Jason Farrow.

»Ich bereue zu tiefst, Ihrem Vorschlag zugestimmt zu haben, die *Space Hopper* für diesen Transfer zu beauftragen. Sie glauben nicht, was hier los ist.«

»Wo befinden Sie sich derzeit?«

»Immer noch auf TONGA-II. Wir sollten schon längst unterwegs nach MOLANA sein.«

»Was ist passiert?«

Layla erzählte vom Abstecher zum Nordpol und von Christophers eigenmächtigem Tauchgang auf den Grund des untereisischen Sees. »Ich kann mir nicht erklären, was in diesen Schwachkopf gefahren ist.«

»Wie hat Steffen darauf reagiert?«

»Weiß ich nicht. Ich bin erst später dazugekommen, als er mit seinen Leuten die Tauchfahrt überwachte.«

»Sie glauben, er hat dieses Unternehmen unterstützt?«

»Kann ich mir kaum vorstellen. Im Gegensatz zu der Crew der *Space Hopper* sind das doch Profis.«

»Hat Steffen Ihnen etwas über Vanellis Beweggründe für seinen Tauchgang erzählt?«

»Steffen nicht. Aber ich habe aus den Gesprächen der Crewmitglieder einiges mitbekommen, wobei ich dachte, das wären alles Hirngespinste. Dabei ging es um einen Traum, den Vanelli mehrmals hatte, und eine Stimme, die ihn zu diesem waghalsigen Tauchgang bewegte.«

»Eine Stimme? Hat er gesagt, um wessen Stimme es sich dabei handelte?«

»Soviel ich weiß nicht. Eigenartigerweise hatte sich auch die Nanotechnikerin, die nach TONGA unterwegs war, in den

Gesprächen sehr dafür interessiert. Anscheinend ging es um fremdartige Nanopartikel.«

Am anderen Ende wurde es still.

»Sir? Sind Sie noch da?«

»Ja.«

»Gibt es etwas, das ich wissen sollte?«

»Es könnte sein, dass wir in einen Interessenkonflikt geraten.«

»Wie soll ich das verstehen?«

»Ich sende Ihnen über unseren verschlüsselten Kanal ein vertrauliches Dokument. Lesen Sie es und vernichten Sie es anschließend.«

»Wie soll ich mich weiter verhalten?«

»Unterstützen Sie Vanelli in allem, was mit den Nanopartikeln zu tun hat.«

»Aber Sir ...«

»Lesen Sie das Dokument, dann werden Sie es verstehen.«

»Okay. Noch etwas?«

»Ja. Die Sache ist topsecret. Außer mit den Beteiligten dürfen Sie mit niemandem darüber reden. Machen Sie das auch den Leuten der *Space Hopper* und diesem Steffen klar.«

»Werde ich.«

Als Michelle sich in ihre Kabine zurückgezogen hatte, ließ sie ihren Tränen der Verzweiflung freien Lauf. Nachdem sie sich wieder gefangen hatte, überlegte sie, ob es klüger gewesen wäre, den Kontrollraum nicht zu verlassen. Es war durchaus möglich, dass sich die Situation während ihrer Abwesenheit verändert hatte.

Sie beschloss zurückzukehren. Als sie den Raum betrat, fand sie ihn verlassen vor. Sie erkundigte sich beim erstbesten Mitarbeiter, der ihr über den Weg lief, nach Kevin, und erfuhr, dass er mit den drei anderen Mitarbeitern in den Bohrschacht hintergefahren war. Darüber war sie sehr überrascht und bereute nun erst recht, weggegangen zu sein.

Sie lief durch die Durchgangsröhre zum Schachtaufzug, fand dort aber wie erwartet niemanden vor.

Was sollte sie tun?

Sie versuchte abzuschätzen, wie lange sie in ihrer Kabine gewesen war. Eine halbe Stunde vielleicht. Den Schacht hinunter und wieder nach oben zu fahren, dauerte, so viel sie wusste, je eine Viertelstunde. Es kam also drauf an, wie lange sich Kevin und seine Leute schon unten aufhielten. Wahrscheinlich dauerte es nicht mehr lange, bis sie wieder auftauchten.

Sie entschloss sich, hier zu warten.

Doch die Zeit verging schleppend langsam. Mehrmals sah sie auf ihre Uhr, doch jedes Mal waren nur eine oder zwei Minuten vergangen.

Warum dauerte es so lange?

Dann vernahm sie das typische Geräusch des abfahrenden Aufzugs. Die obere Kabine startete nach unten, während die untere den Weg nach oben antrat.

Also noch mal eine Viertelstunde.

Und was war dann? Was würde sie tun, wenn sich Christophers Tod bestätigen würde? Wieder war sie dem Verzweifeln nahe.

Das Warten war die reinste Folter. Sie setzte sich auf den kalten Boden, lehnte sich an die Wand und zog ihre Beine an sich. Wieder sah sie auf die Uhr. Wieder waren nur zwei Minuten vergangen. Erneut vergoss sie Tränen.

Nach Äonen von weiteren Minuten und fast nicht mehr auszuhaltenden Wartens hörte sie das Geräusch des sich nähernden Aufzugs. Sie stand auf und stellte sich vor die Kabinentür.

Dann war der Aufzug oben. Die Gittertür wurde beiseitegeschoben. Michelle sah Christopher, lief auf ihn zu und fiel ihm um den Hals.

»Du bist wieder da«, flüsterte sie heiser vor Glück. »Ich lasse dich nie mehr gehen.«

»Es ist alles gut.« Er drückte sie an sich und strich ihr mit der Hand tröstend über den Kopf. »Komm, wir gehen in die Wärme. Ich habe eine große Überraschung für dich.«

Kevin und seine Leute waren vorausgegangen. Michelle entdeckte eine weitere Person, die in einem Druckanzug steckte. In der Annahme, es handle sich dabei um einen Arbeiter von unten, ignorierte sie sie, nahm Christophers Arm und lief mit ihm den anderen hinterher.

Als sie im Mannschaftscontainer ankamen, wies Kevin ihnen eine leere Kabine zu und ließ sie alleine. Gemeinsam traten sie ein. Michelle wunderte sich darüber, dass die Gestalt im Druckanzug ihnen gefolgt war.

»Wer ist das?«, fragte sie leise, während Christopher die Tür schloss. Ohne zu antworten half er der Person beim Öffnen des Tauchhelms und des Druckanzugs. Misstrauisch beobachtete Michelle den Vorgang.

Dann hob Christopher den Helm hoch und legte ihn beiseite. Als Michelle Nehas Gesicht sah, fiel sie in Ohnmacht.

41.

Christopher konnte Michelle gerade noch auffangen. Er legte sie auf die Koje und setzte sich auf den Rand. »Das hat sie wohl umgehauen.«

Neha stand sprachlos daneben. Sie sah auf Michelle und schien den Tränen nahe. »Ich hatte sie so sehr vermisst«, murmelte sie. »Ich hatte schon fast nicht mehr damit gerechnet, sie jemals wiederzusehen, euch beide wiederzusehen.«

Kurz darauf klopfte es an die Tür. Christopher erhob sich und öffnete. Kevin höchstpersönlich stand davor und erkundigte sich nach dem Befinden.

»Michelle ist beim Anblick von Neha Araki ohnmächtig geworden.

»Neha Araki?« Kevin starrte sie erstaunt an. »Ist das nicht die Frau, die bei Ihrem Kampf gegen die OVT erschossen wurde?«

»Richtig. Sie war tatsächlich tot. Was mit ihr danach geschehen ist, hört sich wie ein Wunder an.«

»Ich werde etwas Wasser holen.« Kevin hob spontan seine Hand. »Ich bin gleich zurück. Dann können Sie mir alles erzählen.«

»Vielen Dank.«

Als Christopher sich wieder umwandte, sah er, dass Michelle langsam zu sich kam. Neha saß auf der Bettkante und strich ihr über die Stirn. »Es kommt gleich jemand und bringt dir etwas Wasser.«

»Neha?«, flüsterte Michelle erstaunt. »Bist du es wirklich?«

»Ja, ich bin es.« Ein sanftes Lächeln umspielten ihre Lippen, während ihr langes, schwarzes Haar auf Michelles Brust fielen.

»Ich dachte, du wärst tot.« Wieder flossen Tränen aus ihren Augenwinkeln.

»Ich war es, aber jetzt bin ich wieder da.«

»Du warst es? Und lebst wieder?«

»Ja, das ist eine lange Geschichte.«

Erneut klopfte es an die Tür. Christopher öffnete sogleich. Kevin betrat die Kabine und reichte Michelle einen Becher Wasser.

Sie bedankte sich und schenkte ihm ein beschämtes Lächeln. Als sie einen Schluck getrunken hatte, stellte sie das Glas auf das Wandtablar.

»Geht es Ihnen besser?«

»Ja, vielen Dank. Der Druck in den letzten Stunden war wohl etwas zu groß.«

»Kann ich gut verstehen.«

»Ich hätte den Kontrollraum nicht verlassen sollen, dann wäre ich besser auf dieses Ereignis vorbereitet gewesen.«

»Wir hatten auch nicht erwartet, dass Christopher so schnell zurück sein würde. Erst recht nicht in Begleitung. Ich lasse Sie jetzt eine Weile allein. Später würde ich gerne mit Ihnen reden.«

»Okay, wir werden uns bei Ihnen melden«, versprach Christopher.

Michelle setzte sich auf und trank noch einen Schluck Wasser. Als sie das Glas abgestellt hatte, wandte sie sich Neha zu und sah ihr in die Augen. Gleich darauf spürte sie die nächsten Tränen.

Neha legte den Arm um die Schultern ihrer Freundin und zog sie an sich. Michelle vergrub ihr Gesicht an ihrem Hals und weinte erneut. Dann umarmten sie sich innig und ließen sich für eine Weile nicht mehr los.

Als Christoph dies sah, trat er unauffällig zur Tür. »Ich werde schon mal vorgehen.«

Langsam löste sich Michelle aus der Umarmung. »Wir kommen auch gleich.«

Christopher öffnete die Tür und ging nach draußen. Die beiden Freundinnen folgten ihm. Wenig später trafen sie Kevin in seinem spärlich eingerichteten Büro und setzten sich vor seinen Schreibtisch, neben dem Sil, Layla und David bereits Platz genommen hatten.

»Danke, dass Sie so schnell hergekommen sind. Bestimmt haben Sie mir viel zu erzählen.«

»Allerdings. Als erstes möchte ich mich bei Ihnen entschuldigen, dass ich Ihr Vertrauen missbraucht habe.« Christopher sah dem Wissenschaftler in die Augen. Als dieser nur kurz nickte, begann er zu berichten.

Während der nächsten halben Stunde hörten Kevin, Sil, David, Michelle und Layla aufmerksam zu, als Christopher ihnen die Ereignisse von seiner Ankunft in der fremden Welt bis zur gemeinsamen Abreise mit Neha in allen Einzelheiten schilderte. Die intimen Szenen ließ er verständlicherweise aus.

»Wie lange glauben Sie, waren Sie unten?« Kevin sah Christopher ungläubig an, als er seinen Bericht beendet hatte.

»Ich kann es nicht sagen. Ich hatte das Zeitgefühl komplett verloren. Aber es müssen mehrere Stunden gewesen sein. Dessen bin ich mir sicher.«

»Sind Sie sich bewusst, dass zwischen dem Moment, als wir das Signal des Tauchbootes verloren und dem erneuten Empfang des Peilsignals nur ein paar wenige Minuten vergangen waren?«

»Das ist unmöglich.«

»Sie können gerne die Aufzeichnung ansehen.«

»Mir ist das ein Rätsel.«

»Wem außer Neha Araki sind sie sonst noch begegnet?«

»Niemandem. Sie war es, die in meinen Träumen mit mir Kontakt aufgenommen hat.«

»Dann hat sie Ihre Hilfe benötigt, um wieder in unsere Welt zurückzukehren?«

»Nein, das hätte sie auch ohne mich geschafft. Aber es gibt fremde Wesen, die unsere Hilfe brauchen.«

»Woher wollen Sie das wissen?«

»Mir wurden detaillierte Daten übermittelt.«

»Sie hatten Kontakt zu Außerirdischen?« Kevin starrte ihn ungläubig an.

»In welcher Form erfolgte diese Kontaktaufnahme?« wollte Layla wissen, die ihr Erstaunen ebenfalls nicht verbergen konnte und ihre sonst übliche Selbstbeherrschung abgelegt hatte.

»Nein, ich hatte keinen direkten Kontakt zu diesen fremden Wesen. Die Informationen wurden mir von der Sphäre oder besser gesagt von den Nanopartikeln auf mentalem Weg übermittelt.«

»Wie darf ich das verstehen?«, fragte Kevin.

»Auf irgendeine Art und Weise übertrugen sie Informationen in mein Gedächtnis. Es war die reinste Tortur. Das Wissen wurde plötzlich zum Bestandteil meiner Erinnerungen.« Christopher verzog kurz das Gesicht.

»Gab es irgendein Übertragungsmedium?«

»Ich nehme an, Wasser ist ein geeignetes Element, über welches die Daten übertragen werden können.«

»Sie befanden sich also mit Wasser in Berührung, als der Datenaustausch stattfand.«

»Das ist richtig. Für die Nanopartikel scheint Wasser ein ideales Element dafür zu sein. Zudem bildet Wasser für sie den natürlichen Lebensraum.«

»Das bestätigt einen Teil meiner Untersuchungsergebnisse«, schaltete sich Sil in die Unterhaltung ein.

»Mit großer Wahrscheinlichkeit enthielt dieses Wasser dieselben Nanopartikel, die hier gefunden wurden.«

»Davon gehe ich auch aus.«

»Die Datenübermittlung erfolgte über meine Neuro-Sensoren. Das ist auch der Grund, warum Neha Informationen mehr in Form von Emotionen empfängt. Für ausführliche und komplexere Daten ist es zu ungenau.«

»Das leuchtet mir ein.« Kevin schien nachzudenken. »Dann wissen Sie nun, warum Sie an diesen Ort geholt wurden.«

»Ja.«

»Haben diese Außerirdischen ein Problem mit den Nanopartikeln, das sie nicht selbst lösen können?«, fragte Layla.

»Das Problem sind tatsächlich die Nanopartikel.«

»Haben Sie erfahren, um was für ein Problem es sich handelt?«

»Das ist Bestandteil der Informationen, die mir übermittelt wurden.« Für Christopher hatte sich bisher noch gar keine Gelegenheit ergeben, sich der Tragweite des Phänomens, auf welche Art und Weise ihm diese Informationen übermittelt worden waren, bewusst zu werden. Doch jetzt, als er darüber berichtete, wurde ihm klar, dass diese Tatsache sein zukünftiges Leben radikal verändern würde. Was er sich früher in mühsamen Lernprozessen hatte aneignen müssen, konnte er nun im Bruchteil einer Sekunde in sich aufnehmen. Die Möglichkeiten, die sich daraus ergaben, waren phänomenal. Die Frage war nur, ob er es auch mental verkraftete. Würde er beispielsweise das gesamte Wissen über eine fremde Lebensform in sich aufnehmen, hätte er dann die Möglichkeit, sich psychisch auf diese Informationen vorzubereiten? Sie wären plötzlich da. Dieses Unbehagen spürte er in dem Moment, als er begann, davon zu erzählen.

Die Anwesenden waren sichtlich gespannt, was sie nun zu hören bekommen würden.

»Die Nanopartikel bilden im Kollektiv eine logische Lebensform, eine Art künstliche Intelligenz«, fuhr Christopher fort. »Ich nehme an, das hat Sil auch bereits herausgefunden.«

Sil nickte nur.

»Dabei existieren sie in einer Art Symbiose mit einer organischen Lebensform.«

»Die außerirdische Lebensform.« Kevins gespannter Blick ruhte auf Christopher.

»Genau. Wesen, die fast so alt sind wie das Universum selbst und die im ganzen Universum verstreut existieren.«

»Wissen Sie auch, was dies für Lebewesen sind?«

»Nein. Darüber habe ich keine Kenntnisse.«

Zwei weitere Stunden lang wurde heftig über dieses Thema diskutiert, während Christopher zwischendurch immer wieder Details von seinem Wissen preisgab.

Er hatte jedoch den Eindruck, dass die Nanopartikel ihm nur Informationen übermittelt hatten, die für eine eventuelle Hilfeleistung relevant waren. Demnach ermöglichte der Verbund der Nanopartikel den außerirdischen Wesen den mentalen Datenaustausch, den Transport durch Raum und Zeit, das Speichern von Wissen und die Ausführung noch vieler anderer lebenswichtiger Aufgaben. Zudem bildeten sie eine Art selbstständige Biotools, welche die verschiedensten Arbeiten ausführen konnten. Ohne die Nanopartikel würde die organische Lebensform in ihrer eigenen Entwicklung praktisch an ihre Anfänge zurückgeworfen und langsam zugrunde gehen. Über detaillierte Informationen, wie dies alles funktionierte, verfügte Christopher nicht.

Die Nanopartikel waren jedoch von einem großen Problem betroffen. Durch einen Fehler in ihrer Programmierung hatten sie in den letzten Jahrtausenden immer mehr die Fähigkeit verloren, sich zu replizieren. Die organischen Wesen sahen sich damit einer wachsenden Verknappung der Partikel ausgesetzt.

Aus diesem Grund hatten sie vor langer Zeit damit begonnen, sogenannte Sphären zu bauen, die mit der Aufgabe, nach Quellen gleicher oder ähnlicher Partikel oder einer Methode, solche Partikel herzustellen, zu suchen, im gesamten Universum verstreut unterwegs waren. Die Sphären bestanden aus einem kugelförmigen Energieschirm. Das Innere war zur einen Hälfte mit partikelangereichertem Wasser gefüllt, zur anderen mit einem Gasgemisch, das sie jederzeit in ihrer Zusammensetzung verändern konnten. Auf der Ebene der Wasseroberfläche existierte eine, ebenfalls veränderbare, künstliche Schwerkraft, die es ermöglichte, verschiedene organische Lebensformen aufzunehmen.

Allerdings wurde keine dieser Sphären permanent von irgendwelchen Lebewesen bewohnt. Es waren einzig und alleine die Nanopartikel, die diese Energiekugeln unterhielten und steuerten. Sie waren dazu programmiert, bei ihrer Suche alle Begleiterscheinungen, die sich im Rahmen ihrer Fähigkeiten bewegten, zu nutzen und allen Hinweisen nachzugehen.

Eine dieser Sphären hatte Nehas Weltraumsarg entdeckt, ihn aufgenommen und sie wieder zum Leben erweckt. In Neha hatten die Partikel ein ähnliches organisches Wesen vorgefunden, wie es auch ihre Schöpfer waren.

Die Sphären standen untereinander in Kontakt und konnten jederzeit ohne Zeitverlust Informationen austauschen. So besaß die Sphäre, die Neha aufgenommen hatte, Kenntnis von einem System, das die Menschen MOLANA nannten. Auf dessen dritten Planeten lebten Kreaturen, die in der Lage waren, Nanopartikel auf natürliche Art und Weise zu replizieren.

Um die Ressource in Form dieser Geschöpfe für ihre Zwecke zu gewinnen, brauchte es die Hilfe von organischen Lebewesen, die Zugang zum MOLANA-System hatten. In Neha sahen sie diese Möglichkeit.

Während dieser Schilderung wurde Layla zusehends unruhiger. Schließlich sagte sie: »Es würde mich nicht wundern, wenn das Ganze etwas mit meinem Auftrag auf MOLANA-III zu tun hat.«

»Ich nehme nicht an, dass Sie uns darüber etwas verraten dürfen«, erwiderte Christopher.

»Die Situation hat sich grundlegend verändert. Ich habe während Ihres waghalsigen Tauchgangs mit meinem Vorgesetzten gesprochen. Daraufhin hat er mir ein vertrauliches Dokument übermittelt.«

Christopher starrte sie verblüfft an. »Sagen Sie nur, er hat Kenntnisse über diese außerirdischen Wesen.«

»Nicht direkt. Aber der irdische Geheimdienst vermutet schon seit vielen Jahren einen Zusammenhang zwischen den Nanopartikeln und einer außerirdischen Lebensform.«

»Ich nehme an, seit der gescheiterten Expedition im Lake Wostok. Spätestens aber seit den Bohrungen auf dem Jupitermond Europa.«

Layla ging nicht darauf ein. »Ich habe von Farrow den Auftrag erhalten, Sie bei Ihren Bemühungen zu unterstützen. Die ganze Sache ist topsecret. Ich muss Sie um äußerste Verschwiegenheit bitten. Das gilt auch für Sie«. Dabei sah sie zu Kevin und zu Sil.

»Das heißt also, wir fliegen ins MOLANA-System und suchen diese Kreaturen, die in der Lage sind, Nanopartikel herzustellen«, meldete sich David zu Wort.

»So habe ich es verstanden«, bestätigte Christopher. »Einige dieser Wesen, was immer es für welche sind, müssten auf eine der Sphären gebracht werden, damit das Nanokollektiv den biologischen Mechanismus analysieren kann, mit dem diese Geschöpfe die Partikel reproduzieren. Sollte es ihnen gelingen, diese Methode zu übernehmen, hätten sie eine Möglichkeit gefunden, das Problem zu lösen.«

»Das klingt einleuchtend. Nur müssen wir diese Kreaturen auf MOLANA zuerst finden.«

»Ich hätte noch eine Bitte an Layla«, sagte Christopher und sah in ihre Richtung.

»Schießen Sie los.«

»Ich möchte mir bei Ihnen die Erlaubnis einholen, Rick Blattning über die ganze Angelegenheit zu informieren. Er genießt unser vollstes Vertrauen und ist sehr verschwiegen.«

»Darüber kann ich nicht entscheiden. Ich werde Jason Farrow fragen und Ihnen Bescheid geben.«

42.

Nach dem Gespräch zogen sich Christopher und sein Team zusammen mit Neha und Layla in die *Space Hopper* zurück. Nachdem Layla nochmals mit Jason Farrow gesprochen und dieser sich einverstanden erklärt hatte, Rick einzuweihen, setzte sich Christopher umgehend mit ihm in Verbindung. Dabei benutzte er einen verschlüsselten Kanal.

In einem längeren Gespräch schilderte er ihm die Vorkommnisse am Nordpol von TONGA-II und was er in Erfahrung gebracht hatte. Rick hörte schweigend zu. Da keine Bildverbindung bestand, konnte Christopher nichts von seiner Reaktion sehen.

Rick tat sich schwer mit einer Antwort. »Du bist dir im Klaren darüber, dass dieses Wissen für euch sehr gefährlich sein könnte.«

»Darüber haben wir gesprochen.«

»Nicht auszudenken, was passiert, wenn gewisse Kreise davon erfahren.«

»Ich frage mich, was die Menschen in den letzten dreihundert Jahren mit diesen Partikeln bereits angestellt haben. Man hat sie doch schon im Lake Wostok und auf dem Jupitermond Europa entdeckt.«

»Darüber wurde nie etwas veröffentlicht. Keine Berichte, keine wissenschaftlichen Abhandlungen, lediglich, dass man harmlose Partikel und eine ungefährlichen Strahlung entdeckt hätte.«

»Gab es etwas, das die Öffentlichkeit nie erfahren hat?«

»Ich hab keine Ahnung, aber ich werde versuchen, mich darüber schlauzumachen.«

»Sei bloß vorsichtig und weck keine schlafenden Hunde. Wir wurden von Layla zu striktem Stillschweigen angewiesen.«

»Das scheint mir klug zu sein.« Rick machte eine kleine Pause, bevor er fortfuhr: »Aber es war auch klug, mich zu informieren.«

»Ich wüsste nicht, wem ich außer dir und Ernest so etwas sonst noch anvertrauen könnte.«

»Denk jetzt bitte nicht falsch von mir. Aber das gesamte Wissen, alles, was du in der Sphäre erfahren hast, sollte unbedingt gesichert werden. Falls dir etwas passiert, wäre es verloren.«

»Darüber habe ich mir auch schon Gedanken gemacht. Ich werde mich über die Neuro-Sensoren mit dem Bordrechner verlinken und die Daten verschlüsselt im System speichern.«

»Das ist eine gute Idee. Verwende für die Verschlüsselung unseren neuen Algorithmus. Kopiere die verschlüsselten Daten auf einen Mikrochip und gib ihn Kevin zur Verwahrung. Sende das gesamte Datenpaket auch an mich. So sind wir dreifach abgesichert, falls irgendjemandem etwas passiert.«

»Okay, werde ich machen.«

Nach einer kurzen Pause sagte Rick: »Ich hätte nie gedacht, dass die Neuro-Sensoren derart auf die Nanopartikel ansprechen.«

»Ja, mit einer Wirkung in solchem Ausmaß hatte ich ehrlich gesagt auch nicht gerechnet.«

»Vielleicht ist es erst der Anfang.«

»Behüte mich. Das reicht mir vorerst.«

»Du solltest dich darauf einstellen, dass diese Technik unter Umständen dein Leben völlig verändern wird. Denk daran, was für ein Wissen du in dir trägst. Ich meine jetzt das technische Wissen über die Sensoren. Es könnte dich zum Ziel verschiedener Gruppierungen machen. Deshalb wäre es gut, wenn so wenig Leute wie möglich von den Sensoren erfahren.«

»Das ist mir klar. Wie sollen wir weiter vorgehen?«

»Ihr fliegt nach MOLANA-III und schaut euch dort unauffällig um. Soviel ich weiß, ist die Kolonialadministration ziemlich lasch. Ihr solltet also auf keinen großen Widerstand stoßen.

Informiere mich über diese Frequenz, wenn ihr etwas gefunden habt.«

»Ich frage mich, was der Geheimdienst dort zu suchen hat. Layla hat uns nur berichtet, dass Farrow sie angewiesen hat, uns zu unterstützen. Aber über ihren ursprünglichen Auftrag hat sie uns nichts verraten.«

»Ich kann dir darüber auch nichts sagen. Am besten fragst du sie ganz direkt.«

»Ich glaube, sie mag mich nicht besonders. Das ist sogar ziemlich untertrieben.«

»Vielleicht beruht es auf Gegenseitigkeit. Aber ihr solltet versuchen, miteinander auszukommen. Ihr wisst nicht, was auf MOLANA auf euch zukommt. Stellt eure Differenzen zurück und arbeitet zusammen.«

»Ich werde mir Mühe geben. Sobald wir MOLANA-III erreicht haben, wird sie ohnehin das Kommando übernehmen.«

»Das kommt bestimmt von ganz oben.«

»Glaube ich auch. Wir werden sehen, wie sie dann mit uns umspringt. Ich frage mich, ob wir dort etwas finden werden. Wenn es Wesen gibt, die Nanopartikel replizieren können, muss es zwangsweise auch Partikel geben. Aber solche Nanopartikel liegen nicht einfach auf der Straße herum.«

»Sucht einfach nach Hinweisen und geht diesen nach. Jeder noch so kleine Anhaltspunkt könnte uns einen Schritt weiterbringen.«

43.

Nachdem Christopher die Daten auf das Bordsystem übertragen, eine Kopie für Kevin hergestellt und eine weitere an Rick geschickt hatte, bereitete er sich zusammen mit seinem Team auf den Abflug vor. Zum Abschluss hatten sich alle im Aufenthaltsraum des Mannschaftscontainers versammelt und saßen eng zusammengerückt um einen Tisch. Devian Tamlin, der in der Zwischenzeit einen weiteren Transportflug hinter sich gebracht hatte, war ebenfalls dabei. Er war vom Wiedersehen mit Neha derart überrascht, dass er im ersten Moment sogar daran zweifelte, ob sie es wirklich war. Christopher übergab Kevin den Mikrochip und vereinbarte mit ihm, sich gegenseitig über den weiteren Verlauf der Angelegenheit auf dem Laufenden zu halten.

Als der Abschied näher rückte, wurden die letzten Worte ausgetauscht. Michelle entschuldigte sich bei Kevin für ihr teilweise schroffes Verhalten ihm gegenüber während Christophers Tauchgang. Er zeigte dafür vollstes Verständnis, umarmte sie und klopfte ihr sanft auf den Rücken.

Dann gaben sich Christopher und Kevin die Hand und sahen sich lächelnd an. Beide wussten, einen neuen Freund gewonnen zu haben.

»Wenn dieser Job hier zu Ende ist, werde ich mich auf eurem Schiff als Kopilot bewerben«, meinte Devian zu Christopher, als sich die beiden voneinander verabschiedeten.

»Ich komme gerne auf dein Angebot zurück.«

Zu Neha sagte Devian: »Bleib gefälligst am Leben. Versetz mir nicht noch einmal so einen Schrecken.«

Alle lachten.

Nachdem sie sich auch von Sil verabschiedet hatten, begab sich die Crew an Bord der *Space Hopper*. Neha wirkte verunsichert und schien nicht recht zu wissen, wohin sie gehen sollte.

Michelle bemerkte dies sofort, nahm sie bei der Hand und führte sie in die Kabine, die sie mit Christopher teilte.

»Wir würden uns freuen, wenn du wieder bei uns wohnen würdest.« Michelle lächelte ihr zu. »Außer du möchtest alleine sein.«

»Du kennst mich doch.« Neha lächelte ebenfalls. »Allein sein ist für mich nicht sehr angenehm.«

Michelle setzte sich zusammen mit ihrer Freundin auf die Bettkante. »Muss eine schlimme Zeit gewesen sein. In der Sphäre meine ich. Dort warst du doch die ganze Zeit alleine.«

»Eigenartigerweise fühlte ich mich dort nie alleine.«

Kurz darauf saß Christopher im Pilotensessel, bereitete den Start vor und überprüfte sämtliche Systeme. Da sich die Koordinaten von MOLANA-III bereits im Bordsystem befanden, war es dank des vorprogrammierten Kurses möglich, das Schiff unmittelbar nach dem Start dem Autopiloten zu übergeben.

Er setzte das Headset auf und leitete die Startsequenz ein. Sanft hob die *Space Hopper* ab und glitt über die Schneefelder hinweg. Dann ging sie in den Steigflug über und beschleunigte. Der Nordpol entfernte sich schnell unter ihnen. Als TONGA-II im Panoramafenster komplett sichtbar war, tauchte die *Space Hopper* in den Hyperraum ein.

Kurz darauf erschien David und setzte sich in den Kopilotensessel. »Anscheinend habe ich die spannendste Zeit verschlafen«, meinte er enttäuscht.

»Tja, darauf konnte ich bei meinem Ausflug keine Rücksicht nehmen«, erwiderte Christopher mit einem leicht ironischen Unterton.

»Du hättest mich telepathisch informieren können, dass du abtauchst.« David setzte sein typisches Grinsen auf.

»Eigentlich hatte ich vor, dir eine digitale Ansichtskarte von da unten zu schicken.«

»Voll mit Nanopartikel bestückt.«

»Genau.«

Dann wurde Davids Gesichtsausdruck wieder ernst. »Ich habe mir auch Gedanken über die Situation gemacht.«

»Wie ich dich kenne, hast du bestimmt eine gute Idee.«

»Wie man's nimmt. Ich hatte mir gedacht, dass wir unter Umständen Verstärkung brauchen könnten.«

»An wen hast du dabei gedacht?«

»Wie wär's mit Gerald Hauser und seinem Team?«

»Hm.« Christopher dachte kurz nach. »Gar keine so schlechte Idee. Ich müsste mich mal mit Rick unterhalten, was er darüber denkt. Aber der Vorschlag ist gut. Falls nötig, komme ich darauf zurück.«

»Danke.«

»So, das Schiff ist auf Kurs. Ich werde mich jetzt aufs Ohr hauen.«

»Sag das nicht in Nehas Anwesenheit.«

Christopher sah David für einen kurzen Moment fragend an. Dann hatte er verstanden: »Ach so, du meinst wegen der Redewendung.«

»Genau, sie würde es sehr wahrscheinlich wortwörtlich verstehen.«

»Du hast recht.«

44.

Als Christopher die Kabine betrat, lagen Michelle und Neha im Bett und schliefen. Leise zog er sich aus und ging unter die Dusche. Sofort dachte er an den Druck der Neuro-Sensoren, den er beim Kontakt mit Wasser letztes Mal verspürt hatte. Aber er verwarf den Gedanken gleich wieder. Wer sollte sich jetzt mit ihm in Verbindung setzen, da Neha zurückgekehrt war?

Doch kaum stand er unter der Brause, spürte er tatsächlich einen sanften Druck an seinen Schläfen. Er war darüber derart überrascht, dass er den Wasserstrahl gleich wieder von sich wegdrehte.

Wollte noch jemand mit ihm Kontakt aufnehmen? Wenn ja, wer könnte es sein? Da Neha schlief, musste es jemand anders sein, außer …

Er verließ den Duschraum und trat ans Bett. Da lagen sie beide in gemeinsamer Umarmung und schliefen friedlich. Nichts deutete darauf hin, dass Neha träumte. Aber das hieß gar nichts.

War Neha auch außerhalb der Sphäre imstande, sich in seine Gedanken einzuschalten? Ohne Neuro-Sensoren wohl kaum.

Könnte es sein, dass sie nach wie vor Nanopartikel in sich trug und so zum idealen Sender und Empfänger geworden war? Um das herauszufinden, musste er entweder einschlafen und warten, ob er im Traum von ihr kontaktiert wurde, oder erneut mit Wasser in Kontakt treten.

Spontan entschied er sich für Letzteres, begab sich wieder in die Duschkabine und drehte das Wasser erneut auf. Er lehnte sich an die Wand, richtete den Strahl auf seinen Körper und schloss die Augen.

Schön locker bleiben, dachte er.

Der sanfte Druck an seinen Schläfen ließ nicht lange auf sich warten. Christopher ließ es zu, versuchte sich zu entspannen und wartete.

Aber nichts geschah.

Nach einer Weile öffnete er seine Augen wieder. Er war überzeugt davon, dass zumindest ein Kontaktversuch stattgefunden hatte. Doch er hatte nichts empfangen. War es möglich, dass Neha irgendetwas Belangloses träumte und ihr Unterbewusstsein Signale aussandte?

Er trocknete sich ab, verließ den Duschraum und legte sich neben Michelle und Neha ins Bett. Er brauchte eine Weile, bis er einschlafen konnte. Irgendwann begann er zu träumen.

Der Ort, an dem er sich befand, war ihm fremd. Er sah Pflanzen und Bäume, die von Sonnenstrahlen durchdrungen wurden. Er befand sich mitten in einem Rudel kleiner Tiere, die auf dem Boden nach Nahrung suchten. Anscheinend waren es Vegetarier, denn sie hoben mit ihren Vorderpfoten Nüsse und Beeren auf.

Im Hintergrund konnte er einen kleinen Höhleneingang entdecken. Einige der Tiere krochen hinein, andere kamen heraus. Es musste ihr Bau sein. Auch Jungtiere waren zugegen, die eifrig ihren Eltern folgten und sich an der Suche beteiligten.

Dann geschah etwas Merkwürdiges. Eines der Tiere setzte sich auf die Hinterpfoten, beugte seinen Oberkörper nach vorn und schien an einem Nippel am Bauch zu saugen. Kurz darauf erschienen zwei Jungtiere. Das Erwachsene überließ ihnen abwechselnd den Nippel. Die Jungen saugten daran und schienen eine Flüssigkeit zu trinken. Es machte den Anschein, als wäre es gewöhnliches Wasser.

Wenig später kroch er selbst in den unterirdischen Stollen. Dieser war eng und feucht, doch ganz im Innern vergrößerte er sich, wurde trocken und bot Platz für mehrere Tiere.

Am anderen Ende des Innenraums mündete ein Seitengang. Langsam kroch er darauf zu und verschwand darin. Er hatte den Eindruck, Wasser zu riechen. Hatte Wasser überhaupt einen Geruch?

Er bewegte sich weiter den Stollen entlang. Die Luft wurde feuchter. Dann tappte er in wasserdurchtränktem Boden. Noch etwas weiter im Innern floss am seitlichen Stollenrand ein dünnes Rinnsal heraus und verteilte sich auf dem Boden. Ein anderes Tier war gerade dabei, von dem Rinnsal zu trinken. Dies tat es erstaunlich gierig, als wolle es einen großen Wasservorrat anlegen.

Es dauerte eine Weile, bis das Tier vor ihm fertig war. Er wartete geduldig. Kaum war das geschehen, trat er selbst an das Rinnsal und begann zu trinken. Das Wasser floss jedoch nicht in seinen Magen, sondern füllte den Beutel an seinem Bauch.

Als er damit fertig war, kehrte er wieder in den größeren Raum der Höhle zurück. Er ließ sich an einer freien Stelle nieder und leckte seine Pfoten. Anschließend legte er sich hin und rollte sich zusammen.

45.

Christopher wachte auf und hatte keine Ahnung, wie lange er geschlafen hatte. Er erinnerte sich lediglich an den Traum, den er nirgendwo einordnen konnte.

Wer oder was hatte ihm diese Bilder übermittelt?

Je mehr er darüber nachdachte, desto stärker gewann er den Eindruck, dass es gar keine bewusste Übermittlung gewesen war. Er hatte sich im Bewusstsein eines anderen Wesens befunden. Dieses Wesen musste ein Tier gewesen sein, welches in seiner natürlichen Umgebung lebte und keine Ahnung von der Übermittlung zu haben schien.

Der Lebensraum des Wesens erinnerte ihn an die Erde. Er hatte Pflanzen und Bäume gesehen, ähnlich eines irdischen Waldes. Aber die Artgenossen kamen ihm fremd vor.

Doch wie war es möglich, ausgerechnet mit einem dieser Tiere in Kontakt zu treten? Was war an ihm so besonders? Christopher glaubte nicht, dass alleine durch die Neuro-Sensoren ein einseitiger Datenaustausch ermöglicht war. Die andere Seite musste ebenfalls über eine bestimmte Fähigkeit verfügen, die eine derartige Kommunikation zuließ. Doch bevor ihm darauf eine Antwort einfiel, schlief er wieder ein.

Als Christopher das nächste Mal aufwachte, war er alleine. Er blieb noch einen Moment liegen und dachte über seinen Traum nach.

Wenig später schlug er die Decke zurück, stand auf und ging zum Duschraum. Er wollte ein kleines Experiment durchführen. Würden ihm dieselben Bilder ebenfalls erscheinen, wenn er sich unter das Wasser stellte?

Als er den Duschraum betrat, fand er Michelle und Neha in der Kabine vor. Sie standen schweigend und in enger Umarmung unter dem Wasserstrahl und ließen sich berieseln.

Michelle bemerkte ihn zuerst und schob die Glastür beiseite. »Na, du Langschläfer?«, neckte sie ihn.

»Na, ihr zwei Verliebten?«, gab er schlagfertig zur Antwort, worauf Michelle Neha demonstrativ wieder an sich zog, sie innig umarmte und grinste.

»Willst du auch duschen?«

»Wenn ihr mir ein bisschen Platz macht, gern.«

»Kein Problem, die Kabine ist groß genug.«

»Aber lasst euch bei dem, was ihr gerade tut, nicht stören.«

»Wir tun doch gar nichts«, erwiderte sie mit unschuldiger Miene. »Zumindest nichts Verbotenes.«

»Da hast du auch wieder recht.« Er betrat die Kabine, richtete den Wasserstrahl auf seinen Körper und wartete. Wieder spürte er den sanften Druck an seinen Schläfen. Als er keine Bilder empfing, schloss er die Augen und wartete weiter. Der Druck nahm noch etwas zu, aber Bilder wollten nicht erscheinen.

»Träumst du?«

»Nein, aber ich spüre wieder den Druck an den Schläfen.«

»Wer hat diesmal zu dir gesprochen?«

»Niemand, ich habe nur Bilder von Tieren gesehen.«

Michelle und Neha sahen ihn erstaunt an.

»Was für welche?«, wollte Michelle wissen.

»Sahen aus wie Murmeltiere auf der Erde. Ich muss mal in der Datenbank danach suchen.«

»Was haben sie gemacht?«

»Nichts Besonderes. Nahrung sammeln, Jungtiere versorgen und so weiter.«

Neha setzte eine nachdenkliche Miene auf. »Erzähl doch bitte, was diese Tiere sonst noch gemacht haben.«

»Wie schon gesagt, Futter gesammelt. Vorwiegend Nüsse und Beeren. Ach ja, die Elterntiere versorgen ihre Jungen mit Wasser, indem sie sie an einem Nippel am Bauch säugen lassen. Manchmal trinken sie sogar selber von ihrem Nippel.«

»Das war wirklich nur Wasser?«, fragte Neha nachdrücklich.

»Ja. Sie haben unter der Haut an ihrem Bauch einen Beutel, in dem sie Wasser speichern.«

»Woher haben sie dieses Wasser? War da in der Nähe ein Fluss oder ein See?«

»Ich habe nichts dergleichen gesehen. Aber in ihrem Bau gab es einen Seitengang, an dessen Ende ein Rinnsal aus der Erde quoll. Damit füllten sie ihren Bauchbeutel.«

Neha sagte nichts mehr, sondern starrte ihn eine Weile an.

»Kann mir jemand sagen, auf was ihr aus seid?" Michelle fühlte sich ausgeschlossen.

»Wasser«, erwiderte Neha. »Es ist das Wasser.«

»Was meinst du damit?«

»Die Substanz, die es ihnen ermöglicht, auf mentaler Ebene Informationen auszutauschen.«

Nun starrten Christopher und Michelle ihre Freundin verwundert an. Dann zuckte Christopher plötzlich zusammen, als hätte er einen elektrischen Schlag erhalten.

Neha und er starrten sich in die Augen, als hätten sie sich gegenseitig in ihren Bann gezogen.

»Was geht hier vor?«, fragte Michelle verängstigt.

»Entschuldigt«, antwortete Neha und verließ die Duschkabine.

»Was war das eben?«

»Neha hat mir soeben einen Datenblock verpasst.«

»Wie bitte?«

»Sie hat mir auf mentaler Ebene ein Informationspaket übermittelt. Frag mich nicht, wie sie das gemacht hat. Das Wissen, das darin enthalten ist, hat mir die Bedeutung meines vorhin geschilderten Traums auf einen Schlag klar gemacht. Darauf war ich nicht vorbereitet und habe deshalb so schreckhaft reagiert.«

»Wie kommt Neha zu diesem Wissen? Woher hat sie die Fähigkeit, es dir auf diese Weise zu übermitteln?«

»Du darfst nicht vergessen, sie hat eine lange Zeit in der Sphäre gelebt und wurde durch die Nanopartikel mit allem Notwendigen versorgt. Dadurch hat sie die Fähigkeit erlangt, mental über eine beliebige Entfernung mit mir zu kommunizieren. Nur weil sie sich jetzt nicht mehr in der Sphäre befindet, heißt es nicht, dass sie diese Fähigkeiten verloren hat.«

»Wie kam sie zu diesen Fähigkeiten?«

»Ich vermute, ihr Körper enthält Nanopartikel, die ihr Möglichkeiten geben, über die sie sonst nicht verfügt.«

»Du meinst, wie wenn ein anderes Wesen Besitz von ihr ergriffen hat?« Michelle schien darüber besorgt zu sein.

»Nein, sie ist sie selbst, sie hat einfach zusätzliche Fähigkeiten, über die sie jedoch die volle Kontrolle hat. Sie tut also nichts gegen ihren Willen.«

»Dann bin ich beruhigt. Hast du eine Ahnung, warum sie einfach gegangen ist?«

»Ich nehme an, sie wird ihre Erkenntnis mit der Sphäre abgleichen. Vergiss nicht, dass sie von ihr beauftragt wurde, nach Quellen gleicher oder ähnlicher Nanopartikel zu suchen.«

»Sie glaubt nun, sie hat so eine gefunden?«

»Das weiß ich nicht. Aber sie wird jedem noch so kleinen Hinweis nachgehen.«

»Würde mich nicht wundern, wenn sie jetzt zur Erde fliegen möchte, um diese Tierchen zu suchen.«

»Das werden wir gleich erfahren. Wir müssen damit rechnen, mit ihr noch einige wundersame Dinge zu erleben.«

46.

Als Christopher und Michelle die Duschkabine verließen, fanden sie Neha im Bett liegend vor. Ihr Körper war zur Hälfte zugedeckt. Sie atmete regelmäßig und ruhig und starrte zur Decke.

Christopher und Michelle traten ans Bett, doch sie reagierte nicht.

»Neha?«, fragte Michelle leise und beugte sich leicht über sie.

Neha drehte den Kopf in ihre Richtung. Sofort entspannten sich ihre Gesichtszüge. Sie lächelte ihrer Freundin entgegen.

»Geht es dir gut?« Michelle setzte sich auf den Bettrand.

»Ja, es geht mir gut.« Neha streckte ihre Hand aus und berührte Michelles Wange. Dann setzte sie sich auf und stützte sich mit einer Hand ab. Mit der anderen umfasste sie Michelles Nacken und zog ihr Gesicht zu sich heran. Einige Augenblicke lang sahen sich die beiden in die Augen. Dann legten sich ihre Lippen aufeinander und fanden sich in einem zärtlichen Kuss.

Nachdem sich die beiden voneinander gelöst hatten, wandte sich Michelle lächelnd Christopher zu. »Setz dich doch zu uns.«

Zögernd näherte er sich ihnen, blieb kurz stehen und ließ sich neben Michelle auf den Rand nieder. Sie rutschte aufs Bett und setzte sich im Schneidersitz zwischen Neha und ihn. Anschließend legte sie ihre Arme um Nehas und Christophers Schultern.

»Ihr beide müsst mir etwas versprechen«, begann sie geheimnisvoll.

Neha und Christopher schwiegen mit neugieriger Miene.

»Was auch immer in Zukunft passiert, was wir auch immer zusammen noch alles erleben werden, versprecht mir, besser auf euch aufzupassen. Ich möchte keinen von euch beiden noch einmal verlieren.« Dann sah sie ihnen abwechselnd mit eindringlichem Blick in die Augen.

»Ich kann dir versprechen, dass ich mir Mühe gebe und vorsichtig sein werde«, entgegnete Christopher.

»Ich meine damit, keine riskanten Abenteuer mehr«, unterstrich Michelle ihre Forderung.

»Okay, ich verspreche es.«

»Ich auch«, bestätigte Neha.

»Ich weiß nicht, ob ich den Verlust von einem von euch beiden verkraften würde«, fügte Michelle hinzu. »Denn ich liebe euch über alles.«

»Ich kann nachempfinden, was du in den letzten Monaten erleiden musstest.« Neha lehnte sich an Michelle. »Mir geht es auch so. Ich möchte keinen von euch verlieren. Ihr könnt euch nicht vorstellen, wie ich euch während meines Aufenthalts in der Sphäre vermisst habe.«

Für einen Augenblick zog Michelle beide an sich heran und ließ den Moment wirken. Dann sagte sie: »Ich habe eine Idee.«

Neugierig sah Christopher sie an.

»Sobald wir wieder auf der Erde sind, werde ich mir auch Neuro-Sensoren implantieren lassen.«

»Warum?«, fragte Neha erstaunt.

»Ich nehme an, damit könnten wir drei mental miteinander kommunizieren. Egal, wo wir uns gerade aufhalten und wie weit wir voneinander entfernt sind.«

Für einen Moment wirkte Christopher nachdenklich. Dann entspannte sich sein Gesicht. »Die Idee ist nicht mal so schlecht.«

»Ich brauche aber keine«, meinte Neha.

»Du hast Nanopartikel«, erwiderte Michelle, »damit bist du schon bestens ausgerüstet.«

»Stimmt. Ich habe euch davon nichts erzählt, weil ich nicht wusste, wie ihr darauf reagieren würdet. Vielleicht hättet ihr gedacht, ich würde von den Partikeln kontrolliert und wäre nicht ich selbst.«

»Ich weiß, dass es nicht so ist. Ich hätte es gespürt.«

Dann wandte sich Neha an Christopher. »Diesbezüglich möchte ich dir noch einmal versichern, dass alles, was wir in der Sphäre zusammen erlebt haben, allein mein Wille war und ich es auch wollte.«

»Ja, ich weiß«, erwiderte er.

»Was es auch immer war«, sagte Michelle lächelnd, »ich hoffe von ganzem Herzen, dass es etwas Wunderschönes war.«

Dann zog sie beide an sich heran.

47.

Als Christopher den Aufenthaltsraum betrat, saß David alleine am runden Tisch und aß Cornflakes. Er ging zum Vorratsschrank, holte sich eine Packung Müsli und einen Beutel Milchpulver, den er mit Wasser anreicherte und mit Flocken und Körner in einer Kunststoffschüssel vermischte. Anschließend setzte er sich ebenfalls an den Tisch.

»Mahlzeit.« David schob einen gehäuften Löffel in den Mund.

»Danke, dir auch. Schläft unser Gast noch?«

»Ich nehme es an. Hat sich nicht mehr blicken lassen. Und deine Mädels?«

»Die wollten gleich herkommen. Und …, na ja, eigentlich sind es nicht meine Mädels. Wir verstehen uns gut und mögen uns sehr.«

»Das war mir schon klar.« David zögerte einen Moment. »Entschuldige, wenn ich dich so offen frage, aber was läuft eigentlich zwischen euch dreien? Das mit Michelle und dir war mir schon lange klar, aber wie passt Neha dazu?«

»Es ist nicht ganz einfach zu beschreiben. Obwohl es eigentlich sehr einfach ist. Wir lieben uns eben alle drei. Es ist eine starke emotionale Bindung, die sich von selbst ergeben hat. Wie du schon sagtest, die Beziehung zwischen Michelle und mir besteht seit einiger Zeit. Aber das mit Neha ist dazugekommen.« Christopher machte eine kleine Pause. »Ich weiß nicht, ob du das auch schon mal erlebt hast. Du triffst einen Menschen, schaust ihm in die Augen und weißt in diesem Moment haargenau, dass du ihn auf irgendeine Art magst oder sogar liebst.«

David lachte. »Das ist mir auch schon passiert.«

»Jetzt stell dir vor, das passiert dir, obwohl du bereits eine Beziehung mit einem anderen Menschen hast.«

»Auch das kann vorkommen.«

»Nun stell dir weiter vor, das passiert dir, und deine Partnerin hat dieselben Empfindungen für diesen Menschen wie du.«

»Jetzt wird es kompliziert.«

»Du sagst es. Denn genau das ist bei uns geschehen, als wir zum ersten Mal in Nehas Haus waren und ihr begegneten. Nur war es uns damals noch nicht so richtig bewusst. Die Gewissheit trat aber spätestens während unserer gemeinsamen Abenteuer zutage.«

»Solche Gemeinsamkeiten verbinden einander auch ohne diese Gefühle.«

»Genau, aber mit ihnen wird es intensiver.«

»Na, ihr beiden«, erklang Michelles Stimme aus dem Hintergrund.

Die beiden Frauen betraten den Aufenthaltsraum und setzten sich an den Tisch.

»Worüber sprecht ihr gerade?«

»Über Frauen.« David grinste in seiner typischen Art.

»Das kann ich mir gut vorstellen. Siehst du Neha, dann war es doch nicht ganz falsch, dass wir über Männer gesprochen haben.« Michelle schmunzelte Neha schelmisch zu, die das Mienenspiel ihrer Freundin spontan erwiderte.

»Wollt ihr nichts essen?«, fragte Christopher.

»Doch, natürlich.« Michelle ging in die Bordküche. Neha folgte ihr. Beide kehrten mit einer Schale Cornflakes zurück.

»Wie lange dauert es noch bis MOLANA?«

Christopher überlegte kurz und antwortete dann: »In etwa achtzehn Stunden sollten wir da sein. Ich wollte euch noch über das Gespräch mit Rick informieren.«

Christopher erzählte seinen Crewmitgliedern ausführlich, was er mit Rick besprochen hatte, und betonte dabei, wie wichtig Verschwiegenheit bezüglich der neuen Fakten war.

Während Christophers Bericht erschien Layla aus ihrer Kabine, ging in die Bordküche, um sich etwas zu essen zu holen und setzte sich anschließend an den Tisch.

»Moment mal«, unterbrach David. »Einerseits suchen die Sphären nach Partikelnachschub. Andererseits wissen wir, dass es auf der Erde schon seit Generationen Nanopartikel gibt.«

»Die könnten von einer Sphäre stammen, die sich unter dem Lake Wostok befindet«, mutmaßte Christopher. »Wir müssen davon ausgehen, dass dort dieselben Verhältnisse existieren, wie am Nordpol von TONGA-II. Das wären dann keine neuen Partikel, sondern ihre eigenen. Doch die Sphären sind auf der Suche nach neuen Vorkommen.«

»*Norris & Roach* hat doch damit experimentiert.«

»Dieses blaue Zeug im Videoclip«, bemerkte Michelle. »Wie sind die dazu gekommen? War von denen jemand auf einer Sphäre?«

»Muss nicht sein«, antwortete Christopher. »Neha erzählte mir, dass die Nanopartikel diese Materie selbst erschaffen, um sich die Möglichkeit zu geben, außerhalb des Elements Wasser aktiv zu sein.«

»Dann haben die Partikel die blaue Substanz in den Labors ebenfalls selbst erzeugt«, mutmaßte David. »Es muss sich demnach um eine Substanz handeln, die für sie ähnliche Existenzbedingungen bietet wie Wasser.«

»Richtig. Wir wissen, dass die Experimente bei *Norris & Roach* vor etwa hundertzwanzig Jahren wegen irgendwelcher Pannen eingestellt werden mussten.«

»Und vor kurzem in Tongalen heimlich wieder aufgenommen wurden.«

»Die aber zum Glück erneut eingestellt sind«, bemerkte Michelle.

»Rick und ich haben uns gefragt, ob *Norris & Roach* die Experimente heimlich fortführt. Vielleicht unter Aufsicht der Regierung«, sagte Christophers besorgt.

»Könnte es sich dabei um die große Gefahr handeln, die von der Erde ausgehen soll?«

»Ernest wurde doch schon vor über sechzig Jahren bei seinem Aufenthalt in der Sphäre davor gewarnt«, sagte David.

»Demnach müsste es damals erneut heimliche Experimente gegeben haben. Wir wissen aber, dass damit erst vor kurzem in Tongalen wieder begonnen wurde.«

»Ernest wurde vor einer zukünftigen Gefahr gewarnt. Wie er uns erzählt hat, herrschen in den Sphären bezüglich Zeit andere Gesetze. Ich habe dieses Phänomen selbst erlebt. Als ich von der Sphäre zurückkehrte, waren hier gerade mal einige wenige Minuten vergangen, während es für mich mehrere Stunden waren. Zudem war Ahen sechzig Jahre später immer noch gleich alt, wie bei der ersten Begegnung.«

»Dies würde die Vermutung bestärken, dass es sich bei der großen Gefahr um jetzige Experimente handelt. Der Geheimdienst müsste doch darüber Bescheid wissen.«

Sämtliche Blicke richteten sich auf Layla, die das Gespräch bisher unbeteiligt verfolgt hatte.

»Tut mir leid«, begann sie. »Ich weiß auch erst seit kurzer Zeit über diese Experimente Bescheid.«

»Das vertrauliche Dokument von Farrow?«

»Richtig. Aber so, wie wir informiert sind, wurden die Experimente in Tongalen vor ein paar Monaten eingestellt und bis zum heutigen Zeitpunkt nicht wieder aufgenommen. Der Geheimdienst hat keine Kenntnisse über irgendwelche derzeitige heimliche Experimente mit außerirdischen Nanopartikeln.«

Niemand bemerkte, dass Neha, die bisher schweigend zugehört hatte, gebannt in Laylas Augen starrte. In ihrem Ausdruck ging eine merkwürdige Veränderung vor sich.

48.

Als die *Space Hopper* den dritten Planeten des MOLANA-Systems anflog, betrat Layla das Cockpit, setzte sich neben Michelle in die zweite Reihe und sah schweigend aus dem Panoramafenster.

Vor knapp einer Stunde war sie ohne Kommentar in ihrer Kabine verschwunden, hatte sich anscheinend mit ihrem Vorgesetzten in Verbindung gesetzt und war vor einigen Minuten mit bescheidenem Gepäck ins Cockpit zurückgekehrt.

»Bleiben Sie im Orbit und warten Sie die Nacht ab«, unterbrach sie kurz darauf ihr Schweigen. »Wir werden nicht auf dem Raumhafen landen.«

Christopher hob erstaunt den Kopf.

»Farrow hat mir zwar aufgetragen, Sie bei der Suche auf MOLANA-III zu unterstützen. Aber wie Sie wissen, habe ich noch einen anderen Auftrag. Dieser besteht darin, zwei vermisste Agenten des Terrestrial Secret Services aufzuspüren und herauszufinden, was hier vor sich geht. Es verschwinden seit einiger Zeit immer wieder Zivilisten.«

»Haben Sie einen Verdacht, was hier geschieht?«, fragte Christopher, ohne den Blick vom Panoramafenster abzuwenden.

»Mehr möchte ich Ihnen zum jetzigen Zeitpunkt nicht verraten. Sie werden mich außerhalb der Stadt an einem unauffälligen Ort absetzen und dann gleich wieder starten. Sie begeben sich wieder in den Orbit und warten den nächsten Tag ab. Dann landen Sie im Raumhafen und warten dort auf mich.«

»Wie lange?«

»Ich werde versuchen, spätestens in vierundzwanzig Stunden zu Ihnen zu stoßen.«

»Wozu soll das gut sein? Wir könnten Sie unterstützen.«

»Meine Ankunft darf von niemandem bemerkt werden. Wir sollten nicht die Aufmerksamkeit derer erregen, die für die merkwürdigen Dinge verantwortlich sind, die hier geschehen. Offiziell bin ich gar nicht hier.«

Als die *Space Hopper* einige Stunden später in der Steppe außerhalb der Stadt aufsetzte, war es dunkel. Von weitem konnte man die Lichterkorona der Stadt und ihrer Außenvierteln erkennen.

Layla stand vor der Schleuse und wartete, bis sie sich öffnete.

»Nachdem ich ausgestiegen bin, starten Sie unverzüglich von hier«, befahl sie mit Nachdruck und verschwand nach der Landung, ohne sich von den anderen zu verabschieden, in der Schleuse.

Kaum hatte sie die *Space Hopper* verlassen, startete Christopher und positionierte den Gleiter im Orbit.

»Findest du es gut, wenn wir auf dem Raumhafen landen?«, fragte David, als sich Christopher zu ihm an den runden Tisch im Aufenthaltsraum gesetzt hatte.

»Wir sollten uns an ihre Anweisungen halten. In der Stadt dürfen wir nicht mit ihr zusammen gesehen werden. Das könnte ihre Mission gefährden.«

»Hat sie dir noch mehr Details über ihren Auftrag erzählt?«

»Nein. Aber das wird seinen Grund haben. Auch Devian hat mir angedeutet, dass sich hier etwas zusammenbraut.«

»Woher weiß er das?«

»Keine Ahnung.«

»Was wollen wir der Raumhafenkontrolle als Besuchsgrund angeben.«

»Wir werden improvisieren müssen.«

Am nächsten Tag flog die *Space Hopper* in den Luftraum über dem Raumhafen.

»Ich habe Landekoordinaten angefordert«, sagte Michelle, »aber bisher hat niemand geantwortet.«

»Versuch es weiter. Irgendwann werden die sich schon melden. Wir werden den Planeten noch einmal umrunden. Mal sehen, ob sie uns dann bemerken.«

Eine halbe Stunde später hatte sich immer noch niemand gemeldet.

»Sieht so aus, als würden die schlafen«, spöttelte David.

»Könnte man meinen.«

Christopher entschloss sich, ohne Koordinaten zu landen. »Wir suchen uns einfach einen freien Platz.«

»Ist wenig los hier. Sind fast keine Schiffe da.«

Langsam senkte sich die *Space Hopper* dem Landefeld entgegen.

»Achtung, Schuss!« Nehas geschriene Worte drangen vom Aufenthaltsraum ins Cockpit.

Noch in derselben Sekunde aktivierte sich der Schutzschirm um die *Space Hopper*. Ebenfalls in der derselben Sekunde wurde der Gleiter von einem Treffer erschüttert.

Das Ganze war so schnell vorbei, dass David und Michelle erst jetzt realisierten, was geschehen war.

Weitere Schüsse prallten ebenfalls am Schutzschirm ab. Dann stellten die Angreifer das Feuer ein.

Christopher lenkte den Gleiter etwas abseits und landete unmittelbar neben einem anderen Schiff. »Das könnte uns vielleicht Schutz bieten.« Wenig später schaltete er die Triebwerke ab.

»Woher hast du gewusst, dass wir angegriffen werden?« Michelle blickte verwundert zu Neha, die nach dem Angriff sofort ins Cockpit gekommen war.

»Ich sah es in meinen Gedanken. Ich sah die Gedanken des Angreifers.«

»Auch deine Reaktion war nicht von schlechten Eltern«, lobte David und sah dabei zu Christopher.

»In dem Moment, als Neha die Informationen in ihrem Gedächtnis hatte, waren sie auch bei mir. Ob ich sie direkt vom Angreifer oder von Neha erhalten habe, kann ich nicht sagen. Ich glaube aber, eher von Neha.«

»Geniale Kombination. Damit werden wir fast unangreifbar.«

»Da könnte etwas dran sein. Gehen wir einmal davon aus, dass Neha die Absicht des Angreifers bereits kannte, bevor er den Schuss abgegeben hat, dann wären wir tatsächlich sehr gut geschützt. Das Aktivieren des Schutzschirms geht über meine Neuro-Sensoren. Also auch hier praktisch kein Zeitverlust durch manuelle Handhabung.«

»Von welchen schlechten Eltern sprach David vorhin?«, fragte Neha leise an Michelle gewandt.

»Ach, das ist wieder so eine Redewendung.« Michelle schmunzelte.

»Was hat das wohl zu bedeuten, dass wir beschossen werden?« David machte einen ratlosen Eindruck.

»Irgendetwas scheint hier nicht zu stimmen.« Christopher war wie David und Michelle sitzen geblieben. »Zuerst antwortet niemand auf unsere Anfrage. Dann werden wir beschossen.«

»Könnte gut sein, dass die uns draußen auflauern.«

»Was ist das eigentlich für ein Schiff neben uns?« Michelle zeigte aus dem Panoramafenster. »Ist ein ziemlich großes.«

»Auf jeden Fall ein irdisches. Aber keines der Raumflotte.«

»Muss irgendein Touristenschiff eines Privatunternehmens sein«, mutmaßte David.

Christopher zoomte das Bild auf dem Panoramafenster näher heran, sodass er das Kennzeichen lesen konnte. Dann übertrug er es in das Bordsystem. Noch in derselben Sekunde erhielt er das Ergebnis. »Es gehört tatsächlich zu einem privaten Reiseunternehmen, das über eigene Raumschiffe verfügt.«

»Wo sind all die Passagiere?«

»Entweder noch an Bord oder auf einer Besichtigungstour irgendwo auf dem Planeten. Nehme ich mal an.«

»Was gibt es denn auf dieser öden Welt zu sehen?«

»Keine Ahnung. Irgendetwas wird es geben, was die Leute sehen wollen. Sonst würden sie nicht hierherkommen.«

»Kannst du mal zum Hauptschott zoomen?« David hatte schon eine ganze Weile diese bestimmte Stelle des Schiffes angestarrt.

Christopher ließ den Bildausschnitt des Panoramafensters nach links schwenken, und holte das Schott näher heran. »Es steht offen. Die Gangway ist heruntergelassen.«

»Dann müssen noch Leute an Bord sein, zumindest welche von der Schiffscrew.«

»Ich werde per Funk anfragen, ob sie Hilfe benötigen.«

Doch nach einer Weile lehnte sich Michelle resigniert zurück. »Es meldet sich niemand.«

»Wir könnten rübergehen und nach ihnen suchen«, schlug David vor. »Vielleicht ist jemand dort und braucht Hilfe. Vielleicht wissen sie, was hier los ist.«

»Das ist keine schlechte Idee«, erwiderte Christopher. »Wir müssen aber vorsichtig sein. Wir könnten wieder beschossen werden.«

»Laut unserer Datenbank hat dieses Schiff drei Decks. Im untersten werden Gepäck und Vorräte gelagert. Im mittleren befinden sich die Schlaf- und im obersten die Aufenthaltsräume. Die Brücke ist ebenfalls ganz oben. Generatoren und Triebwerke erstrecken sich im hinteren Teil von unten bis oben über alle drei Decks. Das Hauptschott bringt uns in einen Vorraum, in dem es Aufzüge zu den anderen Decks gibt. Eine Nottreppe ist auch vorhanden.«

»Jemand sollte hierbleiben und uns benachrichtigen, falls sich etwas tut.

»Ich werde bleiben«, meldete sich Michelle. »Dann kann ich gleichzeitig weiter den Funkverkehr überwachen, falls sich doch noch jemand melden sollte.«

»Einverstanden. David geht voraus und führt uns an. Neha und ich werden hinter ihm bleiben. Neha kann uns rechtzeitig warnen, falls sie Signale empfängt. Sobald wir draußen sind, aktivierst du den Schutzschirm.«

49.

Ein Touristenschiff war gelandet. Seine Leute hatten wie befohlen die Passagiere und die Besatzung gefangen genommen. Sie sollten sich bald wieder frei fühlen, sobald sie von dem Wasser getrunken und seine Predigt gehört hatten. Dann würden sie ihm folgen und seinen Befehlen gehorchen.

Nun brauchte er nur zu warten, bis ein Erkundungsschiff kam, das nach den vermissten Touristen und nach der Besatzung suchte. Sollte dieses auch nicht zur Erde zurückkehren, würde die irdische Regierung bestimmt mit größerem Geschütz auffahren.

Leider hatten sich einige der Besatzungsmitglieder und ein paar wenige Touristen der Gefangennahme widersetzt, sodass es zu Verlusten gekommen war. Aber im Rahmen des gesamten Unternehmens musste mit Opfern gerechnet werden. Sie waren für eine gute Sache gestorben.

Nachdem er die Raumhafenverwaltung unter seine Kontrolle gebracht hatte, wurde er stets über die ankommenden Schiffe informiert und konnte sie dahin lotsen, wo immer er sie haben wollte.

Er erhob sich, verließ seine Kammer und betrat die große Felshöhle. Sie war verlassen und wirkte daher noch viel geräumiger also sonst. Jeder Schritt, den er tat, hallte lange nach. Er blieb einen Moment stehen und sah sich um.

Die Höhle war wie geschaffen für seine Sache. Groß genug, um möglichst viele Menschen auf einmal zu beglücken, eingebettet mitten in die Natur und daher völlig unauffällig.

Mittlerweile hatte er so viele Anhänger, dass nicht mehr alle in der Höhle Platz fanden. Deshalb musste er seine Predigten jeweils zweimal hintereinander halten. Wenn es so weiterging, würde es bald dreimal sein.

Er durchschritt die gesamte Höhle und trat wenig später ins Freie. Die Sonne brannte vom Himmel. Er musste sich die Augen mit der Hand beschirmen, um nicht geblendet zu werden.

Nach einiger Zeit hatte er sich an das Tageslicht gewöhnt und ging weiter. In der Nähe wohnte eine einfache Bauernfamilie, die von Gemüse- und Obstbau lebte. Bei ihnen war er stets willkommen. Sie versorgten ihn mit genügend Lebensmitteln.

Als er sie kennengelernt hatte, waren sie arm, hatten kaum genug zum Leben. Es fehlte ihnen an nötigen Gerätschaften, um ihren Anbau rentabel genug zu gestalten. Über seine Beziehungen besorgte er ihnen ein paar einfache kleine Maschinen, worauf sie ihn als Wohltäter feierten und ihm ewige Treue schworen. Er durfte bei ihnen kommen und gehen, wann immer er wollte. Jedes Mal wurde er großzügig mit Speis und Trank versorgt.

Kurz bevor er das Haus erreichte, summte sein Kommunikator.

»Ein neues Schiff ist gelandet«, hörte er die Stimme eines Untergebenen.

Er blieb stehen. »Noch ein Touristenschiff?«

»Nein, Herr. Es ist ein kleiner Raumgleiter eines Transportunternehmens namens *Space Hopper*s.«

Als er den Namen hörte, zuckte er zusammen.

»Herr, wir haben es beschossen, aber sie hatten den Abwehrschirm aktiviert. Es machte den Anschein, als hätten die Insassen geahnt, dass Gefahr droht.«

Seine Gedanken rasten. Wie hatten sie ihn finden können? Oder waren sie zufällig hierhergekommen? Ausgeschlossen. Das Universum war viel zu groß für solche Zufälle.

»Herr! Seid Ihr noch da?« Der Mann am anderen Ende wirkte beunruhigt.

»Ja, bin ich«, antwortete er gereizt. »Ich musste nur nachdenken.«

Die Leute in der *Space Hopper* durften auf keinen Fall getötet werden. Er musste unbedingt in Erfahrung bringen, was sie wussten und warum sie hier waren.

»Nehmt diese Leute gefangen und bringt sie hierher«, befahl er dem Mann. »Aber lasst sie unbedingt am Leben. Ich muss mit ihnen reden.«

»In Ordnung, Herr. Wir werden sie in die große Höhle bringen.«

Er unterbrach die Verbindung und verstaute den Kommunikator. Nachdem er ein paar Schritte gegangen war, blieb er wieder stehen und dachte nach. Er spürte seine Nervosität. Diese Mitteilung hatte ihn aus dem Konzept gebracht und derart aufgewühlt, dass er zum ersten Mal nicht wusste, was er tun sollte.

Wenn sie seinetwegen gekommen waren und er sie gefangen nahm, würden bestimmt andere kommen und nach ihnen suchen. Da sie nicht irgendwer waren, sondern Verbindung zum Diplomatischen Rat der Erde und zum Geheimdienst hatten, konnte es gut sein, dass in Kürze eine Abordnung der irdischen Flotte hier aufkreuzte. Für seine Pläne war dies ein Idealfall.

Das Schicksal meinte es gut mit ihm.

50.

Christopher, David und Neha hatten sich entschlossen, die *Space Hopper* auf der Rückseite über die Verladerampe zu verlassen, falls ihnen jemand vor dem Hauptschott auflauerte. Sie hatten sich mit Strahlern bewaffnet und trugen sie im Anschlag, als sie langsam die Rampe hinunterschlichen.

Der Raumhafen machte einen ungepflegten Eindruck. Auch die Hangars wirkten heruntergekommen. Etliche Glasfenster waren eingeschlagen. Vor den Fassaden stapelten sich Metallteile und andere Gegenstände. Schmutz und Unrat waren über die Landeflächen verteilt.

Geschlossen eilten sie zum Touristenschiff hinüber, das mit den kurzen Stützen nur wenige Meter über dem Boden stand. Geduckt, nach allen Seiten Ausschau haltend, schlichen sie unter dem Schiff hindurch auf die andere Seite.

»Hinlegen!«, rief Neha plötzlich und sogleich lagen sie flach auf dem Boden.

Noch in derselben Sekunde zischte ein Strahlenschuss über sie hinweg.

»Nach rechts rollen!«

Nachdem sie dies getan hatten, schlug ein Schuss in den Boden, wo sie gerade noch gelegen hatten.

»Vorwärts!«

Auf Nehas drittes Kommando rannten sie los. Kaum hatten sie das Hauptschott des Touristenschiffs erreicht, befahl Neha ihnen wieder, sich auf den Boden zu werfen.

Nach einem erneuten Schuss stiegen sie blitzschnell die Gangway hinauf und verschwanden im Innern des Schiffs. Keine Sekunde zu spät, denn das Geländer wurde von einer erneuten Salve getroffen.

»Wahrscheinlich wird sich jemand Gedanken über seine Schießkünste machen«, spöttelte David.

»Ich frage mich, warum wir auf einem offiziellen Kolonialraumhafen überhaupt beschossen werden«, sagte Christopher verärgert. »Lasst uns die Leute suchen.«

»Ich schlage vor, wir beginnen auf der Brücke.« David drückte die Taste für den Aufzug. Die beiden Türflügel schoben sich sogleich zur Seite. Sie stiegen ein und betrachteten das Tastenfeld. Für das oberste Deck gab es zwei Tastflächen, eine für die Brücke und eine für das übrige Deck. Doch für den Zugang zur Brücke musste man sich über einen Fingerscanner identifizieren. Ohne den entsprechenden Fingerprint erhielt man keinen Zutritt.

David drückte die Taste für das oberste Deck, worauf sich der Aufzug in Bewegung setzte und wenig später wieder anhielt. »Auf die Brücke kommen wir nicht.«

»Ich nehme nicht an, dass sich dort im Moment jemand aufhält. Schauen wir uns hier um.«

Sie traten in den Gang hinaus. Nirgendwo war ein Lebenszeichen zu erkennen. Der Speisesaal, den sie gleich darauf betraten, machte einen chaotischen Eindruck. Die Luft roch nach undefinierbarem und nicht gerade frischem Essen. Die meisten Tische waren übersät mit Schüsseln, Besteck und Tellern, halb gefüllt mit Essensresten. Aber Menschen fanden sie keine. Sie durchquerten den Saal und gelangten in einen Raum mit einer Bar und einer Tanzfläche. Auch er wirkte wie ausgestorben.

Durch eine weitere Tür traten sie wieder in den Gang hinaus. Im nächsten Raum fanden sie das Bordkino, ebenfalls menschenleer.

»Scheint völlig ausgestorben zu sein«, bemerkte David lakonisch. »Wenigstens die Crew müsste doch an Bord sein.«

»Du hast recht«, bestätigte Christopher. »Irgendjemand müsste im Speisesaal für Ordnung sorgen und die Tische reinigen.«

Sie verließen den Kinoraum und betraten die Krankenstation. Doch nirgendwo gab es Patienten. Auch dieser Raum war völlig verlassen.

»Hier muss irgendetwas Komisches passiert sein. Neha, spürst du irgendwelche Anwesenden?«

»Nein, niemanden.«

»Hier ist jemand.« David hatte sich in den hinteren Teil begeben. Sofort waren die anderen bei ihm und sahen den leblosen Körper. »Scheint tot zu sein«.

Sie musterten den Uniformierten, der auf dem Fußboden lag. Christopher kniete sich nieder und betrachtete den Toten aus der Nähe. »Eine Kopfverletzung. Er scheint einen Schlag erhalten zu haben.«

»Könnte aber auch von einem Sturz herrühren.«

»Könnte sein. Jedenfalls können wir für ihn nichts mehr tun. Lasst uns weitersuchen.«

Der nächste Raum, den sie betraten, war der Fitnessraum, aber auch hier war niemand anzutreffen.

»Ich glaube, auf diesem Deck finden wir keinen mehr«, sagte Christopher. »Lasst uns eine Ebene tiefer gehen.«

Sie kehrten zurück, betraten den Aufzug und fuhren zum Kabinendeck hinunter. Als sie in den Gang hinaustraten, empfing sie Düsternis. Nur die Notbeleuchtung war eingeschaltet. Der Gang war lang und von beiden Seiten gesäumt durch eine Kabinentür nach der anderen. Das Ende war kaum erkennbar.

»Irgendwie habe ich ein ungutes Gefühl«, flüsterte Christopher.

»Du hast recht«, bestätigte Neha. »Ich spüre irgendetwas. Ich kann aber nicht sagen, was es ist.«

»Wir müssen auf der Hut sein. Hier riecht es nach Gefahr.«

»Riechen?«

»Kommt, schauen wir, ob wir jemanden finden.« Christopher ging voran.

Langsam schlichen sie hintereinander den Gang entlang. Die meisten Kabinen waren verschlossen. Die wenigen, die offen standen, machten den Eindruck, als wären sie hastig verlassen worden. Sie fanden darin persönliche Gegenstände und offene Gepäckstücke von Passagieren.

»Als wenn man sie gezwungen hätte, wegzugehen«, mutmaßte David.

»Ich spüre eine starke Präsenz«, warnte Neha. »Aber ich kann weder Bilder noch irgendwelche Gedankenmuster empfangen. Es ist ein eigenartiges Gefühl, wie ich es bisher noch nie gespürt habe.«

»Wir bleiben dicht zusammen«, ordnete Christopher an. »Haltet eure Strahler bereit und schaltet sie auf Betäubung. Es gibt keinen Grund, jemanden zu töten.«

Langsam und leise gingen sie dicht hintereinander den schmalen, düsteren Gang entlang. Sie verständigten sich nur noch durch Handzeichen. Bei jeder offen stehenden Kabine hielten sie an, lauschten und spähten vorsichtig ins Innere.

Die gespenstische Ruhe wurde nur durch das leise Summen der Klimaanlage gestört. Schritt für Schritt bewegten sie sich vorwärts.

Das Ende des Ganges nahte, ohne dass sie jemanden entdeckt hatten. Sie erreichten die letzte offenstehende Kabine.

Als sie sie betraten, ließ sie ein plötzliches krächzendes Geräusch zusammenfahren, während gleichzeitig unmittelbar vor ihnen zwei weiße Lämpchen zu leuchteten begannen.

David reagierte als erster und feuerte eine Salve ab. Sofort verstummte das Geräusch. Auch die Lämpchen erloschen.

Christopher holte seine Taschenlampe hervor und leuchtete damit auf die Quelle. »Gratuliere, du hast soeben auf einen Teddybär geschossen. Er ist jetzt betäubt.«

Neha konnte sich ein Kichern nicht verkneifen. Kurz darauf verließen sie die Kabine wieder und gelangten zu einem weiteren Aufzug.

Plötzlich machte Neha ein paar eindeutige Handzeichen.

»Was siehst du?«, flüsterte Christopher.

»Ich spüre plötzlich viele Menschen. Sie müssen in diesem Schiff sein. Aber irgendetwas scheint mit ihnen nicht zu stimmen.«

»Wie meinst du das?«

»Sie haben eine starke mentale Ausstrahlung, trotzdem scheinen sie keine klar erkennbaren Gedankenmuster zu besitzen.«

»Wie soll ich das verstehen?«

»Normalerweise sehe ich Bilder, wenn jemand eine starke Ausstrahlung hat. Aber hier kann ich absolut nichts erkennen. Ich spüre nur ihre Präsenz.«

»Du siehst nicht, was sie gerade tun oder wo sie sich aufhalten?«

Neha schloss die Augen und blieb einen Moment bewegungslos stehen. »Undeutlich kann ich etwas erkennen.«

Christopher starrte sie angespannt an.

Dann spiegelte sich in ihrem Gesicht blankes Entsetzen. »Sie warten auf uns.«

51.

»Wir müssen sofort raus aus dem Schiff«, flüsterte Neha entsetzt. »Wir sind in Gefahr!«
»Welchen Weg?«, fragte Christopher erschrocken.
»Ich weiß es nicht.«
»Wir gehen hinunter.«
Als sie den Aufzug im untersten Deck verließen, umfasste Neha sofort mit den Händen ihren Kopf und verzog das Gesicht. Christopher brauchte sie nicht zu fragen, was los war. Er wusste es gleich.
»Hier sind viele Leute«, sagte sie mit verkrampfter Stimme. »Ihre Gedanken sind das reinste Chaos.«
»Kannst du etwas erkennen?«
»Sie haben alle dasselbe Muster. Als wenn sie unter einem Zwang stehen würden.«
»Kommt von ihnen die Gefahr?«
»Ich kann es nicht sagen. Aber ich glaube, eher nicht.«
»Was ist es dann?«
»Ich bin verwirrt. Die Gefahr scheint nicht von den Leuten auszugehen.«
»Wir müssen vorsichtig sein. Wir bleiben vorerst zusammen, damit wir uns gegebenenfalls nach allen Seiten verteidigen können.«
Sie hatten bisher noch keinen weiteren Schritt auf dem Deck gemacht und standen immer noch vor der Aufzugtür, die sich mittlerweile geschlossen hatte.
Das Gepäck- und Vorratsdeck wirkte noch düsterer als das Kabinendeck und bestand aus einem einzigen großen, länglichen Raum. Sie konnten nur eine Notlampe ausmachen, die für ein bisschen Helligkeit sorgte.
Die gesamte rechte Seite war mit Kunststoffgittern in verschiedene Parzellen unterteilt. Darin waren unzählige Gepäckcontainer untergebracht. Die linke Seite bestand soweit das

Auge reichte aus Schieberegalen, die auf Schienen montiert waren. Die Stirnseite jedes Regals war mit einem Display bestückt, auf dem eine Zahlentastatur abgebildet war.

Christopher glaubte, ein Geräusch vernommen zu haben. Er starrte in den hinteren Teil des Raums und versuchte, trotz des spärlichen Lichts etwas zu erkennen.

War nicht ganz hinten eine kurze Bewegung zu sehen gewesen? Konnte es sein, dass er ein leises Flüstern gehört hatte?

Er hielt den Zeigefinger an seine Lippen, um seinen Gefährten mitzuteilen, sich still zu verhalten. Dann lauschte er weiter.

In der Tat war da ein leises Wispern.

»Ich habe es auch gehört«, flüsterte Neha. »Da sind Leute.«

»Könnten es die Passagiere sein?«, fragte David kaum hörbar. »Vielleicht haben sie sich vor den Angreifern hier unten versteckt.

»Das könnte schon sein«, antwortete Christopher. »Es würde erklären, warum sie aus ihren Kabinen verschwunden sind und alles zurückgelassen haben.«

»Wir sollten uns zu erkennen geben. Vielleicht denken sie, wir seien der Feind.«

»Neha, was meinst du?« Christopher wandte sich an sie. »Spürst du irgendwelche Eindrücke?«

»Mit diesen Leuten stimmt etwas nicht. Eigenartigerweise haben alle dieselben chaotischen Gedankenmuster. Jetzt spüre ich aber auch Emotionen.«

»Was für Emotionen?«

»Es könnte Angst und Ehrfurcht sein.«

»Dann ist es nicht der Feind«, folgerte David. »Wir sollten uns zu erkennen geben.«

»Okay. Aber bleibt hinter mir.«

Christopher überprüfte seinen Strahler, zielte in den Raum vor sich und rief: »Hallo!? Ist da jemand? Wir wollen Ihnen helfen. Sie brauchen sich vor uns nicht zu fürchten.«

Nichts tat sich.

»Wir kommen jetzt zu Ihnen!« Er machte ein paar Schritte vorwärts. Dicht hinter ihm folgten Neha und David.

Wieder vernahm er das Wispern. Er hielt an und lauschte erneut. Dann war es wieder still. Langsam ging er weiter. Nach jedem Schritt verharrte er kurz und lauschte. Aber es blieb mucksmäuschenstill.

Kurz darauf glaubte er, eine Bewegung gesehen zu haben. Einer der Gepäckcontainer in einer der hinteren Parzellen wurde leicht verschoben.

»Sie brauchen sich nicht zu verstecken!«, rief er. »Wir wissen, dass Sie hier hinten sind. Wir werden Ihnen nichts tun. Auch wir sind draußen beschossen worden und möchte Ihnen helfen.«

Wieder geschah nichts. Keine Antwort, keine Bewegung, rein gar nichts.

Schritt für Schritt gingen sie weiter und achteten auf jedes Geräusch und jede Bewegung. Zwischendurch stoppten sie, um zu lauschen. Neha hielt sich abermals die Hände an den Kopf und schloss die Augen. Ihr Gesicht wirkte verzerrt, als würde sie Schmerzen empfinden.

»Was ist?«, fragte Christopher kurz.

»Ich bin verwirrt. Ich bekomme immer mehr den Eindruck, dass es gar nicht die Gedankenmuster von mehreren Menschen sind, sondern nur von einem einzigen.«

»Du meinst, da hinten versteckt sich nur eine einzige Person?«, fragte Christopher erstaunt.

»Es ist eigenartig. Die Signale kommen von verschiedenen Quellen, aber sie sind alle völlig identisch.«

Christopher blickte sie lange an und schien nachzudenken. Dann drehte er sich wieder nach vorn, versuchte den gesamten vor ihm liegenden Bereich zu überblicken und flüsterte mehr zu sich selbst: »Was für eine Scheiße ist das hier?«

»Was meinst du damit?« David wirkte verunsichert.

»Irgendetwas stimmt ganz und gar nicht.«

Dann tauchten sie auf.

52.

Wie auf ein stummes Kommando erschienen plötzlich Menschen, die sich vorher hinter und zwischen den Gepäckcontainern und den Regalen versteckt hatten. Sie trugen schäbige, teilweise zerlumpte Kleider und sahen eher aus wie Landarbeiter als wie Touristen.

Langsam und wortlos kamen sie aus den Parzellen in den mittleren Bereich und begannen, die drei Eindringlinge einzukreisen. In den Händen hielten sie Stöcke und irgendwelche Werkzeuge, mit denen sie sich anscheinend auch sonst beschäftigten.

»Was sind das für Gestalten?«, fragte David flüsternd, ohne sie aus den Augen zu lassen.

»Ich hab keine Ahnung«, gab Christopher leise zur Antwort. »Auf jeden Fall keine Touristen.«

»Das müssen Kolonisten sein.«

»Könnte sein. Aber irgendetwas stimmt mit ihnen nicht. Ich frage mich, was die hier drin zu suchen haben.« Christopher hielt den Strahler im Anschlag und zielte auf die Leute. »Bleiben Sie stehen!«, rief er ihnen zu. »Wir wollen Ihnen nichts tun.«

Als ob die Gestalten nichts gehört hätten, kamen sie weiter langsam auf sie zu.

»Neha, du sagtest, du hättest so etwas wie Angst in ihrem Bewusstsein gespürt. Haben sie vor uns Angst?«

»Ich glaube nicht. Es ist nicht direkt Angst, eher so etwas wie Gehorsam und Unterwerfung. Als wären sie jemandem verpflichtet. Als müssten sie einen Befehl ausführen.«

Die Erkenntnis traf Christopher wie ein Blitz aus heiterem Himmel. »Die werden sich nicht aufhalten lassen. Es bleibt uns nichts anderes übrig, als sie zu betäuben.«

»Aber es sind zu viele und sie sind schon viel zu nah.« David schwenkte seinen Strahler hin und her.

»Los! Tun wir es!« Er betätigte den Auslöser und schoss auf die Gestalten, die ihnen am nächsten standen. Sofort kippten sie um und blieben regungslos liegen. David und Neha taten es ihm gleich. Doch die anderen nahmen davon keine Notiz. Im Gegenteil, sie kamen schneller auf sie zu und begannen, den Kreis enger zu ziehen.

Immer mehr fielen den Strahlenschüssen zum Opfer und sanken zu Boden, doch für jeden Getroffenen rückten mehrere andere nach. Dann waren die Ersten auf Schrittnähe herangekommen und begannen, nach ihnen zu greifen. Doch die Getroffenen fielen Christopher, David und Neha vor die Füße und behinderten sie.

Als Neha beinahe stolperte, konnte Christopher sie gerade noch am Arm festhalten. Diesen Moment nutzten die Gestalten, um nach ihm zu greifen und sich an der Strahlenwaffe festzukrallen. Chrisopher versuchte verzweifelt, sie ihnen wieder zu entreißen, doch der Ring um sie herum hatte sich beinahe geschlossen. Sie wurden von Dutzenden Armen gepackt und voneinander getrennt.

Mehrere Hände entrissen ihnen die Strahlenwaffen, packten sie an den Körpern und drückten sie zu Boden. Sie wurden an Armen und Beinen festgehalten und konnten sich kaum mehr bewegen. Kurze Zeit später waren ihre Glieder gefesselt.

Anschließend wurden sie hochgehoben und den Gang entlang fortgetragen. Durch ein großes Schott gelangten sie in den Eingangsbereich. Dort schleppte man sie die Gangway hinunter ins Freie, wo sie von anderen Menschen in Empfang genommen wurden.

Kurz darauf rollte ein Landwirtschaftsfahrzeug heran. Man hob sie auf und warf ihre gefesselten Körper auf die Ladefläche.

»Was macht ihr mit uns?«, schrie Christopher. »Wir sind keine Feinde! Wir wollen euch nichts tun.«

Die Gestalten reagierten nicht. Zwei stiegen auf den Führerstand, während die anderen sich wieder verteilten und wenig später verschwunden waren. Das Gefährt setzte sich in Bewegung.

»Könnt ihr eure Fesseln lösen?«, fragte Christopher und blickte zu David und Neha.

»Nein, meine sind zu fest.« David lag auf dem Bauch.

»Meine auch«, gab Neha zu verstehen.

»Mir scheint, die stehen alle unter irgendeinem Einfluss.« Christopher zerrte verzweifelt an seinen Fesseln.

»Das war es, was ich vorhin gespürt habe«, erklärte Neha, die zwischen Christopher und David lag. »Aber für mich war es ein völlig fremdes Gefühl. So etwas habe ich bisher noch nie gespürt.«

»Wo die uns wohl hinbringen?«

»Wahrscheinlich hat irgendjemand Macht über sie«, vermutete Christopher. »Es würde mich nicht verwundern, wenn wir diesen Jemanden gleich kennenlernen werden.«

Das Gefährt verließ das Raumhafenareal und holperte auf einer Straße weiter, die sich durch einen öden und kargen Landstrich zog. In der Ferne konnten sie einen Gebirgszug erkennen.

Nach etwa einer Stunde Fahrt hatten sie sich diesem genähert und steuerten weiter darauf zu. Die Straße führte an ein paar primitiven Häusern vorbei, die jeweils innerhalb von größeren Anbauflächen lagen.

Plötzlich hielt der Wagen an. Die zwei Gestalten kletterten vom Führerstand und kamen nach hinten. Sie packten die Gefangenen an den Füßen, zerrten sie von der Ladefläche und legten sie auf den Boden. Dann entfernten sie die Fußfesseln und halfen ihnen auf die Beine.

Christopher sah sich um, konnte aber außer den paar Häusern in der Ferne, der eintönigen Steppe und dem Gebirgszug nichts Außergewöhnliches erkennen.

Man band sie mit einem kurzen Stück Seil zusammen und stieß sie unsanft in den Rücken, wohl ein Zeichen dafür vorwärtszugehen. Sie steuerten auf eine bestimmte Stelle am Fuße des Gebirgszugs zu. Die Sonne brannte unbarmherzig vom

Himmel und brachte sie schnell ins Schwitzen. Christopher überlegte, wann er das letzte Mal eine Wanderung bei einer solchen Witterung unternommen hatte.

Immer wieder versuchte er zu ergründen, wohin sie gebracht werden sollten. Lange Zeit fand er dafür keine Anhaltspunkte. Doch nach gut einer halben Stunde Fußmarsch glaubte er, am Fuße eines steilen Stück Felsens eine dunkle Stelle entdeckt zu haben. »Anscheinend werden wir in eine Höhle gebracht.«

Die Gestalten hatten bisher kein einziges Wort mit ihnen gewechselt und reagierten auch diesmal nicht auf seine Äußerung. Er hatte den Versuch aufgegeben, sich mit ihnen zu unterhalten und sich nach dem Grund ihrer Gefangennahme zu erkundigen.

Wenig später hatten sie die Felswand erreicht. Ein hoher, dunkler Spalt tat sich vor ihnen auf und offenbarte ihnen den Eingang zu einer Höhle.

Als Christopher einen Moment stehen blieb und die Felswand entlang nach oben blickte, wurde er von den Gestalten unsanft weitergezerrt. Kurz darauf durchschritten sie den Eingang, eine Felsspalte von etwa zehn Meter Breite und ungefähr dreifacher Höhe.

Kaum waren sie im Innern, blieben sie stehen. Im ersten Moment konnten sie in der Dunkelheit nichts erkennen, spürten jedoch die angenehm kühle Luft. Als sich ihre Augen an das düstere Licht gewöhnt hatten, sahen sie an den Wänden links und rechts kleinere Flammen, die von einfachen Beleuchtungskörpern stammen mussten. Der Boden war uneben und teilweise mit Geröll übersät. Zwischendurch gab es auch lehmige Stellen.

Einer der beiden Gestalten hatte Fackeln besorgt, und nun wurden die Gefangenen weiter ins Innere der Höhle gezerrt. Die Beschaffenheit des Bodens änderte sich kaum. Im hinteren Teil lagen größere Felsbrocken herum. Auch darauf gab es kleine Flammen. Beim Näherkommen erkannten sie

Tonschalen, die mit einer wachsartigen Flüssigkeit gefüllt waren, aus deren Mitte ein brennender Docht herausragte.

Die drei Gefangenen wurden an den Felsbrocken vorbei in den hinteren Teil der Höhle geführt. Durch einen schmalen Spalt drängte man sie in einen spärlich beleuchteten Nebenhöhlenraum. Christopher erkannte sofort, dass hier jemand wohnte. Es gab eine notdürftige Liege zum Schlafen, einen primitiven Tisch und ein paar Hocker aus Holz. Man gab ihnen zu verstehen, sich zu setzen und zu warten. Anschließend verließen die Wachen den Raum und ließen sie alleine.

Neha wurde plötzlich unruhig. Sie atmete heftig, schloss die Augen und verzerrte das Gesicht.

»Was spürst du?« Christopher versuchte, mit seinen gefesselten Händen nach ihren zu greifen.

»Das darf nicht wahr sein«, stammelte sie, riss die Augen weit auf und starrte Christopher voller Entsetzen an. Für einen Moment verfiel sie in eine Art Schockzustand, der es ihr unmöglich machte, einen klaren Gedanken zu fassen. Kurz darauf hauchte sie: »Ich weiß, wer es ist.«

Dann betrat eine Gestalt den Höhlenraum und stellte sich vor sie hin. Christopher sah auf und traute seinen Augen nicht.

»So sieht man sich wieder«, sagte der Mann lächelnd.

53.

Michelle ging im Aufenthaltsraum unruhig auf und ab. Vor einer Viertelstunde hatte sie zum ersten Mal versucht, über den Kommunikator mit Christopher Kontakt aufzunehmen. Doch er hatte nicht geantwortet. Seither hatte sie es fast jede Minute erneut versucht, immer mit demselben Resultat. Ihre zusätzlichen Versuche, David zu erreichen, blieben ebenso erfolglos. Neha hatte sich bisher geweigert, einen Kommunikator bei sich zu tragen.

Es muss etwas passiert sein, dachte Michelle besorgt. Es war nicht Christophers Art, einfach nicht zu antworten. Bei David konnte sie es sich auch nicht vorstellen. Aber wenn sie in Schwierigkeiten waren, würden sie sich doch bestimmt melden.

Michelle ging in die Bordküche, um einen Tee zuzubereiten. Kurz darauf setzte sich an den Tisch und nahm einen Schluck. Dann stützte sie ihren Kopf in die Hände und starrte auf die Tischfläche. Die Ungewissheit und das untätige Warten trugen nicht zu ihrer Beruhigung bei.

Sollte sie zum Schiff hinübergehen und nachsehen?

Es war zu gefährlich. Der oder die Heckenschützen waren bestimmt noch da. Es war zum Haare raufen.

Plötzlich sah sie auf dem Panoramaschirm eine Bewegung. Als sie erkannte, was sich draußen abspielte, stockte ihr der Atem.

Unter dem Touristenschiff hindurch konnte sie Menschen in einfachen Arbeitskleidern sehen, die gerade dabei waren, drei gefesselte Personen die Gangway hinunterzubefördern und anschließend auf die Ladefläche eines Landwirtschaftsfahrzeugs zu laden.

Fassungslos stand sie auf und ging näher an den Panoramaschirm. In der Annahme, noch mehr Einzelheiten erkennen zu können, starrte sie weiter auf den Schirm und glaubte nicht, was sie gerade sah.

Was sollte sie tun?

Eingreifen konnte sie nicht. Gegen diese Übermacht hatte sie nicht die geringste Chance. Aber irgendetwas musste sie doch tun. Sie war der Verzweiflung nahe.

Plötzlich hatte sie eine Idee. Sie setzte sich an das Hyperfunkgerät und stellte eine Verbindung zu Rick her. Es dauerte eine Weile, bis er sich meldete. »Hallo Rick«, begrüßte sie ihn aufgewühlt. »Wir stecken in großen Schwierigkeiten.«

»Warum wundert es mich nicht? Seid ihr auf MOLANA-III?«

»Wir sind vor Kurzem gelandet, aber hier scheint einiges nicht zu stimmen.«

»Inwiefern?«

»Christopher, David und Neha wurden gefangen genommen.«

»Von wem?«

»Das weiß ich nicht. Anscheinend waren es Einheimische.«

»Warum sollten sie so etwas tun?«

»Woher soll ich das wissen? Aber der Kleidung nach zu urteilen, waren es bestimmt keine Leute der Raumhafenpatrouille.«

»Wo bist du gerade?«

»An Bord der *Space Hopper*. Wir parken neben einem verlassenen Touristenschiff. Christopher, Neha und David sind rübergegangen, um es zu untersuchen, da das Hauptschott offen stand und die Gangway ausgefahren war. Es war kein Mensch zu sehen.«

»Habt ihr vorher versucht, über Funk Kontakt aufzunehmen?«

»Ja, haben wir. Aber es hat sich niemand gemeldet.«

»Eigenartig.«

»Als ich beim Anflug auf den Raumhafen über Funk die Landekoordinaten erbat, erhielt ich keine Antwort. Bei der Landung wurde unser Schiff sogar beschossen. Wir konnten gerade noch rechtzeitig den Schutzschirm aktivieren. Als Christopher, Neha und David auf dem Weg zum Touristenschiff waren, wurden sie ebenfalls beschossen. Sie schafften es aber trotzdem, ins Innere zu gelangen.«

»Das klingt immer rätselhafter. Nachdem sie gefangen genommen worden waren, was hat man mit ihnen gemacht?«

»Ich habe gesehen, wie man sie auf ein Fahrzeug geladen hat, das gleich darauf weggefahren ist.«

»Konntest du erkennen, wohin sie gefahren wurden?«

»Nur die ungefähre Richtung. Da war nichts von einer Stadt oder einer Siedlung zu sehen. Nur trostlose Steppe.«

Rick überlegte eine Weile. »Ich werde im Namen des Diplomatischen Rates offiziell die Kolonialverwaltung kontaktieren und ihnen von dem Vorfall berichten. Mal sehen, was die dazu sagen.«

»Da bin ich auch gespannt.«

»Verlass auf keinen Fall das Schiff. Lass den Abwehrschirm eingeschaltet. Sobald ich mehr weiß, werde ich dich informieren. Also nichts auf eigene Faust unternehmen. Beobachte weiter die Umgebung.«

»Okay, mach ich.«

»Du hörst von mir.«

Dann war die Verbindung unterbrochen.

54.

Der Mann trug eine dunkelbraune Kutte mit einer zurückgeschlagenen Kapuze. Um seinen Hals hing eine Kette mit einem Amulett. Die Symbolik darauf sagte Christopher nichts. Der Mann selbst war ihm jedoch bestens bekannt.

»Kamal Golenko«, sagte er leise und spürte den Zorn in sich aufsteigen.

»Es ehrt mich, dass Sie mich noch kennen«, erwiderte Golenko in seiner typisch blasierten Art.

»Zu schade, dass Sie damals entkommen konnten«, funkelte ihn Christopher an.

»Ich hatte wohl einen Schutzengel.«

»Da war eher die Hand des Teufels im Spiel. Was wollen Sie von uns?« Christopher wollte zur Sache kommen, denn er hatte nicht vor, sich mit ihm auf eine Diskussion einzulassen.

»Dass ausgerechnet Sie mit Ihren Freunden hier auftauchen«, erklärte er herablassend. »Etwas Besseres hätte gar nicht passieren können.«

»Was wollen Sie von uns?«, wiederholte Christopher gereizt.

»Alles zu seiner Zeit.« Golenko legte seine Hand stützend unter das Kinn und machte ein paar bedächtige Schritte. »Lassen Sie es mich einmal so sagen. Sie sind Personen, die für gewisse Stellen auf der Erde eine wichtige Bedeutung haben.«

»Wollen Sie Geld erpressen?«

»Wie kommen Sie auf eine so einfältige Idee«, höhnte er. »Um etwas derart Triviales geht es mir doch nicht.«

»Um was dann?«

»Ich werde Sie einfach eine Zeit lang hierbehalten. Dann fügt sich alles von selbst.«

Christopher ließ sich seine Worte durch den Kopf gehen. Was hatte der Kerl vor?

»Stellen Sie sich vor, was passieren wird, wenn man Sie auf der Erde vermisst. Nach Ihren Erfolgen in Tongalen sind Sie bekannte Persönlichkeiten. Ich kann mir vorstellen, dass die irdischen Behörden alles daransetzen werden, um Sie zu befreien.«

»Auf was wollen Sie hinaus?« Christopher konnte sich noch immer kein Bild davon machen, was Golenko vorhatte. Deshalb musste er ihn zum Reden bringen. Golenko war alles andere als dumm und ließ sich keinesfalls manipulieren. Doch auch er hatte Schwächen, seine Eitelkeit und seine Selbstüberschätzung.

»Ach, stellen Sie sich nicht so dumm an. Sie wissen genau, was ich damit meine.«

»Was haben Sie davon, wenn Sie jemanden von der Erde herlocken, der versuchen sollte, uns zu befreien?«

»Überlegen Sie einmal, wen die irdischen Behörden schicken würden.«

»Bestimmt niemand, der Ihnen nützlich sein könnte.«

»Nun ja. Sagen Sie es mir.«

Plötzlich wusste Christopher, was Golenko meinte. Gleichzeitig war ihm auch die Tragweite dessen bewusst, was auf MOLANA-III schon seit einiger Zeit im Gange war und warum in letzter Zeit viele Zivilisten verschwanden. Auch zwei Agenten des Terrestrial Secret Services. Nun noch die verschwundenen Passagiere vom Touristenschiff.

Es war Golenko, der all diese Menschen entführen ließ. Nun war Christopher auch klar, warum er dies getan hatte. Damit hatte er den Geheimdienst angelockt, der das Verschwinden dieser Zivilisten aufklären sollte. Dann waren ihm auch noch zwei Agenten in die Hände geraten.

Wie viele Menschen hatte Golenko bereits gefangen genommen? Was hatte er mit ihnen gemacht?

Die Einheimischen, die ihn, David und Neha gefangen genommen hatten, machten einen desinteressierten Eindruck. Sie reagierten nicht, wenn man sie ansprach. Neha hatte bei ihnen eigenartige Mentalaktivitäten festgestellt. Das konnte nur auf eines hindeuten.

Golenko hatte sie manipuliert.

Doch wie hatte er das geschafft? Mit Gehirnwäsche wie damals in Tongalen? Hatte er hier auf MOLANA-III ein Labor eingerichtet, in dem er die Leute bearbeiten konnte? Woher sollte er das Material und das notwendige Personal haben?

Seit der Aufstand in Tongalen niedergeschlagen worden war, befand er sich auf der Flucht.

Die andere Frage lautete: Was würde er damit bezwecken?

»Hat es Ihnen die Sprache verschlagen?« Golenkos höhnische Stimme unterbrach Christophers Gedanken.

Als er den Kopf hob und feststellte, dass Golenko ihn triumphieren anstarrte, musste er sich beherrschen, sich nicht auf ihn zu stürzen. Aber mit seinen auf den Rücken gefesselten Händen wäre ihm kein Erfolg beschieden.

»Was haben Sie mit den Gefangenen getan? Umgebracht?«

»Warum sollte ich sie töten? Ich bin doch kein Ungeheuer. Sie dienen einem besonderen Zweck. Mehr brauchen Sie nicht zu wissen.«

In Christophers Gedanken formte sich ein ungeheuerlicher Verdacht. Sollte es Golenko tatsächlich fertig gebracht haben, die Einheimischen zu manipulieren, sodass sie ihm blindlings gehorchten, hatte er dies bestimmt auch mit den Entführten getan. Vielleicht sogar mit den Agenten des Geheimdienstes. All diese Menschen wären ihres freien Willens beraubt und würden ihre Fähigkeiten in den Dienst Golenkos stellen.

Er baute eine Armee auf!

»Sie werden damit nicht durchkommen«, mischte sich David in die Unterhaltung ein.

Golenko wandte sich bedächtig um und sagte: »Ach, wie ich mich erinnern kann, waren Sie damals in Tongalen auch dabei. Das trifft sich gut.« An Neha gerichtet zischte er: »An Sie habe ich besonders schmerzliche Erinnerungen. Kommen Sie nicht auf den Gedanken, ich würde Sie diesmal unterschätzen.«

Wieder an David gewandt fuhr er fort: »Womit soll ich nicht durchkommen?«

»Mit dem, was Sie vorhaben.«

»Sie haben nicht die geringste Ahnung, was ich vorhabe. Ich werde es Ihnen auch nicht verraten.«

»Was immer Sie hier abziehen, irgendwann wird man Ihnen auf die Schliche kommen. Man wird Space Marines schicken. Gegen die werden Sie keine Chancen haben. Mit diesem Haufen zerlumpter Gestalten werden Sie nicht weit kommen. Egal, wie Sie die dazu gebracht haben, Ihre Befehle zu befolgen.«

»Sie werden sich noch wundern, zu was dieser Haufen zerlumpter Gestalten fähig ist.« Golenko warf ihm einen scharfen Blick zu und rief zwei Untergebene herbei.

»Sperrt sie ein und gebt ihnen Wasser zu trinken.«

Christopher, David und Neha wurden an den Armen gepackt und von den Hockern hochgezerrt. Die beiden Gestalten nahmen je eine Fackel, führten sie jedoch nicht aus dem Raum hinaus, sondern durch eine andere Felsspalte weiter ins Innere der Höhle hinein.

Durch eine massive Gittertür betraten sie eine kleine Nische, die sich feucht und kühl anfühlte. Einer der beiden Wärter entzündete eine Wachsschale und stellte sie mitten auf den Boden. Dann löste er ihre Handfesseln, verließ zusammen mit seinem Kamerad den Raum und sperrte ab.

Wenig später kehrten sie mit drei Tonkrügen zurück und stellten sie vor die Gittertür. Christopher erhob sich, griff durch die Metallstäbe und holte sie in ihr Gefängnis herein.

55.

Layla Iversen verstaute den Kommunikator in der Innentasche ihrer ärmellosen Weste und leerte das Glas mit dem Fruchtsaft. Sie saß als einziger Gast in einem schäbigen Lokal im Zentrum von Discardtown, wo sie soeben über Hyperfunk von Jason Farrow erfahren hatte, dass Christopher, David und Neha am Raumhafen von Kolonisten gefangen genommen worden waren.

Das änderte ihre Ausgangslage radikal. Es konnte sein, dass man über ihre Ankunft Bescheid wusste. Sie musste die Stadt so schnell wie möglich verlassen, bevor man sie aufspürte.

Was hatten sie auf dem Touristenschiff zu suchen? Sie hatte Vanelli doch angewiesen, im Raumgleiter auf sie zu warten. Mit eingeschaltetem Schutzschirm war dieses Schiff so gut wie uneinnehmbar. Zumindest nicht mit den hiesigen Möglichkeiten.

Oder waren sie unter irgendeinem Vorwand dorthin gelockt worden?

Das musste nicht unbedingt sein. Sie traute Christopher jede Eigenmächtigkeit zu. Der Kerl konnte sich einfach nicht an Anweisungen halten. Auf der anderen Seite fragte sie sich, was es in diesem Touristenschiff zu erforschen gab. Farrow konnte ihr nicht sagen, ob noch irgendwelche Fluggäste oder Crewmitglieder an Bord waren.

Zumindest wusste er, in welche Richtung man die drei verschleppt hatte. Dies konnte für sie ein erster brauchbarer Hinweis zum Verbleib der beiden Agenten und der übrigen vermissten Zivilisten sein, falls alle Entführten am selben Ort gefangen gehalten wurden.

Für Layla erhärtete sich der Verdacht, dass jemand auf MOLANA-III ein ganz großes Ding plante oder bereits durchführte. Nur hatte sie noch keine Idee, wer dahintersteckte und um was es sich handelte. Die Einwohner schienen nicht den blassesten Schimmer zu haben. Trotzdem gab es nicht wenige, die sich ziemlich merkwürdig verhielten.

Farrow hatte ihr mitgeteilt, dass es gewöhnliche Landarbeiter waren, die Christopher, David und Neha entführt hatten. Eine Tatsache, die ganz und gar nicht ins Muster ihrer bisherigen Ermittlungen passte. Es zeichnete sich jedoch immer deutlicher ein Zusammenhang zwischen den bisherigen Vermissten und den nun verschleppten Crewmitgliedern der *Space Hopper* ab. Mit großer Wahrscheinlichkeit waren alle verschleppt worden. Doch zu welchem Zweck?

Bisher war niemand wieder aufgetaucht, weder tot noch lebendig. Wenn sie Christopher, David und Neha fand, könnte dies ein erster konkreter Fortschritt in ihren Ermittlungen sein.

Sie erhob sich, verließ das Lokal und sah sich nach einer Transportgelegenheit um. Viele Landarbeiter und Bauern waren mit ihren Arbeitsfahrzeugen unterwegs. Vielleicht konnte sie mit jemandem mitfahren, der zufällig in die gleiche Richtung fuhr.

Sie machte sich zunächst zu Fuß in Richtung Stadtrand auf den Weg. Die Stadt selbst machte einen heruntergekommenen Eindruck. Obwohl Anzeichen dafür existierten, dass sich die Infrastruktur erholte und neu organisiert wurde, waren die Spuren der jahrelangen Vernachlässigung immer noch deutlich zu sehen. Im Zentrum existierten ein paar wenige Shops, in denen die notwendigsten Waren für das urbane Leben angeboten wurden. Daneben gab es jedoch viele verwahrloste und schmutzige Slums und verlassene Industrieviertel mit Fabrikruinen.

Eine halbe Stunde später hatte sie den Stadtrand erreicht und marschierte weiter die Straße entlang. Ab und zu wurde sie von Landwirtschaftsfahrzeugen überholt. Layla wollte erst außerhalb der Stadt nach einer Mitfahrgelegenheit Ausschau halten. Man konnte nie wissen, von wem man in der Stadt beobachtet oder beschattet wurde. Solange sie zu Fuß unterwegs war, weckte sie weniger Argwohn.

Nachdem sie unbewohntes Gebiet erreicht hatte, drehte sie sich um. Zwei Fahrzeuge näherten sich ihr in gemächlichem Tempo. Das erste ließ sie passieren, beim zweiten hob sie die Hand und hielt es an. Die Fahrerin, eine ältere Frau, ließ sie aufsteigen.

In der folgenden Stunde Fahrt erzählte ihr die Frau von ihren nicht sehr erfolgreichen Verkäufen in der Stadt und von den schlimmen Verhältnissen in der Kolonie. Die Verwaltung sei nicht mehr dieselbe wie damals, als die Kolonie gegründet worden war. Aber immerhin gäbe es auf dem Land seit kurzer Zeit einige Verbesserungen.

Layla war froh, nicht selbst für eine Unterhaltung sorgen zu müssen. Sie wollte auf keinen Fall auf sich aufmerksam machen.

Nach etwas mehr als einer Stunde Fahrt entdeckte sie am Fuße des Gebirgszugs einen dunklen Fleck, der wie eine Felsspalte aussah. Ohne sich von dieser Entdeckung etwas anmerken zu lassen, ließ sie die Frau anhalten, bedankte sich und stieg aus. Dann verließ sie die Straße und marschierte quer durchs Gelände. Wenig später gelangte sie auf einen einfachen Feldweg und folgte ihm weiter in Richtung der Felsspalte.

Nur nicht zu schnell gehen, dachte sie sich. Auch nicht zu zielstrebig auf die Felsspalte zuhalten. Es sollte den Anschein machen, als wäre sie zufällig und ohne bestimmtes Ziel hier. Da sie sich einem möglichen potenziellen Gefangenenort näherte, musste sie auf der Hut sein. Das Gelände wurde mit Bestimmtheit überwacht.

Nach einer weiteren halben Stunde kam sie an einem Hof vorbei, der von einer großen Anbaufläche umgeben war. Sie blieb kurz stehen, betrachtete den Garten, sah auf das Namensschild am Straßenrand und ging unauffällig und gleichgültig weiter.

Plötzlich tauchten hinter dem Nebengebäude ein halbes Dutzend Leute auf. Sie trugen Landwirtschaftswerkzeuge und näherten sich ihr zielstrebig. Layla versuchte sie zu ignorieren und schlenderte gemächlich weiter. Doch dann wurde sie von den Leuten eingekreist. Anfangs tat sie so, als würde sie es nicht bemerken und ging weiter. Als die Menschen nur noch ein paar Schritte von ihr entfernt waren, blieb sie stehen und sah sie der Reihe nach an. »Was wollt ihr von mir?«

Sie antworteten nicht. Stattdessen näherten sie sich ihr einen weiteren Schritt, als wollten sie ihr den Weg versperren.

Was sollte sie tun? Auf keinen Fall Aufsehen erregen, indem sie die Kerle provozierte. Also drehte sie sich um und ging langsam den Weg zurück, den sie gekommen war. Als sie sich nach einigen Metern umdrehte, stellte sie fest, dass die Leute ihr nicht folgten. Ein klares Indiz dafür, dass man sie lediglich auf dem Weg zu dieser Felsspalte aufhalten wollte. Auf jeden Fall deutete es darauf hin, dass sie auf dem richtigen Weg war.

Layla sah sich unauffällig in der Gegend um, in der Hoffnung, einen alternativen Weg zu der Felsspalte zu finden. Aber die Lage war hoffnungslos. Nur karge Steppe mit mäßigem Pflanzenwuchs, der ihr hätte Deckung bieten können. Falls sie es von der anderen Seite her versuchen wollte, musste sie entweder einen riesigen Bogen um das Gelände machen oder auf etwa halbe Höhe an dem Hügelzug hochsteigen, wo es genug Deckung durch Buschwerk und Felsbrocken gab. Obwohl anstrengender, war Letzteres die kürzere und schnellere Variante. Also ging sie den Weg zur Straße zurück und hielt nach einer Stelle Ausschau, an der sie unauffällig nach links abbiegen und den Weg wieder verlassen konnte. Doch so sehr sie auch spähte, es gab nichts, was ihr ein unbemerktes Annähern an den Hügelzug ermöglichte.

Blieb ihr nur noch eine Möglichkeit. Sie musste die Nacht abwarten.

56.

Nachdem Christopher die drei Wasserkrüge zwischen den Gitterstäben hindurch in ihr Gefängnis geholt hatte, verteilte er sie an David und Neha. David war der erste, der davon trank. Anschließend tat es Neha.

Doch kaum hatte sie einen Schluck getrunken, verkrampfte sich ihr Körper. Erschrocken starrte Christopher in ihr verzerrtes Gesicht, ging vor ihr auf die Knie und versuchte, sie in die Arme zu nehmen. Sie hob die Hand und wehrte ihn ab.

Gift!, war Christophers erster Gedanke. Sofort schüttete er sein Wasser weg.

Als er mit einem kurzen Blick zu David feststellte, dass dieser in einen apathischen Zustand verfallen war und nicht merkte, was mit Neha geschah, änderte er augenblicklich seine Vermutung. Die neue Erkenntnis traf ihn wie ein Hammer. Er erinnerte sich an die zerlumpten Gestalten, die ihn und seine Gefährten im Touristenschiff überwältigt und hierher gebracht hatten. Nun blickte er in Davids Augen und erkannte in ihnen denselben willenlosen Ausdruck.

Das Wasser!

Neha schien jedoch anders darauf zu reagieren. Ihr verkrampfter, in einer Fötusstellung liegender Körper und das verzerrte Gesicht zeugten von großen Schmerzen.

Er versuchte noch einmal, sie in die Arme zu nehmen. »Wie geht es dir?«

»Ich spüre einen enormen Druck in meinem ganzen Körper«, antwortete sie ächzend. »Als würden sich sämtliche Muskeln gleichzeitig anspannen und zusammenziehen.«

»Ich vermute, es hat etwas mit dem Wasser zu tun. Da ist irgendetwas drin.«

»Ja«, stöhnte sie. »Es enthält eine ähnliche Substanz wie das Wasser in der Sphäre. Aber nicht genau dieselbe. Diese beiden Substanzen vertragen sich nicht.«

»Woher weißt du das?«
»Sie wissen es.«
»Wer?«
»Die Partikel in mir. Sie kämpfen gegen die fremden an.«
Christophers Gedanken rasten. Die Sphäre hatte ihnen den Hinweis auf eine mögliche Existenz von Partikeln auf dem Planeten MOLANA-III geliefert. Auch Ahen hatte zu Ernest gesagt, auf MOLANA-III würden sie finden, wonach sie suchten. Hatten sie diese Partikel gemeint? Falls ja, war es möglich, dass sich die Partikel auf MOLANA-III von den Partikeln in den Sphären zu stark unterschieden?

Nur aufgrund der Hinweise, dass es hier eine Lebensform gab, die imstande war, Nanopartikel zu reproduzieren, waren sie überhaupt nach MOLANA-III gereist. Das konnte unter Umständen heißen, dass es auf diesem Planeten bereits Nanopartikel gab, bevor sie von den gesuchten Wesen repliziert wurden. War es möglich, dass sich diese Nanopartikel derart unterschieden, dass sie sich mit jenen der Sphären nicht vertrugen? Nehas Reaktion deutete jedenfalls darauf hin. Dann wären die hiesigen Partikel nicht brauchbar. Zumindest nicht in der Form, wie jene in diesem Wasser.

Neha atmete heftig. Christopher kniete auf dem Boden und drückte ihren Körper an sich.

»Kann ich irgendetwas für dich tun?«
»Nein, ich muss warten, bis meine Partikel die fremden assimiliert haben. Dann wird es mir wieder besser gehen.«
»Glaubst du, sie schaffen es?«
»Ja, das werden sie. Aber sie brauchen Zeit dafür.«

Wenn es den Partikeln aus der Sphäre tatsächlich gelang, die fremdartigen umzuwandeln, wären sie doch brauchbar. Um Gewissheit zu haben, brauchte er nur zu warten, bis Neha keine Schmerzen mehr hatte und der Umwandlungsprozess abgeschlossen war, so zynisch dies auch klang.

Er blickte zu David hinüber, der immer noch in apathischem Zustand mit dem Rücken an die Wand gelehnt auf dem Boden saß und teilnahmslos geradeaus blickte.

Wie lange würde dieser Zustand anhalten? Vielleicht hing es von der Menge des Wassers ab. Leider hatte Christopher nicht darauf geachtet, wie viel David getrunken hatte. Also blieb auch hier nur die Möglichkeit abzuwarten.

Doch was würde geschehen, sollte Golenko ihm Befehle geben? David würde sie blindlings ausführen und im schlimmsten Fall sogar gegen ihn und Neha vorgehen. Soweit durfte es nicht kommen.

Er sah sich in der Höhle um. Eine Fluchtmöglichkeit schien es nicht zu geben. Zumindest nicht in dieser Gefängnisnische. Außerhalb des vergitterten Raumes waren die Felswände von vielen kleinen Spalten durchsetzt. Aber ob eine davon ins Freie führte, war fraglich. Sie befanden sich ziemlich weit im Innern des Berges.

Neha regte sich und hob den Kopf. In den letzten Minuten hatte er sie nur gehalten und gewartet. »Geht's wieder einigermaßen?«

»Ja.« Ihre Stimme klang klarer. »Ich glaube, die fremden Partikel wurden vollständig angepasst.«

Das war schon mal ein gutes Zeichen. Somit konnten die Partikel von MOLANA-III vermutlich für die Sphären verwendet werden. Nun mussten sie nur noch die Lebewesen finden, die in der Lage waren, sie zu reproduzieren. Aber das primäre Problem bestand in der Tatsache, dass sie gefangen waren und zuerst einen Weg in die Freiheit finden mussten. Außerdem galt es, mehr über Golenkos Pläne in Erfahrung zu bringen.

»Was ist mit David?« Neha blickte beunruhigt zu ihrem Gefährten hinüber.

»Er ist apathisch. Das Wasser scheint ihm nicht gut bekommen zu sein.«

»In diesem Zustand ist er manipulierbar. Die Partikel bauen sich nur langsam ab. Wir müssen davon ausgehen, dass wir eine längere Zeit nicht mit ihm rechnen können.«

»Das macht eine Flucht noch schwerer.«

»Hast du einen Plan?«

»Eigentlich nicht, aber als wir hergeführt wurden, habe ich einige Felsspalten entdeckt. Eine davon war etwas größer. Vielleicht führt sie ins Freie.«

»Wie willst du das herausfinden?«

»Das weiß ich im Moment auch nicht.«

Plötzlich hörten sie ein Geräusch. Einer der beiden Männer, die sie eingesperrt hatten, erschien und schloss die Gittertür auf. Er gab ihnen mit einem Wink zu verstehen, ihm zu folgen. Christopher und Neha standen auf. Christopher griff nach Davids Arm und zog ihn mit sich.

57.

Christopher, Neha und David wurden aus dem vergitterten Raum in den Höhlengang gebracht, der zu Golenkos Nebenraum führte. David ließ sich willenlos mitführen. Der Mann, der sie abholte, hatte bisher kein einziges Wort gesprochen.

Christopher hielt nach der bestimmten Felsspalte Ausschau, die ihm auf dem Hinweg aufgefallen war. Er hatte dort einen feinen Luftzug gespürt und einen kurzen Blick hineinwerfen können. Es schien ihm sogar, wage das Plätschern von Wasser vernommen zu haben. Vielleicht war es auch nur Einbildung gewesen. Sollte es jedoch einen unterirdischen Wasserlauf geben, konnte dieser ins Freie führen.

Es war ein großes Wagnis, dort hineinzukriechen. Falls der Gang zu schmal wurde, wäre eine Rückkehr unter Umständen nicht mehr möglich. Zudem wollte er zuerst Näheres über Golenkos Pläne in Erfahrung bringen. Es konnte von entscheidender Wichtigkeit sein, dieses Wissen an die richtigen Stellen weiterzuleiten.

Als sie in den Nebenraum geführt wurden, saß Golenko an seinem kargen Tisch und trank einen heißen Tee.

»Bitte setzen Sie sich«, bat er sie höflich. »Darf ich Ihnen auch einen Tee anbieten?«

»Nein danke«, antwortete Christopher wirsch.

»Sie können sicher sein, dass sich nichts Schädliches darin befindet.«

Er hob den Krug und füllte drei Tassen, die bereits auf dem Tisch standen. Anschließend goss er sich selbst nach, hob sein Gefäß und trank.

»Sehen Sie. Ich trinke auch davon.«

Christopher hob seine Tasse und nahm einen Schluck. Neha und David taten es ihm gleich.

»Was haben Sie eigentlich für Pläne?« Christopher stellte die Tasse wieder ab.

»Also, erstens möchte ich Ihnen wirklich keinen Schaden zufügen. Sie sollen einfach eine Weile meine Gäste bleiben. Zweitens werde ich mich zu gegebener Zeit wieder dort befinden, wo ich hingehöre, und auch ein mir zustehendes Amt bekleiden.«

»Sie wollen nach Tongalen zurück?«

»Warum nicht? Es ist meine Heimat.«

»Aber dort werden Sie gesucht. Man wird Sie verhaften und Ihnen den Prozess machen.«

Er lächelte süffisant, dachte eine Weile nach und erwiderte: »Nicht, wenn ich vorher gewisse Vorkehrungen treffe.«

»Was für Vorkehrungen?«

»Sagen Sie nicht, Sie könnten es sich nicht vorstellen. Ich hatte Sie bisher für klüger eingeschätzt.«

»Ich kann mir nicht vorstellen, dass Sie noch einmal versuchen wollen, Tongalen in Ihre Gewalt zu bringen.«

»Da wäre ich mir nicht so sicher.

»Einerseits hat der Administrative Rat aus dem ersten Versuch seine Lehren gezogen und ist wesentlich besser auf solche Vorfälle vorbereitet und gerüstet. Andererseits fehlen Ihnen die Gerätschaften, die man für ein solches Unternehmen benötigt.«

Golenko sah Christopher mit seinem typisch selbstsicheren Blick in die Augen und äußerte sich nicht dazu.

Seine neue Armee, schoss es Christopher durch den Kopf. Er hatte es fertiggebracht, die Bevölkerung mit diesem Wasser zu versorgen und die Menschen somit willenlos gemacht. Nun hatte er die Macht über sie und konnte sie für seine Zwecke einsetzen.

Wie groß war seine Armee mittlerweile? Zu was waren diese Menschen überhaupt fähig? Hatten sie Waffen? Konnten sie damit umgehen?

Christopher sah zu David, der nach wie vor völlig teilnahmslos am Tisch saß und seine Teetasse nicht wieder angerührt hatte.

»David, trink deinen Tee!« Sofort griff dieser nach der Tasse, führte sie an seinen Mund und trank sie leer. Dann stellte er sie wieder auf den Tisch zurück.

»Wie ich sehe, haben Sie es doch kapiert«, sagte Golenko in zynischem Ton. »Sie können sich vorstellen, dass meine Möglichkeiten alles andere als bescheiden sind.«

»Sie missbrauchen ein ganzes Volk für Ihre heimtückischen Zwecke?« Christopher war fassungslos.

»Die Menschen dienen einem guten Zweck«, erwiderte er.

»Diese Aussage habe ich von Ihresgleichen in der Vergangenheit schon zur Genüge zu hören bekommen. Kommen Sie mir nicht wieder mit derselben Leier. Das sind einfache Menschen, die keine Kampferfahrung haben. Sie wollen mit so einer Laienarmee eine ganze Kolonie erobern? Können Sie sich überhaupt vorstellen, wie viele dieser Menschen dabei sterben werden?«

»Wie ich bereits sagte, müssen gewisse Opfer einkalkuliert werden.«

»Ach, hören Sie auf mit dem Scheiß!«, schrie Christopher ihn an.

»Ihre Manieren haben sich seit unserer letzten Begegnung anscheinend nicht gebessert.«

»Genau wie Ihre verblendeten Vorstellungen und Pläne«, erwiderte Christopher scharfzüngig. »Woher nehmen Sie sich eigentlich das Recht, über ein ganzes Volk zu bestimmen und ihm eine andere Lebensweise aufzuzwingen? Das ist es doch, was Sie beabsichtigen, oder? Den Tongalern die Freiheit zu beschneiden.«

Golenko starrte ihn eine Weile überrascht an. Dann fuhr er fort: »Wie ich sehe, haben Sie weit mehr erkannt, als ich gedacht hatte.«

»Eine Diktatur, habe ich recht? Sie wollen eine Diktatur aufbauen.«

»Können Sie sich nicht vorstellen, dass wir Tongaler selber bestimmen möchten, welchen Lebensstil wir pflegen?« Neha hielt es nicht mehr aus, zu schweigen.

»Lebensstil?«, schrie Golenko. »Ihr besitzt gar keinen Lebensstil. Ihr lebt nur nach euren instinktiven Bedürfnissen, geprägt von Unvernunft und Faulheit. Ihr habt keinerlei Ehrgeiz, eure Gesellschaft weiterzuentwickeln. Marac Kresnan hatte das richtig erkannt. Er wollte euch den Fortschritt bringen, die Möglichkeit, in der Entwicklung mit anderen Kolonien Schritt zu halten. Nur war dieser Idiot so von Rache besessen, dass es schief gehen musste. Ich werde mich nicht von derartigen Gefühlen hinreißen lassen.«

»In diesem Punkt muss ich Ihnen entschieden widersprechen«, hielt ihm Christopher entgegen. »Der Lebensstil der Tongaler könnte nicht besser sein. Die Menschheit auf meinem Heimatplaneten hatte Jahrhunderte lang danach getrachtet, sich in allem Möglichen zu steigern. In allen Dingen wollte man noch mehr erreichen, noch besser werden. Sei es im Beruf, Sport oder in anderen Wettbewerben. Wirtschaftlicher Gleichstand bedeutete Rückschritt. Wenn sich ein Staat diesem globalen Trend nicht anpasste, war er früher oder später dem Untergang geweiht. Viele Länder hatten sich mit der Zeit derart verschuldet, dass sie in Bürgerkriege gerieten, auseinanderfielen und in andere Staaten einverleibt wurden. Zudem hatte sich seit Anbeginn der Zivilisation und vor allem seit der Industrialisierung eine Gruppe von Menschen gebildet, deren Lebensziel nur darin bestand, nach mehr Reichtum und Macht zu streben. Diese sogenannte Elite hob sich immer mehr vom Rest der Menschheit ab, sodass sie eines Tages nur noch unter ihresgleichen lebte. Diese Leute lenkten die Weltwirtschaft, beeinflussten die Staatsregierungen und manipulierten den Rest der Bevölkerung. Auch in religiösen Institutionen waren sie vertreten und trugen dazu bei, die Menschen gefügig zu machen, indem sie mit irgendwelchem Unheil drohten, wenn sie nicht an das glaubten, was ihnen vorgeschrieben wurde. Mit dem Ziel, die Stabilität unter der Bevölkerung aufrecht zu erhalten. Doch im Endeffekt konnten weder Macht und Reichtum noch die totale Kontrolle über die Bevölkerung verhindern, dass das System scheiterte. Kommt noch dazu, dass sich die Natur zurückholte, was wir ihr genommen hatten. Wie Sie bestimmt wissen, ist die Menschheit als Folge davon in beinahe mittelalterliche Zustände zurückgefallen.«

»Netter Vortrag«, antwortete Golenko lakonisch. »Glauben Sie, ich habe diese Entwicklung nicht studiert? Glauben Sie, ich würde dieselben Fehler machen?«

»Es gab immer wieder Menschen, die so dachten und es besser machen wollten. Ob dabei edle Motive im Spiel waren oder pure Berechnung, sei dahingestellt. Edle Motive kann ich mir bei Ihnen beim besten Willen nicht vorstellen, wenn ich mir ihr bisheriges Vorgehen betrachte.«

»Jeder Weg verlangt gewisse Opfer.«

»Sie wiederholen sich. Schon das Einkalkulieren von Opfern nimmt Ihrer Methode jegliche Legitimität.«

»Ich sehe es nicht so. Wie Sie selbst gerade sagten, hat sich die Natur auf der Erde das zurückgeholt, was die Menschen ihr genommen haben. Gab es dabei etwa keine Opfer?«

»Wenn Sie glauben, sich mit der Natur auf eine Ebene stellen zu können, sind Sie größenwahnsinnig.«

»Und Sie sind blind und naiv, wenn Sie denken, dass sich die Geschicke einer Gesellschaft ohne Opfer weiterentwickeln können.«

Christopher senkte seinen Blick nach unten und schüttelte den Kopf. Es hatte keinen Sinn, mit Golenko weiter zu diskutieren. Der Mann war tatsächlich größenwahnsinnig. Dagegen kam kein Argument an. Doch im Verlauf des Gesprächs hatte er einige wertvolle Informationen über seine Pläne erhalten.

»Woher haben Sie eigentlich dieses Wasser?«, fragte Christopher nach einer Weile.

»Glauben Sie wirklich, ich würde Ihnen dies verraten?«

»Was geschieht, wenn es Ihnen ausgeht? Ich nehme nicht an, dass es davon unendlich viel gibt. Was werden die Leute mit Ihnen anstellen, wenn sie wieder gewöhnliches Wasser trinken und nicht mehr unter Ihrem Einfluss stehen? Haben Sie sich darüber schon mal Gedanken gemacht?«

»Das lassen Sie meine Sorge sein!« Golenko versuchte, selbstsicher zu wirken. Doch Christopher spürte die Unsicherheit in seiner Stimme.

»Und Sie kennen bestimmt auch die Ursache, warum dieses Wasser eine solche Wirkung auf die Menschen hat.« Christopher sah ihm eindringlich in die Augen.

Golenko zögerte. Die Unsicherheit war nun deutlicher zu spüren. Christopher hatte den Eindruck, dass sich Golenko in die Enge getrieben fühlte.

»Sie wissen es nicht. Habe ich recht?«

»Wissen Sie es denn?« Noch mehr Verunsicherung.

»Ja, ich weiß es.«

»Sie bluffen.«

»Nein, ich weiß es tatsächlich.«

»Woher sollten Sie das wissen? Sie machen mir doch etwas vor, um mich zu verunsichern!« Golenko war nun sichtlich gereizt.

»Ich weiß es, weil ich die Beschaffenheit dieses Wassers kenne. Besser gesagt, ich kenne das Element, das diese Wirkung erzeugt. Ich gehe jede Wette ein, Sie haben davon keine Ahnung.«

Golenko schwieg und starrte Christopher mit zornigem Blick an.

»Ich glaube viel eher, Sie haben dieses Wasser und dessen Wirkung zufällig entdeckt und nutzen es jetzt für Ihre Zwecke aus.«

Golenko sagte immer noch nichts. In seinem Gesicht machte sich die Zornesröte breit und seine Kiefer mahlten. Christopher hielt seinem Blick stand.

Nach einem langen angespannten Moment flüsterte Golenko: »Ich werde Sie vernichten. Ich werde Sie zertreten wie einen giftigen Käfer. Sie werden es nicht noch einmal schaffen, meine Pläne zu zerstören.«

»Gott hat Sie schon das letzte Mal im Stich gelassen. Warum sollte er Ihnen jetzt plötzlich zur Seite stehen?«

Golenko erhob sich blitzschnell, sodass sein Stuhl nach hinten kippte und polternd auf den Boden krachte. »Leute!«, schrie er. »Kommt her und bringt die Gefangenen wieder in den Käfig!«

Kaum hatte er es gesagt, erschienen ein halbes Dutzend Gestalten und stürzten sich auf Christopher, Neha und David.

David reagierte überhaupt nicht und ließ sich von den Männern packen und wegbringen. Christopher und Neha wehrten sich verbissen und konnten sich die Menge fürs Erste auf Distanz halten. Dann stürzte sich Neha mit flinken Bewegungen auf die beiden, die David wegführen wollten, und befreite ihn kurzerhand.

Christopher packte Davids Arm, legte ihn sich über die Schultern und schleppte ihn mit sich in den Gang, der zum Verlies führte. Als er die Felsspalte erreichte, die ihm vorher schon aufgefallen war, verschwand er blitzschnell mit ihm darin. Neha folgte ihnen umgehend. Die Meute war darauf nicht gefasst und blieb für einen Moment verwirrt vor der Öffnung stehen. Dann versuchten einige gleichzeitig, sich hineinzuzwängen und behinderten sich dabei gegenseitig.

Währenddessen drangen Christopher und Neha zusammen mit David weiter ins Innere eines unterirdischen Ganges vor, der sich zuerst etwas erweiterte, dann aber wieder enger wurde und anstieg. Es war stockfinster, und sie konnten nicht erkennen, wie steil der Stollen anstieg und ob er für sie überhaupt groß genug war. Blindlings tasteten sie sich vorwärts.

Nach einer schier endlosen Kraxelei verharrte Neha regungslos. »Ich spüre Wasser.«

Christopher tastete sich vor und schloss zu ihr auf. »Du hast recht. Es muss von irgendwoher kommen. Dieser Wasserlauf führt bestimmt nach draußen.«

Gemeinsam bewegten sie sich weiter. Der Stollen wurde niedriger und stieg noch mehr an.

Neha kroch voraus, hielt zwischendurch immer wieder an und lauschte, während Christopher den Schluss bildete. So konnte er feststellen, wenn David sich nicht mehr weiterbewegte.

Nachdem sie etwa eine halben Stunde stetig bergauf gekrochen waren und fast nicht mehr daran glaubten, jemals wieder das Tageslicht zu erblicken, schien der Stollen einen Knick zu machen und wieder leicht abwärts zu führen.

Neha hatte mit der Dunkelheit und der Enge des Stollens besonders Mühe. Sie kam sich vor wie in einer winzigen, düsteren Zelle. Zudem bedeutete jede ihrer Vorwärtsbewegungen einen Schritt ins Ungewisse. Sie befürchtete, jeden Moment auf ein unüberwindbares Hindernis zu stoßen oder gar in eine Felsspalte zu stürzen. Mehr und mehr spürte sie Panik in sich aufkommen.

Währenddessen kämpfte Christopher mit anderen Problemen. Er hatte sich an einem spitzen Stein die Außenseite seines Unterschenkels aufgeschrammt und blutete wahrscheinlich stark. Mit jedem Pulsschlag spürte er den Schmerz. Zudem hatte er keine Ahnung, was sich vor ihm abspielte. Auch hatte er den Eindruck, dass mit David etwas nicht stimmte. Während dieser bisher Zentimeter um Zentimeter vorwärtsgekrochen war, blieb er nun immer öfter abrupt stehen und rührte sich für einen Moment nicht vom Fleck. Diese Zwischenstopps wurden häufiger. Die Tatsache, dass Christopher den Grund dafür nicht erkennen konnte, zerrte zusätzlich an den Nerven.

»Hier können wir nicht mehr weiter.« Nehas von Keuchen erfüllte Stimme riss ihn aus seinen Gedanken. »Es ist zu eng.«

Kaum hatte sie diese Feststellung erwähnt, vernahmen sie ein dumpfes Grollen und eine leichte Erschütterung.

»Was war das denn?«, fragte sie erschrocken.

»Es klang wie eine Explosion. Golenko hat anscheinend den Eingang des Stollens gesprengt.«

»Dann können wir nicht mehr zurück.«

»So scheint es. Zudem werden wir gleich die Druckwelle zu spüren bekommen.«

»Vorwärts können wir auch nicht. Es ist zu eng.«

»Versuch es noch mal. Wir müssen durch.«

Christopher hörte, wie Neha in der Dunkelheit die Umgebung abtastete.

»Es geht nicht«, erwiderte sie nach einigen Versuchen. »Es geht einfach nicht!«

Plötzlich spürte Christopher Davids Füße an seinem Körper. Anscheinend versuchte er, rückwärts zu kriechen.

»David? Was machst du?«

»Raus«, schrie er angsterfüllt. »Ich will raus!«

Dann fing er an zu strampeln und um sich zu schlagen, während die Druckwelle Staub und Sand über sie hinwegfegte.

58.

Nachdem Layla die Nacht abgewartet hatte, schlich sie in Richtung Hügelzug und blieb immer wieder stehen, um nach Verfolgern zu lauschen. Aber anscheinend dachten die Leute, sie wäre in die Stadt zurückgekehrt.

Als sie den Fuß des Hügels erreicht hatte, suchte sie einen Weg nach oben. Dies war nicht so einfach, da sie in der Dunkelheit nicht sehr viel erkennen konnte. Mehrmals rutschte sie ab und konnte sich nur mühsam an irgendwelchen Pflanzen festhalten. Dabei zog sie sich die eine oder andere Schramme zu.

Trotzdem gelangte sie immer weiter hinauf. Aber die Bäume und Sträucher verdichteten sich mehr und mehr. Dann wurde der Boden felsiger und erschwerte ihr das Vorankommen zusätzlich. Sie setzte sich und ruhte sich einen Moment aus. Langsam gewöhnten sich ihre Augen an die Dunkelheit. Die Lichter der Stadt waren noch weiter in die Ferne gerückt.

Bevor sie weiterging, versuchte sie sich den Hügelzug in Erinnerung zu rufen, so wie sie ihn bei Tageslicht gesehen hatte, um abzuschätzen, in welche Richtung sie gehen musste. Doch genau auf diesem Weg schien der Boden felsig und schwer begehbar zu sein. Es bestand die Gefahr, auszurutschen und abzustürzen. Insgeheim verfluchte sie den Entschluss, bei Nacht zu gehen.

Erneut setzte sie sich, um sich auszuruhen und nachzudenken. Gleichzeitig hörte sie in einiger Entfernung unter sich das leise Plätschern von Wasser. Sie konnte sich jedoch nicht erinnern, bei Tag einen Fluss oder etwas Ähnliches gesehen zu haben. Sie entschloss sich, nach diesem Gewässer zu suchen, um ihre Trinkwasserflasche nachzufüllen. Vielleicht gestaltete sich von dort aus der Weg nach oben etwas weniger beschwerlich. Sie lauschte, um die ungefähre Richtung auszumachen, und machte sich langsam an den Abstieg.

Das Geräusch des Wassers näherte sich. Doch plötzlich trat sie ins Leere, konnte sich noch an den Zweigen eines Gebüschs festhalten. Dieses gab jedoch nach, worauf sie den Halt verlor und die Böschung nach unten rutschte. Wild um sich greifend versuchte sie, irgendwo Halt zu finden. Doch es gab nichts. So glitt sie ein Stück weit über nackten Fels in die Tiefe.

Dann spürte sie nichts mehr unter sich. Keine Pflanzen, keinen Felsboden, nur noch Leere.

Sie fiel.

59.

»Hör auf zu strampeln!«, schrie Christopher. »Du triffst mich sonst im Gesicht.«

»Ich will raus! Ich sehe nichts! Ich will raus!« David schien in Panik geraten zu sein.

»Wir bringen dich raus. Aber das können wir nur, wenn du dich ruhig verhältst.«

»Ich will zurück!«

»Wir können nicht zurück. Der Stollen ist verschüttet. Wir können nur vorwärts.«

David wurde ruhig. Christopher vernahm die Geräusche, die Neha bei ihren wiederholten Versuchen, die enge Stelle im Stollen zu passieren, verursachte. Er spürte auch ihre Verzweiflung darüber, dass es ihr bisher nicht gelungen war.

»Wenn ich mich doch nur umdrehen könnte«, haderte sie mit sich selbst. »Dann könnte ich mit den Füßen dagegentreten. Ich glaube, da ist ein loses Stück Fels.«

Christopher tastete mit den Händen die Stollenwände ab, in der Hoffnung, eine Nische zu finden. Aber so sehr er sich auch bemühte, es gab keine. »Wenn ich doch nur ein bisschen sehen könnte.«

Plötzlich fiel ihm auf, dass Davids Beine verschwunden waren. Christopher streckte seine Hand nach ihm aus und versuchte zu ergründen, wo er war. Zu seinem Erstaunen stellte er fest, dass David aufrecht kniete, obwohl der Stollen nur etwas mehr als einen halben Meter hoch war.

Christopher tastete die Decke ab und fand genau da, wo David kniete, einen Hohlraum. »David, komm runter und rutsch etwas zurück. Neha, gleich hinter dir gibt es in der Decke eine Nische oder ein Loch. Da kannst du dich umdrehen.«

Christopher spürte David in seiner Nähe und hörte scharrende Geräusche, die von Neha stammen mussten.

»Ich habe mich umgedreht«, hörte er sie sagen. »Ich werde jetzt mit den Füßen gegen den losen Stein treten.«

Gleich darauf vernahm Christopher das wiederholte Stampfen. Er zählte die Versuche nicht, die Neha benötigte, bis das Poltern von Geröll erklang. Eine kühle Brise Luft schlug ihm ins Gesicht.

»Du hast es geschafft!«

Als es im Stollen wieder ruhiger wurde, war das Plätschern von Wasser deutlicher zu hören als vorher.

»Hier verläuft ein unterirdischer Wasserlauf.« Neha schien sich durch das soeben herausgeschlagene Loch gezwängt zu haben, denn ihre Stimme erklang entfernt. »Ich kann aber nicht erkennen, wie groß er ist.«

»Kannst du feststellen, wie steil es ist?« Kaum hatte Christopher die Frage gestellt, war er sich im Klaren, dass es eigentlich keine Rolle spielte, wie steil der unterirdische Fluss an dieser Stelle war. Das Gefälle könnte sich überall ändern. Falls sie sich entschlossen, da hinunterzurutschen, würden sie ein großes Risiko eingehen. Das felsige Flussbett war glatt geschliffen und glitschig und bot keinerlei Halt, um wieder zurückzuklettern.

»Es scheint hier nicht sehr steil zu sein«, antwortete Neha nach einer Weile.

»Wenn wir hinunterrutschen, können wir nicht mehr zurück.«

»Wir können auch so nicht mehr zurück. Golenko hat den Eingang zum Stollen gesprengt. Es bleibt uns nichts anderes übrig, als es hier zu versuchen.«

Sie hatte recht. Es war der einzige Weg nach draußen. Ansonsten würden sie in dem Stollen und in der Dunkelheit eines grauenhaften Todes sterben. Bei diesem Gedanken beschlich ihn ein klaustrophobisches Gefühl. Sie hatten tatsächlich keine andere Wahl, als es zu versuchen.

»Ich werde zuerst gehen«, kündigte Neha entschlossen an. »Wenn da unten irgendwo eine enge Stelle ist, habe ich die besseren Chancen durchzukommen. Falls der Durchgang für dich und David zu eng sein sollte, kann ich Hilfe holen.«

Neha strahlte wieder Selbstvertrauen aus. Da Christopher ihr Gesicht in der Dunkelheit nicht sah, konnte er nicht feststellen, ob ihre Aussage ernst gemeint oder nur reiner Zweckoptimismus war.

»Wünsch mir Glück«, hörte er sie sagen.

Als er die Veränderung im regelmäßigen Plätschern des hinunterfließenden Wassers vernahm, wusste er, dass Neha gegangen war. Plötzlich beschlich ihn große Angst, nicht mehr heil herauszukommen. Er spürte die Enge des Stollens und die Unfähigkeit, sich richtig bewegen zu können.

Er wartete etwa fünf Minuten, dann ließ er David an sich vorbei und gab ihm zu verstehen, Neha zu folgen.

Christopher musste sich wieder in den Stollen zurückziehen, damit David genug Platz fand, sich zu drehen.

»Leg dich auf den Bauch und halt den Kopf unten. Dann lässt du dich einfach nach unten gleiten. Wenn du stehen bleibst, stoß dich mit den Armen ab, um weiterzukommen.«

David hielt sich an Christophers Arm fest, während er sich in Position brachte. Dann ließ er los.

Kurz darauf war Christopher alleine. Das beklemmende Gefühl der Platzangst schien sich noch zu verstärken. Er kroch erneut aus dem Stollen in den Schacht hinaus und lauschte. Das regelmäßige Plätschern war zurückgekehrt und vermittelte ihm ein Gefühl der Leere. Die plötzliche Einsamkeit legte sich wie ein Kloß in seinen Magen. Die Gewissheit, nicht einmal mehr mit jemandem reden zu können, führte ihm die Ausweglosigkeit seiner Situation noch deutlicher vor Augen. Nun spürte auch er Panik in sich aufsteigen.

»Reiß dich zusammen«, sagte er leise zu sich selbst. Er musste versuchen, einen kühlen Kopf zu bewahren. Doch dann kehrte sogleich die Sorge um seine Gefährten zurück.

Falls Neha irgendwo feststeckte, musste David unweigerlich auf sie geprallt sein. Er konnte sie dabei möglicherweise schwer verletzt haben. Wenn Christopher nun auch noch von oben in die beiden hineinraste, würde sich die Lage noch verschlimmern.

Aber vielleicht hatten sie einen Ausgang gefunden. Wie auch immer, ihm blieb nichts anderes übrig, als den beiden zu folgen.

Vorsichtig betastete er seine Wunde am Unterschenkel und spürte die verkrustete Stelle. Zum Glück hatte die Blutung aufgehört. Doch er war sich bewusst, dass diese kurze Aktion nur dazu diente, seinen Start noch eine Weile hinauszuzögern.

Doch dann drehte er sich um, streckte die Beine in den Schacht und legte sich vorsichtig auf den Bauch. Sofort spürte er das kalte Wasser, das seine Kleider durchdrang. Noch hielt er sich an der Stollenkante fest. Aber er war sich im Klaren, dass ihm nichts anderes übrig blieb, als loszulassen.

Also ließ er los.

Im ersten Moment spürte er Panik, da er jegliche Möglichkeit, seinen Körper zu kontrollieren, verloren hatte. Er glitt einfach in die Tiefe und wurde immer schneller. Blindlings tastete er nach den Seitenwänden und stellte fest, dass sie genauso glatt waren wie der Boden und er somit keine Chance hatte, mit den Händen eine bremsende Wirkung zu erzielen.

Er wurde noch schneller.

Die Finsternis und die Tatsache, der Geschwindigkeit hilflos ausgeliefert zu sein, schien seine Angst zu beflügeln. Er achtete peinlichst genau darauf, den Kopf möglichst weit gesenkt zu halten. Doch die Furcht, sich unterwegs an einem hervorstehenden Felsstück zu verletzen, nagte immer mehr an seinen Knochen.

Eine weitere Unannehmlichkeit war das kalte Wasser, das seinen Körper zum Frösteln brachte. Immer wieder schwappte es auch in sein Gesicht und behinderte seine Atmung.

Nach einer unendlich scheinenden rasanten Gleitpartie stellte er fest, dass er langsamer wurde. Ein Indiz dafür, dass der Stollen abflachte. Christopher hoffte, nicht ganz anzuhalten. Dann wäre es mühsam weiterzukommen. Sogleich verwarf er den Gedanken wieder, denn wenn der Stollen tatsächlich irgendwo kein Gefälle mehr aufwies, musste er zwangsläufig auf David und Neha treffen.

»Könnt ihr mich hören?«, rief er und lauschte angespannt. Doch außer dem Plätschern umgab ihn nur Stille. Eine unheimliche Stille, die seine Platzangst erneut verstärkte.

Er musste versuchen, einen klaren Kopf zu bewahren. Entweder befanden sich die beiden an einem Ort, an dem das Rauschen des Wassers so stark war, dass sie ihn nicht hören konnten. Oder ihnen war etwas zugestoßen. Er verdrängte diesen Gedanken sogleich wieder.

Doch dann trat das ein, was er befürchtet hatte. Er blieb stehen. Der Stollen schien leicht anzusteigen. Sofort begann er, sich mit den Händen abzustoßen, spürte jedoch Widerstand unter seinem Körper. Der Boden war mit feinem Sand und Kies bedeckt, das sein Weiterkommen massiv erschwerte.

Erneut beschlich ihn Panik. Wenn es in diesem Stil weiterging, wäre er irgendwann derart erschöpft, dass er nicht mehr vorankam. Hinzu kam das kalte Wasser, das seinen Körper immer mehr unterkühlte. Zudem nahm die Höhe des Stollens beängstigend ab. Dafür verbreiterte er sich. Er konnte kaum mehr den Kopf anheben. Sollte es noch enger werden, würde er stecken bleiben.

Aber wie hatten es Neha und David geschafft, hier durchzukommen?

Nachdem er sich auf einem längeren Streckenabschnitt zentimeterweise mühsam mit den Händen abgestoßen hatte, um vorwärtszukommen, verstärkte sich das Plätschern und wurde zu einem Rauschen. Ein Anzeichen dafür, dass es nun sehr steil werden würde.

Kurz darauf spürte er unter seinen Schienbeinen eine schwache Kante, die mehr und mehr nach oben wanderte, je weiter er sich vorwärts bewegte. Als sie seine Leisten erreicht hatte, klappten seine Oberschenkel nach unten.

Bevor er sich darauf einstellen konnte, glitt er über die Kante, und die Abfahrt begann. Wild um sich greifend versuchte er, an den Seitenwänden Halt zu finden, um den Fall zu bremsen. Aber es gelang ihm nicht. Während ihm Wasser ins Gesicht spritzte, wurde er immer schneller. Er hoffte inbrünstig, dass David und Neha nicht irgendwo feststeckten und er in diesem horrenden Tempo in sie hineinraste. Insgeheim rechnete er auch damit, irgendwo an einen Felsen zu prallen. Die Sekunden wurden zu einer Ewigkeit.

Es dauerte noch einige sehr lange Momente, bis sich seine Geschwindigkeit tatsächlich verringerte. Der Stollen wurde breiter, dafür wieder niedriger.

Den Kopf tief unten halten, dachte er. Sonst wird es sehr schmerzhaft.

Das Wasser wurde etwas tiefer. Mittlerweile zitterte er vor Kälte am ganzen Körper. Den Schmerz am Unterschenkel konnte er wegen der einsetzenden Unterkühlung nicht mehr genau lokalisieren.

Er stieß sich mit den Händen ab und versuchte, wieder zu beschleunigen. Weit kam er jedoch nicht, da spürte er an seinem Gesäß einen Widerstand. Der Stollen war an dieser Stelle so niedrig, dass er nicht hindurchzukommen schien. Aber da David und Neha nicht hier waren, mussten sie es geschafft haben. Er versuchte, sich möglichst flach zu machen, stieß sich erneut ab und spürte die felsige Stollendecke an seiner Hose zerren.

Wieder geriet er in Panik. Was wäre, wenn es nach dieser Enge wieder nach unten ging und er mit dem Kopf oben stecken blieb? Er versuchte mit den Füßen, das Gefälle zu ergründen, und atmete auf, als er unter den Zehenspitzen Boden spürte.

Er zwängte sich weiter. Dann gaben seine Hosen nach, das kurze Geräusch eines entstehenden Risses, und er war mit den Hüften unter der Enge hindurch. Vorsichtig schob er sich weiter und legte den Kopf seitwärts flach auf den Stollengrund ins Wasser.

Kurz darauf spürte er an seinem Ohr die Felsdecke und drückte den Kopf noch mehr ins Wasser. Er musste den Atem anhalten, da auch seine Nase unter Wasser geriet. Zentimeter für Zentimeter schob er sich weiter.

Als er den Kopf wieder anheben wollte, um Atem zu holen, spürte er sofort die Stollendecke am Ohr. Immer wieder stieß er sich kräftig ab, da ihm langsam die Luft ausging, aber er kam trotzdem jedes Mal nur ein kleines Stück vorwärts.

Die Angst vor dem Ertrinken machte sich in ihm breit. Mit aller Kraft schob er sich weiter, versuchte nach jeder noch so geringen Vorwärtsbewegung, den Kopf anzuheben. Der Sauerstoffmangel verursachte in seinem ganzen Körper ein unangenehmes Kribbeln. Wenn er nur nicht die Besinnung verlor und instinktiv Wasser einatmete.

Als er schon beinahe die Hoffnung aufgegeben hatte, jemals wieder Luft zu atmen, hob er einmal mehr den Kopf und spürte keinen Widerstand mehr. Keuchend sog er die Luft in seine Lungen, legte das Gesicht auf seine Hände und atmete tief durch.

Nach einer kurzen Pause stieß er sich wieder ab und bewegte sich weiter. Er hoffte, nicht noch einmal in eine solche Lage zu geraten und dann womöglich doch noch auf Neha und David zu treffen. Er rief erneut nach ihnen, bekam aber wieder keine Antwort.

Dann nahm das Gefälle wieder zu. Er bekam Fahrt und orientierte sich mit den Händen fortwährend an den Seitenwänden. Doch plötzlich waren sie verschwunden. Er griff ins Leere. Kurz darauf stellte er fest, dass er in der Luft hing und fiel.

Der Berg hatte ihn ausgespien.

60.

Der Aufprall ließ nicht lange auf sich warten und gestaltete sich für Layla eher überraschend. Das Klatschen vom Aufschlag auf dem Wasser riss sie aus ihrer Angst vor einem Todessturz.

Sie brauchte eine Weile, bis sie sich bewusst wurde, dass sie in einem knapp metertiefen Bachbett oder Tümpel saß und völlig durchnässt war. Langsam rappelte sie sich auf und ordnete ihre triefenden Kleider. Die Hüfttasche war ebenfalls völlig durchtränkt.

Das Plätschern des Wassers kam nun aus unmittelbarer Nähe. Sie ließ sich wieder auf die Knie nieder und tastete sich auf allen Vieren in die entsprechende Richtung. Als sie die Hand ausstreckte, fühlte sie das herunterstürzende Wasser. Irgendwo oberhalb ihrer momentanen Position musste es über einen Felsen fließen und in dieses Bachbett stürzen. Wegen der Dunkelheit konnte sie jedoch nicht viel erkennen.

Wieder blieb ihr nichts anderes übrig, als zu warten. Doch diesmal nicht auf die Nacht, sondern auf den Tag. Sie tastete sich seitwärts, um eine trockene Stelle neben dem Bachbett zu finden, und wurde schnell fündig. Der Boden fühlte sich weich an.

Nach einer Weile begann sie, trotz angenehmer Lufttemperatur zu frieren. Sie musste aus den nassen Kleidern und sie zum Trocknen auslegen. Mühsam zog sie ein Kleidungsstück nach dem anderen aus, suchte tastend nach irgendwelchen Pflanzen oder Zweigen und legte sie darauf.

Anschließend kauerte sie sich zusammen und schlang die Arme um ihren Körper, in der Hoffnung, sich auf diese Weise wieder aufzuwärmen.

Nach einer Weile hörte sie tatsächlich auf zu frieren und fühlte sich wieder wohler. Sie rechnete nach, wie lange es bis zum Morgengrauen noch etwa dauern würde, und entschied sich, zu schlafen. Sollte es zu einer Konfrontation mit Gegnern kommen, wollte sie frisch und ausgeruht sein. Sie wusste, dass sie einen leichten Schlaf hatte und beim geringsten Geräusch aufwachen würde.

Schon nach kurzer Zeit schlief sie ein.

Ein klatschendes Geräusch riss sie unsanft aus dem Schlaf. Sofort griff sie nach ihrer Strahlenwaffe und ging in Stellung. Sie rief sich das Geräusch noch einmal in Erinnerung und versuchte zu ergründen, wodurch es verursacht worden war. Irgendetwas musste in den Tümpel gefallen sein. Vielleicht ein Stein oder ein Tier.

Mitten im Wasser konnte sie vage eine Bewegung erkennen und zielte darauf. Dann bemerkte sie, wie sich die Umrisse eines Menschen vom Hintergrund abzeichneten und jemand ans Ufer gekrochen kam.

»Keine Bewegung! Wer sind Sie?«

Die Gestalt schnellte erschrocken herum und schien in ihre Richtung zu starren.

»Bitte nicht schießen«, hörte sie eine weibliche Stimme. »Ich bin unbewaffnet.«

»Wer sind Sie?«

»Mein Name ist Neha Araki. Ich komme von der Kolonie Tongalen.«

»Das darf doch nicht wahr sein!«, erwiderte Layla erleichtert. »Was machen Sie denn hier?«

»Wir wurden von einer Gruppe Einheimischer entführt und hierher in eine große Höhle gebracht. Aber wir konnten durch einen Stollen entkommen.«

»Wer ist sonst noch bei Ihnen?«

»Christopher Vanelli und David Mitchell. Eigentlich müssten sie auch gleich hier sein.«

»Dann steigen Sie besser aus dem Wasser. Nehmen Sie die Hände herunter.«

»Sind Sie das, Layla?«, hörte sie Neha verwundert fragen.

»Wer denn sonst? Ich hätte mir denken können, dass Sie sich nicht an meine Anweisung halten würden. Ich werde Christopher den Hals umdrehen.«

Layla hatte die Waffe beiseitegelegt, während Neha aus dem Wasser stieg und sich auf dem moosigen Boden setzte. Sie bemerkte, dass Layla nichts anhatte und sich ein Kleidungsstück vor den Körper hielt.

»Haben Sie etwa nach uns gesucht?«

»Natürlich, nur habe ich nicht damit gerechnet, Sie hier anzutreffen.«

Gleich darauf gab es erneut ein klatschendes Geräusch. »Das wird David sein. Christopher wird wohl als letzter hier ankommen.«

Neha stand auf und half David aus dem Wasser. »David, Layla ist hier. Komm und setz dich bitte.«

»Was ist denn mit dem los?«

»Er ist seit unserer Gefangenschaft apathisch. Das Trinkwasser, das man uns gegeben hat, enthält eine Substanz, die dies verursacht.«

»Sie haben davon nichts abbekommen?«

»Bei mir hat es sich anders ausgewirkt«, antwortete sie. »Es war alles andere als angenehm. Das können Sie mir glauben.«

Das dritte Klatschen unterbrach ihre Unterhaltung abermals. Als Neha einen leisen Fluch vernahm, atmete sie erleichtert auf.

»Christopher? Hier sind wir.«

»Zum Glück ist euch nichts passiert«, hörte Layla ihn sagen und sah, wie er aus dem Wasser stieg.

Erschrocken blieb er stehen und zeigte auf sie. »Was machen Sie denn hier?«

»Sie werden es mir wahrscheinlich nicht glauben, aber ich habe nach Ihnen gesucht.«

»Hat Farrow Sie geschickt?«

»Ja. Er meinte, nach Ihrer Entführung lägen die Prioritäten etwas anders.«

»Woher wusste er davon?«

»Anscheinend hat Ihre Freundin einen Hyperfunkspruch zur Erde geschickt.«

»Ich nehme an, Michelle wird Rick informiert haben und er dann Farrow.«

»Ich hatte Ihnen doch ausdrücklich aufgetragen, auf mich zu warten, ohne etwas zu unternehmen«, fuhr Layla zornig fort.

»Wir haben nichts unternommen. Wir hatten lediglich vor, der Mannschaft eines Touristenschiffs unsere Hilfe anzubieten, da wir annahmen, sie befände sich in Schwierigkeiten. Sie wissen genauso gut wie wir, dass unterlassene Hilfeleistung strafbar ist.«

»Ach, kommen Sie mir nicht damit. Sie wollten doch bloß den Helden spielen.«

»Jetzt hören Sie mal zu!« Christophers Stimme bekam einen resoluten Klang. Sein Gesicht näherte sich ihrem bis auf wenige Zentimeter. »Es ist mir ehrlich gesagt scheißegal, wie und was Sie über mich denken. Wir haben hier eine Aufgabe zu erfüllen, die wir sehr ernst nehmen und als äußerst wichtig erachten. Wenn Sie uns dabei unterstützen wollen, nehmen wir Ihre Hilfe gerne an. Aber wenn Sie glauben, ständig Ihr Gift versprühen zu müssen und Ihre Machtspielchen zu spielen, dann scheren Sie sich zum Teufel. Suchen Sie nach Ihren Agenten und lassen Sie uns in Ruhe!«

Eine Weile herrschte absolute Stille. Christophers Gesicht verharrte vor ihrem. Sie versuchte in der Dunkelheit, seine Augen zu erkennen. Gleichzeitig zog sie das Shirt, mit dem sie ihre Blöße bedeckt hatte, etwas höher.

»Habe ich mich deutlich genug ausgedrückt?«

»Haben Sie.«

»Sehr gut. Dann können wir uns wieder den eigentlichen Problemen widmen. Zuerst sollten wir aus den nassen Sachen raus.«

Nachdem Neha, David und Christopher ihre Kleider an Ästen und Zweigen aufgehängt hatten, setzten sie sich nebeneinander auf die Moosfläche und rückten nahe zusammen.

Christopher legte seinen Arm um Nehas Schultern und zog sie an sich. Sie zitterte am ganzen Körper. Layla legte ihr Kleidungsstück ebenfalls zurück auf einen Ast.

»Sind Sie etwa auch in diesen Tümpel gefallen?«

»Zum Glück ja, aber nicht aus dem Stollen wie Sie. Ich bin beim Klettern abgerutscht und dieses Wasserloch hat meinen Sturz aufgefangen.«

»Konnten Sie schon etwas über den Verbleib Ihrer Kollegen herausfinden?«, fragte Christopher nach einer Weile.

»Dafür war die Zeit zu kurz. Die Stadt wirkt wie ausgestorben. Von wem hätte ich dort etwas erfahren sollen?«

In den nächsten Minuten schilderten Christopher und Neha die Ereignisse seit ihrer Landung.

»Golenko?«, fragte Layla überrascht. »War der nicht am Putsch in Tongalen beteiligt?«

»Genau.«

»Er baut sich hier in aller Heimlichkeit eine Armee auf?«

»Wir konnten es uns zuerst auch nicht vorstellen. Bis wir die Wirkung des Wassers zu spüren bekamen. Er hatte monatelang Zeit, die Menschen hier um sich zu scharen und sie mittels dieses Wassers unter seine Kontrolle zu bringen. Wer weiß, was er mit ihnen schon alles angestellt hat.«

»Wenn er eine schlagkräftige Armee aufbaut, wird er sie trainieren müssen, zu Kämpfern ausbilden, ihnen den Umgang mit Waffen beibringen.«

»Ich glaube nicht, dass er das selbst tut.«

»Das glaube ich auch nicht.« Dann wurde Layla plötzlich still. »Oh nein! Das darf nicht wahr sein.«

»Ich nehme an, Ihnen ist gerade bewusst geworden, wer die Kolonisten hier trainiert.«

»Unsere vermissten Agenten«, erwiderte sie und schwieg erneut.

»Was können sie den Kolonisten beibringen?«

»Ziemlich viel.«

»Woher nehmen sie die Waffen?«

»Es sind in letzter Zeit einige Handelsschiffe überfallen und ausgeraubt worden. Unter den gestohlenen Materialien gab es auch Waffen und Ähnliches.«

Christopher dachte eine Weile nach. Dann sagte er: »Was würde passieren, wenn ein Schiff mit Space Marines hier landet? Ich nehme an, Golenkos Leute würden ebenfalls versuchen, sie zu überfallen und zu entführen. Sollte es ihnen gelingen, würde Golenko über weitere Waffen verfügen. Wenn er die Marines zwingt, von diesem Wasser zu trinken, sogar noch über weitere Kämpfer.«

»Das befürchte ich auch. Die große Frage lautet, wie viele der Kolonisten stehen schon unter seinem Einfluss?«

»Wir müssen davon ausgehen, dass es sehr viele sind. Auch die Raumhafenverwaltung, sonst hätten uns seine Leute nicht so einfach gefangen nehmen können. Zudem hat niemand auf unseren Funkspruch reagiert. Bei der Landung wurden wir sogar beschossen.«

»Auch die koloniale Administration steht unter seiner Kontrolle. Wie es aussieht, sitzen wir ganz schön in der Tinte.«

»In der Tinte?«, fragte Neha erstaunt.

»Für uns hat sich die Situation grundlegend geändert«, fuhr Layla fort. »Wir können uns nicht mehr unter den Einheimischen blicken lassen. Sie am allerwenigsten, da Golenko nun weiß, dass Sie hier sind.«

»Er weiß aber nicht, dass wir entkommen sind. Das sollten wir uns zunutze machen.«

»Je länger er davon nichts erfährt, desto besser für uns.«

»Wie wollen wir weiter vorgehen?«, fragte Christopher.

»Einerseits sollten wir die Quelle dieses besonderen Wassers finden und damit auch die Wesen, die fähig sind, die Partikel zu replizieren. Andererseits sollten wir diesen Planeten so schnell wie möglich verlassen. Wir kennen Golenkos Pläne, und er weiß das. Er wird alles daransetzen, uns zum Schweigen zu bringen. Er hat fast die gesamte Bevölkerung aus dieser Gegend oder sogar der gesamten Kolonie hinter sich. Lange werden wir nicht unentdeckt bleiben.«

»Am besten schlagen wir uns zuerst einmal bis zu unserem Schiff durch.«

»Wir sollten die Dunkelheit nutzen und uns auf den Weg machen.«

»Ich habe eine bessere Idee.« Ein sanftes Lächeln huschte über Christophers Gesicht.

61.

Das Warten machte Michelle immer nervöser. Sie hatte versucht zu schlafen, was ihr aber nicht gelungen war. Ihre Gedanken drehten sich im Kreis. Seit der Entführung hatte sie nichts mehr von Christopher gehört. Auch Rick hatte sich bisher nicht wieder gemeldet.

Als ihre Ungeduld einen neuen Höhepunkt ansteuerte, summte plötzlich ihr Kommunikator.

»Rick?«

»Mickie? Hier ist Christopher.«

Michelle glaubte kaum, was sie hörte. »Bist du es wirklich? Wie geht's euch? Wo seid ihr?«

»Eins nach dem anderen. Uns geht es gut. Wir konnten fliehen und sind vorerst in Sicherheit.«

Michelle atmete tief durch.

»Aber das könnte sich ändern, wenn der Tag anbricht.«

»Warum?«

In knappen Sätzen erzählte Christopher von den Geschehnissen und vom Zusammentreffen mit Layla.

»Ich habe Rick bereits unterrichtet. Er wird etwas unternehmen. Aber er hat sich bis jetzt noch nicht wieder gemeldet.«

»Er hat Farrow unterrichtet. Dieser hat sich mit Layla in Verbindung gesetzt und sie geschickt, um nach uns zu suchen. Wir konnten aber vorher entkommen. Du musst etwas für uns tun.« Christopher machte eine kurze Pause. »Du musst mit der *Space Hopper* hierher fliegen.«

Für einen Moment war Michelle sprachlos. »Wie soll ich das anstellen?«

»Ich werde dich leiten. Setz dich ins Cockpit und tu Folgendes.«

Als Michelle im Pilotensessel Platz genommen hatte, lauschte sie aufmerksam Christophers Anweisungen. Er übermittelte ihr mit Laylas Kommunikator die genauen Koordinaten über ihren derzeitigen Standort und wies sie an, diese dem Autopiloten zu übergeben. Er nannte ihr noch einige weitere Daten, die sie in das Bordsystem einspeiste. Anschließend übergab sie die *Space Hopper* dem Autopiloten.

Der Gleiter hob langsam vom Boden ab. In angemessenem Gleitflug bewegte er sich in Richtung Südosten auf die Steppe zu. Noch war der Tag nicht angebrochen. Der Raumhafen wirkte immer noch wie ausgestorben.

Die *Space Hopper* beschleunigte und verließ das Hafenareal. Die Landschaft wirkte öde und verlassen. Nirgendwo gab es Lichter. Aber das kümmerte Michelle nicht im Geringsten. Der Raumgleiter flog in geringer Höhe von selbst in die richtige Richtung.

Michelle starrte gebannt aus dem Panoramafenster in die Dunkelheit hinaus. Christopher hatte ihr angeraten, die Scheinwerfer und die Positionslichter auszuschalten. Der Gleiter sollte unter keinen Umständen bemerkt werden.

Nach einer halben Stunde bremste die *Space Hopper* und setzte am Fuß eines Gebirgszugs auf dem kargen Steppenboden auf. Gleich darauf aktivierte sich der Schutzschirm. Die Triebwerke schalteten sich ab.

»Wir sind ganz in der Nähe«, hörte sie Christophers Stimme aus dem Kommunikator. »Schalte den Schutzschirm ab, sobald ich dir das Zeichen gebe.«

»Okay.«

Ein paar Minuten später betraten die vier die *Space Hopper*. Als Michelle den Schutzschirm wieder aktiviert hatte, ging sie auf die Gruppe zu.

Nachdem sie David in seine Kabine gebracht hatten, setzten sie sich im Aufenthaltsraum an den runden Tisch, um die Situation zu analysieren. Michelle sorgte für Getränke und etwas zu essen.

»Wir sollten schnellst möglich von hier verschwinden.« Layla sah die anderen eindringlich an. »Das Beste ist, Golenko erfährt nicht, dass Sie mit Ihrem Schiff fliehen konnten.«

»Da er den Stollen gesprengt hat, wird er uns für tot halten.«

»Deshalb sollte er erst recht nichts von Ihrer Landung hier wissen.«

»Dann nichts wie los.« Christopher erhob sich und wollte ins Cockpit gehen. Dann drehte er sich noch einmal um. »Ach, übrigens, die Förmlichkeiten könnten wir uns doch sparen.«

»Dagegen habe ich nichts einzuwenden.«

»Könntest du, sobald wir im Orbit sind, mit Jason Farrow Kontakt aufnehmen? Wir sollten uns dringend mit ihm unterhalten.«

»Das sehe ich auch so. Ich werde es veranlassen.«

Christopher setzte sich ins Cockpit, legte das Headset an und startete die *Space Hopper*. Kaum hatte das Schiff abgehoben, beschleunigte er und steuerte es in den Orbit, wo er Position bezog. Dann setzte er sich wieder zu den anderen in den Aufenthaltsraum.

»Wir sollten den Personenkreis, der über die Problematik der Nanopartikel informiert ist, möglichst klein halten.«

»Außer uns sind nur noch fünf Wissenschaftler auf TONGA-II darüber informiert.«

»Hoffen wir, die können schweigen.«

»Ich würde für alle meine Hand ins Feuer legen.«

Wenig später war die Verbindung zu Farrow und Rick hergestellt.

»Schön zu hören, dass ihr wieder frei seid«, begrüßte sie Rick.

»Dem möchte ich mich anschließen«, war Farrows Stimme zu vernehmen.

»Hallo, Sir«, begrüßte Christopher den Geheimdienstchef.

»Schön, von Ihnen zu hören. So, wie es aussieht, haben Sie mit Ihrer Crew schon wieder in ein Hornissennest gestochen.«

»So kann man es wohl nennen.«

»Wo befinden Sie sich gerade?«

»An Bord der *Space Hopper* im Orbit von MOLANA-III.«

Christopher berichtete von der Gefangennahme und der Begegnung mit Kamal Golenko und dessen Plänen. »Wir glauben, Golenkos Stützpunkt zu kennen. Nur fragen wir uns, ob er diesen verlegen wird, nachdem wir entkommen konnten. Obwohl er uns mit großer Wahrscheinlichkeit für tot hält, da er die Felsspalte gesprengt hat, durch die wir entkommen konnten, wird er bestimmt damit rechnen, dass irgendjemand mit Verstärkung zurückkehrt und nach uns sucht.«

»Das ist anzunehmen. Aber im Moment ist es wichtig, seine Pläne zu kennen. Nun können wir uns darauf einstellen und eine Strategie entwickeln. Nicht auszudenken, wenn wir Space Marines hingeschickt hätten.«

»Sir, vergessen Sie unsere beiden Agents nicht«, meldete sich Layla zu Wort. »Sie befinden sich mit großer Wahrscheinlichkeit in Golenkos Gewalt.«

Farrow ließ sich einen Moment Zeit, um auf diese Aussage zu antworten. »Das ist natürlich sehr ungünstig. Wenn die beiden unter seinem Einfluss stehen, könnten sie wichtige Geheimnisse ausplaudern.«

»Das Beste wäre, sie dort herauszuholen.«

»Dürfte schwer sein. Golenkos Netzwerk könnte schon das gesamte Kolonialgebiet umfassen. Sie werden lange suchen müssen. Wir sollten uns auf eine andere Strategie konzentrieren. Solange Golenko keine Raumschiffe hat, kann er den Planeten nicht verlassen. Ich werde sofort veranlassen, dass keine Schiffe mehr MOLANA-III anfliegen dürfen. Das Touristenschiff, das sich momentan noch auf dem Raumhafen befindet, sollte zerstört werden. Wir müssen dafür sorgen, dass er auch alleine den Planeten nicht verlassen kann.«

»Das könnten wir erledigen«, sagte Christopher.

»Gut. Falls Sie das tun wollen, sind Sie ein Teil der Operation und unterstehen den Befehlen von Agentin Iversen.«

»Damit haben wir keine Probleme, Sir.«

»Okay, dann tun Sie, was getan werden muss. Viel Glück.«

»Danke, Sir.«

62.

Die *Space Hopper* landete unbemerkt neben dem verlassenen Touristenschiff. Laut Laylas Angaben würde die Nacht noch knapp zwei Stunden dauern. Dann würde der Morgen dämmern und die Dunkelheit sie nicht mehr schützen.

»Das Beste wäre, wenn wir mit beiden Schiffen, der *Space Hopper* und dem Touristenschiff, von hier wegfliegen«, schlug Christopher vor.

»Dem stimme ich zu. Nur frage ich mich, was Golenko daraus für Schlüsse zieht, wenn die *Space Hopper und* das Touristenschiff plötzlich verschwunden sind.« Layla sah nachdenklich zu Christopher. »Ich nehme an, er kennt Ihre Besatzung. Er wird sich fragen, wer die beiden Schiffe fliegt, wo er doch davon ausgeht, er hätte dich, Neha und David unschädlich gemacht.«

»Das ist richtig. Nur geht Golenko bestimmt davon aus, dass Ernest Walton und Eric Daniels immer noch zur Crew gehören. Golenko weiß nicht, dass sich die beiden mittlerweile zur Ruhe gesetzt haben.«

»Das ist für uns ein großer Vorteil. Aber er wird dann erst recht annehmen, dass die *Space Hopper* mit Unterstützung zurückkehren wird.«

»Das könnte ihn zum vorzeitigen Handeln zwingen. Vielleicht ist er dafür noch nicht genügend vorbereitet. Auf jeden Fall sollten wir von hier verschwinden.«

»Wir müssten den Antrieb des Touristenschiffs mit der *Space Hopper* koppeln, sodass wir synchron fliegen können.«

»Das sollte kein Problem sein. Jemand müsste rübergehen, die Synchronisation aktivieren und mit der *Space Hopper* abstimmen. Aber wie kommen wir auf die Brücke?«, fragte Christopher. »Sie ist versperrt und kann nur mit einem entsprechenden Fingerprint geöffnet werden. Den haben wir nicht.«

»Das lass mal meine Sorge sein. Der Terrestrial Secret Service verfügt über sogenannte Rescue-Codes, mit denen wir jedes Schiff öffnen können. Diese Codes dürfen natürlich nur in Notfällen verwendet werden, aber ich denke, hier liegt ein solcher vor. Ich werde gehen und alles vorbereiten.«

»Sei auf der Hut, vielleicht treiben sich noch Kolonisten im Schiff herum.«

»Ich werde vorsichtig sein.«

Wenig später war sie verschwunden.

Layla betrat das Touristenschiff durch das offenstehende Hauptschott, nachdem sie sich vorsichtig an die Gangway herangeschlichen hatte. Dabei ließ sie sich viel Zeit, um sicherzugehen, dass ihr niemand auflauerte.

Im Aufzug drückte sie ihren Finger auf den Scanner und wurde daraufhin aufgefordert, über ein Zahlenfeld einen Code einzugeben. Anschließend bewegte sich der Fahrstuhl ins obere Deck, hielt an und schob seine Türen auseinander.

Auf der Brücke brannte nur die Notbeleuchtung. Sie setzte sich auf den Kommandantensessel und zog das Glasdisplay zu sich heran. In einem Funktionsmenü navigierte sie zum entsprechenden Befehl, aktivierte die Synchronisation und tippte den Code der *Space Hopper* ein.

Dann schob sie das Display wieder von sich, stand auf, drehte sich zum Gehen um und erschrak zutiefst. Ein Mann stand ihr gegenüber, die Waffe im Anschlag und auf sie gerichtet.

»Hallo Layla«, sagte er lächelnd. »Schön, dich wiederzusehen.«

»Tomi!« Überrascht starrte sie ihren vermissten Kollegen an. »Was tust du denn hier?«

»Ich bin hier, um dich abzuholen.«

»Warum zielst du mit der Waffe auf mich?«

»Du könntest versuchen, mich zu überwältigen.«

»Warum sollte ich das tun?«

»Weil du für den Feind arbeitest. Wir werden zusammen mit diesem Schiff wegfliegen.«

»Tomi, ich arbeite nicht für den Feind. Wir stehen im Dienst derselben Institution.«

»Ich nicht mehr. Diese Institution ist der Feind.«

Layla starrte Tomimoto Toshiro entsetzt an. »Was haben sie mit dir gemacht?«

»Mir wurde der richtige Weg gezeigt. Der Weg zur Erlösung. Du wirst mich auf meinem Weg begleiten.« Er winkte mit der Waffe zum Pilotensessel und forderte sie auf, sich dort hinzusetzen.

»Wohin willst du fliegen?«

»An einen Ort, an dem es dir besser gehen wird.«

»Tomi, du wurdest getäuscht. Das sind keine guten Leute. Sie missbrauchen dich.«

»Gib dir keine Mühe. Der Erlöser hat mich davor gewarnt, dass man mir das sagen würde.«

Layla blieb stehen.

»Wenn du nicht freiwillig tust, was ich dir sage, werde ich dich betäuben.« Er winkte noch mal mit der Waffe.

Layla überlegte fieberhaft, wie sie sich aus dieser misslichen Lage befreien konnte. Töten wollte Tomi sie nicht. Also brauchte Golenko ihre Fähigkeiten oder ihr Wissen. Betäuben lassen wollte sie sich aber auch nicht, denn dann wäre sie handlungsunfähig. Im Nahkampf war sie ihm unterlegen. Mit seiner kleinen und schlanken Statur war er beweglicher und flinker als sie.

Langsam drehte sie sich um und machte ein paar Schritte auf den Pilotensessel zu. Er folgte ihr in sicherem Abstand. Ohne Aufforderung setzte sie sich hin.

»Schließ das Hauptschott, aktiviere den Schutzschirm und starte die Triebwerke.« Er hatte anscheinend an alles gedacht. Bei geschlossenem Hauptschott konnte niemand mehr das Schiff betreten. Mit aktiviertem Schutzschirm war es sogar gegen einen Beschuss geschützt.

Leider wusste Layla zu wenig über Nehas Fähigkeiten, Empfindungen oder Gedanken, von anderen Menschen zu spüren oder sogar zu lesen. Dennoch versuchte sie, die gegenwärtige Situation so stark wie möglich im Gedächtnis zu verankern. Neha würde es vielleicht verstehen.

Durch das Panoramafenster konnte sie die *Space Hopper* nicht sehen, da sie im hinteren Bereich neben dem Touristenschiff stand.

»Tu, was ich dir gesagt habe!« Toshiros Befehl riss sie aus den Gedanken. Er stand leicht seitlich neben ihr und richtete nach wie vor die Waffe auf sie.

Auf dem Glasdisplay betätigte sie einige Befehle, woraufhin sich das Hauptschott schloss und sich der Schutzschirm aktivierte. Sofort erkannte sie außerhalb des Panoramafensters das typische Flimmern.

Zumindest das sollte man in der Space Hopper bemerken, dachte sie.

»Jetzt starte die Triebwerke!« Toshiros Stimme blieb ruhig, ließ sie aber keinen Augenblick an seiner Entschlossenheit zweifeln. »Sobald wir abgehoben haben, werde ich dir den genauen Kurs mitteilen.«

63.

»Was tut sie denn da drüben?« Michelle sah verwundert auf den Panoramabildschirm im Aufenthaltsraum. Sie ließ den Bildausschnitt zur Seite schwenken und stellte fest, dass die Gangway zum Hauptschott nicht mehr zu sehen war. »Warum hat sie das Hauptschott geschlossen und den Schutzschirm aktiviert?«

Christopher kam herbei und sah ebenfalls auf den Panoramaschirm. »Da bin ich überfragt. Ich sehe darin keinen Sinn. Es ist niemand da, der das Schiff angreift.«

»Will sie etwa ohne uns abhauen?«

»Kann ich mir nicht vorstellen. Wenn sie uns bei ihren Ermittlungen oder bei einer Operation nicht dabei haben will, hätte sie es uns gesagt. Zudem hat sie von Farrow den Auftrag erhalten, uns zu unterstützen.«

»Sie ist nicht allein.« Nehas Aussage verblüffte Christopher und Michelle für einen Moment. Sie drehten sich um und blickten in das besorgte Gesicht ihrer Freundin.

»Wie kommst du darauf?«, fragte Christopher.

»Ich spüre eine zweite Präsenz. Ich spüre auch Laylas Sorge. Ich weiß nicht, ob Sorge das richtige Wort ist, aber sie wirkt sehr angespannt. Es könnte sein, dass sie versucht, mir etwas mitzuteilen. Nur kann ich es nicht verstehen.«

»Kannst du etwas von dieser zweiten Person spüren?«

»Ergebenheit, Unterwerfung. Aber auch den entschlossenen Willen, den vorgegebenen Plan umzusetzen.«

»Könnte es einer der Kolonisten sein?«

»Ich glaube nicht. Diesbezüglich unterscheidet sich der Eindruck gegenüber den apathischen Leuten, die uns im Ladedeck des Touristenschiffs überwältigt haben.«

»Vielleicht ist es eine von Golenkos Führungspersonen.«

»Das könnte schon eher der Fall sein. Aber es ist bestimmt keiner dieser apathischen Menschen.«

»Hey! Das Schiff hebt ab.« Michelle zeigte mit dem Finger auf den Panoramaschirm.

»Sieht so aus, als wäre Layla überwältigt worden. Entweder fliegt sie das Schiff unter Waffengewalt selbst, oder man hat sie kampfunfähig gemacht.«

»Kannst du feststellen, ob sie bewusstlos ist?«, erkundigte sich Christopher bei Neha.

»Ich spüre immer noch ihre Gedanken, kann sie aber nicht verstehen. Zudem scheint sie immer noch sehr angespannt zu sein.«

»Dann müssen wir davon ausgehen, dass sie gezwungen wird.«

»Was machen wir jetzt?« Michelle war ratlos.

»Wir folgen dem Schiff in sicherem Abstand. Der Entführer soll sich in Sicherheit wähnen.« Christopher begab sich ins Cockpit und setzte das Headset auf. Er wartete, bis das Touristenschiff außer Sichtweite war und ließ anschließend die *Space Hopper* abheben. Im Tiefflug folgte er dem Schiff. Auf dem Ortungsschirm beobachtete er den Kurs.

Am Anfang machte es den Anschein, als flöge das Touristenschiff nach Südosten, genau in die Richtung der großen Felshöhle, aber plötzlich drehte es nach Norden ab und schlug einen anderen Kurs ein.

»Wohin wollen die denn?« Christopher runzelte die Stirn und blickte zu Neha, die auf dem Kopilotensessel saß. »Ich hätte schwören können, wir würden wieder zur Höhle zurückkehren.«

»Vielleicht hat der Fremde uns entdeckt und will uns in die Irre führen.«

»Es ist schwer, sich vorzustellen, was in den Köpfen dieser Menschen vorgeht. Sie wurden ihres eigenen Willens beraubt und befolgen blindlings Golenkos Befehle. Ob sie unter diesen Umständen noch genug Geistesgegenwart aufbringen, wage ich zu bezweifeln.«

»Können sie uns ebenfalls orten?«, fragte Neha.

»Bestimmt verfügt auch ein Touristenschiff über ein Ortungssystem. Fragt sich nur, ob der Entführer selbst fliegt, oder ob Layla es tut. Sie würde uns bestimmt bemerken und könnte den Flug entsprechend so gestalten, dass wir weiter unbemerkt bleiben.«

In der nächsten halben Stunde blieb der Kurs konstant. Der Morgen begann zu dämmern und erlaubte die Sicht auf die karge Steppe. Dürre Bodenpflanzen boten eine kleine Abwechslung zu der braunen Sandfläche. Vereinzelt lagen unförmige Felsbrocken herum, in deren Schatten grünes Kraut gedieh.

Je länger der Flug andauerte, desto ärmer wurde die Vegetation. Der Boden ging langsam in eine unebene Wüste über, bestehend aus hellbraunem Sand und unterschiedlichem Geröll.

Nach einer weiteren Stunde befanden sie sich über einem unendlichen Meer aus Sand. Keine Pflanze weit und breit. Auch das Geröll blieb aus. In der Ferne türmten sich hohe Dünen auf und nährten die Neugier, was sich dahinter verbergen könnte.

Der Abstand zum Touristenschiff blieb konstant. Es machte nicht den Anschein, als versuche der Entführer, irgendjemanden in die Irre zu führen.

Das Touristenschiff beschleunigte. Die *Space Hopper* passte die Geschwindigkeit automatisch an. Nach einer leichten Kurskorrektur nach steuerbord überquerten sie eine weitere Düne und setzten den Tiefflug noch eine Weile fort, bevor die *Space Hopper* plötzlich hart abbremste.

»Sie scheinen das Ziel erreicht zu haben.«

Christopher sah mit zugekniffenen Augen aus dem Panoramafenster. Viel konnte er in der vor Hitze flimmernden Luft nicht erkennen.

Als sie die nächste Düne erreichten, schaltete er den Autopiloten aus und navigierte die *Space Hopper* langsam und vorsichtig an den Rand der Erhebung.

»Sie sind auf der anderen Seite gelandet.«

Sanft setzte die *Space Hopper* auf dem Sand auf. Christopher schaltete die Triebwerke aus und erhob sich aus dem Pilotensessel.

Neha folgte ihm in den Aufenthaltsraum. »Was tun wir jetzt?«
»Wir gehen raus und klettern auf die Düne.«
»Wie geht es David?«
»Er schläft«, antwortete Michelle. »Ich glaube nicht, dass er uns in diesem Zustand eine große Hilfe sein wird.«

»Dann bleib du mit ihm an Bord«, sagte Christopher. »Wir halten über den Kommunikator Kontakt mit dir. Sollte etwas Unerwartetes geschehen, kann ich die *Space Hopper* fernsteuern.«

Michelle setzte sich an den Tisch und richtete ihren Blick auf den großen Panoramaschirm.

Christopher und Neha zogen die Thermoanzüge an, steckten je eine Strahlenwaffe an ihren Gürtel und öffnete das Innenschott der Schleuse. Nachdem sich dieses geschlossen hatte und nach einem letzten prüfenden Blick in Nehas Augen drückte er die Taste des Außenschotts. Brütende Hitze schlug ihnen ins Gesicht und ließ ihren Atem stocken.

»Zieh deinen Atemschutz hoch.« Christopher faltete einen dünnen, eng anliegenden Stoff aus dem Kragen und stülpte ihn über Mund und Nase. Er sollte sie vor dem Eindringen von Staub- und Sandpartikel in die Atemwege schützen.

Nachdem sie die kurze Treppe hinuntergestiegen waren, schritten sie entschlossen auf die Düne zu. Der Boden begann anzusteigen. Das Vorwärtskommen wurde beschwerlicher, da sie im lockeren Sand immer wieder abrutschten.

Als sie nach mühsamer Kletterei den oberen Rand der Düne fast erreicht hatten, legten sie sich flach auf den Boden. Vorsichtig wagten sie einen Blick auf die andere Seite. Was sie zu sehen bekamen, ließ ihnen das Blut in den Adern gefrieren.

64.

Die Distanz zur nächsten Düne betrug mehrere Kilometer. Im Westen flossen die beiden Höhenzüge ineinander, sodass die Senke dazwischen einen Keil bildete. Nur gegen Osten verlief die Ebene weithin offen. Diese Topografie bot einen optimalen Schutz gegenüber neugierigen Blicken von Karawanen oder anderen Wüstengängern.

Die gesamte Senke war ein riesiges Lager. Unzählige Zelte reihten sich aneinander und ließen dazwischen kaum Platz. In der Mitte gab es etliche kleinere und größere freie Plätze, auf denen verschiedene Geräte standen. Den Abschluss auf der Ostseite bildeten mehrere Holzbaracken in unterschiedlichen Größen. Dahinter durchzog ein langer, hoher Stacheldrahtzaun die gesamte Senke.

Das Touristenschiff war auf einem der größeren Plätze gelandet. Das Hauptschott hatte sich geöffnet. Die Gangway wurde soeben ausgefahren. Kurz darauf stieg Layla Iversen die Treppe hinunter, gefolgt von einem kleinen, schlanken Mann asiatischer Herkunft. In sicherem Abstand hielt er eine Strahlenwaffe auf ihren Rücken gerichtet.

Als Christopher und Neha sich wieder hinter die Düne zurückgezogen und sich vom ersten Schock erholt hatten, sahen sie sich ratlos an.

»Ein Trainingslager«, raunte er.

»Es müssen Tausende sein.« Neha stand der Schrecken immer noch ins Gesicht geschrieben.

»Mindestens, wenn nicht noch mehr. Jetzt ist mir klar, warum sich Golenko so selbstsicher gegeben hatte. Er baut hier mehr als nur eine Armee auf.«

»Damit will er Tongalen zurückerobern.« Nehas Anmerkung drückte Entsetzen aus.

»Im Moment fehlen ihm dazu noch die Raumschiffe«, sagte Christopher. »Im Touristenschiff kann er diese Armee nicht unterbringen.«

»Wie will er sich eine so große Flotte beschaffen?«

»Er entführt Leute, Touristen, Agenten, und wartet auf die Reaktion. Bis jetzt hat er alle Schiffe, die auf MOLANA-III gelandet sind, gekapert und die Leute gefangen genommen. Er rechnet damit, dass irgendwann eine Flotte der irdischen Streitkräfte auftaucht. Damit wäre sein Problem gelöst. Gegen diese Übermacht hätten die nichtsahnenden Truppen wenig Chancen.«

»Aber er weiß nicht, dass euer Geheimdienstchef ein Anflugverbot auf MOLANA-III verhängt hat.«

»Genau. Das werden wir ihm auch nicht unter die Nase reiben. Er kann hier mit seiner Armee warten, bis er schwarz wird.«

»Was machen wir jetzt?«

»Das ist eine gute Frage. Mit so einer großen Übermacht hatte ich nicht gerechnet. Es wird schwierig sein, Layla aus ihrer misslichen Lage zu befreien. Man wird das geheimdienstliche Wissen aus ihr herauspressen und ihre Fähigkeiten missbrauchen.« Christopher hatte sich umgedreht und lehnte mit dem Rücken an der Düne.

»Ich glaube nicht, dass dies so einfach sein wird«, zweifelte Neha.

»Warum meinst du?«

»Ich habe vor dem Abflug etwas sehr Starkes in ihrem mentalen Bereich gespürt.«

»Glaubst du, sie trägt Neuro-Sensoren?«

»Ich weiß nicht, was es ist. Bei dir habe ich etwas Derartiges bisher nicht gespürt. Vielleicht verfügt euer Geheimdienst bereits über neuere Modelle der Sensoren.«

»Glaube ich nicht.« Christopher schüttelte den Kopf und blickte zur *Space Hopper* hinunter. »Wenn es bereits weiterentwickelte Sensoren gäbe, wüsste Rick davon. Es muss etwas anderes sein.« Er wandte sich wieder an Neha. »Du sagtest, es wäre etwas in ihrem mentalen Bereich.«

»Ich weiß nicht, wie man so etwas nennt. Es ist, als könnte man ihren Willen nicht brechen oder beeinflussen.«

»So etwas wie eine mentale Sperre?«

»Vielleicht.«

»Rick hat uns während des Aufstands der OVT etwas darüber erzählt, nachdem Tom Bennet vom Stoßtrupp zurückgekehrt war und unter fremdem Einfluss stand. Rick meinte, so etwas wäre gar nicht möglich, da Tom Bennet ein entsprechendes mentales Training absolviert hatte.«

»Du meinst, dass Layla auch darauf trainiert ist?«

»Was du vorhin angedeutet hast, könnte darauf schließen. Wobei es nicht sicher ist, ob eine solche Mentalsperre oder Mentalstabilisierung, wie man es auch immer nennt, gegen die Beeinflussung durch Partikel hilft. Wenn doch, werden sich die Leute da unten an ihr die Zähne ausbeißen.«

»Ich habe eher ein ungutes Gefühl.«

»Warum meinst du?«

»Layla erzählte uns doch, dass zwei Agenten des Geheimdienstes auf MOLANA-III verschwunden sind. Die sind bestimmt auch mentalstabilisiert worden. Wie konnten sie dann trotzdem umgedreht werden?«

Christopher sah Neha ratlos an.

»Vielleicht hält diese Mentalsperre nur bis zu einem gewissen Grad. Wenn der Druck zu stark wird, bricht sie zusammen.« Nehas Vermutung schien für Christopher bezüglich des Verschwindens der beiden Agenten die logische Erklärung zu sein.

»Das heißt, dass Layla früher oder später ebenfalls unter Golenkos Einfluss stehen wird.«

»Aber sie weiß doch, dass die Beeinflussung des Willens durch das Wasser verursacht wird«, gab Neha zu bedenken.

»Auch wenn sie das Wasser eine Zeit lang verweigert, irgendwann muss sie es trinken, sonst verdurstet sie.« Christopher strich sich mit dem Ärmel über die Stirn. »Ich bin sogar überzeugt, es ist kein Zufall, dass sich dieses Trainingscamp hier in der Wüste befindet. Dadurch müssen die Leute mehr Flüssigkeit zu sich nehmen und haben keine Chancen, sich woanders Wasser zu besorgen und sich dem Einfluss zu entziehen.«

»Das könnte auch Layla zum Verhängnis werden. Je mehr sie trinkt, desto schneller könnte ihre Mentalsperre zusammenbrechen.«

»Irgendwie müssen wir sie herausholen.«

Neha hob das Gesicht, als wäre ihr etwas Wichtiges eingefallen. »Hast du eigentlich bemerkt, dass der Mann, der Layla in Schach gehalten hat, ähnlich gekleidet war wie sie? Auf jeden Fall gehört er nicht zu den Einheimischen.«

»Du hast recht«, bestätigte Christopher. »Würde mich nicht wundern, wenn er einer ihrer beiden vermissten Kollegen ist.«

»Dann müssten wir den auch herausholen. Aber wir können schon froh sein, wenn wir es schaffen, sie zu befreien.«

»Wir werden die Nacht abwarten und schauen, was sich da unten tut«, schlug Christopher vor. »Wir sollten nichts überstürzen. Auf keinen Fall dürfen wir denen noch einmal in die Hände fallen. Solange Golenko uns für tot hält, macht er nicht Jagd auf uns.«

»Wollen wir den ganzen Tag hier auf der Lauer liegen? Der Tag ist gerade erst angebrochen.«

»Wir können auch in unserem Gleiter warten, bis es Abend wird. Am besten schalten wir den Spiegelschirm ein, dann sind wir vor neugierigen Blicken geschützt, falls einer von denen auf den Gedanken kommen sollte, auf die Düne zu klettern und auf dieser Seite runterzuschauen.«

Wenig später saßen sie wieder am runden Tisch im Aufenthaltsraum der *Space Hopper* und besprachen die Möglichkeiten, unbemerkt ins Lager einzudringen.

Christopher hatte vor dem Rückzug das gesamte Camp gescannt. Nun prangten die holografischen Bilder auf dem großen Panoramaschirm. Je länger sie sie betrachteten und analysierten, desto deutlicher kamen sie zum Schluss, dass ein Eindringen von Osten her aufgrund des hohen Stacheldrahtzauns praktisch unmöglich war. Auf den Bildern war gut zu erkennen, dass der Zaun sogar tief in den Boden hinein reichte. Zudem befanden sich gleich innerhalb des Zauns die Baracken. Einige kleinere mit Fenstern standen etwas abseits von den anderen. Darin waren bestimmt die Führungsleute untergebracht. Die anderen dienten wahrscheinlich als Lager für verschiedenste technische Gerätschaften.

Der Zugang schien von Westen her, dort, wo sich die beiden Dünen vereinten, am einfachsten zu sein. Doch eine andere Frage stellte sich ihnen: War dieser Bereich eventuell vermint? Minen galten zwar als veraltet. Dennoch wurden sie auf einigen Kolonien zur Abschreckung verwendet, was von allen humanitären Organisationen scharf verurteilt wurde. Die Wahrscheinlichkeit, dass sich Golenko Minen verschafft hatte, war zwar nicht sehr groß, aber Vorsicht war trotzdem angebracht.

Layla war in eine der Baracken am östlichen Ende des Lagers gebracht worden. Sie hatten jedoch nicht erkennen können, in welche. Das hieß, sie mussten das gesamte Camp durchqueren, um in ihre Nähe zu gelangen. An dieser Stelle über die Dünen zu klettern, wäre sehr riskant. Man würde sie sofort entdecken.

»Wir bewegen uns am Rand des Lagers entlang«, schlug Christopher vor. »Da sollten wir auf weniger Leute stoßen.«

»Was tun wir, wenn wir trotzdem entdeckt werden?«

»Das ist schwer einzuschätzen. Wir könnten uns als Einheimische ausgeben, aber wir wissen nicht, ob sie uns das abnehmen. Am besten wäre es, ein Ablenkungsmanöver zu starten. Aber dafür müssten wir uns trennen.«

»Was für ein Ablenkungsmanöver?«, erklang eine vertraute Stimme hinter ihnen.

Erstaunt drehten sie sich um und erblickten David, der sich ihnen leise genähert hatte.

»David!«, rief Michelle. »Du bist wieder da.«

»Wo soll ich denn sonst sein?«

»Du hast keine Ahnung, was passiert ist?«

David dachte einen Moment nach. »Wir wurden gefangen genommen und in eine große Höhle gebracht.« David schien zu überlegen. »Ich kann mich an einen dunklen Stollen erinnern, weiß aber nicht, was wir dort gemacht haben. Auch an Wasser kann ich mich erinnern.«

»Du weißt nicht, dass wir geflohen sind?«, fragte Christopher erstaunt.

»Geflohen? Ach ja, wir waren ja gefangen.« David machte einen verwirrten Eindruck. »Es kommt mir vor, als hätte ich das alles geträumt. Wo sind wir denn jetzt?«

In den nächsten Minuten schilderten Christopher und Neha abwechselnd ihre Flucht durch den unterirdischen Stollen, das Zusammentreffen mit Layla und deren Gefangennahme.

»Anscheinend habe ich das Spannendste gar nicht richtig mitbekommen.«

»Das kann man wohl sagen. Hauptsache, du bist wieder du selbst.« Michelle zeigte sich hocherfreut.

»Zudem können wir auch wieder auf deine Fähigkeiten zählen.« Christopher versetzte ihm einen freundschaftlichen Klaps auf die Schulter.

»Dann klärt mich mal auf, was ihr vorhabt.«

Kurz darauf war David über die Situation informiert und konnte sich an der Planung des nächtlichen Vorhabens beteiligen.

»Jemand sollte im Schiff bleiben, damit wir schnell reagieren können, falls etwas schiefgeht.«

»Nicht, dass ich mich drücken will«, begann Michelle zögernd, »aber ich bin trotz meines Trainings mit Jamalla von allen am wenigsten kampferprobt. Wäre naheliegend, wenn ich hier die Stellung halte.«

»In Ordnung. Neha ist eine exzellente Kämpferin. Auf ihre Fähigkeiten sollten wir nicht verzichten.«

Christopher zoomte auf dem Panoramaschirm eine bestimmte Stelle auf der Ostseite des Lagers heran. »Diese zwei

Baracken haben keine Fenster«, erklärte er und zeigte mit einem Laserpointer an die entsprechende Stelle. »Ich nehme an, dass hier Versorgungsgüter, Energieträger und Waffen gelagert werden.«

»Wäre gut, wenn wir die Energieversorgung unterbrechen könnten«, schlug David vor.

»Dem stimme ich zu. Am besten, wir sprengen die entsprechende Baracke.«

»Das kann ich übernehmen.«

»Sehr gut. Du musst jedoch vorher auskundschaften, was sich in den Baracken befindet. Wenn dort Sprengstoff oder Granaten gelagert werden, könnten die anderen Baracken zerstört werden. In einer davon befindet sich Layla.«

»Wenn wir wissen, wo sie gefangen gehalten wird und sich die Lagerbaracke weit genug entfernt befindet, sollte es kein Problem sein.«

»Wir erstellen einen Zeitplan und legen genau fest, wann wir was ausführen. David braucht genug Zeit, sich zu den Baracken zu schleichen und die Sprengung vorzubereiten.«

»Gebt mir eine Stunde.«

»Reicht das?«

»Ja. Haltet euch einfach bereit.«

»Wir werden die Kommunikation so gering wie möglich halten, damit wir nicht zu früh auffliegen, falls wir abgehört werden.«

»Das auf jeden Fall.«

»Wir schleichen uns in der Zwischenzeit zu diesem Punkt.« Christopher hatte das Bild gewechselt und zeigte auf eine bestimmte Stelle am gegenüberliegenden Rand des Lagers. »In diesem Bereich haben sich praktisch keine Leute aufgehalten. Wir könnten uns hinter diesen Gerätestapeln verstecken. Dann warten wir, bis David seine Aktion ausgeführt hat.«

»Genau, wenn es rummst, rennt ihr einfach los.«

»Um nicht aufzufallen, werden wir uns einkleiden wie die Einheimischen.«

»Bin gespannt, wie die Leute unter ihrem Einfluss darauf reagieren.«

65.

Die Stille in der Wüste war beinahe so beeindruckend wie der unendliche Sternenhimmel, der, weitab von der nächsten Siedlung, wie das Lichtermeer einer Großstadt funkelte. Er spendete genug Licht, um die Hindernisse und den Weg, den David meist geduckt oder kriechend zurücklegte, zu erkennen.

Er hatte das Camp in östlicher Richtung hinter der Düne umrundet und machte sich nun daran, den Sandhügel zu erklimmen. Oben angekommen, verschaffte er sich zunächst einen Überblick und suchte sich den passenden Weg zu den Baracken. Dass er dabei offenes Gelände durchqueren musste, war nicht nach seinem Geschmack. Er war sich darüber im Klaren, dass dies mit der ganzen Gruppe ein großes Risiko dargestellt hätte. Doch auch alleine war es nicht ungefährlich, da auch jetzt, wo die Nacht über das Lager hereingebrochen war, immer wieder Menschen unterwegs waren und von einem Zelt zu einem anderen wechselten. Der schwierigste Abschnitt war der Abstieg von der Düne zum Rand des Camps hinunter.

Auf dem Bauch liegend überschaute er die nähere Umgebung des Lagers und hielt immer wieder nach Personen Ausschau, die sich außerhalb der Zelte aufhielten. Eigenartigerweise konnte er nirgendwo Wachposten ausmachen.

War sich Golenko derart sicher, hier nicht entdeckt zu werden?

Nachdem Davids Geduld auf eine harte Probe gestellt worden war, stellte er fest, dass sich in unmittelbarer Nähe niemand außerhalb der Zelte aufhielt. Doch das konnte sich von einer Sekunde zur anderen ändern. Aber irgendwann musste er es wagen.

Jetzt oder nie.

Ein letzter schweifender Blick über das Lager, dann ließ sich David geräuschlos den Abhang hinuntergleiten. Er fragte sich, ob irgendjemand aus dieser Distanz die Spuren, die er hinterließ, sehen konnte. Ein Blick zurück ließ ihn diese Bedenken zerstreuen, als er feststellte, dass der aufgewühlte Sand langsam den Abhang hinunterdriftete und den schmalen Graben seines Weges fast vollständig zuschüttete. Noch ein kleines Lüftchen, dann war nichts mehr zu sehen.

Hinter einem dunklen Zelt legte er sich auf den Boden und lauschte. Aus dem leicht flatternden Nachtlager drang nicht das geringste Geräusch. Befand sich überhaupt jemand darin? Wenn ja, musste er tief und fest schlafen.

David umrundete das Zelt bäuchlings und suchte den Einstieg. Ein Klettverschluss, der nicht ganz bis zum Boden verschlossen war, ließ ihn stoppen und wieder lauschen. Kein Schnarchen oder andere Schlafgeräusche drangen nach draußen.

Mit Daumen und Zeigefinger griff er nach dem unteren Zipfel der Eingangsplane und hob ihn etwas an. Vorsichtig spähte er hinein und ließ vor Schreck den Zipfel gleich wieder los. Dann robbte er leise einige Meter zurück. Hätte er seine Hand in die Öffnung gestreckt, hätte er buchstäblich einer schlafenden Frau in den Haarschopf gegriffen.

Leise und immer noch bäuchlings kroch er am Rand des Camps weiter in Richtung Baracken, stets in einem gewissen Abstand zu den Zelten. Eines davon befand sich derart nahe an der Düne, dass es ihm nicht möglich war, außen herum vorbeizukriechen. Langsam und immer darauf achtend, nicht mit den Zeltwänden in Berührung zu kommen, bahnte er sich den Weg durch den inneren Bereich. Sollte in diesem Moment jemand die Behausung verlassen, würde er buchstäblich über Davids ausgestreckten Körper stolpern.

Wenig später befand er sich jedoch wieder abseits der textilen Unterkünfte. Auf dem Weg zu den Baracken gab es nun keine nennenswerten Hindernisse mehr. Aus der ersten Holzhütte schien durch zwei Fenster Licht nach draußen. Er konnte undeutliche Stimmen hören, jedoch nicht verstehen, worüber gesprochen wurde. Sich möglichst nahe entlang der Düne haltend, versuchte er einen großen Bogen um die Baracke einzuschlagen und gelangte kurz darauf zu einer weiteren mit wesentlich längerer Ausdehnung. Auch hier brannte Licht, aber kein Geräusch war zu hören.

Als er die fensterlose Seitenwand erreicht hatte, erhob er sich langsam und hielt um die Ecke spähend Ausschau nach umherstreifenden Personen. Die große Betriebsamkeit, die tagsüber geherrscht hatte, war einer trügerischen Ruhe gewichen.

David umrundete die Baracke in die andere Richtung, doch auch von dieser Seite aus konnte er niemanden entdecken. Etwas entspannter kehrte er zu seinem Ausgangspunkt zurück, spähte noch einmal um die Ecke, um sich ein letztes Mal zu vergewissern, dass er in seinem Sichtbereich die einzige Person war, die sich im Freien aufhielt.

Langsam schlich er der Fassade entlang bis zum hell erleuchteten Fenster und versuchte, sich durch einen schnellen Blick hinein einen Überblick zu verschaffen. In dem kurzen Moment erkannte er einfache, mit natürlichen Materialien hergestellte Möbelstücke, mehrere Sitzgelegenheiten und einen Arbeitstisch, der mit einem Chaos von Dokumenten, Schreibutensilien und anderen Gegenständen übersät war. Nur Menschen waren keine anwesend.

Warum dann diese Festbeleuchtung? Es war nicht anzunehmen, dass man mitten in der Wüste über unermessliche Energiereserven verfügte. Vielleicht kehrte jeden Moment jemand zurück.

Mit einem zweiten, etwas längeren Blick erkannte David im Hintergrund eine Art Durchgang zu einem dunklen Nebenraum, der nur durch ein schmuddeliges Tuch vom Hauptraum abgetrennt war. Er dreht sich um, lehnte mit dem Rücken an die Fassade und hielt erneut nach Leuten Ausschau. Nach wie vor war niemand zu sehen. Unauffällig griff er unter seinem Umhang nach der Strahlenwaffe und umrundete die Baracke. Der Eingang befand sich auf der linken, fensterlosen Seite. Die Tür ließ sich problemlos öffnen. Nachdem er eingetreten war, schloss er sie leise wieder, schlich zum Durchgang und schob vorsichtig den schäbigen, dunklen Vorhang beiseite.

Er brauchte eine Weile, bis sich seine Augen an die Dunkelheit dahinter gewöhnt hatten. Er machte ein paar Schritte und blieb abrupt stehen. Zu seinen Füßen offenbarten sich ihm ein umfangreiches Waffenarsenal, Sprengkörper, Granaten und die verschiedensten Handstrahler.

Er hatte genug gesehen. Von diesen länglichen Baracken gab es mehrere, die meisten ohne jegliche Fenster. Er zweifelte keinen Moment daran, dass er in den anderen dasselbe finden würde wie hier.

Vorsichtig verließ er den Raum und trat kurz darauf wieder ins Freie. Geduckt eilte er zur nächsten Baracke, versteckte sich auf deren Rückseite und hielt erneut nach Leuten Ausschau.

Nur nicht unvorsichtig werden, dachte er sich, als er niemanden entdeckte, und eilte weiter. Er fand es äußerst leichtsinnig, dass hier keine Wachposten aufgestellt waren. Anscheinend rechnete niemand mit ernsthafter Gefahr.

Als David die dritte längliche Baracke betrat, bot sich ihm ein anderes Bild als bei den ersten beiden. Der Hauptraum war nicht beleuchtet und wesentlich kleiner. Auch standen keine Möbel und kein mit Arbeitsutensilien übersäter Tisch herum. Außerdem fehlte der Vorhang beim Durchgang. Das Waffenlager im hinteren Raum war dafür um einiges umfangreicher. Bis fast zur Decke türmten sich die Stapel mit Kisten und Gerätschaften. David fand es müßig, Überlegungen anzustellen, woher dieses Material stammte.

Von einem halbhohen Stapel mit Behältern hievte er den obersten auf den Fußboden herunter, öffnete den Deckel und beäugte den Inhalt.

Granaten.

Sprengsätze, wie es sie schon seit Jahrhunderten gab. Keine Hightechwaffen, nichts Spektakuläres. Waffenmaterial, von dem die meisten Menschen gar nicht wussten, dass es überhaupt noch existierte. Dementsprechend wurde es auch von niemandem vermisst, geschweige denn damit gerechnet, diese Waffen jemals im Einsatz zu sehen.

David griff unter seinen Umhang, kramte aus seinem Materialgürtel einen Miniatursprengsatz hervor und sah auf die Uhr. Noch dreiundzwanzig Minuten, bis die vereinbarte Stunde verstrichen war. Er legte den Sprengsatz unter die Granaten in den Behälter. Anschließend wuchtete er diesen wieder auf den Stapel hinauf.

In diesem Moment spürte er das Vibrieren seines Kommunikators.

»Objekt gefunden. Code Delta«, vernahm er in seinem Headset.

Dies bedeutete, dass der Ort, an dem Layla gefangen gehalten wurde, weit genug von den fensterlosen Baracken entfernt war, um sie durch eine Explosion nicht zu gefährden. Andernfalls wäre Code Alpha zum Einsatz gekommen.

»Verstanden«, antwortete David. »Starte Operation.«

Den elektronischen Fernauslöser fest in der rechten Hand eingeschlossen, verließ er die Baracke, umrundete sie und machte sich auf den Rückweg.

66.

Zur selben Zeit hatten Christopher und Neha eine abseits gelegene, kleinere Baracke erreicht. Nachdem sie sich vergewissert hatten, dass sich niemand darin aufhielt, betraten sie sie durch die Seitentür.

Der Raum war klein. In einem Gang, der nach hinten führte, zweigten links und rechts je eine Tür ab. Sie waren durch einfache metallische Vorhängeschlösser verriegelt. Christopher konnte sich nicht erinnern, jemals solche Schlösser gesehen zu haben.

War es möglich, dass Layla in einem der beiden Räume festgehalten wurde? Das herauszufinden war jedoch nicht so einfach, da Christopher keine Möglichkeit sah, diese Schlösser zu knacken, ohne sie zu zerstören. Dies konnte jedoch Aufmerksamkeit erregen, falls jemand auftauchen sollte. Genau das wollte er so lange wie möglich vermeiden. Zumindest so lange, bis sie sich über Laylas Aufenthaltsort sicher waren.

Christopher hielt seinen Kopf nahe an die Tür. »Hallo?«, sagte er flüsternd, wartete bewegungslos und lauschte. Ein leises Geräusch drang durch die Tür. »Ist da jemand drin?«

Weitere Geräusche, ein Knarren und dann wieder Stille. Er war sicher, dass sich hinter der Tür jemand aufhielt. Da dieser Raum von außen verriegelt war, musste diese Person eingesperrt sein.

»Es ist bestimmt Layla«, flüsterte Christopher an Neha gewandt.

Dann drehte er sich wieder zur Tür. »Hallo?« Erneut hörte er Geräusche. Layla, falls sie es tatsächlich war, musste sich nun in der Nähe der Tür aufhalten.

»Wer sind Sie?«, drang eine weibliche Stimme nach draußen.

»Layla? Bist du das?«

»Christopher?«

»Ja.«

Einen Moment lang war es still. Dann fragte sie: »Was hast du vor?«

»Wir werden dich herausholen.«

»Wer ist noch bei dir?«

»Neha. David ist in der Nähe und startet gleich ein Ablenkungsmanöver.«

Wieder einen Moment des Schweigens.

»Falls ihr Strahlenwaffen dabei habt, schießt auf das Schloss.«

Christopher holte die Waffe unter seinem Umhang hervor, legte an und feuerte. Es dauerte eine Weile, bis das Metall schmolz und das Schloss klirrend zu Boden fiel. Fast gleichzeitig öffnete sich die Tür. Layla trat hinaus.

»Lasst uns von hier verschwinden.«

»Wir sollten warten, bis David in Aktion tritt. Dann dürfte die allgemeine Verwirrung groß genug sein, um nicht aufzufallen und uns abzusetzen.«

»Wann wird er damit beginnen?«

Christopher sah auf die Uhr. »Dauert noch eine Weile. Aber ich werde David informieren, dass wir dich befreit haben.« Er kramte den Kommunikator hervor, nahm mit seinem Gefährten Kontakt auf und sagte: »Objekt gefunden. Code Delta.«

Wenig später, als sie es sich soeben auf dem Fußboden des Vorraums gemütlich gemacht hatten, wurde die Tür aufgerissen. Ein kleinwüchsiger schlanker Mann mit asiatischen Gesichtszügen betrat die Baracke. Als er Christopher und Neha in den schäbigen Umhängen auf dem Fußboden sitzen sah, war er für einen Moment verwirrt. Da Layla unmittelbar hinter der Tür an die Wand gelehnt saß, konnte er sie nicht gleich sehen.

»Was macht ihr denn hier?«, herrschte er Christopher und Neha an.

Christopher antwortete nicht und starrte den Asiaten nur an, was diesen glauben ließ, er hätte es mit beeinflussten Einheimischen zu tun.

»Warum seid ihr nicht in euren Zelten?«

Zögernd erhoben sich Christopher und Neha. Kaum waren sie auf den Beinen, trat Neha in Aktion. Doch dabei erlebte sie eine unangenehme Überraschung. Der Asiate reagierte blitzschnell auf die Attacke und wusste sich mit einer ähnlichen Kampftechnik zu wehren. Es entwickelte sich ein erbitterter Kampf, bei dem Neha einiges abbekam, sie aber nicht daran hinderte, immer wieder koordinierte Angriffe durchzuführen.

Christopher war verunsichert, da er nicht wusste, wie er sie unterstützen konnte. Mit der Strahlenwaffe einzugreifen, war zu riskant. Er hätte dabei seine Gefährtin außer Gefecht setzen können.

Je länger der Kampf andauerte, desto besser konnte sich Neha auf den Gegner einstellen. Dies nahm auch der Asiate wahr und manövrierte sich geschickt immer näher zum Ausgang.

Plötzlich bemerkte er Layla, die sich mittlerweile erhoben hatte und bereit war, ebenfalls einzugreifen, und ließ sich davon für einen kurzen Moment ablenken.

Dies nutzte Christopher, flitzte schnell zur Tür und versuchte, dem Asiaten den Weg zu versperren. Auch Neha nutzte den Moment, bedrängte ihn von der anderen Seite und attackierten ihn hart. Sie schaffte es, ihn gegen die verschlossene Tür zu manövrieren und mehrere wirkungsvolle Treffer anzubringen.

Als er schlaff zu Boden glitt, blieb Neha noch eine Weile keuchend und mit angespannten Muskeln über ihm stehen, bevor sie tief durchatmete und sich lockerte.

Christopher feuerte einen Betäubungsstrahl auf ihn ab. Anschließend schleifte er den Körper in Laylas ehemaligen Kerker.

»Am besten, wir verstecken uns auch in diesem Raum, falls noch jemand auftauchen sollte«, schlug Christopher vor.

Kaum hatten sie die Tür zugeschoben und sich auf den Fußboden gesetzt, wurde die Baracke von einer gewaltigen Druckwelle erschüttert. Im dumpfen Grollen des Explosionsgeräusches war das Knarren und Ächzen des Holzes kaum zu hören.

Instinktiv warfen sie sich flach auf den Boden und legten schützen die Arme um ihre Köpfe.

»Das nennt ihr ein Ablenkungsmanöver?«, brüllte Layla in den Lärm hinein. »Er sprengt das ganze Camp in die Luft.«

Von draußen konnten sie das immer intensiver werdende Geschrei der Leute hören. Anscheinend hatte die Explosion eine Panik ausgelöst.

»Los! Gehen wir!«, rief Layla und erhob sich.

Zusammen mit Christopher hob sie ihren bewusstlosen Kameraden hoch, legte seine Arme um ihre Schultern und nahm ihn in Schlepptau, während Neha die beiden absicherte.

Draußen herrschte die Hölle. Die Menschen rannten in wilder Panik umher und wussten nicht, was sie tun sollten. In der Verwirrung wurden einige Leute von anderen zu nahe an den Brandherd gedrängt, sodass ihre zerlumpten und ausgetrockneten Gewänder Feuer fingen. Wild um sich greifend streiften sie sie ab, worauf diese in einem mickrigen Häufchen Asche vergingen. Das alles steigerte die allgemeine Verwirrung noch mehr.

Mitten drin versuchten sich Christopher und Layla mit ihrer Last einen Weg zu bahnen, wobei Neha vorausging und die Leute beiseiteschob. Im Getümmel der Menschenmenge kamen sie nur langsam voran, aber niemand schenkte ihnen Beachtung. Für die Menge sah es aus, als brächten sie einen Verletzten in Sicherheit.

Doch je länger sie unterwegs waren, desto schlimmer wurde das Chaos. Sie kamen immer langsamer voran. Zwar behelligte sie niemand, aber sie wurden angerempelt, geschubst, geschlagen und anderweitig behindert. Da sie schwer an ihrer Last zu tragen hatten, versuchte die vor Panik aufgescheuchte Menge ständig, sie zu überholen. Es war unmöglich, die Richtung zu ändern. Sie wurden in dem ganzen Menschenpulk einfach mitgerissen. Also ließen sie sich mit der Strömung treiben und warteten auf eine günstige Gelegenheit, sich abzusetzen.

Diese Gelegenheit bot sich ihnen erst, als sie immer mehr auf die linke Seite abgedrängt wurden und plötzlich in unmittelbare Nähe der Düne gelangten.

Doch in dem Moment, als sie sich anschickten, die Sandwelle emporzuklettern, begann der Boden zu vibrieren. Zuerst war nichts zu hören, dann folgte ein leises Rumpeln.

Christopher sah feine Wellen auf der Oberfläche des Sandes. Die oberste Schicht begann langsam, im regelmäßigen Takt den Abhang herunterzurieseln.

Das Beben verstärkte sich. Das Rumpeln wurde lauter. Der Abhang der Düne nahm ein skurriles Muster an. Die feinsten Partikel des Sandes trieben nach oben und wurden vom sanften Wind weggetragen. Ein dünner Nebelteppich von Sandstaub bewegte sich langsam an ihnen vorbei.

Eine gewaltige Bodenerschütterung riss sie urplötzlich von den Füßen. Sie fielen in den Sand und rollten den Abhang hinunter zurück an den Rand des Camps.

»Um Himmels willen! Was hat David gesprengt?« Laylas Worte waren im Lärm kaum zu hören.

Das Chaos in der Menge nahm unvorstellbare Dimensionen an. Jene, die sich nach dem ersten Erdstoß nicht sofort aufrappeln konnten, wurden weggeschubst oder einfach niedergetrampelt. Das heillose Durcheinander kannte keine Grenzen mehr.

»Wir müssen schauen, dass wir am Rand des Lagers bleiben und nicht mitten in diesen Tumult hineingezogen werden.« Christopher sah sich nach Neha um und stellte beruhigt fest, dass sie unmittelbar hinter ihm stand. »Hoffentlich ist David heil herausgekommen.«

Das Beben verstärkte sich. In der Gegend der Baracken erhob sich eine riesige Staubwolke und hüllte diesen Teil des Camps in einen gespenstischen Schleier. Nachdem das Feuer der Explosionen weitgehend erloschen war, konnte sich das langsam herandämmernde Tageslicht immer mehr durchsetzen. Am entfernten Horizont bildete sich die Korona des Sonnenaufgangs.

Wieder versuchten Christopher und seine Gefährten, auf die Düne hinaufzuklettern. Doch als sie etwa einen Drittel der Anhöhe erklommen hatten, wurde das gesamte Camp erneut von einer gewaltigen Bodenwelle erschüttert, die die vorangegangene um einiges übertraf. Wie Dominosteine stürzten die Menschen der Reihe nach in den Sand.

Christopher lag auf dem Rücken mitten auf dem Abhang und starrte auf die schrecklichen Geschehnisse im Lager. Das Beben war mittlerweile so stark, dass die Planen der Zelte, die alle in sich zusammengefallen waren, vom Sandboden einfach verschluckt wurden.

Von den brennenden Trümmern der explodierten Baracken war nichts mehr zu sehen. Sie waren buchstäblich im vibrierenden Wüstenboden versunken.

Starkes Rumpeln und Donnern kündigte eine weitere Bodenwelle an, die, wiederum ausgehend vom ehemaligen Standort der Baracken, das gesamte Camp durchquerte. Menschen schrien, irrten orientierungslos umher, schlugen um sich, fielen hin und wurden von anderen zertrampelt. Das Schreckensszenario wurde von ohrenbetäubendem Lärm, Getöse und Gepolter begleitet, welches das Gekreische der Menschen mehr und mehr übertönte.

Verblüfft hielt Christopher nach der Quelle dieser eigenartigen Geräusche Ausschau. Seit der Explosion der Baracken war schon einige Zeit vergangen, das Waffen- und Munitionslager vernichtet und die Gebäude in sich eingestürzt. Was sich in diesem Moment da unten abspielte, musste eine andere Ursache haben.

Doch er kam nicht mehr dazu, sich darüber Gedanken zu machen, denn was er zu sehen bekam, raubte ihm beinahe den Verstand. Wo einst die Baracken gestanden hatten, tat sich die Erde auf. Ein riesiges Maul, eher ein Schlund, sog den Sand wie eine Flüssigkeit in sich auf, während der Boden immer stärker vibrierte. Das Rumpeln ging in ein Dröhnen über und übte einen gewaltigen Druck auf die Ohren aus.

Menschen griffen sich an den Kopf, pressten die Hände flach auf ihre Gehörorgane und gaben markerschütternde Schreie von sich.

Auch Christopher, ebenso wie seine Gefährten, presste seine Hände an die Ohren. Mit schmerzverzerrtem Gesicht kniff er die Augen zusammen und versuchte, Gegendruck zu geben, da er befürchtete, gleich sein Trommelfell platzen zu hören. In dem Moment, als er glaubte, dem Druck nicht mehr standhalten zu können, nahm dieser urplötzlich ab und verschwand gänzlich.

Als er seine Augen wieder öffnete, glaubte er zu träumen.

67.

Das Kontrollmodul war ein halborganischer Schaltkreis, der die Wahrnehmung von Menge und Zeit als irrelevant eingestuft hatte. Seine Aufgabe bestand lediglich darin, den Status zu überwachen und eine eintretende Veränderung zu registrieren und weiterzuleiten. Veränderungen konnten verschiedenartig sein, konnten von unterschiedlichen Quellen stammen oder nicht nur einen bestimmten Status enthalten. Es war dem Kontrollmodul nicht möglich, über die Konsequenzen der Veränderung ein Urteil zu fällen oder sie anderweitig zu bewerten. Es war einzig und allein dafür geschaffen worden, die Veränderung logisch festzustellen.

Soeben hatte dieser Entweder-oder-Schaltkreis eine Veränderung registriert. Nach menschlichem Ermessen war es seit Tausenden von Jahren das erste Mal, dass dieser Zustand eintrat. Doch dies änderte nichts an der Tatsache, dass das Kontrollmodul nun ein Signal an den dafür definierten Bestimmungsort weiterleitete. Als dies geschehen war, schaltete sich das Modul wieder in den Bereitschaftsmodus und wartete auf das nächste Ereignis.

Einige Lichtjahre entfernt empfing ein anderes Kontrollmodul das Signal, lokalisierte den Herkunftsort und leitete die erforderliche Maßnahme ein. Diese beinhaltete, mit einer Sphäre, die sich in günstiger Position befand, Kontakt aufzunehmen und ihr eine bestimmte Order zu übermitteln. Als die Aufgabe erfüllt war, schaltete sich auch dieses Kontrollmodul wieder in den Bereitschaftsmodus.

Weitere Lichtjahre entfernt bereitete sich die betreffende Sphäre auf einen Raum-Zeit-Sprung vor, indem sie die notwendigen Materie-Licht-Sequenzen einleitete.

Kamal Golenko ging in seinem privaten Raum unruhig auf und ab. Seit über einer Stunde war jeglicher Kontakt zu seinen

Führungsleuten im Trainingscamp unterbrochen. Er hatte keine Ahnung, warum. Seit Monaten waren ihm die Leute treu ergeben, standen unter seinem Einfluss und gehorchten ihm aufs Wort. Auch hatte es in dieser Zeit nie Probleme oder Zwischenfälle gegeben. Er war davon überzeugt, dass etwas Unvorhergesehenes geschehen war.

Die Frage war nur, was?

Ein weiteres Problem bestand darin, dass ihm derzeit kein Schiff oder Gleiter zur Verfügung stand, um dort nach dem Rechten zu sehen. Seine Kontaktpersonen im Raumhafen hatten ihm mitgeteilt, dass das Touristenschiff zum Trainingscamp geflogen wäre. Er selbst hatte dem Agenten des Terrestrial Secret Service, der unter seinem Einfluss stand, den Auftrag erteilt.

Konnte es sein, dass die Beeinflussung dieses Agenten nicht stark genug gewesen war? Er konnte es sich nicht vorstellen, da dieser sich seit Monaten in seiner Gewalt befand und ihm bisher treu ergeben war.

Hatte er ihm die Beeinflussung nur vorgespielt?

Auch daran glaubte er nicht, denn der Agent hatte Dinge getan, die er im Normalzustand nie und nimmer getan hätte.

Doch es brachte Golenko in diesem Moment nichts, sich darüber den Kopf zu zerbrechen, was schief gelaufen sein könnte. Vielmehr musste er eine Möglichkeit finden, zum Camp zu gelangen. Mit seinem Transportfahrzeug kam er viel zu langsam vorwärts. Zudem war es nicht dafür geeignet, durch den Wüstensand zu fahren.

Blieb ihm nur noch eine Möglichkeit: die *Space Hopper*.

Wenn er oder seine Leute die Crew überwältigen würden, hätte er ein Schiff, mit dem er zum Camp fliegen konnte. Viele Leute konnten es nicht mehr sein, die sich an Bord aufhielten, da drei von ihnen im Stollen eingeschlossen waren, nachdem er diesen hatte sprengen lassen. Er holte den Kommunikator hervor und rief seinen Kontaktmann im Raumhafen an.

»Finde heraus, wie viele Personen sich an Bord des Raumgleiters befinden, der gerade auf dem Raumhafen parkt.«

Am anderen Ende blieb es für einen Moment ruhig. Golenko wurde noch nervöser. »Hast du nicht gehört?«

»Herr«, erklang die leise und ehrfürchtige Stimme. »Es ist kein Schiff da.«

»Wie bitte?« Golenkos Beherrschung gelangte an einen neuen Tiefpunkt. »Da steht ein Raumgleiter mit der Aufschrift *Space Hopper*!«

»Nein Herr. Seit heute Morgen ist dieses Schiff verschwunden.«

»Was?« Nun war es vorbei mit der Ruhe. Golenko polterte los und schrie seinen Untergebenen an, er solle gefälligst noch einmal nachsehen. Doch der Mann, dessen Stimme immer zittriger wurde, antwortete ausdrücklich, dass das Touristenschiff und der Raumgleiter seit heute Morgen verschwunden wären.

Jetzt nur nicht die Nerven verlieren, dachte Golenko. *Schön ruhig bleiben.*

Er atmete einmal tief durch und fragte: »Gibt es sonst noch ein Schiff im Raumhafen?«

»Nein Herr. Es sind keine Schiffe mehr da. Nur noch Geländegleiter.«

Golenko dachte nach. Geländegleiter hatten nur eine beschränkte Geschwindigkeit. Damit wäre er lange unterwegs. Aber er musste sich möglichst schnell Gewissheit verschaffen. Also fiel diese Option vorerst weg.

Erneut versuchte er, über den Kommunikator seinen Kontaktmann im Trainingscamp zu erreichen. Aber auch diesmal war ihm kein Erfolg beschieden. Er musste sich beherrschen, nicht loszutoben. So lange hatte alles wie am Schnürchen geklappt, doch seit die *Space Hopper* aufgetaucht war, gab es Probleme. Zum ersten Mal seit er auf MOLANA-III gelandet war, wusste er sich nicht mehr zu helfen.

68.

Christopher starrte mit großen Augen und offenem Mund auf die ihm so vertrauten Türme, die sich langsam aus dem Wüstenboden gegen den Himmel emporreckten. Feiner Staub rieselte an ihnen herunter. Das intensive, leuchtende Blau kam immer deutlicher zum Vorschein. Die skurrilen Formen, die auch hier in keine feste Struktur zu passen schienen, waren unverkennbar.

Der Boden vibrierte nach wie vor. Unten im Lager kräuselte sich der Sand zu einem regelmäßigen Wellenmuster. Die Menschen, die noch dazu in der Lage waren, hatten sich mittlerweile in Sicherheit gebracht, waren in alle Richtungen geflohen und hatten sich nicht um die Verletzten gekümmert, die während der panikartigen Flucht niedergetrampelt worden waren.

»Was um alles in der Welt ist das?« Laylas sonst so abgebrühte und selbstsichere Art war wie weggeblasen. Sie machte sich nicht die geringste Mühe, ihre Verblüffung zu verbergen. Gebannt fixierte sie das Ding, das sich mit lautem Donnern langsam aus dem Boden schälte. »So etwas habe ich in meinem ganzen Leben noch nicht gesehen.«

»Eine Sphäre«, hauchte Christopher fast unhörbar.

Layla kannte Sphären nur aus Christopher und Nehas Erzählungen. Die Erkenntnis, in diesem Moment vor einem solchen mysteriösen Gebilde zu stehen, an dessen Existenz sie bis vor Kurzem gar nicht so richtig geglaubt hatte, traf sie wie ein Schlag. Sie starrte hinauf zu den Spitzen der Türme, deren Anzahl sich weit über das gesamte ehemalige Camp hinaus verteilte. Immer neue bohrten sich durch den Wüstensand an die Oberfläche und griffen zum Himmel. Die höchsten unter ihnen hatten mittlerweile mehrere Hundert Meter erreicht, und es schien noch kein Ende zu nehmen.

»Schaut euch das an.« Christopher drehte den Kopf hin und her. »Soweit das Auge reicht, nur Türme. Dabei belegen sie nur den inneren Teil der Sphäre. Die Fläche rund herum ist noch viel größer.«

»Dann sollten wir möglichst schnell von hier verschwinden«, warnte Layla, ohne den Blick abzuwenden.

»Das wird uns nichts nützen. Wir würden nicht schnell genug vorankommen, um rechtzeitig den äußeren Rand der Sphäre zu erreichen.«

»Bis zur *Space Hopper* könnten wir es doch schaffen.«

»Die *Space Hopper*.« Die Erkenntnis traf Christopher wie ein Schlag. Die Ausdehnung der Sphäre umfasste auch den Standort ihres Raumgleiters.

Er kramte den Kommunikator hervor und versuchte mit Michelle in Kontakt zu treten.

»Na endlich!«, hörte er sie brüllen. »Was ist eigentlich los? Zuerst die Explosion und jetzt das Erdbeben! Ich hab die ganze Zeit versucht, dich zu erreichen.«

»Bei dem Lärm und dem Rütteln habe ich nichts mitbekommen. Du glaubst nicht, was hier gerade geschieht.«

»Was sind das für Raketen, die da nach oben steigen?«

»Das sind keine Raketen. Eine Sphäre taucht gerade aus dem Wüstenboden auf.«

»Was?«

»So ein Ding, von dem ich geträumt habe und auf dem ich mich befand, nachdem ich zum Grund des Sees hinabgetaucht war.«

»Das ist so eine Sphäre? Mitten in dieser Wüste?«

»Ja genau.«

»Ist euch etwas passiert?«

»Wir sind alle wohlauf, wissen aber nicht, wo David ist. Hat er sich bei dir gemeldet?«

»Nein. Konntet ihr Layla befreien?«

»Ja. Sie und ihr Kollege sind bei uns. Ich werde die *Space Hopper* über meine Fernsteuerung einige Meter anheben.«

»Warum das denn?«

»Weil die Sphäre weit über das Gebiet hinausreicht, auf dem wir und die *Space Hopper* im Moment stehen. Ich möchte sicher gehen, dass unser Gleiter nicht umkippt, wenn der Sphärenboden auftaucht.«

Am anderen Ende blieb es ruhig.

»Bist du noch da?«

»Ja. Ich muss das zuerst einmal verdauen.«

»Wir werden bald an Bord kommen.«

»Okay.«

Christopher, der die Steuerung der *Space Hopper* auf seinen Kommunikator übertragen hatte, ließ den Gleiter langsam anheben, bis er ihn über der Düne schweben sah.

»Willst du hier stehen bleiben und warten?« Layla machte Anstalten, zur *Space Hopper* aufzubrechen.

»Wir können jetzt nicht an Bord. Du siehst doch, dass ich den Gleiter angehoben habe.«

»Was sollen wir dann tun?«

»Warten. Es wird uns nichts geschehen.«

»Woher willst du das wissen?«

»Er weiß es einfach. Ich weiß es auch.« Neha hatte sich Layla genähert und sah ihr selbstsicher in die Augen.

Diese starrte verblüfft zurück und wusste nichts zu erwidern.

»Dann spürst du es auch?« Christopher wandte sich an Neha.

Sie nickte nur.

»Sie versucht, mit uns Kontakt aufzunehmen.«

»Wer?«, fragte Layla verwundert.

»Die Sphäre.«

»Das Ding lebt?«

»Nein, aber die Nanopartikel, aus der die Sphäre größtenteils besteht.«

»Wie können die mit euch Kontakt aufnehmen?«

»Mental.«

»Aber diese Sphäre kennt euch doch gar nicht.«

»Die Sphären im ganzen Universum kennen uns«, erklärte Neha. »Sie bilden ein Kollektiv und stehen miteinander in Kontakt.«

»Was ist mit der Zeit?« Layla schien dem Ganzen keinen Glauben schenken zu können. »Über solch große Distanzen gibt es doch enorme Zeitverzögerungen.«

»Für die Sphären gibt es keine Zeitverzögerungen.«

»Heißt das, sie können die Zeit überwinden?«

»Ich weiß nicht, was sie können. Ich weiß nur, dass alle Sphären uns kennen. Sie wollen mit uns in Kontakt treten.«

Erneut starrte Layla Neha ratlos an.

»Was steht ihr hier herum und quatscht?«, schrie eine Stimme hinter ihnen. »Wir sollten schnellstens von hier verschwinden!«

Überrascht drehten sie sich um und erblickten David, der wild gestikulierend zuoberst auf der Düne stand. Sofort kletterte Neha den Hang hinauf. Christopher und Layla folgten ihr mit dem bewusstlosen Tomimoto Toshiro im Schlepptau.

»Warum hast du die *Space Hopper* angehoben?«, fragte David, als sie oben angekommen waren.

Die Antwort konnte sich Christopher ersparen, denn an verschiedenen Stellen schälten sich die Plattformen und die Verbindungsstege der Sphäre aus dem Wüstenboden. Die Zwischenräume waren mit Sand gefüllt.

»Verstehe«, antwortete David gleich selbst, als er nach unten blickte. »Die *Space Hopper* hätte wegkippen können, wenn sie zufällig auf einem Randbereich gestanden hätte.«

»Am besten bleiben wir vorerst auf dieser Düne«, schlug Christopher vor. »Ich bin gespannt, wie weit sich die Sphäre aus dem Boden erhebt.«

»Hattest du nicht berichtet, dass sich zwischen den Plattformen Wasser befindet?«

»Genau, aber hier in der Wüste gibt es bestimmt kein Wasser. Deshalb wird wohl alles mit Sand gefüllt sein.«

»Die Sphäre wird mit Wasser gefüllt sein«, meldete sich Neha mit einer befremdenden Entschlossenheit zu Wort, ohne den Blick von den Plattformen abzuwenden.

Christopher dreht sich ihr zu und legte seine Hand auf ihre Schulter. Sofort spürte er es. Die eigenartige Gewissheit, dass Wasser statt Sand die Zwischenräume der Plattformen ausfüllen würde.

Dann sah er es.

Er starrte hinab und konnte kaum glauben, was geschah.

Die oberste Schicht des Sandes begann, sich langsam in Wasser zu verwandeln. Das Licht der Morgensonne funkelte wie Tausende kleiner Sterne in den feinen Wellen.

»Das gibt's doch nicht.« Davids Stimme drückte mehr als nur Verwunderung aus.

Der Wasserspiegel stieg zusammen mit den Plattformen stetig höher und erreichte schon fast den obersten Punkt der Düne. Das Wasser selbst wurde dunkler, ein Zeichen dafür, dass es an Tiefe gewann.

Christopher verstaute den Kommunikator in seinem wasserdichten Armbeutel. »Macht euch darauf gefasst, schwimmen zu müssen. Wer weiß, ob sich genau unter uns eine Plattform befindet.«

Kaum hatte er dies gesagt, wurde es kühl um seine Füße. Er sah zu Boden und bemerkte, wie seine Knöchel von Wasser umspült wurden.

»Die nächste Plattform ist da drüben.« David zeigte in die entsprechende Richtung und begann zu waten, sank jedoch mit jedem Schritt tiefer ein. Schon wenig später konnte er sich nur noch schwimmend fortbewegen.

Auch die anderen waren nun vollständig im Wasser. Christopher und Layla zogen den immer noch bewusstlosen Toshiro hinter sich her, während Neha den Abschluss bildete.

Christopher konnte nicht erkennen, ob die Sphäre noch weiter anstieg, denn der Horizont war nicht mehr zu sehen. Der vertikale Abstand zwischen dem Sphärenboden und der *Space*

Hopper blieb konstant, was darauf schließen ließ, dass das Kraftfeld, das den Gleiter in der Luft hielt, sich auch auf die Sphäre auswirkte.

Wenig später hatte David als erster die Plattform erreicht, kletterte hinauf und half den anderen. Christopher holte seinen Kommunikator hervor, manövrierte die *Space Hopper* in ihre Nähe und ließ sie sanft auf der Plattform landen. Sofort öffnete sich das Hauptschott. Michelle trat ins Freie.

»Warum seid ihr so nass?«, fragte sie verwundert.

»Was denkst du, wie wir auf diese Plattform gelangt sind?« Christopher sah sie mit gekräuselter Stirn an.

»Ach ja, leuchtet ein. Ihr wart woanders.«

»Was tun wir jetzt?« Layla schien sich mit der Ungewissheit nicht anfreunden zu können.

»Wir warten«, antwortete Christopher.

»Worauf?«

»Bis uns die Sphäre mitgeteilt hat, was sie von uns will.«

69.

Nachdem die andere Sphäre die Materie-Licht-Sequenzen eingeleitet hatte, setzte sie zum Sprung an und materialisierte in unmittelbarer Nähe des MOLANA-Systems. Die Zielkoordinaten waren so berechnet, dass sie außerhalb des Systems in den Raum eintauchte und dieses von außen abtastete. Auf dem dritten Planeten konnte sie organische Einheiten ausmachen, die jedoch keine Gefahr darzustellen schienen.

Doch dann geschah etwas Merkwürdiges.

Die Sphäre registrierte plötzlich die Anwesenheit einer anderen Sphäre. Diese schien eben erst reaktiviert worden zu sein.

Aber durch welches Ereignis?

Etwas Außergewöhnliches musste eingetreten sein.

Wie war diese schlafende Sphäre überhaupt dorthin geraten? Warum war sie in den Ruhezustand versetzt worden?

Die soeben eingetroffene Sphäre hatte darüber keine Informationen und informierte das Kontrollmodul. Aus der Antwort ging hervor, dass bei der Suche nach verwertbarem Rohstoff für Nanopartikel einige Sphären verloren gegangen und nie wieder aufgetaucht waren.

Obwohl das Verschwinden dieser Sphären festgehalten und registriert worden war, war das System nicht darauf programmiert gewesen, nach ihnen zu suchen. So existierte lediglich der Status *Vermisst*, jedoch kein Auftrag für eine Nachforschung.

Doch nun war dieser Status geändert worden. Eine der vermissten Sphären galt nicht mehr länger als vermisst. Sie war wieder aufgetaucht.

Die eingetroffene Sphäre taxierte dies als selbstverständlich und widmete sich wieder der eigentlichen Mission.

Die wieder aufgetauchte Sphäre schickte jedoch noch eine ganz andere Information: *Das Medium sei zurückgekehrt und zeige sich für eine Kooperation bereit.*

Nach einem mehrstündigen Fußmarsch erreichte Kamal Golenko mit einem seiner Gehilfen den Stadtrand, der wie ausgestorben wirkte. Kurz darauf betraten die beiden den ebenfalls verlassenen Raumhafen. Tatsächlich befand sich kein einziges Raumschiff auf dem Landefeld.

Golenko steuerte zielstrebig auf einen Hangar zu, öffnete die Rolltür und betrat das düstere Innere des Gebäudes.

»Herr, wonach suchen wir hier?«

»Es muss doch irgendwo einen größeren Geländegleiter geben, der etwas schneller fliegt als die kleinen Dinger.«

»Normalerweise werden die im Transporthangar geparkt. Wir befinden uns hier im Frachthangar. Ich werde Sie führen.«

Wenig später betraten sie den entsprechenden Hangar, wo sie zwei nicht sehr gepflegt aussehende Geländegleiter vorfanden.

»Die Frage ist, ob die Energiespeicher noch ausreichen, um eine so lange Strecke zurückzulegen.«

»Wir können sie aufladen, Herr.«

»Wie lange dauert das?«

»Es wird schnell gehen. Ist besser, als mitten in der Wüste zu stranden.«

Der Gehilfe schloss den Gleiter an eine Ladestation an und startete den Generator.

»Wir können uns in der Zwischenzeit mit Nahrungsmitteln und Wasser für unterwegs eindecken.«

»Das kannst du übernehmen. Ich werde hier warten.«

Eine Stunde später kehrte der Gehilfe mit einem Stoffsack zurück, den er über der Schulter trug, und legte ihn auf die Ladefläche des Gleiters.

»Der Ladevorgang ist bereits abgeschlossen.«

»Ich hoffe, die Nahrungsmittel schmecken Ihnen, Herr.«

»Das ist im Moment nicht so wichtig. Hauptsache, wir kommen möglichst schnell voran.«

»Wir werden aber lange unterwegs sein, Herr.«

»Dann lass uns gleich starten.«

Die Sphäre, die sich außerhalb des MOLANA-Systems aufhielt, erhielt die Information, dass das Medium von mehreren anderen organischen Einheiten umgeben war. Somit bestand die Möglichkeit, weitere Medien zu generieren. Ob sich diese dafür eigneten, musste zuerst überprüft werden. Das war Aufgabe der soeben reaktivierten Sphäre. Im Moment war sie jedoch damit beschäftigt, sich selbst zu regenerieren. Dies war ein aufwändiger Prozess, denn es musste viel Materie transformiert werden.

Die reaktivierte Sphäre war ausgetrocknet und vollständig mit Sand gefüllt gewesen. Der Sand musste in Wasser transformiert werden, um für die Nanopartikel die optimale Lebensumgebung zu schaffen. Diese Transformation würde eine gewisse Zeit in Anspruch nehmen. Währenddessen war die Sphäre handlungsunfähig. Sie konnte zwar mit dem Medium Daten austauschen, jedoch keine größeren Strecken zurücklegen.

Die Sphäre außerhalb des MOLANA-Systems wartete geduldig. Zeit hatte nur eine untergeordnete Bedeutung.

Schließlich erhielt sie von der reaktivierten Sphäre die primäre Information und leitete sie sofort an das Kontrollmodul weiter. Von dort wurde sie an sämtliche anderen Sphären im Universum verschickt, worauf diese unverzüglich die Transmission einleiteten.

70.

Nachdem sie den nach wie vor bewusstlosen Tomimoto Toshiro in eine Kabine gesperrt und sich im Aufenthaltsraum der *Space Hopper* an den runden Tisch gesetzt hatten, übernahm Neha in einer schon lange nicht mehr gesehenen Entschlossenheit das Wort. Sie bemühte sich erst gar nicht, sich zu setzen, während die anderen von ihrem Platz aus zu ihr aufsahen.

Es erinnerte Christopher an ihre erste Begegnung. Damals hatte sie ihnen die Geschichte über die Kolonie Tongalen erzählt und eine ähnliche Selbstsicherheit ausgestrahlt. Trotzdem war es diesmal anders. Es war schwer zu beschreiben, was den Unterschied ausmachte. Es war etwas Unbekanntes in ihrer Art, etwas Geheimnisvolles. Sie vermittelte den Eindruck, über Dinge Bescheid zu wissen, die man ihr nicht zutraute und über die sonst niemand Bescheid wusste.

»Wir haben einen Auftrag«, sagte sie. »Wir haben eine klare Botschaft erhalten.«

»Wer hat dir diesen Auftrag erteilt?«, mischte sich Layla ein. »Du gehörst doch gar nicht zu einer irdischen Institution.«

»Layla, lass sie bitte ausreden.« Christopher sah die Agentin des Terrestrial Secret Service eindringlich an.

Missmutig verzog sie ihren Mund und rutschte tiefer in ihren Sessel.

»Während meines Aufenthalts auf der Sphäre habe ich die Verhaltensweise der Nanopartikel eingehend kennengelernt«, fuhr Neha fort. »Dank Christophers Neuro-Sensoren können wir mit ihnen noch besser Informationen austauschen und kennen nun auch die Ursache ihres Problems. Die Sphären suchen im ganzen Universum nach verwertbaren Rohstoffen. Der Bestand der Nanopartikel ist bedroht. Auf diesem Planeten soll es eine Quelle geben, besser gesagt, hier leben Wesen, die Nanopartikel replizieren können.«

»Woher haben die Sphären diese Information?«, wollte Layla wissen.

»Das weiß ich nicht. Sie haben uns ihr Wissen übermittelt, ohne eine Quelle oder einen Grund anzugeben.«

»Wer sagt, dass dies der Wahrheit entspricht?«

»Die Nanopartikel bilden im Kollektiv eine logische Lebensform. Sie können nicht lügen. Sie handeln und urteilen nur nach Logik. Entweder ist etwas, oder es ist nicht.«

»Wer garantiert, dass du ihre Informationen richtig interpretierst?«

»Darüber kann es keinen Zweifel geben, weil sie diese Daten direkt in mein Gedächtnis transferieren. Sie werden zu einem festen Bestandteil meiner Erinnerungen. Während meines Aufenthalts in der Sphäre konnte ich lediglich gefühlsmäßig feststellen, was sie mir mitteilten. Doch seit ich zusammen mit Christopher in meine vertraute Welt zurückgekehrt bin, verstehe ich deutlich, was sie mir übermitteln.«

Layla sah Neha ungläubig an.

»Ich kann alles bestätigen, was Neha berichtet«, sagte Christopher. »Ich war selbst auch in dieser Sphäre. Mir wurden diese Informationen ebenfalls übermittelt. Wir sollten uns nicht mit langen Erklärungsversuchen aufhalten, sondern nach dieser Lebensform auf MOLANA-III suchen.«

»Wie finden wir die?« Layla schien noch nicht restlos überzeugt. »Wir wissen nicht einmal, wie diese Wesen aussehen.«

»Ich weiß es. Ich sah sie in meinem Traum. Niedliche Beuteltiere.«

»Du bist sicher, dass es diese Tiere sind?«, fragte Michelle erstaunt.

»Absolut sicher. Zudem hat Golenko anscheinend eine Quelle entdeckt. Ihr Wasser enthält eine Substanz, die das Bewusstsein beeinflusst. Die Wahrscheinlichkeit ist groß, dass es sich dabei um eine Art von Nanopartikeln handelt. Die Beuteltiere sind mit Bestimmtheit die Wesen, die über die Fähigkeit verfügen, Nanopartikel zu replizieren.«

»Wenn das alles zutrifft«, folgerte Layla, »dann müsste diese Quelle in der Nähe von Golenkos Höhle sein. Er hat das Wasser schließlich entdeckt. Er hat eine ganze Armee damit versorgt, also muss er eine Möglichkeit gefunden haben, große Mengen zu fördern.«

»Genau. Die Beuteltiere werden ebenfalls dort zu finden sein.«

»Dann müssen wir sie nur noch finden. Wo beginnen wir mit der Suche?«

»Dort, wo es Wälder gibt.«

»Das dürfte auf diesem Planeten nicht allzu schwierig sein, denn Wälder sind hier eine Rarität.«

»Die Sphäre, auf der wir stehen, wird mit uns in Kontakt bleiben«, sagte Neha.

»Lass mich raten.« Laylas sarkastischer Unterton war nicht zu überhören. »Das hat sie dir soeben mitgeteilt.«

»Nicht erst eben, sondern als wir uns noch draußen aufhielten. In dem Moment, als wir die Plattform betraten.«

»Weiß die Sphäre zufällig, wo diese Wesen leben?«

»Über den genauen Standort hat sie keine Informationen.«

»Dann lasst uns aufbrechen.«

Christopher reckte sich. »Da Layla sich auf diesem Planeten ein bisschen besser auszukennen scheint als wir, schlage ich vor, dass sie auf dieser Suche die Rolle des Kopiloten übernimmt.«

»Einverstanden.« Layla zeigte sich versöhnlicher, nachdem ihre Autorität in den letzten Stunden arg gelitten hatte.

»Neha, falls du neue Informationen erhältst, teile sie uns umgehend mit.«

»Natürlich. Ich werde mich jetzt in die Kabine zurückziehen und mich ausruhen. Ich brauche einen klaren Kopf, falls mir weitere Informationen übermittelt werden.«

»Darf ich dir Gesellschaft leisten?«, fragte Michelle.

»Aber sicher. Das würde mich sogar sehr freuen.«

Wenig später waren die beiden verschwunden.

Nachdem die *Space Hopper* abgehoben hatte, sagte Layla: »Der nächstgelegene Wald befindet sich in südöstlicher Richtung.«

»Südlich von uns verläuft doch diese Bergkette von Ost nach West. Ich habe in dieser Gegend keinen Wald ausmachen können.«

»Weiter östlich gibt es einen Einschnitt. Auf der anderen Seite grenzt ein Wald an das Gebirge. Durch die klimatischen Verhältnisse auf diesem Planeten staut sich dort feuchtwarme Luft, die von Süden kommt. Dadurch ist die Gegend wesentlich fruchtbarer als nördlich des Gebirgszuges.«

»Aber ich nehme nicht an, dass es das einzige bewaldete Gebiet auf diesem Planeten ist.«

»Bestimmt gibt es noch andere. Aber bedenke, Golenko hat dieses Wasser gefunden. Das heißt, es kann nicht allzu weit entfernt sein. Die Wahrscheinlichkeit, dass die Beuteltiere in diesem Wald leben, ist sehr groß.«

»Vielleicht sind sie über den gesamten Planeten verteilt.«

»Das könnte natürlich auch sein.«

Eine Weile schwiegen beide und blickten durch das Panoramafenster nach draußen.

»Darf ich dich um etwas bitten?« Christopher hielt es für den richtigen Moment, dieses Problem anzusprechen.

»Nur zu.«

»Könntest du deine Feindseligkeiten gegenüber Neha etwas zurückstellen?«

Layla drehte den Kopf und sah ihn von der Seite an. Christopher reagierte nicht darauf und blickte weiterhin geradeaus. Er konnte sich sehr gut vorstellen, dass Layla Probleme damit hatte, ihre Führungsrolle zurückzustellen, nachdem sie ihre Mission bisher alleine durchgeführt hatte. Es war jedoch eine völlig neue Situation eingetreten, an die sie sich zwangsläufig anpassen musste.

»Ich werde mich bemühen.«

»Danke.«

»Was läuft zwischen dir und ihr?«

»Wie meinst du das?«
»Du weißt schon, wie ich das meine.«
»Es ist nicht das, was du vielleicht denkst.«
»Was denke ich?«
»Ich könnte mir vorstellen, dass du glaubst, sie und ich hätten eine heimliche Affäre.«
»So in etwa.«
»So einfach lässt sich das nicht beschreiben.«
»Sag nur, ihr habt eine Dreiecksbeziehung.«
»Auch das ist nicht ganz korrekt.«
»Es scheint also kompliziert zu sein.«
»Ich möchte jetzt nicht weiter darüber reden.«
»Okay.«
»Vielleicht zu einem späteren Zeitpunkt.«
Der weitere Flug bis zur Gebirgskette verlief ohne Worte.

71.

Die Sphäre hatte sich mittlerweile vollständig aus dem Sand befreit und schwebte einige Dutzend Meter über dem Wüstenboden. Der Sand, der die untere Hälfte der Kugel ausgefüllt hatte, war vollständig in Wasser transformiert worden. Die Nanopartikel konnten ihre Fähigkeiten entfalten und in Aktion treten.

Als sie dem Medium Informationen übermittelt hatten, zogen sich die organischen Einheiten in ihr Fluggerät zurück. Die Mission schien in eine entscheidende Phase zu treten.

Nachdem das Fluggerät der organischen Einheiten gestartet war, gewann die Sphäre schnell an Höhe, positionierte sich im Orbit und verfolgte dessen Flug. Die andere Sphäre hatte sich in die Nähe des zweiten Planeten zurückgezogen und übernahm die Rolle der Informationsvermittlung mit dem Kontrollmodul. Für den Fall eines baldigen Erfolgs der Mission musste eine Verbindung mit der Mastereinheit hergestellt und der Status übermittelt werden.

Die Mastereinheit kontrollierte die gesamte Mission. Seit der Erschaffung der Sphären hatte kein solcher Kontakt mehr stattgefunden.

Sobald vom Medium die Erfolgsmeldung eintraf, würde die Sphäre den Orbit verlassen, in der Nähe der organischen Einheiten landen und den Nanopartikelnachschub einer Konvertierungsprüfung unterziehen. Sollte diese Prüfung positiv ausfallen, würden sich sämtliche Sphären in diesem Planetensystem einfinden und die eigentliche Konvertierung in die Wege leiten.

Kamal Golenko hatte schlechte Laune, was sein Gehilfe deutlich zu spüren bekam. Seit Stunden waren sie mit dem Geländegleiter unterwegs durch die Wüste. Die monotone Regelmäßigkeit, mit der sich eine Düne an die andere reihte, und die unerfüllten

Erwartungen, hinter der nächsten etwas anderes als Sand zu sehen, zerrte an den Nerven. Aber auch die Hitze und die Trockenheit trugen das ihre bei.

Golenko war an dieses Klima nicht gewöhnt. In Tongalen herrschten erträglichere Temperaturen. Seine persönlichen Räume in der großen Höhle boten ebenfalls eine angenehmere Lebensumgebung. Doch er brauchte Gewissheit über die Situation im Trainingscamp. Immer wieder versucht er, Kontakt zu seinem Verbindungsmann aufzunehmen, jedoch ohne Antwort zu erhalten. Auch diese Ungewissheit nagte an ihm.

Ein weiterer Umstand, der ihn beunruhigte, war die Tatsache, dass die Sensoren des Geländegleiters kurz nach dem Start eine starke Bodenerschütterung registriert hatten. Er konnte nicht beurteilen, ob es sich dabei um ein natürliches Erdbeben gehandelt, oder ob das Ereignis mit irgendwelchen Vorkommnissen im Trainingscamp zu tun hatte. All dies brachte den sonst kühl berechnenden Mann aus der Fassung. Aber er war sich bewusst, dass er sich zur Ruhe zwingen musste. Ansonsten bestand die Gefahr, als Folge von emotionalen Reaktionen Fehler zu begehen. Doch je länger der Flug durch die Wüste andauerte, desto schwerer fiel es ihm, seinen Grundsätzen treu zu bleiben.

Als er erneut versuchte, seinen Verbindungsmann im Camp zu erreichen, und wieder keine Antwort erhielt, geriet er derart in Rage, dass er mit der Faust auf das Anzeigedisplay des Geländegleiters schlug und somit eine wichtige Meldung ungelesen ausgeblendet wurde. Diese hätte ihn davon in Kenntnis gesetzt, dass das Ortungssystem seines Fluggeräts ein fliegendes Objekt geortet hatte. Zudem richtete er seinen verzweifelten Blick für eine Weile auf seinen Kommunikator. Dabei entging ihm, dass weit über ihnen das vom Geländegleiter geortete Schiff in entgegengesetzte Richtung über ihn hinwegflog. Auch seinem Gehilfen war dieses Schiff entgangen, da er in ehrfürchtigem Respekt und Angst vor Golenkos Laune den Kopf gesenkt und den Blick auf den Boden des Geländegleiters gerichtet hatte.

Als sie nach weiteren Stunden die letzte der nach dem Start der Sphäre noch verbliebenen Dünen überflogen, riss Golenko das Steuer herum und erstarrte vor Schreck.

Vor ihnen klaffte ein riesiger Krater. Sein Durchmesser musste mehrere Kilometer betragen. Genau in der Mitte, wo er am tiefsten war, hätte sich das Trainingscamp befinden müssen. Aber davon war nichts mehr zu sehen.

Golenko starrte in den riesigen Schlund und konnte kaum fassen, was er sah.

Was war hier geschehen?

War das Camp durch eine Bombe zerstört worden? Mit so großer Sprengkraft?

War das die Ursache für das Erdbeben gewesen?

Wer verfügte über solche Waffen?

Konnte es sein, dass irgendjemand unbemerkt auf MOLANA-III gelandet war und das Trainingscamp vernichtet hatte?

Seine Gedanken rotierten, aber er fand keine befriedigende Antwort.

Es dauerte jedoch nicht lange, bis ihm die Konsequenzen dieses Ereignisses bewusst wurden. Seine gesamte Armee, die er in all den Monaten mühsam aufgebaut hatte, und seine gesamte Logistik waren verschwunden, vernichtet. Er besaß nichts mehr.

In diesem Moment machte er eine völlig neue Erfahrung. Er spürte einen inneren Zweifel aufkommen. Konnte die ganze Sache für ihn eine Nummer zu groß sein? Aber bis zum Eintreffen der *Space Hopper* hatte doch alles so gut geklappt!

Er dachte zurück an seine Zeit in Tongalen, als er mit der OVT die Macht über die Kolonie an sich reißen wollte. Er stand damals zwar stets im Schatten von Marac Kresnan. Aber irgendwann wäre es ihm gelungen, auch diesen Despoten zu beseitigen und sich selbst zum Anführer ausrufen zu lassen.

Das gesamte Unternehmen entpuppte sich am Ende als einziges Desaster. Schuld dafür war eindeutig Marac Kresnans

Rachedurst. Am Anfang lief alles perfekt. Doch je mehr sich die Mission dem entscheidenden Zeitpunkt näherte, desto weniger hatte Kresnan seine Emotionen im Griff.

Doch nun stand ihm kein anderer Anführer im Weg. Er selbst war es, der hier das Sagen hatte. Woran lag es diesmal, dass alles zu scheitern drohte?

Zum ersten Mal in seinem Leben fühlte er sich völlig hilflos.

72.

Soeben hatte die *Space Hopper* das Tal durchflogen, das den Gebirgszug in zwei Hälften unterteilte. Die Verengung zu einer schmalen Schlucht im mittleren Bereich erforderte vom Autopiloten eine äußerst genaue Navigation. Doch dieser meisterte es ohne Probleme.

Layla hatte während der ganzen Zeit auf eine Konversation verzichtet und nur ab und zu Hinweise über die Flugroute gegeben.

Auf der anderen Seite des Gebirgszugs erstreckte sich über einen breiten Streifen ein üppiges Waldgebiet. Christopher beobachtete die Gegend genau und versuchte, Ähnlichkeiten zu dem Wald aus seinem Traum zu finden. Bei der Vegetationsart konnte es sich tatsächlich um dieselbe Art handeln. Aber das traf vielleicht auch auf andere Wälder auf diesem Planeten zu. Es blieb ihnen nichts weiter übrig, als ein Gebiet nach dem anderen zu durchsuchen.

Zunächst hielt er nach einem geeigneten Landegebiet Ausschau. Lange musste er nicht suchen, da es am Waldrand genügend Steppe mit wenig bis gar keinem Pflanzenwuchs gab.

Nachdem die *Space Hopper* aufgesetzt und Christopher die Triebwerke abgeschaltet hatte, erhob er sich und verließ wortlos das Cockpit.

Im Aufenthaltsraum saßen seine Teammitglieder um den runden Tisch und betrachteten über den Panoramabildschirm die nähere Umgebung.

»Wir werden hier nichts finden«, verkündete Neha ohne eine Spur des Zweifels.

»Woher willst du das wissen?«, fragte Layla, die Christopher gefolgt war. »Nein, lass mich raten. Du hattest schon einmal mit Beuteltieren Kontakt und mit ihnen Small Talk geführt, aber hier gibt es keinen solchen Kontakt. Stimmt's?«

»Du kannst dir deinen Sarkasmus sparen.« Neha wirkte trotz der Deutlichkeit ihrer Worte gelassen. »Außerdem hast du völlig recht. Ich kann mit den Quirls tatsächlich in Kontakt treten. Oder sie mit mir.«

»Wie kommst du darauf, dass diese Tiere Quirls heißen?«

»Na, wie wohl?«, antwortete Neha schlagfertig, erhob sich und verließ den Aufenthaltsraum.

Christopher hatte dieser kurzen aber angespannten Unterhaltung schweigend zugehört und sich entschlossen, sich nicht einzumischen. Nehas Reaktion gab ihm recht. Sie wusste sich durchaus selbst zu wehren. Aber sollten diese Sticheleien nicht aufhören, würde er einschreiten. Solche Situationen mochten die Aufmerksamkeit beeinflussen und in Gefahrenmomenten zu falschen Reaktionen führen. Das konnten sie sich nicht leisten.

»Da uns hier keine unmittelbare Gefahr droht, schlage ich vor, dass David und Michelle an Bord bleiben, während Neha und Layla mich begleiten.«

Laylas Gesicht drückte wenig Begeisterung aus. Sie schien zu vermuten, warum Christopher diese Wahl getroffen hatte.

»Von mir aus«, sagte sie gleichgültig.

»Ich werde Neha informieren.« Michelle erhob sich und steuerte in Richtung Kabinen.

Wenig später kehrten die beiden in den Aufenthaltsraum zurück. Neha war bereits für den Ausflug in den Wald umgezogen.

»Neha, ich brauche dich, weil du am ehesten die Anwesenheit dieser Tiere wahrnimmst und eventuell sogar mit ihnen kommunizieren kannst.

»Ja, ich verstehe.«

»Dich, Layla, brauche ich, weil du mit deiner Ausbildung eventuelle Gefahren am besten einschätzen kannst.«

»Auch klar.« Ihre Stimme klang versöhnlicher.

»Dann wollen wir mal.« Christopher band sich eine Bauchtasche um, in der er das Allernötigste verstaut hatte, darunter auch ein Erste-Hilfe-Set. Den Kommunikator trug er immer noch in seiner flachen Armtasche.

Er betrat die Schleuse und öffnete das Hauptschott. Angenehme Wärme schlug ihm entgegen, die Luft war hier nicht so trocken wie in der Wüste. Er sah sich um, stieg kurz darauf die ausgeklappte Treppe hinunter und machte ein paar Schritte.

»Man könnte meinen, wir befänden uns auf der Erde. Ähnlicher Boden, ähnliche Flora.«

»Ähnliche Luftzusammensetzung und Temperaturen bringen ähnliche Lebensformen hervor«, erwiderte Layla, während sie ihm folgte. »Diese Regel scheint sich im gesamten Universum zu wiederholen.«

»Warst du schon auf vielen Planeten?«, erkundigte sich Neha.

»Auf einigen. Aber vorwiegend in Kolonien. Die besitzen natürlich erdähnliche Bedingungen. Sonst könnten da keine Menschen leben.«

»Das leuchtet mir ein. Gibt es bei den Kolonisten Unterschiede?«

»In ihren Kulturen unterscheiden sich die verschiedenen Kolonien sehr voneinander. Es kommt auch ein bisschen darauf an, aus welcher Gegend der Erde die Menschen ursprünglich stammten. Meistens wurden Kolonien von bestimmten Völkergruppen der Erde gegründet. Die nahmen viel von ihrer jeweiligen Kultur mit.«

»Mein Heimatplanet scheint eine Ausnahme zu bilden. Die Gründer unserer Kolonie waren vorwiegend Außenseiter, die der Erde den Rücken gekehrt hatten, um auf TONGA-II eine neue Existenz und auch eine neue Kultur zu gründen. Sie waren stets bemüht, nicht dieselben Fehler zu machen, wie ihre ehemaligen Landsleute auf der Erde.«

»Ja, davon habe ich gehört. Allerdings war ich vorher noch nie auf TONGA-II.«

»Das könnte sich bald ändern«, mischte sich Christopher in die Unterhaltung ein. »Auf dem Rückflug zur Erde werden wir mit Sicherheit noch mal auf TONGA-II zwischenlanden.«

»Soll mir recht sein. Kann nicht schaden, diese Kolonie näher kennenzulernen.«

Neha sah überrascht zu ihrer Gefährtin.

Layla blieb dies nicht verborgen. »Entschuldige, wenn ich zwischendurch so unfreundlich zu dir war. Im Grunde genommen habe ich gar nichts gegen dich.«

»Kein Problem.«

»Spürst du schon etwas?«, fragte Christopher, um irgendwelchen Verlegenheiten zuvorzukommen.

»Nicht das Geringste«, antwortete Neha.

»Wir gehen noch ein Stück. Wenn sich dann immer noch nichts tut, kehren wir zurück.«

Wie erwartet tat sich nichts.

73.

Das Fluggerät war gelandet. Aus dem Orbit hatte die Sphäre seinen Kurs verfolgt. Es bestand die Möglichkeit, dass die organischen Einheiten fündig geworden waren.

Nach einer Weile war das Fluggerät jedoch wieder weitergeflogen, ohne dass eine Bestätigung für einen Erfolg der Suche eingetroffen war. Doch kurz darauf unterbrach es seinen Flug erneut. Die organischen Einheiten verließen es wieder.

Nach der vierten Landung registrierte die Sphäre einen Informationsaustausch zwischen unterschiedlichen Arten von organischen Einheiten. Sofort wurden gewisse Vorbereitungen in die Wege geleitet und die andere Sphäre, die nach wie vor in der Nähe des zweiten Planeten parkte, in Kenntnis gesetzt. Diese Information wurde an das Kontrollmodul weitergeleitet und von dort an die übrigen Sphären. Jede dieser Sphären leitete dieselben Vorbereitungen ein. Es wurden Prozesse ausgelöst, die seit unendlich langer Zeit im Bereitschaftsmodus gestanden hatten und nun zum ersten Mal zur Anwendung gelangen sollten.

Man wartete nur noch auf das entsprechende Signal.

Kamal Golenko und sein Gehilfe saßen auf ihrem geparkten Geländegleiter und starrten in den riesigen Krater. Wie ein kreisrunder Trichter gähnte er gegen den Himmel und ließ keinen Zweifel darüber aufkommen, dass hier etwas Unglaubliches geschehen war.

Was um alles in der Welt konnte einen derart großen Krater erzeugen? Wo war der Sand, der vorher dieses Loch ausgefüllt hatte? Das umliegende Gelände sah unberührt aus. Nichts deutete darauf hin, dass große Mengen von Sand dahingeschleudert worden waren. Aber wo war er geblieben?

Konnte es sein, dass hier gar keine Bombe explodiert, sondern etwas eingestürzt war? Falls dem so war, musste irgendein Ereignis diesen Einsturz ausgelöst haben. Konnte das Erdbeben, das sein Geländegleiter registriert hatte, der Grund dafür gewesen sein? Oder stammten die Erschütterungen vom Einsturz selbst?

Er ließ seinen Blick am Rand des Kraters entlanggleiten und stellte fest, dass der Sand an verschiedenen Stellen deutlich dunkler war. Dabei handelte es sich nicht um Schattierungen. Er entschloss sich, der Sache auf den Grund zu gehen, stieg vom Gleiter hinunter und schritt entschlossen auf den nächstbesten dunklen Fleck zu. Je näher er dieser Stelle kam, desto mehr geriet er ins Staunen.

War es möglich, dass der Sand feucht war und deshalb eine dunkle Färbung angenommen hatte?

Er blickte kurz zum Himmel. Keine Wolken. Nichts, das nach einem kürzlichen Regenschauer aussah. Falls hier Wasser verschüttet worden war, musste es unter dieser unbarmherzig brennenden Sonne binnen kurzer Zeit verdampft sein.

Er bückte sich, nahm etwas Sand in die Hand und rieb ihn zwischen den Fingern. Eindeutig nass. Dass der Sand noch nicht getrocknet war, deutete darauf hin, dass hier sehr große Mengen Flüssigkeit verschüttet worden waren. Doch wer besaß mitten in der Wüste derart viel Wasser und verschüttet es auch noch? Eigenartige Dinge schienen sich hier abgespielt zu haben. Das verschwundene Trainingscamp, der riesige Krater und nun auch noch große Mengen verschütteten Wassers.

Ein kurzes Rumpeln ließ ihn zusammenfahren. Er kippte nach hinten und fiel rücklings in den Sand. Mit den Beinen strampelnd entfernte er sich vom Kraterrand.

Dann war es wieder ruhig. Was da auch immer eingestürzt war, vielleicht war dieser Einsturz noch nicht beendet. Er musste vorsichtig sein.

Weitab auf der gegenüberliegenden Seite des Kraters konnte er sehen, wie Sandschichten langsam abwärtsrutschten. Ganz unten in diesem Trichter gab es weitere dunkle Stellen, die nicht von nassem Sand herrührten.

Es waren riesige Löcher.

Hastig erhob er sich und eilte zum Gleiter zurück. Nachdem er ihn bestiegen hatte, fühlte er sich wesentlich sicherer. Das Fluggerät schwebte einen knappen Meter über dem Boden.

»Wir sollten das Innere dieses Kraters näher betrachten.«

»Herr, da gibt es nur Sand. Was ist daran so interessant?« Dem Gehilfen schien die Aussicht, sich in diesen Schlund begeben zu müssen, nicht geheuer zu sein.

Aber warum stellte er seinen Vorschlag überhaupt in Frage? Er befand sich doch unter seinem Einfluss und sollte ihm blindlings gehorchen!

Das Wasser, schoss es Golenko durch den Kopf. Was sie seit ihrem Aufbruch vom Raumhafen tranken, war gewöhnliches Wasser, welches nicht aus der geheimen Quelle stammte. Dadurch entglitt der Gehilfe langsam seinem Einfluss. Wie würde er reagieren, wenn er wieder über seinen eigenen Willen verfügte? Würde er ihn angreifen? Würde er überhaupt wissen, dass er eine Zeit lang unter fremden Einfluss gestanden hatte?

Diese Erfahrung hatte Golenko bisher noch nicht gemacht. Im Moment interessierte es ihn jedoch nur am Rande. Viel mehr wollte er wissen, was diesen Krater verursacht hatte und ob hier wirklich etwas eingestürzt war.

»Halt dich fest«, befahl er seinem Gehilfen.

Wortlos ergriff dieser die Armlehnen seines Sessels und blickte verängstigt nach vorn.

Golenko steuerte das Fluggerät über den Kraterrand und ließ es langsam nach unten gleiten. Eigenartigerweise gab es hier nirgendwo nasse Stellen. Demnach war das Wasser, wenn überhaupt, nur außerhalb des Kraters verschüttet worden.

Je tiefer sie gelangten, desto deutlicher konnte er die Öffnungen am Grund des Trichters erkennen. Es handelte sich tatsächlich um Löcher. Seine Neugier stieg. Was würde er dort vorfinden?

Der Abstieg dauerte länger, als er gedacht hatte. Der Krater musste mehrere hundert Meter tief sein und die Löcher am Grund wesentlich größer als angenommen.

Es gab zwei große und mehrere kleinere Öffnungen. Er hielt den Gleiter neben der ersten der beiden großen an und staunte über deren Durchmesser. Da hätte sogar ein Raumschiff hineingepasst!

»Wir werden den Gleiter nicht verlassen«, sagte er zu seinem Gehilfen. »Es wäre zu gefährlich.«

»Ich werde ganz bestimmt nicht vom Gleiter steigen. Mir ist die Sache sowieso nicht geheuer.«

Es schien so, als würde der Gehilfe gerade seinen eigenen Willen wiedererlangen. Aber es machte nicht den Anschein, als hätte er von seinem willenlosen Zustand etwas gewusst. Doch das könnte sich natürlich noch ändern. Golenko nahm sich vor, so zu tun, als wüsste er von nichts.

Er verlagerte den Gleiter noch etwas näher an das Loch heran und wagte einen Blick hinunter. Obwohl die Sonne ziemlich direkt auf die Öffnung schien, konnte er außer gähnender Dunkelheit nichts erkennen.

Dann spürte er plötzlich einen schwachen Luftzug, der von unten zu kommen schien. Ein eigenartiger Geruch stieg in seine Nase, den er nicht einzuordnen wusste.

»Das wird mir langsam unheimlich«, sagte er mehr zu sich selbst. »Wahrscheinlich gibt es da unten Leichen.«

»Wir sollten von hier verschwinden, bevor wir in dieses Loch hinunterfallen.«

Golenko fiel auf, dass ihn sein Gehilfe nicht mehr mit Herr ansprach, ließ sich jedoch nichts anmerken. Er steuerte den Gleiter zur zweiten großen Öffnung und warf auch hier einen Blick hinein. Doch etwas anderes gab es nicht zu sehen.

»Wir verschwinden. Es würde mich zwar sehr interessieren, was sich da unten befindet, aber man kann nichts erkennen. Mit diesem Gleiter kann man nicht hinunterfliegen.«

Der Gehilfe atmete sichtlich erleichtert auf.

Golenko ließ den Geländegleiter langsam wieder in die Höhe steigen. Als er den Rand des Kraters erreichte und auf ebenes Gelände zusteuerte, blieb ihm vor Schreck beinahe das Herz stehen.

74.

Nach dem dritten erfolglosen Zwischenstopp steuerte Christopher wieder in östliche Richtung, und sie erreichten wenig später das Seitental, welches sie auf dem Hinweg durchquert hatten. Bei den ersten beiden Stopps waren sie ausgestiegen und hatten die nähere Umgebung abgesucht, jedoch weder die Quirls noch irgendwelche Signale entdeckt. Beim letzten Stopp hatten sie sogar auf einen Ausstieg verzichtet, nachdem Neha meinte, es gäbe auch hier nichts zu finden.

Sie flogen am Seitental vorbei weiter ostwärts, wo sich ein anderes Waldgebiet erstreckte. Neha saß auf dem Kopilotensessel und konzentrierte sich auf mentale Signale. Lange Zeit saß sie nur schweigend und mit geschlossenen Augen da. Mit jeder Minute schwand Christophers Hoffnung auf einen Erfolg.

Doch dann hörte er sie plötzlich tief einatmen und die Luft anhalten. Er drehte den Kopf und sah sie von der Seite an. Sie hatte die Augen geöffnet und starrte mit angespanntem Blick geradeaus. Christopher unterließ es, sie anzusprechen. Es machte den Anschein, als würde sie mit jemandem in Kontakt stehen.

»Langsamer«, murmelte sie.

Sofort drosselte Christopher die Geschwindigkeit und ging tiefer.

»Etwas mehr nach Südosten. Dort sollte es eine Lichtung geben.« Ihre Stimme war kaum hörbar.

Christopher änderte den Kurs und hielt Ausschau. Es dauerte nicht lange, da sah er von Weitem die Lichtung näherkommen. Mit einer geringen Kurskorrektur brachte er die *Space Hopper* auf Kurs. Wenig später setzte der Gleiter auf dem weichen Waldboden auf.

Neha entspannte sich, wandte sich ihm zu und sagte: »Wir sind am Ziel.«

Christopher antwortete nichts, ließ sich die Worte nochmals durch den Kopf gehen und versuchte, sich der Konsequenzen eines möglichen Erfolges bewusst zu werden.

Wie würden die Sphären auf den Fund der Quirls reagieren? Immerhin ging es bei den Nanopartikeln um die eigene Existenzgrundlage. Sie brauchten Nachschub. Die Quirls könnten ihnen diesen besorgen. Doch wie würden die Sphären mit diesen Wesen umgehen? Was würden sie ihnen eventuell antun?

Neha erhob sich und verließ das Cockpit. Christopher folgte ihr und begab sich sofort zur Schleuse, wo Layla bereits wartete.

Kurz darauf waren sie zu dritt mit zügigen Schritten unterwegs zum Rand der Lichtung und drangen in den Wald ein. Neha ging entschlossen voran, änderte ab und zu ganz leicht den Kurs und verlor kein Wort. Auch Christopher und Layla schwiegen, denn sie wollten Neha in ihrer Konzentration nicht stören.

Nach einer halben Stunde gelangten sie an den Waldrand und entdeckten eine verlassene Straße, die von einer feinen Sandschicht bedeckt war. Jenseits dieser Straße erstreckte sich eine Geröllwüste, auf der eine Landung schwieriger gewesen wäre.

Christopher bückte sich und strich mit der Hand über die Sandschicht. »Hier ist anscheinend schon lange niemand mehr vorbeigekommen.«

Als er sich wieder erhob, sah er gerade noch, wie Neha sich umdrehte und zielstrebig im Wald verschwand. Christopher und Layla folgten ihr unverzüglich. Der Weg führte sie weiter ostwärts. Neha wurde immer schneller.

»Ich wette, sie hat Kontakt«, flüsterte Christopher.

»Wie macht sie das nur?« Layla sah ihn von der Seite an.

»Frag mich etwas anderes. Ihr Körper ist in hohem Grad mit Nanopartikel angereichert. Inwiefern diese die Kontrolle über sie besitzen, kann ich nicht sagen.«

»Sie wird von ihnen beherrscht?«

»Nein, so ist es nicht. Sie ist ganz sie selbst. Die Nanopartikel geben ihr nur zusätzliche Fähigkeiten.«

»Nur?«

Christopher sah kurz in ihre Richtung und richtete seinen Blick wieder nach vorn, wo Neha das Tempo weiter verschärfte. Plötzlich begann sie zu rennen.

Dann sahen sie sie.

Ein ganzes Rudel kleiner graubrauner, pelziger Wesen mit einer spitzen Schnauze, ähnlich eines irdischen Maulwurfs, jedoch mit breiterem Kopf und größeren Ohren. Sie hüpften auf allen Vieren tollpatschig auf dem Waldboden umher, setzten sich zwischendurch auf ihre Hinterbeine und sahen sich mit aufgerichteten Ohren um.

Plötzlich vernahm Christopher aus ihrer Richtung ein hohes Piepsen. Einige Tiere verschwanden in ihrem Bau, zu dem es mehrere Eingänge gab, andere krochen gerade daraus hervor.

Dann, wie auf ein Kommando, richteten sich alle auf, spitzten die Ohren und wandten ihre Blicke in Nehas Richtung.

Sofort blieb Christopher stehen und streckte seinen Arm zur Seite aus, um auch Layla zurückzuhalten. Beide verharrten an ihrer Stelle und verfolgten gespannt das Geschehen.

Neha hatte die Quirls erreicht, ging in die Hocke und wartete. Zwei der Beuteltiere näherten sich ihr und beschnupperten sie neugierig. Dann richteten sich die beiden wieder auf und musterten sie mit leicht schiefem Kopf. Weitere Tiere kamen hinzu. Kurz darauf war Neha von ihnen umringt.

»Ihr könnt herkommen«, sagte sie, ohne sich umzudrehen. »Sie wissen, dass sie von uns nichts zu befürchten haben.«

Zögernd traten Christopher und Layla hinzu. Sofort machten ihnen die Quirls Platz. Christopher bückte sich und wurde ebenfalls beschnuppert. Einige sahen ihn mit neugierigen Blicken an, als wollten sie ihm etwas mitteilen.

»Wahrscheinlich versuchen sie, mit dir Kontakt aufzunehmen«, klärte ihn Neha auf. »Sie wissen nicht, dass wir Menschen sie eigentlich nicht verstehen können.«

»Aber du kannst es«, mutmaßte Layla.

»Ja, ich verstehe sie. Sie haben mir berichtet, dass vor einiger Zeit ähnliche Wesen hier waren, um ihr Wasser zu stehlen.«

»Ihr Wasser?«

»Das Wasser, das hier in der Nähe einer Quelle entspringt.«

»Haben sie dir auch verraten, wo diese Quelle ist?«

»Sie ist unter dem Boden. Das Wasser tritt hier nicht an die Oberfläche, sondern verläuft in verschiedenen Adern in alle Richtungen des Waldes.«

»Deshalb der üppige Pflanzenwuchs in dieser Gegend.« Layla drehte ihren Kopf und sah um sich.

»So, wie ich es verstehe, verfügen diese putzigen Tierchen über eine überdurchschnittlich hohe Intelligenz«, sagte Christopher. »Sind sie sich dessen bewusst?«

»Ja, sie glauben, dass das Wasser die Ursache ist. Deshalb wollen sie nicht von hier wegziehen. Sie befürchten, wenn sie nicht mehr von diesem Wasser trinken, wird sich ihre Intelligenz wieder zurückentwickeln.«

Plötzlich trat eines der Tiere zu Christopher, richtete sich auf und zeigte mit der Pfote auf seinen Nippel am Bauch. Christopher verstand nicht, was das Tier ihm mitteilen wollte.

»Er fragt, ob du von seinem Wasser trinken möchtest«, verriet ihm Neha. »Du solltest es nicht ablehnen. Das würde ihn kränken.«

»Aber es ist doch dasselbe Wasser, das uns Golenko gegeben hat. Es wird mich willenlos machen.«

»Das glaube ich nicht.«

»Wie kannst du dir so sicher sein?«

»Ich weiß es einfach.«

»Seit wann?«

»Seit gerade eben.«

»Haben die Quirls es dir gesagt.«

»Nein.«

Christopher sah misstrauisch zu Neha. »Stehst du unter dem Einfluss der Nanopartikel?«

»Ich stehe nicht unter ihrem Einfluss, aber sie sind in mir und geben mir besondere Fähigkeiten. Das weißt du doch.«

Christopher bemerkte, dass der Quirl ihn immer noch fragend anstarrte. »Einverstanden, von mir aus nehme ich etwas von deinem Wasser.«

Für einen kurzen Moment glaubte Christopher, im Gesicht des kleinen Tieres so etwas wie Freude zu erkennen. Er hielt ihm seine hohle Hand hin, worauf der Quirl etwas Wasser aus dem Nippel presste.

Christopher führte die Hand an seine Nase und roch daran. Kein Geruch. Dann tauchte er seine Zungenspitze in das bisschen Wasser auf seiner Handfläche.

»Gewöhnliches Wasser. Schmeckt nach nichts«, sagte er und trank den Rest.

Dann tauchte er ein.

Es war wie ein Fenster, welches sich öffnete und ihm den Blick auf eine endlose, weite Welt gewährte. Wie im Zeitraffer rauschten Bilder an ihm vorbei und füllten sein Gedächtnis mit Daten. In einem winzigen Moment wurden die Erinnerungen dieses Quirls in sein Gehirn übertragen.

»Wow!«

Layla wirkte verunsichert. »Was ist passiert?«

»Ich habe soeben das gesamte Gedankengut dieses Quirls empfangen. Seine ganzen Erinnerungen.«

»Kannst du dich nun auch mit ihnen unterhalten?« Laylas Tonfall ließ vermuten, dass sie die Angelegenheit nicht ganz ernst nahm.

»Ich weiß es nicht.«

»Versuch doch mal, ihnen unser Problem zu schildern. Bin gespannt, ob sie nicht nur nett, sondern auch hilfsbereit sind.«

»Sie wissen, dass wir etwas von ihnen wollen.« Nehas Aussage überraschte Layla.

»Wissen sie auch was?«

»Sie haben keine Ahnung, was Sphären und Nanopartikel sind. Sie können sich auch nicht vorstellen, wie sie uns behilflich sein können.«

»Wie bringen wir sie denn dazu mitzukommen?«

»Das versuche ich gerade herauszufinden.«

75.

Golenko starrte mit offenem Mund in die Höhe und konnte nicht fassen, was er sah. Einige Hundert Meter vom Krater entfernt schwebte in geringer Höhe ein gigantisches Raumschiff. Zumindest glaubte er, es handle sich dabei um ein solches. Doch je länger er es betrachtete, desto mehr kamen ihm Zweifel.

Das Ding sah aus wie eine überdimensionierte Schneekugel aus Glas. Es machte den Anschein, als wäre sie mindestens zur Hälfte mit Wasser gefüllt. Der obere Teil wurde von Sonnenlicht durchflutet.

Aber was waren das in der Mitte für merkwürdige blaue Türme? Täuschte er sich, oder bewegten sie sich?

Er ließ den Gleiter zu Boden sinken und deaktivierte das Triebwerk.

»Was ... ist das?«, stotterte der sichtlich geschockte Gehilfe.

»Ich weiß es nicht.« Golenkos Gedanken rotierten. Ein irdisches Raumschiff war es mit Sicherheit nicht, falls es überhaupt ein Raumschiff war.

Aber was konnte es sonst sein?

Niemand war imstande, etwas so Großes bauen. Zudem konnte er nirgendwo Triebwerke erkennen. Auch Einstiegsluken waren keine vorhanden.

Obwohl die gesamte Kugel transparent war, konnte er keine Lebewesen erkennen. Sollte es sich um ein Schiff von Außerirdischen handeln, müssten sie doch zu sehen sein.

»Wir sollten von hier verschwinden«, flüsterte der Gehilfe.

Golenko spürte, wie seine anfängliche Angst verschwand. Würde es sich um Außerirdische handeln und sähen sie in ihm eine Bedrohung, hätten sie ihn schon längst eliminiert. Er gelangte immer mehr zu der Überzeugung, dass es sich tatsächlich um etwas Fremdes handeln musste. Etwas Nichtmenschliches. Er glaubte sogar, dass es unbemannt war.

Sollte sich ihm unverhofft die Lösung seines Problems offenbart haben? Wenn es sich tatsächlich um ein Raumschiff handelte, wäre es groß genug, um eine riesige Armee aufzunehmen. Nur hatte er keine mehr. Sollte er es jedoch schaffen, dieses Ding zu fliegen, konnte er schnell wieder eine neue auf die Beine stellen.

Doch dann tauchte eine Frage in ihm auf. Wenn diese Kugel unbemannt war, wer steuerte sie dann?

Bei diesem Gedanken kehrte die Angst zurück. Er fragte sich, ob es besser wäre, von hier zu verschwinden.

Das Gebilde, was es auch immer war, machte jedoch keine Anstalten, zu landen oder davonzufliegen. Es rührte sich nicht von der Stelle.

Was aber würde geschehen, wenn er selbst einfach davonflog?

Er wollte es nicht darauf ankommen lassen, in einem Energiestrahl zu verglühen. Also setzte er sich und wartete.

Sein Gehilfe tat es ihm gleich, wenn auch mit angsterfülltem Gesicht. »Was tun wir jetzt?«

»Nichts.«

»Wir sollten von hier verschwinden.«

»Wir warten«

»Es bewegt sich!« Mit weit aufgerissenen Augen starrte der Gehilfe in die Höhe.

Golenko hob seinen Kopf und sah es auch.

Die Kugel bewegte sich tatsächlich langsam in Richtung Krater. Der riesige Schatten holte Golenko und seinen Gehilfen ein, stahl ihnen jegliches Sonnenlicht und ließ die Umgebung in Düsternis versinken.

Gespannt verfolgte Golenko das Geschehen. Die Türme verschwanden aus seinem Blickfeld, als das Gebilde über sie hinwegglitt. Dann fiel ihm auf, dass der Durchmesser ziemlich genau der Ausdehnung des Kraters entsprach. Und der war enorm groß. Ob diese Kugel dafür verantwortlich war?

Genau über dem Abgrund hielt sie an und verharrte für einen kurzen Moment auf derselben Höhe. Dann begann sie zu sinken.

Panik stieg in Golenko auf, denn sein Geländegleiter parkte nahe am Kraterrand und konnte von der Kugel zerdrückt werden. Zumindest bestand die Gefahr, in den Abgrund zu stürzen, wenn der Kraterrand nachgab. Er startete das Triebwerk und entfernte sich ein Stück vom Rand, während sich die Kugel weiter in den Krater hinabsenkte.

Bislang hatte das fremde Objekt dem Geländegleiter keinerlei Beachtung geschenkt. Golenko schöpfte Mut und liebäugelte mit dem Gedanken abzuhauen. Doch da war auch seine Neugier. Er wollte wissen, was es mit der Kugel auf sich hatte und was sie hier wollte.

Zudem fiel ihm auf, dass von ihr nicht das geringste Geräusch ausging. Nebst dem leisen Säuseln des Windes herrschte absolute Stille.

Die untere, mit Wasser gefüllte Hälfte hatte sich bereits zu einem großen Teil in den Krater hinabgesenkt. Golenko konnte die skurrilen blauen Türme mit ihren zackigen Spitzen deutlich sehen.

Je näher sich der Äquator der Kugel dem Wüstenboden näherte, desto mehr verlangsamte sich das Absinken. Schließlich blieb sie stehen.

Nun erhielt Golenko den vollen Blick ins Innere. Es schien tatsächlich Wasser zu sein, mit dem die untere Hälfte gefüllt war, oder zumindest eine ähnliche Flüssigkeit. Auf der Oberfläche, die sich nun auf einer Ebene mit dem Wüstenboden befand, trieben Plattformen, die durch schmale Stege miteinander verbunden waren. Im Zentrum reihten sich die Türme neben- und hintereinander. Keiner glich dem anderen.

Angestrengt hielt Golenko nach irgendwelchen Lebensformen Ausschau, aber nirgendwo konnte er welche entdecken. Außer den sanften Wellen, welche die Plattformen mit einem glänzenden Film überzogen, gab es innerhalb der Kugel keine Bewegungen.

Wer steuerte sie? Warum war sie hier?

Gespannt wartete er, was weiter geschehen würde. Aber es passierte nichts.

Als er sich nicht mehr auf die Plattformen und Türme, sondern auf die halbkugelförmige Kuppel konzentrierte, fiel ihm auf, dass diese inwendig hell erstrahlte, als wäre sie flächendeckend mit einem transparenten Lichtteppich überzogen. Dieses Leuchten war ein fester Bestandteil der Kuppel, als wäre sie selbst die Lichtquelle. Zudem schien sie das Innere hermetisch gegen außen abzuschließen.

Golenko fragte sich, aus welchem Material dieses Flugobjekt bestand, und zweifelte keinen Moment daran, dass es auch raumtauglich war.

Als er sich bereits damit abgefunden hatte, dass nichts Gravierendes mehr geschehen würde, erlosch das Leuchten plötzlich. Bei genauerem Hinsehen stellte er fest, dass die Kuppel gänzlich verschwunden war, als hätte sie sich in Nichts aufgelöst. Die Türme waren nun noch deutlicher zu erkennen. Auch konnte er ein leises Plätschern vernehmen.

Aber dann geschah etwas, bei dem ihm der Atem stockte. Die Äquatorgegend begann sich zu verformen und dehnte sich über den Rand des Kraters aus, genau in seine Richtung.

76.

Über eine Stunde lang hatte sich Neha lautlos mit den Quirls unterhalten. Christopher und Layla bekamen davon nichts mit. Sie saßen schweigsam daneben, warteten geduldig und vermieden es zu sprechen, um ihre Gefährtin nicht zu stören.

Dann plötzlich drehte sich Neha zu ihnen um. »Ich glaube, sie wissen nun, was wir von ihnen wollen«, begann sie ruhig. »Sie können sich zwar immer noch nicht ausmalen, was Sphären oder Nanopartikel sind. Sie können sich auch nicht vorstellen, ins Weltall zu fliegen. Aber sie sind hilfsbereit und möchten uns gerne unterstützen.«

»Werden sie uns begleiten?«, fragte Christopher skeptisch.

»Vier von ihnen haben sich anerboten, mit uns zu kommen und uns bei der Lösung des Problems zu helfen.«

»Sehr gut«, äußerte sich Layla.

»Haben sie denn keine Angst?« Christopher dachte nicht nur an ihre Problemlösung, sondern auch an das Wohl dieser Tiere.

»Das konnte ich bei ihnen nicht feststellen. Vielmehr Neugier. Vor allem bezüglich der Sphären und des Fliegens. Sie scheinen sehr abenteuerlustig zu sein.«

»Hast du ihnen irgendwelche Versprechungen gemacht?«

»Nicht direkt. Sie verlangen lediglich, dass wir Quellwasser mitnehmen.«

»Warum das denn? Wir haben doch genug Wasser an Bord.«

»Sie befürchten, sie könnten ihre Fähigkeiten verlieren, wenn sie nicht von ihrem Wasser trinken.«

»Das wollen wir natürlich nicht. Aber ich dachte, sie hätten die Fähigkeit, die Nanopartikel, die in ihrem Wasser enthalten sind, zu replizieren.«

»Davon wissen sie nichts. Anscheinend haben sie es bisher unbewusst getan.«

»Hast du es ihnen gesagt?«

»Ja, aber sie können es nicht so recht glauben. Ich habe ihnen versichert, wir würden uns bemühen und uns dafür einsetzen, dass ihnen kein Schaden zugefügt wird.

»Was auch der Wahrheit entspricht. Ich möchte wirklich nicht, dass ihnen etwas passiert.«

»Ich auch nicht.«

»Hast du ihnen gesagt, dass sie unversehrt wieder zurückkehren werden?«

»Ja, ich habe aber hinzugefügt, dass wir es nicht garantieren können.«

»Trotzdem haben sie sich bereit erklärt mitzukommen?«

»Ja.«

»Bemerkenswert.«

Layla setzte zu einer Frage an. »Wie ernähren wir sie unterwegs?«

»Sie besitzen große Vorräte, die sie mitnehmen wollen. Ihre Artgenossen werden sich einen neuen Vorrat anlegen. In dieser Umgebung gibt es genug Nachschub.«

»Ich hoffe nur, dass es lange genug reicht.« Christopher sah skeptisch zu den Tieren.

»Sie mögen auch Getreide. Getreideprodukte haben wir reichlich an Bord.«

»Sehr gut. Aber wir müssen aufpassen, dass sie nicht unser Trinkwasser mit Nanopartikel anreichern. Sonst könnte es für uns Probleme geben. Weißt du schon, welche uns begleiten werden?«

Bevor Neha antworten konnte, traten vier der Quirls vor und sahen Christopher entschlossen in die Augen.

»Sie scheinen mich bestens zu verstehen.« Christopher sah sie der Reihe nach lächelnd an. Täuschte er sich oder hatten sie soeben sein Lächeln erwidert? »Dann steht unserem Aufbruch nichts mehr im Weg.«

Neha erhob sich. Sofort rückten die vier Tiere in ihre Nähe. Auch als sie ein paar Schritte tat, wichen sie nicht von ihrer

Seite. Es machte den Anschein, als betrachteten sie Neha als ihre direkte Bezugsperson.

Plötzlich rannten die anderen Quirls davon und verschwanden in ihren Höhlen. Layla blickte ihnen verwundert hinterher.

»Wo wollen die denn hin?«

»Ich glaube, sie holen die Vorräte.«

»Sehr hilfsbereit, auch untereinander.«

Wenig später kehrten sie mit gefüllten Backen zurück und leerten den gesamten Inhalt vor Nehas Füße. Sie bückte sich und verstaute alles in ihrer Tasche, während die Tiere die nächste Ladung holten.

»Lange wird es allerdings nicht reichen«, meinte Layla.

»Sie haben nicht denselben Bezug zu Zeit wie wir. Sie können sich nicht vorstellen, wie lange sie abwesend sein werden. Aber verhungern werden sie auf keinen Fall.«

»Dann lasst uns aufbrechen.«

Auf dem Rückweg zur *Space Hopper* blieben die vier Quirls stets in Nehas Nähe, blickten wie kleine Hunde immer wieder zu ihr hoch, als wollten sie sich vergewissern, dass sie noch da war. Unterwegs sammelten sie weitere Nüsse und getrocknete Beeren und füllten damit ihre Backen.

Als sie die *Space Hopper* erreichten, blieben sie stehen und sahen abwechselnd zum Raumgleiter und zu Neha. Sie ging in die Hocke und schien erneut mit ihnen zu kommunizieren.

»Sie wollen wissen, was das ist. Ich habe ihnen erklärt, dass man damit unbeschadet fliegen kann. Das zu glauben, fällt ihnen allerdings ziemlich schwer. Sie denken, dass ein Tier ohne Flügel nicht fliegen kann.«

Christopher öffnete das Hauptschott und ließ die Treppe ausfahren. Layla stieg als Erste ein, gefolgt von Christopher. Die Quirls blieben vor der Treppe stehen und schienen sich der Sache nicht so sicher zu sein. Wieder bückte sich Neha zu ihnen hinunter und schien sie zu besänftigen.

Gleich darauf hüpfte das erste Tier von einer Stufe zur anderen hinauf und verschwand im Innern der *Space Hopper*. Die anderen drei folgten ihm. Neha bildete den Abschluss.

Hilflos saßen die Quirls eng beieinander in der Schleuse und warteten. Neha schloss das Schott und ging voraus, den Gang entlang zum Aufenthaltsraum. Erneut wichen sie nicht von ihrer Seite.

Michelle und David gerieten beinahe aus dem Häuschen, als sie die niedlichen kleinen Pelztiere sahen, bückten sich und streichelten ihr Fell. Den Quirls schien dies zu gefallen. Sie legten sich auf den Boden genossen es.

Als sich Neha ebenfalls zu ihnen niederließ und sich auf den Fußboden setzte, hüpfte eines der Tiere auf ihren Schoss und begann sich wohlig zu räkeln.

»Die sind so was von süß.« Michelle hob ein anderes ebenfalls zu sich auf den Schoss und kraulte es am Kopf.

»Wie gehen wir nun weiter vor?«, wollte Layla wissen, die langsam ungeduldig wurde.

»Ich werde gleich mit der Sphäre Kontakt aufnehmen und von unserem Erfolg berichten«, antwortete Neha. »Dann werden wir es hoffentlich erfahren.«

»Ich werde im Ladedeck nach einem geeigneten Behälter für die Quirls suchen«, verkündete David und verschwand.

Wenig später kehrte er mit einem leeren Kunststoffbehälter zurück, kippte ihn auf die Seite und schob ihn an die Wand.

Michelle brachte ein paar Decken und legte sie in den Behälter. Diese wurden vorsichtig beschnuppert. Dann machten sich die Tiere daran, ein Nest zu bauen, in dem sie die Decken durchwühlten und zerzausten. Nachdem sie sie mehrmals umgestülpt und zu einer Art Höhlensystem verwandelt hatten, war von ihnen nicht mehr viel zu sehen.

Wenig später bemerkte Christopher, dass Neha nicht mehr anwesend war. Er nahm an, dass sie sich in die Kabine zurückgezogen hatte, um mit der Sphäre Kontakt aufzunehmen.

Daraufhin setzte er sich ins Cockpit, lehnte sich zurück und schloss die Augen.

Plötzlich wurde er sich der Ungewissheit ihres Unternehmens bewusst. Was würde geschehen, wenn der Auftrag ausgeführt und den Sphären die Quelle zu neuen Nanopartikeln überreicht worden war? Wären er und seine Gefährten danach entbehrlich, weil man ihre Dienste nicht mehr benötigte?

Da die Nanopartikel das Kollektiv einer rein logischen Lebensform bildeten, kannten sie so etwas wie Dankbarkeit nicht. Zudem war auch nicht klar, ob die Sphären nach dem Erfolg ihrer Mission den Menschen gegenüber immer noch positiv eingestellt sein würden.

Eine andere Frage beschäftigte ihn jedoch weit mehr. Bei den Informationen, die er bei seinem Besuch auf der Sphäre erhalten hatte, war die Rede von einer organischen Lebensform gewesen, die mit den Nanopartikeln in einer Art Symbiose lebte.

Wie würde sich diese Lebensform bei einer Begegnung den Menschen gegenüber verhalten?

77.

Ungläubig verfolgte Golenko mit seinem Gehilfen das Geschehen. Die Wasseroberfläche dehnte sich weiter aus und hatte bereits rundherum den Kraterrand überflutet. Doch nicht dies bereitete ihm Kopfzerbrechen, sondern vielmehr die Tatsache, dass das Wasser aus der Kugel anscheinend in der Lage war, den Wüstensand in weiteres Wasser umzuwandeln. Je mehr Wasser entstand, desto bedrohlicher stieg sein Pegel und floss auf den Geländegleiter zu. Es fraß sich richtiggehend in den Sand und verwandelte die Gegend in einen riesigen See. Mittendrin ragten die Türme zum Himmel.

Das Plätschern wurde lauter. Die ersten kleinen Wellen schlugen an den neu entstandenen Strand.

Golenko startete das Triebwerk und lenkte den Gleiter weg vom Ufer. Doch dann hatte er eine Idee. Warum sollte er vor dem Wasser fliehen? Warum nicht an Ort und Stelle bleiben und beobachten, was weiter passierte?

Er wendete den Gleiter und lenkte ihn wieder auf das Wasser zu, überquerte den überfluteten Teil und steuerte eine der Plattformen an. Wenig später setzte er auf. Gespannt verharrte er, jederzeit darauf gefasst, die Flucht zu ergreifen.

Aber nichts geschah. Das riesige Gebilde oder die Wesen, die es steuerten, ignorierten ihn weiterhin.

Das Sonnenlicht spiegelt sich auf der Oberfläche der Plattform, die von einer dünnen Wasserschicht, ähnlich einer gläsernen Folie, regelmäßig überspült wurde. Er hatte keine Vorstellung davon, aus welchem Material sie und die Türme bestanden. Sie alle besaßen dieselbe matte, tiefblaue Farbe.

Er erhob sich aus dem Sessel und stellte sich an den Rand des Gleiters.

»Sie wollen doch nicht etwa aussteigen?« Der Gehilfe sah ihn entsetzt an.

»Genau das habe ich vor.«

»Ist das nicht zu riskant?«

»Es ist uns bisher nichts passiert. Falls es hier irgendwelche Lebenswesen gibt, haben sie uns ignoriert. Daran dürfte sich wohl nichts ändern, wenn ich die Plattform betrete.«

Entschlossen stieg Golenko vom Gleiter, blieb für einen kurzen Moment auf der nassen Oberfläche stehen und machte ein paar Schritte. Täuschte er sich oder federte der Boden seine Schritte ab?

Er hielt an, bückte sich und legte seine flache Hand darauf. Das Material fühlte sich fremd an. Mit Sicherheit handelte es sich nicht um Metall.

Er stand wieder auf und ging noch ein paar Schritte. Die Mitte der Plattform war leicht erhöht und konnte von den sanften Wellen nicht erreicht werden. Erneut bückte er sich und strich mit der Handfläche über den trockenen Boden.

Sein Gehilfe hatte mittlerweile auch den Mut aufgebracht, den Gleiter zu verlassen und Golenko Gesellschaft zu leisten.

»Was ist das für ein Material?«, wollte er wissen.

»Keine Ahnung. Einem Stoff dieser Art bin ich noch nie begegnet.«

Wieder legte Golenko die Hand auf den Boden, diesmal, ohne darüber zu streichen. Er gab etwas mehr Druck und zog sie erschrocken zurück.

»Was ist passiert?« Der Gehilfe starrte ihn verblüfft an.

Golenko antwortete nicht sofort, betrachtete seine Handfläche und dann die Stelle, die er soeben angefasst hatte. »Das ist doch nicht möglich.«

»Was?«

»Ich könnte wetten, das Material unter meiner Hand hat sich verformt. Aber nicht nur verformt, es hat sich auch bewegt.«

»Wie bitte?«

»Drück deine Handfläche auf den Boden.«

Der Gehilfe schien der Sache nicht zu trauen und zögerte.

»Na los, mach schon.«

Zögernd tat der Gehilfe wie ihm geheißen und gab ebenfalls Druck. Sofort zog er seine Hand wieder zurück.

»Was war das?« Er starrte entsetzt auf die Stelle, wo seine Hand gelegen hatte.

»Hast du es auch gespürt?«

»Ja, aber was war das?«

»Es hat auf den Druck reagiert.«

Golenko sah sich um. Nirgendwo regte sich etwas. Dann starrte er wieder auf seine Hand. Erneut legte er sie auf die Oberfläche und gab noch etwas mehr Druck. Wieder hatte er den Eindruck, dass eine Verformung stattfand. Zudem spürte er ein Pulsieren.

Könnte es möglich sein?

In seinen Gedanken spielten sich unwahrscheinliche Dinge ab. Aber die Idee war zu absurd. Er verwarf sie gleich wieder. Andererseits, wenn doch etwas dran war?

»Worüber denken Sie nach?«, fragte der Gehilfe, dem Golenkos nachdenklicher Gesichtsausdruck nicht entgangen war.

»Ich habe mich gerade gefragt, ob es möglich ist, dass ...«, er zögerte.

»Was?«

»Dass diese ganze Kugel ein lebender Organismus ist.«

78.

Christopher wurde aus seinen Gedanken gerissen, als Neha neben ihm auf dem Kopilotensessel Platz nahm. Er musterte sie von der Seite und wartete darauf, was sie über die Kontaktaufnahme mit der Sphäre zu berichten hatte. Doch aus der Art und Weise, wie sie den Blick erwiderte, erkannte er sofort, dass etwas nicht so war, wie er es erwartet hatte.

»Wir können noch nicht losfliegen.« In ihrer Stimme lag eine merkwürdige Unsicherheit.

»Hattest du keinen Kontakt mit der Sphäre?«

»Doch schon.«

»Aber?«

»Wir müssen herausfinden, woher dieses Wasser stammt.«

»Warum?«

»Mit dem Wasser, das hier entspringt, scheint etwas nicht in Ordnung zu sein. Eigentlich dürfte auf diesem Planeten gar kein mit Nanopartikel angereichertes Wasser an die Oberfläche gelangen.«

»Aber hier passiert es doch.«

»Genau.«

»Hat dir die Sphäre mitgeteilt, dass wir der Sache nachgehen sollen?«

»So ist es.«

»Hat sie dir dafür einen Grund angegeben? Ich meine, einen Grund, warum hier kein solches Wasser an die Oberfläche gelangen dürfte.«

»Darüber wollte sie mir keine Informationen geben.«

»Sie wollte nicht?« Christopher wirkte verblüfft. »Ich dachte, Sphären handeln rein nach Logik. Das Verschweigen von Fakten hat doch nichts mit Logik zu tun.«

»Ich verstehe es auch nicht. Anscheinend verbirgt sich hinter der ganzen Sache ein Geheimnis.«

»Hast du ihr berichtet, dass mitten in der Wüste eine andere Sphäre aus dem Sandboden aufgetaucht ist?«

»Nein.«

»Hm.« Christopher dachte kurz nach. »Könnte es sein, dass deine Sphäre auf irgendeine Art und Weise gemerkt hat, dass du ihr etwas verschweigst?«

»Das kann ich nicht beurteilen. Aber du denkst, dies könnte der Grund dafür sein, dass sie auch mir etwas verschweigt.«

»Klingt zwar ebenfalls unlogisch, wäre aber eine Möglichkeit. Es könnte aber auch sein, dass deine Kontakt-Sphäre Prioritäten setzt, worüber sie dich informiert und worüber nicht. In so einem Fall wäre es doch logisch.«

»Falls nicht, wäre es eine typisch menschliche Reaktion. Ähnlich einer Trotzreaktion.«

»Du hast auf der Sphäre gelebt. Würdest du ihr ein derartiges Verhalten zutrauen?«

»Kann ich ebenfalls nicht beurteilen. Vielleicht konnte sie an mir die menschliche Psyche analysieren, obwohl das nicht so einfach war, weil ich der einzige Mensch auf der Sphäre war und deshalb keinerlei Reaktionen gegenüber anderen Menschen zeigen konnte.«

»Vielleicht reichten dafür deine gespeicherten Erinnerungen. Auch der Bereich, an den du dich selbst gar nicht mehr erinnern kannst.«

»Du meinst, mein Unterbewusstsein?«

»Genau. Aber was wissen wir schon über die Fähigkeiten der Sphären.«

»Nicht viel. Deshalb müssen wir alles in Betracht ziehen.«

»Hast du die anderen schon informiert?«

»Nein, ich wollte zuerst mit dir darüber reden.«

»Okay. Aber was tun wir jetzt?« Christophers Frage war rhetorischer Natur.

Neha gab dementsprechend keine Antwort. Stattdessen fragte sie: »Hast du dir eigentlich schon einmal die Frage gestellt, wie Golenko so viele Leute mit diesem Wasser versorgen konnte? Das müssen riesige Mengen sein.«

»Eine gute Frage. Entweder mit Tankgleitern, aber so etwas habe ich hier nirgendwo gesehen, oder aber ...«

»Woran denkst du?«

»Er hat die Leute Pipelines verlegen lassen.«

»Aber die hätten wir auf dem Hinflug sehen müssen.«

»Nicht, wenn er sie unterirdisch hat anlegen lassen. Er wollte bestimmt nicht, dass irgendjemand bemerkt, woher er das Wasser bezieht.«

»Du könntest recht haben.«

»Das würde heißen, er hat es irgendwie fertiggebracht, die unterirdische Quelle anzuzapfen.«

»Ach, jetzt verstehe ich.« Neha sah nachdenklich vor sich hin.

»Was meinst du?« Christopher sah sie neugierig an.

»Was mir die Quirls mitteilen wollten, als sie mir zu verstehen gaben, Menschen würden ihr Wasser stehlen. Sie haben in der Mehrzahl gesprochen. Das heißt, dass mehrere Menschen an der Pipeline gearbeitet haben müssen.«

»Dann müssten wir diese Pipeline suchen und ihr bis zum Anfang folgen.«

»Genau. So werden wir die Quelle finden.«

»Schade, dass die *Space Hopper* keine entsprechenden Geräte besitzt, mit denen wir das Gelände aus der Luft scannen könnten. Bleibt uns nichts anderes übrig, als den Boden in der näheren Umgebung zu untersuchen. Vielleicht finden wir Stellen, die vor Kurzem bearbeitet wurden und noch aufgelockert sind.«

»Ich weiß etwas Besseres.« Nehas Augen strahlten plötzlich Zuversicht aus.

»Ich wette, du hast eine geniale Idee.«

»Genau. Wir fragen die Quirls.«

Eine halbe Stunde später durchstreiften Christopher, David und Layla, ausgerüstet mit Detektoren, einem Baggerroboter und anderen Werkzeugen, angeführt von Neha und den vier Quirls den Wald in östliche Richtung, während Michelle in der *Space Hopper* zurückblieb und den Gleiter bewachte.

Neha hatte sich mit den Tieren unterhalten. Diese hatten ihr versichert, sie wüssten genau, wo die Pipelinerohre vergraben lagen.

Als sie das Wohngebiet der Quirls erreichten, kamen ihnen die Artgenossen wild quietschend entgegen. Es dauerte nicht lange, und sie schlossen sich ihnen an. Gemeinsam setzten sie den Weg nach Nordosten fort. Die Tiere legten ein horrendes Tempo vor. Christopher und seine Gefährten mussten sich sputen, um sie nicht aus den Augen zu verlieren.

Aber weit brauchten sie nicht zu gehen. Plötzlich blieben die Tiere stehen und fingen an zu graben. Christopher und David holten ihre Werkzeuge hervor und unterstützten sie tatkräftig.

Nach einer Stunde stießen sie auf Metall. Kurz darauf war ein kurzer Abschnitt einer Pipeline freigelegt.

»Solche Röhren werden auf der Erde schon lange nicht mehr verwendet.« David, der beim Graben aktiv mitgeholfen hatte, schaltete den Baggerrobot ab und wischte sich den Schweiß von der Stirn.

Nachdem sie eine gewisse Tiefe erreicht hatten, hatten die Quirls mit Graben aufgehört und sich aufs Zuschauen beschränkt. Neugierig standen sie neben dem Loch und sahen hinab, wobei sie immer wieder quietschende Laute von sich gaben und sich gegenseitig ansahen.

»Irgendwo muss sich eine Pumpanlage befinden«, mutmaßte Layla.

»Wir müssen die Pipeline hier entlang freilegen.« David nickte in die entsprechende Richtung.

Christopher schaltete den Detektor ein und machte einige Schritte. Anhand des Displays konnte er die genaue Richtung ablesen. Entschlossen ging er weiter, gefolgt von seinen Gefährten und den Quirls. Nach einer kurzen Strecke schlug das Gerät stärker aus. Er hielt an und zeigte auf eine kleine

Bodenerhebung. »Dieser Hügel sieht im Gegensatz zum übrigen Waldboden ziemlich frisch aus. Lasst es uns hier versuchen.«

Sofort machten sie sich daran, die kleine Bodenerhebung abzutragen und auch hier zu graben. Nach einer weiteren halben Stunde stießen sie auf etwas Hartes.

»Scheint ziemlich groß zu sein.« David ließ den Baggerrobot zurückgleiten. »Muss ein rechteckiger Kasten sein. Ich nehme an, darin befindet sich die Pumpe.

Nach weiteren Anstrengungen sahen sie sich in ihrer Vermutung bestätigt. Sie hatten den oberen Teil und das Vorhängeschloss des Metallbehälters freigelegt.

»Muss ein vorsintflutliches Ding sein. Nicht einmal eine digitale Verriegelung.«

»Sieht ähnlich aus wie das Schloss des Raumes, in dem Layla gefangen gehalten wurde.«

»Golenko musste nehmen, was er bekam. Er konnte es sich wohl kaum aussuchen.«

Mit der Schaufel des Baggerrobots war das Schloss schnell beseitigt, sodass sie den Deckel des Kastens anheben konnten. Wie erwartet fanden sie im Innern eine primitive Pumpe.

»Auch das scheint nicht gerade das neueste Modell zu sein«, bemerkte David.

»Es erfüllt seinen Zweck.«

»Aber nicht sehr effizient.«

»Zum Glück für die Quirls, denn sonst hätten sie von der Quelle wohl nichts mehr abbekommen.«

»Ich frage mich, ob es auf diesem Planeten noch weitere Quellen mit solchem Wasser gibt.«

»Hier ist die einzige.« Neha hatte sich bisher nicht an der Unterhaltung beteiligt und sich nur um die Quirls gekümmert.

»Wie kommst du darauf?«, fragte Christopher.

»Die Quirls haben es mir mitgeteilt. Sie versuchen seit langer Zeit, mit Artgenossen aus anderen Gebieten Kontakt aufzunehmen und mit ihnen auf dieselbe Art und Weise zu kommunizieren, wie sie es untereinander tun. Aber sie haben nicht ein einziges Mal eine Antwort bekommen.«

»Vielleicht ist die Distanz zu groß.«

»Entfernung spielt für ihre Kommunikation keine Rolle.«

»Könnte sein, dass es auf MOLANA-III sonst gar keine Quirls gibt.«

»Sie wissen, dass es überall auf diesem Planeten Artgenossen gibt. Sie spüren ihre Präsenz. Nur sind sie nicht zu einer Kommunikation dieser Art fähig.«

»Das heißt, die Quirls hier sind etwas Besonderes.«

»So ist es. Dafür sind die Nanopartikel verantwortlich, die im hiesigen Wasser enthalten sind. Die Quirls wissen, dass sie ihre besonderen Fähigkeiten der geheimnisvollen Substanz im Wasser zu verdanken haben. Nur wissen sie nicht, was diese Substanz ist. Ich habe versucht, es ihnen zu erklären, aber dazu fehlt ihnen das Grundwissen.«

David hatte es in der Zwischenzeit geschafft, die Pumpe abzuschalten. »Jetzt werden sich die Menschen in den umliegenden Gebieten woanders Wasser besorgen müssen.«

»Wahrscheinlich gibt es für sie ein böses Erwachen.«

»Glaubst du, sie merken, dass sie unter fremdem Einfluss gestanden haben und ihres Willens beraubt waren?«

»Werden wir sehen, wenn wir den ersten begegnen.«

David begann, die Pumpe zu demontieren. Nach einer halben Stunde konnten sie sie aus dem Behälter herausheben.

»Komisches Ding.« David betrachtete das Gerät von allen Seiten. »Wie ist es möglich, dass diese Maschine Wasser aus dem Erdboden gewinnen konnte?«

»Kann ich dir nicht sagen. Ich bin kein Fachmann.«

»Wir sollten den Graben rund um den Pumpkasten um einige Meter erweitern. Vielleicht finden wir da die Antwort darauf.«

Während der nächsten zwei Stunden ließen sie den Baggerrobot arbeiten, bis der gesamte Boden rund um den Metallkasten auf etwa zwei Meter Tiefe abgetragen war. Danach wurde der Kasten entfernt und zur Seite geschoben.

Der Boden in der Grube war nass und morastig. Von irgendwoher strömte Wasser hinein und bedeckte nach kurzer Zeit die gesamte Fläche. Das meiste Wasser sammelte sich an der Stelle, an der sich zuvor der Metallkasten befunden hatte.

»Wir sollten die Pumpe dazu benutzen, das Wasser aus der Grube zu entfernen«, schlug David vor. »Sonst finden wir hier nie etwas.«

In der Folge schlossen sie die Rohre wieder an die Pumpe an und verlegten sie mit Winkelelementen an der Grubenwand entlang nach oben und von dort ein gutes Stück weg. Wenig später war der Boden wieder einigermaßen sichtbar.

Christopher zeigte an die Stelle, an der bis vor Kurzem noch der Kasten gestanden hatte. »Hier gibt es eine Vertiefung. Lasst uns hier weitersuchen.«

David verlegte ein weiteres Rohr in die Vertiefung und schloss es an die Pumpe an. Kurz darauf stellten sie fest, dass dieses Loch wesentlich tiefer war, als sie angenommen hatten.

David beugte sich kopfüber hinein und begutachtete den Boden. »Was ist das denn?«

Christopher streckte ebenfalls den Kopf hinein, während David Anstalten machte, hinunterzusteigen.

Kurz darauf ging er in die Hocke und begann mit den Händen, nasse Erde und Geröll beiseitezuschieben. »Gib mir bitte mal die Schaufel.«

Sofort reichte Christopher ihm das Werkzeug. Er konnte nicht genau erkennen, was David tat, da es in dem Loch zu düster war.

»Da unten ist etwas.« Davids gedämpfte Stimme war kaum zu hören, da er sich weit nach unten gebeugt hatte. »Kannst du mal herunterkommen?«

David machte Christopher so gut es ging Platz, sodass dieser sich neben ihn zwängen konnte.

»Siehst du das?«

»Ja.«

»Kommt dir das bekannt vor?«

»Und wie. Aber das dürfte es hier gar nicht geben.« Christopher konnte kaum glauben, was er sah.

»Das dachte ich mir auch.«

Christopher kauerte sich noch tiefer hinunter und streckte seinen Arm aus. Dann berührte er es und spürte sofort, wie seine Gedanken von einer Welle durchflutet wurden. Erschrocken zog er die Hand wieder zurück.

»Was macht ihr eigentlich da unten?« Laylas Stimme klang ungehalten. Sie liebte es nicht sonderlich, wenn sie vom aktuellen Geschehen ausgeschlossen wurde.

Christopher und David richteten sich wieder auf und sahen zu den anderen hoch, die am Rand der Grube standen und ihre Hälse reckten. Dann senkte Christopher den Blick wieder nach unten. »Es ist unfassbar.«

»Sagt uns endlich, was ihr gefunden habt.« Laylas Stimme drückte noch mehr Unmut aus.

»Kommt runter und schaut euch das an«, vernahm Christopher Davids Stimme.

Kurz darauf rückte Christopher beiseite und gab den Blick für die anderen frei.

Neha war die erste, die begriff, was sie zu sehen bekam. Sie starrte mit großen Augen hinab und war sprachlos. Das leuchtende Blau, das von dem freigelegten spitzigen Objekt aus hinaufschien, war ihr allzu gut vertraut.

79.

Der Gehilfe sah Golenko verblüfft an.
»Was meinen Sie damit?«
»So, wie ich es gesagt habe.« Golenko verdrehte die Augen und dachte: *Wie kann man nur so blöd sein.* »Ich wollte damit sagen, dass diese Kugel womöglich lebt.«
»Ein Tier?«
»Nein, kein Tier, sondern eine uns unbekannte außerirdische Lebensform. Oder gibt es auf diesem Planeten solche Tiere?«
»Nicht dass ich wüsste.«
»Na also.«
Plötzlich wurde sich Golenko bewusst, dass er seinem Gehilfen eine ganz andere Erklärung abgegeben hatte, als er anfänglich in Betracht gezogen hatte. Er sprach nun von einer außerirdischen Lebensform und nicht mehr von etwas Menschlichem. Inwiefern konnte es sich bei einer so großen Lebensform um etwas Menschliches handeln?
»Aber warum greift uns dieses Lebewesen nicht an?«
Golenko brauchte einen Moment, bis er realisierte, dass sein Gehilfe ihm eine weitere Frage gestellt hatte. »Wahrscheinlich weil wir keine Bedrohung darstellen. Aber es ist nicht sicher, ob es überhaupt eine Lebensform ist.«
»Was tun wir jetzt?«
»Was weiß ich. Ich frage mich viel mehr, woher diese Kugel gekommen ist.«
»Das haben wir doch gesehen. Sie schwebte von oben herab.«
»Dummkopf. Ich meinte, ob sie von diesem Planeten stammt oder aus dem Weltraum kommt. Zudem würde ich zu gerne wissen, wie dieser Krater entstanden ist.«
»Wo ist unser Camp?«
»Verschwunden. Es war genau hier, wo sich jetzt dieser See befindet.«
»Und die Leute?«

»Entweder tot oder geflohen.«

Der Kerl ging Golenko immer mehr auf die Nerven. Ständig diese blöde Fragerei. Wie angenehm war es doch gewesen, als er noch unter dem Einfluss des Wassers stand. Keine Fragen, keine dummen Bemerkungen. Nur den Anweisungen folgend. Aber Golenko musste sich zusammenreißen. Glücklicherweise hatte der Gehilfe keine Erinnerungen mehr daran, dass er für längere Zeit nicht über seinen eigenen Willen verfügt hatte. Er durfte gar nicht daran denken, was sonst passieren könnte.

Golenko richtete sich auf und blickte zum Ufer. Das Wasser der Kugel hatte sich nicht weiter ausgedehnt. Es bildete einen nahtlosen Übergang zur Wüste. Wären hier keine Türme und keine Plattformen, konnte man denken, es handle sich um einen ganz gewöhnlichen Oasensee. Aber gerade diese Türme verliehen dem Ganzen einen skurrilen Ausdruck.

Golenko drehte sich um und warf einen erneuten Blick auf die Umgebung. Dann stutzte er. Täuschte er sich oder hatten sich die Türme in ihrer Form und Höhe leicht verändert? Er konnte es nicht mit Sicherheit sagen, da ihre Formen in kein Muster passten und es daher nicht einfach war, sich ihr Aussehen einzuprägen.

Als er jedoch ein paar Mal kurz die Augen schloss und sie wieder öffnete, sah er gerade noch, wie einer der kleineren seitlichen Türme ein Stück höher wurde.

»Hast du das gesehen?« Seine Stimme klang erregt, woraufhin der Gehilfe erschrocken herumfuhr.

»Was denn?«

»Gerade ist einer der Türme gewachsen?«

»Wo?«

Golenko zeigte mit dem Finger in die entsprechende Richtung.

»Jetzt habe ich auch etwas gesehen.«

Der Gehilfe war von diesem Phänomen begeistert. Er geriet beinahe aus dem Häuschen.

Plötzlich zeigte Golenko mit dem Finger aufgeregt in eine bestimmte Richtung. Sofort richtete der Gehilfe seinen Blick ebenfalls dahin.

»Dieser dunkle Fleck da drüben. Den gab es vorhin noch nicht.«

»Was könnte das sein?«

»Keine Ahnung. Vielleicht ein Schatten. Hervorgerufen durch die Verformung dieser Gebilde.« Golenko kniff die Augen zusammen. »Allerdings könnte es auch ein Hohlraum sein. Wir sollten ihn uns genauer ansehen.«

Entschlossen überquerte er den ersten Steg und erreichte unbeschadet die nächste Plattform. Der Gehilfe folgte ihm verunsichert.

Nachdem sie einige Plattformen hinter sich gebracht hatten, musste Golenko feststellen, dass er sich in der Einschätzung der Distanz geirrt hatte. Der dunkle Fleck befand sich wesentlich weiter weg, als er anfangs gedacht hatte. Er drehte sich um und sah zum Geländegleiter zurück, von dem sie sich auch schon ziemlich weit entfernt hatten.

Nach etlichen weiteren Plattformen näherten sie sich dem dunklen Fleck, der sich mittlerweile um einiges vergrößert hatte. Golenko war nun sicher, dass es sich um einen Hohlraum handelte. Er fragte sich, was es darin zu finden gab. Vielleicht war es der Eingang zu diesem Gebilde. Sofort verwarf er den Gedanken wieder, als er sich in Erinnerung rief, dass es sich hier um einen lebenden Organismus handeln könnte. Gleichzeitig wurde ihm die Folge dieser Vermutung bewusst. Vielleicht handelte es sich um ein riesiges Maul.

Er blieb stehen und dachte nach. Welche Gefahren konnten in der Nähe dieses Hohlraums auf sie lauern? In Gedanken malte er sich bereits schlimme Szenarien aus. Was, wenn plötzlich eine hungrige Zunge aus der Öffnung schnellte? Er musste vorsichtig und auf alles gefasst sein.

Nach einer Weile setzte er sich wieder in Bewegung, jedoch nicht mehr so entschlossen und einiges langsamer als zuvor, dafür wesentlich aufmerksamer.

Wenig später erreichten sie die vorletzte Plattform. Noch ein Steg, dann trennte sie nichts mehr von der Öffnung.

»Soll ich hier warten?«, fragte der Gehilfe verängstigt.

»Du Memme! Wenn wir es schon bis hierher geschafft haben, dann können wir auch noch den Rest hinter uns bringen.«

»Aber wir wissen nicht, was sich im Innern der Höhle befindet.«

»Sieh doch mal! Siehst du darin etwas Gefährliches?«

»Nein, bis jetzt noch nicht.«

»Na also.«

Golenko trat auf den Steg zu und überquerte ihn entschlossen. Die Angst seines Gefährten verlieh ihm neuen Mut. Der Gehilfe hingegen blieb zuerst unschlüssig stehen und folgte dann widerwillig.

Als Golenko auf der anderen Seite ankam, blieb er stehen und betrachtete die riesige Öffnung nachdenklich.

Was um Himmels Willen war das?

Ein Maul auf jeden Fall nicht, soviel konnte er feststellen. Die Gefahr, gefressen zu werden, bestand also nicht. Im Nachhinein schalt er sich einen Narren, an eine solch absurde Möglichkeit überhaupt gedacht zu haben. Vielleicht gab es tatsächlich eine Möglichkeit, dieses Ding unter Kontrolle zu bringen.

Als der Gehilfe neben ihn trat, ging Golenko entschlossen weiter. Er wollte vermeiden, sein Gejammer anhören zu müssen.

Die Plattform, auf der sich der Höhleneingang befand, war im Gegensatz zu den anderen riesengroß. Trotzdem unterschätzte er auch hier die Distanz vom Rand bis zum Eingang. Beim Nähertreten erkannte er das Innere immer deutlicher. Die Seitenwände und die Decke besaßen ein eigenartiges bläuliches Schimmern, als wären sie von einem Leuchtteppich überzogen.

Als er den ersten Schritt ins Innere tat, vermisste er den typischen Hall, den Höhlen bei Geräuschen sonst verursachten. Eigentlich gab es überhaupt keine Geräusche, zumindest nicht bei seinen Schritten. Der Boden fühlte sich an wie ein Teppich.

Er legte den Kopf in den Nacken und sah nach oben. Der Eingang war mehrere Dutzend Meter hoch. Das Innere neigte sich noch weiter in die Höhe. Den Blick langsam wieder den Seitenwänden entlang nach vorne richtend, tat er ein paar weitere Schritte. Der Boden wies ein schwaches Gefälle auf, das sich im Innern als horizontale Wölbung erwies.

Dann fiel ihm ein, dass er sich seit dem Betreten der Höhle nicht mehr um seinen Gehilfen gekümmert hatte. Er blieb stehen, drehte sich nach ihm um und entdeckte ihn immer noch vor dem Eingang stehend.

»Worauf wartest du?«

»Wir sollten nicht hineingehen. Es ist zu gefährlich.«

»Du siehst doch, dass hier nichts Gefährliches ist. Was kann schon passieren?«

»Ich habe Angst.«

»Dann warte. Ich werde mich im Innern etwas umsehen.«

»Tun Sie das nicht.«

»Wenn ich innerhalb einer halben Stunde nicht zurück bin, fliegst du mit dem Gleiter zurück und holst Hilfe.«

»Hilfe? Wo denn?«

»Du wirst schon jemanden finden.«

Ohne weiter auf ihn einzugehen, drehte sich Golenko um und wollte den nächsten Schritt tun.

Er stutzte. Täuschte er sich oder hatte sich das Leuchten an den Wänden verstärkt? Gleich darauf verwarf er den Gedanken wieder und ging weiter. Doch schon nach wenigen Schritten blieb er wieder stehen. Er war sicher, dass es erneut heller geworden war. Langsam ließ er seinen Blick von einer Seite zur anderen über die Wände gleiten. Das Leuchten verteilte sich gleichmäßig auf der ganzen Oberfläche. Es gab keine Abgrenzungen oder Abstufungen.

Da war es wieder. Nun war er endgültig davon überzeugt, dass sich das Licht nach und nach langsam verstärkte.

Lag es an ihm? War es nur Zufall? Oder handelte es sich um eine optische Täuschung?

Bevor er sich weiter darüber Gedanken machen konnte, wurde seine Aufmerksamkeit auf ein anderes Phänomen gelenkt.

Am Horizont der Bodenwölbung setzte ein starkes blaues Leuchten ein. Die Korona beschrieb einen regelmäßigen Halbkreis.

Zum ersten Mal seit dem Betreten der Höhle empfand er Furcht. Sollte er wirklich weitergehen oder doch lieber von hier verschwinden?

Dann dachte er an seinen Gehilfen. Wenn er jetzt schon zurückkehrte, könnte sein Gehilfe denken, er fürchte sich. Er würde jeglichen Respekt verlieren. Das konnte er sich nicht leisten. Also ging er langsam auf das Licht zu.

Aufgrund der Wölbung des Bodens konnte er die Quelle nicht ausmachen. Aber je mehr er sich ihr näherte, desto höher und größer wurde die halbkreisförmige Erscheinung.

Als ein gleißender Lichtstrahl auf ihn zuschoss, blieb er erschrocken stehen und legte schützend die Hand vor seine Augen.

80.

»Soll das heißen, hier ist noch eine Sphäre vergraben?« Die Verblüffung in Laylas Stimme war nicht zu überhören. Doch sie fing sich schnell wieder. »Falls die auch auftauchen sollte, haben wir ein Problem.«

»Sie wird nicht auftauchen«, sagte Neha selbstsicher. »Sie sendet keine Signale aus. Sie ist absolut stumm.«

»Vielleicht schläft sie.«

»Sphären schlafen nicht.«

»Aber sie leuchtet. Das heißt doch, sie ist aktiv.«

»Auch wenn die Nanopartikel gewisse Stellen zum Leuchten bringen, heißt es noch lange nicht, dass sie die Sphäre zum Fliegen bringen können.«

»Nun mal langsam«, unterbrach Christopher die beiden. »Sollte hier tatsächlich eine Sphäre vergraben sein, würde das heißen, dieser Teil des Waldes liegt genau über ihr. Das erklärt auch die Quelle mit dem sonderbaren Wasser.«

»Du meinst, diese Sphäre könnte die Ursache dafür sein, dass das Wasser mit Nanopartikeln angereichert ist?«, fragte Layla.

»Genau das denke ich. Warum gibt es wohl nirgendwo sonst auf diesem Planeten Quellen mit demselben Wasser.«

»Da könnte etwas dran sein.« Davids nachdenklicher Blick ließ jedoch darauf schließen, dass er noch eine andere Möglichkeit in Betracht zog. Christopher blieb dies nicht verborgen und sah ihn erwartungsvoll an.

»Es könnte aber auch sein«, fuhr David fort, »dass die Sphäre aufgrund dieser Quelle bewegungsunfähig ist.«

»Warum sollte es so sein?«

»Überleg mal. Die Nanopartikel in diesem Wasser machen Menschen willenlos. Sie verursachen ganz andere Phänomene als die Partikel, die am Nordpol von TONGA-II entdeckt wurden.«

»Du meinst, diese hier haben einen anderen Ursprung.«

»Muss nicht unbedingt sein. Vielleicht sind sie mutiert und Sphären vertragen sich nicht mit ihnen.«

»Die Frage ist, haben sich diese Partikel wirklich verändert? Oder waren sie schon immer so?« Christopher blickte David nachdenklich an.

»Wie meinst du das?«

»Vielleicht haben die Sphären in der Vergangenheit bereits schon einmal einen Partikelrohstoff entdeckt, mit dem sie sich nicht vertrugen.«

»Du glaubst, hierbei könnte es sich um solche Partikel handeln?«, fragte David skeptisch.

»Es könnte sein, dass es nicht allen Sphären gelungen ist, sie zu konvertieren.«

»Wenn dem so wäre, müsste die Wüstensphäre eine sein, der es gelungen ist.«

»Im Gegensatz zu der hier«, fügte Layla hinzu.

»Und welche Rolle spielen die Quirls dabei?«, fragte David.

Christopher sah ihn erneut nachdenklich an. »Gute Frage.«

Für eine Weile herrschte Schweigen.

»Was ist, wenn die Quirls für die Mutation verantwortlich sind?« Laylas Einwand trug kein bisschen dazu bei, Klarheit in die Angelegenheit zu bringen. Im Gegenteil, das Ganze wurde noch verworrener.

»Es wird schwierig sein, dies hundertprozentig zu klären.«

»Neha könnte ihre Sphäre fragen.« Layla blickte die Gefährtin herausfordernd an.

»Du stellst es dir zu einfach vor«, antwortete die Angesprochene gelassen. »Man kann nicht einfach den Kommunikator zur Hand nehmen, eine Sphäre anwählen und drauflosreden. Zudem kommuniziere ich nicht mit der Sphäre, sondern mit dem Kollektiv der Nanopartikel. Sie sind es, die die Sphären formen und steuern. Zudem erfolgt der Informationsaustausch nicht über gesprochene oder gedachte Worte oder Sätze, sondern über den Kontext, der dahintersteht. Das zweite Problem ist, man kann nicht zu jedem beliebigen Zeitpunkt den Kontakt mit ihnen aufnehmen. Es müssen bestimmte Voraussetzungen erfüllt sein.«

»Was für welche?«, wollte Layla wissen.

»Als Erstes muss die Sphäre für eine Kontaktaufnahme bereit sein.«

»Ist das denn nicht immer der Fall?«

»Fast immer, aber es kann vorkommen, dass sie sich in einer ungünstigen oder problematischen Situation befindet. Dafür gibt es die unterschiedlichsten Gründe.«

»Ist das schon vorgekommen?«

»Bisher nur einmal.«

»Was sonst noch?«

»Auch ich muss in der richtigen Verfassung sein, Kontakt aufnehmen zu können.«

Layla sah Neha fragend an.

»Wie du weißt, ist mein Organismus ebenfalls mit Nanopartikeln angereichert. Dies verleiht mir bestimmte Fähigkeiten. Ich habe gemerkt, dass diese Fähigkeiten nicht immer gleich stark sind. Manchmal spüre ich fast nichts davon. Dann wieder sind sie sehr ausgeprägt.«

»Kennst du den Grund dafür?«

»Mittlerweile ja. Die Nanopartikel können nur in Wasser ihre vollen Fähigkeiten entfalten. Sobald man ihnen dieses Element entzieht, werden sie teilweise inaktiv.«

»Aber der menschliche Körper besteht zu einem großen Teil aus Wasser. Das sollte doch genügen.«

»Der Anteil an Wasser im Organismus kann variieren.«

»Mit anderen Worten, wenn du dehydrierst, beeinträchtigt es deine Fähigkeiten.«

»Genau.«

»Dann solltest du immer darauf achten, genug zu trinken.«

»So ist es.«

Christopher sah Neha erstaunt an. Davon hatte sie ihm bisher nichts erzählt. Es war für ihn eine völlig neue Erkenntnis. Er erinnerte sich an den Aufenthalt in der Sphäre, als er sich zusammen mit ihr in dem Wasserbecken aufhielt. Zu diesem Zeitpunkt hatte er die Präsenz der Nanopartikel äußerst stark gespürt. Dementsprechend funktionierte auch der Informationsaustausch reibungslos. Dann fragte er sich, ob sich die Partikel immer noch in seinem Organismus befanden. Es kam ab und zu vor, dass er etwas Fremdes in sich spürte. Die Ursache konnten jedoch auch die Neuro-Sensoren sein. Vielleicht auch beides. Er nahm sich vor, bei Gelegenheit mit Neha darüber zu sprechen.

»Was machen wir jetzt?« Es war Laylas typische Art, in verworrenen Situationen die elementarste aller Frage zu stellen.

»Wir müssen den Zugang zu dieser Sphäre finden.«

81.

Eine Stunde später war das Loch so breit und noch um einiges tiefer, dass die ganze Gruppe um die blaue Spitze stehen und sie anfassen konnte. Sie strahlte ein schwaches Leuchten aus und schien sanft zu pulsieren. Misstrauisch und neugierig zugleich bestaunten sie das Gebilde. Es wirkte wie ein Fremdkörper in diesem Wald. Der völlig verdreckte Baggerrobot stand etwas abseits. Einzig die vier Quirls saßen oben am Grubenrand und verfolgten das Geschehen aus sicherer Entfernung.

Was Christopher und seine Gefährten hier zu sehen bekamen, hatte sie in höchste Überraschung versetzt. Eine Sphäre im Wüstensand vergraben, das konnten sie noch einigermaßen nachvollziehen. Aber hier unter dem Waldboden hätten sie nie und nimmer so etwas vermutet.

»Es muss einer der höchsten Türme sein«, erklärte Christopher. »Das heißt, die Sphäre ist sehr tief im Boden vergraben.«

»Etwas würde mich interessieren«, sagte Layla. »Ihr habt mir ausführlich von den Sphären berichtet. Nach euren Angaben soll es unzählige von ihnen geben. Sie sollen im ganzen Universum verstreut sein. Warum finden wir ausgerechnet hier zwei von ihnen vergraben? Wer sagt uns, dass es auf MOLANA-III nicht noch mehr von ihnen gibt?«

»Wenn du schon so fragst«, fügte David hinzu, »könnte es sogar sein, dass auf allen Planeten im Universum Sphären vergraben sind? Oder zumindest auf den bewohnbaren?«

»Das kann ich nicht beantworten.« Es war Neha anzusehen, dass sie sich ernsthaft mit diesen Fragen auseinandersetzte. »Ich bekomme immer mehr den Eindruck, dass die Nanopartikel mir nur beschränkt Daten übermitteln.«

»Du glaubst also, sie halten bewusst bestimmte Informationen zurück?«

»Ja.«

»Aber nach welchen Kriterien tun sie es?«, fragte David weiter. »Es würde bedeuten, dass sie ihre Informationen klassifizieren.«

»Einfach ausgedrückt«, schaltete sich Christopher wieder ins Gespräch ein. »Aber wer weiß schon, zu was sie fähig sind.« Er hatte keine Lust, erneut über die Fähigkeiten der Nanopartikel zu diskutieren. Für ihn waren es lediglich Spekulationen, die zum jetzigen Zeitpunkt nichts einbrachten. »Wir sollten uns vielmehr darüber Gedanken machen, wie wir diese Sphäre aktivieren oder in ihr Inneres gelangen können.«

»Sollen wir sie etwa vollständig ausbuddeln?« Layla sah ihn missmutig an. »Wir können ja gleich mit Graben anfangen.«

»Deine Stellung beim Terrestrial Secret Service und deine Fähigkeiten in allen Ehren. Aber dein wiederholter Sarkasmus hilft uns hier kein bisschen weiter. Versuch mal, etwas kreativer zu denken und bring uns brauchbare Vorschläge. Wir sitzen nämlich alle im selben Boot.«

»Welches Boot?«, fragte Neha erstaunt.

»Versuchen wir doch, analytisch zu denken.« Durch diese Aussage gelang es David, die angespannte Situation zu lockern und die Aufmerksamkeit von Layla und Christopher abzulenken. Sie sahen ihn erwartungsvoll an. »Welche Umstände könnten dafür verantwortlich sein, dass die Sphäre hier inaktiv ist?«

»Die Nanopartikel könnten nicht kompatibel sein«, antwortete Layla sofort.

»Das wäre eine Möglichkeit.«

»Oder die Sphäre ist ausgetrocknet.« Christophers Antwort eröffnete einen weiteren bisher ungenannten Aspekt.

»Das hätte aber auch auf die Sphäre in der Wüste zutreffen können.«

»Nicht unbedingt. In einer Wüste ist meist nur die Oberfläche trocken. In den Tiefen gibt es oft große Wasservorkommen.«

»Da hast du auch wieder recht. Um noch einmal auf deine Frage zurückzukommen. Wie kommen wir hinein?« David sah alle der Reihe nach an.

»Ich glaube, wir sollten uns zuerst mit der Frage beschäftigen, wie wir die Sphäre wieder aktivieren können. Vielleicht können wir dann die Nanopartikel dazu bringen, uns zu helfen, ins Innere zu gelangen.«

»Wie sollen wir das anstellen?«

»Geben wir ihr neutrales Wasser«, schlug Neha vor.

Christopher und David blickten sie überrascht an.

»Es ist ein Versuch wert«, fuhr Neha fort. »Vielleicht vertragen sich die Partikel der Sphäre nicht mit denen im hiesigen Wasser.«

»Haben die Partikel der Sphäre dir das soeben zugeflüstert?«, fragte Layla zynisch. Es sah so aus, als wollte sie ihren Frust darüber zum Ausdruck bringen, nicht selbst auf diese Idee gekommen zu sein.

Neha ging nicht darauf ein. Sie wandte sich an Christopher und fragte: »Gibt es eine Möglichkeit, eine bestimmte Menge unseres Trinkwassers von der *Space Hopper* hierher zu schaffen?«

»Sollte kein Problem sein. Wie viel muss es denn sein?«

»Vermutlich nicht viel. Sehr wahrscheinlich verfügt die Sphäre über kein neutrales Wasser mehr. Deshalb kann sie nicht aktiv werden. Vielleicht kann sie unser Wasser replizieren.«

»Ich werde die *Space Hopper* über Fernsteuerung in unsere Nähe holen.« Christopher setzte sein Headset auf, konzentrierte sich auf das Vorhaben und setzte sich in Richtung Waldrand in Bewegung.

Kurz darauf senkte sich der Raumgleiter geräuschlos unmittelbar neben dem Waldrand auf die mit Geröll und Felsbrocken übersäte Steppe. Christopher achtete darauf, die Landestützen genau zwischen den Steinbrocken zu platzieren.

David, der Christopher begleitet hatte, öffnete die Laderampe. Zusammen betraten sie das Ladedeck, holten einen Kunststofftank und luden ihn auf einen Minigleiter. Anschließend füllten sie ihn mit Trinkwasser.

Als sie ins Freie traten, wurden sie von einer aufgeregten Michelle empfangen.

»Was ist passiert?«, fragte Christopher besorgt.

»Der Gefangene«, begann sie zaghaft.

»Was ist mit ihm? Ist er aufgewacht?«

»Ja. Er hat mich gebeten, ihn herauszulassen.«

»Oh. Dann wollen wir doch mal sehen, in welcher Verfassung er sich befindet.«

Sie stiegen die Einstiegstreppe hoch und begaben sich zu seiner Kabine. Christopher tippte den Code ein und öffnete die Tür.

»Na endlich!«, rief Tomimoto Toshiro verärgert. »Was ist hier los? Warum bin ich eingesperrt?«

Christopher ging auf ihn zu und reichte ihm die Hand. »Hallo, mein Name ist Christopher Vanelli. Das sind Michelle Evans und David Mitchell. Sie befinden sich an Bord des Transportschiffs *Space Hopper*.«

Toshiro sah ihn eine Weile verwirrt an. Dann erwiderte er: »Waren Sie nicht neulich in einen Konflikt auf TONGA-II verwickelt?«

»Ja genau.«

»Und was machen Sie hier? Wo befinden wir uns überhaupt?«

»An was können Sie sich erinnern?«

Wieder dachte Toshiro nach. »Ich wurde nach MOLANA-III abkommandiert, um das Verschwinden von Zivilisten aufzuklären.«

»Hatten Sie Erfolg?«

Der Agent setzte zu einer Antwort an, blieb dann aber stumm. Plötzlich machte er große Augen und sah David und Christopher abwechselnd an. »Ich weiß es nicht. Als Letztes erinnere ich mich, dass ich Leute ausgebildet habe. Aber ich kann beim besten Willen nicht sagen, wofür das war.«

»Das haben wir vermutet. Kommen Sie mit uns, wir erzählen Ihnen alles unterwegs.«

»Wohin gehen wir?«

»Nicht weit von hier befindet sich etwas, das wir untersuchen wollen. Sie werden es gleich selbst sehen.«

»Kann ich auch mitkommen?«, fragte Michelle, die der Unterhaltung bisher nur zugehört hatte.

»Ja, natürlich.«

Wenig später verließen sie den Gleiter und machten sich auf den Rückweg. Unterwegs klärte Christopher Toshiro in kurzen Zügen über die Geschehnisse der vergangenen Tage auf. Dieser konnte kaum glauben, was ihm widerfahren war, und staunte vor allem über die Tatsache, dass er seine Tätigkeiten nie hinterfragt hatte.

»Layla Iversen wird Ihnen alles bestätigen.«

»Layla ist hier?«

»Davon wissen Sie nichts? Sie haben sie nämlich gefangen genommen und entführt.«

Toshiro machte ein verwirrtes Gesicht, fing sich aber schnell wieder. »Jetzt kann ich mich erinnern, dass ich sie als Feindin eingestuft hatte.«

Es machte den Anschein, als würde Toshiros mentale Blockade Stück für Stück zusammenbrechen und seine Erinnerungen wieder preisgeben.

»Nennt mich Tomi. Ich glaube, wir werden noch einige Zeit miteinander zu tun haben.«

»Okay, für dich dann Christopher.«

Neha und Layla empfingen sie voller Ungeduld und staunten darüber, dass Toshiro sie begleitete. Es schien aber nicht, als hätten sich die beiden in der Zwischenzeit unterhalten oder ausgesöhnt.

Christopher machte sich wegen der Spannung, die nach wie vor zwischen den Frauen herrschte, große Sorgen und nahm sich vor, bei nächstbester Gelegenheit mit den beiden zu reden. Vielleicht kam ihm dabei entgegen, dass Toshiro mit dabei war.

David steuerte den Minigleiter in die Grube hinunter und stieg selbst hinab. Dann öffnete er den Deckel des Wassertanks und blickte fragend in Nehas Richtung.

»Könntest du zunächst einen Teil über die Turmspitze gießen«, bat sie. »Ich möchte sehen, ob und wie die Partikel reagieren.«

David ließ den Minigleiter anheben und positionierte ihn genau über der blauen Spitze. Dann öffnete er den Hahn, worauf sich das Wasser genau auf die Spitze ergoss.

Als sich der Tank etwa zu einem Drittel geleert hatte, schloss er den Hahn wieder. Alle starrten gespannt auf das Artefakt. Neha kauerte schweigend und mit nach unten gerichtetem Blick daneben und presste ihre Hand auf die Oberfläche.

Christopher wandte sich ihr zu, sah sie an und spürte seine Ungeduld. Aber er wollte sie nicht ansprechen, um ihre Konzentration nicht zu stören.

Es dauerte einige Minuten, bis Neha den Kopf hob, ihm in die Augen sah und sanft den Kopf schüttelte.

»Gießen wir den Rest auch noch darüber«, sagte Christopher entschlossen.

Sofort drehte David den Hahn wieder auf und entleerte den Tank vollständig.

Neha senkte ihren Kopf und konzentrierte sich erneut. Christopher setzte sich neben sie und stützte das Kinn auf seine Hände. Er glaubte nicht an eine Reaktion der Partikel. Aber versuchen mussten sie es.

Als er die Augen schloss, strömten augenblicklich die Geschehnisse der letzten Tage durch seinen Kopf. Er sah sich wieder in seinem Traum, als er sich zum ersten Mal in der Sphäre befand, den Steg verfehlte und in die Tiefe stürzte, als er sich nach dem Tauchgang am Nordpol von TONGA-II wirklich in der großen blauen Höhle befand und die tot geglaubte Neha wiedertraf, den leidenschaftlichen Sex mit ihr, das plötzliche Vorhandensein von so enormem Wissen, ihre Gefangennahme auf MOLANA-III, die Flucht durch das Höhlensystem, die Befreiung Laylas und das anschließende Auftauchen der Sphäre aus dem Wüstenboden.

Die Erinnerung an das Erlebnis mit Neha kehrte noch einmal zurück. Er spürte eine Gefühlsregung. Plötzlich tauchte die Frage auf, wie viel ihm dieser Vorfall bedeutet hatte und jetzt noch bedeutete. Bis dahin hatte er Neha als Menschen und engen Freund geliebt. Doch nach dieser intimen Erfahrung musste er sich der Frage stellen, ob es nicht doch mehr war. Aber da war eigentlich die Liebe zu Michelle, die nach wie vor in vollem Umfang existierte und anscheinend in keiner Weise darunter gelitten hatte.

Außer der Liebe füreinander hatten Neha und Michelle sehr wenig gemeinsam. Sie waren zwei ungleiche Menschen mit völlig unterschiedlichen Wesenszügen, aber jede für sich genommen sehr anziehend. Er war sich im Klaren darüber, dass eines Tages der Zeitpunkt kommen würde, an dem er sich für eine der beiden entscheiden musste.

Nebst dem ganzen Verwirrspiel um seine Gefühle gab es noch etwas anderes, über das er sich Gedanken machte. Hatten Neha und er sich in der Höhle aus freien Stücken geliebt? Oder waren sie von den Nanopartikeln manipuliert worden? Welchen Nutzen hätten sie daraus gezogen?

Neha hatte sich diesbezüglich so geäußert, dass die Partikel ihre Intimität als Akt der Verbundenheit betrachtet hätten. Auch darüber musste er noch einmal mit ihr reden.

Seine Gedankengänge brachen abrupt ab. Es war nicht irgendein Geräusch, das ihn in die Gegenwart zurückholte, keine Stimme, die ihn ansprach, keine Berührung eines Gefährten. Es war die plötzliche Stille, die ihm unwirklich und fremd erschien.

82.

Golenko schloss instinktiv die Augen, als der Lichtstrahl auf ihn zuschoss. Mit erhobenen Armen erwartete er den Treffer und machte sich bereit zu sterben.

Als er ein paar Sekunden lang nichts spürte, hob er seine Lider ein wenig, ohne die Arme herunterzunehmen. Er sah Licht, öffnete die Augen ganz und wurde mit einer Fülle von leuchtenden Punkten konfrontiert. Sie schossen auf ihn zu und umhüllten ihn.

Langsam ließ er die Arme sinken und starrte auf die Quelle, aus der sie kamen. Ein tiefblaues Oval vor ihm, das an Helligkeit schnell zunahm, ließ den Rest der großen Höhle verblassen.

Was geschah mit ihm? Wo war sein Gehilfe?

Er drehte sich um und konnte ihn nicht mehr sehen. Die Lichtpunkte umgaben ihn wie ein Kokon. Er fühlte sich schwerelos. Die Umgebung verschwamm, löste sich auf. Er sah nur noch Licht. Er schloss die Augen wieder, aber das Licht verschwand nicht. Da wurde ihm bewusst, dass er selbst Licht war.

Als er wenig später die Augen erneut öffnete, war ihm sofort klar, dass er sich an einem anderen Ort befand. Die Umgebung hatte sich zwar nicht verändert, zumindest konnte er keinen Unterschied feststellen. Trotzdem war er sicher, dass ein Ortswechsel stattgefunden hatte.

Das ovale Leuchtgebilde vor ihm war verschwunden. Die Höhle war wieder in sanftes, blaues Licht getaucht. Die Temperatur fühlte sich angenehm an. Seine Füße spürten den weichen Boden.

Seine Füße?

Er sah nach unten und erschrak.

Er war nackt!

Was war mit seinen Kleidern geschehen, mit seinen Schuhen und seinem Umhängebeutel? Sofort überkam ihn große Scham. Er legte die Hand schützend auf seine Genitalien und sah sich erneut nach seinem Gehilfen um. Dieser sollte ihn auf keinen Fall so sehen.

Aber er war alleine. Der Höhleneingang war ebenfalls nicht mehr zu sehen. Auch dies war ein Beweis dafür, dass er sich woanders befand.

Wie war er hierhergekommen? Wo war er überhaupt? Etwa an einem anderen Ort im Innern dieser Kugel?

Er machte ein paar Schritte und bemerkte eine weitere Veränderung. Der Boden beschrieb keine Wölbung mehr. Er war flach. Soweit sein Blick reichte, war kein Ende zu erkennen. Es schien, als würden die Decke und der Boden in weiter Ferne aufeinandertreffen.

Er beschleunigte seinen Gang und beobachtete die blass leuchtenden Seitenwände. Aber er konnte nicht mit Bestimmtheit sagen, ob er sich wirklich vorwärts bewegte. Die Wände veränderten sich in keiner Weise. Auch hatte er nicht den Eindruck, dass er sich dem Ende der Höhle nähern würde.

Er begann zu rennen, so gut es ihm sein nicht mehr so junger Körper erlaubte. Nichts änderte sich. Was er um sich herum sah, ließ ihn glauben, er würde an Ort und Stelle treten.

Angst machte sich in ihm breit.

Was war mit ihm geschehen? War das real oder träumte er?

Er kniff sich in den Unterarm und spürte den Schmerz. Keuchend blieb er stehen, stützte die Hände auf die Oberschenkel und atmete, den Blick nach unten gerichtet, tief ein und aus.

Als er den Kopf hob und nach vorn blickte, glaubte er, erneut ein schwaches blaues Leuchten zu sehen.

Sollte sich das Ganze wiederholen? Würde ihn das Licht wieder verschlingen und einen weiteren Ortswechsel vornehmen? Oder vielleicht an den Ursprungsort zurückbringen?

Im Grunde genommen glaubte er nicht daran. Was hätte dieser Wechsel dann für einen Sinn gehabt? Es musste einen Grund dafür geben, dass er hierher versetzt worden war. Irgendjemand musste es getan haben.

Aber wozu?

Das Leuchten verstärkte sich. Er bereitete sich darauf vor, wieder von unzähligen Lichtpunkten umschwärmt und eingehüllt zu werden. Doch sie blieben aus, obwohl sich die Lichtfläche stetig vergrößerte und sich wieder zu einem aufrechtstehenden Oval formte.

Dann geschah etwas, mit dem er nicht gerechnet hatte. Mitten in dem grellen Lichtoval entstanden dunkle Flecken. Sie bewegten und verformten sich.

Er kniff die Augen zusammen und versuchte zu ergründen, um was es sich dabei handelte und wie viele es waren. Doch weder das eine noch das andere gelang ihm. Auch eine vertraute Form konnte er in ihnen nicht erkennen. Aber sie wurden stetig größer.

Eigentlich brauchte er nur zu warten, bis sie groß genug waren und er feststellen konnte, was es war. Doch dabei wurde ihm mehr und mehr die Bedrohung bewusst, die von ihnen ausging. Hätte er eine Waffe, könnte er sich wenigstens verteidigen. Aber wahrscheinlich war es genau das, was die fremden Wesen verhindern wollten.

Welche Wesen?

Er zweifelte keinen Moment daran, dass sie ihn, mit welcher Technik auch immer, weiter ins Innere dieses eigenartigen Raumschiffs transportiert hatten. Dass er noch am Leben war, ließ darauf schließen, dass sie etwas von ihm wollten. Aber was würden sie mit ihm anstellen, wenn sie es bekommen hatten oder er es ihnen nicht geben konnte?

Die Umrisse der ständig größer werdenden dunklen Flecken hoben sich nun deutlicher vom hellen Hintergrund des ovalen Lichts ab. Mehr und mehr glaubte er, humanoide Gestalten zu erkennen. Besaßen diese Wesen wirklich menschliche Form? Wenn ja, waren sie mit den Menschen verwandt?

Plötzlich wurde er sich der Tatsache bewusst, dass ihm womöglich ein historisches Ereignis bevorstand: Der ersten Begegnung mit einer außerirdischen, humanoiden Rasse. In welcher Sprache würden sie sich verständigen? Welche Art von Kultur pflegten sie?

Dann wurde er sich wieder seiner Nacktheit bewusst. Er fragte sich, wie diese Abgesandten gekleidet sein würden. Wollten sie, dass er ihnen nackt gegenübertrat, um ihn ihre Überlegenheit spüren zu lassen und sich seines Respekts sicher zu sein?

Er kam nicht mehr dazu, sich weiter damit zu befassen, denn die Wesen näherten sich unaufhaltsam. Er erkannte fünf Gestalten und glaubte, drei weibliche und zwei männliche Wesen unterscheiden zu können. Aber da gab es noch etwas anderes. Etwas sehr Kleines, das sich auf dem Boden bewegte. Er hatte keine Ahnung, was es war.

Die fünf Wesen hatten sich ihm mittlerweile bis auf einige Meter genähert. Plötzlich erlosch das ovale Licht hinter ihnen. Von einem Augenblick zum nächsten konnte er ihre Gesichter klar und deutlich erkennen. Doch das, was er zu sehen bekam, verschlug ihm die Sprache.

83.

Als Christopher sich der Stille bewusst wurde, war alles schon vorbei. Er saß nach wie vor auf dem Boden, doch der erdige Grund war verschwunden. Der ganze Wald war weg. Es war düster um ihn herum. Sanftes, blaues Leuchten umgab ihn. Die neue Umgebung vermittelte eine eigenartige Vertrautheit. Zugleich fühlte er sich in einer Art Trance, nicht wirklich wach.

Träumte er etwa wieder? Sofort war ihm klar, dass diese Vertrautheit kein Zufall war. Er befand sich erneut in der blauen Höhle einer Sphäre.

Als er sich umsah, stellte er fest, dass er nicht alleine war. In einiger Entfernung entdeckte er die Umrisse vertrauter Gestalten. Auch seine Gefährten waren hier.

Sie standen herum, machten ab und zu ein paar Schritte und sahen sich neugierig und verwirrt zugleich um. Außer für Neha war es für sie der erste Besuch in einer Sphäre.

Wie waren sie hierhergekommen? Es hatte keine Lichtpunkte gegeben, die sie einhüllten. Der Ortswechsel war unmittelbar eingetreten und hatte anscheinend für die gesamte Gruppe gleichzeitig stattgefunden. Wie das letzten Mal bei ihm waren auch jetzt nur ihre Körper transportiert worden. Sämtliche Gegenstände, auch ihre Kleider und Schuhe, waren zurückgeblieben.

»Seid ihr in Ordnung?«, fragte er und sah in ihre Richtung.

Sofort drehten sie sich zu ihm.

»Ach, da bist du«, entfuhr es Michelle. »ich dachte schon, du wärst abhandengekommen.«

»Lass mich raten«, sagte David. »Wir befinden uns in einer Sphäre.«

»Exakt«, antwortete Christopher. »Habt ihr vor dem Transfer ein Leuchten oder Lichtpunkte gesehen?«

»Nein, mir ist nichts dergleichen aufgefallen.« Michelle wirkte verunsichert. »Sollten wir?«

»Ich bin überzeugt, kurz vor dem Übergang einen Lichtblitz gesehen zu haben, der aus der Turmspitze kam«, erklärte David. »Ich habe wohl zufällig dahin gesehen, als es passierte.«

Christopher erhob sich und ging auf seine Kameraden zu.

Es machte den Anschein, als ob David nicht so richtig wusste, wohin er seine Blicke wenden sollte. »Etwas ungewohnt, so nackt herumzustehen«, sagte er grinsend. Es war seine Art, Hemmungen herunterzuspielen. »Aber es ist wohl so, dass nur organische Materie transportiert wird.«

Bei Davids letzter Bemerkung drehte sich Christopher plötzlich um und suchte den Boden der unmittelbaren Umgebung ab.

»Suchst du was?«, fragte Michelle erstaunt.

»Die Quirls.«

»Ach ja, die müssten eigentlich auch hier sein.«

Dann entdeckten sie Neha, die auf dem Boden kauernd von den vier Tieren umringt wurde. Sie schmiegten sich an ihre Beine und schienen verwirrt zu sein.

Dann fiel Christopher noch etwas auf. »Wo ist Tomi?«

»Zurück in die *Space Hopper*«, antwortete David. »Er meinte, jemand sollte den Gleiter bewachen.«

»Ist vielleicht gar nicht so schlecht.«

Christopher trat auf Neha zu und sah zu den Quirls hinunter. »Geht es ihnen gut?«

Sie hob den Kopf und sah zu ihm auf. »Sie sind sehr verängstigt. Sie wissen nicht, was mit ihnen geschehen ist.«

»Pass auf sie auf und lass sie nicht aus den Augen.«

»Keine Angst, sie werden mir wahrscheinlich nicht von der Seite weichen.«

»Hast du eine Ahnung, weswegen wir hier sind?«

»Wir werden gleich an einen anderen Ort gehen. Ich kann dir aber nicht sagen, wo der ist.«

Wenig später entstand in einiger Entfernung mitten im Raum ein leuchtendes, aufrechtstehendes Oval. Neha erhob sich und machte sich zusammen mit Christopher und den Quirls in diese Richtung auf den Weg.

»Seid ihr sicher, dass wir dahin müssen?« Es waren Laylas erste Worte seit dem Transfer in die Sphäre. Christopher war nicht entgangen, dass sie sehr verwirrt war. Sie kannte die Sphären zwar aus seinen und Nehas Erzählungen, aber das Ganze selbst zu erleben war etwas anderes.

»Absolut«, antwortete Christopher, ohne sich umzudrehen. »Folgt uns einfach.«

Michelle holte ihn ein und ging neben ihm her, während Layla und David unmittelbar folgten. Keiner sprach ein Wort. Gespannt starrten sie ins Innere des Leuchtgebildes.

Dann erschienen die Lichtpunkte, auf die Neha und Christopher bereits gewartet hatten. Sie traten noch ein paar Schritte näher und blieben stehen. Christopher drehte sich um und sagte: »Ihr werdet nichts spüren. Es geht ganz schnell. Wir werden einfach an einem anderen Ort sein.«

»Auf so etwas wurden wir in unserer Ausbildung nicht vorbereitet«, sagte Layla verunsichert.

Bevor sich Christopher wieder dem Oval zuwandte, sah er das Licht um sich herum. Es umhüllte und durchdrang ihn.

Dann war es vorbei.

Er hatte nichts gespürt. Das leuchtende Oval befand sich nun hinter ihnen. Er wusste, dass sie sich an einem anderen Ort befanden.

Layla drehte sich sofort um und blickte zurück in das Licht, während Neha am Boden kauerte und sich um die Quirls kümmerte. Christopher und Michelle entfernten sich ein paar Schritte vom Oval. Kurz darauf gesellte sich Neha zu ihnen, umringt von den Tieren.

»Wie ist es möglich, dass diese Sphäre plötzlich so viel Energie aufbringen kann, um uns ein zweites Mal zu transferieren?«, wunderte sich Christopher.

»Das hat sie nicht«, antwortete Neha.

Christopher sah sie fragend an.

»Die Wüstensphäre hat uns zu sich geholt.«

Ihm blieb kaum Zeit, sich von seiner Verblüffung zu erholen.

»Wir müssen da entlang.« Neha zeigte entschlossen mit dem Finger in die Richtung, in die sie bereits ein paar Schritte gemacht hatten.

Christopher drehte sich zu seinen Gefährten um. »Alles okay bei euch?«

»Bis jetzt schon«, antwortete David fröhlich.

»Was machen wir hier?«, fragte Layla. »Wann bekommen wir wieder etwas zum Anziehen?«

»Das kann ich dir nicht sagen«, erwiderte Christopher. »Ich weiß nur, dass wir in diese Richtung gehen müssen.«

»Ich glaube nicht, dass du hier irgendwo Klamotten finden wirst.« David sah sie mit seinem gewohnten Grinsen an.

»Das scheint dir sehr zu gefallen.«

»Wir sitzen alle im selben Boot.«

Layla quittierte seine letzte Bemerkung mit einem leisen Murren.

»Seid mal ruhig!« Christopher hatte sich kurz umgedreht. »Ich glaube, da vorne ist etwas.«

Layla und David schlossen zu ihm auf und versuchten etwas zu erkennen.

»Ein Lebewesen?«, wollte Layla wissen.

»Ich kann es nicht sagen, aber auf jeden Fall hat sich etwas bewegt. Es ist zu dunkel, um Genaueres zu erkennen.«

Entschlossen und aufmerksam zugleich gingen sie schweigend weiter. Nach einer Weile waren sie sicher, dass sich weit vor ihnen eine einzelne Gestalt befand.

Plötzlich blieb Neha stehen und flüsterte: »Das ist doch nicht möglich.«

Auch Christopher konnte kaum glauben, was er sah.

»Was ist denn?«, raunte Layla von hinten.

»Der Typ da vorne«, antwortete Christopher leise. »Das ist Kamal Golenko.«

»Wie kommt der denn hierher?«

»Anscheinend ist ihm dasselbe widerfahren, wie uns.«

»Aber er war doch gar nicht in unserer Nähe.«

»Er ist wohl an einer anderen Stelle mit der Sphäre in Kontakt geraten. Auf jeden Fall wird er große Augen machen, wenn er uns erkennt.«

Entschlossen und ohne weitere Worte näherten sie sich ihrem Widersacher. Als sie ihn bis auf ein paar Meter erreicht hatten, erlosch das leuchtende Oval hinter ihnen. Die Höhle wurde in blassblaues Licht getaucht.

Unmittelbar darauf erkannten sie den Schrecken in Golenkos Gesicht.

84.

Die organischen Einheiten hatten die inaktive Sphäre gefunden und ihr neutrale Flüssigkeit zugeführt. Unter ihnen befanden sich auch das Medium und die gesuchten Einheiten, die fähig waren, Nanopartikel zu replizieren. Über das Medium war das Kontrollmodul ständig über den Stand der Mission informiert.

Die Aktivierung der anderen Sphäre, die sich im Wüstensand verborgen hatte, war nicht geplant gewesen und für die Mission irrelevant. Geschehen war dies durch den unerwarteten Einsturz der Höhlendecke unter der Wüste. Was diesen Einsturz verursacht hatte, war nicht bekannt. Auch das Auftauchen weiterer organischen Einheiten war nicht vorgesehen gewesen. Eine der Einheiten hatte es sogar geschafft, ins Innere der Sphäre vorzudringen.

Das Kontrollmodul musste über das Eindringen und dessen Grund ebenfalls unterrichtet werden. Deshalb wurde diese organische Einheit an denselben Ort transferiert, an dem sich auch das Medium einfinden würde. Das Medium war in der Lage, mit der fremden Einheit direkt Daten auszutauschen und den Zweck des Eindringens in Erfahrung zu bringen.

Nachdem das Kontrollmodul über die aktuellsten Ereignisse informiert worden war, übermittelte es neue Anweisungen über das weitere Vorgehen. Die replizierfähigen Einheiten sollten sichergestellt und geschützt werden. Die organischen Einheiten, welche die replizierfähigen Einheiten gefunden und in die Basis gebracht hatten, mussten ebenfalls geschützt werden. Sie bildeten die exekutiven Organe für die Sphären.

Während all dies in die Wege geleitet wurde, veranlasste das Kontrollmodul, dass in der Basis die notwendigen Tests für die Replizierung der Nanopartikel in die Wege geleitet wurden. Dafür war eine enge Kooperation mit den organischen Einheiten erforderlich. Diese Kooperation musste jedoch ständig überwacht werden, um eventuelle Fehlmanipulationen abzufangen und zu verhindern.

Diesbezüglich stellte die fremde Einheit, die in der Wüste in die Sphäre eingedrungen war, ein gewisses Risiko dar. Das Medium wurde angewiesen, besonders darauf zu achten. Laut der neuesten Information waren die organischen Einheiten mit der fremden Einheit zusammengetroffen. Somit konnte mit der Kontrolle begonnen werden.

Das Medium übermittelte der Sphäre noch zusätzliche wertvolle Informationen über andere organische Einheiten mit besonderen Fähigkeiten bezüglich des Replizierens von Nanopartikeln. Diese Einheiten weilten zurzeit am Nordpol eines Planeten namens TONGA-II in einem anderen System.

Auch im Innern dieses Planeten befand sich eine Sphäre, die für Transmissionen eingesetzt werden konnte. Durch das Freisetzen dieser Sphäre wurde der Kontakt zu den organischen Einheiten auf diesem Planeten optimiert. Sie sollten unverzüglich zur Basis transferiert werden. Das Problem war jedoch, dass zwischen dem Medium und ihnen derzeit kein Informationsaustausch stattfinden konnte. Dies war nur über das Fluggerät möglich, das auf der Oberfläche außerhalb des Waldes parkte. Die Sphäre sah jedoch keine Möglichkeit, dieses Fluggerät ebenfalls in die Basis zu transferieren. Dies musste durch eine der organischen Einheiten vorgenommen werden.

»Sie?« Golenko konnte nicht glauben, was er sah. »Wie kommen Sie denn hierher?« Seine Gedanken rasten. Konnte es sein, dass dies ein irdisches Raumschiff der neusten Technologie war? Unmöglich. Soweit waren die Menschen noch nicht.

Dann wurde er sich wieder seiner Nacktheit bewusst und bedeckte seine Genitalien.

»Das könnten wir Sie auch fragen«, antwortete Christopher schlagfertig. »Was haben Sie überhaupt hier zu suchen?«

»Glauben Sie etwa, ich wäre freiwillig hier? Ich befand mich von einem Augenblick zum anderen in diesem dunklen Loch. Mir wurde alles abgenommen.«

»Das ist völlig normal. Bei einem Transfer wird nur organische Materie transportiert. Damit werden Sie sich abfinden müssen. Sie werden hier keine Kleidung finden.«

»Wo befinden wir uns?« Golenkos Verwunderung schlug in Ärger um.

»Innerhalb einer Sphäre.«

»Sphäre? Was soll das sein?«

»Eine fliegende Kugel. Umhüllt von einem Energieschirm. Zur Hälfte gefüllt mit Wasser und zur anderen mit Luft.«

»Wer steuert dieses Ding?«

»Nanopartikel. Sie sind es auch, die dem Innern der Sphären ihre Form geben. Das Material, auf dem wir hier stehen, und die gesamte Sphäre sind mit Nanopartikel angereichert. Sie können Materie formen und umwandeln.«

»Etwa Sand in Wasser?«

»Möglich.«

»Ich habe es draußen erlebt.«

»Wo draußen?«

»In der Wüste. Da, wo sich der große Krater befindet.«

»Sie meinen den Ort, wo sich vorher ihr Trainingscamp befand.«

»Was für ein Camp?«

»Tun Sie nicht so scheinheilig! Wir haben das Camp gesehen und sogar eine Gefangene und einen Beeinflussten befreit. Wir wissen alles über Ihre Machenschaften.«

»Wo sind meine Leute?«

»Wissen wir nicht. Als die Sphäre aus dem Boden auftauchte, sind die meisten geflohen. Mittlerweile dürften sie nicht mehr unter Ihrem Einfluss stehen, da sie nicht mehr von ihrem Wasser trinken.«

»Warum sollten sie das nicht mehr tun?«

»Weil wir die Förderung unterbunden haben.«

Golenko sah ihn grimmig an. »Das werden Sie teuer bezahlen!«

»Wer hier was bezahlen muss, wird sich noch herausstellen. Sie haben keine Ahnung, auf was Sie sich eingelassen haben. Hier sind Mächte am Werk, von denen Sie sich keine Vorstellung machen können.«

»Was für Mächte?«

»Was denken Sie, wer diese Sphären erschaffen hat? Und wie viele es von ihnen im Universum gibt?«

»Wir sollten weiter«, unterbrach Neha die Diskussion.

»Weißt du wohin?«

»Dorthin.« Neha nickte mit dem Kopf in die entsprechende Richtung.

»Was erwartet uns da?«

»Ich kann es nicht sagen. Aber wir müssen die Mission erfüllen. Du weißt, was das bedeutet.«

»Dann lasst uns aufbrechen.«

Christopher und Neha gingen voraus. Die anderen folgten ihnen.

»Kannst du mir sagen, wohin wir gehen?«, fragte Christopher nach einer Weile.

Neha gab keine Antwort. Er sah sie von der Seite an und entdeckte in ihrem Gesichtsausdruck etwas Eigenartiges, man konnte fast sagen Fremdartiges. Konnte es sein, dass sie ihm etwas verschwieg? Doch Christopher entschloss sich, nicht mehr darüber zu sprechen und zu warten, bis Neha von sich aus Informationen herausrückte.

Je länger sie unterwegs waren, desto mehr hatte er den Eindruck, dass diese Sphäre anders war als jene, in der er damals Neha wiedergefunden hatte. Einer der Unterschiede bestand darin, dass der Boden nicht gewölbt sondern eben war. Weitere Unterschiede konnte er jedoch nur erahnen. Zwar bestand die Umgebung aus demselben Material, hatte dasselbe blassblaue, flächendeckende Leuchten, das sich bei ihrem Näherkommen stufenlos leicht verstärkte und anschließend wieder abschwächte. Doch er spürte, dass vieles anders war.

Befanden sie sich überhaupt im Innern einer Sphäre oder war dies etwas ganz anderes?

85.

Golenko trottete in geringem Abstand hinter der Gruppe her. Er fühlte sich in seiner Ehre und in seinem Stolz gekränkt. Doch viel mehr belastete ihn die Unsicherheit bezüglich der Möglichkeiten, die seinen Gegnern zur Verfügung standen.

Was hatten sie hier eigentlich zu suchen? Hatten sie von seinem Vorhaben erfahren und waren hier, um ihn daran zu hindern? Was wussten sie über dieses geheimnisvolle Wasser?

Auf keinen Fall durfte er zulassen, dass sie es gegen ihn einsetzten. Was hatte es mit diesen Nanopartikeln auf sich, von denen Vanelli gesprochen hatte? Sie wollten sogar, dass sie sich replizieren. Dadurch könnte sich das Unheil weiter verbreiten.

Wie konnte er das verhindern? Was konnte er ohne Waffen schon ausrichten? Er musste die Leute beobachten und den richtigen Moment abwarten.

Er hatte keine Ahnung, wie sie vorgehen und was sie tun würden. Über die Anwesenheit dieser vier merkwürdigen pelzigen Wesen konnte er sich erst recht keinen Reim machen. Sie machten einen harmlosen Eindruck. Vielleicht ließ sich das Unternehmen sabotieren, wenn er sie umbrachte.

Ihm war klar, dass er auf der Hut sein musste. Man kannte ihn gut und war bestimmt auf irgendeine Aktion seinerseits vorbereitet. Besonders vor Neha Araki musste er sich in Acht nehmen. Sie war die Gefährlichste von allen. Als sie ihm vorhin in die Augen geblickt hatte, war ihm, als hätte sie seine Seele durchleuchtet.

Dann gab es noch eine neue Person. Anscheinend verstand sie sich nicht so gut mit dem Rest des Teams. Vielleicht konnte er sich dies im richtigen Moment zunutze machen.

Der düstere Gang schien kein Ende zu nehmen. Die Ungewissheit, wohin der Weg führen und wie lange sie noch unterwegs sein würden, zerrte an seinen Nerven.

Plötzlich spürte er ein Kribbeln an den Fußsohlen. Erschrocken blickte er an sich hinunter. Täuschte er sich, oder hatten seine Füße eine bläuliche Farbe angenommen?

Er hielt an und beugte den Oberkörper nach vorn. Er war sich nicht sicher. Im Schein des blassblauen Lichts konnte es auch eine Täuschung sein. Aber woher kam dieses eigenartige Kribbeln?

Er richtete sich wieder auf und ging weiter. Hatte nur er es gespürt? Die anderen schienen keine Reaktion zu zeigen. Er entschloss sich, das Ganze für sich zu behalten.

Erneut spürte er das Kribbeln. Diesmal war er überzeugt, dass seine Füße einen blassblauen Ton angenommen hatten. Er bückte sich und strich mit der Hand darüber. Seine Haut fühlte sich an wie sonst. Aber von Nahem konnte er die blaue Färbung deutlich erkennen. Er hob den rechten Fuß, drehte ihn so gut es ging um und betrachtete die Sohle. Hier war das Blau intensiver und schien sogar zu glänzen.

Was geschah mit ihm? Und warum nur er?

Das Kribbeln war wieder verschwunden. Er richtete sich auf und eilte los, um den Anschluss nicht zu verlieren. Im Innersten spürte er das kalte Grauen aufsteigen. In seinen Gedanken sah er sich von fremden Mächten beeinflusst, seinen Körper und seinen Geist von ihnen überwältigt. Wenn sich die Nanopartikel in gewöhnlichem Wasser einnisten konnten, würde es ihnen auch möglich sein, in einen menschlichen Körper einzudringen und diesen zu manipulieren. Bei dem Gedanken drehte es ihm beinahe den Magen um.

Doch dieser Gedanke eröffnete ihm eine weitere ungeheuerliche Konsequenz. War es möglich, dass dies mit den Leuten der *Space Hopper* schon geschehen war? Standen sie bereits unter dem Einfluss der Partikel? Was würden sie wohl mit ihm anstellen, wenn er sich gegen sie auflehnte?

Er blickte nach vorn und verschaffte sich einen Überblick. Araki, Vanelli und seine Freundin gingen voran. Die vier pelzigen Wesen wichen Araki nicht von der Seite. Hinter ihnen gingen der Marine und die Neue. Zunächst musste er versuchen, die Pelzwesen zu töten. Anhand der Reaktionen der anderen konnte er in etwa abschätzen, wie wichtig sie beim ganzen Unternehmen waren.

Er beschleunigte seine Schritte. Doch kaum hatte er aufgeschlossen, wandte sich der Marine um und sagte: »Kommen Sie nicht auf dumme Gedanken!« Anschließend drehten sich auch die anderen nach ihm um und starrten ihn abschätzig an.

Wie er sie alle hasste. Am liebsten würde er sie eigenhändig umbringen.

Ich muss mich zusammenreißen, dachte er. Nur nicht denselben Fehler machen wie Marac Kresnan und sich von Emotionen verleiten lassen. Dieser Schwachkopf hatte nur seine Rache im Kopf.

86.

Das Kontrollmodul informierte die Basis über die neueste Entwicklung. Die Mission trat in die entscheidende Phase. Wichtige Prozesse wurden gestartet. Die Kontrolle über den Verlauf der Mission musste verschärft werden. Verschiedene Überwachungsmechanismen wurden dem Medium übermittelt. Es galt, die kleinsten Sicherheitsrisiken und Fehlerquellen auszuschalten.

Die neurochemischen Prozesse der organischen Einheiten wurden präzise analysiert und strengstens überwacht. Beim geringsten Anzeichen eines Risikos sollten Nanopartikel die Kontrolle übernehmen. Es galt jedoch auch, das Kollektivverhalten unter ihnen zu berücksichtigen. Eine kontrollierte organische Einheit verhielt sich anders als im Normalzustand und konnte unter den anderen Einheiten unvorhergesehene, unlogische Reaktionen hervorrufen. Dies musste verhindert werden, da das richtige Verhalten aller Einheiten für den Erfolg der Mission unabdingbar war.

Doch bei einer der Einheiten gab es erste Anzeichen widersprüchlichen Verhaltens. Die neurochemischen Prozesse waren von Unlogik geprägt und konnten daher schwer eingeschätzt werden. Zusätzliche Nanopartikel manifestierten sich in der Einheit und sollten im schlimmsten Fall die Kontrolle übernehmen. Das Medium wurde über diesen Sachverhalt in Kenntnis gesetzt.

Es waren nicht nur Nehas eigenartiger Ausdruck und ihr ungewohntes Schweigen, was Christopher beunruhigte. Seit er mit seinen Gefährten in diese Sphäre transferiert worden war, hatte er nicht die geringste Information empfangen. Damals, in der anderen Sphäre, hatte er die Präsenz der Nanopartikel deutlich gespürt. Er hatte immer den Eindruck gehabt, dass sie ihre Anwesenheit nicht verbargen. Im Gegenteil, zwischendurch hatten sie ihm kleinere Informationspakete übermittelt, sobald sich in seinen Gedanken eine Frage geformt hatte. Im Vergleich zur jetzigen Situation hatte er den Eindruck, dass die Partikel bemüht gewesen waren, ihm den Aufenthalt möglichst angenehm zu gestalten. Doch hier spürte er von all dem nichts.

Neha war ihm diesbezüglich keine Hilfe. Er war sich bewusst, dass ihr Körper permanent mit Nanopartikeln angereichert war. Dadurch konnte sie fast jederzeit Kontakt mit den Partikeln der Sphäre aufnehmen und Informationen austauschen. Somit war sie das ideale Medium, um ihm und seinen Gefährten auf dieser Mission den richtigen Weg zu weisen.

Doch inwiefern nahmen die Partikel, oder wer auch immer hinter ihnen stand, Rücksicht auf menschliche Interessen und Bedürfnisse? Wie viel war ihnen ein Menschenleben wert, wenn es darum ging, ihre Ziele zu erreichen? Wie würden sie reagieren, wenn sich ihnen ein Mensch in den Weg stellte? Wie würde Neha reagieren? Was, wenn Neha auch nur ein winziges Rädchen in dieser Mission darstellte, das solange von Nutzen war, wie es gebraucht wurde? Hatte sich Neha bisher keine Gedanken darüber gemacht?

Er blickte sie erneut von der Seite an. Sie zeigte keine Regung und schritt entschlossen voran. Die Quirls wichen kaum von ihrer Seite.

»Neha?« In seiner Stimme schwang Unsicherheit. »Weißt du, wohin wir unterwegs sind?«

Statt zu antworten, hielt sie an, packte ihn am Arm und stellte sich energisch vor ihn. In ihren Augen funkelte ein sanftes blaues Licht.

Christopher erschrak, als er dies sah. War es eine Spiegelung der blass leuchtenden Wände? Oder leuchteten Nehas Augen wirklich?

»Bitte Christopher! Hör auf zu zweifeln! Du kennst unsere Mission. Du weißt, wie wichtig sie ist.«

Michelle starrte Neha verblüfft an. »Was ist mit dir los?«

Neha ging nicht darauf ein. Ihr Blick fixierte Christopher und ließ in nicht mehr los.

»Neha, so kenne ich dich gar nicht.« Seine Stimme zitterte leicht. »Bist du noch die Neha, die wir lieben?«

Für einen kurzen Moment konnte Christopher in ihren Augen so etwas wie Sehnsucht und Verlangen entdecken, doch dann verblasste dieser Eindruck wieder und wich dem starren, entschlossenen Blick.

»Ja, ich bin noch immer diese Neha. Du weißt, dass ich euch beide sehr liebe. Aber du solltest auch wissen, wie wichtig die Mission ist, der wir uns verschrieben haben.«

»Bist du dir sicher, dass der Erfolg dieser Mission keine Nachteile für die Menschen nach sich zieht? Oder sogar eine Gefahr für sie birgt?«

»Ich kann dir versichern, dass für die Menschheit kein Schaden entsteht. Du musst mir vertrauen.«

Neha trat noch näher an ihn heran, ließ seinen Arm los und legte ihre rechte Hand auf seine Wange. Erneut konnte er Verlangen und Sehnsucht in ihren Augen erkennen.

Langsam hob er seine Arme und legte seine Hände an ihre Seite. Neha reagierte nicht darauf. Sie sah ihm weiterhin in die Augen.

Die Spannung zwischen ihnen war zum Greifen. Niemand wagte es, sich zu rühren, geschweige denn, ein Wort zu sagen.

Dann geschah etwas, womit niemand gerechnet hatte. Neha hob auch die linke Hand und legte sie auf Christophers andere Wange. Sein Gesicht zwischen ihren Händen stellte sie sich auf die Zehen und drückte ihre Lippen zu einem intensiven Kuss auf seine.

Christopher war darauf nicht vorbereitet. Bevor er reagieren konnte, spürte er ihren Körper an sich und ihre Zunge zwischen seinen Lippen. Seine Hände rührten sich nicht von der Stelle, während seine Zunge sich mit ihrer vereinte. Dann wurde er von einer Woge von Eindrücken überspült, sein Geist von Informationen durchflutet, wie er es bisher noch nie erlebt hatte. Er spürte kaum noch seinen Körper, verlor jegliches Gefühl für Raum und Zeit. Er tauchte ein in eine abstrakte Welt voller Fremdartigkeit, eine Welt des Unerklärlichen, ein Universum ohne Ende.

Als er sich wieder seiner gegenwärtigen Umgebung gewahr wurde, stand Neha vor ihm und sah ihm vertrauensvoll in die Augen. Langsam wurde ihm bewusst, was soeben geschehen war, was schon seit langer Zeit geschah und was noch alles geschehen musste. Plötzlich war alles sonnenklar. Er erkannte Zusammenhänge, die er bisher nicht verstanden hatte, begriff Notwendigkeiten, von deren Existenz er bisher nicht einmal gewusst hatte, geschweige denn, sich darüber im Klaren zu sein, was sie bezweckten. Er stand da und starrte sie an.

»Was hatte das eben zu bedeuten? Was ist geschehen?« Michelles zittrige Stimme unterbrach die spannungsgeladene Stille und holte Christopher endgültig in die reale Welt zurück.

»Wir müssen weiter«, sagte er, ohne auf ihre Frage einzugehen.

»Christopher! Sag mir, was los ist«, flehte sie ihn an, während sie mit ausgebreiteten Händen dastand.

Er drehte sich zu ihr, sah ihr kurz in die Augen und wandte sich wieder ab. Dann machte er sich zusammen mit Neha auf den Weg.

Michelle blieb vor Schreck wie angewurzelt stehen. Sie war überzeugt davon, den letzten Blick ihres Lebensgefährten nie wieder vergessen zu können. Diesen stechenden Blick mit dem blauen Leuchten in den Augen.

87.

Golenko zweifelte immer weniger daran, dass Vanelli und seine Leute von einer fremden Macht beeinflusst wurden. Neha Araki musste sogar den direkten Kontakt zu ihr haben. Sie versuchte, die gesamte Gruppe und auch ihn zu beeinflussen. Gerade hatte sie es mit Vanelli getan. Dieses blaue Leuchten in ihren und anschließend auch in seinen Augen waren ein klarer Beweis dafür. Nun hatte sie Vanelli zu ihrem Verbündeten gemacht. Er hatte ihr nicht widerstehen können.

Golenko nahm sich vor, den Verführungskünsten zu widerstehen und sich keinesfalls manipulieren zu lassen. Er musste mit allen Mitteln sich selbst treu bleiben. Lieber würde er auf eigene Faust einen Ausgang aus dieser Kugel suchen. Doch gleichzeitig war er sich bewusst, dass dies ein praktisch hoffnungsloses Unterfangen war.

Warum hatte er nicht schon früh genug nach dem Geheimnis dieses eigenartigen Wassers gesucht?

Vanelli und seine Leute hatten es anscheinend herausgefunden. Er musste versuchen, ihnen so viele Informationen zu entlocken wie möglich.

Aber wie sollte er das anstellen, wo sie ihm gegenüber so verschlossen waren?

Wieder spürte er Hilflosigkeit. Er fühlte sich verlassen und verloren. Die Verzweiflung nahm ihm jeglichen Mut. Resignation machte sich breit.

»Kommt, wir dürfen sie nicht verlieren«, sagte David zu den anderen, die nach wie vor wie angewurzelt dastanden und Neha und Christopher hinterhersahen. »Sonst haben wir keine Chance, hier jemals wieder heil herauszukommen.«

Michelle stand der Schreck immer noch ins Gesicht geschrieben. David griff nach ihrer Hand und zog sie mit sich, während Layla vorausging.

»Bitte verraten Sie mir, was hier los ist.« Golenkos jammernde Stimme erinnerte sie daran, dass er auch noch mit dabei war.

David drehte sich um und sah ihn mitleidig an. »Wir wissen genauso wenig wie Sie.«

»Stehen Araki und Vanelli unter Einfluss einer fremden Macht?

»Was reden Sie für einen Schwachsinn!« David schüttelte genervt den Kopf. »Niemand wird hier von irgendjemandem beeinflusst.«

»Wissen Sie etwa, was das hier ist?«

»Ich nehme an, wir befinden uns im Innern einer Sphäre. Aber wir sollten den beiden folgen, denn sie sind die Einzigen, die wissen, wohin wir gehen müssen. Ohne sie kommen wir hier nicht mehr heraus. Also nehmen Sie sich zusammen und folgen Sie uns.«

David und Michelle drehten sich um und folgten Layla. Nach kurzer Zeit hatten sie sie eingeholt.

»Was ist denn mit dem los?«, murmelte Layla.

»Er macht sich fast in die Hose, wenn er welche an hätte.« David konnte sich ein kurzes Grinsen nicht verkneifen.

Sie hatten Christopher und Neha noch nicht wieder eingeholt, da blieben diese plötzlich stehen und drehten sich um. Als David, Michelle und Layla das blaue Leuchten in ihren Augen sahen, hielten sie abrupt an und rührten sich nicht mehr von der Stelle.

Doch gleich darauf richtete sich ihre Aufmerksamkeit auf etwas anderes. Der Boden um Nehas Füße begann ebenfalls zu leuchten. Doch das Blau verwandelte sich rasch in ein gleißendes Weiß und umfloss ihre Gestalt von unten nach oben. Gebannt starrten David und die beiden Frauen auf diese Erscheinung. Golenko stand die Angst ins Gesicht geschrieben, während Christopher reglos danebenstand und sich nicht rührte.

Nach einer Weile war Nehas Körper von einer ovalen, flimmernden Lichthülle umgeben und sie selbst nicht mehr zu sehen. Das Licht schien sich ständig zu verstärken und blendete immer mehr.

Plötzlich erlosch es.

Was sie nun zu sehen bekamen, ließ ihnen das Blut in den Adern gefrieren. Was war mit ihrer Gefährtin geschehen? Das konnte unmöglich Neha sein.

Michelles Gedanken überschlugen sich. War es wirklich ihre Freundin Neha gewesen, mit der sie die letzten Tage verbracht hatten? War es die echte Neha, die zusammen mit Christopher aus den Tiefen des Eissees am Nordpol von TONGA-II aufgetaucht war? Schmerzlich erinnerte sie sich an Nehas Tod. In Gedanken erlebte Michelle noch einmal die Weltraumbestattung, als sie selbst die Taste gedrückt hatte, die den Abschuss des Metallsarges ins Weltall auslöste. Sie spürte wieder die tiefe Trauer in den nachfolgenden Wochen, in denen sie sich oft in die Einsamkeit geflüchtet hatte, um den Schmerz zu verarbeiten. Sie erinnerte sich auch an das Glücksgefühl, als sie aus ihrer Ohnmacht aufgewacht war und in Nehas Gesicht gesehen hatte. Im ersten Moment hatte sie geglaubt zu träumen. Umso größer war die anschließende Freude gewesen.

Doch nun tauchten in ihr Zweifel auf, ob es die echte Neha war, die damals von den Totgeglaubten auferstanden war. Es war ihr, als wäre Neha ein zweites Mal gestorben.

Sie starrte das Wesen, das vor ihr stand, ungläubig an. Eine blaue, leuchtende Gestalt mit menschlichen Umrissen. Aber unmöglich ein Mensch. Der ganze Körper war ein einziges Pulsieren in verschiedenen Blautönen mit ständig wechselnder Helligkeit.

Dann begann die Gestalt zu sprechen.

88.

Der Informationsaustausch zwischen Medium und organischen Einheiten hatte sich bisher als ineffizient erwiesen. Zudem wurde die Handlungsfähigkeit des Mediums durch seine eigenen neurochemischen Prozesse beeinträchtigt. Dadurch war der Datenaustausch teilweise widersprüchlich. Aus diesem Grund leitete das Kontrollmodul die vollständige Assimilierung des Mediums ein.

Der Unsicherheitsfaktor, der bei einer der organischen Einheiten in Form eines logischen Elements entdeckt worden war, wurde neutralisiert. Durch eine Teilassimilierung konnte die Kontrolle über dieses nichtorganische Element übernommen werden. Daher konnte der Träger dieses logischen Elements für die Aufgabe eines zweiten Mediums als geeignet eingestuft werden. Dieser wurde nun beauftragt, das Fluggerät der organischen Einheiten zur Wüstensphäre zu transferieren, was er unverzüglich veranlasste. Dort sollte es ebenfalls einer Teilassimilierung unterzogen werden.

»Die Mission beinhaltet die Sicherstellung der replizierfähigen Einheiten. Eure Aufgabe ist es, für ihren Schutz und ihre Funktionalität zu sorgen.«

Es war Nehas Stimme, die gesprochen hatte, aber diese Stimme gehörte zu einem fremdartigen Wesen. Die Worte waren monoton und emotionslos vorgetragen worden, den Blick starr geradeaus gerichtet.

Bevor jemand etwas dazu sagen konnte, machte die blaue Gestalt, die einmal Neha gewesen war, eine Vierteldrehung, hielt die Arme in die Höhe und senkte sie gestreckt, einen Kreis beschreibend, seitlich nach unten. Gleichzeitig tat sich vor ihr in der blauen Wand eine Öffnung auf, aus der helles Licht strömte.

»Folgt mir!« Ohne zu zögern, trat sie ein. Trotz der Umwandlung wichen die Quirls nicht von ihrer Seite.

Christopher stellte sich neben den Durchgang und starrte mit blau leuchtenden Augen auf die Gruppe. »Bitte befolgt ihre Anweisung!«

»Christopher.« Michelle trat an ihn heran. »Was ist mit dir los?«

Christopher hob die Hand, legte sie an Michelles Wange und sah ihr in die Augen. »Bitte tut, was Neha sagt. Es wird euch kein Schaden zugefügt.« Trotz seiner leisen Stimme erschrak Michelle über seine energische Art. Was sie jedoch weit mehr schockierte, war sein stechender Blick, der sie zu durchbohren schien.

David war der erste, der das Portal durchquerte, gefolgt von Layla. Nach kurzem Zögern folgte Michelle ihnen. Golenko blieb stehen. »Was passiert da drin mit uns?«

»Gehen Sie hinein! Oder wir lassen Sie alleine hier draußen. Dann kommen Sie von hier nie wieder fort!«

Golenko sah Christopher grimmig an, wandte sich ab und trat ein. Christopher bildete den Abschluss. Als er den Durchgang passiert hatte, verschloss dieser sich wieder. Nichts deutete darauf hin, dass hier gerade ein Portal existiert hatte.

Der Raum, den sie betreten hatten, besaß eine runde Fläche. Die Innenseite der halbkugelförmigen Decke leuchtete in grellem Weiß. In der Mitte schwebte eine mannshohe, transparente Kugel, in der unzählige pulsierende Lichtfäden zuckten. Darunter befand sich eine Bodenvertiefung, die mit sanft sprudelndem Wasser gefüllt war. Die Grundfläche des Beckens bildete ein ebenfalls pulsierender Lichtteppich. Ab und zu drang einer der Lichtfäden aus der Kugel heraus und stach in die Wasseroberfläche. Dies alles geschah völlig lautlos.

»Was ist das für ein komischer Ort?« Layla stand vor der schwebenden Kugel, drehte sich um die eigene Achse und sah sich argwöhnisch um. Ihre helle Haut wirkte im grellen Licht beinahe weiß.

»Definiere *komischer Ort*.« Die blaue Neha starrte Layla emotionslos an.

»Dieser Raum hier und diese Kugel mit den Blitzen und dem Wasserbecken darunter.«

»Diese Elemente werden zusammen mit den replizierfähigen Einheiten für die Erzeugung von Nanopartikeln verwendet.«

»Mehr braucht ihr dazu nicht?«

Neha antwortete nicht sofort. Sie drehte sich langsam zu den anderen um und sah sie der Reihe nach an. »Zusätzlich wird eure Mentalenergie benötigt.«

»Was meinst du damit?«, fragte Michelle skeptisch.

Statt zu antworten, zeigte Neha an eine bestimmte Stelle auf dem Boden. Sogleich verformte sich das Material und hinterließ vier mit Wasser gefüllte, längliche Vertiefungen. »Legt euch hinein!«

»Was passiert dann mit uns?«

»Euch wird kein Schaden zugefügt. Aber nur so kann eure Mentalenergie gewonnen werden.«

Michelle ging zögernd zur erstbesten Vertiefung, kniete sich nieder und streckte die Finger ins Wasser. »Es ist angenehm warm. Frieren werden wir schon mal nicht.«

Kurz darauf richtete sie sich wieder auf und trat vor Neha. »Wenn in dir noch ein bisschen von der Neha steckt, die ich kennen und lieben gelernt habe, dann versprich mir, dass uns nichts passieren wird.«

»In mir steckt nicht nur ein bisschen von der Neha, die du kennst, sondern alles. Ich kann dir versichern, euch allen wird nichts geschehen.«

Michelle hob ihre rechte Hand und legte sie an Nehas Wange. Sie fühlte sich trotz der blauen Hautfarbe normal an. »Irgendwo da drin steckt die Neha, die Gefühle hat und sie auch ausdrücken kann.«

Neha erwiderte den Blick ohne Regungen.

Michelle wandte sich ab und ging zu ihrem Becken, setzte vorsichtig einen Fuß hinein und gleich darauf den anderen. Das Wasser reichte ihr knapp über die Knöchel. Sich auf beiden Seiten mit den Händen abstützend, setzte sie sich, streckte ihre Beine und legte sich anschließend auf den Rücken. Sofort spürte sie, wie sich das Material des Beckens an ihre Körperformen anpasste und eine angenehme Stütze bildete, sodass ihr Kopf bis über die Ohren unter Wasser lag.

Plötzlich bemerkte sie aus ihren Augenwinkeln Bewegungen. Sie drehte den Kopf zur Seite und sah, dass Layla und Christopher in eine heftige Diskussion verwickelt waren. Michelle hob den Kopf und stützte sich auf die Ellbogen.

»Tu bitte, was Neha sagt!« Christopher versuchte gerade, Layla von der Notwendigkeit zu überzeugen, sich in das Becken zu legen.

Golenko stand mit wild gestikulierenden Händen daneben.

»Begreifst du es denn nicht?«, brülle Layla. »Das ist nicht mehr eure Freundin. Sie hat sich verwandelt und besteht nur noch aus diesen Nanopartikeln.«

»Das ist nicht wahr!« widersprach Christopher energisch.

»Ich lege mich nicht in dieses Teufelswasser«, jammerte Golenko.

Michelle erhob sich, stieg aus dem Becken und schritt zielstrebig zu Layla. »Ich dachte, du bist eine Agentin des Geheimdienstes. Jetzt kommst du mir eher vor wie ein ängstlicher Waschlappen.«

Layla starrte Michelle entgeistert an.

An Golenko gewandt sagte Michelle: »Und Sie sind ein jämmerlicher Feigling!«

Michelle wandte sich ab, ging entschlossen zu ihrem Becken zurück und legte sich wieder hinein. Sie atmete einmal tief durch, schloss die Augen und versuchte, sich zu entspannen. Sogleich hatte sie den Eindruck, auf ihrer Haut ein sanftes Kribbeln zu spüren. Als erste Reaktion war sie versucht, die Augen zu öffnen und ihren Körper zu begutachten. Aber sie tat es nicht, ließ es einfach geschehen. Je länger sie sich diesem Gefühl hingab, desto mehr entspannte sie sich. Ihr Geist wurde müde, sogar schläfrig. Ihr Körper fühlte sich schwerelos an. Die Ohren unter Wasser verhinderten, Geräusche wahrzunehmen.

Sie versank in eine Art Halbschlaf.

89.

Vogelgezwitscher. Zirpende Zikaden. Summende Bienen. Leise raschelndes Gras. Sanft säuselnder Wind. Eine schier märchenhafte Geräuschkulisse.
Wo war sie?

Michelle öffnete die Augen und blickte geradewegs zum Himmel empor. Das bisherige grelle Weiß war einem sanften Pastellblau gewichen.

Ein Schmetterling flatterte über ihr Gesicht hinweg, verschwand aus ihrem Blickfeld, tauchte wenig später wieder auf, um danach erneut zu entschwinden. Weit über ihr kreiste ein Milan, ließ sich von der Thermik in die Höhe tragen und gab in unregelmäßigen Abständen seinen typischen Schrei von sich.

Michelle neigte den Kopf zur Seite. Gras. Hohes Gras und Wiesenblumen rund um sie herum.

Verwundert hob sie ihren Oberkörper und stützte sich auf die Ellbogen. Sie fand sich mitten auf einer endlosen, bunten Wiese wieder. Sanfter, warmer Wind strich über ihre nackte Haut. Ein paar Ameisen krabbelten über ihre Beine. Eine Heuschrecke hatte es sich auf ihrem Knie gemütlich gemacht. Einen Augenblick später hüpfte sie weiter.

Michelle zog die Beine an, stand auf und drehte sich einmal um die eigene Achse. Nichts als Wiese, soweit das Auge reichte. Nur in einer Richtung bemerkte sie in der Ferne einen einsamen Baum, voll behangen mit weißen Kirschblüten. Auf der rechten Seite, an den Stamm gelehnt, erkannte sie die Silhouette eines Menschen.

Sie ging ein paar Schritte in seine Richtung. Der Boden fühlte sich weich an wie ein Teppich. Das hohe Gras strich geschmeidig an ihren Beinen entlang, während ihre Finger die Spitzen der Halme berührten. Eine sanfte Brise wehte eine verirrte Haarsträhne aus ihrem Gesicht.

Die Gestalt am Baum drehte den Kopf und blickte in ihre Richtung. Im Gegenlicht der tiefstehenden Sonne war es ihr nicht möglich, das Gesicht zu erkennen. Ebenso wenig konnte sie feststellen, ob die Sonne auf- oder unterging.

»Hallo Michelle«, rief die unbekannte Gestalt in einer vertrauten Stimme. »Wo warst du?«

»Christopher?« Sie beschleunigte ihre Schritte. »Wo sind wir?«

»Ich dachte, du könntest es mir verraten.«

»Warum sollte ich?«

»Hätte ja sein können. Ich weiß es auch nicht.«

Kurz darauf hatte sie den Baum erreicht. Christopher sah sie ernst an. »Kannst du dich an irgendwas erinnern?«

Michelle überlegte. Erinnern? An was denn? Es gab nichts, woran sie sich erinnern konnte. »Nein, kann ich nicht.«

»Ich weiß weder wo wir uns befinden, noch wie wir hierhergekommen sind.« Das tiefstehende Sonnenlicht verlieh Christophers Haut eine rötlich braune Farbe. »Wir sind nackt.«

»Es wird bestimmt kalt in der Nacht.« Michelle schlang die Arme um ihren Körper, als würde sie die Kälte bereits spüren. Doch in Wirklichkeit war es angenehm warm. Dies änderte sich nicht, als die Sonne hinter dem Horizont verschwunden war.

»Hier scheint einiges nicht so zu sein, wie es sollte.«

»Glaubst du, wir träumen denselben Traum?«

»Was weiß ich?«

»Könnte dies das Paradies sein?«

Christopher lachte. »Soweit kommt es noch. Wir beide spielen Adam und Eva.« Er machte einen Schritt zurück zum Stamm. »Am besten bleiben wir über Nacht bei diesem Baum. Er könnte uns Schutz bieten. Sollte uns etwas bedrohen, klettern wir an ihm hoch.«

»Ich glaube nicht, dass uns hier irgendeine Gefahr droht. Es scheint alles perfekt zu sein.«

»In meinen Augen zu perfekt.«

»Wie meinst du das?«

»Ist nur so ein Gefühl.«

»Du machst mir Angst.«

»Vergiss es.« Christopher setzte sich auf den Boden und lehnte sich mit dem Rücken an den Baumstamm. Als Michelle neben ihm Platz genommen hatte, legte er den Arm um ihre Schultern und zog sie an sich.

»Hast du keinen Hunger?«

Christopher überlegte. »Jetzt, wo du es sagst, fällt es mir auf. Ich habe tatsächlich keinen Hunger. Ich kann mich nicht daran erinnern, wann ich zuletzt etwas gegessen habe.«

»Komisch, ich auch nicht.«

Schnell wurde es dunkel. Der Himmel entfaltete sein Sternenzelt. Am entgegengesetzten Horizont tauchte die hell erleuchtete Mondsichel auf und versetzte die Landschaft in ein fahles und kühles Dämmerlicht. In der Ferne schrie ein Käuzchen. Nirgendwo überstrahlte die helle Aura einer größeren Ansiedlung oder einer Stadt die Gegend. Keine blinkenden Positionslichter von Flugobjekten oder Satelliten waren zu sehen.

Was war das für eine Welt?

Angelehnt an Christophers warmer Brust, versank Michelle langsam in einen tiefen, entspannten Schlummer.

Ein Sonnenstrahl, der ihre Nasenspitze zu kitzeln schien, weckte Michelle aus einem traumlosen, ruhigen Schlaf. Blinzelnd wehrte sie sich gegen die blendende Helligkeit. Es roch nach frischem Gras. Von irgendwoher vernahm sie das leise Plätschern von Wasser.

Als sie den Kopf zur Seite drehte, stellte sie fest, dass sie alleine war.

Wo war Christopher?

Sie erhob sich, drehte sich um die eigene Achse und entdeckte eine schmale Spur von niedergetretenem Gras. Instinktiv folgte sie ihr.

Das Plätschern kam näher. Sie hatte den Eindruck, das Wasser riechen zu können. Als sich der Boden abwärts neigte, entdeckte sie einen kleinen Flusslauf. Mittendrin kauerte Christopher. Er blickte auf das Wasser hinunter, als würde er etwas suchen.

»Was machst du da?«, rief sie.

Er blickte auf und erhob sich. »Nichts Besonderes. Dachte, ich hätte im Wasser einen leuchtenden Gegenstand entdeckt. War aber nur ein Kieselstein.«

Michelle hatte sich dem Ufer genähert und streckte einen Fuß ins Wasser, um die Temperatur zu prüfen.

»Kannst ruhig reinkommen, es ist angenehm warm.«

Michelle stieg ins steinige Flussbett und ließ das Wasser an ihren Unterschenkeln entlangfließen. Dann watete sie auf Christopher zu. Als sie ihn erreicht hatte, ging sie in die Hocke und blickte ebenfalls auf die Stelle, die er immer noch aufmerksam untersuchte.

»Etwas ist merkwürdig.« Er fasst mit der rechten Hand ins Wasser und schob die Kieselsteine auf dem Grund auseinander. »Vorhin dachte ich, ich hätte eine blaue Fläche gesehen.«

»Im Wasser?«

»Ja, zwischen den Steinen. Aber als ich näher heranging und die Steine beiseiteschob, war sie plötzlich weg.«

»Eigenartig. Vielleicht war es eine Spiegelung des Himmels.«

»Glaube ich nicht. Es war ein ganz anderer Blauton und auch dunkler.«

Michelle griff nun ebenfalls ins Wasser und schob beidhändig den Kies auseinander. Doch außer feinem Sand fand sie nichts.

»Nicht einmal Fische gibt es in diesem Fluss«, sagte sie nach einer Weile.

»Mir sind bis jetzt auch keine begegnet.«

»Ach, schau mal. Da sind doch ein paar.«

Unmittelbar neben Michelles Füßen schwammen ein paar Forellen vorbei.

»Wo kommen die so plötzlich her?« Christopher sah ihnen verwundert nach. »Ich stehe schon eine ganze Weile hier im

Fluss und habe noch keinen einzigen Fisch gesehen. Plötzlich sind gleich mehrere da.«

»Solange sie uns nicht beißen, ist es mir egal.« Michelle setzte sich ins Wasser und streckte ihre Beine von sich, neigte ihren Oberkörper nach hinten und stützte sich auf die Ellbogen. Nach einer Weile senkte sie den Oberkörper ganz hinein und spürte etwas Hartes im Rücken. Sofort richtete sie sich wieder auf, tastete nach hinten, um den vermeintlichen Stein zu entfernen. Aber sie griff ins Leere. Verwundert drehte sie sich um und hielt nach einem größeren Stein Ausschau. Aber dort, wo er nach ihrer Einschätzung hätte liegen müssen, war nichts zu sehen.

Erneut ließ sie ihren Oberkörper ins Wasser gleiten und legte sich auf den Grund. Diesmal spürte sie nichts. Im Gegenteil, das Flussbett war angenehm weich, bestand nur noch aus feinem Sand.

»Merkwürdig«, sagte sie verwirrt.

Christopher sah zu ihr herüber. »Ist was?«

»Ich bin überzeugt, dass hier ein großer Stein im Wasser gelegen hat. Als ich mich auf den Rücken legen wollte, habe ich ihn deutlich gespürt. Aber als ich mich umdrehte, war er verschwunden.«

Michelle ging auf die Knie und suchte die nähere Umgebung nach einem größeren Stein ab. Aber sie fand keinen. »Zudem lagen da vorher auch noch Kieselsteine. Jetzt ist der gesamte Platz, auf den ich mich gelegt habe, mit feinem Sand bedeckt. Da ist kein einziges Kieselsteinchen mehr.«

Christopher kam zu ihr herüber, kniete sich hin und begutachtete den Boden. »Du hast recht. Schau mal die Stelle genau an, an der du gelegen hast, und vergleiche sie mit dem Bereich daneben. Hier gibt es tatsächlich nicht ein einziges Steinchen mehr, während es darum herum von Kieseln nur so wimmelt.«

Er setzte sich neben Michelle und ließ seinen Oberkörper langsam ins Wasser gleiten. Im ersten Moment spürte er die

Steine am Rücken, doch kaum hatte er sie wahrgenommen, waren sie verschwunden.

Sofort drehte er sich um und betrachtete die Fläche, auf der er sich gerade hatte hinlegen wollen. Er sah nur noch feinen Sand, kein einziges Steinchen mehr.

»Wie ist das möglich?«

»Es wurde nichts weggeschwemmt«, sagte Michelle. »Ich hab genau darauf geachtet.«

»Aber der Kies muss doch irgendwo geblieben sein.«

»Pass auf!«, rief Michelle plötzlich erschrocken. »Hinter dir.«

Christopher drehte sich blitzschnell um. Er konnte kaum glauben, was er sah. Unmittelbar hinter ihm ragte ein großer, runder Stein aus dem Wasser.

»Wie kommt der denn hierher?«

Michelle sah ihm entsetzt in die Augen. »Hier geschehen unheimliche Dinge.«

»Es wird dir bestimmt noch unheimlicher vorkommen, wenn ich dir erzähle, dass ich unmittelbar davor daran gedacht hatte, mich genau an dieser Stelle auf einen großen Stein zu setzen.«

»Wie bitte? Heißt das, es ist genau das passiert, an das du gedacht hattest?«

Eine Weile lang starrte Michelle ihn mit großen Augen an. Dann sagte sie leise: »Ich möchte auch auf einem sitzen.«

Ohne sich umzudrehen, griff sie hinter sich und spürte die harte Oberfläche eines Steins, der bis eben noch nicht dort gewesen war.

Mitten in dieser unwirklichen Idylle spürte sie die Angst ihren Nacken hochkriechen. Ein Verlangen nach Schutz und Geborgenheit überkam sie. Sie wünschte sich, Christopher würde sie in den Arm nehmen und festhalten, bis sie aus diesem bizarren Traum aufwachte.

Als sie sich keine Sekunde später in seinen Armen wiederfand, war jeder Zweifel daran verflogen, dass es sich hier um einen Traum handelte.

Eine andere Frage machte ihr wesentlich mehr zu schaffen: War Christopher, der sie nach wie vor in den Armen hielt, auch nur geträumt?

90.

Christopher öffnete die Augen und sah sich um. Im fahlen bläulichen Licht konnte er nicht viel erkennen. Der Ort kam ihm vertraut vor, hatte er sich doch unlängst in einer ähnlichen Umgebung aufgehalten.

Oder war es sogar dieselbe?

Die Höhle war hoch und lang. Er konnte kein Ende erkennen. Irgendwie ahnte er, dass sich gleich etwas verändern würde, ohne konkret sagen zu können, was es war. Nötig war es nicht, denn kaum hatte er es gedacht, als weit vor ihm ein helles Licht aufleuchtete, dessen Quelle er nicht erkennen konnte.

Er stand auf und ging auf das Licht zu. Je mehr er sich ihm näherte, desto besser konnte er dessen ovale Form sehen. Auch dieses Leuchtobjekt war ihm nicht unbekannt, doch auch hier wollte ihm nicht einfallen, woher er es kannte.

Kurz darauf bildete sich mitten im Licht ein unregelmäßiger dunkler Fleck, der sich bei genauerem Hinsehen als menschliche Silhouette entpuppte. Er spürte keine Angst, hatte nicht den Eindruck, diese Gestalt würde für ihn eine Bedrohung darstellen. Entschlossen ging er auf sie zu, während sie sich ihrerseits ihm näherte.

Wusste er, wem er gleich begegnen würde?

Er hatte diesen Eindruck. Trotzdem konnte er es nicht sagen. Dies löste in ihm ein beklemmendes Gefühl aus. Woher kamen diese Sicherheit und diese Vertrautheit?

Die Umrisse der Gestalt hoben sich nun deutlich vom ovalen Licht ab. Dass er in ihr ein menschliches, ja sogar ein männliches Wesen erkannte, überraschte ihn genauso wenig wie das Auftauchen der Gestalt selbst. Im Innersten wusste er, dass er diesen Menschen kannte. Woher, wollte ihm jedoch nicht einfallen.

War ihm der Fremde wirklich freundlich gesinnt? Er wischte seine Bedenken beiseite und fixierte die Gestalt mit seinem Blick, in der Hoffnung zu erkennen, um wen es sich handelte.

Als der Mann nur noch ein paar Schritte entfernt war, erlosch das ovale Licht und tauchte die Umgebung in das übliche blassblaue Halbdunkel. Christopher starrte in das Gesicht des jungen Mannes. Es war schmal und besaß die Feinheiten eines Jugendlichen, eine beinahe unschuldige Ausstrahlung in den Augen. Seine Züge erschienen ihm vertraut. Dennoch konnte er noch immer nicht sagen, wer dieser Junge war.

»Ich kenne dich«, sagte Christopher leise. »Und doch weiß ich nicht, wer du bist.«

Der Junge antwortete nicht. Er sah ihn ebenfalls mit intensivem Blick an, als hätte er ein Leben lang auf diese Begegnung gewartet.

Christopher musterte nun die ganze Gestalt und stellte fest, dass der Junge nicht sehr kräftig gebaut war. An Schenkeln und Oberarmen waren keine ausgeprägten Muskeln zu erkennen. Auch diese Tatsache weckte in Christopher eine gewisse Vertrautheit. Er sah in diesem Jungen ein Spiegelbild seiner selbst.

»Verrätst du mir deinen Namen?«

»Kennst du ihn denn nicht?« Es waren die ersten Worte, die Christopher von ihm zu hören bekam, und er erschrak über den Klang der Stimme.

»Mein Gefühl sagt mir, dass ich dich kenne. Doch ich kann nicht sagen, wer du bist.«

»Dafür weiß ich, wer du bist.«

»Ach ja?«

»Dein Name ist Christopher Vanelli. Du stammst von der Erde.«

»Wie ist dein Name?«

»Nenn mich Ahen.«

»Hallo Ahen, freut mich, dich kennenzulernen. Woher kommst du?«

»Ich bin hier geboren und lebe seit meiner Geburt in dieser Sphäre.«

»Du warst noch nie auf der Erde?«

»Nein, auch noch nie auf einem anderen Planeten. Ich kenne sie nur aus den Mentalarchiven.«

»Was ist ein Mentalarchiv?«

»Das gesamte Wissen über das Universum befindet sich in jeder Sphäre, so auch in dieser.«

»Wo denn?«

»Überall. In der Gesamtheit der Nanopartikel, die diese Sphäre bildet.«

»Dann sind die Partikel auch in dir?«

»Das sind sie. Über sie erfolgt der Wissensaustausch mit der Sphäre.«

»Irgendwie kommt mir das bekannt vor, als ob ich alles schon einmal erlebt hätte.«

»Du hast es tatsächlich.«

»Woher weißt du das?«

»Es wurde mir mitgeteilt.«

»Von den Nanopartikeln?«

»Durch sie weiß ich alles über dich.«

»Woher haben die Nanopartikel dieses Wissen?«

»Du warst schon einmal hier und hast dich mit ihnen ausgetauscht. Sie haben dir einen großen Teil ihres Wissens übermittelt, damit du eine wichtige Mission erfüllen kannst.«

Christopher überlegte. Eine Mission? Irgendwo in den hintersten Windungen seines Gedächtnisses war etwas. Warum nur konnte er sich nicht daran erinnern?

»Deinem Gesichtsausdruck entnehme ich, dass du es nicht mehr weißt.«

»Du hast recht. Darüber ich bin ziemlich verwirrt.«

»Dann weißt du auch nicht mehr, wann du hier warst.«

»Nein. Weißt du es?«

»Obwohl ich damals noch nicht geboren war, weiß ich es genau.«

»Deinem Alter nach zu urteilen, muss es etwa vor fünfzehn Jahren gewesen sein.«

»Ich weiß nicht, wie alt ich bin. Zeit spielt innerhalb einer Sphäre nur eine untergeordnete Rolle.«

»Aber immerhin weißt du, wer du bist.«

Ahen musterte ihn mit einem eigenartigen Blick. »Ja, es wurde mir mitgeteilt. Ich bin dein Sohn.«

91.

Layla saß in einer schäbigen Spelunke und verfluchte ihren Auftrag. Warum nur hatte sie sich freiwillig gemeldet, auf MOLANA-III nach verschollenen Touristen zu fahnden! Sie hatte sich den Job wesentlich abwechslungsreicher und interessanter vorgestellt. Stattdessen traf sie in dieser heruntergekommenen Stadt nur menschliche Wracks, von denen sie nicht die geringsten Informationen erhielt. Im Gegenteil, in einigen Fällen wurde sie mit zweideutigen Bemerkungen angemacht, oder man ließ sie wissen, dass ihre Anwesenheit unerwünscht sei.

Zu allem Überfluss verhielten sich die Leute äußerst merkwürdig. Viele machten einen beinahe apathischen Eindruck und laberten wirres Zeug, wenn man sie etwas fragte. Andere waren einfach nur stumm und reagierten überhaupt nicht.

Als sie ihr Glas geleert hatte, stand sie auf und verließ das Lokal. Sie besaß nur wenig Gepäck, das meiste trug sie in ihrer Bauchtasche mit sich. Weniger wichtige Sachen hatte sie im Raumhafen in einem Schließfach deponiert, um sie dort jederzeit abholen zu können.

Sie war froh, im Moment keinem Hinweis nachgehen zu müssen und sich so ihren persönlichen Bedürfnissen widmen zu können. Zunächst nahm sie sich vor, diese Stadt zu verlassen. Aber das war einfacher gesagt als getan. Sie besaß kein Fortbewegungsmittel. Öffentliche Verkehrsmittel gab es nicht. Überhaupt war die Infrastruktur in der Stadt mehr als erbärmlich. Sie wollte sich in einer anderen Gegend umsehen. Dazu brauchte sie jedoch eine Mitfahrgelegenheit. Die waren hier alles andere als zahlreich. Soviel sie gesehen hatte, gab es im Raumhafen Geländegleiter. Damit erregte man zwar unnötig Aufmerksamkeit, aber das war ihr momentan egal. Sie wollte weg von hier.

Zielstrebig steuerte sie in Richtung Raumhafen. Sie lief an verlotterten Geschäften vorbei, deren Verkäufer in ungepflegten und schmutzigen Kleidern neben den Eingängen lehnten und sie misstrauisch anstarrten. Manchmal waren es mehrere. Einige ließen sich zu anzüglichen Bemerkungen hinreißen.

Eine knappe Stunde später erreichte sie den Raumhafen, steuerte auf das Verwaltungsgebäude zu und betrat es durch den Haupteingang. Die Vorhalle war menschenleer, auch die Schalter zum Einchecken waren unbesetzt. Sie betrat eine Nebenhalle, in der sonst das Gepäck abgefertigt wurde. Aber auch hier fand sie keine Menschenseele. Sie durchquerte den Raum und gelangte in einen kleineren Hangar, in dem es Transportgeräte zum Mieten gab. In einer Nische standen zwei Geländegleiter, die von niemandem betreut oder bewacht wurden.

Das ideale Gefährt, dachte sie. Doch niemand war hier, der ihr eines hätte aushändigen können. Nicht dass es für sie ein Problem gewesen wäre, sich selbst zu bedienen. Agenten des Terrestrial Secret Service besaßen Universalcodes, mit denen sie sich überall Zugang verschaffen konnten.

»Kann ich Ihnen helfen?«

Erschrocken drehte sich Layla um und blickte in das Gesicht eines jungen, groß gewachsenen Mannes. »Haben Sie mich erschreckt.«

»Tut mir leid, das war nicht meine Absicht.«

»Schon gut. Ich würde gerne einen Geländegleiter mieten.«

»Für wie lange?«

»Das kann ich jetzt noch nicht sagen.«

»Werden Sie ihn hier oder in der Stadt zurückgeben?«

»Ich werde die Gegend außerhalb der Stadt besichtigen und hierher zurückkehren. Ich schätze mal, dass ich etwa drei Tage unterwegs sein werde. Ich muss zwangsweise zurückkommen, da ich hier mein Gepäck hinterlegt habe.«

»Dann werde ich Ihnen drei Tage berechnen. Falls sie länger wegbleiben, können Sie den Rest bei der Rückkehr bezahlen.«

»Das klingt ausgezeichnet.«

»Wissen Sie schon, wohin genau Sie reisen?«

Layla antwortete nicht gleich, da sie sich darüber noch keine Gedanken gemacht hatte. »Ich möchte mir lediglich die Umgebung etwas näher betrachten. Aber ich weiß ehrlich gesagt überhaupt nicht, wohin ich genau fliegen muss. Sie sind nicht zufällig auch Reiseführer?«

Der junge Mann lächelte verlegen. »Eigentlich nicht. Benötigen Sie denn einen?«

»Wenn Sie mich so fragen, ja. Ich nehme an, Sie kennen sich hier gut aus.«

Layla hatte ihn genauer in Augenschein genommen und war zum Schluss gekommen, dass er nicht übel aussah. Eine Spritztour mit ihm wäre bestimmt eine gelungene Abwechslung. Wer weiß, vielleicht stieß sie dabei auf weitere Hinweise zu den vermissten Personen.

»Natürlich kenne ich mich aus. Ich bin hier in der Nähe geboren und aufgewachsen und schon viel herumgekommen. Wenn ich es mir so überlege, warum soll ich Sie nicht herumführen?«

»Ausgezeichnet.« Layla strahlte. »Wann können wir starten?«

»Ich muss noch den Mietvorgang registrieren und mich vom Dienst auschecken. Dann bin ich bereit.«

»Ich werde hier auf Sie warten.«

»Gut. Ich brauche nicht lange. Mein Name ist übrigens Lenn.«

»Angenehm, ich heiße Layla.«

Eine halbe Stunde später verließen sie mit dem Geländegleiter das Raumhafenareal in Richtung Südosten. Sie durchquerten eine große Steppe, flogen an einem Gebirgszug entlang und erreichten ein Seitental, welches das Gebirge wie ein Schnitt durchtrennte. Doch statt dieses Tal zu durchqueren, steuerte Lenn auf eine schmale Gebirgsstraße zu. Etwa einen Meter über dem Boden fliegend folgte er der Straße, die in vielen engen Kurven den Berg erklomm.

Oben angekommen lenkte er den Gleiter auf einen Abstellplatz und hielt an. Er schaltete das Triebwerk aus, stieg aus und ging einige Schritte auf einen Abgrund zu.

Layla blieb vorerst sitzen. Als er sich zu ihr umdrehte, hörte sie ihn sagen: »Von hier aus haben Sie eine tolle Aussicht über die Steppe. Man kann sogar bis zur Stadt und bis zum Raumhafen sehen.«

Layla stieg nun ebenfalls aus, gesellte sich zu ihm und musste zugeben, dass er nicht übertrieben hatte. Von hier oben erhielt man von der Gegend einen völlig anderen Eindruck.

»Sie haben recht, es ist fantastisch.«

»Sie waren noch nie hier?«

»Nein, war ich nicht. Aber es hat sich mehr als gelohnt.«

Lenn drehte sich um, ging zum Gleiter zurück und öffnete einen Behälter. Daraus entnahm er einige Verpflegungsbeutel und kehrte zu Layla zurück.

Sie sah ihn überrascht an. »Wo haben Sie das so schnell hergezaubert?«

»Gehört zur Standardausrüstung eines Geländegleiters.«

Layla schmunzelte.

Kurz darauf saßen sie auf der ausgebreiteten Decke am Klippenrand mit bester Aussicht und ließen es sich schmecken. Dabei stellte Layla fest, dass sie eigentlich weder Hunger noch Durst verspürte. Nachdem sie ihren Lunch verzehrt hatte, fühlte sie sich auch nicht unbedingt satt. Diese Empfindungen fehlten gänzlich. Das machte sie stutzig.

»Stimmt etwas nicht?«, fragte Lenn, dem Laylas Unbehagen aufgefallen war.

Sofort setzte sie ein Lächeln auf und blickte verlegen, als wäre sie soeben beim Naschen erwischt worden, in seine Richtung. »Alles okay.«

In dem kurzen Moment, als sich ihre Blicke trafen, spürte sie jedoch etwas ganz anderes. Ein Verlangen, das sich in letzter Zeit ab und zu bemerkbar gemacht hatte. Sie fand es eigenartig, dass sie nicht sofort handelte. Es war sonst nicht ihre Art. Für gewöhnlich steuerte sie direkt auf das Ziel zu und nahm sich, was sie begehrte.

Lenn saß da und starrte in die Ferne, als würde er den Horizont nach etwas Bestimmtem absuchen. Er schien von Laylas Bedürfnissen nichts zu spüren.

Sie streckte die Arme von sich, gähnte herzhaft und legte sich anschließend mit angewinkelten Beinen und geschlossenen Augen auf den Rücken. Dann ließ sie ihren Gedanken freien Lauf.

Die Umrisse des Horizonts verschwanden langsam und machten einem funkelnden Sternenhimmel Platz. Sie holte sich Lenns Gesicht in ihre Erinnerung zurück und konzentrierte sich auf seine Augenfarbe. Sie war nicht mehr ganz sicher, ob sie grün oder braun waren. Aber eigentlich spielte es keine Rolle. Sein Gesicht besaß jugendliche Züge und brachte dennoch eine gewisse Reife zum Ausdruck.

Lenn schien jünger als sie zu sein, oder zumindest etwa im gleichen Alter. Sie versuchte sich vorzustellen, wie sich Lenns Lippen anfühlten, oder seine Hände auf ihrer nackten Haut. Sofort verstärkten sich ihr Verlangen und ihre Sehnsucht nach menschlicher Nähe. Diese Gefühle übernahmen mehr und mehr die Kontrolle über ihre Sinne und ihre Vorstellungen.

Plötzlich spürte sie die Berührung seiner Lippen auf ihrer Wange. Sie wanderten langsam zu ihrem Mund und blieben dort haften. Seine Fingerspitzen strichen über ihre Stirn und die andere Wange und zu ihrem Hals, dann weiter über Busen und Bauch zu den Lenden.

Sie atmete tief ein und hielt die Luft eine Weile an. Geschah dies wirklich? Sie konnte es kaum glauben.

Während sie sich in einem leidenschaftlichen Kuss fanden, machten sich seine Hände an ihren Kleidern zu schaffen. Die Augen weiterhin geschlossen, ließ sie es geschehen. Kurz darauf spürte sie mehr als nur seine Lippen und seine Hände. Sein ganzer Körper lag auf ihrem und seine Haut fühlte sich warm an.

Als er in sie eindrang, wurde sie von einer Woge der Glückseligkeit übermannt, die sich in ihrem ganzen Körper ausbreitete. Sie atmete heftiger und wünschte sich, dieser Moment würde niemals aufhören.

Für einen kurzen Moment öffnete sie die Augen und erschrak zu Tode.

Sie war alleine.

92.

Kamal Golenko lag auf seiner Pritsche in der großen Höhle. Seine Untergebenen waren gegangen. Er genoss die Stille und die Einsamkeit. In letzter Zeit war er ständig von Helfern umgeben gewesen. Der Mangel an Ruhe und Entspannung hinterließ Spuren in Form von Gereiztheit und Unzufriedenheit.

Er dachte an die letzten Monate zurück, in denen er viel erreicht hatte. Fast ein ganzes Volk hatte er unter seine Kontrolle bringen können, indem er ihnen den Glauben an einen Gott geschenkt hatte. In Form des geheimnisvollen Wassers war ihm dafür ein geeignetes Werkzeug in die Hände gelegt worden. So konnte er daran gehen, seine Heimat zu befreien!

Doch die Rückschläge der letzten Zeit ließen Zweifel in ihm aufkommen. Hatte er die Sache wirklich richtig angepackt? Oder wäre es besser gewesen, zuerst das Geheimnis des Wassers zu ergründen?

»Warum zweifelst du?« Die Stimme, die sich aus dem Nichts gemeldet hatte, kam ihm bekannt vor.

Golenko erschrak, richtete sich auf und sah sich in seinem Höhlenraum um. »Wer ist da?«

»Hast du wirklich geglaubt, es geht alles so einfach?«

Er stand auf, ging in die große Höhle und ließ den Blick hin und her schweifen. Doch er konnte niemanden sehen. Nach einer Weile kehrte er in seinen Raum zurück.

»Du brauchst nicht zu suchen. Höre einfach zu.«

»Wer bist du?«

»Ich bin dein Gewissen, dein Geist oder deine Seele. Ich bin deine Motivation, deine Kreativität oder deine Intelligenz. Du kannst es dir aussuchen.«

»Bist du Marac Kresnan?«

»Marac Kresnan ist tot. Ich sagte dir doch, was ich bin.«

»Was willst du von mir?«

»Hör auf zu zweifeln! Gehe deinen Weg! Erfülle deine Mission!«

»Meine Mission ist gescheitert. Es ist alles verloren. Ich habe alles verloren.«

»Warum resignierst du? Warum gibst du wegen einiger Rückschläge auf? Du bist schwach. Wärst du stark, würde dich nichts von deinem Weg und deiner Mission abhalten. Du würdest in jeder Situation die richtige Lösung finden.«

»Du meinst, ich soll weitermachen? Noch einmal von vorne beginnen?«

»Ich kann es dir nicht sagen. Du musst den Weg selbst finden. Aber du musst stark sein. Du darfst dich nicht von deinem Weg abbringen lassen, was auch immer geschieht.«

Golenko schwieg eine Zeit lang und dachte nach. Hätte es eine Möglichkeit gegeben, das Debakel mit dem Trainingscamp zu vermeiden? Wie hätte er verhindern sollen, dass ausgerechnet an dieser Stelle die Wüste einbrach und ein derartiger Krater entstand? Wo waren überhaupt seine Leute geblieben? Vanelli hatte ihm erzählt, der größte Teil sei geflohen. Somit standen sie nicht mehr unter dem Einfluss des Wassers. Er hatte keine Möglichkeit mehr, sie zu erreichen und zu sich zurückzuführen.

Wenn er seinen Weg weiterverfolgen wollte, musste er ganz vorne beginnen und neue Leute rekrutieren. Vielleicht ließen sich dieselben Leute wiederfinden.

Die seltsame Stimme hatte ihm neuen Mut gegeben. Er spürte, wie der Wille und die Zuversicht zurückkehrten. Der Weg würde lang sein, er würde viel Zeit brauchen. Aber Zeit hatte er genug.

Golenko kam zu der Erkenntnis, dass das bisherige Scheitern nicht an ihm gelegen hatte. Es waren widrige Umstände gewesen.

»Ich möchte dir danken«, sagte er entschlossen. »Du hast mich wieder auf den richtigen Weg geführt.«

»Nicht mir musst du danken. Du selbst hast dich auf diesen Weg gebracht.«

»Du hast zu mir gesprochen.«
»Ich habe dir gesagt, was ich bin.«
»Ich danke dir trotzdem.«
Die Stimme erwiderte nichts mehr darauf.
Würde sie ihn auf seinem weiteren Weg begleiten? Würde sie ihm wieder helfen, wenn er in Schwierigkeiten war? »Ich weiß jetzt, was ich zu tun habe.«
»Überstürze nichts. Plane gut und handle weise.«
»Das werde ich.«
»Dann habe ich meine Aufgabe erfüllt.«

93.

Die Tests für die Replizierung der Nanopartikel waren bis zu diesem Zeitpunkt nur bedingt zufriedenstellend verlaufen. Einerseits hatte die Mentalenergie der organischen Einheiten die Anforderungen nur zum Teil erfüllt. Aufgrund psychologischer Faktoren war sie instabil. Zwar konnte diesem Umstand bei den einzelnen Einheiten Rechnung getragen werden. Im Kollektiv gab es jedoch zu große Unterschiede, was schlussendlich zu dieser Instabilität führte.

Andererseits konnten die replizierfähigen Einheiten ihre Fähigkeiten in erforderlicher Art und Weise einsetzen. Die durch sie gewonnenen, neuen Nanopartikel wiesen jedoch Unterschiede auf, die sie zu den bestehenden Partikeln inkompatibel machte.

In weiteren Tests musste nun ergründet werden, wie sie durch eine gezielte Mutation kompatibel gemacht werden konnten. Die ersten Untersuchungen hatten ergeben, dass die Inkompatibilität auf einen genetischen Defekt der replizierfähigen Einheiten zurückzuführen war. Der Defekt selbst war durch den Konsum partikelhaltigen Wassers entstanden. Somit war innerhalb von Abhängigkeiten eine Endlosschleife entstanden. Der Replikationsprozess konnte durch den Einsatz einer weiteren Komponente, der mentalen Energie von organischen Einheiten, beeinflusst werden. Dazu mussten diese Energien gebündelt und stabilisiert werden. Die Gewinnung wurde durch das Mentalbad realisiert. Der Fehler lag bisher darin, dass die organischen Einheiten nicht einem kollektiven Mentalbad unterzogen worden waren. Dadurch wichen die Parameter ihrer Energien zu stark voneinander ab.

Die bisherigen Tests und deren Resultate und Erkenntnisse wurden unverzüglich an das Kontrollmodul übermittelt.

Neha hatte die Mentalbäder ihrer Gefährten überwacht und bekam nun die Anweisung, sie in ein Kollektivbad zu überführen. Sie stand in der Mitte der einzelnen Becken, betrachtete ihre Körper und konzentrierte sich. Dann hob sie ihre gestreckten Armen und beschrieb einen großen Kreis, der alle einzelnen Becken umfasste. Sogleich verformte sich der Boden zwischen ihnen und ließ alle zu einem einzigen großen Pool verschmelzen.

Die Körper ihrer Gefährten trieben aufeinander zu und bildeten in der Mitte eine Gruppe. Dann verkleinerte sich der Pool bis auf die erforderliche Größe, womit der Wasserstand wieder auf die notwendige Höhe anstieg.

Die Körper lagen nahe beieinander und berührten sich. Die Mentalenergie konnte somit kollektiv gebündelt werden.

Neha entspannte sich und legte sich ebenfalls in den Pool.

Michelles Gedanken rasten. Soeben war mit Christopher dasselbe geschehen, wie kurz zuvor mit dem großen Stein. Sie hatte daran gedacht, von ihm umarmt zu werden. Unmittelbar darauf lag sie in seinen Armen.

»Dieser große Stein lag vorhin noch nicht hier«, sagte sie verunsichert. »Kannst du mir erklären, was hier vor sich geht?«

»Tut mir leid. Mir ist es ebenfalls ein Rätsel.« Er zeigte auf einen anderen Stein. »Auch diesen hier habe ich vorhin nicht gesehen.«

»Es war genau wie bei dir. Ich habe mir gewünscht, mich auf einen Stein zu setzen. Plötzlich war er da.« Sie brachte den Mut nicht auf, ihn mit der Tatsache zu konfrontieren, dass auch er von ihrem Wunsch beeinflusst worden war.

»Was habt ihr denn für Probleme?«, erklang eine Stimme hinter ihnen.

Michelle drehte sich blitzschnell um und sah Layla im Flussbett liegen.

»Wo kommst du denn so plötzlich her?«, fragte Christopher verwundert.

»Das könnte ich euch auch fragen. Ich war die ganze Zeit hier. Allerdings befand ich mich bis vor Kurzem noch in Gesellschaft eines Mannes. Aber er scheint abgehauen zu sein.«

»Wer soll das gewesen sein? Wir haben hier niemanden gesehen.«

»Ihr kennt ihn nicht. Nennt sich Lenn und arbeitet im Raumhafen. Wir haben zusammen einen kleinen Ausflug gemacht und uns etwas ... äh ... vergnügt.«

»Bist du mit dem Typ baden gegangen?« Michelle grinste über das ganze Gesicht.

»Wieso baden?«

»Weil du mitten in diesem Flussbett liegst.«

Layla starrte Michelle an, als würde sie an deren Verstand zweifeln. »Wovon redest du? Da ist doch weit und breit kein Flussbett. Wir befinden uns hier ganz oben auf dem Berg.«

Michelle bekam vor Verblüffung den Mund nicht mehr zu. »Berg?« Dann wandte sie sich Christopher zu. »Siehst du hier einen Berg?«

»Nein, aber da drüben am Ufer sitzt David. Und auf der anderen Seite des Ufers steht Golenko.«

Michelle drehte sich um und sah den wild gestikulierenden älteren Mann, der anscheinend Selbstgespräche führte. »Was tut er denn da?«

»Vielleicht ist er endgültig verrückt geworden«, rief David ihr zu.

»Wie bist du so plötzlich hierhergekommen?«

»Ich war die ganze Zeit hier.«

»Was machst du hier?«

»Siehst du doch, Schießübungen.«

»Kann mir endlich jemand verraten, was hier vor sich geht?« Michelle schien der Verzweiflung nahe.

Auf der anderen Seite des Flusses drehte sich Golenko zu ihnen um, trat ans Ufer und streckte seine Arme in die Höhe, als wollte er eine größere Menschenmenge um Ruhe ersuchen.

»Ruhe!«, schrie Christopher, der aufgestanden war, sich um die eigene Achse drehte und alle der Reihe nach eindringlich fixierte. »Was soll dieses Affentheater?«

Niemand antwortete. Es herrschte Totenstille. Alle starrten ihn erschrocken an.

»Das hier ist weder ein Gebetstempel noch ein Schießstand!«, fuhr er energisch fort. »Erst recht befinden wir uns hier nicht auf einem Berg.« Er bückte sich, langte ins Wasser und spritzte eine Gischt von sich. »Das hier ist Wasser. Ich stehe gerade mitten in einem Flussbett. Rings um uns herum befindet sich eine große Wiese. Da drüben«, er zeigte mit dem Finger in die entsprechende Richtung, »steht ein einsamer Baum voller Kirschblüten.«

»Jeder sieht etwas anderes.« Nehas Stimme unmittelbar hinter ihm, ließ ihn herumfahren und zum Schweigen bringen. »Jeder hat seine eigenen Erinnerungen und seine eigene Projektion. Ihr habt euch alle getrennt voneinander an anderen Orten aufgehalten. An Orten, die ihr aus euren Erinnerungen oder aus euren Wünschen selbst kreiert habt. Nun haben eure Körper zusammengefunden, aber eure Erinnerungen sind nach wie vor getrennt. Deshalb denkt jeder, er befände sich woanders. Jeder von euch sieht eine andere Umgebung um sich herum.«

»Neha?«, fragte Michelle ungläubig. »Ich dachte, du wärst gestorben. Ich selbst habe doch den Schalter betätigt, der deinen Sarg ins Weltall befördert hat.«

»Alles, was ihr hier erlebt, geschieht nur in euren Gedanken. Nichts ist real. Eure Körper befinden sich in diesem Moment in einem Mentalbad. Am Anfang ward ihr getrennt, aber jetzt sind eure Körper in einem gemeinsamen Becken. Versucht nun, eure Gedanken zu koordinieren. Versucht, euch an einem gemeinsamen Ort zu imaginieren.«

»Du sagtest, nichts von dem hier ist real?« Christopher bückte sich erneut und streckte seine Hand ins Wasser.

»So ist es. Versuche es selbst, denk dir eine Veränderung aus. Du wirst sehen, es geschieht.«

»Das ist alles Schwindel!«, schrie Golenko von der anderen Seite herüber. »Hört nicht auf sie.«

Neha ignorierte ihn und sah Christopher weiterhin in die Augen.

»Halten Sie die Klappe!«, rief Christopher Golenko zu und wandte sich wieder an Neha. »Kannst du uns verraten, wo wir uns vorher aufgehalten haben? Bevor wir hierhergekommen sind? Ich kann mich nämlich nicht mehr daran erinnern.«

»Geht mir auch so«, bestätigte Layla.

Bei David und Michelle war es nicht anders.

»Stellt euch vor, ihr befändet euch in diesem Moment alle in einem tiefen Schlaf«, erklärte Neha weiter. »Ihr braucht euch nicht zu fürchten. Es wird euch nichts geschehen. Für die Umwandlung der Nanopartikel benötigen wir lediglich eure Mentalenergien. Damit sie ihre Wirkung erzielen können, müssen die singulären Energien synchronisiert und gebündelt werden. Aus diesem Grund solltet ihr euch an einem gemeinsamen Ort einfinden.«

Golenko trat einen Schritt näher ans Ufer.

»Er wird dein Vorhaben sabotieren«, sagte Christopher besorgt zu Neha. »Brauchen wir ihn denn? Du könntest doch seine Mentalenergie von unserer trennen und sie ausschließen.«

»Er hat noch andere Möglichkeiten, unsere Mission zu gefährden.«

»Dann musst du ihn unter deine Kontrolle bringen.«

»Dazu brauche ich deine Unterstützung.«

Michelle sah, wie Christopher und Neha sich zu Golenko umwandten. Doch dieser war verschwunden.

94.

Christopher sah den Jungen entsetzt an. »Mein Sohn? Warum hab ich bisher nichts von dir gewusst?«

»Du warst seit meiner Zeugung nicht mehr hier«, antwortete Ahen ruhig.

»Wo bist du gezeugt worden?«

»Ich weiß es nicht. Ich weiß nur, dass ich hier geboren wurde.«

»Dann müsste deine Mutter zu diesem Zeitpunkt hier gewesen sein.«

»Logischerweise ja.«

Christopher durchwühlte seine Erinnerungen, aber es fiel ihm beim besten Willen nichts dazu ein. Er erinnerte sich zwar, diesen Ort schon einmal aufgesucht zu haben. Aber diese Erinnerungen waren derart vage, dass er keine Einzelheiten, geschweige denn irgendwelche Aktivitäten fand. Es kam ihm vor, als wäre ein großer Teil seines Gedächtnisses blockiert. Er war davon überzeugt, dass es mehr gab, dass er eigentlich viel mehr wusste. Nur war es ihm momentan nicht möglich, auf dieses Wissen zuzugreifen.

Der Junge trat neben ihn und nahm seinen Arm. »Komm, lass uns an einen anderen Ort gehen.«

»Wohin denn?«

»An einen schöneren Ort.«

Gemeinsam machten sie ein paar Schritte. Plötzlich wurde es hell. Christopher schloss geblendet die Augen und hielt schützend die Hand vor das Gesicht.

»Was ist passiert?« Langsam öffnete er die Augen wieder.

Über ihnen strahlte helles Licht, aber nirgendwo war die Sonne zu sehen. In der Ferne erkannte er eigenartige blaue Türme in den unterschiedlichsten Formen.

Christopher und Ahen standen auf einer Plattform, die mitten im Wasser trieb und mit anderen Plattformen verbunden war. Ihre Füße wurden von sanften Wellen umspült. Das Wasser besaß eine angenehme Temperatur.

»Irgendwie kommt mir auch das hier sehr bekannt vor«, sagte Christopher nachdenklich.

»Ich weiß. Auch hier warst du schon einmal.«

»Verrätst du mir jetzt, wer deine Mutter ist?« Christopher beobachtete Ahen von der Seite und wartete gespannt auf seine Antwort.

»Ich habe sie noch nie gesehen und kenne auch ihren Namen nicht. Sie hat die Sphäre nach meiner Geburt verlassen und ist seither nicht zurückgekehrt.«

»Sie hat dich einfach im Stich gelassen?«

»So wurde es ihr aufgetragen.«

»Wer hat dich aufgezogen?«

»Niemand. Die Sphäre hat für alles gesorgt. Mir hat es an nichts gefehlt.«

»Deine Mutter durfte dich nicht mitnehmen?«

»Nein.«

»Warum nicht?«

»Ich diene als permanenter Vermittler zwischen den Nanopartikeln und den organischen Einheiten.«

»Organische Einheiten?« Christopher sah ihn fragend an.

»Ihr nennt sie Lebewesen, Menschen oder Tiere. Auch ich bin eine organische Einheit.«

»Haben mich die Nanopartikel geholt, um dich kennenzulernen?«

»Ich habe dich gerufen. Aber du bist aus freien Stücken gekommen. Niemand hat dich gezwungen.«

»Warum bin ich hier?«

»Weil ich dich vor einer großen Gefahr warnen muss.«

»Moment mal. Wie soll das gehen? Ich bin hier mit dir, meinem Sohn, der etwa fünfzehn Jahre alt ist. Aber ich erinnere mich in keiner Weise an diese fünfzehn Jahre. Die letzten Erinnerungen stammen aus der Zeit, als wir in Tongalen gegen einen Aufstand ankämpften. Auf dem Rückflug zur Erde wurde eine Freundin getötet, als sie mir das Leben rettete. Nun bin ich hier, und du sagst mir, es wären fünfzehn Jahre vergangen, an die ich mich nicht erinnern kann?«

»Ich habe nicht gesagt, dass in deinem Leben fünfzehn Jahre vergangen sind, sondern lediglich, dass ich nach deiner Zeitrechnung fünfzehn Jahre alt bin. Wie viel Zeit in deiner Welt vergangen ist, weiß ich nicht.«

»Existiert hier eine andere Zeit?«

»Hier existiert überhaupt keine Zeit.«

»Die Gefahr, von der du gesprochen hast, betrifft sie meine Freunde und mich?«

»Sie betrifft alles.«

»Was meinst du mit ,alles'?«

»Das Existenzielle, das Universale.«

»Das gesamte Universum?«

»Ihr nennt es so.«

»Warum warnst du ausgerechnet mich? Wenn die Gefahr das Universum betrifft, müsste man nicht alle Völker des Universums warnen?«

»Das ist nicht nötig. Wichtig ist zu wissen, von wo die Gefahr ausgeht. Deshalb habe ich dich gerufen.«

»Von wo aus geht diese Gefahr?«

»Von deinem Heimatplaneten.«

95.

Als Michelle feststellte, dass Golenko abgehauen war, wusste sie sofort, dass etwas Schlimmes geschehen sein musste. Sie konnte nicht sagen was, aber ihr Gefühl war derart stark, dass sie nicht im Geringsten daran zweifelte. Sie hatte sogar den Eindruck, die Besinnung zu verlieren. Für einen Augenblick hatte sie nur noch düstere Schwärze gesehen. Sie glaubte, alles um sie herum würde sich zu drehen beginnen.

Sie schloss die Augen. Als sie sie wieder öffnete, hatte sich nichts verändert. Sie befand sich noch am selben Ort. All ihre Gefährten waren ebenfalls noch anwesend. Einzig Christopher schien verschwunden zu sein.

Oder täuschte sie sich?

Nachdem sie einmal geblinzelt hatte, sah sie ihn an derselben Stelle im Fluss stehen.

Aber etwas stimmte nicht mit ihm. Die Entschlossenheit und der Zorn in seinem Gesicht waren wie weggewischt. Er drückte große Verwunderung aus. Es schien sogar, als wäre er mehr als nur verwirrt.

»Christopher? Was ist mit dir los?« Michelle bekam es mit der Angst zu tun. Seit sie auf dieser Wiese aufgewacht war, Christopher an dem Kirschbaum gelehnt angetroffen hatte und sie später gemeinsam in den Fluss gegangen waren, war alles anders. Nichts stimmte mehr. Sie zweifelte immer mehr, dies alles wirklich zu erleben.

Konnte es sein, dass Neha recht hatte und sie sich all das nur vorstellten? Es erschien ihr zu abstrakt. Sie stand doch hier in diesem Fluss und spürte das Wasser um ihre Knöchel. Sie spürte den Sand unter den Füßen und den sanften Wind auf der Haut. Sie roch den Duft der Wiese und hörte das Plätschern. Konnten Gedanken so real erscheinen?

Sie starrte Christopher an und machte ein paar Schritte in seine Richtung. Sofort wandte er sich ihr zu und blickte ihr verstört in die Augen.

»Geht es dir gut?«, fragte sie besorgt.

»Was mache ich hier? Wie komme ich hierher?«

»Du bist doch schon die ganze Zeit hier.«

Er blickte nach unten und schüttelte den Kopf. »Ich war bis vor einem Augenblick ganz woanders.«

»Aber wir beide waren zusammen hier.« Michelle konnte ihre Verwirrung nicht verbergen. »Du hast dich dort drüben an diesen Baum gelehnt. Ich bin zu dir gekommen. Später sind wir in diesen Fluss gegangen, bevor all unsere Freunde auftauchten.«

»Ich war ganz woanders.«

»Wo denn?«

»In einer Sphäre.«

»Wann?«

»Bis eben. Plötzlich bin ich hier. Was geschieht mit uns?«

»Das musst du Neha fragen. Sie hat uns erzählt, dass alles, was wir hier erleben, unserer Fantasie entspringt.«

»Neha?« Christopher sah sich nach ihr um und blickte Michelle anschließend fragend an. »Ich verstehe überhaupt nichts mehr. Das letzte, woran ich mich bei ihr erinnern kann, ist, wie sie gestorben ist, als sie mir das Leben rettete, und an das anschließende Weltraumbegräbnis.«

»So ging es mir auch«, sagte Michelle. »Aber mich wundert überhaupt nichts mehr. Hier geschehen merkwürdige Dinge, die ich nicht nachvollziehen kann.«

»Es stimmt, was du sagst, Michelle«, erklärte Neha emotionslos. Wie aus dem Nichts stand sie auf einmal vor ihnen. »All das hier ist nicht real. Ich weiß nicht, wo du dich aufgehalten und was du erlebt hast. Aber auch das entstammt alles deinen eigenen Gedanken. Es ist die Abstraktion deiner Erinnerungen und deiner ureigensten Wünsche. Wir haben dich hier gesehen.«

»Was ich erlebt habe, kann unmöglich aus meinen Erinnerungen stammen. Und mit Wünschen hatte es nur teilweise etwas zu tun.«

Michelle fasste Christopher am Arm. »Was hast du auf der Sphäre erlebt?«

»Etwas Wunderschönes und zugleich etwas sehr Besorgniserregendes.«

»Erzähl.«

»Ich bin jemandem begegnet. Es wird dich umhauen, wenn ich dir verrate, wer es war.«

»Kenne ich diese Person?«

»Nein. Es war ein Junge, etwa fünfzehn Jahre alt. Er heißt Ahen.«

»Sagt mir tatsächlich nichts.«

»Er sagte, er wäre mein Sohn.«

Michelles Gesichtsausdruck veränderte sich schlagartig. Aus Neugier wurde Bestürzung.

»Dein Sohn?«

Christopher nickte und ließ sie nicht aus den Augen.

»Du …, du hast mir nie etwas von einem Sohn erzählt.«

»Ich wusste bisher auch nichts von ihm.«

»Wer ist die Mutter?«

»Keine Ahnung. Ich war zu der Zeit mit niemandem zusammen.«

»Dann kann er gar nicht dein Sohn sein.«

»Er sagte mir, er wäre in der Sphäre geboren worden. Er hätte sie seither nie verlassen.«

»Warst du etwa vor fünfzehn Jahren schon einmal in einer Sphäre?« Michelle konnte kaum fassen, was sie soeben zu hören bekommen hatte.

»Nicht dass ich wüsste. Ich kenne die Sphären erst seit meinem Tauchgang am Nordpol von TONGA-II.«

»Wie ich schon sagte. Er kann unmöglich dein Sohn sein.«

»In den Sphären gelten andere Zeitregeln«, schaltete sich Neha in die Unterhaltung ein. »Die Nanopartikel sind in der Lage, das Zeitgefüge zu manipulieren.«

»Was soll das bedeuten?«

»Dass du tatsächlich deinem Sohn begegnet sein könntest. Nur dass er zum jetzigen Zeitpunkt noch gar nicht geboren ist.«

»Dann war ich in der Zukunft?«

»Noch einmal, was du erlebt hast, entstammt deinen Gedanken und deiner Fantasie. Ob es sich um abstrahierte Erinnerungen oder um unbewusste Wünsche handelt, kann ich dir nicht beantworten.«

»Es ist also gar nicht wirklich passiert?«

»Nein, ist es nicht.«

»Das beruhigt mich immerhin etwas.«

»Aber es kann noch passieren.«

Christopher sah Neha nachdenklich an.

96.

Als Golenko sich umgedreht hatte und in seine Kammer im Innern der großen Höhle zurückgehen wollte, spürte er sofort, dass mit ihm etwas nicht stimmte. Er glaubte, alles um ihn herum würde sich zu drehen beginnen. Das Bild in seinem Blickfeld flimmerte für einen Moment. Es war, als würde es sich auflösen und etwas anderem Platz machen.

Er schloss kurz die Augen und konzentrierte sich auf seine letzten Erinnerungen. Wo war er gewesen, bevor er hierherkam? Es wollte ihm nicht einfallen. Aber er spürte, dass es ein eigenartiger Ort gewesen sein musste und er sich nicht freiwillig dort aufgehalten hatte.

Wie hatte er von dort fliehen können? War er überhaupt entkommen?

Plötzlich sah er diesen Ort wieder vor sich. Den großen Krater mitten in der Wüste. Das eigenartige Raumschiff, das sich genau darüber gesenkt und sich mit dem Wüstensand verbunden hatte. Er war mit einem seiner Gehilfen dort gewesen, war in das Raumschiff eingedrungen und mit einem seltsamen Licht konfrontiert worden. Anschließend waren Leute auf ihn zugekommen. Er hatte zuerst gedacht, es wären Außerirdische. Aber er hatte sich getäuscht. Stattdessen waren es seine schlimmsten Feinde gewesen. Jene Leute, die sich seinem Vorhaben bisher stets entgegengestellt hatten.

Was war danach geschehen?

Er erinnerte sich nur noch vage. Ein Licht hatte ihn umhüllt. Plötzlich war er an einem anderen Ort. Weiter im Innern des Raumschiffs, vermutete er. Nun fiel ihm auch der helle, gewölbte Raum mit der schwebenden Kugel wieder ein. Er wurde gezwungen, sich in ein Wasserbecken zu legen. Das war das Letzte, woran er sich erinnerte.

War er anschließend eingeschlafen? Oder hatte man ihn betäubt?

Vielleicht stellte man Versuche mit ihm an. Wie würde er sich dagegen wehren können?

Diese Hexe namens Neha Araki hatte gesagt, dass dies alles nicht wirklich passierte. Er befand sich demnach gar nicht in seiner großen Höhle. Vielleicht lag er immer noch in diesem Wasserbecken und träumte. Er musste dort irgendwie heraus. Wahrscheinlich war das Wasser mit einer Droge angereichert, die ihm diese Visionen aufzwangen.

Während er all dies dachte, geschah etwas, das ihn an seinem Verstand zweifeln ließ. Das gesamte Blickfeld wurde langsam von einem feinen Punktraster überzogen. Er ging zunächst von einer Sehstörung aus und blinzelte ein paar Mal. Aber der Raster verschwand nicht, im Gegenteil, er verstärkte sich eher noch. Die Punkte, eigentlich waren es winzige Quadrate, wechselten langsam in einen mattblauen Farbton.

Er blieb stehen, blinzelte erneut, wankte und fiel der Länge nach hin. Täuschte er sich, oder verfärbte sich jeder einzelne Stein ins Blaue? Der Raster wurde körniger, die Farbe intensiver. Die einzelnen herumliegenden Steine begannen sich aufzulösen. Der Boden glättete sich und sah plötzlich genauso aus, wie die Plattformen in dem fremden Raumschiff. Oder wie jene des runden Raums mit der gewölbten Decke im Innern des Schiffs. Aber er lag nicht mehr im Wasserbecken, sondern mit dem Gesicht nach unten, gleich daneben.

Wer hatte ihn herausgeholt? Oder war es ihm gelungen, selbst herauszusteigen? Vielleicht hatte er es tatsächlich selbst geschafft und war gleich darauf hingefallen.

Er hob den Kopf und sah sich um. Da lagen sie, seine schlimmsten Widersacher. Aber nicht mehr in getrennten Becken, sondern gemeinsam in einem großen. Er kauerte unmittelbar am Rand. Anscheinend hatte er zusammen mit ihnen da drin gelegen. Er konnte von Glück sagen, dass es ihm gelungen war, sich aus dem Becken zu befreien.

Mühsam stand er auf und blickte verächtlich auf die anderen hinab. Sie hatten die Augen geschlossen und schienen zu träumen. Offenbar befanden sie sich immer noch in ihrer Fantasiewelt. Auch Neha Araki lag im Becken.

War dies die Gelegenheit, etwas gegen seine Widersacher zu unternehmen?

Vielleicht musste das, was bisher geschehen war, wirklich passieren, damit er überhaupt in diese Situation kommen konnte.

Dann entdeckte er die kleinen pelzigen Wesen. Wie er aus den Gesprächen der anderen erfahren hatte, sollten sie in der Lage sein, das besondere Wasser zu verändern.

Sollte es ihnen gelingen, wäre alles verloren. Er musste sie vernichten, musste verhindern, dass sie ihre Aufgabe ausführten. Gemächlich trat er zu ihnen heran. Sie hockten in einem kleineren Becken, nur mäßig mit Wasser gefüllt und tranken es. Aus ihren Backen holten sie ihr gesammeltes Futter hervor und zerkauten es. Sie beachteten ihn kaum, als er an den Rand trat und auf sie hinunterblickte.

Wie konnte er sie vernichten? Er sah sich um, fand aber nichts, was sich dazu hätte verwenden lassen. Vielleicht mit bloßen Händen erwürgen. Oder mit den Füßen zertreten. Sie würden sich bestimmt wehren und sich gegenseitig helfen, ihn womöglich in den Fuß oder in die Hand beißen. Aber darauf konnte er keine Rücksicht nehmen. Es musste getan werden. Auch wenn er dabei verletzt werden würde, dieses Opfer musste er erbringen.

Er ging in die Knie, setzte sich auf den Boden und ließ seine Füße langsam in das Becken gleiten. Die Wesen machten bereitwillig Platz und ließen sich ansonsten beim Fressen nicht stören. Sie gaben leise Pieplaute von sich und stupsten sich ab und zu gegenseitig mit der Nase an. Sie schienen völlig arglos zu sein.

Vielleicht würde es viel einfacher werden, als er es sich vorgestellt hatte. Mit welchem sollte er beginnen? Wie würden die anderen reagieren, wenn er das erste umgebracht hatte? Würden sie fliehen oder sich zur Wehr setzen?

Als sich eines der vier Wesen ein bisschen von den anderen absetzte, stand er auf, hob langsam seinen rechten Fuß und bewegte ihn genau über das Tier. Es wuselte umher und schlürfte Wasser, nicht ahnend, dass es gleich sterben sollte.

Golenko wartete auf die günstigste Gelegenheit und spannte seine Muskeln an. In Gedanken spürte er bereits den Pelz an seiner Fußsohle, das Splittern der Knochen und das warme Blut. Er hob den Fuß noch ein bisschen mehr. Der Quirl verharrte nun genau darunter und hatte aufgehört zu trinken.

Jetzt!, dachte Golenko.

Dann brach die Hölle los.

97.

Nachdem Neha ihm die Möglichkeit offenbart hatte, seine Visionen von der Zukunft würden sich womöglich noch erfüllen, tauchte Christopher ab und versank in seinen Erinnerungen. Er versuchte, sich an jedes einzelne, noch so winzige Detail seiner Begegnung mit Ahen zu erinnern. Er vermutete, dass der Junge wesentlich mehr ausdrücken wollte, als er mit Worten gesagt hatte. Nun galt es, alles in den richtigen Kontext zu rücken und auch das Ungesagte zu verstehen und zu begreifen. Aber das war alles andere als einfach. Dazu kam noch, dass er von wild durcheinanderredenden Gefährten umgeben war, die selbst auch nicht wussten, was sich hier abspielte. Michelle wirkte, seit sie von seinem möglichen Sohn erfahren hatte, unruhig und verstört.

Die einzige, die ruhig blieb, war Neha. Sie schien bestens über die momentanen Geschehnisse im Bilde zu sein. Christopher hatte jedoch nicht den Eindruck, dass es sich um die Neha handelte, die er von früher her kannte. Sie wirkte kühl und statisch und ließ jegliche emotionale Ausstrahlung vermissen.

Plötzlich tauchte in ihm ein ungeheuerlicher Gedanke auf. Wenn das, was sich hier gerade abspielte, und die ganze optische Wahrnehmung nur aus seiner Fantasie entstammte, wer konnte dann sagen, ob es sich hier um die echte Neha handelte? Vielleicht war sie nur eine Projektion, die in seine Umgebung – eine virtuelle Umgebung – eingefügt worden war.

Wer waren die Urheber, die all das erschaffen hatten? Und warum hatte er den starken Eindruck, dass ein großes Stück seiner Erinnerungen fehlte? Befanden sich die Lösungen und die Antworten auf all seine Fragen unter Umständen in genau diesem fehlenden Teil?

Er kam nicht mehr dazu, sich weiter darüber Gedanken zu machen, denn ausgehend von seinen Gefährten vernahm er plötzlich ein chaotisches Durcheinander von

Verwunderungsäußerungen, Hilferufen, Schreien bis zu panischen Angstattacken.

Er sah sich um und erstarrte vor Schreck. Die gesamte Umgebung begann, sich blau zu verfärben. Wie ein feines Raster legte sich eine Struktur über die Landschaft und das Flusswasser. Es ähnelte einer schlechten Bildübertragung eines Kommunikationsgerätes. Das Raster flimmerte und schien die Umgebung zu verformen.

Als Christopher zum Himmel empor sah, stellte er fest, dass dieser zu flackern begann. Ein typisches Merkmal einer Bildstörung. Er konnte nicht glauben, was sich gerade abspielte.

Seine Freunde schrien vor Angst und rannten wild umher, versuchten sich gegenseitig zu halten, um sich nicht zu verlieren. Sie starrten sich an und kreischten, als sie sahen, wie die Gesichter ihrer Gegenüber von etwas Ähnlichem wie feinem, blauem Sand zerfressen wurden. Sie griffen an ihre eigenen Wangen, um sich zu vergewissern, dass sie unversehrt waren. Die Panik war riesengroß, das Chaos unbeschreiblich.

Mittendrin stand Neha wie eine Statue, unbeweglich, unberührt, und sah dem Treiben tatenlos zu. Sie schien völlig frei von Gefühlen, wirkte kalt und berechnend. Anscheinend wusste sie genau, was sich gerade abspielte.

War sie es sogar, die all das herbeiführte?

Das Wasser veränderte seine Oberfläche zu einem krabbelnden Flor eines blauen Schwarms. Die sanften Wellen wurden kantig, verformten sich zu bizarren Gebilden und verloren jegliches Glitzern. Die Steine am Ufer schmolzen ineinander und verbanden sich zu einem einheitlich blauen Teppich. Die hohen Grashalme schienen auszufransen, zersetzten sich zu feinstem Staub, der sich langsam auf den Boden senkte und ihn mit einer dünnen Schicht bedeckte.

Am meisten schockierte Christopher, was mit seinen Gefährten geschah. Sie verfärbten sich, sahen aus, als wären sie von einer blauen Staubschicht überzogen, die sich langsam zu zersetzen begann. Trotzdem bewegten sie sich, liefen panikerfüllt umher und schrien.

Als er die eigene Hand vor das Gesicht hielt und feststellte, dass auch er zu zerbröseln begann, geriet er ebenfalls in Panik. Sein Körper schien sich aufzulösen, doch er konnte davon nichts spüren!

Angsterfüllt richtete er seine Aufmerksamkeit auf seine Gefährten. Feinster blauer Staub löste sich von ihren Körpern und wurde vom Wind davongetragen.

Als ihm bewusst wurde, dass er nichts dagegen unternehmen konnte und er den blauen Staub von seinem Körper entfliehen sah, saugte ihm die Angst jegliche Vernunft aus dem Hirn. Die Panik wich einer endgültigen Resignation. Die Gewissheit, dass es keinen Ausweg mehr gab, dieses Ende zu verhindern, versetzte ihn in eine eigenartige Ruhe. Er entspannte sich, ließ es geschehen und sah den sanft entschwindenden blauen Nebelschwaden zu, die bis vor Kurzem seine Gefährten gewesen waren. Schwärme feinster Partikel vollführten einen harmonischen und anmutigen Tanz, bewegten sich majestätisch und erhaben, verflüchtigten sich in der Ferne.

Dann stieg auch er empor, feinster Staub, getragen vom Wind, den blauen Partikelteppich unter sich lassend, immer höher in Richtung Himmel und Licht, bis es außer Licht nichts mehr gab.

98.

Das schrille Kreischen war derart laut und schmerzhaft gewesen, dass Golenko die Hände an seine Ohren gepresst hatte. Es war so plötzlich gekommen, dass er, auf einem Bein stehend, vor Schreck das Gleichgewicht verloren hatte und rückwärts auf den Boden gefallen war. Er war nicht mehr dazu gekommen, einen der Quirls zu zertreten.

Nun lag er auf dem Rücken, immer noch die Hände an die Ohren gepresst, und hatte den Eindruck, als würde der bohrende Schmerz durch Mark und Bein dringen. Seine Muskeln spannten sich an, als sie sich instinktiv gegen den Schmerz zu wehren versuchten.

War er der Auslöser für all das?

Er glaubte nicht mehr an Zufälle. Zu viel war in der letzten Zeit geschehen, was sich nicht mit normalen Dingen erklären ließ.

Er richtete seinen Oberkörper auf und sah die Quirls aufgeregt in ihrem Becken umherrennen. Dabei gaben sie laute und schrille Pfeiftöne von sich. Doch es waren nicht direkt ihre Geräusche, die solche Schmerzen verursachten. Auf irgendeine Art und Weise wurden sie massiv verstärkt. Er hatte den Eindruck, die Pfeiftöne würden sich direkt in seinen Kopf hineinbohren.

Oder bildete er sich das nur ein?

Er drehte sich um und sah in das Wasserbecken, in dem sich die Körper seiner Feinde in verkrampfter Haltung wanden. Auch sie drückten die Handflächen an die Ohren. Sie mussten die Geräusche auch wahrnehmen. Der ehemalige Space Marine erhob sich taumelnd und entstieg dem Becken. Nach und nach taten es ihm die anderen gleich.

»Was ist das für ein penetrantes Geräusch?«, rief die Agentin des Terrestrial Secret Services. Golenko kannte ihren Namen nicht.

Als sich Neha Araki erhob, dem Becken entstieg und direkt auf ihn zukam, erschrak er zutiefst. Ihr schienen die schrillen Geräusche nichts auszumachen. In ihren Augen funkelte es gefährlich. Was wollte sie von ihm? Wusste sie etwa darüber Bescheid, was er gerade vorgehabt hatte?

Einen Schritt vor ihm blieb sie stehen. Ihr Blick schien ihn erstechen zu wollen. Sie hob ihren Arm, streckte den Finger aus und zeigte damit direkt auf sein Gesicht.

Fast gleichzeitig machte er einen Schritt zurück. Sein Körper begann zu zittern. Er hielt seine Hände abwehrend vor sich und machte noch einen Schritt rückwärts.

»Bitte hören Sie auf«, flüsterte er. »Tun Sie mir nichts.«

Unberührt von seinen Worten stand Neha mit gestrecktem Arm da und ließ ihren drohenden Blick, einem Laserstrahl gleich, auf ihn wirken. Dann trat sie noch näher an ihn heran, während er versuchte, einen weiteren Schritt zurückzuweichen. Aber dank eines flüchtigen Blicks erkannte er, dass er bereits nahe beim Beckenrand der Quirls stand.

Panik erfüllte ihn. Plötzlich waren die ehrgeizigen Ziele seiner großen Mission wie weggeblasen, in weite Ferne gerückt. Jetzt ging es nur noch um das nackte Überleben. Die Angst vor dem Tod änderte alles, konnte einen Helden in einen Feigling verwandeln. Zumindest erging es ihm gerade so.

Er sank auf die Knie und hielt dabei weiterhin die Hände schützend vor seinen Körper. »Ich wollte doch nichts Böses. Lassen Sie mich bitte am Leben.«

Sein Flehen kam ihm jämmerlich vor. Warum nur ließ er sich derart erniedrigen? Warum brachte er nicht den Mut auf, den Tatsachen ins Gesicht zu sehen? Wenn er schon sterben sollte, dann mit Anstand und in Würde!

Während er sich langsam wieder erhob, senkte er seine Arme, stellte sich gerade hin und entspannte sich. Die schrillen Geräusche schienen in diesem Augenblick in den Hintergrund zu rücken. Entschlossen versuchte er, Neha Arakis stechendem

Blick standzuhalten. Bereit, das Zeitliche zu segnen, sagte er leise: »Tun Sie, was Sie tun müssen.«

Aus den Augenwinkeln konnte er eine Bewegung ausmachen. Jemand trat von der Seite an Neha Araki heran. Gleich darauf stand Vanelli neben der Tongalerin.

»Sie wollen es wohl auch noch aus nächster Nähe miterleben und auskosten«, knurrte er in verächtlichem Ton.

»Was soll ich auskosten?«

»Wie Ihre Komplizin mich umbringt.«

»Warum sollte sie das tun?«

»Er wollte die Quirls töten«, erklärte Neha in resolutem Ton. »Er will das Replizieren der Nanopartikel sabotieren.«

»Sie haben mir alles genommen, was ich aufgebaut hatte«, begann Golenko mit kläglicher Stimme. »Sie haben alles zerstört. Warum sollen Sie nun das Wasser mit diesen besonderen Partikeln für Ihre Zwecke nutzen können.«

»Geht es Ihnen nur darum?« Christopher sah ihn mit verächtlichem Blick an. »Sie wollen sich an uns rächen, weil wir Ihre Pläne vereitelt haben? Merken Sie denn nicht, dass Sie nur noch von Hass und Verachtung getrieben werden? Sie sind kein bisschen besser als Marac Kresnan!«

Golenko starrte beide zornig an. Was bildete sich Vanelli ein, so mit ihm zu sprechen. Er empfand es empörend, derart mit ihm umzuspringen.

Er spürte seinen Mut zurückkehren. Niemals wieder durfte er Zweifel am Gelingen seiner Mission in sich aufkommen lassen. Er stellte sich hin und reckte die Brust, als ob er eine Rede halten wollte.

Doch es kam anders.

»Sie geben eine jämmerliche Figur ab«, sagte Vanelli, wandte sich ab und ging zu seinen Verbündeten zurück. Neha Araki folgte ihm. Diese Worte hatten wie eine Ohrfeige auf ihn gewirkt. Erneut spürte er den Hass und die Verachtung gegenüber Vanelli und dieser Hexe.

Dann wurde ihm bewusst, was Vanelli soeben zu ihm gesagt hatte, dass er denselben Emotionen verfallen war, wie damals Marac Kresnan. Vanelli hatte ihn erneut provoziert, und er hatte sich zu solchen Gefühlen hinreißen lassen. Er musste sich zusammenreißen und nicht noch einmal in seine Falle tappen.

Langsam rückte die Mission wieder in den Mittelpunkt seiner Aufmerksamkeit. Er fragte sich, welches die nächsten Schritte sein könnten. Die Möglichkeit, die Quirls unschädlich zu machen, war in weite Ferne gerückt. Sie standen von nun an noch stärker unter dem Schutz von Neha Araki.

Plötzlich sah er die Lösung mit einer solchen Klarheit vor sich, dass er die Euphorie förmlich spüren konnte und aufpassen musste, sich nicht durch seine Mimik zu verraten.

Warum war ihm das nicht schon früher eingefallen?

99.

»Wir müssen ein Auge auf ihn haben«, sagte Christopher leise zu Neha, die ihr normales Aussehen zurückerlangt hatte. »Er könnte unser Vorhaben zum Scheitern bringen.«

»Ich spüre, wenn er etwas unternimmt. So auch vorhin, als er versuchte, einen der Quirls umzubringen.«

»Wir hätten ihn nicht wissen lassen sollen, was unser Ziel ist. Er kann nicht verstehen, wie wichtig unsere Mission ist. Er würde es uns auch nicht glauben, wenn wir ihm die Notwendigkeit erklärten. Er ist zwar nicht dumm, aber es scheint, als hätte seine Machtbesessenheit sein Hirn völlig vernebelt.«

»Du brauchst dir keine Sorgen zu machen. Ich habe ihn unter Kontrolle. Vorhin haben mich die Quirls gewarnt, aber von nun an überwache ich ihn selbst.«

Christopher ging zum Becken zurück, setzte sich auf den Rand und ließ sich das soeben Geschehene durch den Kopf gehen.

Die Ereignisse hatten sich überschlagen. Noch immer sah er die schrecklichen Bilder vor sich, als sich seine Freunde und die gesamte Umgebung langsam aufzulösen begannen, wie alles zu blauem Staub zerfiel und vom Wind weggetragen wurde, seine große Angst, die Panik und schlussendlich die Resignation, als er sich selbst zu Staub zerfallen gesehen hatte. All das war in bester Erinnerung.

Wie um sich vergewissern zu müssen, ob sein Körper wirklich noch intakt war, betrachtete er seine Handflächen, drehte sie um und begutachtete auch deren Rückseite.

Als er vor wenigen Minuten aufgewacht war, hatte er einige Sekunden gebraucht, um den Weg in die Realität zurückzufinden. In dieser Übergangsphase tobte ein Kampf zwischen den intensiven Gefühlen, die durch das schreckliche Ende der Mentalprojektion verursacht worden waren, und der großen Welle der Erleichterung, als er langsam realisierte, was Wirklichkeit war.

Die kreischenden Geräusche waren mittlerweile verstummt. Die Quirls hatten sich wieder beruhigt. Michelle hatte sich zu ihnen gesetzt und streichelte sie abwechselnd.

Neha kam auf Christopher zu und setzte sich neben ihn auf den Beckenrand.

»Was ist eigentlich passiert?«, fragte er sie unauffällig. »War dieses Chaos vorgesehen?«

»Nein, es wurde durch eine Panikreaktion der Quirls ausgelöst. Die Nanopartikel übernahmen ihre Signale, worauf sie die Übertragung der Mentalenergien sofort stoppten. Dadurch wurden wir völlig überstürzt aus dem Kollektivtraum herausgerissen.«

»Es war viel mehr als nur ein Traum. Es fühlte sich völlig real an. Körperliche Empfindungen, optische und akustische Wahrnehmungen waren von der Wirklichkeit nicht zu unterscheiden.«

»Unsere Körper wurden mit Nanopartikel angereichert. Sie haben dafür gesorgt, dass die Empfindungen verstärkt wurden. Nur so konnte genug Mentalenergie erzeugt werden.«

»Das leuchtet mir ein, aber wie geht es jetzt weiter?«

»Im Moment gar nicht.«

Christopher sah sie erstaunt an. »Warum das denn?«

»Es gibt Probleme.«

»Wegen Golenko?«

»Nein, Golenko ist nicht das Problem. Auf den müssen wir lediglich aufpassen.«

»Doch nicht etwa die Quirls?«

»Nur indirekt. Das Problem sind die Nanopartikel, die sie herstellen. Anders ausgedrückt, die Nanopartikel, mit denen sie vor langer Zeit zum ersten Mal in Kontakt gerieten.«

»Was ist mit denen nicht in Ordnung?«

»Die Urform dieser Partikel war äußerst gefährlich. Sie haben mit jenen Partikeln, welche die Sphären steuern, überhaupt nichts gemeinsam. Sie sind aggressiv und zerstörerisch. Sie können sich in jegliche Materie einnisten und diese assimilieren. Zudem haben sie einen unersättlichen Hunger nach weiterer Materie.«

»Die Quirls produzieren solche Partikel?«

»Nein, im Gegenteil. Anscheinend sind sie eine Spezies, die gegen die aggressiven Partikel immun ist. Nicht nur das, bei der Replikation haben sie die Partikel sozusagen entschärft. Bei jeder Replizierung ein kleines bisschen mehr. Über Generationen hinweg haben die Partikel eine stete Veränderung erfahren. Von den ursprünglich aggressiven Partikeln ist nur noch der Basiscode übrig geblieben. Aber genau dieser Basiscode stellt das Problem dar. Solange die Quirls die Replikation durchführten, wurden die Partikel laufend weiter entschärft. Wird die Replikation aber von anderen Elementen ausgeführt, beispielsweise durch die Sphären, könnte sich der Prozess wieder umkehren. Da der Basiscode noch intakt ist, könnte diese Umkehrung sehr schnell erfolgen. Die aggressiven Partikel würden sich innerhalb kurzer Zeit regenerieren.«

»Ich nehme an, die Sphäre hat Gegenmaßnahmen ergriffen.«

»Die Sphärenpartikel haben die Methode der Quirls zur Replikation analysiert und eine analoge Behandlungsweise für eine Massenproduktion entwickelt, doch nachdem sie den Basiscode entschlüsselt und das Problem erkannt haben, verzichten sie vorläufig auf eine Produktion.«

»Weiß man, woher diese Killerpartikel stammen?«

»Bis jetzt nicht. Die bisher gewonnenen Informationen wurden jedoch an alle Sphären im gesamten Universum übermittelt. Es wird intensiv nach der Herkunft gefahndet.«

»Was können die Killerpartikel sonst noch anrichten?«

»Ganze Welten zerstören. Sie fressen sich in jegliche Materie. Man kann sie nicht aufhalten. Sie assimilieren alles, was ihnen in den Weg kommt, bis nichts anderes mehr existiert, außer ihresgleichen. Wenn nur ein einziges Partikel den Weg auf einen anderen Planeten findet, geht es dort weiter.«

»Sie könnten also ein gesamtes Planetensystem vernichten?«, fragte Christopher entsetzt.

»Genau. Nicht nur eines. Im schlimmsten Fall sogar das gesamte Universum.«

Christopher versuchte, sich der Tragweite dessen bewusst zu werden, was er soeben gehört hatte. War es tatsächlich möglich, dass das gesamte Universum zerstört werden konnte? In welchem Zeitraum würde dies geschehen? Er konnte sich davon keine Vorstellung machen.

»Gibt es irgendetwas, das sie nicht zerstören können?«

»Licht«, antwortete Neha. »Licht ist für sie nicht greifbar.«

»Könnten die Sphären sie nicht selbst assimilieren und in Licht umwandeln? So, wie sie es auch mit anderer Materie tun?«

»Theoretisch schon. Aber dabei kommt es darauf an, wer wen zuerst assimiliert. Die Killer-Partikel sind diesbezüglich wesentlich schneller, da sie einzig und alleine dafür programmiert sind.«

»Wäre interessant zu wissen, woher diese Partikel stammen und wie sie sich zu so etwas Unheimlichen entwickeln konnten.«

»Ich bin überzeugt, die Sphären finden es früher oder später heraus.«

»Das heißt also, die aggressiven Partikel haben vor langer Zeit hier auf MOLANA-III existiert. Aber warum konnten sie den Planeten nicht zerstören?«

»Wahrscheinlich wegen der Quirls. Sie haben sie nach und nach neutralisiert.«

»Somit haben die netten Kerlchen einen ganzen Planeten gerettet.«

»Wie es aussieht, wurde vor langer Zeit eine winzige Menge von Nanopartikeln, die diesen Basiscode enthielten, auf MOLANA-III eingeschleppt und gelangte in die Quelle, die wir gefunden haben. Zufälligerweise lebte dort ein Rudel von Quirls, die sich von dieser Quelle ernährten. Dank ihnen konnten sich diese Partikel nicht regenerieren und weiter ausbreiten. Wären die Quirls nicht gewesen, gäbe es MOLANA-III wahrscheinlich nicht mehr. Wer weiß, vielleicht viele andere Planeten auch nicht.«

»Wahnsinn.« In seinen Gedanken formten sich Schreckensszenarien mit sehr weitreichenden Folgen. »Immer wieder kommt es vor, dass ein Ökosystem sich selbst zu helfen weiß. In diesem Fall hat eine einheimische Lebensform dafür gesorgt, dass es nicht untergeht.«

»So ist es.«

»Trotzdem frage ich mich, wie kann eine derart gefährliche Substanz überhaupt entstehen? Eine Substanz, die in der Lage ist, gesamte Lebensräume radikal zu vernichten, sogar seinen eigenen. Das ist doch völlig gegen jegliche Logik. Ein Element kann doch nicht seine eigene Grundlage zerstören. Damit nimmt sie sich ihre Basis und verurteilt sich selbst zum Aussterben.«

»Vielleicht ein Organismus, der außer Kontrolle geraten ist.«

»Normalerweise kennt ein ökologisches System so etwas nicht. Wenn man beispielsweise die Erde als gesamtes System betrachtet, ist so etwas noch nie vorgekommen. Sonst wäre sie ein toter Planet. Das dauerhafte Weiterbestehen eines Systems beruht auf Regeneration und Anpassung. Ein Organismus, der sich zu stark vermehrt, geht irgendwann zugrunde, weil er den eigenen Lebensraum überbeansprucht. Dadurch kann sich das System wieder erholen und schafft Raum für andere Organismen.«

»Ich kann dazu nichts sagen. Mit solchen Problemen wurden wir auf TONGA-II nie konfrontiert.«

»Die Erde schon. Die Menschheit hatte sich immer schneller vermehrt und zu viel der natürlichen Ressourcen verbraucht. Das Ökosystem konnte nicht mehr mithalten. Es kam, wie es kommen musste. Ein großer Teil der Menschheit ist den Reaktionen der Natur und dem selbstzerstörerischen Wahnsinn zum Opfer gefallen. Das System ist nun auf dem besten Weg, sich wieder zu regenerieren.«

»Ich glaube nicht, dass so etwas auf TONGA-II jemals geschehen wird.«

»Eure Lebensweise lässt es nicht zu. Das macht Tongalen so lebenswert.«

»Die Killerpartikel tun demnach genau dasselbe, wie damals die Menschheit, nur viel extremer. Das ist ein Widerspruch zum natürlichen Verhalten einer Spezies.«

»Du hast völlig recht. Die Menschheit hatte es damals aus Unvernunft und Kurzsichtigkeit getan. Sie war in selbstgeschaffenen Ordnungen festgefahren. Die Prioritäten lagen ganz woanders. Bei diesen Partikeln ist es jedoch etwas anderes. Sie agieren nur nach einem einzigen Gesichtspunkt. Das verstehe ich nicht. In ihrer natürlichen Entwicklung müsste es doch so etwas wie einen Schalter geben, der ihnen sagt, wann es genug ist.«

»In ihrem Basiscode ist davon nichts enthalten.«

»Wie zuverlässig ist diese Analyse?«

»Absolut zuverlässig.«

»Wie kann ein System, oder von mir aus auch das Universum, etwas zulassen, das sich schlussendlich selbst vernichtet?«

»Wer sagt denn, dass diese Partikel von selbst entstanden sind?«

Die unmittelbare Erkenntnis aus Nehas Frage ließ Christopher erstarren.

100.

Die Situation war verfahren. Auf ihrer Suche nach dem Element, das in der Lage war, Nanopartikel für die Sphären zu replizieren, hatten sie die Quirls gefunden, diese Tiere sogar erfolgreich dazu bewegen können, sie bei ihrer Mission zu unterstützen. Sie hatten auch einen Weg ins Innere einer längst verschollenen Sphäre gefunden, in der die Replizierung durchgeführt werden konnte. Aber erst durch die Gewinnung menschlicher Mentalenergie konnte der Prozess erfolgversprechend ausgeführt werden.

Wie sich nun aber herausgestellt hatte, waren die Nanopartikel von MOLANA-III völlig unbrauchbar. Nicht nur das, sie erwiesen sich sogar als äußerst gefährlich. Nur dank der Quirls war ihr aggressives Verhalten bisher neutralisiert worden.

Einerseits musste dafür gesorgt werden, dass diese Partikel auf keinen Fall den Planeten verlassen konnten, andererseits begann die Suche nach brauchbaren Partikeln für die Sphären von vorn.

Beim ersten Punkt war mit großen Schwierigkeiten zu rechnen. Wie konnten sie sicher sein, dass sich in ihren Körpern kein einziges dieser aggressiven, von den Quirls zwar entschärften Partikel eingenistet hatte? Somit bildete das gesamte Team eine große Gefahr für alle Planeten, die sie in Zukunft besuchen würden. Bevor sie sich wieder ihrer ursprünglichen Aufgabe widmen konnten, mussten sie sicherstellen, dass sie sauber waren.

Doch wer war in der Lage, dies festzustellen?

Christopher erinnerte sich an ein Gespräch mit Rick, das er noch während seines Aufenthalts am Nordpol von TONGA-II geführt hatte. Damals hatten sie über die Nanopartikel gesprochen, die im Lake Wostok und auf dem Jupitermond Europa gefunden worden waren. Rick hatte ihm erzählt, dass in den nachfolgenden Jahrzehnten Nanopartikel auf der Erde erforscht und synthetisch hergestellt worden waren. Aber nur von einer einzigen Firma, dem Pharmakonzern *Norris & Roach*, der auch im Bereich der Biokybernetik tätig war.

Der nächste Gedanke ließ ihn frösteln. Was, wenn *Norris & Roach* der Hersteller der Killerpartikel war? Vielleicht wollte man ursprünglich einen Kampfstoff entwickeln und das Projekt geriet außer Kontrolle. Es brauchte nur eine winzig kleine Menge entwichen zu sein. Vielleicht hatte man davon gar nichts bemerkt.

Wohin konnten diese Partikel sonst noch gelangt sein? Wie lange war es her, seit sie entwichen waren? Gab es wirklich keine andere Möglichkeit, sie zu neutralisieren, als über die Fähigkeiten der Quirls?

Was hatte es mit der Warnung seines zukünftigen Sohnes Ahen auf sich? Er hatte auch Ernest zweimal getroffen, das erste Mal bereits vor langer Zeit, und ihn vor einer großen Gefahr gewarnt, die von der Erde ausgehen würde. Bezog sich diese Warnung auf die Zukunft oder auf die Gegenwart? Wenn man die Tatsache berücksichtigte, dass innerhalb der Sphären andere Regeln für die Zeit galten, konnte es alles Mögliche bedeuten. Aber wie ernst mussten sie diese Warnung nehmen? Stammten diese Begegnungen lediglich aus Ernests und Christophers Fantasie? Auch Nehas Aussage, die Geburt von Ahen könnte sich irgendwann tatsächlich ereignen, hatte er nicht vergessen.

»Wir sollten eine Möglichkeit finden, uns zu vergewissern, ob wir von den aggressiven Partikeln infiziert sind«, sagte er zu Neha. »Und das, bevor wir diese Sphäre verlassen.«

»Daran habe ich auch schon gedacht. Die Sphäre wäre dazu in der Lage.«

»Aber?«

»Wir müssen uns alle wieder in das Becken legen.«

»Das könnte zu einem Problem werden. Nachdem, was wir vorhin erlebt haben, werden sich bestimmt einige von uns weigern.«

»Das sehe ich auch so. Die Sphäre wäre imstande, sie zu zwingen.«

»Was hätte das für Folgen?«

»Das Vertrauen in die Sphäre würde arg in Mitleidenschaft gezogen werden.«

»Dieses Risiko müssen wir eingehen. Wir können es nicht riskieren, auch nur ein einziges Killerpartikel entkommen zu lassen.«

Christopher winkte Michelle zu sich. Sie sprach noch kurz zu Layla, wandte sich dann ab und näherte sich Christopher und Neha.

»Wir müssen alle noch einmal in das Becken«, sagte er unmissverständlich.

Michelle griff sich an den Kopf und wandte sich flüchtig ab. »Das können wir den Leuten nicht antun. Vor allem Layla nicht. Sie wird sich bestimmt weigern. Mir selbst graut schon bei dem Gedanken, noch einmal so etwas durchzumachen.«

»Etwas Derartiges wird es nicht mehr geben«, versicherte Neha.

»Wozu dann das Ganze?«

Christopher klärte sie über den Sachverhalt der Killerpartikel auf und betonte, wie wichtig es wäre, dass niemand infiziert bleibt.

Michelle setzte sich neben ihn. »Du meinst, ohne die Quirls könnten wir von diesen Partikeln zerfressen werden?«

»Genau. Nicht nur das. Sie könnten sich ungehindert regenerieren und überall großen Schaden anrichten.«

»Warum geschieht es in diesem Moment nicht?«

»Das Wasser der Quirls.«

»Das heißt, sobald wir uns nicht mehr in ihrem Einflussbereich befinden, könnte genau das mit uns passieren?«

»Ja.«

»Das ist ja grauenhaft.«

»Könntest du versuchen, den Leuten die Notwendigkeit klarzumachen, dass sie noch einmal ins Becken müssen?«

»Ich kann es versuchen, aber macht euch auf Schwierigkeiten gefasst. Vor allem bei Golenko.«

Michelle erhob sich und ging zu David und Layla zurück. Christopher beobachtet, wie Michelle auf die beiden einredete.

»Ihr kriegt mich da nicht mehr hinein«, hörte er Layla energisch sagen.

»Neha hat versichert, dass uns diesmal nichts geschehen wird.«

»Wer's glaubt, wird selig.«

»Muss ich dich noch einmal daran erinnern, dass du eine Agentin des Geheimdienstes bist?«

Layla funkelte Michelle mit zornigen Augen an.

Nach einer Weile entspannte sich ihre Miene. Sie erhob sich, ohne ein weiteres Wort zu sagen, und ging langsam zum Becken, stieg hinein und legte sich auf den Rücken. Sofort versank ihr Körper im Wasser, bis nur noch das Gesicht herausragte. David und Michelle waren ihr gefolgt, standen nun am Beckenrand und sahen erstaunt auf sie hinunter.

Christopher erhob sich ebenfalls und begab sich zum Becken. »Was hast du zu ihr gesagt?«, fragte er Michelle leise.

»Ich habe ihr noch einmal klargemacht, wer sie ist.«

»Sonst nichts?«

»Nein. Kurz darauf ist sie aufgestanden und zum Becken gegangen.«

Anschließend stiegen Michelle und David ins Becken und legte sich neben Layla.

Golenko stand noch immer in der Nähe der Quirls und hatte von all dem nichts mitbekommen.

»Ich werde mit ihm reden«, schlug Christopher vor und sah kurz zu Neha. »Auf dich ist er noch weniger gut zu sprechen.«

Als sich Christopher Golenko näherte, verfinsterte sich dessen Blick.

»Was wollen Sie von mir?«, knurrte er. »Mich kriegen Sie nicht mehr in dieses Teufelswasser. Eher lasse ich mich umbringen.«

»Lassen Sie es mich erst einmal erklären.«

Ein weiteres Mal erläuterte Christopher die Sachlage um die Killerpartikel, was lediglich dazu führte, dass Golenko noch nervöser wurde und heftig zu atmen begann. »Wenn Sie sich weigern, werden wir Sie hierlassen. Die Quirls nehmen wir aber mit uns. Dann können Sie sich selbst vergewissern, wie es sich anfühlt, von Partikeln aufgefressen zu werden.«

»Das haben wir alles Ihnen und dieser Tongalerin zu verdanken. Irgendwann werden Sie sich für alles rechtfertigen müssen.«

»Ja, ja. Das haben Sie mir schon einmal gesagt. Ich werde mir dazu etwas einfallen lassen. Jetzt kommen Sie!«

»Wagen Sie nicht, mich anzurühren!«, fauchte Golenko und machte einen Schritt rückwärts. »Ich werde es nicht tun.«

Als er noch einen zweiten Schritt machte, trat er ins Leere, fiel nach hinten und stürzte ins Becken der Quirls. Die Tiere brachten sich gerade noch rechtzeitig in Sicherheit, begannen jedoch wieder mit ihrem schrillen Gekreische.

Dann begann der Boden zu erzittern.

101.

Die Wüstensphäre bebte. Nachdem sie sich in den Krater gesenkt und mit dem Wüstensand einen nahtlosen Übergang gebildet hatte, schickte sie sich nun an, sich wieder davon zu trennen.

Die Ereignisse innerhalb der Sphäre hatten sich überschlagen. Nachdem sich bestätigt hatte, dass die Partikel auf diesem Planeten nicht nur zu stark von dem dringend benötigten Rohmaterial abwichen, sondern auch noch sehr gefährlich waren, wurde die Kontrolleinheit darüber umgehend in Kenntnis gesetzt. Die Antwort ließ nicht lange auf sich warten.

Die Anweisungen waren eindeutig. Die primäre Aufgabe bestand darin, die gefährlichen Partikel zu eliminieren, bevor sie sich ausbreiten konnten, und die organischen Einheiten zu desinfizieren. Erst danach konnte die Suche nach neuen, geeigneten Partikeln fortgesetzt werden. Zudem musste der Ursprung dieser gefährlichen Partikel eruiert und dafür gesorgt werden, dass deren Produktion eingestellt wurde.

Die organischen Einheiten erwiesen sich bis auf eine oppositionelle, die aber unter permanenter Kontrolle des Mediums stand, als äußerst kooperativ. Die Gewinnung von Mentalenergien war nach anfänglichen Schwierigkeiten ebenfalls zufriedenstellend verlaufen, kostete die organischen Einheiten nach dem Zwischenfall mit der oppositionellen Einheit jedoch sehr viel neurochemische Substanz. Zudem existierten keine Erfahrungswerte, wie sie auf eine erneute Energiegewinnung reagieren und ob sie dieser Beanspruchung noch einmal standhalten würden. Allerdings hatte die Mission oberste Priorität. Um weitere Mentalenergien gewinnen zu können, konnte keine Rücksicht auf eventuelle Schäden an den organischen Einheiten genommen werden, auch wenn sie vollständig assimiliert werden mussten.

In dieser Angelegenheit war eine enge Zusammenarbeit mit dem Medium erforderlich. Diese Kooperation hatte sich bisher als äußerst zuverlässig und effizient erwiesen. Da das Medium jedoch auch eine organische Einheit darstellte, musste darauf geachtet werden, dass es bei einem Interessenkonflikt die richtigen Entscheidungen traf.

Doch dann geschah etwas völlig Unerwartetes. Wieder ging die Gefahr von der oppositionellen Einheit aus. Aber nach einer mentalen Überprüfung stellte sich heraus, dass diese Aktion nicht beabsichtigt war. Umso überraschender war der Vorfall für das Medium, welches nicht rechtzeitig einschreiten und den Schaden verhindern konnte.

Durch dieses Ereignis geriet der Kommunikationsaustausch mit den Quirls außer Kontrolle. Sie fühlten sich in ihrer Existenz bedroht und sandten Energieströme aus, welche die gesamte Sphäre destabilisierten. Das System startete unverzüglich einen Selbstschutzmechanismus, der die Sphäre vom Planeten entfernen und in den Orbit versetzten sollte.

Der Notstart ließ die Sphäre erzittern. Ihre Umrisse trennten sich vom Wüstensand. Sie erhob sich langsam und majestätisch aus dem Krater. Die Energieglocke hatte sich geschlossen, sodass kein inneres Wasser mehr ins Freie fließen konnte. Das restliche Wasser, das sich um die Sphäre herum verteilt hatte, stürzte in tosender Gischt rundherum in den Krater.

Die Sphäre beschleunigte und stach fast senkrecht zum Himmel empor. Das Medium wurde angewiesen, die Quirls wieder unter Kontrolle zu bringen und die oppositionelle Einheit zu eliminieren.

Als das Medium zögerte, sandte das System Nanopartikel aus, welche die oppositionelle Einheit vollständig assimilieren sollten.

Doch dabei trat ein neues Problem auf. Als die oppositionelle Einheit in das Becken der Quirls stürzte und diese versuchten, sich in panischer Angst in Sicherheit zu bringen, gelangte eine große Menge der gefährlichen Partikel in den Organismus der oppositionellen Einheit. Dabei entschwanden sie dem Einfluss der neutralisierenden Eigenschaft der Quirls, sodass sich die Partikel über ihren Basiscode sehr schnell zu regenerieren begannen. Das Resultat war, dass sich die oppositionelle Einheit nicht mehr assimilieren ließ.

Sofort wurde eine Gesamtanalyse an der Einheit durchgeführt. Es stellte sich heraus, dass die Regeneration der gefährlichen Partikel innerhalb dieser kurzen Zeit bereits zu stark fortgeschritten war. Sie standen nun im Widerstreit mit den Sphärenpartikeln und ließen eine Assimilierung nicht zu.

»Die Quirls müssen sofort in Sicherheit gebracht werden!«, schrie Neha zu Christopher, während sie unverzüglich herbeieilte. Christopher machte sich sogleich daran, zwei von ihnen aufzuheben und sie aus dem Becken, in das Golenko rücklings gefallen war, herauszuheben. Neha packte die anderen beiden und entfernte sie ebenfalls eiligst.

Kaum war dies getan, ging mit Golenko eine unheimliche Veränderung vor sich. Die Haut an seinem ganzen Körper begann, sich auf eigenartige Weise zu kräuseln. Sie nahm eine grobe, sandartige Struktur an und färbte sich zuerst blau. Doch dann veränderte sich die Farbe in ein hässliches Dunkelgrau. Die schwarmartige Oberfläche war dabei in ständiger Bewegung.

Golenko begann zu schreien und sich zu winden, schlug zuerst wild um sich und kratzte sich mit allen Fingern am Körper. Die hinterlassenen Spuren wurden vom dunkelgrauen Schwarm sofort wieder beseitigt.

Bestürzt sahen Christopher und Neha zu, wie sich Golenkos Körper langsam zu verformen begann.

»Was passiert mit ihm?«, fragte Christopher entsetzt.

»Die Sphäre hat versucht, ihn zu assimilieren.« Neha ließ Golenko nicht aus den Augen. »Das ist ihr nicht gelungen. Er ist schon zu stark mit Killerpartikel verseucht.«

»Kann er uns damit infizieren?«

»Vielleicht hat er das schon. Wir müssen unbedingt ins andere Becken. Er muss isoliert werden. Aber das wird die Sphäre erledigen.«

Neha wandte sich ab und eilte zum Becken, in das sich ihre Gefährten bereits hineingelegt hatten. Christopher folgte ihr auf dem Fuß.

Als er sich ins Wasser gelegt hatte, hob er leicht den Kopf und spähte über den Beckenrand. In einigen Metern Entfernung erkannte er die Umrisse einer dunkelgrauen Gestalt, die ungelenk und mit zuckenden Bewegungen versuchte, sich zu erheben. Dann wurde Golenko von einem gleißenden Flimmern umhüllt. Es bildete sich ein transparenter, ovaler Kokon. Seine Arme streckten sich immer wieder nach allen Seiten aus und durchstachen dabei die Hülle. Schließlich setzte er einen Fuß ins Freie und versuchte, den Kokon mit dem ganzen Körper zu durchdringen. Es gelang. Die Hülle zerplatzte. Das gleißende Leuchten verschwand.

Mit tapsigen Schritten näherte sich das Ungetüm, das einmal Golenko gewesen war, dem Becken, in dem Christopher und seine Gefährten lagen. Auf der Haut krabbelten Milliarden kleinster Partikel und schienen ihm ständig eine andere Form zu geben. Das kümmerliche Bisschen seines Haares war verschwunden und hatte sich in einen skurrilen Tanz von feinsten Partikeln verwandelt. Anstelle der Augen klafften dunkle Höhlen, von denen ein beängstigendes Funkeln ausging.

Dieses bedrohliche Wesen war nur noch wenige Meter von ihrem Becken entfernt.

102.

Das System hatte ein infiziertes Element registriert. Dieses Element hatte die energetische Quarantänehülle durchbrochen und bedrohte nun die organischen Einheiten. Sofort wurden dem Medium Notfallmaßnahmen übermittelt. Es sollte das außer Kontrolle geratene Element möglichst lange in Schach halten, bis die Sphäre die organischen Einheiten auf eine mögliche Infizierung überprüft hatte und sich alle in Sicherheit bringen konnten.

Christopher beobachtet aus seinen Augenwinkeln, wie Neha entschlossen aus dem Becken stieg und sich dem Koloss entgegenstellte. Kaum hatte sie das Wasser verlassen, verfärbte sich ihre Haut wieder tiefblau. Die Sphärenpartikel hatten sie erneut assimiliert.

Sie hob die Arme und richtete ihre gestreckten Finger direkt auf das dunkelgraue Wesen. Eine knisternde, transparente Wand aus reiner Energie bildete sich zwischen ihnen.

Im ersten Moment wich das Monster zurück, erholte sich aber schnell von dieser Attacke. Es hob seinerseits die Arme und schleuderte energetische Blitze in Nehas Richtung. Die flimmernde Wand fiel sogleich in sich zusammen. Das Wesen setzte seinen Weg unbeirrt fort.

Aber Neha gab nicht auf. Sie schleuderte weiter Blitze auf das Ungeheuer und trat ihm sogar noch einen Schritt entgegen. Dabei zielte sie genau auf den Kopf oder das, was davon noch übrig war.

Das Wesen zuckte rückwärts, sank in sich zusammen und verharrte einen Moment in dieser Stellung. Gleich darauf richtete es sich wieder auf und hob die Arme erneut. Dann begann die Ausgeburt der Hölle mit einer tiefen, furchterregenden Stimme zu sprechen.

»Jetzt habe ich die Macht. Ich werde euch alle vernichten!«

War das Golenko? Oder benutzten die aggressiven Partikel lediglich seine Körperfunktionen? Konnte es sein, dass sie auch sein Bewusstsein und seine Erinnerungen assimiliert hatten?

»Ihr habt euch lange genug gegen mich gestellt! Ich werde euch alle vernichten! Ich bin die wahre Macht! Niemand kann sich mir entgegenstellen!«

Christopher zweifelte keinen Moment daran, dass es sich um Golenko oder zumindest um sein Bewusstsein handelte. Die Frage lautete lediglich: War er es selbst oder hatten die Partikel sein gesamtes Wissen übernommen und führten lediglich seine Absichten weiter? Verfügte Neha über genug Kräfte, um sich ihm entgegenzustellen und sich durchzusetzen?

Plötzlich wurde Christophers Kopf von einer gigantischen Druckwelle erfasst. Sein ganzer Körper spannte sich an. Die Finger spreizten und streckten sich, das Gesicht zu einer Fratze verzerrt und die Augen weit aufgesperrt. Irgendetwas bohrte sich in sein Gehirn, versuchte, es auszufüllen. Es fühlte sich an, als ob dieses Etwas alles, was er an Erinnerungen und Wissen besaß, verdrängen wollte. Ein schwerer Hammer pochte in regelmäßigem Rhythmus an seine Schläfen, sodass er befürchtete, sein Kopf würde zerspringen. Der Schmerz wurde immer heftiger, war nicht mehr auszuhalten. Brechreiz machte sich bemerkbar.

In dem Moment, als er dachte, der Schmerz würde ihn umbringen, verschwand er von einem Moment auf den anderen. An seine Stelle traten klare Bilder. Bilder, die ihm genaue Instruktionen über das weitere Vorgehen vermittelten. Er wusste, was er zu tun hatte.

Das System hatte die Analyse der organischen Einheiten beendet. Zwei von ihnen hatten kleine Dosen der aggressiven Partikel enthalten, konnten aber problemlos desinfiziert werden. Die Sphärenpartikel hatten sich ins Gehirn des zweiten Mediums eingeklinkt und ihm klare Anweisungen erteilt. Es sollte zusammen mit den anderen organischen Einheiten und den Quirls die Sphäre sofort verlassen. Die Sphäre selbst leitete umgehend den Countdown für die Selbstzerstörung ein.

»Raus mit euch!«, schrie Christopher seinen Gefährten zu, die ihre gespannten Blicke nach wie vor auf Nehas erbitterten Kampf gegen das Monstrum richteten. »Wir müssen die Sphäre so schnell wie möglich verlassen!«

Verwirrt blickten sie zu ihm, machten dann aber Anstalten, sich zu erheben.

»Was ist los?«, fragte Layla erstaunt. »Wurden wir schon desinfiziert?«

»Ja, wir sind alle sauber.«

Layla lachte auf. »Waren wir denn schmutzig?«

»Nein, aber möglicherweise mit Killerpartikeln infiziert.«

Ihr Lachen wich einer starren Maske, in der jegliche Gesichtsfarbe fehlte. »Jetzt sind wir es nicht mehr?«

»Nein, die Sphäre hat euch desinfiziert. Aber wir sollten umgehend aufbrechen, solange Neha dieses Ding noch in Schach halten kann.«

»Wie kommen wir hinaus?«

Kaum hatte Layla diese Frage gestellt, zeigte Neha mit einem Arm nach rechts, worauf sich in der Wand eine Öffnung bildete.

»Hier lang«, forderte Christopher seine Gefährten auf. »Michelle, hol die Quirls.«

»Und Neha?«, rief sie.

»Sie hält uns den Rücken frei und kommt nach.«

»Aber wenn sie es nicht schafft?«

»Sie wird es schaffen.«

Michelle warf einen skeptischen Blick auf ihre Freundin, die langsam zurückwich und weiter ihre Arme gegen das Ungetüm ausgestreckt hielt. Nachdem sie die Quirls geholt hatte, lief sie Christopher hinterher.

»Wohin jetzt?«, wollte David wissen.

»Ihr geht voraus in diese Richtung. Ich warte auf Neha.«

»Solltest du uns nicht führen? Ich denke, Neha weiß, wo es langgeht.«

Christopher war sich im Klaren, dass David recht hatte. Aber er wollte Neha nicht diesem Monster überlassen. Zur Not konnte er sie unterstützen.

»Geht! Ich werde euch einholen.« Er drehte sich um und sah durch die Öffnung in den Raum hinein, den sie vor wenigen Augenblicken verlassen hatten.

Neha zielte pausenlos auf den Kopf des Wesens und verschaffte sich damit immer wieder kleine Momente, die sie für ihren Rückzug nutzen konnte. Als sie sich bis auf ein paar Schritte dem Durchgang genähert hatte, zeigte sie mit beiden Armen auf den Boden und beschrieb eine horizontale Linie von links nach rechts. Sofort öffnete sich ein Graben. Das Wesen hielt unmittelbar davor an.

Gleißende Lichtblitze trafen auf Neha, die sich jedoch durch eine Energieschutzhülle geschützt hatte. Trotzdem wurde sie von ihren Füßen gerissen und landete unsanft genau im Durchgang auf dem Boden. Sofort wurde sie von Christopher unter den Armen gepackt und ins Freie gezogen. Kaum war sie in Sicherheit, hob sie erneut ihre Arme und verschloss den Durchgang.

Christopher half ihr auf die Beine, während Michelle, die Christophers Anweisung nicht befolgt hatte und stehen geblieben war, besorgt auf die Wand starrte, wo sich soeben noch der Durchgang befunden hatte. Langsam hob sie den Arm und zeigte mit zitternder Hand an eine bestimmte Stelle.

Christopher drehte sich um, folgte mit seinem Blick ihrem Finger und erstarrte. Die Wand hatte begonnen, sich grau zu verfärben.

103.

»Folgt mir!«, rief Neha, deren Hautfarbe immer noch vollständig blau war, und rannte los.

Christopher und Michelle folgten ihr umgehend.

»Was war das für eine graue Verfärbung?«, fragte er, während er neben Neha herlief.

»Die aggressiven Partikel haben damit begonnen, die Sphäre zu assimilieren.« Nehas Stimme klang emotionslos und gleichmäßig.

»Kann sich die Sphäre dagegen wehren?«

»Kaum. Die fremden Partikel sind stärker.«

»Das heißt, in kurzer Zeit werden sie die Sphäre übernommen haben?«

»Genau.«

»Die Sphäre kann wirklich nichts dagegen tun?«

»Nein. Deshalb ist sie in den Orbit gestartet und hat die Selbstzerstörung eingeleitet.«

Christopher schluckte. Die Tragweite dessen, was er soeben gehört hatte, versetzte ihm einen gehörigen Schrecken.

»Die Sphäre hat abgehoben?«, fragte Michelle fassungslos. »Wie kommen wir denn von hier weg?«

»Mit der *Space Hopper*«, antwortete Christopher spontan.

»Wie bitte?« Michelle erinnerte sich, dass sie den Raumgleiter zuletzt am Waldrand bei den Wasserquellen zurückgelassen hatten. »Die ist doch unten auf dem Planeten.«

»Nein, ich habe sie geholt, nachdem wir die Sphäre betreten hatten.«

»Davon habe ich gar nichts bemerkt.«

»Ich hätte es euch zu gegebener Zeit schon noch mitgeteilt.«

»Aber wenn die Sphäre abgehoben hat, ist dabei nicht der gesamte Wald mit den Quirls zerstört worden?«

»Wir befinden uns nicht in dieser Sphäre. Das heißt, anfänglich schon. Aber wir haben eine Transmission zur Wüstensphäre gemacht. Da befinden wir uns noch immer.«

»Warum transmittieren wir nicht einfach wieder zurück?«

»Die Sphäre unter dem Wald kann uns nicht aufnehmen. Dafür ist sie zu beschädigt. Damals ging das, weil wir uns unmittelbar über ihr aufhielten und sie mit Wasser begossen hatten. Aber dann hat uns die Wüstensphäre hierher geholt.«

»Wie viel Zeit haben wir noch, um von hier zu verschwinden?« Michelle konnte sich trotz der verbesserten Ausgangslage nicht beruhigen.

»Die Sphäre wird uns genug Zeit geben«, antwortete Neha gelassen. »Wir sollten uns aber trotzdem beeilen.«

»Wie weit ist es noch?«

»Wir werden uns gleich in eine höhere Ebene transferieren lassen.«

Wenig später hatten sie die anderen eingeholt. Nach ein paar hundert Metern hob Neha die Hand und ließ die Gruppe anhalten.

»Was ist los?« Christopher befürchtete Schwierigkeiten.

»Eigentlich müsste unmittelbar vor uns die Transmission eingeleitet werden.«

»Du meinst das Licht?«

Neha antwortete nicht. Sie stand regungslos und mit geschlossenen Augen neben ihm und schien sich zu konzentrieren.

Kurz darauf sagte sie: »Die Infizierung in diesem Bereich der Sphäre ist schon zu weit fortgeschritten. Eine Transmission an dieser Stelle wäre zu riskant. Wir müssen weiter.« Dann rannte sie wieder los.

Bevor Christopher ihr folgte, drehte er sich um und blickte zurück. Was er sah, ließ ihn frösteln. Das blasse Licht in einiger Entfernung war nicht mehr bläulich, sondern hatte einen schmutzigen Grauton angenommen. Diese Verwandlung rückte immer näher. Ohne lange zu fackeln, drehte er sich um und rannte der Gruppe hinterher.

Als er Neha eingeholt hatte, raunte er ihr zu: »Es könnte sehr knapp werden. Die Assimilierung schreitet schnell voran.«

»Ich weiß, aber sag es nicht zu laut. Eine Panik können wir jetzt nicht gebrauchen.«

Christopher blickte nach vorn, als ob er sich vergewissern wollte, dass vor ihnen alles noch im vertrauten Blau erschien. Er konnte kein Ende des Tunnels ausmachen, wusste aber, dass Neha permanent mit der Sphäre in mentaler Verbindung stand und auf eine Gelegenheit für den Transfer wartete. Trotzdem, und vor allem der Ungewissheit wegen, wann und ob sie eine Gelegenheit zur Flucht bekommen würden, zerrte jeder Schritt, den er machte, an Geduld und Nerven.

Als er schon nicht mehr daran glauben wollte, erkannte er weit vor sich ein langsam heller werdendes Licht. Als ob es die ganze Gruppe beflügeln würde, begannen alle schneller zu rennen. Das Licht verstärkte sich und wurde größer.

Dieses Ereignis war Christopher sehr vertraut, hatte er es doch schon mehrmals erlebt. Deshalb überraschte es ihn nicht, als die Lichtquelle eine ovale Form annahm.

»Weiter!«, rief Neha, als befürchtete sie, jemand könnte sich davor ängstigen. Doch niemand blieb zurück. Geschlossen rannten sie auf die Lichtquelle zu. Keiner sprach ein Wort. Nur noch das regelmäßige Keuchen war zu hören.

Christopher wagte einen kurzen Blick zurück und erschrak zutiefst. Der gesamte Tunnel, den sie vor wenigen Sekunden rennend durchquert hatten, hatte sich grau verfärbt. Nur noch ein kurzes Stück erschien in Blau. Doch dieses Stück schrumpfte zusehends.

»Rennt, was das Zeugs hält!«, schrie er mit keuchender Stimme. »Die haben uns gleich eingeholt!«

Er blickte wieder nach vorn, um abzuschätzen, wann der Transfer eingeleitet werden würde. Das konnte jedoch noch eine Weile dauern, da bisher nicht einmal die Lichtpunkte erschienen waren. Auch die benötigten nach seinen bisherigen Erfahrungen eine gewisse Zeit, um ihre volle Kraft zu entfalten.

Noch ein kurzer Blick zurück. Die Killerpartikel fraßen sich mit ungebremster Geschwindigkeit weiter in ihre Richtung und verschonten nichts. Im Hintergrund konnte er sogar gravierende Verformungen des Tunnels wahrnehmen. Noch weiter zurück erlosch die Beleuchtung. Dort gab es nur noch gähnende, schwarze Leere. Christopher durfte gar nicht daran denken, was passieren würde, wenn die Killerpartikel sie einholten und über sie herfallen würden. Das Ende wäre bestimmt äußerst qualvoll.

Endlich erschienen die Lichtpunkte. Seitlich von ihm züngelten bereits die ersten grauen Verfärbungen an den Wänden entlang.

Christophers Lungen brannten. Er glaubte, die Knie würden gleich einknicken.

Die Punkte verstärkten und vermehrten sich, nach Christophers Ansicht jedoch viel zu langsam. Zuerst dachte er, es handle sich lediglich um eine von seiner Angst herrührende Täuschung. Doch je näher er dem ovalen Licht kam, desto mehr wurde aus der vermeintlichen Täuschung eine berechtigte Befürchtung.

Nein! Bitte nicht! Wo wir es doch gleich geschafft haben.

Seine Füße schienen immer schwerer zu werden, seine Beine immer schlaffer.

Täuschte er sich, oder zog sich das ovale Licht zurück? Entfernte es sich wieder?

»Neha!«, schrie er röchelnd. »Wir schaffen es nicht!«

Daraufhin blieb sie abrupt stehen, drehte sich entschlossen um und streckte ihre Arme aus. Der Boden vor ihr wölbte sich und türmte sich zu einer hohen Mauer auf, die kurz darauf beinahe die Tunneldecke erreichte.

Während seine Gefährten weiterrannten, blieb Christopher ebenfalls stehen und beobachtete schwer atmend Nehas Aktion.

»Geh!«, rief sie, ohne sich umzudrehen. »Bring dich und das Team in Sicherheit!«

»Ich gehe nicht ohne dich.«

»Verschwinde!«

»Nein! Du schaffst es nicht alleine.«

Christopher stellte sich unmittelbar hinter sie, legte seine Hände auf ihre Schultern und schloss die Augen. Sogleich spürte er, wie Energie von seinem Körper abgezogen wurde. Im ersten Moment befürchtete er, das Bewusstsein zu verlieren. Aber dann schloss er die Augen und konzentrierte sich auf seine Neuro-Sensoren.

Er konnte anschließend nicht sagen, wie lange er zusammen mit Neha dagestanden und sie mit seiner Mentalenergie bei ihrem Kampf gegen die Killerpartikel unterstützt hatte. Als er die Augen wieder öffnete, erkannte er unmittelbar vor sich eine skurril geformte, teilweise transparente Wand, die große Ähnlichkeiten mit dem Innern eines Eisgletschers hatte.

»Damit werden sie eine Weile beschäftigt sein«, hörte er Neha sagen. Sie schritt auf die Wand zu und legte ihre Hand darauf.

Christopher tat es ihr gleich. »Hart wie Stahl.«

»Wenn sie das assimilieren, wird es in Milliarden kleine Stücke zerbrechen. Die einzelnen Teile müssen zuerst wieder zusammenfinden. Das kann uns ein bisschen Zeit verschaffen.«

»Aber nur ein bisschen, denn von hinten kommt ständig Nachschub.«

»Gehen wir.« Ohne zu zögern drehte sie sich um und rannte los. Als er ihr folgen wollte, stellte er fest, dass der Rest der Gruppe verschwunden war.

104.

Als sich Michelle mit einem kurzen Blick zurück vergewissern wollte, ob Christopher und Neha noch immer hinter ihr waren, stellte sie mit Schrecken fest, dass die beiden weit von ihr entfernt stehengeblieben waren. Sofort hielt sie an und wollte zurückrennen. Doch David packte sie am Arm und zog sie weiter mit sich.

»Komm! Wir müssen weiter.«

»Aber wir können sie doch nicht im Stich lassen.«

»Sie unternehmen etwas gegen die Ausbreitung der Partikel und verschaffen uns damit mehr Zeit für den Transfer. Wenn du zurückgehst, war alles umsonst.«

Michelle fühlte sich hin und her gerissen und haderte mit ihrem Schicksal. Als David sie energischer mit sich zog, stolperte sie und wäre beinahe gestürzt.

»Christopher! Neha!«, schrie sie. »Kommt endlich!«

Sie musste den Blick wieder nach vorn richten, um mit David mithalten zu können, der nach wie vor ihren Unterarm fest umklammerte. Sie spürte, wie er das Tempo beschleunigte.

Die Lichtpunkte hatten sich mittlerweile wieder verstärkt, was bestimmt auf Nehas und Christophers Aktion zurückzuführen war.

Wenn sie doch nur wieder zurück bei ihnen wären!

Beim Gedanken, den beiden könnte etwas zustoßen, spürte Michelle einen dicken Kloß im Hals.

Plötzlich ging alles sehr schnell. Die Lichtpunkte vermehrten sich rasant, kamen auf sie zugeschossen und hüllten sie mehr und mehr ein. Noch einmal blickte Michelle zurück, aber die Lichtpunkte hatten sie bereits derart umhüllt, dass sie fast nichts mehr erkennen konnte.

»Christopher! Neha! Wo seid ihr?«

Keine Antwort.

Das Licht hüllte sie vollständig ein. Sie fühlte sich schwerelos und für einen kurzen Moment auch zeitlos.

Dann waren die Lichtpunkte verschwunden. Trotzdem war es hell um sie herum. Doch die Helligkeit kam nicht von dem ovalen Licht vor ihr, sondern war überall. Sie hob den Kopf und blickte hinauf zum Himmel, oder dem, was sie dafür hielt. Bei längerem Betrachten kam sie zu der Überzeugung, dass dies kein Himmel war, sondern so etwas wie eine leuchtende Kuppel.

Langsam senkte sie den Kopf und sah sich um.

Wasser!

Sie war von Wasser umgeben. Darauf schwammen unzählige blaue Plattformen, die an den Rändern von sanften Wellen überspült wurden. Schmale Stege verbanden sie miteinander. Im Zentrum reckten schmale, unterschiedlich geformte und bizarre Türme ihre Spitzen in die Höhe.

David und Layla standen ebenfalls auf der Plattform und ließen ihre Blicke umherschweifen. Layla hielt sich geblendet die Hand über die Stirn und sah zur Kuppel empor.

»Also so sieht eine völlig regenerierte Sphäre aus«, sagte David beeindruckt.

»Wo sind die beiden?« Michelle sah sich besorgt um.

»Dort drüben steht euer Raumgleiter«, rief Layla und zeigte mit dem Finger in die Richtung. »Tomi wird staunen, wenn wir hier auftauchen.«

Alle wandten sich in die Richtung. Einige Plattformen entfernt entdeckte Michelle eine blaue Kuppel mit einer dunklen Öffnung. Der vertraute Anblick der *Space Hopper* ließ ihr Herz höher schlagen.

Alles wäre gut, wenn nur Christopher und Neha auch schon hier wären, dachte sie.

»Komm«, sagte David leise. »Die beiden werden bestimmt gleich hier sein. Gehen wir zum Schiff und machen es startklar.«

Michelle nickte nur.

Hintereinander überqueren sie die Zwischenstege und erreichten wenig später die große Plattform, auf der die *Space Hopper* stand. David öffnete eine Klappe neben dem Hauptschott und betätigte den Öffnungsmechanismus. Das Schott glitt zur Seite. Die Einstiegstreppe klappte heraus.

»Endlich wieder in vertrauteren Gefilden«, sagte Lalya erleichtert. »Habt ihr drinnen wenigstens etwas zum Anziehen?«

Während David mit den Quirls den Gleiter betrat, drehte sich Layla um und blickte zu Michelle zurück, die nach wie vor am Rand der Plattform stand und zu der Stelle starrte, an der sie alle nach der Transmission materialisiert worden waren. Insgeheim bewunderte sie Christophers Freundin. Sie konnte sich nicht vorstellen, wie sie sich verhalten würde, wenn sie einen Lebenspartner hätte und er innerhalb kurzer Zeit zweimal fast gestorben wäre. Layla war sich plötzlich der Kraft bewusst, die von Michelle ausging. Aber sie war sich nicht sicher, wie lange diese Stärke noch standhalten würde.

Michelles verzweifelter Blick war nach wie vor auf dieselbe Stelle gerichtet. Sie spürte das Brennen in den Augen, da sie aus Angst, etwas zu versäumen, kaum zu blinzeln wagte.

Wo bleiben die beiden denn?, fragte sie sich schon zum hundertsten Mal. In Gedanken malte sie sich die verschiedensten Schreckensszenarien aus. Verzweiflung machte sich in ihr breit.

Als sie eine Hand auf ihrer Schulter spürte, wandte sie den Kopf zur Seite und erkannte Layla neben sich.

»Du machst dir große Sorgen um die beiden, nicht wahr?«, sagte sie leise.

»Und wie. Es wiederholt sich immer wieder. Mal für Mal passiert etwas. Ständig muss ich mir Sorgen machen, ob ihm oder ihr etwas zugestoßen ist.«

»Es scheint das Risiko von Raumfahrern zu sein.«

»So habe ich es mir nicht vorgestellt, als ich mich vor knapp einem Jahr den *Space Hopper*s anschloss. Damals wollte ich einfach nur weg von der Erde. Nichts hielt mich mehr dort.

Aber ich hätte nie damit gerechnet, auf jedem Flug in derartige Schwierigkeiten zu geraten.«

»Wollen wir zurück an Bord?«

Michelle drehte sich kurz um und bemerkte, dass sich abgesehen von ihnen beiden niemand mehr außerhalb des Schiffs aufhielt. »Am liebsten würde ich zurückgehen, um ihnen zu helfen.«

»Du könntest nichts ausrichten. Die beiden haben uns durch ihre Aktion zur Flucht verholfen. Sie wussten genau, was sie taten.«

»Es klingt so, als hätten sie sich für uns geopfert.«

»So meinte ich es nicht. Aber sie kannten ihr Risiko und nahmen es auf sich, um uns zu retten. Falls sie es nicht schaffen sollten, dann sollten wir das nicht außer Acht lassen.«

»Na, ihr beiden? Wollt ihr nicht reinkommen?« David war unhörbar hinter sie getreten.

Michelle drehte sich um und sah ihren Gefährten in seiner üblichen Bordkleidung. »Wir warten auf Christopher und Neha.«

»Mickie«, begann er zaghaft, »so sehr ich mir wünsche, dass die beiden zu uns finden, so müssen wir auch mit der Möglichkeit rechnen, dass sie es nicht schaffen.«

»Sie schaffen es«, erwiderte sie trotzig. »Ich weiß es.«

»Falls sie bei ihrer Aktion den Partikeln zum Opfer gefallen sind, sollten wir dafür sorgen, dass ihr Tod nicht sinnlos war.«

»Was meinst du damit?«

»Wenn es brenzlig wird, sollten wir unverzüglich starten.«

»Du willst sie zurücklassen?« Michelle funkelte ihn empört an.

»Was nützt es, wenn wir auch draufgehen? Es wäre bestimmt nicht in ihrem Sinn.«

»Ich werde diese Plattform nicht verlassen, solange sie noch nicht da sind. Ich werde mich nicht von der Stelle rühren.«

»Mickie, das ist unvernünftig.«

»Mir egal.«

»Ich verstehe deine Verzweiflung, aber willst du uns alle gefährden?«

»Ihr könnt von mir aus abhauen. Ich werde warten.«

David senkte sein Haupt und schloss für einen kurzen Moment die Augen. Dann blickte er zu Layla und schüttelte den Kopf.

»Solange hier alles in Ordnung ist, werden wir natürlich warten«, fuhr er nach einer Weile besänftigend fort. »Aber beim geringsten Anzeichen von Schwierigkeiten werden wir starten.« David drehte sich um und ging zur *Space Hopper* zurück.

Michelle rührte sich nicht, starrte nur geradeaus in dieselbe Richtung.

»Wenn sich die Killerpartikel bis zu dieser Plattform vorarbeiten, dürfen wir nicht riskieren, dass sie den Gleiter erreichen und befallen«, sagte Layla.

Michelle erwiderte auch darauf nichts. In ihrem Kopf tobte ein verzweifelter Kampf zwischen Vernunft und Emotionen, wobei die Gefühle derzeit die Oberhand hatten. Christophers Teilnahme am Stoßtrupp während des Aufstandes der OVT in Tongalen, sein Aufenthalt in München, um sich die Neuro-Sensoren implantieren zu lassen, der verwegene Tauchgang am Nordpol von TONGA-II, die Gefangennahme auf MOLANA-III – und nun das hier. Es wiederholte sich immer wieder. Nach jedem Vorfall hatte sich Michelle gesagt: Nicht noch einmal. Nun befand sie sich erneut in einer solchen Situation. Irgendwann würde es nicht mehr gut enden. Vor diesem Moment fürchtete sie sich am allermeisten. Ihre Nerven erreichten die Grenze der Belastbarkeit.

Plötzlich bemerkte sie, dass sich weit entfernt von ihr auf einer Plattform etwas tat. Sie reckte ihren Hals und kniff die Augen zusammen, in der Hoffnung, besser zu erkennen, was geschah.

Layla lenkte ihren Blick in dieselbe Richtung.

»Irgendetwas tut sich da.«

»Das sind aber nicht unsere beiden.«

»Ja, aber vielleicht werden sie gleich erscheinen.«

»In meinen Augen ist es etwas ganz anderes.«

Michelle blinzelte ein paar Mal, in der Hoffnung, eine Bildtrübung zu beseitigen. »Was um alles in der Welt ist das?«

»Ich ahne Schlimmes.« Layla wurde sichtlich unruhig. »Achte auf die Farbe.«

Als hätte sie diese Tatsache bisher bewusst ignoriert, wurde Michelle mit einem Mal klar, was Layla ausdrücken wollte. Die Farbe, die sie auf der entfernten Plattform sah, war eindeutig grau und nicht das vertraute Blau, wie es rund um sie herum existierte. Diese graue Fläche schien sich kontinuierlich auszubreiten.

»Oh nein! Scheiße!« Ihr Nervenkostüm begann noch mehr zu flattern. »Das darf doch nicht wahr sein.«

»Es sind die grauen Partikel«, bestätigte Layla. »Sie haben es bis an die Oberfläche geschafft.«

Eine Weile stand Michelle da und starrte in die Ferne. Dann erschienen die ersten Tränen. Sie begann zu schluchzen und wurde schließlich von einem Weinkrampf erschüttert. Layla nahm sie in die Arme und drückte sie an sich.

Unauffällig hatten sich ihnen David und Tomi genähert und packten Michelle an den Armen und um ihren Oberkörper. Gleich darauf schleppten sie sie in Richtung *Space Hopper*.

Michelle begann zu schreien, wand sich und versuchte, sich zu befreien. Sie stemmte ihre Füße gegen den Boden und ließ sich mit ihrem ganzen Körpergewicht fallen. Trotz aller Bemühungen schaffte sie es nicht, sich zu lösen. Daraufhin trat und strampelte sie heftig mit Beinen und Füßen.

Layla versuchte, ihre Beine in den Griff zu bekommen und hielt sie fest umklammert.

Michelle kreischte und tobte. Sie war außer sich. »Lasst mich los!« Ihre Stimme überschlug sich. Sie stieß derbe Flüche aus. »Lasst mich hier! Ich komme nicht mit!« Sie wand sich weiter und versuchte, mit den Händen um sich zu schlagen.

Niemand sonst sprach ein Wort.

Kurz zuvor hatten David und Tomi vom Panoramafenster der *Space Hopper* aus ebenfalls entdeckt, dass sich in der Ferne eine Plattform grau verfärbt hatte, und dass diese Verfärbung begann, sich auf die umliegenden Plattformen auszubreiten. David und Tomi war sofort klar, was dies zu bedeuten hatte. Sie mussten so schnell wie möglich verschwinden.

Die Sphäre wollte ihnen genug Zeit zum Entkommen geben. Aber wenn die aggressiven Partikel sich bereits dermaßen ausgebreitet hatten, blieb ihr nichts anderes übrig, als die Selbstzerstörung möglichst schnell auszuführen. In welcher Form dies stattfinden würde, wusste niemand. Deshalb war es ratsam, sich so weit wie möglich von der Sphäre zu entfernen.

Nachdem sie die nach wie vor tobende Michelle an Bord verfrachtet hatten, setzte sich David in den Pilotensessel und aktivierte die Startsequenz. Layla hatte sich einen Bordanzug besorgt und ließ sich neben ihm auf dem Platz des Kopiloten nieder. Dann starrte sie durch das Panoramafenster und verfolgte die beängstigende Entwicklung. Die Killerpartikel verbreiteten sich immer schneller und kamen ihrer Plattform schon bedrohlich nahe. Es konnte nicht mehr lange dauern, bis die gesamte Sphäre assimiliert war. Auch Layla war sich im Klaren, dass die Sphäre die Selbststörung ausführen musste, solange sie noch dazu imstande war.

David hatte das Hauptschott blockiert, da Michelle nichts unversucht ließ, es in ihrer letzten Verzweiflung wieder zu öffnen, um nach draußen zu gelangen. Es war unmöglich gewesen, sie in ihre Kabine zu tragen, da sie sich gegen alles sperrte, was ihr in den Weg kam und sich überall festzukrallen versuchte. Also ließ man sie in der Schleuse stehen. Tomi blieb bei ihr und versuchte vergebens, sie zu beruhigen.

Als Michelle spürte, wie die *Space Hopper* abhob, stieß sie einen letzten markerschütternden Schrei aus.

Dann brach sie zusammen.

David und Layla bekamen im Cockpit davon nichts mit. Sie konzentrierten sich auf den Start und beobachteten das weitere Geschehen auf der Sphäre.

Der Gleiter schwebte in die Höhe, an den skurrilen Türmen vorbei, von denen sich bereits einige ebenfalls grau verfärbt hatten. Kurz bevor sie die hell leuchtende Kuppel erreichten, erlosch diese. Der Weg nach draußen war frei.

David beschleunigte. Die Plattformen blieben unter ihnen zurück. Im Panoramafenster und auch auf dem Monitor im Aufenthaltsraum konnte man die immer kleiner werdende Sphäre deutlich sehen.

Plötzlich begann die Kuppel wieder zu leuchten. Doch es war ein anderes, grelleres Licht, das nicht nur die Kuppel umfasste, sondern das gesamte Innere der Sphäre ausfüllte. Auch der untere, mit Wasser gefüllte Teil wurde vom Licht erfasst. Obwohl sich die *Space Hopper* mit hoher Geschwindigkeit entfernte, schien die Kugel immer heller zu werden. Die Konturen der Türme und Plattformen verschwanden im Licht. Nach einer Weile konnte man mit bloßem Auge nicht mehr auf die Sphäre blicken. Sie erstrahlte so hell wie eine kleine Sonne.

Dann brach das Licht auseinander. In konzentrischen Ringen breiteten sich die Lichtwellen nach allen Seiten aus. Feinster Funkenregen ergoss sich, füllte die Zwischenräume innerhalb der Ringe aus und verteilte sich langsam im umgebenden Raum.

Nach kurzer Zeit war der Spuk vorbei. Von der Sphäre war nichts mehr zu sehen. Der Ort des Spektakels war nur noch ein Ort der Dunkelheit und der Leere.

105.

An Bord der *Space Hopper* herrschte Niedergeschlagenheit. Der Verlust von Christopher und Neha und auch Michelles Zustand drückte allen aufs Gemüt.

Nachdem sie in der Schleuse zusammengebrochen war, hatte man Michelle in ihre Kabine getragen und aufs Bett gelegt. Mit offenen Augen lag sie da und rührte sich nicht.

Nach einer kurzen Besprechung, bei der sie sich eingestehen mussten, dass die Mission gescheitert war, einigten sie sich darauf, das MOLANA-System zu verlassen und zum Nordpol von TONGA-II zurückzukehren.

Nachdem David die *Space Hopper* dem Autopiloten übergeben hatte, setzte er sich mit Rick in Verbindung und schilderte ihm die Ereignisse in allen Einzelheiten. Rick zeigte sich über die Verlustmeldung sichtlich schockiert und fand im ersten Moment keine Worte. Layla führte ein längeres Gespräch mit Jason Farrow. Auch er war sehr betroffen.

Anschließend zogen sich alle in ihre Kabinen zurück und gönnten sich eine wohlverdiente Ruhepause. Die vier Quirls blieben in Michelles Nähe.

Während des gesamten Flugs wurde nicht viel gesprochen. Jeder erfüllte seine Pflicht. Viel gab es ohnehin nicht zu tun.

Als sie den Nordpol von TONGA-II erreichten und auf dem Landeplatz neben den Containern aufsetzten, wurden sie von einer Delegation, der auch Kevin Steffen und Sil Weaver angehörten, empfangen. Sie waren von Rick über den Verlust bereits informiert worden und drückten allen ihr Beileid aus.

Michelle ließ sich nicht dazu bewegen, von Bord zu gehen. Sie hatte während des gesamten Flugs weder ein Wort gesprochen, noch irgendetwas gegessen, und ihre Kabine nicht ein einziges Mal verlassen.

Kurz darauf saß das übrige Team zusammen an einem Tisch im Aufenthaltsraum des Mannschaftscontainers und trank Kaffee und Tee. Kevin ließ sich die Ereignisse in allen Einzelheiten erzählen. David wurde bei seiner Schilderung von den anderen unterstützt. Einzig Tomi konnte nicht viel dazu beitragen, da er anfangs noch unter dem Einfluss der Wasserpartikel gestanden und später die *Space Hopper* bewacht hatte.

Anschließend berichtete Sil, was sie über die Nanopartikel, die aus dem See unter dem Eispanzer stammten, herausgefunden hatte. Trotz der Entschlüsselung des Codes konnte Sil immer noch nicht mit Bestimmtheit erklären, woher diese Partikel stammten und wie alt sie waren. Sie hätte gerne auch Proben von den Killerpartikeln bekommen, aber solange man kein Mittel gegen ihre Gefährlichkeit kannte, war es besser, sie möglichst weit weg zu wissen. Man war sich jedoch bewusst, dass etwas gegen sie unternommen werden musste, da sie früher oder später überall hingelangen konnten. Auch nach TONGA-II und zur Erde. Man erachtete es sogar als Wunder, dass sie bisher in keinem ihnen bekannten System aufgetaucht waren.

»Haben Sie noch weitere Tauchgänge unternommen?«, fragte David, als das Thema über die Killerpartikel erschöpft war.

»Wir sind noch einige Male getaucht, aber nicht in die Tiefe, sondern haben vorwiegend die Oberfläche abgesucht.« Kevin strich sich über seinen Bart. »Es gibt einige Unterschiede. Die Eisdecke gelangt an mehreren Stellen fast bis zur Wasseroberfläche hinunter, an anderen ist der Abstand zu ihr fast einhundert Meter hoch. Es herrscht ein enormer Druck dort unten. Die Wassertemperatur liegt unter dem Gefrierpunkt. Wegen des hohen Drucks ist das Wasser aber immer noch flüssig.«

Nach einer Weile erhob sich Layla. »Ich werde nach Michelle sehen.«

»Gute Idee«, pflichtete ihr David bei. »Sie soll endlich etwas essen.«

»Ich kann mir sehr gut vorstellen, in welcher Verfassung sie sich befindet«, sagte Kevin. »Ich habe sie damals erlebt, nachdem Christopher getaucht war.«

»Im Grunde ist sie ein sehr einsamer Mensch. Außer ihrem verschollenen Bruder hat sie keine Familie. In Christopher und Neha hatte sie die einzigen Bezugspersonen. Nun hat sie beide verloren.«

Niemand sagte etwas darauf. Man sah allen die Betroffenheit an.

Wenig später kehrte eine aufgewühlte Layla in den Aufenthaltsraum zurück.

»Was ist passiert?«, fragte David, der sofort ahnte, dass etwas nicht in Ordnung war.

»Sie ist verschwunden.«

»Was?«

»Weit kann sie nicht sein«, beruhigte Kevin. »Ich werde gleich alle Leute aufbieten, nach ihr zu suchen.«

Er kramte seinen Kommunikator hervor und erteilte Anweisungen. Dann schlüpfte er in seinen Isolationsanzug, machte sich daran, den Raum zu verlassen und winkte die anderen hinter sich her.

Vor seinem kleinen Büroraum hielt er an, warf einen kurzen Blick hinein und ging weiter. Wenig später durchquerten sie den Tunnelgang, der zum Aufzugsschacht führte.

»Sie glauben, sie könnte zum Schacht gegangen sein?«

»Wir müssen überall nachsehen. Letztes Mal war sie auch dort, als wir nach Christophers Rückkehr mit dem Aufzug oben ankamen.«

»Nur mit dem Unterschied, dass jetzt niemand von unten erwartet wird.«

Als sie den Schacht erreichten, wurde Kevin sichtlich unruhig.

»Was ist los?«, fragte David.

»Der Aufzug. Er ist nicht da.«

»Müsste er das?«

»Eine der beiden Kabinen auf jeden Fall. Eine ist immer oben, während die andere sich unten befindet. Wenn keine da ist, heißt das, sie sind unterwegs, die eine abwärts und die andere aufwärts. Aber momentan wird im Schacht nicht gearbeitet.«

»Sie glauben, es ist Michelle, die gerade runterfährt?«

»Das kann ich nicht sagen. Auf jeden Fall hat momentan niemand von uns da unten etwas zu tun.«

David näherte sich dem Gitter und blickte in den Schacht hinunter. Viel konnte er nicht erkennen. Dafür war es zu dunkel.

»Wir warten, bis die andere Kabine oben ist. Dann teilen wir uns. Ich werde nach unten fahren. Jemand von Ihnen kann mich begleiten. Die anderen sollten hier oben auf die zweite Kabine warten.«

David und Tomi anerboten sich, zu bleiben und zu warten, während Kevin zusammen mit Layla nach unten fahren wollte.

Wenig später traf die Kabine ein. Sie war leer. Als sie eingestiegen waren und sich die Gittertür geschlossen hatte, drückte Kevin die Taste, worauf sich der Aufzug in Bewegung setzte und beschleunigte.

Die Fahrt dauerte wie üblich über eine Viertelstunde.

Kevin fragte sich, was Michelle dazu bewegt haben könnte, in den Schacht hinunterzufahren. Wollte sie etwa mit dem Tauchboot auf den Grund des Sees hinabtauchen? In der Hoffnung, wie damals Christopher dem Licht zu begegnen? Vielleicht dachte sie, er und ihre Freundin könnten ihr da unten begegnen.

Die Frage war dann, ob sie es fertigbrachte, das Tauchboot zu starten. Vielleicht hatte Christopher es ihr erklärt. Große Sicherheitsvorkehrungen gab es nicht, da bisher mit keinerlei fremdem Einwirken gerechnet werden musste.

Es gab jedoch noch eine andere Möglichkeit:

Sie wollte nicht mehr weiterleben.

Dass sie diesen Ort aussuchte, um aus dem Leben zu scheiden, schien nachvollziehbar. War doch auch Christophers

Vorhaben zu jener Zeit einem Himmelfahrtskommando gleichgekommen.

Doch warum machte er sich darüber Gedanken, wenn er noch gar nicht wusste, ob sie überhaupt nach unten gefahren war? Am besten wartete er erst einmal ab.

Nachdem sie unten angekommen waren, kletterten sie sofort in die Dekontaminationsschleuse und durchquerten sie. Als Kevin und Layla ihr am unteren Ende wieder entstiegen, schienen ihre Befürchtungen unbegründet. Das Tauchboot hing noch immer in der Verankerung.

Kevin nahm über den Kommunikator mit David Kontakt auf und fragte, ob Michelle mit der anderen Kabine oben angekommen war. David verneinte. Dann kontaktierte Kevin seine Mitarbeiter, die sich ebenfalls an der Suche beteiligten. Aber auch von ihnen bekam er keine Erfolgsmeldung.

»Irgendwo muss sie doch sein«, knurrte er.

»Wäre es ihr möglich, das Tauchboot zu öffnen?«, fragte Layla beiläufig.

»Ohne den Zahlencode nicht. Aber den könnte ihr Christopher nach seinem Tauchgang verraten haben. Wir haben ihn seither nicht geändert.« Kevin sah Layla einen kurzen Moment mit ernster Miene an, als hätte er nicht mit dieser Möglichkeit gerechnet. Er bückte sich und tippte den Code ein. Aber das vertraute Klickgeräusch blieb aus. Für einen Moment starrte er verwirrt auf das Anzeigedisplay. Dann tippte er den Code erneut ein, langsamer und aufmerksamer.

Wieder nichts.

»Was hat das zu bedeuten?«, fragte Layla erstaunt.

»Nichts Gutes.« Kevin startete einen dritten Versuch, der jedoch genauso erfolglos war, wie die ersten beiden. »Entweder hat jemand den Code geändert, was ich mir beim besten Willen nicht vorstellen kann.«

»Oder?«

»Oder sie hat die Einstiegsluke von innen blockiert.«

»Kann man feststellen, was sie gerade tut?«, fragte Layla.

»Leider haben wir immer noch keine Innenkamera installiert.«

»Was geschieht, wenn sie die Startsequenz einleitet? Gleitet das Boot dann sofort nach unten?«

»Nein. Die Startsequenz ist in erster Linie ein Kontrollprogramm, welches die Bordsysteme auf Funktionstauglichkeit überprüft. Es wird automatisch gestartet, sobald man das Boot in Betrieb nimmt. Wenn dieser Systemcheck beendet ist, muss man das obere Schott der Druckausgleichsschleuse schließen, sonst wird die Gleitschiene nicht freigegeben. Erst dann kann man das Boot starten.«

»Das heißt also, wenn sie es tut, fährt das Boot früher oder später nach unten.«

»Sobald die Schleuse geschlossen ist.«

»Wie kann man dies verhindern?«

»Eigentlich gar nicht.« Doch dann fiel ihm etwas ein. »Aber es gibt eine Notschaltung, mit der man die Druckausgleichsschleuse sofort blockieren kann. Dadurch kann auch die Gleitschiene nicht freigegeben werden.«

Kevin erhob sich blitzschnell und kletterte die kurze Treppe zur Plattform hinauf, während Layla auf dem Tauchboot sitzen blieb.

In diesem Moment ertönte ein leises Summen. Die beiden Flügel des Schotts begannen sich zu schließen.

Layla erschrak derart, dass sie es verpasste, schnell genug zu reagieren. Als sie sich erhob und die Leiter emporsteigen wollte, was es bereits zu spät. Der Spalt zwischen den Schottflügeln wurde immer kleiner, sodass sie beim Durchqueren unweigerlich zerquetscht würde.

Layla sah entsetzt zu Kevin hinauf, während sie sich an einer Sprosse festhielt.

Dann schloss sich das Schott.

Sie war sich bewusst, dass gleich der Druck innerhalb der Schleuse erhöht werden würde und dass sie keine Überlebenschance hatte, sollte sie es nicht schaffen, die Schleuse umgehend zu verlassen.

Währenddessen trat Kevin hastig an einen Schaltschrank, öffnete ihn mittels eines weiteren Zahlencodes und begann die kleine Tastatur mit Eingaben zu füttern. Aber das Schott reagierte nicht darauf.

»Mist!«, fluchte er. »Die Notschaltung kann nur von oben aktiviert werden.«

Sofort holte er den Kommunikator hervor und nahm mit Stan Petrelli Kontakt auf, während er gleichzeitig das typische Dröhnen der Druckkompressoren vernahm.

»Deaktivieren Sie sofort die Sicherheitssperre für die Notschaltung der Druckausgleichsschleuse!«, bellte er in das Gerät. »Wir haben einen Notfall!«

Der Lautsprecher blieb stumm. Kevin hörte nur Stans regelmäßigen Atem.

»Erledigt«, bestätigte Stan.

Ohne sich die Mühe zu machen, die Verbindung zu unterbrechen, legte Kevin den Kommunikator neben die Tastatur und aktivierte mit weiteren Eingaben die Notschaltung. Mit einem kurzen Seitenblick auf die Druckanzeige vergewisserte er sich, dass sich der Wert noch im Toleranzbereich befand. Er hoffte, dass Layla so gut trainiert war, dass sie mehr aushielt, als normale Menschen. Aber der Druck erreichte bereits den kritischen Bereich.

Noch eine Eingabe, dann sollten sich die Kompressoren abschalten.

Mit letzter Verzweiflung hämmerte er auf die Tastatur ein und drückte zum Abschluss die Bestätigungstaste. Dann richtete er den Blick nach unten und hoffte inständig, dass die Notschaltung auch wirklich funktionierte. Angewendet werden musste sie bisher noch nie.

Endlich verstummten die Kompressoren.

Für einen kurzen Moment lehnte sich Kevin an einen Stahlträger, schloss die Augen und atmete tief durch. Dann trat er wieder vor den Schaltschrank, bemerkte den Kommunikator und hielt ihn an sein Ohr.

»Stan?«

»Hat es geklappt?«

»Ja, im letzten Moment.« Seine Stimme klang aufgewühlt. »Wir müssen dafür sorgen, dass diese Notschaltung schneller gestartet werden kann.«

»Ich setz es ins Pflichtenheft. Habt ihr Michelle gefunden?«

»Sie sitzt im Boot und wollte tatsächlich abtauchen.«

»Dann holt sie da raus.«

»Wir arbeiten daran.«

Kevin unterbrach die Verbindung und verstaute den Kommunikator wieder, während sich das Schott der Schleuse wieder öffnete.

»So etwas möchte ich nicht noch einmal erleben«, maulte Layla verärgert, als sie die Leiter hochstieg. »Das Agentenleben ist der reinste Urlaub gegen das, was man mit euch so alles durchmacht.«

Kevin erwiderte nichts. Nachdem Layla die Leiter erklommen und sich auf die Plattform gestellt hatte, kletterte Kevin zum Boot hinunter und tippte den Code ein. Durch die Notschaltung sollte sich auch die Sperre der Luke deaktiviert haben. Als Kevin sie öffnete, reckte Layla den Hals, um möglichst viel mitzubekommen, während Kevin den Kopf ins Innere der Tauchkabine steckte.

Was er zu sehen bekam, ließ ihn erstarren.

106.

»Wir haben sie gefunden«, hörte David Kevins Stimme aus dem Kommunikator.

»Geht es ihr gut?«

»Das wissen wir noch nicht. Sie befindet sich im Tauchboot. Es macht den Anschein, als wäre sie stark unterkühlt. Sie hat sich nicht genügend warm angezogen. Wir holen sie jetzt rauf. Könnten Sie ein paar Wärmedecken auftreiben?«

»Werde ich machen. Wir erwarten Sie beim Aufzug.«

»Sehr gut.«

Zehn Minuten später kehrte er mit mehreren Decken zurück.

»Der obere Aufzug ist vor ungefähr fünf Minuten hinuntergefahren« informierte ihn Tomi. »Das heißt, es dauert noch etwas mehr als zehn Minuten, bis der andere oben ankommt.«

»Hoffentlich ist sie nicht erfroren. Wie konnte sie nur ohne Isolieranzug da runtergehen.«

»Im Moment handelt sie völlig unberechenbar und irrational. Ich hätte besser auf sie aufpassen sollen.«

»Mach dir deswegen keine Vorwürfe. Man kann nicht alles voraussehen.«

»Hoffen wir, dass es noch einmal gut ausgeht.«

Nach weiteren zehn Minuten kam der Aufzug oben an. Als sich die Gittertür öffnete, erschraken die beiden.

Kevin trug die bewusstlose Michelle in Laylas Jacke gehüllt auf den Armen. Sofort stülpte David die Wärmedecke über sie und wickelte sie so gut es ging damit ein. Anschließend eilten sie den Tunnel entlang in den Mannschaftscontainer, weiter bis zur bescheiden eingerichteten Krankenstation, wo ein Arzt und ein Sanitäter sie bereits erwarteten. Dort legten sie Michelle auf eine schmale Liege.

»Gehen wir zurück in den Aufenthaltsraum«, schlug Kevin vor. »Sie ist hier in guten Händen.«

Kaum hatten sie sich gesetzt, betrat Peter Connelly aufgeregt den Raum.

»Da unten geht etwas Unglaubliches vor sich«, sagte er keuchend. »Seit kurzer Zeit steigen Wasserspiegel und Druckwerte. Zudem haben wir ein riesiges Objekt ausgemacht.«

Kevin sah ihn einen Moment verwirrt an. »Sehen wir es uns im Kontrollraum an.« Er erhob sich und ging voraus.

Wenig später starrte die kleine Gruppe auf die Überwachungsdisplays. David, Layla und Tomi konnten mit den Daten nichts anfangen.

»Auch die Strahlenwerte sind massiv gestiegen«, fuhr Peter fort, »was darauf schließen lässt, dass sich die Konzentration der Nanopartikel im Wasser stark erhöht hat.«

»Besteht Gefahr?« Kevin verglich Daten auf zwei Displays miteinander, während Peter an einem anderen Terminal ein Programm aufgerufen hatte und irgendetwas eintippte.

»Im Moment noch nicht«, antwortete er nach einer Weile. »Aber wenn der Druck weiter steigt, könnte es kritisch werden. Die beiden Schleusen sind allzu hohen Werten nicht gewachsen und könnten beschädigt oder sogar zerstört werden. Außerdem könnte das Seewasser durch den Schacht nach oben dringen.«

»Die Arbeit von drei Jahren wäre damit vernichtet. Steigt der Druck gleichmäßig?«

»Einigermaßen.«

»Das spricht gegen eine natürliche Ursache.«

»Hier.« Peter zeigte auf ein anderes Display, auf dem sich die Umrisse eines Gebildes abzeichneten. »Das ist das Objekt.«

Kevin starrte darauf und kratzte sich an seinem Bart. »Was um alles in der Welt ist das? Wie groß ist es?«

»Der horizontale Durchmesser beträgt über acht Kilometer.«

»Haben Sie es überprüft? Ich kann es mir nicht vorstellen.«

»Ja, mehrmals. Vor einer halben Stunden war es plötzlich da. Seither steigt es langsam, aber kontinuierlich in die Höhe.«

»Hat es sich auch in andere Richtungen bewegt?«

»Bisher nur aufwärts, als ob es sich aus dem Seeboden befreien würde.«

»Konnten Sie schon feststellen, um was für ein Objekt es sich dabei handelt?«, fragte David, der einen bestimmten Verdacht hegte.

»Ich habe keine Ahnung. Wir haben überprüft, ob es ein Seebeben gegeben und sich dadurch der Seeboden verformt hat. Aber Fehlanzeige. Da hat sich überhaupt nichts getan. Um Genaueres herauszufinden, müssten wir eine Sonde nach unten schicken.«

»Dann sollten wir es tun«, meinte Kevin.

Peter gab über seinen Kommunikator die entsprechenden Anweisungen. »Wollen wir hoffen, dass der Sonde der erhöhte Druck nichts ausmacht.«

»Sie sollte es eigentlich verkraften.«

»In einer halben Stunde werden wir Daten haben.«

»Rufen Sie mich, wenn es soweit ist. Ich bin im Aufenthaltsraum.« Kevin erhob sich und verließ zusammen mit David, Layla und Tomi den Raum.

»Ist schon eigenartig«, bemerkte Kevin unterwegs. »Wir hatten es in den letzten Tagen hier sehr ruhig. Aber kaum ist die *Space Hopper* wieder hier, geschehen merkwürdige Dinge.« Dabei ließ er ein kurzes Lächeln aufblitzen.

»Wir ziehen das Unheil magisch an«, scherzte David zurück.

Als sie den Aufenthaltsraum erreicht hatten, setzten sie sich zu Sil Weaver an den Tisch.

»Ich habe bei meinen Forschungen mit den hier gefundenen Nanopartikeln einiges herausgefunden und würde von euch gern etwas über eure Erkenntnisse bezüglich der Partikel in der Sphäre erfahren«, sagte die Nanotechnikerin.

In den nächsten Minuten berichteten David und Layla abwechselnd über ihre Erfahrungen mit den Nanopartikeln. Sil stellte zwischendurch gezielte Fragen, vor allem, als es um das Verhalten der Killerpartikel ging.

Mitten in der Diskussion gab es eine heftige Erschütterung. Der Inhalt der vor ihnen stehenden Tassen schwappte über den Rand und ergoss sich auf die Tischplatte. Einige Gegenstände fielen klirrend auf den Fußboden. Selbst der Mannschaftscontainer gab ein gequältes Ächzen von sich.

»Was war das denn?«, fragte Layla erstaunt und erschrocken zugleich und sah die anderen fragend an.

»Hat sich stark nach einem Erdstoß angefühlt.« David hielt sich immer noch an der Tischplatte fest.

»Wir befinden uns auf einer mehrere Kilometer dicken Eisplatte. Da kann man nicht unbedingt von einem Erdstoß reden.« Kevin griff nach seinem Kommunikator und rief Peter an. »Haben Sie das auch gespürt?«

»Und wie«, klang es aus dem kleinen Lautsprecher.

»Was war das?«

»Die Eisplatte scheint sich ein bisschen bewegt zu haben. Könnte vom erhöhten Druck herrühren.«

»Schicken Sie jemanden, den Schacht zu kontrollieren.«

»Werde ich machen.«

»Hoffen wir, dass sich das nicht wiederholt«, brummte Kevin, nachdem er das Gespräch beendet hatte.

Die zweite Erschütterung, die gleich darauf folgte, war jedoch weitaus stärker.

107.

Peter Connelly war mit zwei Arbeitern unterwegs zum Schacht, als sie durch die zweite Erschütterung von den Füßen gerissen wurden und der Länge nach zu Boden fielen. Mühsam rappelten sie sich wieder hoch und eilten weiter. Keiner sagte ein Wort, aber inständig hoffte Peter, dass der Schacht auch dem zweiten Stoß standgehalten hatte.

Beim Bau waren potenzielle Verschiebungen und Erschütterungen berücksichtigt worden. Die Schienen und die Verstrebungen der beiden Aufzüge waren so konstruiert, dass sie ein in sich geschlossenes System bildeten, das nur eine minimale Anzahl Verbindungen zu den Eiswänden enthielt. Diese bestanden aus Kugelgelenken und Teleskopbolzen, die sich bei Erschütterungen oder Verschiebungen bis zu einem gewissen Grad anpassen konnten.

Dass diese Konstruktion einer derartigen Bewährungsprobe ausgesetzt werden würde, hatte sich Peter nicht vorstellen können. Zwar war es während der drei Jahre, in denen sie den Schacht errichtet hatten, immer wieder zu schwächeren Beben und kleineren Erschütterungen gekommen. Man hatte sich jedoch an sie gewöhnt und sie als Test für die Stabilität der Konstruktion betrachtet.

Doch nun, bei der zweiten Erschütterung, hatte Peter seine Zweifel. Falls es dabei zu einer starken Verschiebung gekommen war, konnten die gelenkartigen Halterungen arg in Mitleidenschaft gezogen worden sein. Er vermochte jedoch nicht zu beurteilen, ob es sich bei der zweiten Erschütterung nur um einen vertikalen Stoß oder um eine starke horizontale Verschiebung gehandelt hatte. Letzteres wäre für den Schacht verheerend. Stöße ohne große Verschiebung der Eismassen konnte die Konstruktion ohne Weiteres verkraften. Zu starke Verschiebungen von Schichten hingegen würden die Halterungen beschädigen oder gar herausreißen.

Als Peter mit den beiden Arbeitern beim Aufzug ankam, befand sich die eine Kabine oben. Er drückte auf die Taste, worauf sich die Gittertür beiseiteschob. Es machte nicht den Anschein, als wäre an der Kabine etwas nicht in Ordnung.

Peter öffnete einen isolierten Kunststoffschrank neben dem Aufzugschacht. Über eine Tastatur, die sich unterhalb eines Anzeigedisplays befand, gab er ein paar Befehle ein, worauf das Display einige grafische Darstellungen zeigte. Diese gaben für jede einzelne Halterung den momentanen Zustand an.

»Wie es aussieht, ist nichts beschädigt«, sagte er zu den beiden Arbeitern, die neben ihm standen und ebenfalls auf das Display blickten. »Ich werde die Kabine für eine Probefahrt herunterfahren lassen.«

Er betätigte einen Schalter neben der Tastatur, worauf sich die Gittertür schloss und die Kabine sich abwärts in Bewegung setzte. »Falls unterwegs etwas passieren sollte, wird es auf dem Display angezeigt.«

Peter schloss den Schaltschrank. »Ich werde das Ganze vom Kontrollraum aus verfolgen. Gehen wir.«

Wenig später setzte sich Peter vor seinen Monitor und aktivierte das Überwachungsprogramm, während Stan Petrelli und Daisy Button an den eigenen Arbeitsplätzen andere Aufgaben verrichteten.

Die Aufzüge waren seit etwas mehr als fünf Minuten unterwegs. Es wurde bisher keine Störung angezeigt.

»Ich hoffe, es bleibt so«, sagte Peter leise.

Doch kaum hatte er es ausgesprochen, erschien auf dem Monitor eine Meldung, die besagte, dass beide Kabinen angehalten hatten. Peter prüfte die Anzeigen. »Keine Fehlermeldung. Habt ihr etwas?«

»Nichts«, antworteten Stan und Daisy unisono.

»Wenn ich meiner Anzeige glauben darf, stehen die beiden Kabinen genau nebeneinander. Das würde bedeuten, beide haben exakt die Hälfte der Strecke zurückgelegt.«

Stan blickte verwundert zu Peter herüber. »Zufall?«

»Glaubst du an Zufälle?«

»Eher nicht.«

»Ganz meine Meinung. Es könnte sein, dass sich die Führungsschienen der beiden Kabinen verschoben haben und sie sich nun gegenseitig blockieren.«

»Kann ich mir nicht vorstellen. Dann würde es von irgendeinem der Kontrollsysteme gemeldet werden. Ich hab aber überhaupt nichts. Zudem müsste sich die eine Kabine unter der Beschädigung und die andere darüber befinden. Aber nicht nebeneinander.«

»Jungs. Schaut euch mal diese Anzeige an«, mischte sich Daisy in die Unterhaltung ein.

Peter und Stan rollten mit ihren Stühlen zum Arbeitsplatz ihrer Kollegin und starrten ungläubig auf das Display. Sie sahen zwei Zahlen, welche die zurückgelegten Strecken der beiden Kabinen anzeigten. Die eine Zahl für jene, die oben und die zweite für die andere, die unten gestartet war. Beide Zahlen zeigten ihre Angaben millimetergenau.

Beide Zahlen waren völlig identisch.

»Entschuldigen Sie, wenn ich Sie schon wieder störe«, klang Peters Stimme aus dem Lautsprecher von Kevins Kommunikator, »aber das sollten Sie sich unbedingt ansehen.«

»Ich bin gleich bei Ihnen.« Er schaltete ab, sah die anderen an und sagte: »Hat jemand Lust, mich zu begleiten?«

Niemand ließ sich zweimal bitten. Gemeinsam verließen sie den Aufenthaltsraum, um sich wenig später ebenfalls über die beiden identischen Zahlen zu wundern.

»Wenn das ein Zufall ist, verspeise ich meinen Kommunikator samt Hülle«, meinte Peter.

»Auch wenn es unglaublich klingen mag«, äußerte sich David, »aber für mich sieht es so aus, als ob jemand die Kabinen ganz bewusst dort angehalten hat.«

»Sie glauben, es ist ein Zeichen?« Kevin strich sich einmal mehr über den Bart.

»So würde ich es sehen.«

»Aber von wem?«

»Das ist die große Preisfrage.«

»Und was soll dieses Zeichen aussagen?«

»Halten wir mal Folgendes fest: Es gibt keinerlei Fehlermeldungen über eine defekte Halterung, geschweige denn über einen beschädigten Schienenabschnitt. Laut Kontrollsystem ist der Schacht völlig in Ordnung. Niemand von uns könnte die Kabinen derart genau nebeneinander zum Stehen bringen. Außer dem Zufall, an den glaube ich in dieser Situation aber nicht. Zudem hat niemand von uns die Kabinen gestoppt. Ich kann es mir nur so erklären, dass wir nicht hinunterfahren sollen. Jemand gibt uns ein unmissverständliches Zeichen, indem er eine Situation herbeiführt, die für uns praktisch unmöglich zu bewerkstelligen ist.«

Einige Sekunden lang herrschte nachdenkliches Schweigen.

»Könnte eine Warnung sein«, mutmaßte Peter.

»Das glaube ich auch«, stimmte David zu. »Anscheinend von jemandem, der uns vor einer Gefahr da unten beschützen will.«

»Der Wasserspiegel und der Druck sind weiter angestiegen«, meldete sich Stan zu Wort. »Wenn es so weitergeht, wird es gefährlich. Der erhöhte Druck könnte die Druckausgleichs- und die Dekontaminationsschleuse aus den Verankerungen reißen und sie wie Geschosse den Schacht hinaufkatapultieren.«

»Und mit ihnen die beiden Aufzugskabinen«, fügte Peter hinzu.

»Unter Umständen könnte dies der Grund sein, warum wir nicht in den Schacht hinunterfahren sollen«, sagte Kevin.

»Das vermute ich auch. Aber von wem werden wir gewarnt?«

»Vielleicht von denselben Wesen, die damals Christopher heruntergelotst haben.«

Darauf sagte niemand etwas. Die Erwähnung des Namens verursachte bei allen einen tiefen Stich.

Kevin spürte die Betroffenheit sofort. »Entschuldigen Sie.«

»Es waren nicht irgendwelche Wesen, die Christopher damals gerufen hatten«, berichtigte David, »sondern unsere tot geglaubte Gefährtin Neha.«

»Oh, mein Gott«, klang es aus der Ecke von Daisy Button.

Sofort wurde sie von den anderen umringt.

Eines ihrer Displays zeigte die Stelle, an der sich vor Kurzem das riesige Gebilde aus dem Grund des Sees geschält hatte. Nun hatte sich dieses Objekt vollständig aus dem Meeresboden befreit und stieg langsam aufwärts.

Es hatte die Form einer gigantischen Kugel.

108.

»Wasserspiegel und Druck haben sich stabilisiert und bleiben konstant«, meldete Peter.

»Seit wann?«, wollte Kevin wissen.

»Seit die Kugel sich vollständig aus dem Boden des Sees befreit hat.«

»Anscheinend gibt es jetzt keine Wasserverdrängung mehr.«

»Was ist mit dem Hohlraum auf dem Grund des Sees, in dem die Kugel vergraben war?«, fragte David. »Der müsste doch jetzt vom Wasser geflutet sein.«

»Im Prinzip ja. Aber wer kann schon sagen, was sich da unten abspielt? Vielleicht gibt es diesen Hohlraum immer noch, ohne mit Wasser gefüllt zu sein.«

»Auf jeden Fall beschleunigt die Kugel nur unwesentlich«, stellte Peter fest.

»Aber immerhin beschleunigt sie.«

Peter sah Kevin fragend an. »Worauf wollen Sie hinaus?«

»Erst die beiden Aufzüge, nun dieses auffallend langsame Beschleunigen, als würde die Kugel auf irgendetwas Rücksicht nehmen.«

Peter schien zu wissen, was Kevin meinte. »Eine zu starke Beschleunigung könnte Wasserturbulenzen verursachen und unseren Schacht zerstören.«

»Nicht nur den Schacht. Die Eisplatte selbst würde in Mitleidenschaft gezogen werden. Das alles könnten Indizien dafür sein, dass wir es mit einer Intelligenz zu tun haben, die uns auf keinen Fall schaden will.«

»Es ist eine Sphäre.« David fand, dass der richtige Moment gekommen war, um seine Vermutung, die er schon seit einigen Minuten hegte, zu äußern. Er hatte sich nicht allzu früh darauf festlegen wollen und gewartet, bis es genügend Hinweise gab. »Das Verhalten spricht eindeutig dafür. Auch die Form und die Größe.«

Kevin und seine Mitarbeiter starrten ihn verblüfft an.

»Sie meinen, ein ähnliches Ding wie auf MOLANA-III?«, fragte Peter. »Von dem Sie uns erzählt haben?«

»Nicht nur ein ähnliches, sondern genau so ein Ding.«

»Wie kommt diese Sphäre hierher?«

»Ich nehme an, sie befindet sich seit Urzeiten hier. Wir vermuten schon seit einiger Zeit, dass es hier auf TONGA-II auch eine gibt.«

»Auf MOLANA-III haben wir sogar zwei davon vorgefunden«, mischte sich Layla in die Unterhaltung ein. »Eine davon mitten in der Wüste im Sand vergraben, die andere unter einem Waldstück. Wahrscheinlich gibt es auf MOLANA-III noch mehr von ihnen.«

»Das muss aber noch lange nicht heißen, dass es im TONGA-System auch Sphären gibt.«

»Mich würde es nicht verwundern, wenn es auch auf der Erde unter dem Lake Wostok eine gibt«, sagte David selbstsicher. »Genauso wie auf dem Jupitermond Europa.«

In Kevins Gesichtsausdruck ging eine Veränderung vor sich. Eine Wandlung von Erstaunen zu Erkenntnis und Begreifen. Ein kurzes Lächeln umspielte seine Lippen. Er erinnerte sich an Christophers Schilderung vom Tauchgang und von der Transmission aus dem Tauchboot in die Sphäre und wieder zurück. Christopher hatte ihnen nach seiner Rückkehr offenbart, im Universum würde es unzählige dieser Sphären geben. Bisher hatte Kevin jedoch angenommen, sie wären alle im Weltraum unterwegs. Aber die mögliche Tatsache, hier auf TONGA-II könnte es ebenfalls eine Sphäre geben, bestätigte seine eben gewonnene Erkenntnis, dass MOLANA-III nicht der einzige Planet war, auf dem es vergrabene Sphären gab.

Warum nicht auch auf der Erde? Und gab es dort mehr als nur eine? Wie lange befanden sie sich schon dort?

Dann tauchte die wichtigste aller Fragen auf:

Wer waren die Erbauer der Sphären?

»Das Ganze bekommt langsam aber sicher einen Sinn«, sagte Kevin nach reichlicher Überlegung.

»Was denn?« Peter kannte seinen Vorgesetzten lange genug und wusste, wenn er eine Weile vor sich hin grübelte, kam dabei meistens ein guter Gedanke oder sogar eine Idee heraus.

»Ich fasse mal zusammen«, begann Kevin. »Auf MOLANA-III gibt es mindestens zwei Sphären. Hier auf TONGA-II ebenfalls mindestens eine. Ebenso auf der Erde. Was haben diese drei Planeten gemeinsam?«

Peter schien kurz zu überlegen. Dann antwortete er: »Sie sind alle bewohnt.«

»Exakt.«

»Aber wie steht es mit dem Jupitermond Europa? Er ist nicht bewohnt.«

»Natürlich ist er bewohnt. Man hatte damals im untereisischen Meer verschiedene Mikrobenarten gefunden.«

»Sie haben recht. Mikroben könnten der Beginn einer Entwicklung von Lebensformen und die Basis für Nanopartikel bilden. Das ergibt einen Sinn.«

»Aber so lange sind TONGA-II und MOLANA-III doch noch gar nicht bewohnt«, widersprach David. »Man hätte die Ankunft der Sphären bemerken müssen. Sie werden also dort gelandet sein, bevor die Kolonien besiedelt wurden.«

»Auch diese Planeten waren schon vor der Ankunft der Kolonisten von Getieren, Insekten oder Mikroben bewohnt. Auf TONGA-II wurde die Evolution durch das Terraforming lediglich beschleunigt. Das Gemeinsame an allen Planeten, auf denen es Sphären gibt, scheint die Lebensumgebung zu sein. Sie besitzen alle eine Umgebung, in der sich organisches Leben entwickeln kann.«

»Das würde bedeuten, die Sphären konzentrieren sich bei ihrer seit Jahrmillionen andauernden Suche nach Nachschub auf Planeten mit geeigneter Lebensumgebung.«

»Exakt.«

»Wir haben die Quirls gefunden, die Nanopartikel sogar replizieren können. Aber die auf MOLANA-III gefundenen Partikel sind für die Sphären nicht brauchbar. Im Gegenteil, sie haben sich sogar als äußerst gefährlich erwiesen. Das hat sich bei der Sphäre gezeigt, die unter dem Wald vergraben ist. Sie wurde von den inkompatiblen Partikeln lahmgelegt. Erst als wir sie neutralem Wasser aussetzten, konnte sie sich partiell regenerieren. Sie schaffte es zumindest, uns aufzunehmen und in die Wüstensphäre transferieren zu lassen.«

»Sie selbst war anscheinend nicht in der Lage, die Quirls auf ihre Fähigkeiten hin zu testen«, meldete sich Layla zu Wort. »Zudem sind wir in der Wüstensphäre dem Mistkerl Golenko über den Weg gelaufen. Er hatte es irgendwie geschafft, ins Innere zu gelangen.«

»Er hätte uns beinahe in Teufels Küche gebracht.«

»Würde mich nicht wundern, wenn wir die Ausbreitung der Killerpartikel ihm zu verdanken haben«, fuhr Layla fort.

»Die Killerpartikel scheinen eine unheimliche Gefahr darzustellen«, stellte Kevin fest. »Ein Wunder, dass sie bisher nirgendwo sonst aufgetaucht sind.«

»Man sollte sich gegen sie wappnen, etwa indem man ein Gegenmittel entwickelt. Aber dafür bräuchten wir Proben. Von MOLANA-III welche wegzubringen, wäre jedoch äußerst schwierig und riskant.«

»Wenn schon, müsste man auf einem unbewohnten Planeten, wenn möglich sogar in einem unbewohnten Sonnensystem ein isoliertes Forschungslabor einrichten und eine Probe dorthin bringen.«

»Zuerst müsste ein Material gefunden werden, welches sie nicht assimilieren können und in dem man sie transportieren kann.«

»Die Quirls«, schlug Layla vor.

»Was passiert, wenn diese Tiere unterwegs aus irgendeinem Grund sterben? Dann würden die Partikel das gesamte Schiff übernehmen. Dieses könnte in ein bewohntes System eindringen und auf einem Planeten abstürzen. Der Planet wäre verloren. Es würde mich nicht wundern, wenn diese Partikel auch im luftleeren Weltraum überleben können.«

»Wenn man all das in Betracht zieht«, übernahm Kevin wieder das Wort, »muss man sich wirklich fragen, warum noch nichts über solche Geschehnisse bekannt geworden ist.«

»Darauf habe ich nur eine Antwort«, meinte David spontan.

»Die wäre?«

»Es gibt sie bisher nur auf MOLANA-III. Dort auch nur bei den Quirls.«

Kevin starrte ihn entsetzt an. »Sie glauben doch nicht, die Quirls sind die Hersteller dieser Partikel?«

»Das habe ich nicht gesagt. Ich meinte lediglich, dass diese Partikel bisher nur dort vorkommen und von den Quirls nicht nur repliziert, sondern auch neutralisiert werden. Golenko hatte die Bevölkerung mit dem Wasser aus der Quelle der Quirls versorgt. Daraufhin wurden die Menschen seine willenlosen Sklaven. Irgendeine Wirkung scheinen diese Partikel, auch nach der Neutralisation durch die Quirls, immer noch zu haben.«

»Wie sind die Partikel dahin gelangt?«

»Kann ich nicht sagen.«

»Vielleicht haben die Erzeuger der blauen Partikel bei ihren Versuchen einen Fehler gemacht. Daraus entstanden Mutationen«, mutmaßte Layla.

»Das kann ich mir hingegen nicht vorstellen«, widersprach David sofort. »Wenn man bedenkt, wie alt die Sphären sind, dann müsste es die Killerpartikel auch schon so lange geben. In dieser langen Zeit hätten sie bestimmt mehrmals einen Weg gefunden, den Planeten nicht nur zu übernehmen, sondern auch, ihn zu verlassen.«

»Was schließt du daraus?«

»Dass es die Killerpartikel noch gar nicht so lange gibt.«

Für einen kurzen Moment herrschte betretenes Schweigen.

»Wie sind sie entstanden? Oder besser gesagt, wer hat sie hergestellt?«

»Jemand, der mit ihnen experimentierte und sich der Folgen nicht bewusst war.«
»Ist das nicht eine typisch menschliche Eigenschaft?«
»Genau das meinte ich.«

109.

»Die Sphäre kommt genau auf uns zu«, rief Stan von seinem Arbeitsplatz aus. »Sie wird immer schneller.«

»Wie lange braucht sie noch bis ganz nach oben?« Kevin stand auf und wandte sich ihm zu.

»Wenn die Beschleunigung konstant bleibt, noch etwa eine Viertelstunde.«

»Die Beschleunigung wird nicht konstant weiter anhalten. Irgendwann muss sie abbremsen, sonst donnert sie an die Eisdecke. Das würden wir dann deutlich zu spüren bekommen.«

Zehn Minuten später verlangsamte die Sphäre tatsächlich ihre Steiggeschwindigkeit und kam wenig später zum Stillstand.

Dann geschah etwas Merkwürdiges.

Wie gebannt starrten Kevin und seine Freunde auf den Ortungsmonitor, als ein winzig kleines Objekt die Sphäre verließ und mit hoher Geschwindigkeit geradewegs auf den Aufzugsschacht zusteuerte.

»Werden wir jetzt beschossen?«, fragte Kevin skeptisch.

»Auf keinen Fall«, erwiderte David.

»Sieht aber ganz so aus, als ob die Sphäre unseren Schacht zerstören will. Vielleicht hat sie uns deswegen davon abgehalten, mit dem Aufzug hinunterzufahren.«

»Stan, gibt es Daten über das Geschoss.«

»Moment, ich bin gerade an der Analyse.« Kurz darauf fuhr er fort: »Es besitzt eine ovale Form und der Länge nach einen Durchmesser von etwas über zwei Meter.«

»Sagt Ihnen das etwas?« Kevin blickte fragend zu David.

»Nein, leider nicht.«

Davids Gedanken rasten. Die ovale Form und auch deren Größe waren ihm keineswegs unbekannt. Zweimal war er in jüngster Vergangenheit einem Objekt begegnet, auf das diese Beschreibung zutraf. Aber diese Objekte hatten sich nicht wie ein Geschoss bewegt. Sie waren einfach aus dem Nichts erschienen, hatte ihn und seine Gefährten mit Lichtpunkten eingehüllt und in sich aufgenommen, um sie gleich darauf an einem anderen Ort wieder materialisieren zu lassen. Er konnte sich nicht vorstellen, dass es sich bei dem Geschoss, das gerade auf den Schacht zuraste, um dasselbe handelte.

»Das Ding leuchtet wie eine kleine Sonne«, berichtete Stan weiter.

David runzelte kurz die Stirn. Es leuchtete? Das konnte kein Zufall mehr sein.

»Das hingegen kommt mir sehr bekannt vor«, begann er zögernd. »So hat es stets ausgesehen, wenn Menschen von einem Ort zu einem anderen transferiert wurden.«

»Sie denken, es ist ein schwimmender Transmitter?«

»Es könnte einer sein.«

»Aber das macht keinen Sinn!« Kevin machte einen verwirrten Eindruck. »Wenn da unten jemand materialisiert, wird ihn der hohe Druck sofort umbringen. Das ist keine lebensfreundliche Umgebung. Zudem ist das Wasser derart kalt, dass niemand darin überleben kann.«

»Das leuchtet mir ein. Ich bin davon überzeugt, dass die Sphäre es auch weiß. Falls es ein Transmitter ist, wird sie wissen, was damit zu tun ist.«

»Oder es sind keine Menschen, die daraus materialisieren werden.«

Nach Kevins Mutmaßung herrschte einmal mehr betretenes Schweigen. Er selbst staunte am meisten über seine Äußerung. Noch vor einigen Tagen hätte er sich bei einem solchen Gedanken als Narr bezeichnet.

»Noch etwa zehn Sekunden, dann erreicht es den Schacht«, meldete Stan.

Gespannt verfolgte die Gruppe auf dem Ortungsmonitor den Kurs des Gebildes. Der Abstand zwischen ihm und dem unteren Schachtausgang verringerte sich mehr und mehr.

»Jetzt müsste es die Wasseroberfläche erreicht haben.«

Dann geschah etwas, womit niemand gerechnet hatte. Genau unterhalb des Schachtes erhob sich der Wasserspiegel langsam zu einer Wölbung, als würde das ovale Gebilde die Wasseroberfläche wie ein Seidentuch nach oben stoßen.

»Das ... das ist doch nicht möglich«, stotterte Peter.

Niemand sonst sagte etwas. Gebannt verfolgten sie das Schauspiel auf dem Monitor, der mit Bildern der Schachtkamera beliefert wurde. Der Wasserspiegel nahm die Form einer in eine Spitze verlaufenden Welle an, die wie ein überdimensionierter Finger höher und höher stieg. In die Spitze eingebettet leuchtete das Oval in seiner ganzen Pracht und näherte sich dem Schacht.

»Das Ding will in den Schacht«, rief Kevin. »Es zieht das ganze Wasser mit sich hinauf.«

»Das werden die beiden Schleusen auf keinen Fall aushalten. Die Aufzugskabinen erst recht nicht.«

Kaum hatte Peter geendet, begann der Boden zu zittern. Sofort suchten sie am erstbesten Gegenstand Halt. Doch es war kein heftiger Stoß wie beim letzten Mal, sondern ein kontinuierlich anhaltendes Vibrieren.

»Los! Wir gehen zum Schacht!« Sogleich stürmte Kevin davon, gefolgt von den anderen.

In dem Moment als sie den Tunnel verlassen wollten, ertönte ein Krachen und Bersten. Sie wurden von einer Druckwelle erfasst und zurück ins Innere des Tunnels geschleudert. Unsanft landeten sie auf dem Kunststoffboden und konnten gerade noch sehen, wie das ovale Gebilde die Schachtdecke durchschlug, sie in tausend Stücke zersplittern ließ und zum Himmel schoss. Die Gischt einer Wasserfontäne und etliche Bruchstücke des Dachs begleiteten das Objekt ein Stück weit. Dann wurden sie Opfer der Schwerkraft. Zuerst klatschte das Wasser auf das Schachtgebäude oder auf das, was davon noch übrig war, und auf den Vorplatz. Seitliche Spritzer drangen auch in den Tunnel und bescherten den Leuten eine kalte Dusche. Anschließend regnete es Trümmerstücke.

Mühsam rappelten sie sich hoch und wischten sich die Gesichter trocken. Ihre Anzüge hatten sie vor Verletzungen bewahrt.

»Heiliges Kanonenrohr«, sagte Kevin beeindruckt. »Wenn das kein Geschoss war.«

Gemeinsam verließen sie den Tunnel und starrten gebannt zum Himmel empor. Niemand interessierte sich für das zerstörte Dach des Schachtgebäudes.

Der leuchtende Punkt stieg kerzengerade in die Höhe und wurde schnell kleiner, bis er sich in die Phalanx der Sternenbilder einreihte. Doch dann änderte er seine Richtung, schweifte seitlich ab und beschrieb einen Bogen.

»Wo will es denn hin?« Auf Davids leise Frage wusste niemand eine Antwort.

Das Objekt schien wieder größer zu werden.

»Es kommt zurück«, stellte Layla erregt fest. »Vielleicht wäre es besser, wenn wir uns von hier verziehen.«

»Was kann es uns schon anhaben«, beruhigte sie David. »Wenn die Sphäre bisher peinlichst darauf geachtet hat, dass wir nicht zu Schaden kommen, dann wird uns dieses Ding bestimmt nichts antun.«

»Klingt logisch. Aber wer kennt schon die Logik von Außerirdischen.«

Als sich ihnen das leuchtende Oval mit derselben Geschwindigkeit näherte, wie es in die Lüfte entschwunden war, bekam auch David ein mulmiges Gefühl. »Vielleicht sollten wir doch besser in den Tunnel gehen. Nur zur Sicherheit.«

Langsam zogen sie sich zurück, während das Objekt geradewegs auf den Vorplatz zusteuerte und keineswegs Anstalten machte, langsamer zu werden.

»Ich frage mich, was passiert, wenn es auf den Boden kracht«, sagte Layla argwöhnisch. »So, wie es leuchtet, muss es mit enormer Energie geladen sein.«

David, der unmittelbar beim Tunneleingang stand, blickte unentwegt nach oben und verfolgte das Objekt, das nun sichtlich größer geworden war und sich ihnen unentwegt näherte.

Was, wenn Layla recht hat?, fragte sich David.

Dass es sich da unten um eine ihnen freundlich gesinnte Sphäre handelte, bezweifelte er keinen Moment. Aber was war das hier für ein Ding? Die Sphäre hatte es ausgestoßen. Konnte es etwas Gefährliches sein, dem sich die Sphäre entledigen wollte? Vielleicht ein Behälter mit Killerpartikel? Nicht auszudenken, wenn er vor ihnen auf dem Boden aufprallte.

Plötzlich drosselte das Gebilde seine Geschwindigkeit, senkte sich langsamer werdend herunter und blieb schwebend etwa einen Meter über dem Boden stehen. Es war von einem derart starken Leuchten erfüllt, dass man nicht darauf schauen konnte. Es schien sogar Wärme auszustrahlen. Einen Unterschied gab es jedoch zu den ovalen Lichtobjekten im Innern der Sphäre. Im Gegensatz zu ihnen, die jeweils in die Höhe aufgerichtet vor ihnen erschienen waren, schwebte dieses hier horizontal.

David hob die Hand schützend vor seine Augen und versuchte, etwas im Innern zu erkennen. Aber das Licht war zu stark.

»Ich schlage vor, wir bleiben auf Distanz, bis sich das Licht abschwächt«, äußerte sich Layla. »Es könnte für uns gefährlich sein.«

»Es ist alles andere als gefährlich. Im Gegenteil. Es bringt uns etwas zurück.«

Die Stimme, die in ihrem Rücken aus dem Nichts erklungen war, ließ sie herumfahren.

Hinter ihnen stand eine erstaunlich gut erholte Michelle in einem Isolationsanzug und starrte mit entschlossener Miene auf das ovale Leuchtobjekt. Langsam schob sie sich zwischen der Gruppe hindurch, trat ins Freie und näherte sich geradewegs dem Objekt. Zögernd folgten ihr die anderen.

Kaum hatte Michelle das Gebilde erreicht, schwächte sich das Licht ab und gewährte ihnen Einblick ins Innere.

Was sie zu sehen bekamen, versetzte sie in höchstes Erstaunen.

110.

Nachdem die Wüstensphäre die Infizierung registriert hatte, setzte sie die Priorität auf das Überleben der organischen Einheiten und der Wesen, die von ihnen Quirls genannt wurden. Das Medium wurde mit den entsprechenden Anweisungen ausgestattet. Die infizierte oppositionelle Einheit musste so lange wie möglich in Schach gehalten werden, um die Flucht der anderen Einheiten zu gewährleisten.

Der Sphäre fehlten jegliche Erfahrungswerte im Umgang mit Killerpartikeln. Der Übergriff dieser Partikel von der oppositionellen Einheit auf die Sphäre selbst erfolgte daher unerwartet schnell. Die Initiierung der Selbstzerstörung konnte gerade noch rechtzeitig eingeleitet werden, sodass der Ausführung schlussendlich nichts mehr im Wege stand. Doch diese sollte so lange hinausgezögert werden, bis sich die organischen Einheiten mit den Quirls in Sicherheit gebracht hatten.

Da die Ausbreitung der Assimilierung ebenfalls schneller erfolgte als erwartet, wurde die Zeit immer knapper. Es bestand das Risiko, dass die Selbstzerstörung nicht mehr ausgeführt werden konnte. Erneut erhielt das Medium Anweisungen, zu versuchen, den Fortschritt der Assimilierung aufzuhalten, um den organischen Einheiten mehr Zeit zu verschaffen.

Ein Notfallplan wurde initiiert, der das Medium nachträglich in einem Quarantäneelement in Sicherheit bringen sollte, nachdem es den anderen Einheiten zur Flucht verholfen hatte.

Das Medium ließ sich wie angewiesen zurückfallen und stellte sich den aggressiven Partikeln in den Weg. Der Kampf forderte dem Medium große Kräfte ab.

Doch dann geschah etwas Unerwartetes. Das zweite Medium, das die anderen Einheiten von der Sphäre hätte wegbringen sollen, blieb beim ersten Medium, um es mit seiner Mentalkraft im Kampf gegen die aggressiven Partikel zu unterstützen. Dies passte nicht ins Rettungskonzept der Sphäre. Das Quarantäneelement konnte nur eine Einheit aufnehmen. Für die Bildung eines zweiten Elements war es zu spät. Die Assimilierung war schon zu stark fortgeschritten.

Die Sphäre übermittelte diesen Umstand der Kontrollstation, die sofort reagierte. Die dritte Sphäre, die sich im Orbit von MOLANA-III aufgehalten und diesen nach dem Auftauchen der Wüstensphäre wieder verlassen hatte, kehrte unvermittelt zurück, erzeugte gleichzeitig eine energetische Minisphäre und transferierte diese ins Zentrum der Wüstensphäre, da der Befall durch Killerpartikel noch nicht bis dahin vorgedrungen war.

Sofort registrierte die Minisphäre die Unfähigkeit der Wüstensphäre, weitere organische Einheiten zu transferieren, und übernahm diese Aufgabe. Die beiden Medien wurden unmittelbar nach dem Verschwinden der organischen Einheiten und der Quirls in die Minisphäre geholt. Diese wiederum transferierte sich anschließend selbst auf möglichst große Distanz zur Wüstensphäre in den Weltraum, die wenig später im eigenen Licht verglühte.

Dann trat die Minisphäre eine weite Reise an.

Als Christopher aufwachte, hatte er keine Ahnung, wo er sich befand. Seine letzten Erinnerungen sagten ihm, dass er gerade noch einen erbitterten Kampf gegen Killerpartikel geführt hatte. Dann, wie ein Filmriss, war nichts von dem mehr da.

Neha tauchte in den Erinnerungen ebenfalls auf. Zuletzt stand er hinter ihr. Seine Hände lagen auf ihren Schultern, während er sie mit Mentalenergie unterstützte. Auch an die Gewissheit, dass sich seine Gefährten noch rechtzeitig absetzen konnten, erinnerte er sich. Diese Gewissheit vermittelte ihm eine angenehme Erleichterung.

Dann tauchte wieder die Frage auf: *Wo war er?*

Während er sich darauf konzentrierte, stellte er fest, dass er nichts von seinem Körper spürte und außer Licht nichts sehen konnte.

Wo waren seine physischen Sinne geblieben? Er war sich nur seines Geistes bewusst, er schwamm in Erinnerungen, hatte jedoch kein Empfinden für Raum und Zeit.

Fühlte sich so der Tod an? War er zusammen mit Neha in der Sphäre umgekommen? Wo war sie jetzt?

Er versuchte, ihren Namen auszusprechen. Doch er besaß weder Stimme noch Gehör.

Erneut durchsuchte er seine Erinnerungen, ging zurück in die Vergangenheit und erlebte noch einmal die Geschehnisse der letzten Stunden und Tage. Aber auch diesmal endeten sie abrupt, bevor sich eine Erkenntnis einstellte.

So musste sich der Tod anfühlen. Man hörte einfach auf, materiell zu existieren, und lebte nur noch im Geist. Nichts mehr sehen oder hören. Nichts mehr spüren. Keine Kommunikation mehr mit anderen Menschen, keine körperlichen Tätigkeiten.

Aber warum konnte er das Licht sehen?

Sah er überhaupt Licht? Oder war er selbst Bestandteil vom Licht?

Nachdem ihm all diese Tatsachen bewusst geworden waren, geriet er in Panik.

Als sich einige Zeit später sein Bewusstsein zurückmeldete, verspürte er so etwas wie eine physische Existenz. Er glaubte, wieder einen Körper zu besitzen, wieder über körperliche Sinne zu verfügen. Sofort konzentrierte er sich auf die optische Wahrnehmung. Waren es tatsächliche Bilder, die er mit seinen Augen wahrnahm? Oder wurden sie ihm nur suggeriert?

Die Umgebung kam ihm vertraut vor. Gedämpftes blaues Licht, gewölbte Wände und Decken, ein unendlich langer Tunnel. Eine vertrauenerweckende Umgebung, gäbe es nicht die Erinnerungen an die letzten Geschehnisse.

Aber in welcher Sphäre befand er sich?

Die Wüstensphäre konnte es nicht sein. Die hatte sich selbst zerstört. Die Waldsphäre besaß zu wenig Energie, um Materie zu transferieren. Es musste eine andere sein.

Befand er sich etwa in Nehas Sphäre?

Neha! Wo war sie?

War sie der Selbstzerstörung der Wüstensphäre zum Opfer gefallen?

»Neha lebt, genau wie du.« Die Stimme ließ ihn herumfahren. Der Junge stand reglos da. Seine kristallblauen Augen fixierten ihn, als wollten sie ihn nicht mehr loslassen.

»Ich kenne dich«, sagte Christopher leise. »Dein Name ist Ahen.«

»Es freut mich, dass du dich an mich erinnerst.«

»Bei unserer letzten Begegnung hattest du behauptet, du wärst mein Sohn.«

»Das war keine Behauptung, sondern die Wahrheit.«

»Aber ich verstehen es nicht. Warum habe ich dich nicht aufwachsen sehen? Ich kenne nicht einmal deine Mutter.«

»Du kennst sie. Aber wie du weißt, herrschen auf Sphären andere Zeitgesetze. In deiner Welt existiere ich noch nicht.«

»Bedeutet das, wir befinden uns in der Zukunft?«

»Hier gibt es weder Zukunft noch Vergangenheit. Sphären bilden den Mittelpunkt von Zeit.«

»Der Mittelpunkt der Zeit?«

»Nein, der Mittelpunkt von Zeit. Zeit ist etwas Relatives. Zeit wird überall und von jedem Wesen unterschiedlich ausgelegt und wahrgenommen. Unter physikalischen Wesen wird sie oft *Der Lauf der Dinge* genannt.«

»Ich verstehe nicht, was du meinst.«

»Es ist deine Zeit, deren Mittelpunkt du hier erlebst. Jedes Wesen besitzt seine eigene Zeit und würde innerhalb einer Sphäre seine eigene Zeit erleben. Dementsprechend auch seinen eigenen Mittelpunkt der Zeit.«

»Dies würde aber bedeuten, dass auch du eine eigene Zeit und einen eigenen Mittelpunkt besitzt.«

»So ist es. Deshalb ist es möglich, dass wir uns hier begegnen, unabhängig davon, in welcher Zeit wir in unserem realen Leben stehen.«

»Das bedeutet also, dass deine Zeit, sagen wir relativ gesehen, in der Zukunft meiner Realzeit liegt.«

»Nun kommen wir der Sache schon näher.«

»Gehe ich richtig in der Annahme, dass du in meiner realen Zeit noch gar nicht geboren bist?«

»Auch diese Möglichkeit besteht.«

»Warum nur eine Möglichkeit?«

»Wer sagt, dass ich jemals geboren werde?«

»Dann ist es also nur eines von vielen möglichen Szenarien aus meiner realen Zukunft?«

»So kann man es sehen.«

»Du hast mir letztes Mal etwas mitgeteilt, über das ich lange nachgedacht hatte. Ich habe mich gefragt, ob es mit den aktuellen Geschehnissen in meiner realen Zeit etwas zu tun haben könnte.«

»Du beziehst dich auf die gefährlichen Nanopartikel, mit denen du konfrontiert wurdest.«

»Genau. Du hattest mir erzählt, dass von der Erde eine große Gefahr für das gesamte Universum ausgeht. Bezog es sich auf diese Killerpartikel?«

Ahen sah ihm eindringlich in die Augen und schwieg.

»Kannst du es mir nicht verraten? Oder willst du nicht?«

»Sagen wir mal so: Alles, was ich dir verrate, könnte große Auswirkungen auf die Geschehnisse im Universum haben. Daher ist es nicht ganz unerheblich, was und wie ich es dir erzähle.«

»Mit anderen Worten, falls du meine Annahme bestätigst, dass die Killerpartikel ursprünglich von der Erde stammen, könnte es sein, dass ich falsche Schritte unternehme und sich das Ganze nur noch verschlimmert?«

»Es könnte sein, muss es aber nicht. Ich kann es nicht beurteilen. Ich darf dich in deinen Entscheidungen und deinem Vorgehen nicht manipulieren, weil auch ich die Zukunft nicht kenne.«

»Aber mit einem Hinweis könntest du es mir erleichtern und dadurch unter Umständen großen Schaden vermeiden.«

»Das ist richtig.«

»Du verneinst es aber nicht, wenn ich annehme, die Erzeuger der Killerpartikel sind auf der Erde zu finden.«

»Du hast recht, ich verneine es nicht.«

111.

Eine kleine Gruppe von Menschen stand um die Minisphäre herum und starrte ungläubig hinein. Sie konnten es kaum fassen, was sie zu sehen bekamen. Das Innere strahlte nach wie vor in hellem Licht, jedoch für das menschliche Auge in einer angenehmen Stärke, und tauchte die nähere Umgebung in eine sanfte Dämmerstimmung.

Die beiden menschlichen Körper, die eng umschlungen und mit ineinander verkeilten Beinen in der Minisphäre lagen, machten einen leblosen Eindruck. Sie vermittelten ein Bild des Friedens, der Zusammengehörigkeit und der Harmonie.

Schliefen sie? Träumten sie? Oder waren sie womöglich tot?

Nichts an ihnen verriet etwas über ihren Zustand, nichts darüber, wie sie in diese Lage geraten waren.

Michelle war die erste, die ihre Hände an die Hülle der Minisphäre legte. Dabei ließ sie die beiden Körper keinen Moment aus den Augen.

Nichts geschah.

»Leben sie noch?«, fragte David leise, als ob er befürchtete, sie aufzuwecken.

»Ja, sie leben. Es geht ihnen gut.« Michelles Stimme strahlte Ruhe und Zuversicht aus.

»Wie geht es dir eigentlich?«

»Das spielt jetzt keine Rolle.« Michelle strich mit den flachen Händen auf der Oberfläche der Minisphäre hin und her, als ob sie sie streicheln wollte.

»Können wir etwas tun?«

»Wir müssen warten.«

David hielt es nicht für angebracht zu fragen, wie lange. Er stand neben ihr und blickte unentwegt ins Innere der Minisphäre, in der Hoffnung, dass sich etwas veränderte.

»Macht es wie ich«, bat Michelle. »Es ist ungefährlich.«

Gleich darauf lagen fünf Händepaare rund um die Minisphäre auf der Hülle.

»Fühlt sich kalt an«, bemerkte David.

»Ihre Körper müssen regeneriert werden und brauchen Energie. Das dauert eine Weile.«

»Woher weißt du das?« David betrachtete sie von der Seite. Ihr Gesicht drückte Stärke und Entschlossenheit aus.

»Ich kann es dir nicht sagen. Ich weiß es einfach.«

Was war mit Michelle seit ihrer Bergung aus dem Tauchboot geschehen? Oder seit ihrem hysterischen Anfall beim Abflug von der Wüstensphäre? Stand sie unter irgendwelchem Einfluss? Hatte sie etwa von der Ankunft dieser kleinen Sphäre gewusst? Wollte sie deshalb mit dem Boot in den See abtauchen?

Davids Gedanken vollführten große Sprünge, während er versuchte, die Zusammenhänge zu erkennen. Die Ereignisse der letzten Tage hatten sein Weltbild arg ins Wanken gebracht. Mittlerweile hielt er nichts mehr für unmöglich. So hatte er sich jetzt auch den Zweifel darüber eingestehen können, ob Neha und Christopher bei der Selbstzerstörung der Wüstensphäre wirklich ums Leben gekommen waren. Aber dass sie auf eine solche Art und Weise zurückkehren würden, hätte er nicht für möglich gehalten.

Er schrak aus seinen Gedanken auf, als die Kälte an seinen Händen urplötzlich verschwand und er ins Leere griff. Die Hülle der Minisphäre war verschwunden, zumindest in der oberen Hälfte. Das Licht war erloschen. Vor ihm lag ein blauer, mit dampfendem Wasser gefüllter Behälter, die innere Form an die beiden menschlichen Körper angepasst.

»Wir sollten die Sphäre hineinbringen«, verkündete Michelle selbstsicher. »Der Arzt kann sich dann um die beiden kümmern.«

Entschlossen stellte sie sich hinter den Kokon und stemmte sich dagegen. Erstaunt bemerkten die anderen, dass er sich tatsächlich in die entsprechende Richtung bewegte. Sofort legten sie Hand an und unterstützten Michelle bei ihrem Unterfangen.

Gemeinsam schoben sie die Sphäre, die nach wie vor etwa einen Meter über dem Boden schwebte, durch den Tunnel in den Mannschaftscontainer bis zur Krankenstation. Kevin hatte unterwegs über seinen Kommunikator den Arzt informiert und das Notwendige in die Wege leiten lassen.

Als sie eintrafen, war alles für die Aufnahme von zwei Patienten bereit. Nehas und Christophers leblose Körper wurden aus der Sphäre gehoben und auf Krankenbetten gelegt. Anschließend schloss man sie an Messgeräte an, die ihre Vitalfunktionen überprüften.

»Bitte lassen Sie uns jetzt mit den Patienten alleine«, bat der Arzt. »Wir werden Sie über ihren Zustand laufend informieren.«

»Ich werde hierbleiben«, sagte Michelle resolut.

»Sie können im Moment nichts tun«, erwiderte der Arzt.

»Komm.« David legte seinen Arm um ihre Schultern und zog sie mit sich. Unterwegs zum Aufenthaltsraum fragte er sie: »Sag mal, woher weißt du, dass das eine Sphäre ist?«

»Ich kann es dir nicht sagen. Als ich nach der Landung aufwachte, wusste ich, dass eine Sphäre kommen und die beiden zurückbringen würde. Allerdings dachte ich, sie würde aus der Tiefe des Sees kommen.«

»Ach, deshalb wolltest du nach unten tauchen.«

»Ich hab wohl etwas falsch gemacht.«

»Du hättest dich wärmer anziehen sollen.«

»Anscheinend lag es nicht nur daran.«

»Warum meinst du?«

»Wegen der Kälte wird man nicht so schnell ohnmächtig.«

»Aber wie es scheint, hast du dich äußerst schnell wieder erholt.«

Michelle antwortete nichts darauf. Zielstrebig betrat sie den Aufenthaltsraum und setzte sich an den erstbesten freien Tisch.

Nachdem sich auch die anderen dazugesetzt hatten, blickte Kevin fragend in die Runde. »Kann mir jemand erklären, was da gerade passiert ist?«

Schweigen.

Michelle blickte mit gesenktem Haupt auf den Tisch. Sie spürte, dass alle Blicke auf ihr ruhten. Also hob sie nach einer Weile den Kopf und setzte zum Sprechen an, ließ es dann aber doch bleiben.

»Michelle. Bitte erzähl uns, was du weißt.« David sprach so behutsam wie möglich.

»Okay.« Ohne ihren Kopf wieder zu heben, begann sie. »Wie ihr gesehen habt, sind Christopher und Neha bei der Zerstörung der Sphäre nicht umgekommen. Sie wurden vorher gerettet.«

»Von wem?«

»Von dieser kleinen Sphäre. Aber fragt mich nicht, woher die gekommen ist. Ich weiß es nicht. Ich wusste nur, dass diese Sphäre zu uns unterwegs war und die beiden zurückbringt.«

»Du hattest auch gewusst, dass sie aus dem See auftauchen würde?«

»Ja.«

»Hat dir irgendjemand aufgetragen, mit dem Boot in den See hinabzutauchen?«

»Nein, ich habe angenommen, dass ich es tun müsste.«

David entschied sich, ihr nicht zu verraten, dass ihr verwegener Versuch Layla beinahe das Leben gekostet hatte.

»Irgendjemand hat dich aber davon abgehalten.«

»Scheint so. Tut mir leid, wenn ich euch Schwierigkeiten bereitet habe.«

»An Mut hat es dir auf jeden Fall nicht gefehlt.«

»Ich glaube nicht, dass es etwas mit Mut zu tun hatte.«

Kevin legte seine auf Michelles Hand und sagte: »Besonders für Sie freut es mich, dass die beiden gerettet worden sind.«

Zum ersten Mal seit sie mit ihrem Bericht begonnen hatte, hob Michelle den Kopf und sah Kevin in die Augen. In ihrem Blick erkannte er die Erleichterung, aber auch den Schmerz, den sie in den letzten Tagen erlitten hatte.

»Vielen Dank«, flüsterte sie. Sogleich rann eine Träne über ihre Wange.

»Wir sollten Rick informieren«, schlug David vor. »Er wird sich über diese Neuigkeit bestimmt auch freuen.«

»Kannst du das bitte übernehmen?«, fragte Michelle.

»Selbstverständlich.«

In dem Moment, als David die Verbindung herstellen wollte, erschien ein Krankenpfleger im Aufenthaltsraum und trat an ihren Tisch.

»Bitte kommen Sie mit«, forderte er sie auf, wandte sich um und ging voraus.

112.

»Lass uns ein Stück gehen«, schlug Ahen vor und wandte sich um.

Christopher fragte sich, wie dieser Junge eine solche Reife erlangen konnte, wenn er bisher nur in der Sphäre gelebt hatte. Er musste unheimlich viel vom universellen Geschehen mitbekommen haben. Die Sphären schienen weit mehr zu sein, als nur fliegende Energiekugeln mit einer Biosphäre.

Dass sie in Nullzeit große Distanzen zurücklegen konnten, war Christopher nicht neu. Aber dass sie einen solchen Einfluss auf die Zeit selbst hatten, konnte er immer noch nicht begreifen. Konnten sie überhaupt Zeit beeinflussen? Oder war es ihnen lediglich möglich, verschiedene Zeitebenen zusammenzuführen? Letzteres könnte eine Erklärung dafür sein, warum es ihm möglich war, sich mit seinem ungeborenen Sohn zu treffen und sich mit ihm zu unterhalten.

Oder war das Ganze doch nur ein Traum? So wie damals, als er in der Wüstensphäre im Wassertank lag? Auch damals war er Ahen begegnet.

Christopher betrachtete den Jungen einen Moment lang von der Seite und bemerkte vertraute Züge in seinem Gesichtsprofil. Kein Zweifel, er ähnelte ihm. Auch die leicht gewellten Haare deuteten darauf hin.

»Verrätst du mir, wer deine Mutter ist?«

Ahen sah ihm kurz in die Augen und richtete seinen Blick wieder geradeaus.

»Ich verstehe. Du kannst es mir nicht verraten, ohne das Risiko einzugehen, dass ich dadurch in meinem Leben eine falsche Entscheidung treffe. Damit würdest du unter Umständen nie geboren werden.«

»Ich sehe, du hast verstanden.«

»Dann wirst du mir bestimmt auch nicht verraten, wann du gezeugt wirst. Ich meine, wann in meiner Zeit.«

»Auch das werde ich nicht tun.«

»Verstehe. Solltest du nämlich aus irgendeinem Grund nicht geboren werden, würden wir uns nie begegnen und könnten uns jetzt auch nicht darüber unterhalten.«

»Ganz so einfach ist es nicht. Aber im Großen und Ganzen hast du recht.«

Eine Weile gingen sie schweigend nebeneinander her. Der Tunnel änderte sich nicht. Es schien, als ob sie an Ort und Stelle treten würden.

»Verspürst du keine Langeweile?«

»Wie meinst du das?«

»Diese Eintönigkeit. Der Tunnel hier sieht überall gleich aus.«

»Es liegt alleine an dir.«

»An mir?«

»Du kannst dir die Umgebung selbst gestalten. Die Sphären reagieren auf deine Gedanken und Bedürfnisse.«

»Ich kann mir die Umgebung einfach vorstellen?«

»Versuch es.«

Spontan fiel Christopher der Dschungelsee auf TONGA-II ein, in dem er mit Michelle schwimmen war. Keine Sekunde später sah er um sich herum üppigsten Urwald, spürte die feuchte Wärme und hörte das Summen von Insekten. Er drehte sich um die eigene Achse und erspähte das Ufer des Sees, umgeben von verschiedensten Pflanzen. Dann vernahm er das Rauschen des Wasserfalls. Sofort setzte er sich in Bewegung. Als er sich dem Ufer näherte, konnte er ihn durch die Bäume hindurch sehen.

»Fantastisch!«, rief er Ahen zu, der ihm gefolgt war. »Sind wir jetzt wirklich hier? Oder ist es nur eine Projektion?«

»Halte deine Hand ins Wasser«, forderte ihn Ahen auf.

Christopher lief ans Ufer, bückte sich und tauchte seine Hände hinein. »Es ist echt. Komm, versuch es auch.«

»Wer sagt, dass ich dasselbe sehe wie du?«

»Siehst du es denn nicht?«

»Doch, aber wenn ich es nicht wollte, würde ich etwas anderes sehen. Aber es interessiert mich, wo du dich gern aufhältst. Die Sphäre kann mich in deine Welt versetzen.«

»Dann ist es also doch nicht echt?«

»Die Sphäre ist in der Lage, deine Gedanken und deine Fantasie zu lesen und zu interpretieren. Was du hier siehst, hörst und spürst ist eine Projektion der Sphäre. Du wirst aber keinen Unterschied feststellen.«

»Dann ist es nur eine virtuelle Realität?«

»Diesen Begriff haben die Menschen geschaffen. Aber er trifft es ziemlich genau.«

»Als ich in meinem realen Leben hier war, zog ein fürchterlicher Sturm auf. Jetzt sehe ich davon nichts.«

»Was du hier siehst, ist nur das, was du dir gerade vorstellst.«

»Wenn ich mir also den Sturm vorstelle, könnte er auch erscheinen?«

»So ist es.«

Christopher hatte den Satz kaum beendet, da zogen von Westen dunkle Wolken auf.

»Kann ich etwas tun, damit der Sturm nicht kommt?«

»Kannst du dein Unterbewusstsein steuern?« Ahen stand am Ufer und sah ihn an, während sein schulterlanges schwarzes Haar vom aufkommenden Wind zerzaust wurde.

Dann spürte Christopher die ersten Regentropfen.

113.

Michelle und ihre Gefährten blickten auf Christophers und Nehas Körper, die reglos und unbedeckt auf zwei Operationstischen lagen.

»Was haben Sie gemacht?«, fragte sie leise und schluckte schwer.

Der Arzt schüttelte kurz den Kopf und antwortete: »Nichts. Wir haben die beiden für die Untersuchung auf die Tische gelegt und drehten uns kurz zur Seite, um unser Arbeitswerkzeug zu nehmen. Als wir uns ihnen wieder zuwandten, war ihre Haut bereits im Begriff, sich blau zu verfärben.«

»Sie wurden von den Partikeln assimiliert.« Michelle konnte den Blick nicht von den beiden lösen.

»Ich habe keine Ahnung, was mit ihnen geschehen ist. So etwas ist mir noch nie begegnet.«

»Konnten Sie sie auf Lebenszeichen hin untersuchen?«

»Nachdem wir sie auf die Betten gelegt hatten, fühlte ich sofort nach ihrem Puls. Ich war der Meinung, dass ich einen spürte.«

»Dann fahren Sie bitte mit der Untersuchung fort.«

»Aber diese blaue Färbung ...«

»Es wird Sie doch nicht davon abhalten! Es sind nur Nanopartikel, wie sie auch hier im See unter dem Eis entdeckt wurden. Sie sind völlig ungefährlich.«

Der Arzt sah verunsichert zu Kevin, der ihm mit einem kurzen Nicken zu verstehen gab, dass Michelle recht hatte.

David hatte sich bisher im Hintergrund gehalten und sich nicht in die Unterhaltung eingemischt. Er fragte sich jedoch erneut, welche Veränderung mit Michelle stattgefunden hatte. Sie wirkte auf einmal resolut, entschlossen, zielstrebig und energisch. Sie schien über mehr Wissen zu verfügen, als alle anderen Anwesenden.

Der Arzt und seine Assistenten begannen mit den Untersuchungen. Sie legten Christopher und Neha kabellose Sonden an verschiedenen Stellen auf die Haut und aktivierten sie am entsprechenden Gerät. Daraufhin ertönten leise Pieptöne. Auf den Displays zeigten verschiedene Diagramme die Messergebnisse an.

Ungläubig starrte der Arzt auf die Anzeigen, schien sie zu studieren, als ob sie ein Wunder verkünden würden. »Wie ist das möglich?«, fragte er verwirrt. »Die Werte sind völlig normal. Die beiden befinden sich in einem ausgezeichneten körperlichen Zustand.«

Er wandte sich um und fixierte Michelle mit einem verstörten Blick. »Was geschieht hier? Was verschweigen Sie mir?«

Kevin schob sich zwischen den Anwesenden hindurch und trat neben den Mediziner. »Lassen Sie uns bitte einen Moment alleine«, sagte er zu den anderen. An den Arzt gewandt fuhr er fort: »Setzen wir uns. Ich werde Ihnen einige Erklärungen abgeben.«

Die anderen verließen den Raum. Draußen im Gang manövrierte sich David in Peters Nähe und sagte leise aber energisch zu ihm: »Erzählen Sie mir jetzt nicht, Ihr Doktor hat keine Ahnung von den Nanopartikeln.«

»Natürlich weiß er darüber Bescheid. Er weiß alles über unsere Forschungsergebnisse. Aber denken Sie nicht auch, dass diese blaue Hautverfärbung alles, was wir hier bisher entdeckt haben, in den Schatten stellt? So etwas haben wir bis jetzt nicht annähernd erlebt.«

»Natürlich. Entschuldigen Sie.«

»Der liebe Herr Doktor befürchtet natürlich sofort etwas Ansteckendes und würde am liebsten die gesamte Station unter Quarantäne stellen.«

»Kann ich verstehen. Wissen Sie, für uns ist es beinahe zum Normalzustand geworden. Na ja, ist vielleicht etwas übertrieben. Aber nachdem, was wir in der letzten Zeit alles erlebt haben ...«

»Das wiederum verstehe ich sehr gut. Aber sagen Sie mal, was ist eigentlich mit ihr los?« Peter nickte unauffällig zu Michelle, die unruhig neben der Tür zur Krankenstation stand und nervös an ihren Fingernägeln kaute. »Die ist gegenüber dem letzten Besuch nicht wiederzuerkennen.«

»Sie hat einiges durchgemacht.«

»Ich habe bei ihr ein ungutes Gefühl. Irgendetwas stimmt nicht.«

»Ich werde sie auf jeden Fall im Auge behalten.«

»Das werde ich auch tun.«

Wenig später öffnete sich die Tür und Kevin trat hinaus. »Michelle? Können Sie bitte hereinkommen?«

Wie von der Tarantel gestochen schoss sie an ihm vorbei in die Krankenstation. Kevin folgte ihr und schloss die Tür wieder.

»Was hat das denn zu bedeuten?« Peter schien sichtlich beunruhigt. »Diese Geheimniskrämerei gefällt mir nicht.«

»Wir werden bestimmt auch gleich informiert.«

»Ich verdrück mich in den Aufenthaltsraum«, rief Layla. »Wir können sowieso nichts tun. Wer kommt mit?«

Tomi folgte ihr, während David und Peter blieben.

»Können Sie mir sagen, was das ist?«, fragte Peter, als sie alleine waren.

»Was meinen Sie?«

»Diese blaue Beschichtung auf der Haut.«

»Es ist keine Beschichtung. Die Haut selbst ist mit einer hohen Konzentration von Nanopartikeln angereichert, sodass sie die Farbe der Partikel annimmt. Die Partikel geben dem Körper so etwas wie einen Schutz.«

»Wovor?«

»Keine Ahnung. Wir haben es bei unserem Aufenthalt in der Sphäre bei Neha erlebt. In bestimmten Situationen ist es bei ihr immer wieder vorgekommen, dass sie blau wurde.«

Plötzlich öffnete sich die Tür zur Krankenstation und eine aufgewühlte Michelle trat heraus.

»Was ist passiert?«, fragte David erstaunt.

»Gar nichts. Kann jemand Sil rufen?«

»Ich hole sie«, sagte Peter und verschwand.

Wenig später kehrte er mit ihr zurück.

»Michelle ist bereits wieder drin«, empfing sie David. »Lasst uns auch reingehen.«

Der Arzt, Kevin und Michelle standen um die zusammengeschobenen Operationstische und blickten ratlos auf die beiden blauen Körper.

Als Sil sie sah, blieb sie vor Schreck stehen und hielt sich die Hand vor den Mund. »Was ist mit ihnen passiert?«

»Nichts Schlimmes«, antwortete Michelle sogleich. »Wir können sie nur nicht wecken.«

»Was haben Sie vor?«, erkundigte sich der Arzt besorgt und blickte zwischen Sil und Michelle hin und her.

»Jemand muss mit ihnen Kontakt aufnehmen.«

Der Arzt sah sie fragend an.

Michelle erwiderte seinen Blick. Dann wandte sie sich an Sil und fuhr fort: »Jemand, der wie Christopher mit Neuro-Sensoren ausgestattet ist. Ich möchte dich bitten, mit Christopher oder Neha Kontakt aufzunehmen und herauszufinden, was wir für sie tun können. Könntest du das bitte tun?«

Sil stand perplex da und hatte keine Antwort parat. Kevin und Peter wussten ebenfalls nichts zu sagen.

»Wie soll ich das tun?«, brachte Sil mehr gequält als überzeugt hervor.

»Woher soll jemand von uns wissen, wie du es anstellst? Bitte versuch es einfach.«

Sil trat näher an die Operationstische heran. »Warum sind sie so blau?«

»Eine hohe Konzentration von Nanopartikeln. Völlig ungefährlich. Solltest du eigentlich wissen, da du sie erforscht hast. Du kannst sie ruhig anfassen.« Zur Demonstration legte Michelle die Hand auf Nehas Bauch. »Siehst du? Nichts geschieht.«

»Äh …, also gut«, stotterte Sil. »Ich werde es versuchen. Aber bitte lasst mich alleine.«

»Ich werde bleiben«, sagte Michelle entschlossen, während die anderen die Krankenstation verließen.

114.

»Wie soll das funktionieren?«, fragte Sil unsicher.

»Du musst dich in dieses Becken legen.« Michelle zeigte auf die Minisphäre, die am Ende des Raumes immer noch knapp über dem Boden schwebte.

Als ob sie das Objekt bis jetzt noch gar nicht bemerkt hätte, starrte Sil es entgeistert an. »Was ist das denn?«

»Eine Sphäre.«

»Ich dachte, die wären viel größer.«

»Man könnte sie Babysphäre nennen.«

»Babysphäre. Soso.«

»Nenn sie, wie du willst.«

»Aber die ist mit Wasser gefüllt. Da werde ich ganz nass.«

»Dann zieh halt deine Klamotten aus.«

Sil zögerte.

»Nun sei nicht so zimperlich. Ich guck dir schon nichts weg.«

Verlegen begann sich Sil auszuziehen, bis sie nur noch in Unterwäsche dastand. »Ich bin nicht so freizügig und ungehemmt wie du.«

»Wenn du möchtest, dreh ich mich um.«

»Nein, ist schon gut. Es ist ja sonst niemand da.« Dann entledigte sie sich noch der Reste ihrer Kleidung und stieg etwas unbeholfen in den Behälter.

»Lass dir helfen.« Michelle trat zu ihr und stützte ihren Arm, während Sil in die Knie ging und sich ins Wasser setzte.

»Und jetzt?«

»Du solltest dich auf den Rücken legen. Den Kopf ins Wasser, bis nur noch das Gesicht herausragt. Dann ..., na ja, dann weiß ich auch nicht weiter. Eigentlich solltest du dann empfangsbereit sein. Am besten schließt du die Augen.«

Sil legte sich zurück und senkte ihre Lider. Erwartungsvoll stand Michelle daneben und beobachtete ihre Gesichtszüge.

Zunächst tat sich nichts. Michelle versuchte, sich in Geduld zu üben.

Als sich nach fünf Minuten immer noch nichts getan hatte, flüsterte sie: »Sil?«

Aber sie reagierte nicht, lag nur da und atmete flach und regelmäßig. *Ist sie jetzt auch noch weggetreten?*, fragte sich Michelle.

Plötzlich begannen Sils Augenlider zu zucken, während ihre Atemfrequenz stieg. Die Fingerspitzen streckten und bogen sich. Zwischendurch bewegte sich ihr Kopf hin und her.

»Sil? Kannst du mich hören?«

Keine Antwort.

Ihr Körper wurde noch unruhiger. Hin und wieder atmete sie tief ein, hielt die Luft kurz an und presste sie sogleich wieder heraus. Ihre Lippen setzten zum Sprechen an, aber es kam nichts. Wieder schlug sie den Kopf zur Seite, geriet dabei mit dem Gesicht kurz unter Wasser, reckte den Hals und drehte das Gesicht nach oben, um tief durchzuatmen.

Plötzlich öffnete sie die Augen und starrte senkrecht in die Höhe. Dann begann sie zu sprechen. »In die Sphäre. Schnell. Sie müssen in die Sphäre.«

Sie schloss erneut ihre Augen. Ihr Atem ging wieder regelmäßig und flach. Ihr Körper entspannte sich. Eine Weile lag sie so da, bevor sie die Augen erneut öffnete und um sich sah. »Wie lange war ich weg?«

»Ein paar Minuten vielleicht.«

»Echt? Nicht länger?«

»Nein.«

»Es kam mir vor wie Stunden.«

»Hast du etwas herausgefunden?«

»Ich will zuerst hier raus und mich anziehen.«

Michelle holte vom Regal ein Handtuch und reichte es Sil, als diese gerade aus dem Behälter stieg.

»Danke. Es ist vielleicht besser, wenn die anderen dabei sind, wenn ich es erzähle.«

Als Sil wieder vollständig angekleidet war, öffnete Michelle die Tür und trat hinaus, um kurz darauf mit Kevin, David und dem Arzt zurückzukehren.

»Wie war dein Bad?«, scherzte David, der Sils nasses Haar sofort bemerkt hatte.

»Christopher und Neha müssen so schnell wie möglich in eine Sphäre verlegt werden.«

Im ersten Moment wurde sie von den Anwesenden lediglich verwundert angestarrt, bevor David sie fragte: »In welche Sphäre denn?«

»Es gibt hier nur eine. Jene auf dem Grund des Sees.«

»Das klingt für mich nicht logisch. Die Minisphäre kommt doch genau von da. Sie hätte die beiden doch gleich dabehalten können.«

»Es war nicht vorgesehen.«

»Was war nicht vorgesehen?«

»Dass Christopher und Neha noch einmal hinunter müssen. Die Minisphäre hätte die beiden eigentlich mit genügend Energie versorgen sollen, um auch den Aufwachvorgang einzuleiten und ihnen die nötigen Impulse dafür zu geben. Weil für diesen Vorgang jedoch zu wenig Energie zur Verfügung steht, müssen sie in die Sphäre zurück.«

»Was ist mit der Minisphäre geschehen, dass sie zu wenig Energie hat?«

»Sie wurde von einer dritten Sphäre, die sich zu der Zeit im Orbit von MOLANA-III befand, erzeugt und ins Zentrum der Wüstensphäre eingeschleust. Die Infizierung durch die Killerpartikel war noch nicht bis dahin vorgedrungen. Die Wüstensphäre selbst schaffte es nicht mehr, Christopher und Neha zu transferieren, also übernahm die Minisphäre diese Aufgabe. Sie holte die beiden an Bord und transferierte sich anschließend ins Weltall, bevor die Wüstensphäre sich vernichtete.«

»Könnten nicht wir sie aufwecken?«

»So, wie es aussieht nicht. Sie leben momentan in einer virtuellen Welt. Von selbst kommen sie nicht heraus, weil sie entweder gar keine Ahnung davon haben, dass sie sich nicht in der realen Welt befinden, oder nicht wissen, dass sie selbst dafür sorgen müssen, diese Welt zu verlassen.«

»Oh, das kommt mir bekannt vor.«

»Sie müssen da hinunter. Und zwar schnell. Es gibt noch etwas.« Sil zögerte. »Die Quirls müssen auch mit.«

David und die anderen sahen Sil überrascht an. »Wieso das denn?«

»Darüber weiß ich nicht Bescheid.«

»Wir sollten uns beeilen«, mahnte Michelle.

»Das könnte zum Problem werden, jetzt wo der Schacht zerstört ist«, unterbrach sie Kevin.

»Der Schacht ist nicht zerstört, nur die Schachtdecke«, erwiderte Sil.

»Wie ist die Minisphäre durch die Druck- und die Kontaminationsschleuse gekommen? Ganz zu schweigen an den beiden Aufzugskabinen vorbei?«

»Das kann ich nicht sagen. Aber alles ist noch intakt.«

»Die Wege der Sphären sind unergründlich«, murmelte David.

»Auf welche Art und Weise müssen sie hinuntertransportiert werden?«, fragte Kevin.

»In der Minisphäre«, antwortete Sil. »Wir werden sie wieder hineinlegen.«

»Aber das Ding passt auf keinen Fall durch die Luke des Boots. Die Aufzugskabine hingegen sollte kein Problem sein.«

Michelle trat einen Schritt vor. »Dieses Baby hier«, dabei zeigte sie auf die Minisphäre, »hat es fertiggebracht, unbeschadet von unten nach oben durch den gesamten Schacht hindurchzukommen, also wird es bestimmt auch einen Weg ins Innere des Bootes finden.« Sie blickte einen nach dem anderen eindringlich an und strahlte große Zuversicht aus.

»Okay, dann packt mal an.«

»Ich werde die Quirls holen«, sagte David und verschwand.

Gemeinsam hoben Michelle und Kevin die beiden Körper wieder in den Behälter, in eine ähnliche Stellung, wie sie sie zuvor vorgefunden hatten.

»Wer hat dir eigentlich diese Informationen gegeben?«, erkundigte sich Michelle bei Sil, als sie unterwegs zum Aufzugsschacht waren und die Minisphäre vor sich herschoben. »Christopher oder Neha?«

»Kann ich nicht sagen. Ich weiß nicht einmal, ob es überhaupt jemand von den beiden war.«

»Du meinst, es könnte auch die Sphäre selbst gewesen sein?«

»Ja, wäre möglich.«

»Du weißt wirklich nicht, warum wir die Quirls mitnehmen müssen?«

»Nein, keine Ahnung. Hat es eine besondere Bedeutung?«

»Könnte sein.«

»Etwas Schlimmes?«

»Vielleicht.«

Sil unterließ es weiterzufragen. Ein ungutes Gefühl beschlich sie. Anscheinend konnte sich Michelle gut vorstellen, was das zu bedeuten hatte.

Als sie den Aufzugsschacht erreicht hatten, verkündete Kevin: »Ich schlage vor, dass Sil mich begleitet, um im Notfall wieder Kontakt herzustellen. Michelle wird ebenfalls mitkommen, weil ich sicher bin, dass es niemand von uns schaffen wird, sie davon abzuhalten. Ich werde das Boot steuern.«

»Weise gesprochen«, attestierte Michelle.

Kurz darauf erschien David mit den Quirls. Nachdem sich die Aufzugtür geöffnet hatte, schoben sie die Minisphäre in die Kabine. Kevin, Michelle und Sil betraten sie ebenfalls. David winkte ihnen kurz zu, bevor sich die Aufzugtür schloss. Kevin drückte die Taste, worauf die Fahrt nach unten begann.

115.

Eine halbe Stunde später standen sie hilflos um die Einstiegsluke des Tauchbootes versammelt und hatten es bisher nicht geschafft, die Minisphäre mit den beiden Körpern ins Innere zu verfrachten. Michelles Zuversicht, alles würde schon seinen Weg finden, hatte sich in Nervosität verwandelt. Sil hatte vergeblich versucht, mit der Minisphäre Kontakt aufzunehmen. Es kam keine Antwort oder sonst irgendeine Reaktion.

Die Quirls hockten eng aneinandergerückt neben der Luke und ließen sich nicht aus der Ruhe bringen.

»Lasst uns etwas versuchen«, sagte Sil nach einer Weile der Untätigkeit. »Heben wir Christopher und Neha aus dem Behälter.«

»Und dann?«, fragte Michelle wenig optimistisch.

»Dann schauen wir, was passiert.«

»Und die Kälte?« Michelles Einwand war nicht unberechtigt, herrschten im Schacht doch eisige Temperaturen.

»Ich denke, ihre blaue Schutzhaut wird sie für die kurze Zeit vor Schaden bewahren.«

»Schutzhaut? Das ist jetzt also so etwas wie eine Schutzhaut?«

»Irgendeinen Nutzen wird sie wohl haben.«

Gemeinsam hoben sie zuerst Christophers und anschließend Nehas Körper aus dem Behälter und legten sie zu den Quirls neben die Luke.

»Ich glaube, die Minisphäre braucht Energie«, mutmaßte Sil.

»Dann sollten wir es mit Handauflegen versuchen.«

Gemeinsam legten sie ihre Hände flach an die Seite der Minisphäre und warteten gespannt. Eine Weile geschah nichts. Doch plötzlich flimmerte die transparente Glocke der oberen Sphärenhälfte.

»Sie hat sich geschlossen.«

»Legen wir die Hände nun auf die Haube.« Michelle setzte ihre eigene Anweisung in die Tat um. »Es kribbelt.«

Ehe sich die drei versahen, begann sich die Minisphäre zu einem dünneren, länglichen Gebilde zu verformen und schlüpfte problemlos durch die Luke ins Innere des Tauchboots.

»Da schau einer an«, wunderte sich Michelle. »Sie hat sich in eine Wurst verwandelt.«

»Wir sollten die beiden nicht länger hier liegen lassen, sondern sie ebenfalls ins Innere verfrachten«, empfahl Kevin. »Steigen Sie beide hinein. Ich werde Christopher und Neha zu Ihnen herunterlassen. Sie müssen sie dann nur noch in Empfang nehmen.«

Michelle und Sil stiegen durch die Luke und positionierten sich an die richtige Stelle.

Wenig später befanden sich die beiden Körper erneut in der Minisphäre, die wieder ihre ursprüngliche Form angenommen hatte. Die transparente Haube war verschwunden.

»Es scheint so, als wäre unser Baby am Ende seiner Kräfte«, sagte Michelle mitfühlend. »Mit Strom können wir es wohl nicht füttern. Es braucht eher so etwas wie Mentalenergie.«

»Davon sollten wir noch reichlich haben.«

»Dann lasst uns mal starten«, kündigte Kevin an, der im Pilotensessel Platz genommen hatte. »Bitte hinsetzen und anschnallen.«

Kurz darauf schloss sich das obere Schott der Druckausgleichsschleuse, und die Kompressoren begannen, den Druck langsam zu erhöhen. Von all dem merkten die Insassen des Tauchboots nichts.

Nach einigen Minuten schob sich das untere Schott auseinander. Das Tauchboot begann sich langsam an den Gleitschienen entlang nach unten zu senken und durchbrach wenig später den Wasserspiegel. Gespannt starrte Michelle durch die Frontscheibe nach draußen.

»Du wirst nicht viel zu sehen bekommen«, dämpfte Sil ihre Hoffnung. »Es ist zu dunkel.«

»Warst du schon einmal hier unten?«

»Zweimal bin ich mitgefahren. Ich hatte auch mehr erwartet.«

Dann tauchte das Boot in die Tiefe. Die Scheinwerfer fingen ein düsteres, blaugrünes Umfeld ein.

Kevin drückte auf eine Taste. Sogleich war Peters Stimme aus dem Lautsprecher zu hören. »Wir haben Sie auf unserem Monitor.«

»Haben Sie die Position der großen Sphäre?«, fragte Kevin seinen Mitarbeiter.

»Sie ist wieder abgetaucht und liegt auf dem Grund des Sees«, kam die Antwort. »Aber sie hat sich nicht wieder in den Boden vergraben.«

Der Tauchgang wurde fortgesetzt. Minutenlang gab es im Scheinwerferlicht nichts anderes als diese blaugrüne Brühe zu sehen.

Nach einer eher langweiligen Fahrt erkannten sie plötzlich nicht ganz unerwartet einen blauen Lichtfleck unter ihnen.

»Da ist sie«, bestätigte Kevin. »Scheint geduldig auf uns zu warten.«

Das Licht wurde größer. Wenig später konnte man deutlich die Umrisse einer strahlenden Kugel ausmachen. Je mehr sie sich ihr näherten, desto imposanter und beeindruckender wurde ihre Größe. Das Tauchboot nahm sich aus wie eine Erbse gegenüber einem Heißluftballon.

Deutlich waren die blauen Türme mit ihren skurrilen Formen und der Wasserspiegel auf Äquatorhöhe mit den unzähligen Plattformen zu erkennen. Es gab auch großflächige mit Erhebungen, ähnlich eines Hügels. Michelle wusste, dass es sich dabei um höhlenartige Eingänge zum Innern der Sphäre handelte.

Kevin und Sil waren bei dem Anblick überwältigt. Für Michelle war es nicht das erste Mal, einer Sphäre zu begegnen. Allerdings verband sie die Erinnerung daran mit sehr viel Kummer und Schmerz.

»Wie gelangt nun das sogenannte Baby ins Innere der Sphäre?«, fragte Kevin neugierig.

»Keine Ahnung«, antwortete Michelle ratlos. »Es scheint, als müssten wir abwarten.«

Lange dauerte dies jedoch nicht. Unmittelbar vor ihnen entstand in Äquatorhöhe der Außenhülle ein kleiner, greller Lichtfleck, der sich langsam vergrößerte.

»Es scheint sich etwas zu tun«, stellte Kevin fest.

»Würde mich nicht wundern, wenn gleich unzählige Lichtpunkte auf uns zukommen.«

»Du kennst dich mittlerweile gut damit aus«, meinte Sil lächelnd.

»Ich könnte darauf verzichten. Meine Erinnerungen an dieses Phänomen sind nicht gerade angenehm.«

Dann kamen sie, die von Michelle erwarteten Lichtpunkte. Sie schossen auf das Tauchboot zu und begannen, es einzuhüllen, bis die Sphäre vor lauter Licht nicht mehr zu sehen war.

Als die Lichtpunkte auch das Innere des Tauchbootes auszufüllen begannen, wurde es Sil mulmig. Doch lange brauchte sie sich deswegen nicht zu sorgen, denn plötzlich waren sie verschwunden. Mit ihnen auch der Lichtfleck.

Als sie nach draußen blickten, präsentierten sich die Türme und die Plattformen klar und deutlich vor ihnen. Sie sahen Wasser, das die Plattformen an den Rändern mit sanften Wellen überspülte. Sie erkannten auch die riesige Sphärenkuppel über ihnen, die das gesamte Innere mit strahlendem Licht versorgte.

Das Tauchboot stand auf einer der größeren Plattformen im Innern der Sphäre, auf der einen Seite umgeben von Wasser und weiteren Plattformen. Auf der anderen ragte eine blaue Erhebung in die Höhe. Gleich vor ihnen klaffte, ähnlich einer Höhle, eine dunkle Öffnung.

»Wir befinden uns tatsächlich drin«, staunte Kevin.

»Es ist bestimmt kein Zufall, dass wir ausgerechnet vor einem dieser Höhleneingänge gelandet sind.«

»Das heißt wohl, wir müssen dort hinein.«

»Nach meinen Erfahrungen sollte es kein Problem sein, das Boot zu verlassen.«

Kevin sah Michelle skeptisch an.

»Messen Sie doch die Umgebung.«

Kevin betätigte einige Tasten und las die Werte auf dem Display ab. »Sie haben recht.«

Kevin schälte sich aus dem Sessel, öffnete die Luke und machte sich daran, aus dem Boot zu klettern.

Die Quirls begannen, unruhig umherzurennen und leise Pfeiftöne von sich zu geben. Michelle bückte sich zu ihnen hinunter. Die Tiere hatten sich mittlerweile in eine Ecke des Bootes verkrochen und rührten sich nicht mehr von der Stelle.

»Was ist mit euch los?«, fragte Michelle leise und sah sie besorgt an.

Daraufhin verstärkten sie ihre Pfeiftöne, als ob sie Michelle etwas mitteilen wollten.

»Ich kann euch leider nicht verstehen.«

»Michelle?« Sils Stimme war von Sorge und Furcht erfüllt.

Michelle drehte sich um und sah ihre Gefährtin in die Minisphäre starren. Langsam erhob sie sich und machte einen Schritt auf sie zu.

Dann fiel es ihr auf. Die Quirls hatten sich so weit wie möglich von dem Kokon entfernt. Sie schienen große Angst vor ihm zu haben.

»Nein! Das darf nicht wahr sein.« Mit wenigen Schritten war Michelle bei der Minisphäre.

Als sie einen Blick hineinwarf, erschrak sie fast zu Tode. An Christophers Schulter hatte sich ein grauer Fleck gebildet.

116.

Der Regen fühlte sich warm und trotzdem erfrischend an. Die einzelnen Tropfen waren groß und übten eine massierende Wirkung auf die Haut aus.

Christopher streckte die Hände von sich, hielt sie zusammen und versuchte, etwas vom Regen zu sammeln. Im Nu hatte er eine Handvoll beisammen, beugte seinen Kopf hinunter und klatschte sich das Wasser ins Gesicht.

»Wann habe ich so etwas das letzte Mal erlebt«, sagte er zu sich. Dann drehte er sich zu Ahen um und fragte ihn: »Warst du schon einmal schwimmen?«

»Schwimmen?«

»Sich im Wasser fortbewegen.«

»Meine Wasserbehälter waren bisher nie so groß, dass man sich darin fortbewegen konnte.«

»Komm. Ich zeig's dir.«

Zögernd näherte sich der Junge dem Ufer. Er ließ seinen Blick über den See schweifen. »So etwas kenne ich nur aus den Mentalarchiven. Wo sind wir?«

»Auf TONGA-II. Nehas Heimatplanet.«

»Es ist wunderschön hier. Ich werde mir alles einprägen, damit ich es später wieder projizieren lassen kann.«

»Komm ins Wasser.«

»Wasser, das herunterfällt. Auch das habe ich noch nie auf diese Weise erlebt. Du nennst es Regen?«

»Ja, genau. Das dort drüben ist ein Wasserfall. Ein Wasserstrom, der sich durchs Land schlängelt und hier von diesem Felsen in den See stürzt. Auf meinem Heimatplaneten gibt es so etwas auch.«

»Vielleicht solltest du öfters herkommen und mir solche Orte zeigen. Dann kann ich sie später selbst erzeugen.«

»Komm jetzt erst einmal rein. Ich werde dir zeigen, wie man schwimmt.«

Ahen machte einige Schritte ins seichte Wasser, bückte sich und streckte seine Hand hinein. Dann hielt er die Finger unter seine Nase und roch daran. »Unser Wasser riecht nach nichts, dieses hier hat jedoch einen Geruch.«

»In diesem Wasser leben unzählige Mikroorganismen. Aber keine Angst, sie sind ungefährlich.«

Sie hatten ein weiteres Stück zurückgelegt und standen mittlerweile bis zu den Hüften im See. Christopher beugte sich vor, streckte seine Arme aus und stieß sich vom Boden ab. Er machte zwei lange Züge und hielt wieder an.

»Es sieht ziemlich einfach aus«, meinte Ahen gelassen.

»Versuch's mal.«

Ähnlich wie Christopher zuvor, streckte der Junge die Arme aus, beugte sich vor und stieß sich ab. Nach dem ersten Zug drohte er mit dem Kopf im Wasser zu versinken, fing sich aber gerade noch auf. Beim zweiten Versuch klappte es schon besser.

»Das macht großen Spaß.« Ahen stand vor ihm und strahlte. »Können wir zu diesem Wasserfall schwimmen?«

»Aber sicher.« Christopher ließ sich ins Wasser gleiten und schwamm langsam voraus. Mit einem Blick zurück vergewisserte er sich, dass Ahen kein Problem damit hatte, ihm zu folgen.

Je mehr Christopher sich dem Wasserfall näherte, desto mehr erinnerte er sich an den Vorfall, als die OVT-Schergen Jagd auf Michelle und ihn gemacht hatten. Nur unter größten Gefahren hatten sie es damals zurück zur *Space Hopper* geschafft, wobei Michelle kurz davor von einem Betäubungsschuss getroffen worden war und er sie zum Gleiter hatte tragen müssen.

Christopher versuchte, die Gedanken zu verdrängen und die momentane Situation zu genießen. Aber ganz so einfach ließen sich die Erinnerungen an die damaligen Erlebnisse nicht beiseiteschieben.

Als sie das seichte Gewässer kurz vor dem Wasserfall erreicht hatten, richtete sich Christopher auf und watete weiter. Das Tosen des Wassers war laut und verhinderte eine Unterhaltung.

Christopher zeigte mit dem Finger neben den Wasserfall und ging in diese Richtung. Ahen folgte ihm.

Als sie hinter den Wasserfall traten, erinnerte sich Christopher an die schönen Momente mit Michelle, als sie sich zum ersten Mal geliebt hatten. War Michelle Ahens Mutter? Die Möglichkeit bestand durchaus.

Sollte er Michelle bei seiner Rückkehr von der erneuten Begegnung mit Ahen erzählen? Er konnte sich diese Frage zum jetzigen Zeitpunkt nicht beantworten.

»Ich nehme an, dieser Ort ist für dich etwas Besonderes«, sagte Ahen, als sie sich in den Hintergrund des Wasserfalls zurückgezogen hatten.

»Du hast recht. Ein ganz besonderer Ort sogar. Damit verbinden sich wunderschöne, aber auch dramatische Erinnerungen.«

Ahen sah ihn mit einem wehmütigen Blick an.

»Ich nehme an, du weißt genau, was hier geschehen ist«, sagte Christopher.

Ahen antwortete nicht. Stattdessen drehte er sich um und ging zurück zum Wasserfall, streckte die Hand aus und ließ das Wasser darauf klatschen. Christopher trat neben ihn und tat es ihm gleich.

Erneut erinnerte er sich an die damalige Situation, als Michelle und er hinter dem Wasserfall Schutz vor den ausschwärmenden OVT-Schergen gesucht hatten, wie einer dieser Männer plötzlich hinter dem Wasserfall aufgetaucht und im düsteren Licht über Michelles Beine gestolpert war. Wie dieser sie unter Waffengewalt gezwungen hatte aufzustehen, sie mit lüsternem Blick angestarrt hatte und sich an ihr vergehen wollte. Christopher hatte sich gerade noch rechtzeitig an ihn heranschleichen und ihn überwältigen können. Nicht auszudenken, wenn es dem Kerl gelungen wäre, einen Schuss auf Michelle oder ihn abzufeuern!

Seine Erinnerungen wurden jäh von einem gleißenden Lichtblitz unterbrochen. Ahen wurde herumgewirbelt und stürzte zu

Boden. Gleichzeitig griff er mit verzerrtem Gesicht an seine Schulter.

Christopher hatte sich sofort fallen lassen, robbte zu seinem Sohn und beugte sich über ihn. Zwischen den Fingern, die Ahen auf die Wunde drückte, rann Blut hervor.

»Was war das denn?«, stöhnte der Junge mit schmerzerfüllter Stimme.

»Ausgesehen hat es wie ein Schuss aus einer Strahlenwaffe. Anscheinend war es auch einer.«

»Jemand hat auf mich geschossen? Aber hier ist doch außer uns niemand.«

»Das habe ich auch gedacht. Aber anscheinend ist es nicht so.« Christopher sah sich um, konnte jedoch nirgendwo jemanden erkennen. Draußen vor dem Wasserfall schien sich der Sturm zu verstärken.

»Hattest du das auch erlebt, als du in der Realwelt hier warst?«

»Zum Glück nicht genauso. Aber ich habe vorhin kurz an diese Möglichkeit gedacht. Der Gedanke erschien irgendwie von selbst. Zeig mal deine Verletzung.« Christopher kniete sich neben ihn.

Ahen nahm die Hand von der Wunde und hielt sie sich vor die Augen. Die Finger waren blutverschmiert.

»Es klafft ein Loch in deiner Schulter.«

»So fühlt es sich auch an.«

»Für eine virtuelle Realität ist es aber ziemlich echt.«

»Es ist echt, auch wenn es virtuell ist.«

117.

»Wir müssen Christopher, Neha und die Quirls so schnell wie möglich in die Höhle bringen«, rief Michelle völlig außer sich.

Kevin, der bereits ausgestiegen war, streckte den Kopf durch die Luke. Sil und Michelle hoben Neha aus dem Behälter, hievten sie hoch, sodass Kevin sie hinaufziehen konnte. Anschließend wiederholten sie die Prozedur mit Christopher, wobei sie tunlichst darauf achteten, den grauen Fleck nicht zu berühren.

Michelle fragte sich, ob sie es sich nur einbildete, oder ob sich der Fleck tatsächlich leicht vergrößert hatte.

Kaum waren die beiden Körper draußen, begann sich die Minisphäre langsam aufzulösen. Sie leuchtete ein letztes Mal und verschwand vor ihren Augen.

Zögernd kamen die Quirls aus ihrer Ecke hervorgekrochen und turtelten um Michelles Beine herum.

»Ihr solltet uns nach draußen begleiten«, sagte sie zu ihnen, woraufhin die Tiere ein paar leise Pfeiftöne von sich gaben.

»Die Minisphäre ist hier«, vernahm Michelle Kevins Stimme von oben. »Es scheint, dass sie sich wieder erholt hat. Sie können mir nun die Tiere geben.«

Michelle und Sil hoben eins nach dem anderen hoch und übergaben sie in Kevins Obhut. Anschließend machten sie sich ebenfalls daran hinauszuklettern.

Die Minisphäre schwebte unmittelbar neben der Ausstiegsluke. Christophers und Nehas Körper lagen bereits wieder darin. Erneut blickte Michelle auf den grauen Fleck. »Ich glaube, er hat sich vergrößert.«

Ohne Kommentar stiegen Kevin und Sil, die zwei Quirls auf den Schultern trug, an der Seitenleiter des Boots hinunter. Michelle setzte die beiden anderen auf ihre Schultern und folgte.

Wenig später tummelten sich die Quirls auf der Plattform und beschnupperten neugierig den Boden. Die Minisphäre hatte sich zu ihnen herabgesenkt. Anscheinend war sie von der großen Sphäre mit neuer Energie versorgt worden.

»Wir sollten gehen.« Michelle schritt entschlossen in Richtung Höhle. Kevin, Sil und die Quirls folgten ihr. Auch die Minisphäre setzte sich in Bewegung.

Kaum hatten sie die Höhle betreten, begann die Minisphäre zu beschleunigen. Kevin und die beiden Frauen mussten in leichten Laufschritt wechseln, um mithalten zu können.

»Da scheint es jemand eilig zu haben«, bemerkte Sil.

»Wahrscheinlich aus gutem Grund.« Michelle blickte wieder auf den grauen Fleck, aber im düsteren Licht konnte sie nicht feststellen, ob er sich weiter vergrößert hatte.

Die Minisphäre wurde noch schneller. Sie mussten ihr Lauftempo erhöhen.

Kurz darauf erschien das ovale Lichtobjekt. Die Lichtpunkte ließen nicht lange auf sich warten.

Als die Transmission vorbei war, befanden sie sich in einem ähnlichen halbkugelförmigen Raum, wie ihn Michelle bereits in der Wüstensphäre angetroffen hatte. Im Zentrum residierte eine kleinere Kuppel, deren Boden im Innern eine einzige mit Wasser gefüllte Vertiefung bildete. Auf der Oberfläche dieser Kuppel züngelten feine Lichtblitze.

Als Sil bemerkte, dass sie ohne ihre Bekleidung transferiert worden war, schlang sie sofort ihre Arme um sich.

»Es ist bei Sphären normal«, klärte sie Michelle auf, »dass nur organische Materie ins Innere transferiert wird.«

»Wie war das denn vorhin, als wir von außen auf die Plattform geholt wurden? Da wurde doch nichtorganische Materie transferiert«, fragte Kevin.

»Das kann ich nicht sagen«, antwortete Michelle. »Wahrscheinlich dasselbe wie damals, als die *Space Hopper* zur Wüstensphäre transferiert worden war. Aber bei allen Transfers ins Innere der Sphäre, die ich erlebt und von denen mir Christopher erzählt hatte, wurde nur organische Materie transportiert.

Ich nehme an, die Sphäre entscheidet von Fall zu Fall, ob sie auch nichtorganische Materie transferiert.«

Kevin blickte zur kleinen Kuppel in der Mitte des Raumes. »Sieht aus wie ein Energieschirm«, mutmaßte er. »Die Frage ist, was sich im Innern so Wertvolles befindet, um abgeschirmt zu werden.«

»Ich nehme an, wir werden es gleich erfahren.« Michelle ging ein paar Schritte auf die Kuppel zu und blieb davor stehen. Aber nichts geschah.

Als Sil neben sie trat und ebenfalls ins Innere blickte, begann sich die Oberfläche des Wassers in der Vertiefung leicht zu kräuseln.

»Irgendetwas passiert da drin.« Michelle kniete sich nieder und näherte sich mit ihrem Gesicht der transparenten Kuppel.

»Pass auf! Sie könnte elektrisch geladen sein.«

»Keine Angst, ich werde sie nicht berühren. Sieht so aus, als würde sich das Wasser erwärmen.«

Plötzlich vernahm Michelle ein Stöhnen. Als sie sich umdrehte, erkannte sie Sils vor Schmerz gekrümmte Gestalt. Sil griff mit beiden Händen an ihren Kopf und beugte sich vornüber.

Michelle erhob sich und wollte ihre Hand auf die Schulter der Gefährtin legen. Sofort streckte Sil den Arm aus, um Michelle daran zu hindern.

»Nicht«, raunte sie leise. »Es ist okay.«

Auch Kevin war herangetreten und sah besorgt auf Sil hinunter, die mittlerweile auf dem Boden kauerte und sich immer noch mit den Händen den Kopf hielt.

Plötzlich begann sie, klar und deutlich zu sprechen: »Entnehmt die beiden Körper der Minisphäre und legt sie in die Bodenvertiefung innerhalb der Kuppel.«

»Aber wie kommen wir hinein?«, fragte Michelle verwirrt.

»Sie wird sich öffnen, wenn ihr sie berührt.«

Sofort machten sich Michelle und Kevin daran, Christophers Körper aus dem Behälter zu heben und zur Kuppel zu tragen.

Unmittelbar davor blieben sie stehen und sahen sich mit einem argwöhnischen Blick in die Augen.

»Geht hinein«, forderte sie Sil auf. »Es wird euch nichts geschehen.«

Kevin machte den ersten Schritt, unmittelbar gefolgt von Michelle. Tatsächlich durchdrangen sie den kuppelförmigen Energieschirm ohne Probleme. Behutsam legten sie Christopher ins Wasser. Sofort bemerkte Michelle, dass es leicht temperiert war. Kurz darauf gesellte sich auch Nehas Körper dazu. Beide trieben auf dem Rücken liegend und mit geschlossenen Augen im Wasser. Nur das Gesicht ragte heraus.

»Jetzt sollen die Quirls ebenfalls in die Kuppel gebracht werden«, fuhr Sil fort. Noch immer hockte sie in kauernder Stellung und die Hände an den Kopf gepresst auf dem Boden.

»Ich hoffe, die machen nicht wieder so einen Aufstand wie letztes Mal, als sie in Panik gerieten. Das war die reinste Hölle.« Michelle ging vor den Tieren auf die Knie, streichelte sie und sagte zu ihnen: »Wenn ihr uns helfen wollt, Christopher und Neha zu retten, dann solltet ihr jetzt in diese Kuppel hineingehen.« Zur Unterstützung zeigte sie mit dem Finger in die entsprechende Richtung.

Die Tiere begannen, leise zu schnattern und zu pfeifen. Sie liefen unruhig um Michelles Beine herum und machten sich nach einigem Zögern auf den Weg in Richtung Kuppel. Doch kurz davor blieben sie stehen und blickten unruhig hin und her. Ihr Geschnatter wurde lauter. Schließlich begannen sie schrill zu pfeifen.

»Du musst ihnen klar machen, dass für sie da drin keine Gefahr besteht.«

Kaum hatte Sil dies gesagt, beruhigten sich die Tiere wieder. Aber sie gingen trotzdem keinen Schritt weiter. Kurz darauf begannen sie erneut zu pfeifen.

»Bitte«, flehte Michelle. »Es wird euch wirklich nichts geschehen. Wir brauchen eure Fähigkeiten, um Christopher und Neha zu retten.«

Sie stand auf, warf einen Blick ins Innere der Kuppel und erschrak. Der graue Fleck an Christophers Schulter hatte sich merklich vergrößert.

118.

»Es eilt!«, ächzte Sil. »Wenn Christopher und Neha vor den Killerpartikeln gerettet werden sollen, muss es gleich jetzt geschehen!«

Die Quirls machten keine Anstalten, sich der Kuppel weiter zu nähern. Im Gegenteil, sie wurden immer lauter und rannten völlig verstört umher. Michelle stand da und hatte keine Ahnung, was sie unternehmen sollte, während Sil mittlerweile auf dem Boden lag und sich vor Schmerz krümmte.

»Bitte!«, schrie Michelle die Tiere an und ging wie ein Tiger im Käfig hin und her. Dann wandte sie sich zur Kuppel, ging darauf zu und schickte sich an, sie zu betreten.

»Nicht du sollst hineingehen«, rief Sil, »sondern die Quirls.«

Kevin, der bis zu diesem Zeitpunkt ratlos da gestanden hatte, ergriff nun die Initiative. Kurzerhand packte er zwei der Tiere am Kragen, lief zur Kuppel und legte sie zu Christopher und Neha ins Wasser. Sofort reagierte Michelle, griff nach den anderen beiden und tat es Kevin gleich.

Anfangs hatten sich die Tiere gewehrt, zappelten und krümmten sich unter Kevins und Michelles Griff, aber als sie sich im Wasser befanden, wurden sie unerwartet ruhig. Neugierig schwammen sie herum, beschnupperten Christophers und Nehas Körper und taten dann etwas ganz Erstaunliches.

Sie fingen an, von dem Wasser zu trinken.

»Wir müssen ihnen helfen«, meldete sich Sil erneut. Sie hatte sich erhoben, anscheinend vom Schmerz befreit, und näherte sich ebenfalls der Kuppel.

»Wobei?«

»Sie müssen das Wasser über ihren Nippel am Bauch wieder ausgeben. Als Erstes sollen wir damit den grauen Fleck an Christophers Schulter begießen.«

Gemeinsam stiegen sie in den Wasserbehälter und hoben Christophers Oberkörper leicht an, gerade so viel, dass er aus dem Wasser ragte. Dann packte Michelle das erstbeste Tier und stellte es auf Christophers Brust, genau vor den grauen Fleck.

»Könntest du bitte etwas von deinem Wasser darüber gießen?« Michelle hatte keine Ahnung, ob der Quirl sie verstanden hatte. Das Tier sah sie mit großen Augen an. Dann richtete es sich auf, griff mit seinen Pfoten an den Nippel und presste einen dünnen Wasserstrahl heraus. Michelle schob den Quirl etwas näher an den Fleck, sodass der Strahl genau darauf traf. »Wie lange müssen wir das machen?«

»Kann ich dir nicht sagen«, antwortete Sil. »Aber die anderen Tiere sollen ihr getrunkenes Wasser ebenfalls wieder ausgeben, sodass es sich mit jenem in der Wanne vermischt.«

Sofort machten sich die drei Geschöpfe daran, griffen an ihren Nippel und pressten das Wasser aus ihrem Bauchbeutel. Als dieser geleert war, tranken sie erneut, bis der Beutel wieder gefüllt war, und wiederholten die Prozedur Mal für Mal.

»Wir müssen uns im Klaren darüber sein, dass wir nun auch infiziert sind, da wir uns in diesem Wasserbehälter aufhalten«, sagte Michelle, ohne den grauen Fleck aus den Augen zu lassen. »Ich meine nur, falls das Ganze hier nicht funktionieren sollte.«

»Es wird funktionieren.« Kevins Stimme strahlte Zuversicht aus.

Abermals trank der Quirl von dem Wasser, setzte sich erneut auf Christophers Brust und presste die Flüssigkeit anschließend wieder aus seinem Beutel. Doch der Fleck wollte nicht kleiner werden. Auch als sich die Tiere untereinander abwechselten, blieb der Fleck beharrlich gleich groß. Michelle wurde sichtlich unruhiger.

»Zumindest vergrößert er sich nicht mehr«, versuchte es Sil mit Zweckoptimismus.

»Es darf nicht ein einziges dieser Partikel übrig bleiben.« Verzweiflung schwang in Michelles Stimme mit.

Kevin machte sich um Michelles Zustand Sorgen. Er kannte sie mittlerweile gut genug, um zu wissen, dass sie zusammenbrechen würde, wenn sich der Erfolg nicht bald einstellte. Soweit wollte er es nicht kommen lassen.

»Michelle? Könnten Sie Nehas Körper auf allfällige graue Flecken untersuchen?«, bat er sie, um sie anderweitig zu beschäftigen. »Auch bei ihr sollten wir absolut sicher sein.«

Sofort wandte sie sich ihrer Freundin zu, untersuchte jeden Winkel ihres Körpers, drehte ihn um und begutachtete auch die Rückseite.

Kevin spürte Michelles Tatendrang. Einerseits war sie abgelenkt, andererseits verrichtete sie eine wichtige Aufgabe. Sie tat sie genau und brauchte entsprechend Zeit. Zeit, in der die Chance bestand, dass der Fleck auf Christophers Schulter endlich reagierte.

»Wenn es doch nur eine Möglichkeit gäbe, eine Probe dieser Killerpartikel sicherzustellen, damit ich sie untersuchen kann«, sagte Sil.

»Bist du verrückt?« Michelle blickte bestürzt zu ihr hinüber. »Das ist viel zu gefährlich. Dieses Dreckszeug muss vernichtet werden.«

»Ich weiß schon, wie man es bewerkstelligen könnte.«

»Wie denn?«

»Das Wasser der Quirls neutralisiert die Partikel gänzlich. Solange sie sich also in solchem Wasser befinden, sind sie ungefährlich.«

»Denk nicht einmal daran.«

»Das wäre wirklich zu riskant und auch verantwortungslos«, pflichtete Kevin Michelle bei. »Auf meine Station kommt mir dieses Teufelszeug auf keinen Fall.«

»Ich meinte ja nur«, gab Sil zurück, »dass es diese Möglichkeit gäbe.«

»Belassen wir es beim Konjunktiv«, erwiderte Kevin.

»Zudem, wie möchtest du dieses Zeugs herausbringen? Hier gibt es keinen Behälter, in dem du das Wasser mit den Partikeln transportieren könntest.«

»Das ist das kleinste Problem«, antwortete Sil. »Im Tauchboot gibt es bestimmt etwas Geeignetes.«

»Wie willst du es hierherbringen? Hast du schon vergessen, dass deine Kleidung und alles, was du bei dir getragen hast, draußen geblieben ist und nur dein Körper transferiert wurde?«

»Du hast recht. Das habe ich nicht mehr bedacht.«

»Ich glaube, es steckt eine Absicht dahinter, dass die Sphären nur unsere Körper und nichts anderes ins Innere transferieren. Es könnte ein Teil ihres Sicherheitssystems sein.«

»Sie haben wahrscheinlich gar nicht mal so unrecht«, bestätigte Kevin Michelles Theorie.

»Okay, okay. Ich gebe mich geschlagen«, winkte Sil ab. »Es war sowieso nur eine Idee.«

Plötzlich schlug Neha die Augen auf und schnappte hörbar nach Luft. Erschrocken wichen die Quirls zurück.

»Christopher!«, rief sie. »Wir müssen verschwinden! Sie haben uns gleich eingeholt!«

»Neha!«, japste Michelle. »Du bist wieder da!« Sofort schlang sie die Arme um ihre Freundin und drückte sie an sich.

»Warum sind wir wieder in diesem Raum?«

»Du bist in Sicherheit. Auf TONGA-II.«

»Aber wir sind doch noch in der Sphäre. Die wird sich gleich selbst zerstören. Wir müssen so schnell wie möglich von hier weg.«

»Beruhige dich. Wir befinden uns in einer anderen Sphäre. Auf dem Grund des Sees am Nordpol von TONGA-II. Die Sphäre auf MOLANA-III hat sich bereits zerstört.«

Neha sah sie eine Weile verwirrt an. »Wie kommen wir hierher?«

»Das ist eine lange Geschichte.«

Neha entdeckte Kevin und Sil und starrte die beiden verblüfft an. Es dauerte einen Augenblick, dann begriff sie. Kevins und Sils Anwesenheit war für sie die endgültige Bestätigung, dass sie sich auf TONGA-II befand. Dann schloss sie die Augen und verfiel in einen meditativen Zustand.

»Ich nehme an, sie nimmt Kontakt mit der Sphäre auf«, erklärte Michelle.

Kurze Zeit später erhob sich Neha und entstieg dem Wasserbehälter.

»Hat die Sphäre dir etwas mitgeteilt?«

»Sie hat mich analysiert. Ich bin sauber. Es befinden sich keine Killerpartikel in meinem Organismus.«

»Im Gegensatz zu Christopher.«

»So, wie es aussieht, werden wir den Kampf gegen seine Infizierung verlieren. Die Partikel in seinem Körper haben sich schon zu stark ausgebreitet.«

Michelle starrte Neha konsterniert an.

119.

»Du verlierst viel Blut«, stellte Christopher fest. »Wir haben nichts, womit wir die Blutung stoppen können. Wenn wir wenigstes Kleider hätten, die wir in Streifen reißen und als Verband nutzen könnten.«

»Was sind Kleider?«, fragte Ahen und sah ihn mit schmerzverzerrtem Gesicht an.

»Ach, so etwas kennst du nicht, da du die Sphäre noch nie verlassen hast.«

Ahen presste seine Hand auf die Wunde. »Wir sollten verhindern, dass Bakterien oder deren Toxine meinen Organismus zu einer Reaktion veranlassen, was zu einer lebensbedrohlichen Störung der Vitalfunktionen führen könnte.«

Christopher starrte den Jungen einen Moment verblüfft an. »Ich glaube, du redest von einer Infektion. Warst du schon einmal verletzt?«

»Nein, zum Glück bisher nicht.« Ahen hob die Hand ein bisschen an und sah auf die Wunde.

»Sie sollte gereinigt werden, sonst entzündet sie sich doch noch, vor allem in diesem feuchtwarmen Klima.«

»In der Sphäre wäre es kein Problem.«

»Befinden wir uns denn in Wirklichkeit nicht in der Sphäre? Die Umgebung hier stammt doch nur aus meiner Fantasie.«

»Unterschätze nie die Mentalenergie, die von deinen Gedanken produziert wird. Es liegt ganz allein an dir, ob wir hier im Dschungel bleiben oder zur Sphäre zurückkehren. Du solltest aufpassen, woran du denkst, denn es könnte noch mehr Unheil heraufbeschwören. Aber nicht jeder Gedanke wird automatisch umgesetzt. Es kommt darauf an, wie stark er vom Unterbewusstsein absorbiert wird.«

Christopher ließ sich Ahens Worte durch den Kopf gehen. Bisher war er sich der Tragweite der momentanen Situation nicht richtig bewusst gewesen. Alles war ganz einfach gewesen.

Er hatte sich auf diesen Ort konzentriert und die Sphäre hatte ihn erschaffen. Aber er hatte die Macht seiner Gedanken unterschätzt. Er musste aufpassen, nicht die Kontrolle über sie zu verlieren.

Dann besann er sich wieder seines Mentaltrainings, das er in München absolviert hatte. Es musste ihm möglich sein, diese Situation in den Griff zu bekommen!

Oder waren es ausgerechnet die Neuro-Sensoren, die für die verstärkte Übertragung seiner verborgensten Gedanken zur Sphäre verantwortlich waren? Sollte dies der Fall sein, konnten sie beide ernsthafte Schwierigkeiten bekommen, diesen virtuellen Ort unversehrt zu verlassen. Es könnte den Jungen das Leben kosten.

Schlimmer noch, wer wusste, was in seinem Unterbewusstsein noch alles verborgen lag und an die Oberfläche gelangen konnte. Was für eine Hölle würde all das entfachen!

»Woran denkst du gerade?«, fragte Ahen.

»Ach, an nichts Besonderes.« Christopher war froh darüber, dass Ahen ihn aus dem Grübeln befreit hatte. Am besten sollte er mit ihm über irgendetwas Belangloses plaudern. Es würde ihn auf andere Gedanken bringen. »Erzählst du mir, womit du dich in der Sphäre beschäftigst?«

Ahen blickte auf und sah ihn mit seinen kristallblauen Augen verwundert an. »Mir ist momentan nicht nach Reden. Erzähl du mir lieber etwas über die Erde.«

»Was möchtest du wissen?« Christopher fragte sich, ob Ahen nicht schon selbst sehr viel über die Erde wusste und ihn nur deshalb danach fragte, um ihn abzulenken.

»Was du dort machst.«

»Eigentlich bin ich selten auf der Erde, da ich mit der *Space Hopper* viel unterwegs bin. Wie viel weiß die Sphäre eigentlich über die Erde und die Menschen?«

»Sehr viel. Es ist nicht alles schön, was man über die Menschen dieses Planeten erfährt.«

»Da kann ich dir nur beipflichten. Aber wie kommt die Sphäre zu solchen Informationen?«

»Durch Mentaltransfers mit anderen Sphären.«

»Wie gelangen sie dazu?«

»Auf der Erde gibt es mehrere davon. Mindestens zwei sollten dir bekannt sein.«

»Eine im Lake Wostok in der Antarktis und die andere in einem Gletscher im Himalaya.«

Ahen nickte. »Aber es gibt noch andere.«

Während sich draußen der Sturm immer mehr zu einem Orkan verstärkte und die düsteren Wolken ihren Inhalt beinahe auf einmal fallen ließen, wurden für Christopher einige Dinge klarer und verständlicher.

Die Sphären kannten die Menschen nur zu gut. Das schon seit ihrer Entstehung. Die Menschheit hatte keine Ahnung, dass sie seit Anbeginn ihrer Zeit beobachtet wurde. Dass es auch auf TONGA-II und MOLANA-III Sphären gab, erschien logisch. Bestimmt auch auf jedem anderen bewohnten Planeten. Doch Christopher vermied es, sich bei Ahen danach zu erkundigen. Er würde darauf keine Antwort erhalten.

Wieder verzerrte sich Ahens Gesicht. Anscheinend verstärkten sich die Schmerzen, obwohl er die Blutung einigermaßen im Griff hatte. Aber die Entzündungsgefahr bestand nach wie vor.

Christopher fühlte sich hilflos wie schon lange nicht mehr. Es musste doch irgendeine Möglichkeit geben, dem Jungen zu helfen. Er hob den Kopf, sah sich um und versuchte sich vorzustellen, er wäre vom sanften blauen Licht des Sphärentunnels umgeben. Oder vom gleißenden Licht der Sphärenkuppel und von den vielen Plattformen und Türmen.

Aber nichts geschah. Das Heulen des Windes, der nun auch den Vorhof der Grotte hinter dem Wasserfall zu erobern versuchte, schien ihm auf makabre Weise den momentanen Aufenthaltsort bewusst zu machen.

Christopher schloss die Augen. Doch kaum hatte er es getan, schwirrten ihm wie ein chaotischer Film wilde Gedanken durch den Kopf. Wieder drohten sie, seiner Kontrolle zu entgleiten.

Blitzschnell riss er die Augen auf, stand auf und ging wie ein Löwe im Käfig hin und her. Er hämmerte mit der flachen Hand gegen seinen Kopf, als ob er böses Gedankengut aus sich herausprügeln wollte.

»Wir müssen weg von hier«, haderte er mit sich selbst. »Ich weiß nicht, wie lange ich mich noch unter Kontrolle halten kann.«

»Beruhige dich. Mit Emotionen erreichst du nichts. Oder nur das Gegenteil.«

»Wenn doch nur ich getroffen worden wäre statt du.« Wieder schlug er sich mit der flachen Hand an den Kopf, während der Sturmwind seine Haare zerzauste. »Weg!«, schrie er und schwang den gestreckten Arm um sich herum, als wollte er die gesamte Umgebung samt dem Unwetter beiseite wischen. »Verschwindet endlich!«

Der Schwung riss ihn beinahe von den Beinen. Er hielt inne, stand da und starrte in die düstere Umgebung. Draußen zuckten Blitze vom Himmel, gefolgt von ohrenbetäubendem Donnergrollen.

Irgendetwas hatte sich verändert. Aber er erkannte es nicht sofort. Er starrte Löcher in die Luft, wechselte die Richtung und starrte weiter.

War es der Wasserfall?

Er blickte zum Felsen und suchte in dessen Hintergrund den Eingang zur Grotte. War das wirklich noch der Felsen, wie er ihn in Erinnerung hatte?

Die Grotte war verschwunden!

Aber etwas anderes war da.

Ein dunkler Fleck an der Stelle, wo sich vorher der Eingang befunden hatte. Dieser dunkle, graue Fleck schien zu pulsieren.

120.

»Vielleicht gibt es doch noch eine Möglichkeit, ihn zu retten«, sagte Neha, ohne den Blick von Christopher abzuwenden.

»Wie denn?« Michelle befand sich bereits wieder am Rand der Verzweiflung.

»Legen wir ihn flach auf den Rücken. Das Innere des Kokons wird sich an seine Form anpassen.«

Als Christophers blauer Körper in besagter Position lag, stieg die ebenfalls immer noch blaue Neha entschlossen in den Behälter, kniete sich über ihn und beugte ihren Oberkörper nach vorn. Mit seitlich aufgestützten Ellbogen legte sie die Fingerspitzen an seine Schläfen und schloss die Augen.

»Gebt mir jetzt bitte einen Quirl. Setzt ihn neben Christophers Kopf.«

Michelle befolgte Nehas Anweisung. Das Tier ließ es ohne Weiteres geschehen. »Ein Kokon ist das also. Ich dachte, die Minisphäre sei ein Kokon.« Aber dann packte sie erneut die Ungeduld. »Was soll das werden?«

Doch Neha war zu keiner Antwort mehr fähig. Der Kokon begann zu leuchten. Wieder bildete sich die transparente Haube und schloss die beiden Menschen und die Quirls ein.

Sprachlos starrte Michelle ins Innere des Behälters. Plötzlich wusste sie, was Neha vorhatte. Wie zur Bestätigung kippte der Oberkörper ihrer Freundin weiter nach unten und landete auf Christophers Brust.

»Anscheinend ist sie wieder bewusstlos.«

»Sie ist auf dem Weg zu ihm, um ihn bei der Rückkehr zu unterstützen«, erklärte Sil.

»Woher weißt du das?«

Zur Antwort tippte sie mit beiden Zeigefingern an ihre Schläfen.

»Was tut sie dort?«

»Ich kann es dir nicht sagen.«

Orientierungslos irrte Neha in den düsteren Gängen der Sphäre umher und sah sich im fahlen blauen Licht nach einem menschlichen Körper um. Obwohl sie lange in einer solchen Umgebung gelebt hatte, fühlte sie sich in diesem Augenblick hilflos. Christophers Mentalenergie hatte sie hergeführt. Aber wo war er?

Sie rief mehrmals nach ihm, bekam aber keine Antwort. Sie lief ein Stück in die eine Richtung. Doch sie hatte den Eindruck, als würde sie auf der Stelle treten. Genauso, als sie umkehrte und in die andere Richtung ging.

Irgendetwas stimmte nicht.

In der Hoffnung, das ovale Licht würde wieder erscheinen, bewegte sie sich weiter, wechselte in Laufschritt, begann zu rennen. Aber nichts geschah.

Nach einer Weile hielt sie an. Sie versuchte, ihre besonderen Fähigkeiten einzusetzen und mit der Sphäre in Kontakt zu treten. Aber auch das gelang ihr nicht.

Plötzlich beschlich sie Angst. Befand sie sich wirklich in einer intakten Sphäre? Oder handelte es sich hier um die inaktive Waldsphäre von MOLANA-III? Hatte es Christopher etwa hierher verschlagen?

Falls es so war, nützten ihr die besonderen Fähigkeiten nicht viel. Sie konnte von dieser Sphäre keine Unterstützung erwarten. Trotzdem musste sie versuchen, Christopher zu finden. Sehr wahrscheinlich befand er sich in großen Schwierigkeiten. In dieselben Schwierigkeiten konnte auch sie geraten sein, denn sie hatte keine Ahnung, wie sie je wieder zurückfinden sollte.

Der Sturm schien den Sturzbach von Regen in fester Umklammerung zu halten und peitschte eine Gischt nach der anderen in den Vorhof der Grotte. Das Heulen des Windes und das immer wiederkehrende Donnergrollen übertönten das Rauschen des Wasserfalls bei Weitem. Eine Unterhaltung war bei diesem Lärm kaum mehr möglich.

Christopher zog Ahen weiter in den Hintergrund, näher zum Felsen, bei dem er sich mehr Schutz vor den wie Nadelstiche wirkenden Wasserspritzern erhoffte. Auf dem sandigen Boden sitzend und an die kühle Felswand gelehnt, waren sie dem Sturmwind und dem Regen nicht mehr so stark ausgesetzt.

Christopher starrte zum Wasserfall, der dieser Bezeichnung nicht mehr gerecht wurde. Das bisher senkrecht fallende Wasser wurde völlig durcheinandergewirbelt. Nasses Laub, Zweige und sogar Äste vervollständigten das Gemisch, das gerade durch die Luft flog.

Seit er sich wieder zu Ahen gesetzt hatte, vermied es Christopher, noch einmal zur Grotte oder dem, was von ihr übrig geblieben war, zu schauen. Doch nun gewann die Neugier die Oberhand. Er drehte den Kopf nach rechts. Doch aus diesem Winkel konnte er die Stelle nicht mehr genau erkennen.

Was hatte er vorhin gesehen?

»Kann ich dich einen Moment alleine lassen?«, schrie er in Ahens Richtung, in der Hoffnung, er würde es trotz des lauten Getöses verstehen.

Der Junge nickte nur.

Auf allen Vieren entfernte sich Christopher nach rechts. Gepeitscht von Wasserfontänen und umherfliegenden Gegenständen versuchte er, sich dem vermeintlichen Grotteneingang zu nähern. Doch wegen der durch die grauschwarzen Regenwolken hervorgerufenen Verdunkelung konnte er kaum etwas erkennen.

Ein längerer Blitz hüllte die Umgebung in gleißendes Tageslicht. Was Christopher in diesem Augenblick zu sehen bekam, ließ ihm das Blut in den Adern gefrieren.

Nehas Körper begann zu zucken. Zwischendurch atmete sie tief ein und aus. Die Quirls wurden unruhig und begannen, leise zu schnattern.

Michelle starrte voller Besorgnis durch die Kuppel ins Innere des Kokons. »Irgendetwas stimmt da nicht. Ich glaube, Neha hat Schwierigkeiten.«

»Wir können aber nichts tun.« Sil stand hilflos daneben. »Ich habe keinen Kontakt mehr zu ihr. Es gibt auch keine Möglichkeit, den Kokon zu öffnen. Zudem würde es nichts nützen. Wir können nichts anderes tun, als abzuwarten.«

»Aber wenn überhaupt nichts passiert?«

»Irgendetwas wird passieren.«

Als sich Michelle wieder dem Kokon zuwandte, entdeckte sie auf dessen Oberfläche ein zartes Funkeln. Winzige Lichtblitze, so dünn wie Haare, überzogen die Innenseite der Kuppel.

»Ich sehe etwas.« Sie näherte sich der Oberfläche und verfolgte das Lichtspektakel. »Schaut euch das an.«

Kevin und Sil traten ebenfalls hinzu, um das Geschehen aus der Nähe zu betrachten. Kevin schirmte seine Augen mit beiden Händen seitlich ab und starrte aus nächster Nähe darauf. Er konnte nicht fassen, was er sah. Dunkelgraue Schleier, die sich ständig verformten, bewegten sich in eine Richtung und wurden von unzähligen haarfeinen Lichtblitzen durchzogen. Das Ganze kam ihm vor wie eine in Zeitraffer ablaufende Wetterkarte. Er konnte sich keinen Reim darauf machen. »Wofür haltet ihr es?«

»Keine Ahnung«, antwortete Sil. »Kommt mir vor wie ein Film. Ein ziemlich abstrakter.«

»Sieht aus wie Wolken«, murmelte Michelle, die sich die Nase an der Oberfläche der Haube plattdrückte. »Diese Lichtfäden könnten Blitze eines Gewitters sein.«

Kevin sah genauer hin. »Könnte etwas dran sein. Nur läuft das Ganze viel zu schnell ab.«

»Aber diese grauen Schwaden beunruhigen mich sehr.«

»Warum meinst du?«, fragte Sil.

»Auf graue Substanzen, die sich bewegen und ihre Form verändern, bin ich gar nicht gut zu sprechen.«

Sil löste sich von der Oberfläche und starrte Michelle erschrocken an. »Du meinst, es könnten Schwärme von Killerpartikeln sein.«

Michelle rührte sich nicht und starrte weiterhin aus nächster Nähe auf die Haube. »Nicht das, was wir auf der Oberfläche des Kokons sehen. Ich glaube eher, er will uns damit etwas mitteilen.«

»Vielleicht genau das, was Neha gerade auch sieht«, mutmaßte Kevin.

»Oder Christopher. Aber es könnte sich dabei auch um etwas ganz anderes als um Schwärme von Killerpartikeln handeln. Es könnte ein ganz normaler Sturm sein. Ein Tropensturm.«

»Wo findet der gerade statt?«

»In Christophers Fantasie.«

121.

Christopher wollte sich Gewissheit verschaffen. Er musste sicher sein, dass er sich nicht getäuscht hatte. Einfach auf den nächsten Blitz warten und noch einmal genau hinsehen. Blitze gab es im Moment zur Genüge.

Vorsichtig kroch er näher heran, blieb in Kauerstellung hocken und wartete. Der nächste Blitz war nur kurz, aber er genügte, um den Abstand zwischen sich und dem grauen Fleck einzuschätzen. Trotzdem wartete er auf einen weiteren Blitz und gewann damit Gewissheit, dass der Fleck noch dieselbe Größe besaß.

Langsam kroch er ein Stück weiter. Schwärme von Wasserperlen trafen ihn am ganzen Körper. Triefende Haarsträhnen hingen in sein Gesicht und über die Augen. Überall klebte nasser Sand an seiner Haut. Aber das war derzeit sein geringstes Problem.

Der nächste längere Blitz ließ ihn abrupt stoppen, denn er hatte sich dem Fleck mehr genähert, als ihm lieb war. Aber er hatte noch etwas anderes gesehen. Einer Ansammlung winziger krabbelnder Insekten gleich, pulsierte und verformte sich der Fleck tatsächlich. Wahrscheinlich dehnte er sich sogar aus.

Killerpartikel!

Wie kamen die hierher? Hatten sie sich derart in seinem Unterbewusstsein manifestiert, dass die Sphäre sie sogar hierher projizierte? Aber wenn sie nur aus seiner Fantasie entstammten, wie gefährlich waren sie für ihn und Ahen wirklich?

Er wollte es nicht darauf ankommen lassen, wandte sich um und kroch zurück.

»Wir müssen so schnell wie möglich von hier verschwinden«, rief Christopher keuchend, nachdem er zu Ahen zurückgekehrt war. »Etwas Schreckliches geschieht hier gerade.«

»Was hast du gesehen?«

»Einen großen Schwarm Killerpartikel. Genau dort, wo eigentlich der Eingang zur Grotte sein sollte.«

Ahen sah ihn fassungslos an.

»Weißt du etwas darüber? Kommt es auch aus meiner Fantasie?« Christophers Stimme überschlug sich beinahe.

Ahen senkte den Kopf. Es machte den Anschein, als wollte er nichts dazu sagen.

Christopher kniete sich vor ihn hin. »Was weißt du darüber? Sind dir diese Partikel bekannt?«

Immer noch schwieg der Junge mit gesenktem Haupt. Sein schwarzes Haar hing in nassen Strähnen in sein Gesicht. Der blutverschmierte Arm war mittlerweile vom Regenwasser einigermaßen gereinigt worden.

Christopher nahm den Kopf des Jungen zwischen seine Hände und hob das Gesicht an, sodass er ihm in die Augen sehen konnte. »Wenn du etwas weißt, dann sag es mir bitte.«

»Du hast recht«, antwortete Ahen, ohne seinem Blick auszuweichen. »Wir müssen so schnell wie möglich zur Sphäre zurück. Wir können uns hier nicht helfen.«

»Wie kommen wir dahin?«

»Nur durch dich. Unsere Körper sind eigentlich schon dort. Aber du musst dich unbedingt von der Vorstellung dieser Umgebung lösen. Sonst bleiben wir beide hier gefangen.«

»Wie soll ich das anstellen? Einfach aufhören, an den Dschungel zu denken?«

»Ich kann es dir nicht sagen. Ich war noch nie in einer solchen Situation.«

Christopher ließ ihn los, erhob sich und machte ein paar Schritte hin und her. Verzweifelt hob er seine Arme und ließ sie kraftlos wieder fallen.

»Wenn du dich nicht beruhigst und entspannst, wird alles nur noch schlimmer.« Ahen sah ihn flehend an.

Christopher beherrschte sich. Er setzte sich auf den Sandboden und lehnte sich an die Felswand.

Warum war er so außer sich? Wie konnte er sich derart gehen lassen?

Es war doch eher seine Art, in kritischen Situationen einen kühlen Kopf zu bewahren. Erschöpft schloss er die Augen und versuchte, die Ereignisse zu ordnen.

Wer hatte auf Ahen geschossen? Doch nicht etwa die Schergen der OVT. Bisher hatte sich keiner hier blicken lassen. Aber wenn welche auftauchen würden, so wären sie ebenfalls ein Produkt seiner Fantasie.

Er öffnete die Augen wieder und blickt geradeaus in die Düsternis des Sturms. Der Wind peitschte den Regen fast waagrecht in seine Richtung. Blitz und Donner wechselten sich laufend ab.

Etwas anderes fiel ihm plötzlich auf. Das Wasser des Sees war nähergekommen. Der Seespiegel stieg. Genau wie damals, als sie mit der *Space Hopper* in der Nähe des Ufers gelandet waren und der Pegel so hoch gestiegen war, dass der Gleiter plötzlich auf der Wasseroberfläche schwamm und in Richtung Abfluss getrieben wurde. Der Start mit der sabotierten Triebwerkssteuerung war damals ein großes Risiko gewesen, aber es war ihnen nichts anderes übrig geblieben, um nicht mit dem reißenden Strom hinuntergerissen zu werden.

Nachdenklich richtete er den Blick auf den Wasserfall. Einem Sandsturm gleich stoben die Perlen durch die Luft. Ein weiterer Blitz ließ die Umgebung erneut für einen kurzen Moment taghell erscheinen.

Täuschte er sich, oder hatte er soeben mitten im Wasserfall etwas Ähnliches wie einen Insektenschwarm entdeckt?

Mittlerweile wunderte er sich nicht mehr, alles Mögliche zu sehen. Er wollte aber trotzdem sicher sein und wartete den nächsten Blitz ab. Der ließ nicht lange auf sich warten.

Nun war sich Christopher sicher, mitten im Wasserfall einen ähnlichen Schwarm gesehen zu haben, wie beim Eingang zur Grotte.

»Die Killerpartikel sind überall«, sagte er mehr zu sich selbst.

Ahen schien es nicht verstanden zu haben. Also wiederholte er seine Äußerung.

»Es verwundert mich nicht«, erwiderte der Junge.

Der Sturm schien einen weiteren Gang zuzulegen. Als der nächste Blitz irgendwo einschlug und wieder für eine Sekunde Licht spendete, war Christophers Blick zufällig auf Ahens Verletzung gerichtet. Die Hand lag nicht mehr darauf. Was er sah, bescherte ihm den nächsten Schock. Die Wunde war übersät mit demselben grauen, krabbelnden Schwarm.

Christopher stand die Verzweiflung ins Gesicht geschrieben. »Woher kommen all diese Scheißdinger?«, schrie er in den Sturm hinaus. Dann wandte er sich resigniert an Ahen. »Entstammen diese verdammten Partikel etwa doch meiner Fantasie?«

»Nein«, keuchte Ahen. »Aber so, wie es aussieht, ist dein realer Körper von ihnen befallen.«

Christopher starrte den Jungen fassungslos an. Er selbst war infiziert? Wann war das passiert? Er durchforstete sein Gedächtnis. Was war geschehen, bevor er in die Sphäre gekommen war?

Plötzlich war seine Erinnerung da, klar und deutlich. Er war mit Neha und seinem Team in einer Sphäre gewesen und hatte gegen die sich rasend schnell ausbreiteten Killerpartikel angekämpft. Christopher hatte Neha im Abwehrkampf unterstützt, während sich das Team in Sicherheit bringen konnte.

Aber was war danach geschehen?

Er wusste es nicht. War er von den Partikeln assimiliert worden? Falls das geschehen war, konnte es sein, dass er gar nicht mehr lebte. War dies der Grund, warum er es nicht schaffte, zur Sphäre zurückzukehren? Dieses Produkt seiner Fantasie zu verlassen?

Die Wüstensphäre hatte damals die Selbstzerstörung eingeleitet. Hatten er und Neha noch rechtzeitig von Bord verschwinden können? War sie auch infiziert? Lebte sie noch?

Er wusste auf all diese Fragen keine Antwort. Es schien, als hätte er im Moment, in dem die Erinnerungen endeten, aufgehört zu existieren.

Aber was war mit Ahen? Der Junge durfte nicht seinetwegen sterben. Ihm sollte die Möglichkeit gegeben werden, in seine Sphäre zurückzukehren. Doch wie sollte er dies bewerkstelligen?

Die Lösung, die sich ihm spontan offenbarte, erschien ganz einfach. Ohne zu zögern erhob er sich und ging geradewegs auf den See zu.

»Wohin willst du?«, rief ihm Ahen hinterher.

Christopher reagierte nicht, watete durchs immer tiefer werdende Wasser und flüsterte leise vor sich hin: »Leb wohl, Ahen.«

122.

Neha hetzte im blauen Tunnel vorwärts, in der Erwartung, Hinweise auf Christophers Verbleib zu finden. Zumindest hoffte sie, es würde sich endlich etwas verändern, denn sie hatte immer noch den Eindruck, auf der Stelle zu treten.

Nach einer Weile blieb sie erneut stehen, stützte ihre Hände auf die Oberschenkel und atmete tief durch. Es brachte nichts, wenn sie nur den Tunnel entlangrannte. So würde sie Christopher nie finden. Für ihr weiteres Vorgehen brauchte sie eine zündende Idee. Falls diese Sphäre tatsächlich inaktiv war oder durch Killerpartikel gestört wurde, benötigte sie ein wirksames Gegenmittel. Bis zu diesem Zeitpunkt hatten sie und ihre Gefährten nur ein einziges gefunden. Die Quirls.

Sie musste die Tiere holen. Oder zumindest eines von ihnen. Doch wie sollte sie zurückkehren? Sie war sich nicht einmal darüber im Klaren, ob sie physisch in dieser Sphäre weilte oder ob sich das Ganze nur mental abspielte. Sie konnte es nicht beurteilen. Dies bereitete ihr zusätzliche Sorgen. So etwas hatte sie bisher noch nicht erlebt. Es war sehr verwirrend. Sie dachte nach.

Kontakt. Sie brauchte Kontakt.

Sil.

Sofort konzentrierte sie sich auf sie. Aber es tat sich nichts. Keine Regung. Keine Reaktion.

Plötzlich ein kurzer Blackout.

Was war passiert? Sie lag mit angezogenen Beinen auf irgendetwas. Als sie den Kopf hob, blickte sie in Christophers schlafendes Gesicht. Warum lag sie auf ihm? Wie kam er hierher?

Langsam wurde ihr bewusst, wo sie sich befand. Zurück im Kokon.

Christopher schien nach wie vor bewusstlos zu sein. Der Quirl saß immer noch an derselben Stelle und starrte sie verwundert an. Sie blickte hoch und bemerkte, dass der Kokon verschlossen war. Draußen standen Michelle, Sil und Kevin und starrten sie verblüfft an.

Als sie ihren Oberkörper aufrichtete, löste sich die Haube sofort auf. Dann bemerkte sie Christophers Schulter. Der graue Fleck war nach wie vor da und hatte sich weiter vergrößert.

»Was ist passiert?«, fragte Michelle ungeduldig.

»Ich war in einer Sphäre. Frag mich aber bloß nicht, in welcher. Ich habe keine Ahnung, auch nicht, ob ich wirklich oder nur mental anwesend war. Irgendetwas stimmt dort nicht. Ich konnte keinen Kontakt mit ihr aufnehmen, als wäre sie teilweise inaktiv.«

»Etwa so, wie die Waldsphäre auf MOLANA-III?«

»Ich weiß es nicht.«

»Hast du Christopher gefunden?«

»Nein, ich habe überhaupt nichts gefunden. Nur diesen endlosen Tunnel.«

»Obwohl ich von mentalen Transfers und solchen Dingen keine Ahnung habe, würde ich gern meine Meinung dazu äußern.« Kevins Stimme strahlte die im Moment dringend benötigte Ruhe aus.

Die drei Frauen sahen ihn erwartungsvoll an.

»Es ist nur eine Vermutung. Halten wir einmal folgendes fest: Christophers Körper ist von grauen Partikeln befallen. Neha versuchte, mit ihm auf mentalem Weg in Kontakt zu treten und sogar einen Transfer, ebenfalls mental, zu ihm durchzuführen. Sie landete anscheinend irgendwo, nur nicht in seiner Nähe. Mit der Sphäre konnte sie keinen Kontakt aufnehmen. Wer oder was könnte für all diese Pannen verantwortlich sein?«

»Die Killerpartikel in Christophers Körper«, antwortete Michelle spontan.

»Genau. Das heißt, wenn Neha noch eine Kontaktaufnahme oder sogar einen Transfer versuchen sollte, müsste sie zuerst etwas gegen die Killerpartikel tun.«

»Die Quirls!«

Kevin wandte sich an Neha. »Gibt es eine Möglichkeit, die Quirls mitzunehmen?«

»Ich weiß es nicht. Ich kann es versuchen. Ob sie allerdings zu einem mentalen Transfer fähig sind, kann ich nicht beurteilen.«

»Während Neha mental weg ist«, fuhr Kevin fort, »sollten wir dafür sorgen, dass die übrigen Quirls den grauen Fleck auf Christophers Schulter fortwährend mit Wasser benetzen.«

»Aber wenn sich der Kokon wieder schließt?«

»Wenn die Quirls drin sind und wissen, was sie tun müssen, sollte es kein Problem sein.«

Sie sahen sich eine Weile an, als würde jeder von ihnen die Chancen abwägen.

»Versuchen wir es.« Neha schnappte sich den nächstbesten Quirl und legte ihre Finger wieder an Christophers Schläfen, während Michelle und Sil die verbliebenen drei Quirls auf Christophers Brust hoben. Als ob sie genau wüssten, was zu tun war, begannen sie, den Fleck mit Wasser zu tränken.

Nach einer Weile sank Nehas Kopf wieder auf Christophers Brust. Sie hatte sich mit den Ellbogen neben seinem Oberkörper aufgestützt. Auf diese Weise verschaffte sie den Quirls genügend Bewegungsfreiheit.

Es dauerte nicht lange, da machte sich die flimmernde Haube des Kokons wieder bemerkbar. Der vierte Quirl hatte sich von den anderen abgesetzt und hockte regungslos auf Christophers Schulter.

Michelle, Sil und Kevin starrten gespannt ins Innere und warteten.

123.

Übergangslos verwandelte sich die Stille im Kokon in ein lautes Getöse von heulendem Sturmwind, peitschendem Regen und polterndem Donnern. Als Neha die Augen aufschlug, wurde sie von grellen Blitzen geblendet. Sie lag in Fötusstellung in seichtem, angenehm temperiertem Wasser. Große Regentropfen prassten auf ihre nackte Haut. Heftige Windböen fegten über ihren Körper hinweg.

Überrascht über ihren neuen Aufenthaltsort hob sie den Kopf und versuchte, etwas von der Gegend zu erkennen. Dunkelgraue Wolken in gespenstischen Formen versteckten den Himmel. Der dichte und intensive Regenschauer gab von der Umgebung wenig preis.

Was war das für ein Ort? Warum war sie ausgerechnet hier gelandet? Wo war der Quirl? Sie konnte ihn nirgendwo sehen.

Zu ihrer Linken stürzte ein Fluss von einer Felsklippe herunter und bildete im kräftigen Wind eine Nebelwand von glitzerndem Wasserstaub. Daneben lief die Wasseroberfläche in einen Sandstrand über, dessen Beginn im düsteren Licht kaum zu erkennen war. Weiter rechts wurden Bäume, Sträucher und andere dichte Pflanzen mit teilweise riesengroßen Blättern vom Wind gebeutelt und in Mitleidenschaft gezogen.

Sie blickte zurück zur Wasseroberfläche. Es musste sich um einen See handeln. Doch vom anderen Ufer war bei solchen Lichtverhältnissen und diesem Unwetter nichts zu sehen. Anscheinend befand sie sich in einem Dschungelsee und in der Nähe eines Wasserfalls.

Dies kam ihr bekannt vor.

Sie erinnerte sich an Christophers und Michelles Erzählung über dieses Gebiet südlich von Tongalen. Mehrmals hatten sie den Wunsch geäußert, diesen Ort zusammen mit ihr noch einmal aufzusuchen.

Aber wie kam sie hierher? War es real oder handelte es sich erneut nur um eine mentale Projektion? Falls Letzteres zutraf, musste diese Projektion von Christopher ausgehen. Demnach hielt auch er sich hier irgendwo auf.

Dann nahm sie rechter Hand eine Bewegung wahr, die nicht von Wellen stammen konnte. Sofort kroch sie darauf zu und entdeckte den Quirl, der versuchte, schwimmend den Kopf über Wasser zu halten. Sie nahm ihn auf den Arm und erhob sich mühsam, wurde aber sogleich von einer Sturmböe erfasst. Unsanft wurde sie von den Füßen gerissen und landete wieder im Wasser. In der Folge verzichtete sie darauf, noch einmal aufzustehen. Sie packte stattdessen das kleine Häufchen Pelz und bewegte sich kriechend in Richtung Sandstrand. Immer wieder klatschten Wasserfontänen auf ihren Rücken und wirbelten ihr langes, nasses Haar herum.

Der aufgeweichte Sandboden am Ufer bereitete ihr große Mühe, Halt zu finden. Von der Felswand direkt vor ihr floss Wasser herunter, bahnte sich den Weg über den Boden und verwandelte diesen in einen unwegsamen Morast. Mitten drin versuchte Neha, sich vorwärts zu bewegen.

Mit einem Seitenblick erkannte sie, dass der Strand zu ihrer Linken einen besseren Eindruck machte. Es gab sogar so etwas wie einen Felsüberhang, unter dem sie ein bisschen Schutz vor dem Sturm finden konnte.

Entschlossen steuerte sie darauf zu. Schon bald wandelte sich der Morast in einen festeren, nassen Sandboden. Sie stand auf und schaffte es tatsächlich, nicht sofort wieder von einer Böe zu Boden gedrückt zu werden. Mit dem Handrücken fuhr sie sich über die Augen und wischte ihre triefenden Haarsträhnen aus dem Gesicht.

In diesem Moment sah sie ihn. Reglos, halb liegend, halb sitzend, lehnte er an der Felswand, den Kopf vornübergekippt, das Kinn auf der Brust. Wie um alles in der Welt war er hierhergekommen? Was war mit ihm geschehen? Lebte er noch?

Ohne ihn aus den Augen zu lassen, bewegte sie sich mit schweren Schritten auf ihn zu, ging kurz vor ihm auf die Knie und legte den letzten Meter auf allen Vieren zurück. Der Quirl, den sie auf den Sandboden gesetzt hatte, schmiegte sich sofort an seinen Körper.

»Christopher!«, schrie sie verzweifelt, aber ihre Stimme ging in dem Sturmgetöse unter. »Christopher!«

Sein Körper war nass und mit Sand und Schlamm verschmiert. Seine Brust hob und senkte sich in gleichmäßigem Rhythmus.

Er atmete, also lebte er.

Dann entdeckte sie an seiner Schulter die Wunde. Dieselbe Wunde, die sein Körper im Kokon aufwies.

War es wirklich dieselbe?

Wer hatte sie ihm zugefügt? Ein Stich mit einem spitzen Gegenstand? Oder ein Strahlenschuss? War etwa noch jemand hier?

Instinktiv drehte sie sich um und ließ ihren Blick durch die Umgebung schweifen. Aber alles, was sie sehen konnte, war Wasser. Einerseits die von chaotischen Wellen dominierte Oberfläche des Sees, andererseits der vom Sturmwind in gespenstisch anmutenden Fontänen umhergewirbelte Dauerregen.

Vielleicht lauerte jemand hinter dem Wasserfall unter dem Felsen, doch ein Blick in diese Richtung ließ nichts erkennen. Dafür war es zu düster und zu dunkel.

Sollte sie nachsehen? Falls dort tatsächlich jemand lauerte, hätte er sie längst bemerken müssen. Aber angesichts der schlechten Sicht konnte es auch sein, dass dies noch nicht geschehen war.

Sie beschloss, sich vor einer unliebsamen Überraschung abzusichern und die Stelle zu kontrollieren. Geduckt schlich sie der Felswand entlang unter den Vorsprung. Sofort wurde der Sturmlärm gedämpft. Bei jedem Blitz versuchte sie, die kurze Helligkeit zu nutzen, um etwas zu erkennen. Nachdem sie sich ziemlich weit unter den Felsen vorgewagt und bei mehreren

Blitzen niemanden entdeckt hatte, war sie sicher, dass sich hier kein weiterer Mensch aufhielt.

Gerade als sie sich umdrehen und den Rückweg antreten wollte, tauchte ein längerer Blitz den Raum unter dem Felsen für eine Sekunde in taghelles Licht. Genau in diesem Augenblick richtete sich ihr Blick auf die Felswand. Was sie zu sehen bekam, versetzte sie in panische Angst. Der riesige graue Fleck pulsierte wie ein Schwarm winziger Insekten und verformte sich fortwährend.

»Killerpartikel«, sagte sie zu sich selbst und machte instinktiv einige Schritte rückwärts. Dann drehte sie sich um und versuchte wegzurennen. Doch bereits nach dem ersten Schritt glitt sie auf dem nassen Sand aus und fiel der Länge nach hin. Mühsam rappelte sie sich auf und lief mehr kriechend als aufrecht weiter.

Als sie die blasse Gestalt ihres Freundes erreichte, fasste sie ihn an den Armen und schrie: »Christopher! Wach auf! Wir müssen sofort von hier verschwinden!«

Er zuckte leicht zusammen, atmete einmal tief durch, hob langsam den Kopf und sah ihr in die Augen.

Als Neha sein Gesicht sah, erstarrte sie vor Schreck. Es war nicht Christopher.

»Hallo Mutter«, sagte der Junge kaum hörbar.

124.

Lange Zeit geschah nichts. Michelle platzte beinahe vor Ungeduld. Sie lehnte ihre Stirn an die Haube und starrte unentwegt auf die Oberfläche des Kokons. Aber diesmal war nichts zu sehen. Keine Projektion, keine Bilder vom Geschehen in der Mentalprojektion.

Doch dann geschah etwas, das ihre Verzweiflung weiter schürte. Christopher begann schwer und unregelmäßig zu atmen. Er japste regelrecht nach Luft. Seine Arme zuckten, die Finger streckten und zogen sich wieder zusammen.

»Es geschieht etwas«, rief sie besorgt.

»Wir sehen es auch«, antwortete Sil und versuchte Ruhe auszustrahlen. Sie war sich im Klaren darüber, dass Michelle am Ende ihrer Nerven war. Jede Aufregung barg das Risiko einer irrationalen Handlung.

»Hier stimmt etwas nicht! Wir müssen etwas unternehmen!«

»Michelle. Wir können nichts tun. Bleib bitte ruhig. Neha ist dort und wird das Richtige tun.«

Michelle wandte sich ab, machte einige Schritte im Kreis und nagte an ihren Fingernägeln.

»Ich halte es nicht mehr länger aus.«

»Ich kann dich verstehen. Doch vertrau auf Nehas Fähigkeiten. Sie wird es schaffen.«

Zögernd kehrte Michelle zurück, legte ihre Stirn an die Haube und blickte wortlos ins Innere des Kokons.

Genau in diesem Moment hörte Christopher auf zu atmen. Michelle erstarrte vor Schreck.

»Wer bist du?«, schrie Neha den Jungen an. »Warum nennst du mich Mutter?«

»Du bist meine Mutter.«

»Wo ist Christopher?«

Der Junge hob den Arm und zeigte in Richtung See.

»Was soll das heißen?«

»Er ist in den See gegangen. Ich weiß nicht, was er dort will.«

Nehas Gedanken überschlugen sich.

Was ging hier vor? Warum befand sich Christopher ausgerechnet hier? Warum war dieser Ort von Killerpartikeln befallen?

Dafür gab es nur eine Antwort: Christophers Infektion mit diesen Partikeln an seinem realen Körper. Dann musste es sich hier um seine mentale Projektion handeln. Die Killerpartikel hatten sich in seiner Fantasie etabliert und trieben auch hier ihr Unwesen. Aber es würde auch bedeuten, dass, solange diese Projektion existierte, Christopher noch lebte.

Warum verließ er diesen Ort nicht? Die Antwort lag auf der Hand. Die Partikel hinderten ihn daran. Er war praktisch in seiner eigenen Mentalprojektion gefangen.

Aber was wollte er im See? Darauf konnte sie sich keinen Reim machen.

»Woher hast du diese Wunde?«

Der Junge sah sie mit müden und fiebrigen Augen an. Mit den Fingern formte er so etwas wie eine Schusswaffe.

»Ein Strahlenschuss?«

Er nickte nur.

»Wer war das?«

Er hob die andere Schulter.

Der Junge war am Ende seiner Kräfte. Wahrscheinlich hatte sich die Wunde entzündet. Wenn ihm nicht bald geholfen wurde, würde er sterben. Sie mussten umgehend zurück.

Aber wie?

Christopher war der einzige, der diese Projektion beenden konnte. Aber er schien es wegen der Infektion seines realen Körpers bis zu diesem Zeitpunkt nicht geschafft zu haben.

Dann, von einem Moment zum anderen, wurde ihr alles klar. Sie wusste, warum Christopher zum See gegangen war. Blitzschnell stand sie auf und rannte los, rutschte beinahe aus und konnte sich im letzten Moment auffangen. Mehr schlitternd als laufend erreichte sie das Ufer, rannte weiter durchs seichte Wasser und hielt nach ihm Ausschau.

»Christopher!«, schrie sie in den Sturm hinein.

Bei jedem Blitz überflog sie die Wasseroberfläche in der Hoffnung, ihn zu entdecken.

Das Wasser wurde tiefer. Sie kam immer langsamer voran. Mit wild rudernden Armen kämpfte sie sich vorwärts. Wellen schlugen ihr ins Gesicht. Der Wind wirbelte ihr Haar herum, sodass sie es ständig aus ihrem Blickfeld entfernen musste.

Er lebte noch, sonst würde diese Projektion zusammenbrechen. Genau das beabsichtigte er. Er wollte sich opfern, damit der Junge, der sie Mutter genannt hatte, zurückkehren konnte und gerettet werden würde.

Sie musste Christopher daran hindern. Zusammen würden sie bestimmt einen anderen Weg finden. Aber zuerst musste sie ihn finden, und zwar bevor er ertrank.

Sie tauchte und wartete auf den nächsten Blitz. Wenn sein Körper im Wasser trieb, konnte sie ihn auf diese Weise besser sehen. Mehrmals musste sie auftauchen, um Luft zu holen.

Sie wusste nicht, wie oft sie aufgetaucht war und wie viele Blitze es gegeben hatte, als sie glaubte, etwas Ähnliches wie einen menschlichen Körper entdeckt zu haben. Sofort schwamm sie darauf zu. Immer wieder verlor sie ihn aus den Augen, tauchte wieder und wartete auf den nächsten Blitz.

Da war er, einige Meter vor ihr.

Sie blieb unter Wasser und schlängelte sich einem Fisch gleich in seine Nähe, tauchte neben ihm auf, drehte ihn auf den Rücken und packte ihn unter den Armen.

Als sie versuchte, auf dem Grund zu stehen, stellte sie fest, dass das Wasser an dieser Stelle zu tief war. Sie ließ Christopher los, legte die eine Hand unter seinen Nacken und die andere unter das Kinn und begann, sich mit den Beinen im Wasser abzustoßen.

Immer wieder suchte sie mit den Füßen nach Halt. Nach einigen Metern und beschwerlichem Kampf gegen Sturm und

Wellen fühlten ihre Zehenspitzen den sandigen Boden. Sofort stellte sie sich auf die Füße, packte Christopher erneut unter den Armen und zog ihn rückwärtsgehend in Richtung Ufer. Je niedriger die Wassertiefe wurde, desto anstrengender war es, seinen Körper zu schleppen.

Doch dann hatte sie es geschafft, ihn aus dem Wasser auf den nassen Sandboden zu ziehen. Sie hielt ihr Ohr an seinen offenen Mund. Er atmete nicht mehr. Anscheinend hatte er schon zu viel Wasser geschluckt. Sofort begann sie mit Beatmung und Herzmassage, während sie der Tortur von peitschenden Regenfetzen ausgesetzt war.

Neha war von der anstrengenden Rettungsaktion völlig außer Atem. Aber sie machte unermüdlich weiter. Doch Christopher gab weiterhin kein Lebenszeichen von sich.

125.

Michelles Hände und Stirn lagen flach auf der Haube des Kokons. Unentwegt starrte sie auf Christophers Körper und betete, dass er wieder zu atmen begänne. Tränen liefen über ihre Wangen.

Kevin stand daneben. Seine Hand lag auf ihrer Schulter, während Sil mit geschlossenen Augen versuchte, mit Neha Kontakt aufzunehmen. Aber es gab keinen.

»Wir können im Moment wirklich nichts tun«, versuchte Kevin Michelle zu trösten. »Außer warten. Neha wird es ganz bestimmt schaffen. Wenn jemand, dann sie.«

Michelle hob den Kopf und sah ihn flüchtig an. Ein kurzes Beben durchfuhr ihren Körper. Kurz darauf wandte sie sich ab und legte ihre Stirn wieder an die Hülle des Kokons. Ihre Tränen benetzten die Haube. Sie rannen jedoch nicht nach unten, sondern wurden von der Oberfläche aufgesaugt und bildeten sanfte, glitzernde, sich immer weiter ausdehnende Kreise, die nach und nach ineinanderflossen.

Als Michelle dies bemerkte, löste sie sich von der Haube und starrte erstaunt auf das eigenartige Bild, welches sich auf der Oberfläche gebildet hatte. »Was ist das denn?«

Kevins Aufmerksamkeit richtete sich ebenfalls auf die seltsamen Gebilde. »Wann hat das angefangen?«

»Gerade eben. Das Ding scheint meine Tränen zu mögen.«

Sil öffnete die Augen und betrachtete das Schauspiel auf der Oberfläche ebenfalls. »Eine Reaktion des Kokons.«

»Konntest du Verbindung aufnehmen?«, fragte Michelle.

»Nichts.«

»Schaut mal her.« Kevins Augen waren nach wie vor auf die funkelnden Kreise gerichtet. »Irgendetwas spielt sich darin ab.«

Strukturen formten sich innerhalb der Ringe zu skurrilen Bildern, die immer klarer wurden.

»Sieht aus wie Wasser«, meinte Sil. »Heftiger Regen und starker Wellengang auf der Oberfläche. Könnte wieder der Sturm sein, den wir vorhin schon gesehen haben.«

»Aber diesmal aus einem anderen Blickwinkel. Es macht den Anschein, als würde jemand abwechselnd auf- und untertauchen.«

Während sie das Schauspiel verfolgten, wurden die Phasen unter dem Wasserspiegel länger, während jene darüber kürzer und seltener auftraten. Dann hörten sie gänzlich auf. Eine große Leere, trüb und düster, starrte ihnen aus den ineinanderfließenden Ringen entgegen.

Eine ganze Weile hafteten ihre Blicke auf der Oberfläche des Kokons, während sie schweigend versuchten, weitere Einzelheiten zu erkennen, die es nicht gab. Das Bild strahlte Ruhe und Einsamkeit aus.

Nach schier endlosen Momenten änderte sich das Ganze schlagartig. Dunkler, wolkenverhangener Himmel wechselte sich mit wild umhertanzenden Wellen ab. Kurz darauf waren nur noch Wolken und Myriaden von herunterfallenden Regentropfen zu sehen, die in unregelmäßigen Abständen von grellen Blitzen in glitzernde Perlen verwandelt wurden. Aber schon bald wechselte das Bild wieder und präsentierte nur noch den wilden, von den glitzernden Perlen bombardierten Wellengang.

Plötzlich waren die Beine und Füße eines Menschen zu sehen.

»Wer ist das?«, rief Michelle aufgewühlt.

»Scheint so, als ob jemand aus dem Wasser gezogen wird«, sagte Kevin.

Wieder wechselte die Sicht zum wolkenverhangenen Himmel empor, doch gleich darauf füllte ein Gesicht das gesamte Blickfeld aus.

»Neha!«, schrie Michelle sogleich. Sie ballte die Fäuste und fuchtelte wild in der Luft herum.

»Für mich sieht es so aus, als ob Neha gerade jemanden aus dem Wasser gezogen hat. Wir haben alles aus der Sicht des Geretteten gesehen.«

»Dieser Jemand ist Christopher!« Michelle konnte ihre Aufregung kaum mehr im Zaum halten. »Aber er atmet immer noch nicht.«

»Neha führt Wiederbelebungsversuche durch«, fuhr Kevin fort. »Anscheinend wäre er beinahe ertrunken.«

»Aber wenn er wirklich ertrunken ist? Er atmet immer noch nicht.«

»Wir werden bestimmt gleich sehen, ob Neha Erfolg hat.«

Schweigend verfolgten sie Nehas unermüdliche Versuche, Christopher zurückzuholen. Immer wieder wechselte sie zwischen Beatmung und Herzmassage. Michelles Fingernägel wurden ein weiteres Mal Opfer ihrer Zähne. Aber auch Sil und Kevin zeigten Anzeichen von Anspannung, Ungeduld und Nervosität.

Jede einzelne Sekunde stellte eine Ewigkeit dar. Es waren eine Menge Sekunden, die sie ausharren mussten, bevor etwas passierte.

Christopher, nach wie vor reglos im Innern des Kokons liegend, schnappte plötzlich laut und hörbar nach Luft und hob dabei seinen Brustkorb.

Christopher spuckte Wasser und begann zu husten. Sofort drehte Neha ihn zur Seite, sodass das Wasser aus seinem Mund herausfließen konnte. Sanft strich sie die Haare aus seinem Gesicht und wartete, bis er sich einigermaßen erholt hatte.

»Geht es wieder?«

Er nickte.

Dann hob sie seinen Oberkörper hoch, drückte ihn mit beiden Armen an ihre Schulter und legte ihren Kopf an seinen, während sie vom nach wie vor anhaltenden Dauerregen begossen wurde.

»Wir sollten gehen«, sagte sie nach einer Weile. »Da drüben sitzt ein Junge, dem es gar nicht gut geht.«

Neha erhob sich und half Christopher auf die Beine. Er legte seinen Arm um ihre Schultern und stützte sich ab. Gemeinsam stapften sie durch den Morast zur Felswand, an der Ahen mehr lag als saß. Sein Kopf lag seitlich auf seiner Schulter. Anscheinend hatte er das Bewusstsein verloren.

Christopher ließ sich neben ihn auf den Sand nieder und lehnte sich ebenfalls an die Felswand, während Neha den Jungen untersuchte.

Plötzlich kam der Quirl hervorgekrochen und kletterte auf Christophers Schoss. Sofort legte dieser seine Hand auf das Tier und streichelte es.

»Du solltest von seinem Wasser trinken.«

»Warum ich?« Christophers Stimme klang rau.

»Dein realer Körper ist von Killerpartikeln befallen.«

»Die Partikel befinden sich da drüben.« Er nickte in die entsprechende Richtung.

»Ich weiß. Aber eigentlich bist du es, der infiziert ist. Die Partikel haben deine Mentalprojektion befallen und beeinflussen sie. Deshalb kannst du nicht zurückkehren.«

»Dann bist auch du hier gefangen.«

»Nein, gemeinsam werden wir einen Weg zurückfinden.«

»Glaubst du, ein einziger Quirl kann gegen diesen Befall dort drüben ankommen?«

»Du hast mir nicht zugehört. Nicht der große Fleck dort drüben ist das Problem, sondern du selbst bist es. Die Partikel haben sich in deinem Bewusstsein festgesetzt.«

Zur Unterstreichung ihres Arguments sah Neha in die Richtung des grauen Flecks, als erneut ein langer Blitz die Gegend in taghelles Licht tauchte.

Dann stockte ihr der Atem.

Der graue Fleck voller krabbelnder Partikel hatte sich mächtig vergrößert. Er bedeckte einen großen Teil des Sandbodens unter dem Felsvorsprung. Auch an der Felswand selbst hatte er sich nach oben ausgedehnt und bedeckte nun den Vorsprung, über den der Fluss zum Wasserfall wurde.

»Christopher, uns bleibt nicht mehr viel Zeit zum Verschwinden«, beschwor sie ihn.

Als ob er wusste, was sie damit meinte, drehte er den Kopf und blickte nach rechts. Der nächste Blitz zeigte ihm, wie ernst die Lage war.

»Bitte trink von dem Wasser.«

Der Quirl saß immer noch auf seinem Oberschenkel und blickte ihn flehentlich mit großen Augen an.

»Vertrau mir. Es wird uns retten.«

Christopher bildete mit seinen Händen einen Kelch und streckte ihn dem Quirl hin. Sofort begann dieser, aus seinem Nippel Wasser zu pressen. Anschließend hielt Christopher seine Hände an den Mund und trank. Wie er vom letzten Mal bereits wusste, war das Wasser geschmacklos und leicht temperiert.

»Mehr«, sagte Neha, als seine Hände leer waren.

Christopher wiederholte die Prozedur mehrere Male.

Besorgt blickte Neha zum Fleck und wartete auf den nächsten Blitz. Mittlerweile war die Nacht hereingebrochen. Es war stockdunkel. Nur anhand der Blitze, die ihnen jeweils für kurze Augenblicke Licht spendeten, konnten sie sich genauer orientieren.

Was Neha beim nächsten Aufblitzen erkannte, trug nichts zu ihrer Beruhigung bei. Die Partikel hatten auch den Wasserfall erfasst und verwandelten die herunterstürzende Gischt in feinsten Staub. Dieser wurde vom Sturmwind in alle Richtungen geweht. Sollten sie solche Luft einatmen, wäre alles umsonst gewesen. Dagegen würde der eine Quirl nichts ausrichten können.

Als ob das noch nicht genug wäre, hatte Neha den Eindruck, als würde der Sturm noch einen weiteren Gang zulegen. Das Heulen des Windes verstärkte sich genauso, wie der Regen intensiver wurde. Immer mehr große Tropfen klatschten auf ihre Haut und verursachten schmerzende Abdrücke.

Blitze schlugen in immer näherer Umgebung in den Dschungel ein und hinterließen ohrenbetäubende Donnerschläge.

Während das Unheil um sie herum stetig zunahm, trank Christopher Handvoll für Handvoll von dem Wasser und fragte sich, wann es endlich zu wirken beginnen würde. Jedes Mal, wenn er ohne Hoffnung aufgeben wollte, animierte ihn Neha weiterzumachen.

Plötzlich wehte eine nasse Gischt über sie hinweg, sodass sie kaum noch Luft zum Atmen bekamen. Der Quirl purzelte von Christophers Oberschenkel und landete auf dem morastigen Boden. Sofort griff Christopher nach ihm und hob ihn wieder hoch.

Als der nächste längere Blitz die Nacht zum Tag machte, erkannte Neha den krabbelnden grauen Schwarm unmittelbar neben ihnen.

»Wir müssen weg!«, schrie Neha. »Sie haben uns gleich erreicht!«

126.

Christopher wusste nicht mehr, wie viel von dem Wasser des Quirls er bereits getrunken hatte. Er atmete tief ein und aus und starrte in den Sturm. Es schüttete, als würde der Himmel ganze Ozeane entleeren. Der Wind peitschte ihnen um die Ohren, sodass jeder Regentropfen sich anfühlte wie eine Nadel. Die Abstände zwischen Blitz und Donner waren mittlerweile derart kurz, dass die Gefahr eines Einschlags in ihrer unmittelbaren Nähe immer größer wurde.

Aber all das war nichts gegen die Gefahr, die von dem grauen Partikelschwarm ausging, der sich gefährlich nahe in ihre Richtung ausgebreitet hatte. Zudem breitete er sich auch auf die Wassertropfen aus, die in der Luft herumgewirbelt wurden.

Christopher hatte gerade wieder eine Handvoll vom Wasser des Quirls getrunken, als er plötzlich den Eindruck bekam, als würden sich einige Abschnitte des dunklen Himmels in feine Partikel auflösen. Ungläubig kniff er die Augen zusammen. Er hob den Arm und zeigte mit gestrecktem Finger nach oben. Sofort richtete Neha ihren Blick in diese Richtung.

Unweigerlich erschienen schreckliche Erinnerungen an eine ähnliche Situation. Damals hatte er es als äußerst schmerzhaft empfunden, als sich die Menschen und die Umgebung um ihn herum langsam in feinen, blauen Staub aufzulösen begannen. Aber jetzt fühlte er eine große Erleichterung. Hoffnung kehrte in sein Bewusstsein zurück. Plötzlich glaubte er wieder an eine Rettung. Hoch motiviert trank er noch eine Handvoll Wasser, die ihm der Quirl großzügig spendete.

Neha starrte zum Himmel empor, als könnte sie nicht glauben, was dort vor sich ging. »Es funktioniert!«, rief sie in die Nacht hinein. Dann wandte sie sich wieder Christopher zu und strahlte über das ganze Gesicht. Sie schlang ihre Arme um seinen Hals und presste sich an ihn.

Christopher umarmte sie mit einem Arm ebenfalls und schlang den anderen um Ahens Schultern. Unbewusst legte sich dabei seine flache Hand auf dessen Wunde. Weder er noch Ahen merkten etwas davon.

Die Umgebung löste sich weiter auf. Der Vorgang beschleunigte sich. Was vorher dichter Dschungel war, der See, der Felsen mit dem Wasserfall, der sandige Morast, alles zerfiel vor schwarzem Hintergrund zu dunklem Staub.

Irgendwann war alles verschwunden. Am Ende war es schnell gegangen. Um sie herum herrschte sanftes, blaues Licht. Die drei lehnten an die Tunnelwand, die nach dem Innern einer Sphäre aussah. Der ganze Schmutz und Sand auf ihrer Haut, in ihren Haaren war verschwunden. Sie waren trocken und sauber.

Als er seine Hand von Ahens Wunde hob, bemerkte er, dass auch sie nicht mehr da war. Es war alles ein Produkt seiner Fantasie gewesen.

Neha blickte argwöhnisch zu Ahen.

»Frag«, sagte er zu ihr, als wüsste er genau, was sie beschäftigte.

Aber Neha sah ihn lediglich schweigend an.

»Du weißt, wer er ist, oder?«, fragte Christopher.

»Er sagte mir, ich wäre seine Mutter.«

»Ich anscheinend sein Vater.«

Nehas Gesichtszüge entspannten sich sofort und bekamen sanfte Züge. Sie sah Christopher an.

Er bemerkte die Tränen in ihren Augen.

»Ich verstehe es nicht«, hauchte sie. »Ist er der Junge, dem du in deinem Traum schon einmal begegnet bist?«

»Ja, er ist es. Letztes Mal war es kein Traum, sondern etwas Ähnliches wie vorhin. Die damaligen Erlebnisse entstammten ebenfalls aus unserer Fantasie, aber es waren keine Träume, sondern Mentalprojektionen.«

»Aber dann ist dieser Junge ...« Neha wandte sich an ihn. »Wie heißt du eigentlich?«

»Ahen.«

»Dann musst du ein Produkt aus Christophers Fantasie sein.«

Der Junge sagte nichts darauf.

»Auch mir ist es ein Rätsel«, erwiderte Christopher. »Anscheinend konnte er sich in meine Projektion einklinken.«

»Aber wenn er tatsächlich unser Sohn ist, dann müssten wir uns jetzt in der Zukunft befinden.«

»Kannst du dich erinnern? Als ich dir zum ersten Mal in der Sphäre begegnet bin, hattest du mir zu erklären versucht, dass in Sphären andere Regeln für die Zeit existieren. Dasselbe hat auch Ahen mir gesagt. Wenn es also eine Mentalprojektion von mir ist und sie mich in eine Sphäre geführt hat, dann könnte es, dank den anderen Zeitregeln, durchaus möglich sein, dass wir uns hier und jetzt in der Zukunft befinden.«

»Ich habe so lange in einer Sphäre gelebt, bevor du mich gefunden hast, und doch bin ich über all das, was gerade geschehen ist, sehr erstaunt. Die Sphären müssen wesentlich mächtiger sein und über Fähigkeiten verfügen, die wir uns in den kühnsten Träumen nicht vorstellen können.«

»Da gebe ich dir recht. Bestimmt wissen wir noch lange nicht alles über sie. Es ist ein Segen, dass sie nicht unsere Gegner sind.«

»Solange die Menschen sie nicht bekämpfen, werden sie uns immer freundlich gesinnt sein.«

»Ihr müsst jetzt wieder zurück in eure Welt«, mahnte Ahen plötzlich.

Neha sah ihn traurig an. »Kannst du nicht mitkommen?«

»Nein, das geht nicht. In eurer Zeit bin ich noch nicht geboren. Dort könnte ich nicht existieren.«

»Werden wir dich wiedersehen?« Erwartungsvoll blickte sie ihm in seine kristallblauen Augen. »Wir haben uns kaum kennengelernt.«

»Ja, das werden wir. Spätestens dann, wenn du mich zur Welt bringst.«

»Wann wird das sein?«

Ahen lächelte, ohne zu antworten.

»Ich musste mich auch daran gewöhnen, dass er nicht alle Fragen beantwortet.« Christopher lächelte zurück.

»Du bist nicht der erste, der sich daran gewöhnen musste«, sagte Ahen zu Christopher. »Es gibt noch jemanden. Jemanden, den ihr sehr gut kennt.«

»Ach ja?« Christopher machte ein erstauntes Gesicht. »Du meinst bestimmt Ernest.«

»Du könntest mir einen Gefallen tun und ihn ganz herzlich grüßen.«

»Das werden wir gern für dich tun.«

»Habt ihr euch schon einmal überlegt, warum er viel jünger aussieht, als er tatsächlich ist?«

Christopher war sprachlos. »Hast du das gemacht?«

»Ich bin ihm vor Kurzem zweimal begegnet. Vor Kurzem natürlich in Zeitbegriffen der Sphären. Für ihn selbst dürfte die erste Begegnung schon eine halbe Ewigkeit her sein.«

»Er hat es uns erst neulich erzählt.«

»Ich weiß.«

»Warum hat er so lange geschwiegen?«

»Der richtige Zeitpunkt war dafür noch nicht gekommen. Ich habe ihm bei der letzten Begegnung gesagt, dass die Zeit nun reif sei.«

»Hast du ihm verraten, dass du unser Sohn bist?«

Ahen schüttelte bedächtig den Kopf.

Einen langen Augenblick sah Christopher schweigend in Ahens Augen. Plötzlich lächelte er. »Ich kann es fast nicht glauben. Ernest kennt dich schon so lange und hat nie etwas gesagt. Ich bin gespannt, was für ein Gesicht er macht, wenn er erfährt, wer du bist. Schade, dass du das nicht miterleben kannst.«

Ahen lächelte ebenfalls. »Vielleicht später, falls ihr dafür sorgt, dass es mich wirklich geben wird.«

»Wo wirst du sein, bis es soweit ist?«, fragte Neha.

»In dieser Sphäre.«

Sie sah ihn eine Weile nachdenklich an. »Sag mal, das ist nicht zufällig dieselbe Sphäre, in der ich eine Zeit lang gelebt habe?«

Wieder lächelte Ahen, ohne die Frage zu beantworten.

»Dachte ich es mir doch. Was wirst du die ganze Zeit hier tun?«

»Dasselbe, was du damals getan hast, als du hier gelebt hast. Ich bin lediglich dein Nachfolger. Ich bin der neue Hüter der Sphären.«

127.

Als sie einige Stunden später alle zusammen an einem Tisch im Aufenthaltsraum des Mannschaftscontainers saßen und eine warme Mahlzeit zu sich nahmen, war ihnen die Erschöpfung, aber auch die große Erleichterung deutlich anzumerken. Verschwunden waren die Anspannungen, die Verbissenheit und die großen Ängste, die sie alle in der letzten Zeit hatten ertragen müssen.

Nach der Rückkehr und dem Abschied von Ahen hatte die Sphäre Christopher, Neha und den Quirl zurück in den Kokon transferiert, wo sie wohlbehalten aufwachten.

Der graue Fleck an Christophers Schulter war verschwunden. Michelle, Sil und Kevin konnten ihnen nicht verraten, wann genau dies geschehen war. Als Christopher plötzlich wieder zu atmen begonnen hatte und die Augen aufschlug, hatten sie nicht darauf geachtet. Gleichzeitig war auch Neha aufgewacht.

Der Abschied von Ahen war den beiden schwer gefallen. Neha wäre gerne geblieben und hätte noch lange mit ihm gesprochen, ihn das eine oder andere gefragt. Aber er hatte auf ihre Rückkehr gedrängt. Sie waren davon überzeugt, er hatte dafür seine Gründe gehabt. Zudem hätte er die meisten von Nehas Fragen vermutlich nicht beantwortet.

Als sie zu fünft durch das ovale Lichtobjekt an ihren Ausgangspunkt zurücktransferiert wurden, fanden Kevin, Michelle und Sil ihre Isolationsanzüge genau dort vor, wo sie sich vor dem Transfer aufgehalten hatten. Kevin versicherte Neha und Christopher, dass sich im Tauchboot auch für sie etwas zum Anziehen finden würde.

Wenig später verließen sie die blaue Höhle und bestiegen das Tauchboot. Es dauerte nicht lange, und es fand ein erneuter Transfer statt, der das Boot zurück in den See brachte, wo es mit dem Aufstieg an die Oberfläche begann.

Als in der Forschungsstation die Meldung einging, dass das Tauchboot im Schacht angedockt hatte, brach ein Freudentaumel aus. Man bereitete für die Rückkehrer einen großen Empfang vor, soweit es die Möglichkeiten der Polarstation zuließen.

Es gab viele Fragen und viel zu erzählen, aber zunächst hatten die Rückkehrer Hunger. Lange mussten sie nicht auf ihre Mahlzeit warten. Es war alles vorbereitet, als sie im Aufenthaltsraum eintrafen. Auch Jamalla war dabei, die Devian Tamlin bei seinem letzten Transportflug begleitet hatte.

Die Stunde des Abflugs zur Erde nahte. Sie hatten sich noch ein paar Tage Erholung gegönnt und lange und informative Gespräche mit Kevin und Sil geführt. Aber dann war es soweit. Der Abschied stand bevor. Sil würde noch einige Zeit in der Station bleiben und weitere Untersuchungen an den Nanopartikeln durchführen. Die Quirls hatten Christopher und Neha zu verstehen gegeben, dass sie sie gerne begleiten würden, egal wohin die Reise führte. Also hatte man sie in ihr bereits vorhandenes Quartier in Christophers und Michelles Kabine gebracht, wo sie sich sofort verkrochen und einschliefen.

Die letzte gemeinsame Mahlzeit mit Kevin und Sil fand an Bord der *Space Hopper* statt. Danach hieß es, endgültig Abschied zu nehmen. Kevin umarmte alle herzlich, versicherte ihnen seine Freundschaft und jederzeit für sie da zu sein, wenn sie ihn brauchten.

»Pass auf dich auf, Christopher«, sagte er lächelnd, nachdem er ihn umarmt hatte. »Du gehst mir etwas zu leicht verloren. Es sollte nicht zur Gewohnheit werden, dich retten oder zurückholen zu müssen.«

Alle lachten herzhaft.

Anschließend nahm jeder seinen Platz ein. Christopher setzte das Headset auf und ließ sich in den Pilotensessel fallen, flankiert von David.

Dann hob die *Space Hopper* sanft von der harten Schneefläche ab und stieg dem Himmel entgegen. Das Polargebiet sank zurück und wurde immer kleiner. Wenig später füllte der gesamte Planet den großen Panoramabildschirm aus.

Als der Gleiter in den Hyperraum eintauchte, aktivierte Christopher den Autopiloten, erhob sich und begab sich in den Aufenthaltsraum. Michelle hatte ihm eine Mahlzeit zubereitet, die bereits auf dem runden Tisch auf ihn wartete.

»Auf mein Lieblingsessen musste ich lange verzichten«, sagte er, als er sich zu den anderen setzte. »Dementsprechend werde ich es genießen.«

»Mit Liebe zubereitet«, erwiderte Michelle und setzte sich neben ihn.

Lange Zeit schwieg er, genoss seine Mahlzeit in vollen Zügen und sah keinen von ihnen an.

Michelle war die erste, die das Schweigen brach. »Was bedrückt dich?«

»Lass ihn doch erst mal zu Ende essen«, mahnte David und zwinkerte ihr zu.

»Danke David.« Christopher konnte ein Schmunzeln nicht verkneifen.

»Ja ja, ich weiß. Ich bin mal wieder sehr ungeduldig.«

Als Christophers Schüssel leer war, atmete er tief durch, streckte sich, indem er seine Hände im Nacken verschränkte und die Ellbogen nach hinten drückte, was ein kurzes Knacken verursachte.

»Neha und ich werden dir heute noch eine Massage verpassen«, verkündete Michelle grinsend und sah kurz zu ihrer Freundin hinüber, die demonstrativ nickte.

»Leute«, begann Christopher und setzte eine nachdenkliche Miene auf. »Wenn wir ganz ehrlich sind, müssen wir uns eingestehen, dass unsere Mission gescheitert ist.«

Bevor jemand etwas dagegen einwenden konnte, hob er die Hand und fuhr fort: »Unser Ziel war es, Partikelnachschub zu finden, die für Sphären geeignet und kompatibel sind. Das haben wir nicht geschafft. Wir haben zwar die Quirls gefunden, die Partikel replizieren können. Leider hat sich aber bisher keine

Möglichkeit ergeben, die Quirls ihre Fähigkeiten an sauberen Partikeln ausüben zu lassen.«

»Wenigstens sind sie fähig, Killerpartikel zu neutralisieren«, entgegnete David. »Wir sollten diese Tatsache nicht vergessen.«

»Das tun wir bestimmt nicht. Ich glaube, nachdem, was wir alles erlebt haben, sind wir uns alle bewusst, was für einen hohen Stellenwert diese liebenswerten Tiere bezüglich Killerpartikeln haben. Ohne sie säßen wir jetzt nicht hier.«

»Da gebe ich dir völlig recht.«

»Zudem war nie beabsichtigt, dass die Quirls den gesamten Nachschub für die Sphären erzeugen sollten. Die Sphären wollten ihre Methode erforschen und die Replikation anschließend selbst durchführen. Dazu ist es bis jetzt leider nicht gekommen. Aber ich bin überzeugt, nachdem wir es geschafft haben, die Killerpartikel unschädlich zu machen, werden wir uns bei der nächsten Begegnung mit einer Sphäre der Replikation widmen.«

»Falls es zu einer weiteren Begegnung kommt«, gab David zu bedenken.

»Die wird es geben, darauf kannst du dich verlassen.«

»Nun, dann können wir doch von einem Teilerfolg sprechen, oder nicht?«

»Ja, das stimmt.«

»Ich würde nur zu gern wissen, wer die Erbauer der Sphären sind.«

»Ich glaube, du bist nicht der einzige, den das brennend interessiert.«

128.

Christopher genoss die angekündigte Massage in vollen Zügen. Michelle und Neha teilten sich je eine Seite seines Körpers und gaben sich große Mühe, als ob sie jeden Muskel einzeln behandeln wollten.

Auch während der anschließenden Dusche hatten sie keine Eile. Christopher ließ sich das warme Wasser eine Zeit lang auf den Nacken prasseln. Darauf hatte er lange verzichten müssen. Schweigend seiften sie sich gegenseitig ein. Es machte den Anschein, als ob sie bei ihren Berührungen große Sorge trugen.

Sie waren sich darüber im Klaren, dass ihre heile und gesunde Rückkehr keine Selbstverständlichkeit war. Dementsprechend genossen sie gemeinsam diesen intimen Moment der Harmonie. Diesmal gab es keine Neckereien, wie es bei ihnen sonst üblich war. Es dominierte das Bewusstsein, wieder zusammen zu sein. Einmal mehr nahm sich jeder von ihnen vor, sich nie wieder in solch große Gefahren zu begeben, nie wieder den anderen Kummer zu bereiten.

Als sie später den Duschraum verließen und sich ins Bett legten, schwiegen sie eine Weile. Die jüngsten Erlebnisse hatten deutliche Spuren hinterlassen.

Es war Christopher, der diesmal das Schweigen brach, als er zu Michelle sagte: »Schade, dass du Ahen nicht kennengelernt hast. Ein wirklich netter Junge. Zwischendurch ein bisschen geheimnisvoll, aber dafür sehr intelligent und reif.«

Michelle blickte zur Decke. »Wenn es wirklich euer Sohn ist, wundert es mich nicht.« Sie machte eine kurze Pause, bevor sie fortfuhr. »Ich würde auch gern in meine Zukunft sehen und wissen, ob und was für Kinder ich einmal haben werde.«

»Beachte, dass Ahen nur eine mögliche Zukunft ist. Niemand kann sagen, ob es ihn jemals geben wird. Die Projektion entstammte meiner Fantasie. Vielleicht war es nur unbewusstes Wunschdenken.«

»Aber stell dir vor, es trifft wirklich ein. Es wär doch fantastisch.«

»Bestimmt, es könnte aber auch gewisse Risiken hervorrufen. Beispielsweise, wenn man sich zu sehr auf eine Zukunftsvision konzentriert, sein Leben ganz danach ausrichtet und dabei nicht beachtet, dass die Realität und ein eventuelles Kind unter Umständen ganz anders sein werden.«

»Was meinst du denn dazu, Neha?« Michelle war aufgefallen, dass ihre Freundin bisher kein einziges Wort gesagt hatte. Sie lag schweigsam neben ihnen und starrte Löcher in die Decke.

Kaum angesprochen, drehte sie sich auf die Seite und wandte sich ihnen zu. Michelle glaubte, in ihrem Gesicht Nachdenklichkeit zu erkennen, sogar eine Spur von Besorgnis.

»Neha? Was hast du?«

Neha schloss kurz die Augen, atmete tief ein und sagte: »Michelle. Christopher.«

Michelle ahnte nichts Gutes. Bisher hatte sie sie immer mit Mickie angesprochen.

»Ich muss euch etwas sagen.«

Christopher und Michelle sahen ihre Freundin gespannt an.

»Ich bin schwanger.«

EPILOG

Es machte den Anschein, als würde die glühend leuchtende Kugel am Horizont des vorabendlichen Himmels, schon beinahe den Meeresspiegel berührend, vom kräuselnden Wasserspiegel unerbittlich hinabgezogen. Dabei verfärbte sie sich mehr und mehr in einen orangeroten Ton. Der von der abendlichen Thermik verursachte leichte Aufwind erwies sich nach einem weiteren warmen Spätsommertag als erfrischend. Das regelmäßige Wellenspiel in der Whiting Bay strahlte eine große Beruhigung aus.

Seit etwa einer Stunde lagen Michelle, Neha und Christopher am Sandstrand und ließen die restlichen Sonnenstrahlen auf ihre Haut einwirken. Tagsüber war es an der Sonne zu gefährlich. Zu schnell verursachten die seit Jahrzehnten stark zunehmenden UV-Strahlen massive Verbrennungen. Zudem befand sich ihre Haut nach der Rückkehr zur Erde vor ein paar Tagen in einem sehr blassen Zustand und besaß praktisch keinen natürlichen Schutz.

Christopher schloss die Augen und rief sich die Erinnerung an die gestrige Ankunft in Cabin Point ins Gedächtnis. Das Wiedersehen mit Ernest und Keyna war herzlich gewesen. Obwohl die beiden von Rick über die Abenteuer der *Space Hopper* ständig auf dem Laufenden gehalten worden waren, kannten sie noch lange nicht alles. Doch bevor Christopher und sein Team umfassend darüber berichteten, wollte man ihnen Zeit zur Erholung lassen.

Layla und Tomi hatten sich bereits auf dem Raumhafen in Geneva verabschiedet und waren zu ihrem Stützpunkt nach Washington zurückgekehrt, während David zusammen mit Jamalla vorhatte, seine Angehörigen zu besuchen.

Gegen Abend, als Christopher zusammen mit Ernest am Geländer vor dem Haus gestanden und in die Whiting Bay hinuntergeschaut hatte, hatte er den Moment für passend gehalten, ihm die Botschaft zu übermitteln. »Ich soll dich von einem gemeinsamen Freund grüßen.«

»Hat sich Eric gemeldet?«, fragte Ernest zurück, ohne den Blick von der Bucht abzuwenden.

»Nicht dass ich wüsste. Ich meinte jemand anderen. Scheint bei dir schon eine halbe Ewigkeit her zu sein, seit du ihm das erste Mal begegnet bist.«

Nachdenklich wandte sich Ernest ihm zu. Christopher erwiderte den Blick. In Ernests Gesicht spiegelte sich Staunen, aber auch eine Spur von Erkenntnis.

»Er meinte, die Zeit sei reif.«

»Ahen ist dir begegnet?«

»Nicht nur einmal.«

»Lass uns ein Stück gehen.«

Nebeneinander spazierten sie den Weg hinauf, um die Linkskurve, die zur Hochebene führte.

»Ich habe es Rick bereits erzählt, als du in München warst. Wie viel du in der Zwischenzeit davon erfahren hast, weiß ich nicht.«

»Man hat mir davon berichtet, ohne in die Details zu gehen.«

»Es war vor über sechzig Jahren«, begann Ernest, »als ich mich auf dem Rückflug von einer Autorentagung auf MOLANA-III befand. Plötzlich war ich an einem völlig anderen Ort.«

»Du wurdest auf eine Sphäre transferiert. Energiekuppel, Wasser, blaue Plattformen, durch Stege miteinander verbunden, bizarre blaue Türme.«

»Genau so war es. Dann gab es diesen Jungen. Schwarzes, schulterlanges Haar.«

»Ahen.« Christopher konnte sich ein Lächeln nicht verkneifen. »Hat er dir gesagt, wer er ist?«

»Nein, nur seinen Namen. Hat er dir darüber mehr verraten?«

»Er behauptet, Neha und ich wären seine Eltern.«

»Wie bitte? Das ist nicht möglich.«

»In den Sphären herrschen andere Gesetze für Zeit. Da ist alles möglich.«

»Du willst damit sagen, du bist deinem ungeborenen Sohn begegnet?«

»Klingt verrückt, ich weiß.«

»Ich bin ihm bereits vor über sechzig Jahren begegnet.«

»Für ihn fanden beide Begegnungen mit dir erst vor Kurzem statt. Auch ein Zeichen dafür, dass die Zeit in den Sphären anderen Gesetzen nachgeht.«

Ernest schien sichtlich verwirrt. »Er meinte damals, dass von der Erde eine große Gefahr für das gesamte Universum ausgehe. Ich sollte dieses Wissen für mich behalten, bis die Zeit reif sei.«

»Wie es aussieht, ist sie es jetzt.«

»Es hat mit euren Erlebnissen auf MOLANA-III zu tun, nicht wahr? Ich bin sehr gespannt auf euren ausführlichen Bericht.«

»Ahen hat mir dasselbe gesagt wie dir. Aber nicht, dass ich es für mich behalten soll.«

»Bestimmt hat es mit den Nanopartikeln zu tun.«

»Ja, aber nicht so, wie du denkst. Denn es gibt verschiedene Arten von Partikeln.«

»Lass uns umkehren. Dann könnt ihr euch beim Erzählen abwechseln.«

Schließlich war auch Rick in Cabin Point eingetroffen und herzlich begrüßt worden. Wenig später saßen alle zusammen in Ernests großem Wohnzimmer und berichteten einander von den letzten Ereignissen. Christopher wechselte sich beim Erzählen mit Neha und Michelle ab, während Rick sie über die neuesten Ergebnisse seiner Recherchen informierte. Allerdings waren die Erfolge eher bescheiden.

Zwar hatte er eine Bestätigung dafür gefunden, dass *Norris & Roach* vor etwa hundertzwanzig Jahren mit Nanopartikeln aus dem Lake Wostok experimentiert hatte. Doch über die Ergebnisse dieser Experimente schweigen sich die entsprechenden

Stellen aus. Rick hatte jedoch mehrere Hinweise auf eine große Panne gefunden, bei der geklonte Partikel ein abnormes und selbstzerstörerisches Verhalten an den Tag legten. Eine offizielle Bestätigung für diesen Vorfall gab es allerdings nirgends.

Über die Resultate der Ermittlungen gegen *Norris & Roach* wegen der Neuaufnahme dieser Experimente in jüngster Zeit herrschte von offizieller Seite ebenfalls Stillschweigen. Doch auch diesbezüglich hatte Rick einige Hinweise entdeckt, wenn auch inoffizielle, die bestätigten, dass die jüngsten Experimente in diese Richtung gingen. Zwar hatte es nach dem versuchten Aufstand der OVT in Tongalen und der Beteiligung von *Norris & Roach* keine weiteren Aktivitäten gegeben. Doch war seit einigen Wochen eine neue Geschäftsleitung im Amt, die über die Weiterführung der Forschungen mit Nanopartikeln keine Informationen herausgab.

Ernest zeigte sich über die Existenz der geklonten Partikel sichtlich besorgt und mutmaßte, dass es sich um die gefährlichen Killerpartikel, zumindest um eine Vorstufe davon handeln könnte. Sollte dies zutreffen, stellte sich die Frage, wie sie nach MOLANA-III gelangen konnten. Auf diesem Planeten gab es zu keiner Zeit weder eine Niederlassung von *Norris & Roach* noch anderweitige Forschungsstationen. Vielleicht hatte der Konzern nach der Panne versucht, die Reste dort heimlich zu entsorgen. Ob dies mit Wissen der irdischen Regierung geschah, blieb Gegenstand von Spekulationen. Ahens Hinweis, der auf eine von der Erde ausgehende große Gefahr für das Universum deutete, unterstützte jedoch Ernests Vermutungen.

Sollte *Norris & Roach* in der Vergangenheit tatsächlich auf dem dritten Planeten des MOLANA-Systems mutierte und gefährliche Partikel entsorgt haben, wäre dies Gegenstand einer riesigen Vertuschungsaktion mit schwerwiegenden Folgen.

»Man sollte MOLANA-III evakuieren und dann vernichten«, meinte Ernest.

Aber das war einfacher gesagt als getan, denn Ernest war sich genau wie die anderen im Klaren, dass die Erde über keine Waffe verfügte, mit der sich ein Planet zerstören ließ, geschweige denn so, dass nicht das geringste Bruchstück von ihm übrig blieb. Somit bestand das Risiko, dass die gefährlichen Partikel auf Gesteinsbrocken durchs Weltall trieben und in andere Planetensysteme eindrangen.

»Wie auch immer«, sagte Rick, »wir sollten vorsichtig sein, mit wem wir über dieses Thema reden.«

»Am besten mit niemandem. Es würde mich nicht wundern, wenn die irdische Regierung mehr darüber weiß, als sie zugibt.«

Ein kühler Luftzug holte Christopher aus seinen Gedanken. Er öffnete die Augen und stellte fest, dass die orangerote Kugel bereits zur Hälfte hinter dem Horizont versunken war. Ein Schwarm Möwen kreiste über dem Meer. Mal für Mal stach einer der Vögel ins Wasser und tauchte mit einem Fisch im Schnabel wieder auf.

Eine Weile sah er den Tieren bei ihrem Abendschmaus zu. Sogleich fiel ihm das Wort *Freiheit* ein. Frei in der Luft zu schweben, ohne Verpflichtungen, Probleme und Sorgen. Sich nur der Natur hinzugeben. Der Mensch schien nicht für ein solches Leben bestimmt zu sein. Immer wieder offenbarte sich Christopher die Tatsache, dass Menschen eher von Tatendrang, Herausforderungen, Liebe und Freundschaft geprägt waren. Doch oftmals auch von Verbissenheit, Gier, Neid, Eifersucht und Hass.

Er drehte seinen Kopf nach links und erblickte Nehas und Michelles Profile. Die Freundschaft und die Liebe, die ihn mit den beiden verband, war etwas Außergewöhnliches und Einmaliges. Zu keinem Zeitpunkt hatte er bei ihnen auch nur das geringste Anzeichen von Neid oder Eifersucht entdeckt. Das gemeinsam Erlebte, die ausgestandenen Ängste, die erlittenen Schicksalsschläge hatten sie einander noch näher gebracht. Das gemeinsame Verhältnis bedurfte keiner Worte. Nebst der tiefen Freundschaft existierte eine Liebe, die stark genug war, um zu verstehen.

Als Neha ihm und Michelle von der Schwangerschaft erzählt hatte, sagte Michelle nichts dazu. Sie hatte Neha stattdessen in die Arme genommen und vor Freude geweint. Für Christopher stellte sich nun die Frage, ob Ahen tatsächlich ein Produkt seiner Fantasie war, oder ob vielleicht doch mehr dahintersteckte. Zudem war sich Neha sicher, dass ihr Kind ein Junge werden würde.

Die mittlerweile feurig rote Kugel versank im Meer. Die kühle Brise verstärkte sich. Michelle, Neha und Christopher erhoben sich, wischten sich den Sand von der Haut und zogen sich an. Dann machten sie sich auf den Weg nach oben zum Cabin Point, den schmalen Pfad zwischen zwei großen Felsbrocken hindurch und anschließend den Kiesweg entlang, steil hinauf.

DANK

Auch in dieser zweiten Auflage möchte ich mich bei all den Menschen bedanken, die ich immer wieder nach Rat fragen durfte und von denen ich den einen oder anderen guten Tipp erhalten habe.

Vor allem möchte ich mich bei den Testlesern bedanken, die sich durch das Manuskript gewagt und mich auf vieles aufmerksam gemacht haben, was man noch verbessern könnte.

Für ausführliche Anmerkungen, Korrekturvorschläge und wertvolle Tipps möchte ich mich ganz besonders bei Ursula Klöti und Matthias Zuppinger bedanken.

Herzlichen Dank auch an Natascha Haubner für die tolle Arbeit in ihrem Bücher-Blog *bookdibluempf.blogspot.de*.

Ganz speziell danken möchte ich meinem Lektor Dr. Gregor Ohlerich für seine hervorragende Arbeit bei der Bearbeitung des Manuskripts und für die vielen vertiefenden Gespräche und Diskussionen.

Zu guter Letzt gebührt auch Ronny Spiegelberg und Stefan Bretschneider herzlicher Dank für ihre ausgezeichnete Arbeit bei der Realisation dieses Buches.

Die Sphären-Trilogie

Band 1 - Die Kolonie Tongalen
Band 2 - Die Sphären von Molana
Band 3 - Der Hüter der Sphären

Die Kolonie Tongalen
1. Teil DER SPHÄREN-TRILOGIE
von Chris Vandoni

Der neueste Auftrag führt Ernest Walton und seine Crew auf den Kolonialplaneten TONGA-II. Ihr Raumgleiter wird dabei zum Schmuggel hochbrisanter Daten missbraucht.

Bei der Ankunft auf dem Planeten fliegt die Sache auf, und sie geraten mitten in den Aufstand einer lokalen Terrororganisation, dem Auftraggeber des Schmuggels.

An der Seite der Kolonialverwaltung fechten sie einen erbitterten Kampf aus. Im Durcheinander der Kämpfe werden Freundschaften auf die Probe gestellt, und es kommt zu neuen, unerwarteten Allianzen. Doch im Laufe der Geschehnisse müssen Ernest und seine Crew feststellen, dass es um weit mehr geht als um die Zukunft von TONGA-II. Sie erleben eine böse Überraschung, die alles erneut infrage stellt.

ISBN: 978-3-939043-53-9

www.jeder-hat-seine-geschichte.com

Der Hüter der Sphären
3. Teil DER SPHÄREN-TRILOGIE
von Chris Vandoni

Als im irdischen Orbit unzählige Sphären auftauchen und den Planeten gleich einem undurchdringbaren Schild abschotten, bricht auf der Erde Verwirrung und Panik aus.

Während sich die irdische Regierung zwecks diplomatischen Verhandlungen bemüht, zu den unbekannten Flugobjekten Kontakt aufzunehmen, und religiöse Institutionen den Weltuntergang heraufbeschwören, rüstet das Militär auf und ruft die Generalmobilmachung aus.

Die Crewmitglieder der Space Hopper weilen derzeit auf dem Kolonialplaneten TONGA-II, als sie von der Belagerung ihres Heimatplaneten erfahren.

Sofort machen sie sich auf den Rückweg zur Erde, um mit dem Anführer der unbekannten Sphärenflotte Kontakt aufzunehmen. Denn sie wissen, dass es sich bei ihm um einen alten Bekannten handelt.

ISBN: 978-3-939043-63-8

www.jeder-hat-seine-geschichte.com

Dracheneid - Band 1
Der Weg der Drachenseele
von Tilo K. Sandner

Der schwarze Druide Snordas will mit seinen Verbündeten, den bösartigen Feuerköpfen, das Drachenland erobern. Dabei ist er auf der Suche nach dem sagenumwobenen Horn von Fantigorth, das den kommenden Krieg entscheidend beeinflussen kann.

Der vierzehnjährige Adalbert ahnt nichts von dieser Bedrohung, als er Freundschaft mit einem Drachen schließt. Gemeinsam machen sie sich auf die Suche nach dem Horn, doch schon bald muss der Junge ohne seinen Freund in Feindesland und gerät in Lebensgefahr.

Tilo Sandner beschreibt eine ganz eigene Welt, das Drachenland, in dem Elfen, Zwerge und Drachen friedlich miteinander leben, während die Menschen diese fürchten und bekämpfen. Eine Hauptrolle spielen dabei die Drachen und der junge Adalbert, der „Erwartete".

ISBN: 978-3-939043-17-1

www.jeder-hat-seine-geschichte.com

Dracheneid – Band 2
Der Prinz des Drachenreiches
von Tilo K. Sandner

Die drohende Gefahr für das friedliebende Drachenland durch den bösartigen Druiden Snordas wird täglich greifbarer.
Selbst in der Hochburg der Drachen sind Elfen und Menschen nicht mehr sicher.

Die ganze Hoffnung der Drachenländer liegt auf Adalbert von Tronte, dem lang ersehnten Erwarteten. Doch bevor er als Drachenreiter die Verbündeten im Kampf anführen kann, muss er die Seele von Allturith retten, die er in seiner Brust trägt. Unterstützt wird er dabei von dem goldenen Drachen Merthurillh.

Unterdessen bleibt Snordas nicht tatenlos. Sein gefährlichster Krieger, der Feuerkopf Furtrillorrh, hat ihre Spur bereits aufgenommen.

Ein mörderischer Wettlauf gegen die Zeit beginnt.

ISBN: 978-3-939043-64-5

www.jeder-hat-seine-geschichte.com